Odio en las manos

María Gómez

Odio en las manos

Papel certificado por el Forest Stewardship Council®

MIXTO
Papel procedente de
fuentes responsables
FSC® C117695
www.fsc.org

Penguin
Random House
Grupo Editorial

Primera edición: mayo de 2021

© 2021, María Gómez
© 2021, Penguin Random House Grupo Editorial, S.A.U.
Travessera de Gràcia, 47-49. 08021 Barcelona

Printed in Spain – Impreso en España

ISBN: 978-84-9129-442-9
Depósito legal: B-4146-2020

Maquetación: Miguel Ángel Pascual
Impreso en Unigraf
Móstoles (Madrid)

S L 9 4 4 2 9

A mis padres,
por encender la mecha de mi creatividad.

«Estoy seguro de que a cualquiera le gusta un buen crimen, siempre que no sea la víctima».

ALFRED HITCHCOCK

1
Odio en las manos

Lunes, 29 de enero de 2018
Gabinete de asistencia psicológica Animae (Quintana, 27)

Siento odio en las manos.

Cuando lo dijo, mis ojos se abrieron como platos y sus pupilas se contrajeron de golpe. No pude aguantarle la mirada. El corazón se me aceleró; notaba las pulsaciones en la garganta y en la cabeza, por dentro del cráneo, como si martilleasen en un compás de 2/4 cada una de las arterias diminutas de mis meninges. Sentí unas punzadas en el estómago y, de pronto, se me encogió, golpeado por un intenso dolor iceberg: solo percibía la punta de todo lo que estaba por llegar.

Ella aguardaba en silencio, respiraba despacio y su cuello se erguía segundo a segundo, alargándose majestuosamente, como el de las mujeres padaung de Birmania, «las mujeres de cuello de jirafa», pero sin los anillos de latón alrededor. Firme, segura y un tanto altiva.

Una calma tensa inundó la consulta. Su tono agresivo-pasivo me inquietaba y esas cinco palabras contundentes seguían retumbando en las paredes, con el eco de la rabia, la ira y la desesperación. Sus ojos se habían pintado de sentencia y los míos seguían clavados en el arma que reposaba en su cadera izquierda, enfundada y anclada a un cinturón robusto. Era un arma corta, reglamentaria, y estaba estratégicamente a la vista; ella quería que la viera y yo, sin duda, la veía. Supe entonces que mi cuerpo no se quejaba por una migraña, ni eran nervios de novata, ni siquiera se trataba de una mala resaca por las últimas copas que podría haberme ahorrado la noche anterior. Lo que me pasaba era que estaba acojonada.

—Siento odio en las manos —repitió.

Lo volvió a escupir sin titubear, sin que le temblase la voz, mirándome fijamente a los ojos. Lo dijo y, a pesar de que los músculos de su cara se movían al hablar, estaba inmóvil. Inmóvil, inexpresiva y atrapada. Como la *Victoria alada* de Coullaut Valera que preside el mítico edificio Metrópolis de Madrid: una alegoría de la libertad, según el autor; una auténtica contradicción, según su propia historia. Durante los enfrentamientos entre los persas y los griegos en la Primera Guerra Médica, tras la victoria de Atenas en la batalla de Maratón, hubo un soldado que consiguió correr cuarenta y dos kilómetros hasta llegar a tierras helenas y proclamar la victoria de sus tropas al grito de *Niké!*, para luego derrumbarse y morir.

Eso era justo lo que había venido a hacer Rosario a mi consulta.

—Siento verdadero odio en las manos. No había sido consciente hasta ahora, pero ya no puedo más, no voy a esperar a que llegue el siguiente *jardalaso* —repitió con el mismo tono inerte, pero ahora con un pellizco en su hablar—. Voy a matarle y yo voy a ir detrás. Esta no es vida para un niño. Esta no es vida para nadie. No es vida... Voy a meterle *por verea pa'siempre.*

Ella, igual que la diosa de la victoria que corona los cielos madrileños, estaba dotada de «alas». Era joven, algo más de treinta y cinco, no más de cuarenta. Contaba con un trabajo estable, a juzgar por su uniforme de policía nacional. Tenía dinero o la intención de parecerlo, había dejado —tan a la vista como su arma— las llaves de un Mercedes y un bolso de firma, de los que bien podían pagar mi alquiler unos cuantos meses. Me sorprendió su manicura impoluta en un brillante y llamativo color vino, que contrastaba con el azul marino del traje reglamentario. Era atractiva y sensual, pero sutil; con el pelo largo, peinado con esmero para ocultar, con unas suaves ondas, un rizo potente y bravo, del mismo negro tizón que sus ojos. Le notaba un pequeño deje, un *quejío* al hablar que, sumado al poderío de su porte, me hacía aventurarme a pensar que era cordobesa. Pero, por encima de todo, era fuerte. Llevaba apenas dos minutos con ella y ya había detectado que era tierna y sensible, pero cargada de una gran fortaleza; lo confirmaban su mirada, su voz, su presencia, su empaque, su planta, su forma de cerrar los puños, sus dientes apretados al hablar y algunos moratones que había tratado de disimular con algo de maquillaje mal extendido. Sí, sabía que Rosario era fuerte. Pero creo que la que nunca lo supo fue ella.

Porque Rosario, como la *Victoria alada* de la calle Alcalá, tenía alas. Pero al igual que la estatua, cubierta por más de treinta mil panes de oro de veinticuatro quilates, aunque era todo belleza por fuera, por dentro se consumía, se asfixiaba día tras día. A pesar de sus alas, Rosario no podía volar.

Me vomitaba esa podredumbre que llevaba dentro y que quemaba al salir, y yo no podía dejar de mirar el arma que aguardaba en su cadera. ¿Estaría cargada? Como aquel vómito de su dolor, un alud de dudas invadió mi mente en avalancha. ¿Debía llamar a la policía? ¿Iba realmente esa mujer a cometer un asesinato? ¿Un suicidio? ¿Ambos?

Pero el miedo me había paralizado. Permanecía petrificada ante ella. Pasaron dos minutos. Quizá tres. No hizo falta que yo reaccionara; el teléfono de Rosario sonó y, en una fracción de segundo, ella miró la pantalla y, sin contestar, cogió su bolso, sus llaves y se fue dando un portazo. No sin antes decirme desde la puerta:

—Son cucarachas del mismo *calabazo*.

2
Encargos

Martes, 23 de enero de 2018
GlobalMedia (Gran Vía, 42)

Había olvidado el móvil en casa, algo muy raro en mí, porque nunca cierro la puerta sin asegurarme de que lo llevo conmigo; como si se tratase de una necesidad vital, una bombona de oxígeno con la que poder respirar durante las veinticuatro horas del día. «Érase una mujer pegada a un *smartphone*», habría escrito Quevedo si me hubiese cambiado por Góngora en un soneto 2.0. La verdad es que me sentía un tanto desnuda, nerviosa, con una ansiedad extraña que no sabía si se debía a mi adicción a las redes sociales o a un mal presentimiento.

La jornada estaba siendo agotadora, sobre todo emocionalmente. Cada vez quedaba menos para el ERE y la empresa me presionaba para que elaborara aquella lista con el nombre de los treinta trabajadores que serían despedidos. GlobalMedia, a pesar de las pérdidas de la última etapa, se mantenía líder en el sector audiovisual y la presión era máxima. Una corporación grande, con más de trescientos en plantilla (eso sin contar a los falsos autónomos, que eran cada día más, más jóvenes y en condiciones más precarias), así que el Estatuto de los Trabajadores era claro: debían ser treinta. Treinta a la puta calle. Detestaba mi trabajo en general, pero este tipo de «encargos» los odiaba por encima de todo. Me sentía como la mafia siciliana. Sí, eso era yo, una sicaria al servicio de la mafia.

¡Que esa gente llevaba toda la vida ahí, joder! En su mayoría eran empleados que superaban los cincuenta y que lo habían dado todo por la «casa», como les gusta decir a los jefes («la casa»... «*la famiglia*»... *Oh, Dio, sembrano simili*[1]). O por la casa que un día fue, porque, desde que casi cinco años antes la absorbiera el gigante francés Système, perdió gran parte de los valores que la hicieron crecer y consolidarse como una de las punteras del sector audiovisual en Europa. Y su esencia se vio mermada. Desde la expansión, había cambiado su olfato periodístico y sus principios éticos por inversores, avales, préstamos, estadísticas y cuadrantes de gastos. Y a sus trabajadores... Estos habían pasado a ser simples números. Una «casa» vendida al mejor postor y que, en consecuencia, había vendido su alma. En ese nuevo escenario, a mí se me exigía dejar a un lado la empatía y, como buena mafiosa, elegir un método pragmático para ejecutar mi plan: «La mafia siempre elige el camino más breve y el menos arriesgado».

---

[1]   «Oh, Dios, son tan parecidas».

Me descubrí, de pronto, googleando de nuevo «*lupara bianca*», un concepto que ya había buscado años atrás, mientras leía *Cosas de la Cosa Nostra*, de la periodista francesa Marcelle Padovani. Allí resumía las más de veinte entrevistas que tuvo con el juez italiano Giovanni Falcone, el magistrado que pagó con su vida el haber puesto contra las cuerdas y llevar ante la justicia a la Cosa Nostra, una sociedad secreta mafiosa, que llevaba operando en Sicilia desde mediados del siglo xix. De sus relatos me llamó la atención ese término, *lupara bianca*, que significa «escopeta blanca», y consiste en deshacerse de la víctima designada («el encargo») sin dejar rastro. Aseguraban que la típica escopeta recortada, con cañón más corto y sin culata, o las míticas automáticas que tanto hemos visto en el cine de gánsteres y mafiosos habían pasado de moda. Falcone contaba que el fuego cruzado que todos tenemos grabado de *El Padrino* (como el que casi acaba con Don Vito Corleone en la famosa escena de la frutería, o el que, por el contrario, sí que acaba matando a su hijo Sonny en el puesto de peaje) ya es algo anacrónico. La mafia de nuestros días prefiere operaciones discretas, que no llamen la atención. La Cosa Nostra hoy suele escoger el estrangulamiento como principal técnica homicida: no hay heridas, no hay sangre; en definitiva, no hay escándalo. Y, tras la muerte, el cuerpo es disuelto en un cubo de ácido y al desagüe. Chimpún.

Lupara bianca: simple, discreta y efectiva.

Empecé a imaginar las cañerías, las alcantarillas y la red de saneamiento de Sicilia plagadas de pequeños restos de «encargos». Quizá un diente no había llegado a deshacerse y navegaba veloz por las tuberías. Puede que una uña hubiera conseguido salir a flote y nadara en el váter de algún vecino de Città Vecchia. Tal vez los sicilianos llevaban años lavándose, cocinando o regando las plantas con agua cargada de restos de una larga lista de traidores y enemigos del *capo di tutti i capi*[2].

Visualicé la imagen y me entró la risa. Mariángeles, desde su mesa de enfrente, me castigó en silencio con una mirada de reproche. La pantalla de su ordenador estaba calzada por tres grandes libros que habían llegado de promo y que nadie había querido llevarse a casa. Los había rescatado de una montaña de ejemplares, lo que en la redacción conocíamos como el «cementerio de los publicados impublicables», algunos incluso dedicados y con sus respectivas notas de prensa: eran los libros desterrados. Y a pesar de los tres infumables tochos, Mariaje (como la llamaba para chincharla, y por cariño también) alcanzaba a controlarme desde su sitio.

Yo había entrado en la empresa unos meses después que ella, hacía más de diez años ya, y aunque solo era un año menor, tendía a tratarme con condescendencia, como si aquellos meses en los que me enseñó el oficio a mi llegada se hubieran alargado para siempre. Disfrutaba tratándome como a una hija y mezclaba el amor real, forjado tras tantos años trabajando juntas, con la superioridad moral. También le gustaba infantilizarme en nuestras conversaciones, pero no como

---

[2]   Significa, literalmente, «jefe de todos los jefes». Esta expresión se utiliza para referirse al jefe de jefes en las organizaciones criminales, sobre todo de la mafia estadounidense de los italoamericanos en el siglo XX.

Balldoví, mi jefe, cuando me llamaba «nena» o «chiqui» antes de preguntarme si ya tenía el encargo listo. No, ella lo hacía con cariño.

Mariaje era bajita, con la piel de un tono blanco oficinista, el pelo corto muy rizado, como una escarola enfadada, y unos ojos azules hipnotizadores. Gallega, de El Grove, yo siempre le decía que llevaba la ría de Arosa en la mirada. Cuando se ponía a redactar contratos, su parte preferida del trabajo, inclinaba la cabeza sobre el teclado y desde mi sitio solo veía una maraña de pelo oscura moviéndose como en el pogo más intenso de un concierto de AC/DC, mientras oía el contundente aporreo de las teclas. Perfeccionista, poco dada al chismorreo, algo conformista (ya tenía que serlo para que trabajar en recursos humanos le pareciera apasionante), pero, por encima de todo, buena persona. Y si había algo que nunca faltaba en su escritorio eran los pósits. Mariaje vivía rodeada de pequeñas hojas cuadradas de todos los colores, algo que le daba el único punto de luz a nuestro frío y gris despacho de la planta novena, en la que no me había sobrevivido ni un triste ficus. Pósits para recordar llamadas pendientes. Pósits para recordar reuniones importantes. Pósits para recordar recoger el vaquero con el bajo metido que ya le tenía preparado la modista de su barrio. Pósits para recordar comprar pósits.

Y entonces recordé que yo también tenía cosas que bien podrían haber llenado uno de esos papelitos fluorescentes. Debía elaborar una lista y reconecté *ipso facto* con la pantalla de mi ordenador y con mi hoja todavía en blanco. Cerré la pestaña con la búsqueda de *lupara bianca* y la borré de mi historial, no sin notar un pequeño amargor en la boca por descubrir en mí, una vez más, cierta fascinación obscena hacia ese tipo de historias truculentas. Sí, el crimen organizado estaba en el Top 3 de mi delincuencia predilecta.

Conseguí dejar los capos a un lado y me puse de nuevo con mi encargo. Ya había elegido un plan. Probablemente fuese el peor posible, pero tenía un plan.

Para elaborar la lista, había decidido hacer una visita a las plantas séptima y octava, donde estaban la redacción, el vestuario, el atrezo y las pequeñas cabinas de grabación. También había algunos despachos de dirección, pero esos evidentemente los obvié. Después bajé al inframundo de la planta baja, donde estaban los estudios y los platós. Ingenua, pensaba que viendo a la gente en el fragor de su trabajo podría comprobar quién merecía seguir ocupando su puesto y quién ser tirado por el desagüe, a la siciliana. El plan no podría haberme salido peor.

Me encontré con Alicia Prieto, que llevaba treinta años al frente de la redacción de programas y que, justo en ese momento, estaba explicándoles con pasión a los nuevos becarios (becarios que seguramente acabarían ocupando el puesto de Alicia, o de los y las otras Alicias de la empresa, por trescientos euros) lo maravilloso que era escribir un guion.

Después me encontré con Enrique Gallardo, director de producción, que estaba muy contento porque habían conseguido cerrar una entrevista con Nadia Comaneci para el documental que estaban preparando sobre mujeres pioneras en el deporte. «¡Nos vamos a Montreal, nos vamos a Montreal!», repetía eufórico. Comaneci, a sus cincuenta y seis años, seguía en forma y estaba dispuesta a enfundarse el maillot y repetir aquel primer 10 perfecto. Enrique no dejaba de dar saltos y a mí me conmovía comprobar cómo, después de veintiséis años haciendo el mismo trabajo colgado de un teléfono, seguía celebrando cada «sí» de un invitado como un triunfo único.

Después entré en la sala de montaje y posproducción. Vi a lo lejos a João Calvinho, el mejor director y realizador de documentales del país. Su currículo era inconmensurable. Su objetivo había retratado a los señores de la guerra en Somalia, a las barras bravas en Argentina o los ataques con ácido en Pakistán. Por no hablar de la larga lista de conflictos bélicos y civiles como los de Sri Lanka, Chechenia, Sierra Leona, Zimbabue o, más recientemente, Siria. También había sido testigo de cómo viven en las peores cárceles los peores reclusos. Un documentalista incansable, que recorrió medio mundo para enseñarnos a través de su lente lo que sus ojos habían visto. Me fijé precisamente en sus ojos y me percaté de que estaban más grises de lo habitual. En realidad, era como si él mismo estuviese pintado de gris, envuelto por un gran nubarrón. Me preocupaba verle así, y no era la primera vez en los últimos tiempos. Por eso, siempre que podía, me paraba un rato a charlar con él, ya que era una auténtica enciclopedia con patas. Pero no sería ese día; no había tiempo para terapias improvisadas, ni para batallitas de vaca sagrada.

Antes de tirar la toalla, me di un garbeo por maquillaje y peluquería y también asomé la cabeza por los camerinos. Mi gozo en un pozo; solo me fui encontrando a gente apasionada con su trabajo, enamorada del medio y que le había entregado media vida a la empresa. Se me encogió el estómago al pensar que a treinta de ellos los pondrían de patitas en la calle. «Niña, que fuera hace mucho frío», me repetía Balldoví cada vez que entraba en su despacho alguno de los trabajadores para pedirle una mejora de las condiciones. Treinta de ellos estaban a punto de notar el frío en sus carnes y no tenía ni un solo motivo para lanzarles a ese invierno. Odiaba mi trabajo. Lo odiaba profundamente. Y me enfurecía que un gigante como GlobalMedia usase de escudo a una hormiguita como yo para echar a los curritos que sacaban la empresa adelante y así seguir pagando cantidades ingentes a sus altos directivos.

Tras comprobar que en la camorra no hubiese durado un asalto, volví a mi sitio en la novena. Mariaje ya se había ido; era absolutamente eficaz y capaz de hacer su trabajo en las ocho horas que la empresa le pagaba. Ocho horas exactas, puesto que nunca regalaba ni un minuto. Yo tampoco estaba para regalar nada, así que decidí dejar para el día siguiente esa hoja pendiente de rellenar. Estaba a punto de apagar el ordenador cuando me saltó un aviso de un correo de entrada. Vi que era de mi madre. Tenía ganas de llegar a casa, así que no lo abrí; sería uno de sus típicos correos en los que me recomendaba una lectura, uno de sus próximos talleres o, simplemente, me adjuntaba una frase que había leído y le había gustado. La última que había recibido era de Carles Capdevila: «Cuando hablo de "vivir con humor", no quiero decir que riamos todo el día». Pues ese día yo no estaba de humor.

Al llegar a casa, lo primero que hice fue ir a por mi móvil. Parecía una yonqui que buscaba su dosis. Una vez lo tuve en las manos, sin encenderlo siquiera, sentí alivio. ¡Estaba realmente enganchada a ese cacharro! Lo puse a cargar porque estaba apagado, algo extraño ya que suelo ser muy cuidadosa para que nunca baje del maldito veinte por ciento... Y aquellos segundos, hasta que se cargó lo suficiente y vi la manzana mordida en la pantalla, se me hicieron eternos.

Tenía tres notificaciones de Twitter, dos de Instagram, ocho wasaps (todos del maldito grupo de yoga al que llevaba meses sin ir y al que probablemente no iba a volver) y nada en Tinder. Qué sorpresa...

Y entonces vi que tenía tres llamadas perdidas de mi madre. Tres globos rojos. Tres. Eso sí que era una sorpresa. Hablamos de la mujer más desconectada de la tecnología que conozco, así que debía de ser urgente. La llamé, dos y tres veces, y probé también en su despacho a pesar de la hora. A menudo había pacientes con una «emergencia» que aparecían en su puerta con cara de SOS y ella nunca era capaz de mandarlos a casa y citarlos para otro día. También sabía que muchas veces aprovechaba la tranquilidad de la noche y se quedaba pasando a limpio sus notas de las sesiones, cuando ya no quedaba nadie en el gabinete. Aun así, tampoco estaba allí. No le di mucha importancia, al fin y al cabo eran tres llamadas y aunque ella solía probar solo una vez «para respetar mi espacio y mi tiempo», podría ser que le hubiese dado al botón de llamar sin querer, desde el bolso.

Me puse a preparar la cena. Un manjar a la altura del Ferran Adrià de los *singles*: sándwich mixto de pavo y queso con un poco de humus de bote, y a correr. Encendí la tele y fui directa a una de las plataformas a las que estaba suscrita, como si los canales convencionales ya no fuesen una opción para mí. Si me viesen los de mi empresa...

Llevaba un par de días enganchada a *O. J.: Made in America*, una serie documental de casi ocho horas sobre el crimen de O. J. Simpson, que acababa de ser nominada a los Oscar y que ya me había robado siete horas de vida. Me fascinaba ver cómo esos ciento treinta y cuatro días de juicio se habían convertido en un auténtico circo mediático a nivel mundial. Bueno, así lo definió la fiscal, Marcia Clark, otra figura seductora, con el no poco difícil encargo (madre mía, ¡cuántos encargos!) de demostrar que el exjugador de fútbol americano, uno de los hombres más respetados e idolatrados de América, había asesinado brutalmente a su esposa y a un amigo de ella. Pero tengo que reconocer que quien me había embrujado era el propio O. J. Su figura, su historia y su evolución me tenían totalmente atrapada en un hechizo que, de nuevo, me dejaba un regusto amargo en la boca. A pesar de la evidencia de las pruebas en su contra, era capaz de encandilar a un jurado, a un juez, a un país... y a mí misma. Era increíble, en el más amplio margen de su significado.

Iba a darle al *play* para ver el desenlace del juicio del siglo cuando volví a pensar en mi madre. Tres llamadas, qué raro... Probé de nuevo y, otra vez, saltó el buzón de voz. Empecé a inquietarme un poco. Recordé entonces que hacía unos meses, al cambiarse de casa, me dijo si quería apuntarme su nuevo número fijo y que yo me burlé diciéndole que ya nadie usaba ese teléfono. Me pregunté si seguirían funcionando las páginas blancas... También podía coger el metro y acercarme hasta su casa, pero ya había anochecido y esos cuarenta minutos de trayecto me daban una pereza soberana. Entonces, como un rayo que lo ilumina todo en la tormenta, recordé el correo electrónico que me había mandado y que no llegué a abrir porque supuse que sería algún proverbio chino.

✳✳✳

De: Marta García de la Serna <mgdlserna@animae.es>
Para: Ana García de la Serna <agdls@globalmedia.es>
Fecha: 23 de enero de 2018

Querida hija,

He tratado de contactar contigo por teléfono pero ha sido imposible y ya no hay tiempo para visitas. No te asustes, estoy bien o por lo menos voy a estarlo pronto.

Me resulta difícil escribir esta carta porque, de algún modo, significa una despedida. Pero quizá sea mejor así; puede que si te hubiera tenido delante no hubiese reunido el valor para tomar esta decisión y me hubiese echado atrás.

Me marcho a la India. De hecho, cuando leas esto probablemente esté ya subida a un avión camino de Delhi. Me voy un tiempo, quién sabe cuánto; ni yo lo sé. Lo único que sé es que me es muy necesario. Necesito oxígeno, necesito calma, necesito perdón; tengo que volver al origen, a mi origen. Créeme, Ana, mi Anita querida, esta no es una huida, más bien es un reencuentro.

Me voy sin teléfono, sin ordenador, sin agenda, sin dirección... Sé dónde voy, pero no estoy preparada para que lo sepáis el resto. No todavía.

Y me voy haciendo algo que me cuesta mucho y que no he hecho jamás: pedirte ayuda.

Necesito que te quedes a cargo de mi parte del gabinete. Sí, no me he vuelto loca, lo digo absolutamente convencida. Sabes lo importantes que son mis pacientes para mí, no puedo abandonarlos ahora. Creo que estás preparada para asumir este encargo, que sin duda es mucho menos doloroso que los encargos a los que sueles hacer frente en ese trabajo que tanto detestas y que tan escondidas deja tus cualidades y capacidades.

Estudiaste Psicología porque hay algo en ti que tiene la necesidad de hablar con la gente, de ayudarla, de iluminar sus caminos. No dudes de que puedes hacerlo, yo estoy segura de que estás lista y de que tu sitio está (y siempre ha estado) en la consulta.

Hay algunos pacientes que llevan conmigo años y están encantados de que tomes el relevo, de hacer un cambio; al fin y al cabo, un terapeuta es como una pareja: si conectas de verdad, puede ser para toda la vida, pero a veces es sano darse un poco de espacio y tiempo.

También hay un par de citas agendadas con pacientes nuevos y quiero que te encargues personalmente de ellos. Sobre todo de Rosario Jiménez. Tiene su primera cita el próximo lunes, creo que vas a saber cómo ayudarla. Y también creo que dejando ese trabajo tuyo vas a saber cómo ayudarte.

Mi Anita querida: vuélcate, implícate, lánzate y, simplemente, disfruta. Es la profesión más maravillosa que existe y naciste para ello, lo llevas en los genes. Tu abuelo estaría muy orgulloso de verte ahí.

No te preocupes por Marie, está al corriente de todo y le parece una buena idea que seas tú quien me releve. Pero me gustaría que te tomases esto como un reto personal, te aconsejo que intentes prescindir de su ayuda. Ya sabes que puede ser un tanto invasiva y creo que es importante que encuentres tu propio *modus operandi* para llevar tus sesiones.

No dudes de ti, pues yo no he dudado nunca.

Y yo estaré bien. Siempre lo estoy, siempre lo estamos. Al final siempre encontramos la forma de seguir a flote. El problema es que esta vez llevo demasiado tiempo pataleando en la nata, como aquel cuento de la ranita. Y después de patalear y patalear, ahora que la nata se ha convertido en mantequilla, estoy exhausta y necesito parar.

Estaré cerca de ti, pensándote bonito y sabiéndote capaz de asumir este reto.

Eso sí, mi Anita querida, ten cuidado porque a veces la mantequilla resbala.

Te quiere siempre.

Mamá

3
De casta le viene al galgo

A la mañana siguiente, en la cama, las palabras de mi madre revoloteaban en mi cabeza como moscas en la basura, persistentes y molestas. Había probado a llamarla una decena de veces más, de madrugada, pero fue en vano, su teléfono continuaba apagado.

¿Se trataba de una de sus terapias de choque? ¿Estaba intentando (por enésima vez...) enfrentarme a mis propios miedos y frustraciones o de verdad me pedía ayuda? De ser así, era la primera vez que lo hacía y yo no terminaba de entender los motivos.

Sentía rabia y mucha impotencia, ¿realmente se había ido a la India? ¡Qué clase de madre se va sin despedirse! Una madre en apuros, tal vez, pero esa respuesta me inquietaba aún más y me generaba más impotencia. Y así, en bucle.

Pero, al mismo tiempo, sentía un vértigo feroz y un cosquilleo incesante al pensar en aquella oportunidad. Llevaba tanto tiempo trabajando por inercia en el lugar equivocado, que la posibilidad de vivir una aventura me pellizcaba con fuerza. Me sentía como Tom Ripley[3] cuando Mr. Greenleaf le propone embarcarse rumbo a Europa para buscar a su hijo Dickie. Con una gran gesta por delante y un alud de nervios, ganas e ilusión. Solo que mi muy admirada Highsmith a él le había dotado de «talento» y yo, sin embargo, llevaba años convencida de haber perdido el que tenía.

«Bonita forma de empezar el año, mamá», dije para mis adentros.

A pesar del cansancio, el resacón emocional y el desasosiego, decidí levantarme, ducharme e ir a trabajar; tenía asuntos pendientes que no podía seguir posponiendo. Por suerte, cuando llegué a la oficina, todos acababan de bajar a tomarse su cafelito al GlobalCafé, el bareto de nombre *cool* pero de comida cutre que la empresa nos puso para desayunar y comer sin perder tiempo saliendo a la calle. En la redacción nadie perdonaba el tentempié mañanero, cosa que ese día agradecí porque no tenía el cuerpo para charlas banales de primera hora, así que los escritorios estaban desiertos. Obviamente, cuando digo que nadie estaba en su sitio me refería a todos menos a Mariaje, que no concebía malgastar el tiempo en horario de trabajo y venía desayunada de casa. Cuando llegué a mi mesa, andaba colgada al teléfono,

---

[3]   Protagonista de *El talento de Mr. Ripley* (1955), la novela más célebre de Patricia Highsmith.

tomando apuntes sin parar como una taquígrafa del Congreso de los Diputados en plena moción de censura. Una vez leí que cinco minutos de discurso equivalían a cincuenta horas de redacción y trabajo de despacho para transcribirlo en el Diario de Sesiones; a Mariaje le sobraban la mitad.

Me saludó agitando la cabeza y levantando ligeramente las cejas y siguió a sus teclas. Yo, como diría el Fary, me aplasté en mi silla. Rebufé. Por un momento pensé qué iba a hacer con mi trabajo si aceptaba el encargo de mi madre... ¿Dejaría GlobalMedia después de tantos años? Me descubrí valorando la oferta y me pareció una locura. ¿Dar terapia yo? ¡Si no había ejercido jamás! Aunque quizá no era tan descabellado... y, a decir verdad, llevaba años hastiada en la empresa y mi trabajo se había convertido en una tabla de Excel que se alejaba mucho de mis pasiones. Además, si mi madre me necesitaba... Todo por una madre, y más si está en apuros.

Pero no, no podía ser que ella, la mujer más resolutiva, independiente y capaz que existe, tuviera problemas y acudiera a su hija. Esto tenía que ser uno de sus planes para, como me repetía a menudo, «provocar un cambio en mí». «Que pasen cosas», decía.

Y de nuevo sentí (también, por enésima vez...) que ella hacía y deshacía con mi vida lo que se le antojaba, que nada había cambiado y que yo seguía siendo una niña con la que ella podía experimentar. Como cuando vivíamos en Aranjuez.

Fue unos años antes de mudarnos a Madrid, en su primera etapa laboral. Después, junto a Jacqueline Bauvin, su colega y amiga del alma de la facultad, se liarían la manta a la cabeza y montarían juntas el gabinete de atención psicológica Animae, en la calle Quintana de la capital, ese que ahora pretendía dejar en mis manos. Pero eso vendría después.

En sus primeros años como psicóloga, mi madre trabajaba en un centro de educación especial en Aranjuez, una ciudad pequeña (por aquel entonces no llegaba a los cuarenta mil habitantes) del sur de Madrid. Preciosa y majestuosa; con su Palacio Real, sus jardines, sus casitas bajas y, sobre todo, su tranquilidad. Allí daba atención psicopedagógica a niños con necesidades especiales, que podían abarcar desde trastornos del lenguaje a autismo en todos sus grados, síndrome de Down o diferentes trastornos del desarrollo. Trabajaba también asesorando a las familias y dotándolas de herramientas y estrategias para hacer frente a esas dificultades. No era una tarea fácil, pero a mi madre le apasionaba su trabajo, le dedicaba sudor y lágrimas (literalmente) y se implicaba al trescientos por cien con aquellos chavales. «Tienes que poner una barrera, Marta, ¡o acabarás llevándote a esos críos y sus problemas a casa!», solían decirle los compañeros.

Y acabó pasando algo bastante parecido. Recuerdo que siempre se quejaba del poco tiempo que tenía para invertir en sus «personitas», como a ella le gustaba llamarlos, porque, decía con un brillo en los ojos, «eso es lo que son por encima de cualquier otro diagnóstico». Reclamaba que las sesiones en el centro eran muy cortas y que los recursos que Educación ponía a su alcance resultaban escasos. Así que un día decidió montar en casa su propia consulta.

En realidad no fue algo muy meditado. Todo empezó de forma improvisada, como una propuesta de charla con padres y niños complementaria al trabajo que hacían en el centro. De hecho, en casa no tenía despacho, vivíamos en un piso muy pequeño en la calle del Rey (todavía recuerdo la dirección que aprendí de memoria «por si un día me perdía»: «calledelreynúmeronoventaydosterceroa», decía casi sin respirar). Así que, de un día para otro, se deshizo de la cama de su habitación y compró un sofá en el que sentaba a padres y niños durante sus charlas y cuyo canapé montaba y desmontaba cada noche para dormir. Recuerdo que, cuando tenía largas jornadas de trabajo y yo sabía que llegaría tarde a casa, le preparaba la cama por sorpresa y aguardaba escondida en un rincón para ver su cara al entrar; ella siempre ponía la de haber recibido el mayor de los regalos. Poco a poco, fue amueblando aquel nuevo espacio de trabajo: compró un viejo butacón de segunda mano a un señor que los sábados hacía mercadillo de cosas usadas en Ontígola, colocó una alfombra de colores y llenó las estanterías de juegos y material didáctico. Casi sin querer, había diseñado su pequeño cuartel general.

Las familias, que estaban encantadas con el trabajo de mi madre, por supuesto accedieron a participar en esas terapias complementarias y, cuando quiso darse cuenta, se había corrido la voz y tenía peticiones de más padres e incluso de otros centros para derivarle nuevos casos. Siguió formándose, especializándose y comprobando que el trabajo constante y cercano con sus personitas funcionaba. Era la mejor en lo suyo. Es la mejor, de hecho.

Ahí fue cuando nació la idea de ir por libre; dejar la burocracia, las limitaciones y las complicaciones de los centros educativos y de la Consejería, para prestar una atención más personalizada, controlada y directa a los niños. Y ahí entraba yo.

El problema de trabajar en casa era que no podía poner en práctica en sus sesiones ejercicios con otros niños, como hacía en el centro. Entonces se dio cuenta de que en realidad sí que tenía una niña en casa, la menda. Así que me llamaba a esa sala de juegos en la que se había convertido su dormitorio y me ponía a desarrollar ejercicios con algunos de sus pacientes. Como nunca me dijo que esos niños tuvieran problemas, nunca lo supe y nunca les traté diferente. Al parecer, ese pequeño detalle ayudó mucho en algunas de sus terapias.

Fue el caso de Paula, una joven de dieciocho años con autismo severo. Paula presentaba una total ausencia de comunicación, evitaba relacionarse con cualquier persona, incluida su madre, y parecía estar ajena a nuestro mundo. Lo que la había llevado hasta la consulta de mi madre era que, desde hacía unos días, había dejado de comer. Al cabo de unas semanas de jugar conmigo en el nuevo cuarto de mamá, Paula emitía sonidos guturales al verme. Después de unos meses decía mi nombre, se reía a carcajadas jugando conmigo al Tragabolas y se comía a dos manos los bocatas de chorizo que nos preparaban para merendar. A veces lo combinaba con algún que otro tirón de pelo o mordisco, pero incluso eso era una buena señal. Respondía.

Al parecer, durante un tiempo yo también tuve problemas para relacionarme en el colegio. Tras un largo proceso de evaluación muy motivado por mi tutora, me habían diagnosticado altas capacidades, lo que comúnmente se llamaba ser «superdotado». Y con cinco años decidieron adelantarme un curso, a pesar de que mi madre manifestó claras reticencias. El salto motivó que los niños de mi nueva clase me llamasen «empollona», «sabelotodo», «canija» o «enana». De las burlas pasaron a los empujones y las zancadillas, hasta que finalmente me hicieron el vacío por completo. Poco a poco, me fui aislando y pasaba largos ratos callada en un rincón de la clase. Las terapias con mi madre y sus chavales me devolvieron las ganas de jugar, de reír y de comportarme como una niña de mi edad, ni más ni menos. Allí me sentía libre y sin ser juzgada, probablemente igual que esos niños con necesidades especiales. Todos éramos, a nuestra manera, especiales. Por suerte, al acabar el año y tras una intensa presión de mi madre, decidieron volver a ponerme en mi curso.

Con los años supe que aquellas tardes de juegos habían sido terapia. Me sentí un tanto engañada por mi madre, al comprender que el tratamiento no solo era para aquellas personitas, sino que desde el principio también lo fue veladamente para mí. Pero tenía sentido, al fin y al cabo era una pequeña persona que necesitaba ayuda. Como todos, supongo. Y mi madre tenía esa capacidad de solucionar las cosas, eso sí, a su peculiar manera.

Aunque, para ser honestos, le venía de familia. De la gran familia García de la Serna, y en este caso el apellido pesaba mucho. Su padre y el padre de su padre habían sido eminentes psicólogos en nuestro país y grandes pioneros. De hecho, mi abuelo, don Juan Francisco García de la Serna, había fundado en 1948, junto a José Germain y Mariano Yela, el Departamento de Psicología Experimental del CSIC.

En su afán divulgador, había fundado también la revista *The Spanish Journal of Psychology*, junto a José María Arredondo, otro psicólogo de prestigio. Mi bisabuelo José (el bisa Pepe, como yo le conocí), por su parte, ingresó en la Real Academia de Ciencias Morales y Políticas. Ambos eran reputados investigadores e hicieron grandes aportaciones al mundo de la psicología, sobre todo mi abuelo, que antes de fallecer trabajó codo con codo en la Universidad de Princeton con Daniel Kahneman, el flamante primer doctor en Psicología en obtener el Premio Nobel por sus investigaciones sobre la toma de decisiones en momentos de incertidumbre. Nuestro ADN, el García de la Serna, solo tenía un marcador: el de la psicología. Y yo intenté hacer honor a esa genética y a ese apellido, pero desde hacía tiempo sentía que había fallado en el intento.

Yo, que llevaba primero el apellido materno (mi padre había cedido el día que realizó los trámites del libro de familia tras una ardua insistencia de mi abuelo, acompañada de numerito, en el registro civil), había estudiado Psicología, como se esperaba de mí; era como si estuviera escrito en mi currículo antes de empezarlo. Pero no eran esas grandes figuras de mi familia las que lo habían propiciado, era algo un tanto más... oscuro.

4
Alguien tenía que pagar las facturas

Martes, 30 de enero de 2018
Gabinete de asistencia psicológica Animae (Quintana, 27)

Volver a esa consulta en la que, el día anterior, me había descolocado como nunca me producía una mezcla de sensaciones que iban desde el miedo a la rabia, pasando por unas terribles ganas de huir de toda aquella movida. Pero tenía que recuperar mi libreta, no era nadie sin ella. Es curioso que para algunas cosas siguiera siendo irremediablemente analógica; aunque mi día a día estaba ligado a un ordenador, había notas que necesitaba tomar a mano. Como las de mi diario de sesiones.

Así lo había aprendido de Casilda. En nuestras visitas a los presos, nunca tomábamos apuntes ni registrábamos nuestras charlas con ellos durante las sesiones. No llevábamos ni grabadora ni cuadernos, nada más que nuestra sonrisa y mucha empatía. Suena cursi, pero realmente esas eran nuestras herramientas de trabajo. Los presos se sentían más cómodos, más cercanos, menos entrevistados, si no tomábamos nota de todo y les mirábamos a los ojos, como haríamos con cualquier otra persona en una conversación. No era hasta después, al salir, cuando para no olvidar nada rápidamente apuntaba en mi cuaderno todo lo que habíamos hablado. Me apoyaba en la pared del pasillo por el que se accedía a la sala, sin perder ni un instante. A veces aquel rato se convertía en horas, escribiendo de pie contra la pared, pero no me importaba, no quería correr el riesgo de olvidar información en el camino hasta nuestro despacho. Así que transcribía y transcribía aquellas charlas con el mayor lujo de detalles posible, aun sabiendo que había cosas que se quedarían dentro de esas salas para siempre.

Charlas en las que solía haber mucho llanto, en las que a menudo se entonaba el *mea culpa,* en las que palpábamos la humanidad incluso en los presos que parecían estar a años luz del ser humano, en las que había que escuchar olvidándonos de dónde estábamos y a quién teníamos delante; charlas que debían ser digeridas sin juzgar, sin pensar; en definitiva, que engullíamos sin masticar. También ellos eran «personitas», aunque yo tardaría en darme cuenta de eso. Tocaba solo abrazar verbalmente a la persona que teníamos delante, creando un entorno de confianza y seguridad.

Lo mismo que yo había tratado de hacer en la primera sesión con Rosario, justo el día anterior. Había intentado escucharla sin más. Sin apuntar, sin evaluar, sin sacar conclusiones precipitadas, únicamente prestando toda mi atención. Aunque, si soy sincera y haciéndole un flaco favor a mi orgullo, con ella el miedo me paralizó por completo. Juraría que había escuchado aquellos minutos de «confesión» en apnea: Rosario había congelado mi respiración, poniendo a prueba los límites de mi organismo, de mi entereza y de mis capacidades como terapeuta. Como el protagonista de un reportaje que vi en Eurosport un sábado que me había quedado tirada en casa, un tal Arthur Guérin-Boëri. Un apneísta francés que hizo historia en 2017 por batir el récord de apnea dinámica bajo el hielo, al recorrer ciento ochenta metros de distancia. Yo había palpado ese mismo hielo en mi cuerpo al ver en los ojos de Rosario la necesidad perturbadora de matar. Y esa escarcha me había bloqueado. Eso sí, igual que en mis prácticas con Casilda, en cuanto el poderío cordobés de mi flamante paciente abandonó la consulta, apunté diligente en mi diario esas cuatro palabras: «odio en las manos».

Aparqué en doble fila, puse el *warning* y subí a la consulta a por mi libreta. Se trataba de un gabinete psicológico porque ese era el uso que desde hacía unos años se le había dado a la casa, pero en realidad Animae se encontraba en un piso común y corriente del barrio de Argüelles, casi tocando con Pintor Rosales. Una asesoría para las emociones situada en una zona bien; al fin y al cabo, también la gente bien necesita chapa y pintura en la sesera.

Subí las escaleras, como si el compás de las luces de emergencia de mi coche me recordase la premura que marcaba mi reloj. Salté de dos en dos los escasos peldaños que separan el portal del recibidor y, ya en la puerta, me crucé con una señora muy elegante que salía de la consulta. Conjuntaba las grandes perlas redondas de su collar con un cardado impoluto y una dentadura de un blanco tan brillante que dejaba al descubierto el secreto de su postizo. Se sonaba la nariz con un pañuelo de tela bordado y se secaba las lágrimas con pequeños pero rapidísimos toquecitos rodeando sus ojos, intentando no destrozar la buena capa de máscara que se había cementado en las pestañas. Al mismo tiempo caminaba de forma un tanto patosa, mientras cogía con la boca el asa de un enorme maletín —parecía una de esas maletitas que llevan los vendedores de productos a domicilio— para ponerse el abrigo, tratando de salir a toda prisa. Estaba siendo un enero frío en Madrid y la opción de abrigarse una vez en la calle ni se contemplaba. Pero el apuro y la urgencia por controlar que nadie la viese huir de aquel tugurio de loqueras recordaban al *sketch* de Pepe Viyuela y la silla, cómica y disparatadamente enredada, mientras miraba a izquierda y derecha. Como quien pisa una mierda de perro en la calle e intenta arrastrarla de su zapato, con disimulo, para no ser visto ni olido.

Al pasar por mi lado, su cara y su perfume me resultaron familiares. ¿La conocía? ¿Había coincidido con ella en alguna parte? Se quedó mirándome fijamente, enfocando mi cara e intentando descifrarla también. De pronto sus ojos se abrieron como platos, como si hubiese conseguido identificarme; su expresión desconcertada me inquietó. No podría decir que le asustó verme, pero creo que le sorprendió encontrarme allí y, a juzgar por cómo se mordía los labios, no parecía un encuentro agradable. Mi memoria trabajaba deprisa intentando atar cabos para descifrar quién era y por qué aquella respuesta, cuando me topé de morros con Marie.

—Por fin te veo —me soltó mientras me daba dos besos de los que se dan sin usar los labios, solo chocando hueso de mejilla contra hueso de mejilla—. Sinceramente, no pensé que te atreverías a venir.

—Hola, Marie, cuánto tiempo. Hace como diez años que no te veía. Desde...

—Once —me interrumpió—. Han pasado once años desde que murieron mis padres. —Y sin pestañear continuó—: ¿Cómo te ha tratado la vida? ¿De verdad vas a volver al ruedo? Bueno, más bien a empezar en el ruedo. —Me guiñó un ojo—. Ya le dije a tu madre que podía encargarme de sus pacientes yo sola. Que por ella haría el esfuerzo de domesticar también a los suyos —dijo con un retintín que entonces no comprendí.

—Marie, no sé cómo expresarte cuánto siento lo de tus padres, fue muy triste. Lo fue para todos.

Su ceja derecha se levantó picuda, mostrando que no aprobaba ese «todos». Prefirió permanecer callada y escuchar lo que tenía que decir. Me veía nerviosa y parecía disfrutarlo.

—Bueno, y también siento no haber venido antes... Ya sabes, he estado liada en GlobalMedia, allí la presión siempre ha sido asfixiante.

De nuevo aquella mirada de reprobación. Obvié el guiño a mi inexperiencia. Me sentía preparada y tenía que mostrar seguridad. Cogí aire y lo solté del tirón, dejándome de preámbulos.

—Y... bueno, verás, yo creo que sí... Vamos, que sí. —Hice una pausa para sonar contundente—. Sí. Vuelvo al ruedo, como tú dices. Siempre he querido hacer terapia. Impartirla, vaya, no recibirla, ya me entiendes... —Seguí tartamudeando como si acabase de salir del dentista tras una endodoncia, todavía con la boca dormida. Aquella mujer conseguía sacar a flote todas mis inseguridades—. Lo de trabajar en recursos humanos era una forma de ganar dinero. Ya sabes, hay facturas que pagar —dije sonriendo incómoda.

—¡De ganar dinero y de esconderte de tus fantasmas, *ma chérie*[4]! —dijo soltando una pequeña carcajada.

Torcí el morro, contrariada, al descubrir que sabía más de mí de lo que me gustaría. ¡Esa maldita manía de mi madre de no tener la boca cerrada!

—Marta y yo no teníamos secretos, Ana. A decir verdad, ojalá hubiéramos tenido alguno que otro... Ahora otro gallo cantaría. —La miré sin entender—. Pero no te preocupes, tus filias son solo tuyas, ya sabes que cuando se entra por esa puerta, aquí no se juzga a nadie.

Me molestaba sobremanera el tonito paternalista de Marie, que se parecía bastante al de mi señora madre pero que en ella no toleraba. Y recordé por qué no había querido pasarme por allí en todos esos años. Odiaba su sorna, su ironía, su condescendencia y ese implacable tono altivo, que hacía que me sintiera pequeña a su lado. Ella siempre me ganaba. Y, de una forma u otra, siempre acababa restregándome que había conseguido ser una psicóloga respetada y yo no. Aunque en su caso era respetada sobre todo por Marta. Por mi madre. Y eso sí que me dolía en las tripas.

---

[4] «Querida mía».

A decir verdad, Marie era todo lo que yo deseaba ser. Segura, inteligente y fuerte, con una frialdad justa que teñía de sarcasmo todas las conversaciones, haciendo patente su superioridad verbal y una agilidad mental difícil de atrapar. Comprometida con todas las causas justas posibles, se había convertido con el tiempo en lo que yo denominaba una «bio-guay»; uno de sus pactos era con el clima y lo llevaba a cabo a través de un veganismo extremo.

Pero, por si eso fuera poco, se trataba de una mujer muy atractiva. Alta, esbelta y elegante; con una larga melena rubia ceniza, que peinaba poco pero que siempre estaba sinuosa y perfectamente colocada sobre sus hombros. Sus ojos verdes tenían la fuerza de un tigre, que suavizaba con la ternura de unas pecas que correteaban por toda su cara. Vestía con ropas holgadas y cómodas que parecían acariciar tímidamente su cuerpo, siempre en tonos neutros, sin llamar demasiado la atención. Se notaba que dedicaba poco tiempo a su imagen, pero era porque no le hacía falta. Resultaban inconfundibles los genes franceses de su madre, Jacqueline.

Jacqueline Bauvin, Jac, era la colega de facultad de mi madre con la que había montado Animae en 1993. Su hija Marie, diez años mayor que yo, se había licenciado también en Psicología. Un par de años después de arrancar con el gabinete, Marie realizó sus prácticas allí. De alguna forma, como conmigo, la historia se repetía y Marie estuvo dando apoyo a mi madre con los pacientes más jóvenes; niños y adolescentes, que empatizaban mucho más con ella que con Jac o con mi madre. Y, como al parecer era buena, alargó su contrato de prácticas y aquellos niños se acabaron convirtiendo en sus pacientes, pues empezó a pasar su propia consulta infantil. Y, oh, sorpresa, como era tremendamente perfeccionista y profesional, se doctoró en Psicología y Psicopatología Perinatal e Infantil.

El gabinete, que crecía a pasos de gigante, se fue consolidando como uno de los mejores de la capital. Contaban con una cartera de pacientes que iba en aumento y, poco a poco, cada una se fue creando un área de acción sobre la que se seguían especializando a diario. Formaban un gran equipo y yo sentía una incontenible envidia, que disimulaba torpemente con mi ausencia.

Pero aunque dicen que lo bueno, si breve, dos veces bueno... aquello fue demasiado breve. Duró solo unos años, hasta 1997. Aquel año los padres de Marie fallecieron trágicamente y el gabinete se quedó en *pause*, como con una forzada carta de ajuste, esperando a que volviese la programación habitual de sus pacientes.

La tragedia se llevó a un auténtico matrimonio de éxito. El formado por Jacqueline Bauvin y Francesc Boix, un político conservador afiliado al Partido Popular balear desde su adolescencia, que había sido alcalde de Mallorca durante diez años y senador en la cámara alta otros cuatro años, durante el gobierno de Felipe González. En aquella época, la familia llevaba una ajetreada rutina de viajes, compaginando estancias entre Madrid y Mallorca, sin acabar de saber cuál era su hogar. Tengo pocos recuerdos de los tres juntos... De hecho, apenas recuerdo a Francesc.

Jacqueline descendía de los Bauvin Faure-Dumont, uno de los clanes más poderosos de Francia; posicionado entre las diez grandes fortunas del país, dominaba el sector de las telecomunicaciones francesas. Su influencia y sus hilos estratégicamente movidos habían hecho posible, diez años antes, mi entrada en GlobalMedia. Y, caprichos del destino, el Groupe Bauvin era competidor directo de Système, el conglomerado audiovisual que absorbió la empresa que yo había abandonado el día anterior.

Pero la relación de los Bauvin con España y, en concreto con Mallorca, venía de lejos. Aunque su familia había hecho como Napoleón y, tras pasar unos meses de vacaciones en Niza, habían comprado una casa a escasos metros de la plaza Garibaldi, solían tener en Mallorca su cuartel general de descanso. Residentes en Son Vida (el barrio más lujoso y de alto *standing* de Palma), grandes aficionados a la Copa del Rey de Vela y acostumbrados a codearse con la *jet set* balear, acabaron coincidiendo inevitablemente con la mayor estirpe de abogados de las islas, los Boix Bonaventura.

En efecto, los padres de Francesc. Verano tras verano, la relación entre las familias se fue afianzando... Una cosa llevó a la otra, y finalmente llegó el amor y el matrimonio, y luego se fue el amor y llegó Marie. Y el puente aéreo particular entre Madrid y Baleares dejó de ser tan frecuente. Jacqueline se esforzaba en seguir siendo una mujer independiente y hacía malabares con sus horarios de consulta para pasar findes largos en Palma, sin abandonar su vocación en Madrid. Como Francesc, que jamás se planteó abandonar su labor de político en la capital balear. Ni eso, ni sus salidas en barco, sus noches codeándose con magnates y empresarios, su cita con el golf de los domingos o con el club náutico de Puerto Portals casi a diario. No se planteó, por supuesto, renunciar a alguna maravillosa (aunque tan esporádica que era casi única) invitación a Marivent. Y con el transcurrir de los años acabó demostrando aquello de que la confianza da asco. De la etapa del enamoramiento y la admiración hacia Jac y su profesión, pasó a sugerir que quizá podía tomarse un descanso tras el parto para estar con Marie, hasta llegar a la etapa de desacreditar totalmente su labor como terapeuta y cuestionar la continuidad del gabinete. La profesión de Jacqueline y sus viajes a Madrid no es que se convirtieran en un tema tabú para la pareja, sino que se transformaron en una auténtica tortura psicológica al más puro estilo gota china.

Desde muy pronto, la pequeña Marie empezó a pasar la mayor parte del tiempo con su madre en Madrid, algo que, pese a las muchas trabas que ponía Francesc (para casi todo), parecía funcionar. O eso creíamos. Funcionó bien incluso para nosotras, que encontramos en madre e hija un vínculo importante a nuestra llegada a Madrid.

Funcionó con sus más y con sus menos porque, si bien yo veía en Marie a la hermana mayor que nunca había tenido, ella veía en mí una especie de *punching ball*. Alguien en quien volcar sus frustraciones y su rabia. Mucha rabia. Siempre pensé que era demasiado pequeña para tener tanto odio acumulado. Luego descubriría que, también de mayor, el odio seguía acompañándola.

En cualquier caso, para nosotras fue muy positivo tenerlas cerca. Y sí, de algún modo funcionó.

Hasta el verano de 1997.

A decir verdad, sé poco del trágico suceso. Siempre resultó demasiado doloroso y traumático para todos y, con los años, terminó por convertirse en un tema prohibido en mi casa. Lo poco que sé es que el señor Boix había decidido visitar por sorpresa a Jacqueline y Marie aquella infausta mañana de julio.

[FUNDIDO A NEGRO]

Lo siguiente que recuerdo es una llamada de Marie a mi madre en la que le suplicaba que fuese a verla y gritaba entre sollozos y alaridos que era una emergencia.

Había encontrado a sus padres muertos.

Mi madre acudió a toda prisa al ático que la familia tenía en propiedad en la calle Alberto Aguilera con Princesa. Conozco bien la zona porque siempre que íbamos de visita pasábamos antes por el Club del Gourmet, en la planta baja de El Corte Inglés de Princesa, para comprarles una caja de moscovitas. Son unas deliciosas pastas nacidas en el obrador Rialto de Oviedo, hechas de almendra marcona y un chocolate celestial, que le pirraban a Jac (que nos pirraban a todas, a decir verdad). Un auténtico manjar de los dioses de esos de los que «*cuando haces pop, ya no hay stop*».

Recuerdo salir por la puerta principal del centro comercial, la que daba a una de las salidas del metro de Argüelles. Si giraba la cabeza a la derecha podía ver a lo lejos el Arco de la Victoria de Moncloa. Pero si simplemente alzaba la mirada podía observar en lo más alto del edificio de enfrente, en la planta doce, la increíble terraza de los Boix Bauvin. Plagada de cerimanes, hiedras y anturios —para dar una nota de color—, aquella azotea era la envidia de todos sus vecinos. Parecía una auténtica selva en el centro de Madrid. Una selva aciaga. Porque fue desde esa selva desde la que, al parecer, Francesc y Jacqueline se habían precipitado al vacío, quedando tendidos en mitad de la vía.

Él murió en el acto.

Ella, sin embargo, todavía vivía cuando llegaron los servicios médicos y la llevaron a la Fundación Jiménez Díaz, un hospital muy próximo al domicilio. Allí estuvo seis días en coma con una fuerte lesión cerebral, causada por el politraumatismo craneoencefálico que le provocó la caída. Seis días y cinco noches ingresada, y mi madre con ella. No se movió de su lado ni un instante. Apenas articuló palabra.

Marie también estaba allí, pero a ella le tocó hablar más de lo que hubiera deseado. Además de con los médicos, tuvo que atender en varias ocasiones a la policía, que abrió una pequeña investigación para determinar lo sucedido. Tras algunas llamadas a los vecinos, al portero del edificio y otras tantas comprobaciones rutinarias, finalmente corroboraron la versión de Marie, único testigo del desastre. Una versión de los hechos explicada con tanto amor que aquella caída parecía digna de la última escena de *Thelma & Louise*, cogidas de la mano antes de precipitarse al vacío, en aquel Ford Thunderbird. En este caso cambiando el Gran Cañón por las calles de Madrid. La policía determinó que todo había sido un terrible accidente: el matrimonio resbaló y cayó al vacío desde una altura mortal. Y se cerró la investigación y se cerraron también los ojos de Jacqueline para siempre. Después de casi una semana de lucha, un fallo multiorgánico acabó con su vida.

Y con un poco de la vida de mi madre. Un pedacito de ella cayó también desde aquella planta doce. El duelo se alargó muchos meses. Estaba abatida, destrozada, en un estado de *shock* permanente, incapaz de resurgir de las cenizas que había dejado la ausencia de Jacqueline. Vagaba por casa como un fantasma; el vacío y la culpa la atormentaban.

Yo no acababa de entender por qué mi madre sentía aquella culpa. ¿Quizá habían tenido una discusión? ¿Quizá quedó pendiente algo entre ellas? Nunca lo he podido saber, porque ella nunca ha querido recordar.

Poco después cerraron temporalmente la consulta y mi madre se planteó hacerlo de manera definitiva: era incapaz de superar aquella pérdida. Fue entonces cuando Marie cogió las riendas. Podría parecer que mi madre era la que debía ayudar, al fin y al cabo aquella chica acababa de quedarse huérfana de padre y madre. Pero fue Marie la que ayudó a mi madre a sobreponerse del trance, y sin colores oscuros, sin alargar un luto que parecía ajeno a ella, volvió a abrir la consulta. Tiró del carro a pesar de las circunstancias y de las heridas todavía sangrantes, y se hizo con las pacientes de su madre, todas mujeres. Pronto mi madre volvió a ser la que era —casi por completo, nunca se repuso del todo— y la relación entre ellas se hizo tan fuerte que mi madre consiguió llenar aquel vacío. Fueron recuperando el ritmo, las citas y los ingresos y consiguieron mantenerse a flote. Juntas. Más unidas que nunca.

Hasta este momento en que Marie, de alguna manera, había vuelto a perder a una madre. En otras circunstancias, pero también mi madre se había ido del gabinete y toda la esperanza de que su preciada consulta no se hundiera recaía de nuevo sobre la hija de una de las fundadoras. ¿Quizá por eso estaba Marie tan enfadada? La presión sobre mis hombros era máxima: yo no tenía ni una cuarta parte de su experiencia, ella lo sabía y no me respetaba.

—De verdad, Ana —volvió a insistir—. No hace falta que hagas esto. Puedo arreglármelas sin tu madre. No sería la primera vez. Solo tendría que espaciar un poco las visitas de algunos pacientes que ya están en terapia de apoyo y listo.

—Mamá... Quiero decir, mi madre me dijo que estabas al corriente y que te parecía bien. —Me salió un tono de niña mimada del que enseguida me arrepentí.

— «Mamá», quiero decir, tu madre —repitió con sorna— siempre hace lo mismo con las cosas importantes. Las resuelve con una huida hacia delante. Yo nunca dije que estuviera de acuerdo en que tú...

—Marie —la interrumpí severa, pero sin lograr que saliera de la especie de bucle en el que había entrado.

—... pero claro, una vez más aquí estoy yo para sacarnos a todos las castañas del fuego. No me puedo creer que se haya ido y piense que tú...

—¡Marie! —grité. Asombrada, levantó una ceja, cruzó los brazos y por fin me escuchó—. Este gabinete es tan mío como tuyo. He decidido que cogeré el relevo de mi madre y lo voy a hacer. De hecho, ayer pasé mi primera consulta.

Sus ojos por poco se salieron de las órbitas.

—¿Ayer? ¡Ayer! ¿Tan pronto? ¡Tan pronto! —repetía sus preguntas y respuestas como un loro mareado—. No sabía nada y no me parece de recibo. —Arqueó, de nuevo, la ceja izquierda y me miró esperando una respuesta. Preferí callar y dejar que acabase la pataleta—. ¿Con quién pasaste consulta? —Seguí en silencio—. ¡Ajá! Pasaste consulta con alguno de los «señoros».

Me extrañó el desprecio, sobre todo por lo de no emitir juicios al cruzar la puerta...

—Te equivocas. Fue con una mujer, Rosario Jiménez. Pero me vas a permitir no entrar en detalles —dije mientras intentaba esquivarla y abrir la puerta del despacho de mi madre—. Además, me pillas con una prisa tremenda y tengo el coche aparcado en doble fila.

Pero la indignación de Marie crecía como una espinilla en la nariz antes de una primera cita.

—¿Una mujer? ¡No puede ser! Habrá sido un error. Si de verdad vas a trabajar aquí hay algo que debes saber: a las mujeres las atiendo yo.

Yo sabía perfectamente que eso era así, y más desde que su madre no estaba. Pero también sabía cuál había sido el encargo asignado.

—Bueno, supongo que habrá sido una excepción. —Conseguí abrir la puerta del despacho, entrar y coger el cuaderno que había dejado encima de la mesa. Marie me perseguía, alterada, moviendo los brazos arriba y abajo con rabia—. Recibí órdenes explícitas de mi madre de atender personalmente a esta paciente. Creo que si tienes alguna duda deberías consultarlo con ella. Aunque va a ser difícil, la comunicación no es muy fluida, créeme —dije recordando los intentos fallidos de contactar con ella de mis últimas horas.

Marie empezó a soltar un montón de improperios y, básicamente, a cagarse en mí, en la madre que me parió y en la India entera. Aproveché cuando empezó a gritar cosas en francés (podríamos resumirlas en muchos *merde* y *putain*) para driblarla y alcanzar la puerta.

—No te preocupes, Marie, todo va a salir bien. Al fin y al cabo, las dos hemos aprendido de las mejores, ¿no? —Le guiñé un ojo para devolverle su guiño de antes y cerré la puerta con fuerza, dejándola con la palabra en la boca y bajando a toda prisa las escaleras que me separaban de la salida a la calle.

Sabía que aquel desplante me costaría caro, pero no era el momento de discutir; mi francés estaba bastante oxidado y además ya le había colado la primera mentira. ¿Que la sesión con Rosario había ido bien? Si había durado escasos minutos y yo casi me había quedado sin respiración. Mi primera consulta podía resumirse fácilmente: se abre el telón y vemos a una paciente y a una terapeuta, una pistola y odio en las manos. Se cierra el telón.

¿Sería aquella mujer capaz de matar a su hijo y acabar con su vida después?

Esperaba encontrar respuestas en la cárcel de Aranjuez.

5
La oscuridad como peaje

Martes, 3 de julio de 2007
Centro Penitenciario Madrid VI, Aranjuez (Madrid)

฿uenos días, Ana. ¿Qué tal estás? ¿Cómo te sientes después de tu primer día en prisión?

—Buenos días, Casilda. Diría que me siento realizada —respondí asintiendo con la cabeza—. Ayer fue uno de los días más importantes de mi vida. No me cabe ninguna duda de que este es mi lugar.

—Eso me alegra. Entonces imagino que estarás preparada —dijo sacando su libreta y acomodándose en la silla del despacho a la vez que me invitaba a sentarme enfrente.

Me senté.

—¿Preparada para qué? —pregunté sin saber a qué se refería la Yagüe. Con ella, uno nunca sabía a lo que se iba a enfrentar.

—Para nuestra primera sesión de terapia —dijo mientras esbozaba una pequeña sonrisa de medio lado, como las que se les dibujan a los niños cuando han hecho una travesura.

Levanté una ceja.

—¿Es un ejercicio evaluable para mis prácticas?

—No, es terapia —contestó severa—. Cuando acepté tu candidatura como estudiante en prácticas, le dejé bien claro a tu madre que solo podrías acceder si aceptabas la misma condición que el resto de los alumnos que han pasado por aquí. Sé que eres una alumna excelente y con un expediente académico impecable, por lo que tus conocimientos teóricos nunca me han preocupado... De hecho, no creas que te elegí por nepotismo, eres la mejor de tu promoción. Pero aquí la experiencia que de verdad te va a servir es la emocional, y esa es la que vamos a trabajar con un tratamiento terapéutico conjunto y sencillo. Me gusta llamarlo terapia de acompañamiento, de sostén.

Iba a interrumpirla para quejarme y darle todas las razones por las que yo no necesitaba tal terapia, pero antes de que pudiera decir nada sentenció:

—Debes protegerte. Y en estas sesiones yo voy a enseñarte cómo hacerlo. No es negociable.

Debí haber imaginado que mi madre tenía algo que ver. Sin duda, era esa letra pequeña que ella habría omitido para evitar una negativa por mi parte. A pesar de mis fuertes vínculos con la psicología, siempre había renegado de recibir cualquier tipo de tratamiento. Incluso en los momentos más duros de mi vida, en los que había rozado la ansiedad severa y la depresión, descarté la posibilidad de acudir a un terapeuta. Mis amigos lo achacaban al orgullo. Pero nada más lejos de la realidad. Simplemente, me parecía una contradicción que alguien, cuya profesión consiste en ayudar a otros, requiera esa misma ayuda profesional porque no puede ayudarse a sí mismo. Y ya había tenido suficiente con los experimentos encubiertos en mi casa, con mi madre y sus pacientes. Así que, en efecto, de haber sabido esa contrapartida, hubiese renunciado a iniciar aquel camino junto a Casilda. Un camino que, por otro lado, era el que siempre había soñado: lidiar cara a cara con criminales. Asesinos, torturadores, terroristas, narcotraficantes... Estudiarlos, tratarlos y, en la medida de lo posible, arreglar todo aquello que en sus vidas un día dejó de funcionar. En definitiva, el camino de la psicología penitenciaria de la mano de una de las mayores expertas del país.

***

Casilda Yagüe era todo un referente y su labor impecable se fundamentaba en una cuestión básica: la resocialización de los individuos privados de libertad. Llevaba toda una vida dedicada a ello, convencida de que el encierro por sí solo no «cura», sino que más bien empeora al que lo sufre, por muy merecido que sea el castigo. Se esforzaba en entenderlos; entender qué les había llevado hasta la cárcel, sus dificultades vitales antes de la condena (sociales, familiares, económicas...). Y se centraba en mostrarles que pudieron tomar otras decisiones, que otra vida es posible lejos de la delincuencia. Los trataba, en definitiva, como a seres humanos capaces de cometer errores, de pagar por ellos, pero también merecedores de una segunda oportunidad. Aunque, por encima de todo, lo que más y mejor hacía Casilda era escucharlos.

Tiempo después de trabajar con ella me di cuenta de que el mayor aprendizaje que me llevé fue ese: que lo que más necesitan los presos es hablar y ser escuchados.

Su vocación había nacido en su último año de facultad, en el verano de 1978, mientras veía las noticias. Estaba pasando los meses de julio y agosto en Madrid estudiando, porque le había quedado para septiembre Estadística, la única asignatura que se le resistió. Cenaba con su compañera de piso mientras veían la televisión que habían comprado en el Rastro, de segunda mano, por 5.750 pesetas. Toda una ganga, teniendo en cuenta que apenas tenía tres años y costó el doble. Tenían sintonizado el segundo canal de Televisión Española, para muchos el UHF, y emitían *Noticias en la Segunda*, el primer noticiario de la cadena, ya que hasta entonces no contaban con espacios informativos propios y repetían el *Telediario* de La Primera.

Los jóvenes españoles de los setenta estaban llenos de inquietudes, y a través de la música, el cine y la contracultura no se encontraban tan alejados de Europa como los jóvenes de hoy podríamos imaginar. Los universitarios buscaban otros espacios en los que informarse, intentando huir del no tan lejano NO-DO, que había seguido en emisión por imposición del Gobierno hasta 1976, pero que en algunos cines pudo verse hasta 1981, año en el que desapareció de forma definitiva. Se estaba viviendo una importante apertura en la prensa, con Pío Cabanillas como ministro de Información, y la televisión era uno de los medios donde sus efectos empezaron a ser más evidentes.

Noticias en la Segunda se convirtió en el espacio informativo que empezaron a ver los universitarios de la época. Fue el primero que se emitía en color, y eso ya era toda una declaración de intenciones en cuanto a la voluntad de progreso y modernidad. Era más moderno, con un estilo más ágil, un tono mucho más cercano y coloquial que rompía el esquema tradicional de los telediarios. Se trataban temas alternativos a los del informativo habitual, lo que nadie ponía en portada, relacionados con la calidad de vida, los problemas ciudadanos o el medio ambiente. Es cierto que muchas chicas lo veían porque estaban enamoradas de Joaquín Arozamena y su mostacho. Pero también es cierto que fueron rompedores en lo que contaban y en cómo lo contaban. Y una de esas rupturas fue la salida de plató, con la incorporación de reporteros.

Justo la conexión con uno de esos reporteros fue lo que captó la atención de Casilda y lo que marcaría un antes y un después en su devenir profesional.

El reportero aparecía delante de la cárcel de Badajoz, en la que la noche anterior veintisiete de sus noventa y cinco presos se habían amotinado. Los internos consiguieron amontonar mantas, colchonetas y otros materiales y prenderles fuego en uno de los pasillos principales. Luego se hicieron con la enfermería, el economato y cualquier reducto de la prisión, que acabó, literalmente, calcinada. El abastecimiento de energía eléctrica se cortó. La humareda lo inundó todo.

Los presos se habían confinado en el tejado, desde donde gritaban por su libertad y lanzaban tejas a los bomberos y la policía allí congregados. Se trataba de lo que entonces se conocían como «presos sociales» (eran los tiempos de la Transición), presos en plena dictadura, víctimas de la represión y que no habían sido indultados. Aquel motín, igual que todos los que se sucedieron en España, se convirtió en un icono de los derechos que todavía estaban por restablecerse. Pero aquellos hombres en el tejado de la cárcel, suplicando ser libres, ser escuchados, ser considerados, sacudieron la cabeza de Casilda como un tsunami que arrasa con todo cuanto encuentra a su paso.

—Sigue pareciendo que el caudillo está vivo. Hay que joderse —se quejó su compañera.

—Las prisiones son el lugar perfecto para empezar a mostrar al mundo que España es un país que se esfuerza en la defensa de los derechos humanos —dijo Casilda mientras se servía un poco más de salmorejo.

—¿De verdad te crees eso que dices, Cas?

—Esos hombres merecen que se les escuche. Seguro que nadie se ha sentado a hablar con ellos, nadie les ha preguntado cómo están, cómo se sienten.

—¿Y vas a ir tú, la Yagüe, a enseñarles inteligencia emocional a los funcionarios de prisiones?

—Voy a ir a contarles que la psicología tiene herramientas que ayudan a la gente a sentirse mejor, que pueden orientar a los internos a mejorar sus capacidades y a abordar aquellos problemas concretos que influyeron en el comportamiento delictivo que les llevó a prisión.

—Ay, amiga mía, llevas mucho tiempo encerrada en la biblioteca. ¡Déjate de teoría! Son presos, no puedes ponerte a hacer terapia con ellos en la cárcel como si se tratase de una consulta.

—Te equivocas... Desde hace unos años, algunos psicólogos han empezado en España, ¡y en Estados Unidos llevan implementando la psicología en las cárceles desde 1919!

Su amiga hizo ademán de responder, pero prefirió coger el tabaco y liarse un cigarro.

—Como sociedad tenemos un deber con esa gente a la que en algún momento fuimos excluyendo.

—¡No, si ahora resulta que la gente acaba en el trullo por mi culpa!

—Sabes que no estoy diciendo eso, pero sí creo que la mayoría de los presos tienen características comunes. La cárcel no puede ser solo un lugar en el que custodiamos a «los malos» hasta que cumplan condena. Si se dedicasen los recursos económicos adecuados y se formase a los profesionales pertinentes...

—Casilda, basta —dijo encendiéndose el piti—. Todo eso suena más a una fantasía freudiana cercana a Robin Hood que a un sistema penitenciario real. Amiga, siempre has sido una ilusa.

—Creo que soy mucho más que eso —dijo quitándole el cigarro de la mano para darle una calada.

—En efecto, eres una mujer, por si ese detalle se te había olvidado. Y no puedes pretender que una piba se siente con el tipo de gente que está en la cárcel y le abran su corazón.

—¿Quién dice que no?

Casi treinta años después de aquella cena con salmorejo y huevo duro picado, y como si del motín de Badajoz hubiera saltado al de Aranjuez, Casilda Yagüe se había convertido en la mejor psicóloga de instituciones penitenciarias del país. Una auténtica pionera. Y, por suerte, era una de las mejores también en psicología inversa.

***

—En ese caso, Ana, quizá nos hemos precipitado y este no es el momento para que empieces tu carrera en prisiones. Probablemente me equivoqué al creer que estabas preparada, pero aquí nadie ha empezado a tu edad. Mejor esperamos a que...

—No —la interrumpí—. Por supuesto que estoy preparada. Llevo preparándome para esto toda mi vida. Si toca tener esta charla contigo de vez en cuando, para que te quedes tranquila, la tendré. Acepto tus condiciones, pero quiero dejar claro que no necesito ayuda. Esto no es una terapia al uso, es un... ¿cómo lo llamaste? Un acompañamiento. ¡Eso es! Un acompañamiento de tutora a alumna —dije satisfecha—. De mentora a discípula.

—De acuerdo. Pues comencemos. —Casilda se acomodó en su asiento—. ¿Tú te has planteado por qué aparecieron las cárceles?

—Bueno, creo que lo sé —asentí orgullosa—. A mí me gusta remontarme a los inicios: el Código de Hammurabi, probablemente las leyes más antiguas que se conocen, justificaba equiparar el daño perpetrado con el castigo a imponer. Suena un poco al ojo por ojo y puede parecer una barbaridad, pero...

—No —me interrumpió—, no te he preguntado por lo que sabes, sino por lo que tú te has planteado. ¿Por qué crees que los profesionales como tú o como yo somos necesarios en prisión?

—Porque es un derecho fundamental, está en la Constitución. Según el artículo 59.1, «el tratamiento penitenciario consiste en el conjunto de actividades directamente dirigidas a la consecución de la reeducación y reinserción social de los penados»...

Ella me escuchaba callada. Noté cierta decepción en su cara y lo intenté por otro lado:

—Y el 59.2, que «el tratamiento pretende hacer del interno una persona con la intención y la capacidad de vivir respetando la ley penal, así como subvenir a sus necesidades. A tal fin se procurará, en la medida de lo posible, desarrollar en ellos una actitud de respeto a sí mismos y de responsabilidad individual y social con respecto a su familia, al prójimo y a la sociedad en general».

—Sigues recitándome la teoría que impartía tu abuelo en la facultad. Aquí no nos sentamos a hablar de eso, no quiero que vomites todos esos datos que memorizaste en su día. Es importante que, cuando hagamos este ejercicio cada semana, «enfoques» con una mirada profunda.

La miré un tanto disgustada. Era la primera vez que no podía lucirme con todo ese porrón de datos, cifras y teorías que había memorizado durante tantas y tantas madrugadas.

—Ana, yo creo que quienes estudiamos Psicología lo hacemos por vocación, porque queremos estar con personas, ayudarlas y aprender de ellas. Pero con límites. No debes llegar al punto en el que no lo puedas separar, tienes que ser capaz de desarrollar una vida en paralelo. La vida real no está en la cárcel, la vida real no son los presos. Para su desgracia... La prisión es su preparación para la vuelta a la vida en sociedad, a la vida de verdad. ¿Comprendes?

—Comprendo. Aunque no sé si es eso lo que me sucede... Desde que empecé a estudiar psicología criminal algo ha cambiado en mí. Es cierto que miro al resto de la gente y veo normalidad en sus vidas, y de golpe siento que yo ya no tengo retorno.

—Pero eso es lógico. Trabajando con este tipo de personas llega un momento en el que ya no puedes ver la vida como la ve el resto, ni desarrollar vínculos como lo hace el resto. Todo se hace desde otro ángulo, como te decía antes, más profundo.

—No sé si hablamos de lo mismo. Cuando estoy en contacto con esas historias, con esos dramas..., no puedo pasar por encima de esas personas de puntillas: necesito implicarme. Necesito analizar, ayudar y llegar más allá. Meterme en sus cabezas, ser parte de ellas. Mimetizarme hasta, me atrevería a decir, ser una de ellas.

—Entiendo —dijo sorbiendo su taza de infusión, para mi gusto de una forma demasiado ruidosa. Hizo una pequeña pausa y continuó en un tono suave—: Y porque lo entiendo te digo que ese puede ser uno de los motivos para no ejercer. O no hacerlo en un campo determinado. Yo misma soy un ejemplo de ello. Hay ramas de la psicología que a día de hoy no quiero tocar precisamente por eso, porque no me compensa el precio emocional que debo pagar.

Me miró sonriendo con dulzura, como hacía siempre que reconocía en mí rasgos que le recordaban a mi madre.

—Siempre admiré a tu madre por el trabajo que hacía con los niños, sin embargo, la psicología infantil jamás estará en mi campo de actuación. Hay temas no resueltos en mi infancia que me impiden trabajar en el desarrollo de la infancia de otros; lo que me quitaría esa labor es mucho más de lo que yo podría aportar. Ana, una debe saber si quiere movilizar tanto su vida. Si quiere, si puede y, lo más importante, si debe.

—¿Y cómo se sabe?

—Con trabajo interior. Esta terapia es una buena herramienta para encontrar esa respuesta. Aunque debes estar preparada para aceptar.

Tenía la sensación de que Casilda ya conocía esa respuesta pero no iba a compartirla conmigo. Un ápice de desilusión se acababa de colar en algún rinconcito de mi corazón, bajo la sospecha de que quizá yo no era apta para el trabajo con el que siempre había soñado.

—Creo que lo primero que debes saber es que todas las personas que conozco que trabajan en prisiones terminan siendo un poco oscuras. Es un peaje que todos acabamos pagando.

—Casilda, tú eres todo lo contrario a la oscuridad. ¡Eres un ser de luz!

Por fin conseguí sacarle una sonrisa que rozó la carcajada.

—No estés tan segura —dijo todavía con la risotada entre los dientes—. Yo también tengo una cara B, como los vinilos. Todos la tenemos —remató guiñándome un ojo.

—Yo sé que aquí voy a ver la parte menos luminosa de la sociedad. Sé que a diario me voy a encontrar con lo peor del ser humano. Pero también sé que puedo con ello.

—No creas, aquí vas a toparte con individuos como tú o como yo, en su mayoría. Personas muy corrientes. Pero a todos les une una cosa: en su día tomaron una mala decisión, o un conjunto de ellas, que los trajo hasta aquí. Ayudarlos a identificarlas y aceptarlas para que no vuelvan a elegirlas es una parte fundamental de nuestro trabajo. Pero para ello tienes que desarrollar estrategias personales que te permitan que todo esto sea un aprendizaje y no algo que te reste en la vida. Debes impedir que tu yo se desvanezca un poco cada día entre estos barrotes.

—Casilda, solo te pido que confíes en mí.

Volvió a sorber su infusión, esta vez con más delicadeza. Luego pestañeó despacio y continuó:

—Ana, respóndeme una cosa: ¿por qué quieres especializarte en psicología penitenciaria? Yo siempre tuve muchas dudas, de hecho en mi época universitaria llegué a plantearme si la psicología era lo mío. Revoloteaban en mi vida otras inquietudes como la sociología o la antropología, incluso fantaseé con la filosofía. ¿Qué hay de ti? Y no me vengas con lo del pedigrí De la Serna, porque sabes que no van por ahí los tiros...

—Ya sabes que ese pedigrí siempre ha hecho mella en mi casa, y es cierto que no concebía otra cosa que no fuese estudiar los procesos mentales de los individuos. Me inculcaron esa devoción por la psicología, pero creo que en mí se despertaron otros intereses.

—¿Qué intereses?

—Puede que uno fuese ir contracorriente. Siempre me ha atraído aquello en lo que nadie quería entrar. No hablamos de algo prohibido, pero sí de una puerta que muy pocos quieren cruzar. Yo quiero demostrar no solo que puedo atravesarla, sino que mi trabajo va a dejar huella.

—¿Hablamos de ego, entonces?

La pregunta no me gustó. Pero quizá no iba desencaminada...

—La mayoría de mis compañeros han escogido ramas más... ¿cómo lo diría?, amables. Es mucho más sencillo tratar a niños, mujeres... Pero aquí encontramos a todos esos individuos que han dejado de formar parte de la sociedad, y de nuestro trabajo depende que exista un impacto positivo y directo sobre esa misma sociedad. ¡Esto no es Estados Unidos! Aquí no se les sienta en la silla eléctrica, tarde o temprano volverán a pisar la calle.

—Sin embargo, en tu casa has mamado esa psicología más «amable»...

—Mi madre, como sabes, ya empezó su carrera estrechamente ligada a la infancia. Mi abuelo compaginó la docencia con la investigación, pero a mí desde pequeña me interesaron otras áreas y otros... perfiles. ¿Nunca te extrañó que siempre quisiera que me cuidases tú?

—Bueno, pensaba que nos llevábamos bien. No me vayas a romper el corazón a estas alturas —bromeó Casilda.

—¡Todo lo contrario! —dije levantando los brazos—. No solo nos llevábamos bien, sino que eras la única que no me trataba como a una niña. Recuerdo que te preguntaba por tu trabajo, por la cárcel, por los presos. Nunca me soltaste el manido «son cosas de mayores», sino que me explicabas la realidad con una emoción, un tacto, una verdad y un respeto que acabó por fascinarme.

—No sé yo qué pensaría tu abuelo si supiera que el origen del mal está en mí...

—Ese ha sido el problema toda mi vida, que siempre me hicieron creer que había algo malo en mí. Que no seguía el patrón, no seguía la línea que los De la Serna habían dibujado en el horizonte para mí, desde antes de nacer. ¿Sabes por qué me encantaba venir a verte al despacho?

—Vaya, ¿no era para traerme esas bandejas de galletas tan ricas que preparabas?

—En parte sí y en parte porque, siempre que podía, aprovechaba un descuido tuyo para bucear en tus archivos. Una llamada que salías a hacer a la calle porque dentro los inhibidores te dejaban sin cobertura, una urgencia con un recluso o un rato de confidencia con mi madre en el pasillo me dejaban todo tu despacho para mí. Y lo que empezó como una lectura inocente de un informe que encontré por casualidad encima de la mesa, terminó por convertirse en una auténtica búsqueda de material «prohibido» antes de que volvieras.

—¿Material prohibido?

—Bueno, así llamaba yo a cualquier documento confidencial. Un perfil psicológico, uno de tus informes forenses, una transcripción de una sesión con un preso... Cualquier cosa que una niña primero y una adolescente después jamás debería haber leído.

—Así que eso hacías...

Casilda no pareció sorprendida, tampoco decepcionada. Más bien, intrigada.

—¿Recuerdas alguno de los casos?

—¡Me acuerdo de todos! —dije satisfecha—. Pero algunos me marcaron más que otros. Recuerdo especialmente tu colaboración en un caso internacional en el que un francés había matado a su esposa, a sus dos hijos y a sus padres porque se había creado una vida falsa que poco a poco empezó a desmontarse.

—¿Accediste al informe que escribí sobre Jean-Claude Romand?

—Te confieso que sí. Me habías contado emocionada que algunos de los servicios de investigación internacionales más prestigiosos habían acudido a ti y te habían pedido ayuda en la investigación de varios de sus casos a través de la evaluación psicológica de sus sospechosos. Yo era adolescente, sabía cómo entrar en tu ordenador y sabía que estabas trabajando en la investigación sobre un «asesino relámpago».

—¡Vaya, vaya, con la espía infiltrada! Y yo pensando que venías a traerme la merienda...

—Eso también, pero es que sumergirme en aquellas historias era conectar con un mundo absolutamente cautivador. ¿Cómo alguien fue capaz de ocultar durante dieciocho años su verdadera vida a sus allegados haciéndose pasar por alto funcionario de la Organización Mundial de la Salud? Algo de maestría debemos reconocer ahí...

—No sé si diría tanto —me contestó muy seria—. ¿Qué sentiste al leer sobre aquel caso, por ejemplo?

—Fascinación.

—Te doy una nueva oportunidad para que pienses la respuesta. ¿«Fascinación» es la palabra que usarías?

Dudé. Pero me convencí de que si aquello era una terapia, solo funcionaría si era completamente sincera.

—Sí, fascinación. Una atracción irresistible por saber, por conocer... Bueno, y por ayudar, por supuesto. Estaba convencida de que podría cambiar al tal Jean-Claude, reconducirlo. ¿Sabes, Casilda? Incluso siendo pequeña sabía que no debía leer aquello, pero no podía evitarlo. Pero sí, sentía fascinación por aquellos criminales, que hasta entonces solo conocía de las películas y las novelas, y que de pronto tenía tan cerca de mí.

—Personas. Ana, aquí trabajamos con personas. Nunca lo olvides. Nuestra labor es ayudar a los internos a volver a ser aptos para la vida en sociedad, no juzgarles como criminales. Ya tuvieron que sentarse frente a un juez, no cometas el error de ponerte la toga tú también. Tampoco nos «fascinamos» con ellos; ningún delito que te encierra entre estos muros es digno de admiración.

¿A qué venía ese tono paternalista de Casilda? De nuevo, como tantas otras veces con mi familia, me sentía incomprendida. Intenté decirle que no era una *groupie* del crimen y que sabía que con mis conocimientos sería capaz de cambiarlos y ayudarlos, pero empezó a recoger sus cosas y se levantó de la silla.

—Ahora toca ponerse en marcha. Creo que ya ha sido suficiente por hoy. Seguiremos.

6
¿João?

Viernes, 2 de febrero de 2018
Gabinete de asistencia psicológica Animae (Quintana, 27)

Apenas había dormido dándole vueltas a todo lo que había pasado en la cárcel. Regresar allí había sido intenso. Demasiado, quizá. Así que decidí que no hacía falta que las calles estuvieran puestas para saltar de la cama y empezar el día.

En cualquier caso, seguía en el mismo ángulo muerto. Una zona oscura en mi camino en la que no podía ver lo que estaba sucediendo (y lo que estaba por suceder) y que podía llevarme a dar un volantazo. Ajustaba y reajustaba mi espejo retrovisor para intentar responder a dos cuestiones: ¿era Rosario una asesina en potencia? Y la más urgente: ¿debía llamar a la policía?

Para esa primera hipótesis había desempolvado mis viejos apuntes de la facultad. Me generó cierta ternura ver aquellas notas en las que se hablaba de terribles trastornos psicóticos y de la personalidad, pero escritos con una pulida caligrafía y subrayados en diferentes colores de rotulador fluorescente para distinguir entre nombres propios, fechas y datos teóricos.

Había cogido los archivadores que contenían las asignaturas de Evaluación e intervención en violencia familiar, Evaluación e intervención en conducta antisocial y Evaluación de la peligrosidad. Un escalofrío placentero me recorrió el cuerpo erizándome el vello de la nuca. Noté un pellizco en el estómago. Se endurecieron mis pezones. Hiperventilaba. Joder, eso era lo mío.

Eché un primer vistazo y me detuve en un pequeño recuadro que yo acostumbraba a dibujar al final de cada tema. En él resaltaba datos, generalmente cifras y porcentajes, que obtenía en mis ratos de investigación. Extraídos de informes policiales a los que conseguía acceder, de estadísticas publicadas por el CIS o el INE, de informes psicológicos y evaluaciones forenses de los profesionales de prisiones o de archivos públicos del Centro Nacional de Investigaciones. En ocasiones también los sacaba de archivos e informes públicos del CITCO, el Centro de Inteligencia Contra el Terrorismo y el Crimen Organizado, una especie de FBI a la española creado por el Ministerio del Interior. Estructurados en forma de ítems, eran el tipo de datos que yo solía empollarme para reproducirlos literalmente en los exámenes y poner mi toque de calidad, que marcaba la diferencia con la teoría que todos tenían de mano de los profesores. Me gustaba destacar y sorprender. Pero, a decir verdad, también había otro tipo de datos que me helaban la sangre.

> *Solo el diez por ciento de la criminalidad total tiene nombre de mujer.*
> *Las mujeres que matan tienen más posibilidades de matar a alguien que aman.*
> *La delincuencia femenina está fuertemente ligada a situaciones de carencias económicas y disfunciones sociales.*
> *También puede estar relacionada con trastornos mentales. Especialmente en casos de filicidio o neonaticidio.*
> *Los padres y madres asesinos matan con veneno, quemaduras, abandono, traumatismos y estrangulamiento.*

Abrí mi libreta para repasar los apuntes de la sesión con Rosario y cotejarlos con estos datos cuando llamaron a la puerta del despacho. Estaba tan enfrascada en mi análisis que no hice caso.

Encendí el ordenador para crear una ficha y pasar a limpio todo lo que tenía que ver con Rosario. Me fue fácil acceder; mi madre tenía su contraseña apuntada en un pósit pegado en la pantalla. Tecleé «F3fiT4». «Fefita» era como me llamaba mi padre de pequeña. Me reí pensando en lo absurdo de crear una contraseña para luego dejarla a la vista de todo el mundo. Pero en ella tenía sentido porque era un desastre con la tecnología en general, a lo que se sumaba su poco interés por estar permanentemente conectada y localizable. Pensé que no habíamos podido hablar desde su partida. La echaba de menos. Aunque no terminara de entenderse con el ordenador, seguro que comprendería y gestionaría como nadie todo este marrón.

Volvieron a llamar a la puerta y se abrió. Levanté la cabeza y me quedé boquiabierta.

—¿João? —pregunté entornando los ojos para enfocar mejor.

—Hola, Ana —saludó, en efecto, João—. Perdona que entre así en tu despacho, pero he llamado un par de veces a la puerta y no respondías. Como no hay recepcionista, no sabía qué hacer...

Siempre les dije a Jac y a mi madre que debían contratar a una persona para atender a los pacientes a su llegada, responder llamadas y para controlar los pagos. Ambas rechazaron la idea, al principio por abaratar los gastos del gabinete y, con el tiempo, por costumbre. Ellas se gestionaban sus citas, controlaban la facturación y, en cuanto a la recepción, la puerta de la entrada siempre estaba abierta; todo el que llegaba sabía que podía entrar y esperar su turno en la salita del fondo.

Estaba claro que era la primera vez que él acudía a la consulta porque se había saltado el paso de la sala de espera. De hecho, estaba convencida de que no tenía ninguna cita asignada; ni estaba en la agenda ni me había llamado para cerrar una hora. ¿Qué hacía entonces ahí?

—Disculpa la intromisión...

Mi interlocutor se quedó callado, mirándome desde la puerta, esperando a que le invitase a entrar. Tenía delante a João Calvinho, el documentalista de GlobalMedia.

—¿Qué haces aquí? ¿Le ha pasado algo a Mariaje? No pude despedirme y no he vuelto a saber de ella... —dije asustada.

João y yo éramos colegas, pero no amigos. Como mucho, habíamos ido a comer juntos alguna vez a un restaurante italiano que estaba cerca de la oficina, que le encantaba y al que llevaba de vez en cuando a los más jóvenes. Disfrutábamos mucho de la maravillosa mezcla de *gnocchi alla sorrentina* aderezados con sus fascinantes batallitas. Pero, más allá de eso, nuestra relación era estrictamente profesional. Era la última persona que esperaba ver en la consulta y mi cabeza me decía que eso solo podía significar algo malo.

—No pasa nada, tranquila —contestó con un tono dulce que me calmó de inmediato—. Mariaje está bien, allí todos están bien. —Hizo una pausa para coger aire, como si estuviese a punto de confesar algo que le producía tanto dolor como vergüenza—. Bueno, a decir verdad, todos no estamos bien. Yo no lo estoy. No estoy nada bien, Ana —añadió perdiendo poco a poco el fuelle de esa bocanada de aire que acababa de inhalar.

Me fijé en sus ojos, seguían desprendiendo la misma tristeza que la última vez que le vi en la sala de posproducción.

—Por favor, João, pasa y siéntate aquí. Toma, bebe un poco de agua e intenta calmarte. Sea lo que sea, seguro que puedes afrontarlo —dije intentando sonar reconfortante y sin saber a lo que me enfrentaba. Y sobre todo sin saber por qué me iba a enfrentar a ello.

—Estoy perdido, Ana. Hace tiempo que no soy el mismo. No consigo dormir, comer..., no consigo hacer bien mi trabajo. Siento que ya no hago nada bien. —Su voz se entrecortó, como si el llanto llamase con fuerza a la puerta de su garganta. Consiguió controlarlo y continuó—: Muchas veces me han dicho que debía pedir ayuda, pero nunca he creído demasiado en lo de las terapias. Más bien las he considerado cosas de débiles, de personas que no saben lo que son los problemas reales. Con todo lo que he visto en mi vida, gente pasándolas putas de verdad, lo de «sentirse mal» o tener «trastornos emocionales» me han parecido problemas del primer mundo. Por favor, no te ofendas.

Levanté las manos, como en un atraco, y agaché la cabeza cerrando los ojos en señal de respeto hacia su forma de entender la psicología y la terapia. Estaba compartiendo una opinión bastante generalizada en la sociedad, para la que los psicólogos seguimos etiquetados con el viejo estigma del «loquero». No podía culparle porque, de hecho, yo misma me había repetido ese mantra sobre la fragilidad de los que acuden a una consulta alguna vez y siempre había evitado sentarme «en el diván». Sin embargo, y a pesar de sus prejuicios, estaba sentado en mi butacón.

—¿Puedo preguntarte, entonces, qué haces aquí? —dije con el tono más suave que pude, intentando no sonar sarcástica para no enfrentarle a sus propias contradicciones.

—Como te decía, mi gente me ha aconsejado muchas veces que acuda a un profesional. —Agradecí el término—. Documental tras documental, me decían que no podía seguir en contacto con situaciones tan jodidas y hacer como si nada. Que todo aquello iba dejando un poso en alguna parte de mí, que tarde o temprano acabaría saliendo y atormentándome.

—¿Y ha sido así?

—No ahora, concretamente. Creo que ese poso siempre me ha acompañado. Y se ha convertido en un monstruo con el que convivo. Un monstruo que fue cogiendo lo peor de cada historia que he capturado con la cámara y que me sigue desde entonces.

Mientras hablaba, João se pasaba la mano por su melena rizada, parecía un tic nervioso. Lo hacía tanto que su pelo iba engrasándose de forma natural, desprendiendo pequeños destellos brillantes. No siempre lo había llevado tan largo, pero hacía años se dejó crecer unas greñas que, ahora ya canas y un tanto revueltas, le daban un aire desenfadado y bohemio. Portugués de nacimiento, nómada por vocación y políglota por extensión, conservaba ese pequeño deje en las «eshesh» que le mantenía en contacto con sus raíces lusas. Yo admiraba profundamente a ese gran hombre que, de pronto, se había hecho muy pequeño en aquella poltrona.

—¿Qué puedo hacer por ti, querido João? —pregunté, por intentar ir al grano.

—No lo sé, la verdad. Esperaba que tú me lo dijeras.

—¿Yo?

—Sí, he visto tu anuncio y, como por acto reflejo, he venido aquí.

Abrió las palmas de las manos, en un doble gesto de señalar el espacio en el que nos encontrábamos y también que así era como había venido, abierto a lo que le deparase la consulta.

—¿Anuncio? —pregunté extrañada.

—Sí, estaba colgado en el tablón de la sala de las máquinas expendedoras. Lo vi esta mañana y, no sé muy bien por qué, decidí llamarte. Sabía que habías dejado la empresa para venir aquí y me animé a pedirte ayuda porque eras tú. Si no he sido capaz de hacerlo en estos años fue también por la vergüenza de reconocer que tenían razón. Pensé que sería diferente si eras tú la que se sentaba al otro lado... Así que aquí tienes a un hombre pidiendo auxilio.

Él seguía hablando y entonces recordé el anuncio.

7

Sayonara, chiqui

Jueves, 25 de enero de 2018
GlobalMedia (Gran Vía, 42)

Cuando llegué a la oficina estaba tiritando. No por el frío, que lo hacía; era algo que me pasaba cada vez que me ponía nerviosa y la ansiedad se apoderaba de mí. Tenía el corazón acelerado porque estaba a punto de tomar una decisión y me daba miedo que fuese equivocada. Resulta curioso comprobar cómo había cambiado con la edad; si bien mi yo adolescente era impulsivo y combativo, con el paso de los años me había vuelto más dócil, más sumisa, en definitiva, más conformista. Todavía recuerdo aquellos pubertosos sábados por la noche en los que me quedaba largos ratos esperando en el portal de casa solo para llegar más tarde de la hora acordada con mis padres (siempre infinitamente más temprana que la del resto de mis amigas), con el objetivo absurdo y fallido de reivindicar que ellos ponían las reglas pero yo podía elegir. Bueno, y por joder un poquito también.

En definitiva, era verdad que aquel trabajo no me gustaba, pero igual de cierto era que significaba una seguridad económica a la que ya me había acostumbrado.

El correo electrónico de mi madre monopolizaba cada parcela de mi cabeza. ¡Eso sí que había sido una proposición indecente y no la de Robert Redford! Y para la pregunta de si lo haría, tenía una respuesta para ambos. Sí, me acostaría con él por un millón de dólares (incluso por un pellizco menos) y sí, pensaba aceptar el reto de sentarme a pasar consulta por primera vez en mi vida.

«¡Socorro! ¡Auxilio! ¿Hay alguna terapeuta en la sala?».

«Sí, aquí me tiene. Aquí estoy yo, Ana García de la Serna».

Pero que no suene la música de superhéroes todavía; aquí no hay capa ni superpoderes, ni mucho menos valor. Yo no pensaba saltar sin red. Había ideado un plan perfecto en el que le proponía a la empresa acordar una excedencia de unos meses, y me ofrecía a buscar y formar a una persona que ocupase mi lugar durante ese periodo de tiempo. Lo justo para que mi madre resolviese sus problemas, para ponerme a prueba como terapeuta y para comprobar qué vibraciones me daba la consulta. Con la seguridad de que podría volver a mi igual de aburrido como bien pagado puesto en recursos humanos si la confabulación de mi madre salía mal. A eso lo llamaba yo arriesgar, sí, señor. Pero, al fin y al cabo, Batman tenía a Robin, ¿no? Yo solo pedía la posibilidad de reincorporarme y volver a mi vida en caso de fiasco total.

—Ana, ve a su despacho. Te está esperando. Tiene una respuesta a tu solicitud —me dijo la secretaria de Balldoví según me vio llegar a mi escritorio—. Y pásale esto, hazme el favor. —Me dio una taza con una infusión—. No me ha dado tiempo a dejársela en la mesa esta mañana después de encender el maldito cacharro.

Asun era la secretaria del director de Recursos Humanos desde hacía más de treinta años. Se comentaba que no recibía un sueldo de la empresa, sino que Balldoví la pagaba de su propio bolsillo. A decir verdad, el tipo no necesitaba ninguna secretaria porque, siendo sinceros, su trabajo lo hacían otros. Así que las funciones de Asun se limitaban a tres tareas muy concretas. La primera, dejarle todas las mañanas una infusión de propóleo muy caliente en su mesa (la que me había pedido que le llevara) diez minutos antes de que apareciera, para que a su llegada estuviese a la temperatura exacta que sus cuerdas vocales exigían.

La segunda, controlar su humidificador, alias «el maldito cacharro». Los primeros años de su vida profesional Balldoví los había pasado en Radio Alcalá, la emisora municipal de Alcalá de Henares, su ciudad natal. Llegó a adquirir una importancia considerable, pasando de becario a redactor, luego a jefe de informativos y, finalmente, tuvo su propio programa matinal, en el que disfrutaba haciendo largos editoriales que se quedaban en un quiero y no puedo de Iñaki Gabilondo. Su radio no era ingeniosa, creativa ni especialmente rompedora, pero su «campechanismo» le acercó a un público local que le proporcionó buenas cuotas de audiencia, teniendo en cuenta el alcance y los medios de la emisora. Ahí nació una pequeña obsesión con el cuidado de su voz, que aplicó a todos los aspectos de su vida. Y ahí nació su relación con Asun. Después de unos años cosechando éxitos en la mañana, le acabaron nombrando director de la emisora, «jefazo», como solía llamarse él. Empezaron las comidas con otros cargos directivos, los eventos importantes y todo un devenir de codearse con la flor y nata del audiovisual que desembocó en que un buen día, nadie sabe muy bien por qué, le hicieran director de Recursos Humanos de GlobalMedia. Y se llevó a Asun consigo. Y el aura de estrella de las ondas, también. Seguía cuidando su voz como si en cualquier momento tuviera que ponerse ante un micrófono. Llevaba siempre consigo una cajita de caramelos de miel, un fular al cuello, tomaba religiosamente esa infusión mañanera de propóleo y había desarrollado una auténtica obsesión por la sequedad en los entornos, así que Asun llevaba un control exhaustivo en la oficina con el humidificador. Un trasto que, por cierto, ella iba renovando con lo mejor que salía al mercado: de vapor frío, caliente, de mecha, de ultrasonidos... Se había convertido en una experta en control de humedad en el ambiente.

Por último, la tercera tarea de Asun consistía, básicamente, en mentir a la mujer de Balldoví. Mentir con una falsa reunión que se alargaba, con un falso fin de semana de congreso, con una falsedad tras otra, para permitirle llevar una vida en B.

En resumen, se trataba de un jefe innecesario con una secretaria innecesaria y cuyos caracteres, con los años, se habían mimetizado.

Llegué a la puerta. Iba a quitarme el abrigo, pero me seguían castañeteando los dientes por la ansiedad, así que me lo dejé puesto y traté de controlar el tembleque. Me sorprendió la rapidez de respuesta a mi solicitud, ya que había rellenado el formulario de excedencia a última hora de la noche. Además estaba convencida de que intentarían eternizar el proceso de tramitación para ver si me arrepentía. Me alegré, la cosa empezaba con diligencia y eficacia, era un buen principio.

Entré en el despacho y dejé la puerta entreabierta. Solía hacerlo siempre que debía reunirme a solas con él; me incomodaba su presencia y ya había vivido algún momento embarazoso anteriormente. Juan Ignacio Balldoví era lo que yo denomino un jefe *old school*. De esos que se dicen mucho a sí mismo «yo soy el jefe». De esos que te recuerdan siempre que «él es el jefe». Pero, por descontado, de esos que dicen cosas impertinentes porque, en efecto, él es el jefe y cree tener potestad para hacerlo. Uno de esos jefes, por cierto, que te habla tocándote el hombro o poniendo su mano en tu pierna con una sonrisa asquerosa. Uno de esos jefes que maltrata a sus inferiores, porque los considera esclavos, pero que a su vez se achanta con los que son sus jefes porque en realidad sabe que no está cualificado para su puesto y aspira a no hacer mucho ruido y que nadie se dé cuenta. Uno de esos jefes..., ¿cómo decirlo? Ah, sí: gilipollas.

De él me molestaba todo. Todo. Hasta su forma de vestir. Fuese invierno o verano, tenía el mismo uniforme. El mencionado fular al cuello, camisas turquesa, rosa o de rayas azul celeste y pantalones chinos color caqui, con un cinturón trenzado conjuntado con los mocasines. Y con unas gafas de marca, eso sí, de oferta 2x1 en la óptica de Gran Vía, en la que nos hacían descuento a los trabajadores de la empresa. El clásico burgués *wannabe*. Casado y con dos hijos, no dejaba de quejarse del coñazo que era volver a casa con ellos. Eso era lo que más odiaba de él.

Había pensado exponerle la situación modificando ligeramente la realidad. Cambiando a una madre que se va a la India sin previo aviso y que necesita mi ayuda para atender su consulta, por una madre que necesita mi ayuda. Punto.

—Pasa, «chiqui», y cierra la puerta —dijo apagando el cigarro y encendiéndose otro. Hizo amago de abrir la ventana, pero me miró, se encogió de hombros haciendo una mueca de que hacía frío y me guiñó un ojo.

Sí, tenía obsesión por cuidar su garganta y su voz, pero fumaba como un carretero. Además, hacía doce años que se pasaba la Ley Antitabaco por la hebilla del cinturón Ralph Lauren que su mujer le había comprado en un *outlet* multimarca de Las Rozas.

—Cariño, me han dicho que has solicitado una excedencia.

—Sí, verás, resulta que mi madre necesita mi ayuda y...

La conversación duró exactamente seis minutos. Lo justo para que el inepto de Balldoví me explicase que entendía la situación de mi madre, que le encantaba comprobar que era una persona comprometida con mi familia y que la empresa me apoyaba al cien por cien. Sonreí. Y cuando le di las gracias y empecé a contarle mis planes de volver en un corto periodo de tiempo, me interrumpió muy serio.

—Nena, creo que no me has entendido. La empresa te apoya, pero esto no es una ONG.

Eso se traducía en que no me iba yo, me echaban ellos. Sin excedencia, sin retorno posible. Me adherían al ERE. Para el encargo que yo había dejado a medio hacer, ellos habían encontrado un atajo perfecto. Habían determinado que con la superproductividad de Mariaje, en realidad yo no era tan necesaria, y se habían percatado de mi falta de motivación, por lo que decidían prescindir de mí. En aquel momento no fui capaz de verlo, pero con el tiempo, entendí que la vida estaba tomando por mí la decisión que yo no era capaz de tomar. El destino me hacía el trabajo sucio y, para mi sorpresa, Balldoví me acababa de hacer un favor.

El temblor de mi cuerpo se acentuó por la ansiedad. El corazón empezó a palpitarme tan fuerte que temí que pudiera escucharlo al otro lado del escritorio. Me decía a mí misma: «No llores, Ana, no llores. Que este capullo no te vea llorar». Cogí aire.

—Por supuesto que te he entendido. Me refería a que no tardaré en volver a por mis cosas. Hoy tengo planes para la puesta a punto de mi nuevo trabajo y, como comprenderás, no puedo quedarme aquí haciendo cajas. Ha sido un placer —dije extendiendo la mano y mostrando mi mejor sonrisa. Él la estrechó. Hizo amago de levantarse—. No, por favor, no te molestes. Todos sabemos la agenda tan apretada que tienes. No te robo ni un minuto más.

Me levanté, abrí la puerta y, con toda la dignidad que pude, hice un leve gesto con la mano a todos y me fui. No podía despedirme; hubiera montado un drama y mi orgullo no me lo permitía. Ya habría tiempo para decir adiós a los importantes, en ese momento solo quería salir de allí.

Caminaba por aquellos pasillos grises intentando llegar a toda prisa al ascensor mientras me repetía: «No llores, Ana, no llores». Curiosamente me producía una pena terrible dejar aquel lugar al que le había entregado los últimos años de mi vida. Estaba tan aturdida y noqueada que no reparé en unos cables que los de mantenimiento habían dejado en el suelo y con los que tropecé. Ahí, con mi cuerpo y mi dignidad por los suelos, un incontenible mar de lágrimas afloró en mí. Me avergonzaba que alguien pudiera verme de esa guisa, así que me metí en la primera sala que encontré, la de las máquinas expendedoras.

Metí la cara debajo del grifo en un fregadero que había para lavar los táperes y los cubiertos de los trabajadores que se quedaban allí a comer y me sequé la cara con papel. Saqué un café de treinta y cinco céntimos de la máquina y pensé que era lo último que le entregaba a aquella empresa. Me senté. Respiré hondo. Por suerte era primera hora de la mañana y todavía no había ido nadie a gandulear por allí. Me quedé mirando fijamente el corcho que había en la pared. Un tablón de anuncios en el que nunca había reparado. Se ofrecían todo tipo de cosas: clases particulares de inglés, una plaza de moto a compartir en la calle Ballesta, alguien buscaba piso en los alrededores... Rebusqué en el bolso, cogí un boli y arranqué una hoja de mi libreta. Escribí con rapidez, me aseguré de que no viniera nadie, quité el anuncio de la moto y con la chincheta pinché el mío.

El dolor es inevitable,
el sufrimiento es opcional.
Ana
687552901
Quintana, 27

8
El horror en 4K

Viernes, 2 de febrero de 2018
Gabinete de asistencia psicológica Animae (Quintana, 27)

Pero si apenas dejé el teléfono y una frase digna de taza barata o de libro de autoayuda... ¿Cómo supiste que era yo? —pregunté.

—Al ver la dirección, recordé que una vez vinimos aquí a grabar un reportaje sobre pymes —dijo João esbozando por fin algo parecido a una sonrisa—. Tu madre fue muy amable. Me contó que esta era tu verdadera vocación. Al saber que dejabas la empresa y ver el anuncio con la misma calle, el mismo número y firmado por una tal «Ana», supuse que te habías decidido a hacer lo que de verdad te gusta. Saber que eras tú me dio la tranquilidad de encontrar una cara amiga al otro lado. «El dolor es inevitable, el sufrimiento es opcional». Llevo mucho tiempo con dolor, pero ahora elijo dejar de sufrir.

Pensé que debía anotar esas últimas frases; eran dignas de cualquier *merchandising* motivacional. João hablaba mirando al infinito. Su mirada estaba perdida en todos los sentidos. Y aunque nos encontrábamos en la misma habitación, no lo hacía conmigo; era como si todo el rato hablase para sí. Con un yo al que hacía tiempo que no quería mirar en el espejo y al que, por algún motivo, había decidido enfrentarse cogiendo mi mano.

Puse el ordenador en reposo, no sin antes guardar el documento en el que había estado trabajando (deformación profesional aprendida de mi siempre precavida Mariaje), y me levanté para sentarme a su lado. El despacho de mi madre, que era bastante amplio, tenía dos espacios diferenciados. Por un lado, su escritorio; se trataba de una mesa de estilo veneciano y tres sillas, también de estilo clásico, una para ella y, enfrente, dos para el o los pacientes. Allí solía pasar las primeras consultas o las visitas con personas que seguían cerradas, reacias o con la necesidad de mantener cierta distancia, algo que, de alguna manera, les proporcionaba aquel entorno sobrio.

Por otro lado, en un rincón de la sala, justo al lado del gran ventanal, había dos grandes butacones tapizados en azul celeste. De estilo escandinavo, tenían las patas y los reposabrazos de roble y le daban un toque alegre a la habitación. Mi madre había puesto unos cómodos cojines floreados que a menudo servían no solo de cobijo a las lumbares de algunos, sino de improvisado compañero al que abrazarse, de refugio en el que esconderse incluso, y en algunos casos extremos de *punching ball*. Había colocado también una mantita de forro polar del mismo color que el sillón. En definitiva, había creado un rincón cálido, amable y apetecible en el que sentarse a charlar. Como ella solía decir, aquel lugar más que un refugio, debía ser un segundo hogar.

Entre ambas butacas había una mesita de la misma madera, coronada por un juego de café que le compró a una artesana en el Mercado de Motores, en el que solía ofrecer un té o un café para amansar las inquietudes. Por supuesto, en esa mesa, día sí día también, había una caja de pañuelos de papel. Caja que, por cierto, día sí día también, había que reponer, pues se agotaba con la misma facilidad que las gangas en rebajas.

Me senté en el butacón que quedaba libre y me serví un poco de agua. No podía evitar sentir el síndrome del impostor[5] al tener delante de mí a una figura tan respetada que acudía con toda su confianza a mí, que apenas llevaba dos minutos y medio como psicoterapeuta. Empezó mi habitual tembleque mandibular... Abrí la boca todo lo que pude, como para morder una manzana (tal y como había practicado con mi fisio semanas antes), y me esforcé en disimular los nervios de primeriza.

—Lo primero que voy a pedirte es que inspires todo lo profundo que puedas. Ahora retén el aire, cuenta hasta cuatro y ve soltándolo muy lentamente. Cuando lo hayas expulsado todo, vuelve a contar hasta cuatro antes de volver a inspirar. Vamos a repetir este proceso tres veces más.

João cerró los ojos concentrado y yo también. Aquella hiperventilación llenó de oxígeno mi cerebro y mis nervios,

---

[5] También llamado síndrome del fraude, es un fenómeno psicológico en el que la gente es incapaz de internalizar sus logros y sufre un miedo persistente de ser descubierto como un fraude.

lo que me provocó una instantánea sensación de bienestar. Estaba preparada.

—¿Estás mejor?

—Un poco mejor —respondió, abriendo los ojos como quien vuelve a la vida después de un coma profundo.

—En ese caso, comencemos —dije tratando de sonar animada—. Lo primero que quiero que me cuentes es por qué estás aquí.

—Ya te lo he dicho, Ana. Vi tu anuncio y decidí que era hora de pedir ayuda.

Cada vez que decía en voz alta que necesitaba ayuda, era como si experimentase una profunda decepción, como si de alguna manera se fallara a sí mismo. Él lo llamaba ayuda, pero sus ojos lo traducían como una desesperada llamada de auxilio.

—Bien, entonces dime a qué quieres que te ayude.

—A soltar lastre —dijo sin pensar un segundo.

—¿Es un lastre muy pesado? —pregunté.

—Tremendamente pesado. Tan pesado que cada vez me hago más menudo, más diminuto, casi invisible, porque esa carga me va aplastando sobre mis pies, sobre mi eje, y ya no puedo ni caminar erguido.

—Pero, bueno, ¡con las cosas que tú has visto y has vivido! —dije, y cometí el error de mezclar mi amistad y mi admiración con su dolor. Trataba de consolarle: un impulso automático de salvación sinónimo de error de primero de terapeuta. Sabía que suponía un conflicto ético que yo me encargase de su proceso terapéutico, pero decidí ignorar el código deontológico y hacer como que había olvidado lo que eran las relaciones duales[6]. No podía dejarlo tirado, sobre todo teniendo en cuenta lo que le había costado pedir ayuda. Además, la simple idea de derivarlo a Marie me revolvía el estómago. Así que, por lo menos en sus primeras sesiones, haría la vista gorda.

—Precisamente por eso, por lo que he visto, es por lo que estoy así... estropeado.

—Entiendo la metáfora, pero ¿eso en qué se traduce en la vida real?

—No es ninguna metáfora —dijo un tanto molesto—. Es la puta realidad. Me pesa tanto la miseria humana, la miseria de otros, que algo se ha roto dentro de mí.

—Creo que tenemos que dejar este intercambio de preguntas y respuestas, esto no es un partido de ping-pong. João, ¿por qué no me cuentas qué te atormenta? Sin prisa, sin miedo, sin vergüenza. —Hice una pausa y sonreí con todo el cariño que pude—. Nadie mejor que tú sabe contar historias: cuéntame la tuya, João.

—De acuerdo.

Se pasó la mano una vez más por la melena y apoyó la cabeza en la butaca. Se abrazó con fuerza al cojín que acababa de descubrir bajo su espalda y, mirando a la ventana, comenzó a hablar sin apenas tomar aire.

—Como sabes, he cubierto todo tipo de acontecimientos históricos a lo largo de mi carrera. Muchos de ellos, duros

---

[6] Estas relaciones suceden cuando el terapeuta mantiene con el paciente, además de la terapéutica, otra relación que puede ser familiar, social, financiera, profesional, etcétera. Esto puede suponer un conflicto en el correcto desarrollo del ejercicio del profesional.

de cojones. No me gusta alardear pero ¡*caralho,* es la verdad! Son pocos los compañeros que han estado en los momentos más jodidos de *tantas gentes* como yo.

—¿Qué momentos? —pregunté, y por un momento temí que aquello se convirtiera en otro rato de batallitas de director de documentales intrépido, pero su mirada estaba más perdida que nunca y no quería que se sintiera solo. Sabía que si se ponía en modo narrador, su mente volaría y probablemente sus miedos se adormecerían.

—Al principio fue la guerra, en las trincheras o en las calles. Nadie quería estar allí, pero yo creía firmemente que había que contar esas historias. Y allá que fui a ofrecer mis ojos y mi objetivo.

—¿Sentías miedo?

—No —contestó convencido—. Nunca he sentido miedo cuando he tenido a la cámara como compañera.

—Entiendo...

—Como te decía, primero fueron los hechos, pero luego fueron las personas.

—¿A qué te refieres?

—Poco a poco me di cuenta de que para contar historias reales, estas tenían que retratar vidas con nombres y apellidos. En la guerra hay vencedores y vencidos, verdugos y víctimas, pérdidas y perdidos... y a veces la línea que los separa es casi invisible.

Por un momento, João parecía recuperar el brío y la fuerza en los ojos; hablaba con pasión, con entusiasmo e incluso con cierto fervor. Yo no podía evitar admirarle, pero me esforzaba por que no se notase. ¡Aquel hombre era historia viva del periodismo en nuestro país!

—Hablas de contar historias como si fuese una necesidad, más que una profesión.

—¡Porque lo es, Ana! —dijo con emoción—. Es una necesidad. La de contarle al mundo lo profundamente egoístas que somos. Demostrarles que vivimos mirando a nuestro puto ombligo cuando en el país de al lado «las gentes» sufren. Las personas. Personas que viven en barrios pobres, personas que arriesgan su vida en pateras, personas que son usadas como mercancías, personas en cárceles que le quitarían el sueño al más macho... No sé si por suerte o por desgracia, si por cuestión del destino o porque yo mismo elegí esas historias, pero mi rumbo acabó ligado al de personas en situación de dificultad, de desamparo, de socorro. Y, por extensión, al de sus perpetradores.

—Pero eso dice mucho de ti, de quién eres o quién has querido ser en esta profesión. Si me lo permites..., creo que eso te honra.

João me miró y esbozó una sonrisa de medio lado, sin rubor, con cierto orgullo. Por fin había conseguido que aquel portugués canoso, que llevaba casi una hora mirando al infinito y abriéndose en canal, cediese al pequeño rayito de luz que acababa de iluminarle en todos los sentidos.

—Entonces... ¿cuándo llegó el vacío? ¿Cuándo se convirtió en dolor toda esa devoción?

—Es cierto que contar esas historias tan duras, tan llenas de oscuridad, le va apagando a uno poco a poco.

—Te entiendo, mi madre siempre me decía algo parecido de la etapa en que trabajó con los más pequeños. Ella nunca veía a niños que estaban bien, felices y para los que la vida era sencilla. —Recordé que por eso, en su momento, accedió a transferir a Marie los casos infantiles—. Entiendo que estar siempre en contacto con personas que sufren te va minando poco a poco.

—¿Sabes lo peor de mi curro? ¿Sabes lo que pasa una vez cuentas la historia, la historia de una vida que es jodidamente difícil? ¡Lo que pasa es que tú te vas! Te vas y vuelves a tu vida de *puta madre* en tu ciudad de *puta madre* y con tu sueldo, tu casa y tu familia de *puta madre.* Me he ido cada puta vez de aquellos lugares como el que abandona a su perro en una gasolinera en verano.

Me hizo gracia comprobar cómo se le llenaba la boca al decir aquellas dos palabras una y otra vez. Era como un niño diciendo palabrotas y parecía que se desfogaba con cada repetición.

—Pero pensé que tú sí habías sido capaz de ponerte «una coraza» —dije haciendo el símbolo de las comillas con las manos.

—Lo fui. Y por eso todas aquellas historias, más que en tristeza, se transformaron en cansancio. Pero no en angustia, no en tortura. Eso llegó después.

—¿Cuándo?

Giró la cabeza bruscamente y, mirándome a los ojos, me respondió:

—Cuando me senté cara a cara con los mayores hijos de puta que te puedas imaginar.

Tragué saliva. La violencia flotaba en el ambiente. Pensé en decir algo, pero recordé los consejos de Pablo Rodríguez, profesor de Técnicas de intervención y tratamiento psicológico, cuando nos dijo que «en terapia, un silencio puede ser la mejor pregunta». Y yo añadiría que, a menudo, también la mejor respuesta. Así que me callé y, en efecto, él continuó.

—He tratado con gentes con un nivel de deterioro humano infinito. He tenido delante a terroristas yihadistas, a algunos de los perpetradores del Holocausto que siguen vivos y a torturadores a sueldo de gobiernos internacionalmente respetados. Pero mi tormento no llegó hasta el documental con Andoni.

—¿Sarasola?

—El mismo. Cuando llegó el 4K a la casa, nos dijeron que una potente marca de televisores quería patrocinar uno de nuestros documentales. Al parecer no tenían especial interés en un tema u otro, pero sí querían que Andoni fuese el reportero que estuviese delante de cámara y yo el director detrás. Resultaba bastante halagador que valoraran también mi trabajo y no solo el de los «muñecos»⁷. A pesar de eso, yo tenía mis dudas sobre lo de hacer un documental pagado por una marca... Pensaba que iba en contra de la ética periodística y, si me apuras, de mi propia ética. Pero el *branded content* empezaba a estar en auge y la empresa iba mal de pasta. Los recortes ya habían aterrizado en mi departamento como los turistas a primera hora en las playas de Benidorm, así que un cheque en blanco para hacer el docu que nos diera la gana me pareció un sueño.

—¿Un sueño que acabó en pesadilla?

⁷ En la jerga televisiva, se denomina «muñecos», de forma un tanto despectiva, a las personas que aparecen en pantalla y que son populares o conocidas. En general, a los presentadores.

—Algo así. Andoni estaba obsesionado con la situación de las prisiones en algunos lugares del mundo y el trato que recibían los reclusos en pleno siglo XXI.

—¿Prisiones? —Sentí un escalofrío que me recorrió todo el cuerpo. Traté de disimular mi emoción por el tema.

—Bueno, más que las prisiones fuimos a documentar la vida de los presos. O eso pensaba yo...

—Pero eso no anda muy lejos de los temas que solías cubrir, ¿no?

Imaginé que estábamos hablando de un documental sobre cárceles con severos problemas de hacinamiento, fallas de infraestructura, instalaciones insalubres y corrupción dentro del propio sistema. En definitiva, de condiciones de vida indignas y deplorables.

—Supongo que te refieres a las condiciones duras —continué—, pero no sé si peores o similares a las que ya habías contado otras veces.

—Créeme, Ana, no tenía nada que ver con lo que había contado antes. Ahí encontramos a los individuos más salvajes del planeta. Desde aquello no he vuelto a dormir tranquilo.

Se hizo un silencio. Solo se oía el ruido de la calefacción, cómo el radiador funcionaba a todo gas. João ignoró el ruido y continuó:

—Te hablo de lugares jodidos de verdad, lugares que no imaginarías que existen.

—¿Por ejemplo? —me podía la curiosidad.

—Por ejemplo, la prisión brasileña de Curado, en Recife; sus condiciones de salubridad son de las peores del planeta, y uno de cada cinco presos padece sida. O la prisión de Gitarama Central, en Ruanda, que está catalogada como «el infierno en la tierra». ¡Una puta ratonera, Ana! Se construyó para albergar a cuatrocientos presos pero tiene siete mil. Se les da una sola comida al día, ¿te imaginas cómo son allí las peleas si te quedas sin comida un día? Luchan por sobrevivir entre barrotes.

João hablaba rápido, sin apenas pestañear; sus ojos empezaron a enrojecerse y las venas iban *in crescendo*, como su narración.

—¿Y has oído hablar de la versión rusa de Alcatraz? Yo he estado dentro. Está aislada por el lago Blanco. En Petak, cárcel de máxima seguridad, los presos no tienen contacto con nadie, ni con los guardias. Muertos (literalmente, algunos mueren) de frío porque las temperaturas allí son muy jodidas.

—Comprendo, y...

—Aunque no es algo muy diferente de lo que ocurre en Bang Kwang, en Tailandia —me interrumpió y siguió con su monólogo—, donde hay presos que viven encadenados las veinticuatro horas del día, incluso para dormir. Y son todos unos angelitos, ¡ya lo creo que lo son! Están sentenciados a un mínimo de veinticinco años de cárcel o a pena de muerte; vamos, la puta flor y nata del sistema penitenciario.

Se me iba encogiendo el estómago. No estaba segura de si necesitaba desahogarse o disfrutaba con aquello. Pero estaba claro que aquella «mochila» seguía muy cargada.

—Amiga mía, sabes que he viajado a Siria varias veces y puedo decir, sin temor a sonar fanfarrón, que tengo un amplio control del país.

—Lo sé.

—Pues bien, no era consciente de lo que ese país escondía hasta que visitamos Tadmor, sin duda, la prisión más opresiva del planeta. Todo lo que allí se ha construido se ha hecho con el objetivo de que los presos queden totalmente deshumanizados. Te voy a poner un ejemplo un poco antiguo, pero muy evidente. En 1980, Hafez al-Assad ordenó que matasen a todos los presos como represalia por el intento de asesinato que sufrió. Él salió herido de poca cosa en el pie; sin embargo, en aquella cárcel se produjo una masacre en la que se quitó de en medio a dos mil cuatrocientos reclusos.

Intenté pararle. Hacía un buen rato que aquello se había alejado de una sesión de terapia y se había convertido en el relato de un reportero intrépido.

—Entiendo el concepto. Te metiste de lleno en la boca de los peores lobos.

—No, no puedes entenderme porque precisamente lo que trato de decirte es que a pesar de estar en todas aquellas cárceles tan sórdidas, tan inhumanas, tan miserables…, nada era comparable con lo que vimos al llegar a Colombia.

—Supongo que estar en esos lugares, por muy preparado que uno esté, tiene que dejarte muy tocado.

—Pero ¡Ana! —dijo molesto—. ¿Es que no has entendido nada? No son los lugares los que me han marcado, sino las personas. ¡En esas cárceles bajamos a las cloacas de la condición humana!

Su voz se cortó. Apretaba los puños y se mordía los labios con fuerza, haciendo surcos con los dientes como los que dejan los rastrillos en la arena. Un par de lágrimas recorrían sus mejillas. Decidí volver al silencio como respuesta.

—Hasta ahora lo relevante había sido el cómo: en qué condiciones vivían los presos en los peores agujeros del mundo. Pero al llegar a Colombia, todo el peso recayó en el quién: los reclusos de aquel lugar eran lo más alejado de un ser humano que te puedas imaginar.

—¿Peores que los de Rusia o Siria? ¿De nuevo, el Guantánamo de Colombia?

—En las otras cárceles tratamos con narcotraficantes, guerrilleros, paramilitares, extorsionadores o secuestradores... Andoni y yo estábamos curtidos en esos perfiles. Pero La Tramacúa tenía como huéspedes a los peores violadores, pederastas, agresores sexuales y abusadores de niños y mujeres del planeta.

Por la ventana, como si de una premonición se tratase, se escuchó el llanto de un bebé que pasaba en un cochecito empujado por su madre. Sin decirnos nada, ambos esperamos a que el llanto se alejase para continuar.

—¿Te suena el nombre de Luis Alfredo Garavito?

—¿«La Bestia»? —dije emocionada y levanté ligeramente la barbilla, como el alumno que acierta la pregunta más complicada del maestro. Había leído todo sobre aquel espeluznante individuo en mis investigaciones del máster.

—El mismo. Mirar a los ojos a ese hombre, incluso a través del objetivo de mi cámara, y escuchar sus miserias narradas casi como si fueran hazañas es algo que no le deseo ni a mi peor enemigo.

De pronto, mi móvil comenzó a vibrar. Miré el reloj y me di cuenta de que habíamos excedido el tiempo de consulta. Eché un ojo a la pantalla y vi un número larguísimo con el prefijo +91. ¿+91? ¿La India? ¡Mamá!

—Disculpa, João, pero tengo que coger esta llamada. Y creo que, sin duda, este es un tema que debemos tratar en profundidad. Nuestro tiempo se ha acabado por hoy.

Le acompañé un tanto brusca a la puerta, nerviosa por si colgaban al otro lado del teléfono. Contesté:

—¡Hola! ¡Aguanta un momento, por favor! —dije abriendo la puerta y despidiendo a João. Al fondo del pasillo, en la puerta principal, vi a Marie despidiéndose de una mujer. Su silueta me resultaba familiar. Se ponía el abrigo con prisa y apenas pude verle la cara. ¿Rosario? ¿Salía Rosario de la consulta de Marie? ¿Me estaba obsesionando hasta el punto de tener alucinaciones?

—¡Ana! —gritaron al otro lado del teléfono.

Cerré la puerta y atendí la llamada, aquello era prioritario.

—¡Sí, soy yo! ¿Mamá?

9

Lo más libre, en la cárcel

Martes, 30 de enero de 2018
Camino de Aranjuez, Madrid

Cuando bajé, por supuesto, tenía una multa esperándome por el rato que había estado mal aparcada. No había tiempo para ponerme a pelear con la maquinita en la calle, así que la metí en el bolso arrugándola, como se arruga un pantalón de lino desde el primer instante en que te lo pones, y arranqué. No podía perder ni un minuto más, me quedaban por lo menos tres cuartos de hora de viaje y Casilda acababa su jornada en una hora. Aunque, conociéndola, seguro que se quedaría un rato más en el módulo de familias visitando a las mujeres que acababan de parir.

Me puse en camino al volante de mi Peugeot 206 naranja, ajado por el paso del tiempo y desconchado por dormir a la intemperie, pero que me acompañaba desde la época de la facultad. Se lo compré de segunda mano al padre de un amigo que tenía un taller de reparación, justo cuando empecé las prácticas aquel verano de 2007. Entonces necesitaba ir a diario a Aranjuez y, con mis horarios intempestivos, no podía depender del cercanías, que siempre me dejaba tirada. ¡Cómo odiaba estar en la estación de Atocha y ver que los trenes a Parla pasaban cada dos minutos! No entendía que no existiera la misma frecuencia para llevarte hasta al Real Sitio y Villa[8]. Así que el coche era la opción más eficaz.

De nuevo recorría la A-4 hasta el sur de Madrid, de nuevo sentía un cosquilleo en el estómago. Y sí, de nuevo casi me salté el maldito desvío; siempre me liaba eso de que los carteles te indicasen como destino Algeciras cuando aún estaba a casi setecientos kilómetros de Madrid.

Desde que habían construido la autopista, podía ahorrarme unos minutos e ir directamente por la autovía del sur sin tener que pasar por el centro. Se solía formar un atasco terrible a la entrada del pueblo, justo en la rotonda que dejaba el mítico restaurante El Rana Verde (aunque los de allí siempre le hemos llamado La Rana Verde...) a un lado y el Palacio al otro. Pero, a pesar de las colas y el rato de más, yo siempre elegía ese camino. No por ahorrarme los euros del peaje, sino porque me gustaba pisar aquellas calles adoquinadas, pasar cerca de la plaza de la Mariblanca, bajar la ventanilla y oler el césped recién regado de los jardines del Parterre, justo antes de subir hasta la Plaza de Toros y perderme en la sosísima A-4. Disfrutaba mucho de ese trayecto,

---

[8] Aranjuez es uno de los Reales Sitios de la Corona de España, desde que Felipe II así lo nombrara en 1560. Pero también posee el título de Villa desde 1899, razón por la cual el municipio es conocido como Real Sitio y Villa de Aranjuez.

me traía recuerdos de un tiempo en el que fui muy feliz y en el que me sentía realizada. Pero también de un tiempo en el que descubrí lo peor de mí.

Y cuando me quise dar cuenta, volvía a estar en la puerta de aquella garita que parecía más bien la entrada a un camping que a una cárcel, con sus pinos ordenados, sus setos escrupulosamente podados en cubo y su césped en perfecto estado de revista.

Llegué a la entrada, me identifiqué, pasé el control (donde no reconocí a ningún funcionario con el que hubiese trabajado) y esperé a Casilda en un banco del vestíbulo de ingresos. Era curioso, pero, once años después, aquella cárcel olía igual. No sabía identificar el olor; quizá era la lejía o los mochos que usaba el servicio de limpieza, quizá era una humedad un tanto rancia que venía de la zona de los lavabos o, quizá, el olor provenía de los muebles de madera antiguos, como el mismo banco en el que me sentaba. Sea como fuera, aquel olor, que no describiría como agradable, me producía una sensación de calma, de bienestar, como cuando regresas a la casa del pueblo de tus abuelos y el olor a cerrado, agrio y húmedo, que se impregna en tus fosas nasales sin remedio, te hace sentir seguro y en casa. Yo había vuelto a casa. Aquel era el que sentía como mi segundo hogar. Había vuelto a mi zona de confort. Y en la cárcel, por más contradictorio que pareciera, me sentía más libre que en ninguna otra parte.

Y como si a la libertad le hubiesen pitado los oídos, en aquel mismo momento, muy a su manera, alguien clamó al cielo desde el fondo del pasillo.

—¡Que os jodan! ¡Me piro de aquí! ¡Que os jodan muy fuerte, cabrones!

—Maldonado, ¡no me toques los cojones! —le contestó el funcionario que le acompañaba—. Que por media voz más te vuelves derecho a tu módulo. Además, solo sales de permiso, así que menos lobos.

—Permiso no, ¡*permisaco, nene*! ¡Siete días sin verte el *jepeto*! ¡Vamooos! —gritaba el preso, emulando el símbolo del arquero que hacía Kiko cuando marcaba goles y que luego seguirían haciendo Torres o Güiza. En sus dedos podía ver todavía la tinta; claramente acababa de terminar el protocolo de salida de toma de huellas y demás burocracias. Aquel se iba de permiso a casa, si es que todavía tenía una...

—¿Todo bien ahí dentro? —dijo una voz desde fuera, muy a lo lejos.

Era uno de los guardias civiles que custodiaban la entrada al recinto, que con el griterío se había acercado a comprobar si estaba todo en orden.

—¡Todo bien, compañero! —contestó el funcionario que acompañaba a Maldonado, cogiéndole por la capucha de la sudadera—. Que este parece con ganas de quedarse un poquito más encerrado.

Miré el móvil —ya no recordaba la última vez que llevé reloj— y comprobé que eran las doce y media pasadas. Habitualmente, las doce del mediodía era la hora de salida de los presos que tenían derecho a permiso. Me sorprendió que solo estuviera él, porque recordaba que solían salir en grupo, todos juntos. Aunque por la pinta del tal Maldonado, que cada vez estaba más cerca de mí, supuse que le sacaban el último y por separado para evitar jaleos.

—Mira, colega, lo primero me quitas tus manazas de encima —empezó mientras estaba ya casi en la salida, a unos pasos de mí—. Lo segundo, hasta el martes que viene no puedes volver a tocarme los huevos, así que bájate de la parra, que no me metes tú en el módulo ni con todos los picoletos de ahí fuera. Y lo tercero —dijo ya delante de mí—, ¡vivan las mujeres guapas! —Me agarró la cabeza con las dos manos y me plantó un beso en los morros.

Me quedé tan desconcertada que al principio ni me moví. Me quedé pasmada, inmóvil. Y unos segundos después me entró la risa.

—Pues venga, ¡hasta el martes! ¡Adiós a ti también, *pibonetis*!

Maldonado, que llevaba solo una mochila a la espalda, hizo un ademán con el brazo de mandar a tomar por saco a todo aquel que lo viera y se fue corriendo.

El funcionario de prisiones, que se había quedado igual de quieto que yo, se acercó a mí. Mi risa se fue haciendo más incontrolable y más sonora. Me reía de los nervios, pero era uno de esos ataques imposibles de controlar, como cuando te entraban en una biblioteca o en un entierro.

—¿Está usted bien? —me preguntó.

Mis carcajadas eran tan grandes que sentía que me ahogaba, me faltaba el aire.

—Sí, estoy bien. No... no se preocupe —atisbé a decir.

—¿Le conocía?

—No, en absoluto —respondí.

Por mi mejilla empezaron a caer algunos lagrimones salados, como colofón de aquel ataque de risa nerviosa. Poco a poco fui recuperando el aliento y la compostura.

—Le pido disculpas. Aquí es donde esperan las familias que vienen a buscar a los presos que salen de permiso. Al ver que la besaba y que usted se reía, deduje que se conocían. ¿Quiere poner una queja? ¿Que tomemos medidas?

—No se preocupe. Está todo bien. No tengo mucho tiempo, así que, por favor, si puede avisar a la jefa, tengo una cita con ella.

—Por supuesto.

El funcionario entró en la conserjería que había en la entrada, con un cristal que dejaba ver todo lo que sucedía dentro. Le vi chequeando ordenadores, papeles y carpetas. Incluso levantar el teléfono y hablar con alguien mientras negaba con la cabeza.

—¿Seguro que viene a ver a la jefa? —preguntó extrañado.

—Sí. Vengo desde Madrid solo para eso.

—Lo siento, pero lo he comprobado y la señora Vidorreta no tiene ninguna cita prevista para hoy —dijo repasando con el dedo los nombres que sí aparecían en la lista. Me recordó a aquellos niños que, de pequeños, van siguiendo cada palabra con el dedo cuando aprenden a leer.

—¿La señora Vidorreta? —pregunté.

—Sí, claro, ¿no me ha dicho que venía usted a ver a la jefa?

—Claro —repetí—. A «la Jefa», a la Yagüe. Vengo a ver a Casilda Yagüe.

—Pero ¡bueno! —exclamó él—. ¡Haberlo dicho antes! A ver que mire... En efecto, está en su lista de visitas. Ahora mismo la aviso.

Al parecer, desde el mes de noviembre, Margarita Vidorreta —también psicóloga de prisiones— había pasado a ser la nueva directora del Centro Penitenciario Madrid VI. Instituciones Penitenciarias había decidido apostar por dos mujeres para dirigir los centros de Aranjuez y de Murcia, como respuesta a las constantes críticas que recibía el Ministerio del Interior porque no había perfiles femeninos en los altos cargos de la jerarquía penitenciaria.

Pero, a pesar de ese nuevo ordenamiento, el funcionario que me había atendido debía de llevar poco tiempo porque cuando yo trabajé en aquella cárcel Casilda Yagüe era para todos «la jefa». Así la llamábamos y así ejercía en la práctica. Era increíble comprobar cómo la respetaban los presos. Recordé el primer día que entré en el Módulo 1, el de los presos de mayor peligrosidad y de alto riesgo[9]. Me temblaron las piernas cuando leí las fichas y comprobé que algunos de ellos llevaban veinticinco años sin salir a la calle.

No todos los centros penitenciarios contaban con módulos separados por delitos y personalidades, era algo que variaba en función de las posibilidades económicas y logísticas. Lo bueno del de Aranjuez era que tenía trece módulos muy bien organizados: módulo de respeto, de mujeres, de madres

---

[9] En estos módulos se aplica un régimen más cerrado y restrictivo; se interna a un menor número de presos, con mayor control y vigilancia. Puede darse el caso de que los internos sean enviados temporalmente a módulos de aislamiento, a cumplir sanciones, y después regresen.

y padres, de trastorno mental, de delitos de tráfico y delitos viales... Esto permitía un nivel de rehabilitación mucho mayor, porque aunque todos cumplían su pena, había perfiles que nada tenían que ver con otros, hablando en términos de peligrosidad y de probabilidad de reincidencia. La tasa de reincidencia penitenciaria en España era de un treinta y uno coma seis por ciento, es decir, uno de cada tres delincuentes volvía a delinquir y regresaba a la cárcel. (En efecto, ya está aquí Ana, alias Datitos...). Aunque a mí siempre me pareció muchísimo, con el tiempo me di cuenta de que en realidad era un porcentaje bastante bajo comparado con otros países.

Ser privado de tu libertad no es un trago fácil ni para el más duro de los internos, pero, al menos, en Aranjuez uno entraba en una cárcel donde había atención personalizada para cada caso. Y eso era en gran parte gracias a la jefa.

Volviendo al día que entré por primera vez en el módulo de peligrosidad, allí había gritos, barullo, carcajadas, la radio puesta a todo trapo con *Carrusel Deportivo* cantando goles... aquello era un auténtico avispero. Recuerdo que los silbidos y los chistidos se incrementaron cuando entré con ella. Yo era una pipiola de veinticuatro años, un caramelito para aquellos que llevaban casi mi edad sin salir a la calle.

Casilda se puso muy seria en el centro del pasillo y gritó:

—Señores. ¡Señores!

Se hizo un silencio sepulcral.

—Les presento a Ana, nuestra nueva compañera. Como ven, es su primer día en este módulo y me gustaría que le demostrasen que, cuando entre aquí, no va a encontrarse a unos animales, sino a personas como las de los otros módulos y las de la calle. —Levantó un dedo antes de lanzar su exigencia—. Espero de ustedes respeto, no fallen a la confianza que les he depositado.

Automáticamente, uno a uno, todos aquellos presos peligrosos, muchos con delitos de asesinato con alevosía y ensañamiento, empezaron a disculparse y a darme la bienvenida, como el niño que tras la reprimenda de sus padres agacha la cabeza, acepta y aprende la lección.

Aquellos criminales respetaban a Casilda, la respetaban de verdad. Una mujer menuda, sonriente y risueña. Y la respetaban porque ella les respetaba y confiaba en ellos. Porque ella nunca olvidaba que, por encima de todo y a pesar de la gravedad de sus delitos, trataba con seres humanos. Volver a estar entre aquellos muros me traía muchos recuerdos.

—Pero ¡bueno! Menuda sorpresa. ¡Ana, mi Anita, Ana! —exclamó cariñosa—. Me alegro de verte.

—¡Casilda! —dije echándome a sus brazos y apretándola contra mi pecho. En ausencia de mi madre, ella era lo más cercano a una familia que tenía. Necesitaba ese abrazo como el respirar. Una pequeña lágrima de emoción, estrés y liberación cayó por mi mejilla, pero me la sequé con la manga del abrigo antes de que ella pudiera percibirla.

—No me puedo creer que vuelvas a estar aquí. ¿Me has traído esas galletas tan ricas que hacías?

—La verdad es que no —dije un poco decepcionada conmigo misma. Con las prisas, no se me ocurrió llevarle un detalle, encima que iba a pedirle ayuda.

—No seas boba, lo digo de broma. He pasado por La Madrileña esta mañana, recuerdo que era tu pastelería favorita, y he comprado un par de bambas de nata. Así que vamos a mi despacho, que ya tengo hasta una cafetera para prepararte un café. ¡Me he modernizado, Ana! Ya no tendrás que ir a por uno de esos cafés aguados de la máquina.

Ver a Casilda era sinónimo de chute de energía, de buenas vibraciones y de positividad. Siempre iba con prisa a todas partes; daba la sensación de que los días se le quedaban cortos para la cantidad de cosas que debía hacer. Nunca tenía un no por respuesta cuando alguien le pedía ayuda. Vivía por y para los demás; unos demás a los que no necesariamente necesitaba conocer para dar apoyo. Sin duda, la palabra que mejor la ha definido siempre y en todos los aspectos de su vida es «entrega».

Charlamos un buen rato, nos pusimos al día, sobre todo yo. Le conté el repentino giro en mi vida, el viaje de mi madre y la consulta con Rosario.

—Por eso estoy aquí, Casilda, estoy asustada.

—Comprendo que lo estés. Cuando entras en consulta, sabes que la gente deposita su confianza en tus manos. A menudo esperan que seas tú la que les dé la respuesta a sus problemas; es importante recordarles que tú solo eres la guía, la brújula. Pero que ellos son quienes deciden qué camino deben tomar.

—Creo que en el caso de Rosario no es eso. Me estaba anunciando lo que iba a hacer. No sé si buscaba mi permiso, mi aprobación o todo lo contrario, si pretendía que le parase los pies. Pero ¡no pude hacer nada, Casilda! Me quedé inmóvil y, cuando quise reaccionar, ya se había marchado.

—¿Y qué fue lo que te paralizó? —dijo bebiendo su infusión y quemándose la lengua—. ¿Han vuelto a ti aquellos pensamientos?

Algo conectó con mi yo del pasado.

—Yagüe, que te veo venir... —dije sonriente—. No he venido para que me hagas terapia. Todo aquello terminó cuando me fui de aquí, ¿recuerdas? Estoy aquí porque una mujer me ha dicho que va a cometer un asesinato. Dos, si contamos su suicidio.

Casilda se removió. No supe identificar si por el reproche, por la amenaza de Rosario o por la quemazón del té, pero se recolocó en su silla como si fuese a tomarme en serio por primera vez desde que había llegado.

—¿Qué es lo que te dijo exactamente?

Saqué mi libreta de notas.

—Me dijo: «Siento odio en las manos. Siento verdadero odio en mis manos. No había sido consciente hasta ahora, pero ya no puedo más» —leí escrupulosamente.

—¿Y qué más?

—Luego me dijo: «No voy a esperar a que llegue el siguiente *jardalaso*». Creo que Rosario es cordobesa. Me lo pareció por su aspecto y lo confirmé al buscar el término en internet. Por lo que he leído, significa que no va a esperar a la próxima caída, a la próxima hostia, hablando mal y pronto.

—¿Y la amenaza?

—Se quedó muy seria, mirando al infinito, y dijo muy claramente: «Voy a matarle y yo voy a ir detrás. Esta no es vida para un niño».

—¿De quién crees que está hablando?

—No lo tengo claro —contesté—. Del niño, parece lo más probable. ¿Del padre? Puede ser. De algún otro hombre con el que conviven, también es posible. Pero no dejaba de repetir que no es vida para nadie.

—¿Alguna otra amenaza explícita?

—Sí, antes de irse dijo que le iba a meter «*por verea para siempre*». A encarrilarlo, supongo, pero no sé si de una forma definitiva, en sentido literal, figurado... No sé qué pensar. Fue todo muy rápido.

—¿Dijo algo más?

—¡Qué va! Se fue. Se levantó y cuando quise darme cuenta me había cerrado la puerta en las narices. Estaba decidida. Después pensé si debería haber salido corriendo detrás de ella. Pero en aquel momento no pude reaccionar. Llevo desde ayer en un mar de dudas, así que decidí que lo mejor era venir a verte. Tú sabrías qué hacer.

Casilda tenía el ceño fruncido, estaba concentrada y, aunque seria, en su cara había un aura de amabilidad que me transmitía una calma reconfortante.

—Casilda, esto es muy serio... ¿Crees que debería llamar a la policía? ¿Estoy tratando con una asesina en potencia?

—A ver, «tener odio en las manos» no significa que vayas a matar a nadie —contestó con media sonrisa.

—Bueno, si esas manos tienen acceso a un arma reglamentaria, como es el caso, quizá sí —dije un tanto contrariada porque me daba la sensación de que Casilda no veía la gravedad del asunto, que a mis ojos era incuestionable.

—¿Y qué le vas a decir a la policía? ¿Que es probable que tu nueva paciente, que además es una de sus compañeras, a la que viste un día cinco minutos, cometa un asesinato porque en una sesión de terapia, cargada de tensión, ansiedad y estrés, te dijo que tenía odio en las manos?

—Me parecería bastante convincente...

—Tengo mis dudas —dijo ella—. En cualquier caso, de hacerlo, romperías el secreto profesional. ¿Te has planteado esa cuestión?

—¡Es lo que me planteo sin cesar! ¡Todo el rato! —exclamé—. Sé que hice un juramento, por eso estoy aquí, porque me asaltan las dudas, los peros... ¿Qué cargo de conciencia sería mayor? ¿El de traicionar el derecho de Rosario a la confidencialidad o el de no haber hecho nada por evitarlo, si es que comete un asesinato?

—Creo que estás llevando al límite tu capacidad como terapeuta para predecir la conducta humana. Es cierto que estás en condiciones de levantar el secreto profesional, es cierto que no sería la primera vez que algo así sucede... Pero ¿qué pasará si tu predicción es errónea?

—¿Y si es correcta?

—Entonces la ética debe ser tu brújula.

—Ni siquiera sé cómo interpretar eso...

—Debes evaluar los riesgos potenciales —afirmó.

—¿Cómo? ¿Cómo evalúo algo tan abstracto?

—Hablaba de un niño. ¿Crees que se refería a su hijo? ¿Sentiste que sería capaz de acabar con la vida de su hijo?

—No lo sé. Todo fue muy rápido. Probablemente yo no estaba preparada para recibir una primera consulta así.

Por eso estoy aquí, por eso de nuevo siento la necesidad de huir. Por eso ahora mismo odio a mi madre con todas mis fuerzas, joder. Por eso...

—¡Basta! —me interrumpió dando un golpe encima de la mesa—. Siempre fuiste una experta en la autocompasión. Aquí no vas a encontrar refugio para recrearte en ella. ¿Quieres ayudar a esa mujer?

Asentí con la cabeza.

—Pues échale valor y mira al frente con dignidad.

—Disculpa. Tienes razón. —Aproveché para beber un poco de agua y marcar un paréntesis—. Mi duda es si, como psicóloga, soy responsable de otras vidas además de la de mi paciente.

—Entiendo esa duda —dijo Casilda. Y por fin me sentí comprendida en algo—. Y debo decirte que en este caso la responsabilidad es relativa; depende de si esas terceras personas en riesgo potencial son identificables. Te habla de un niño, pero no te dice quién. Damos por hecho que es su hijo, pero podría ser un sobrino, un vecino...

—Yo me inclino por la hipótesis de que habla de su hijo.

—¿Te has planteado si podría tratarse de una ensoñación? ¿De una regresión al pasado formulada en voz alta? ¿Podría estar hablando de un hermano pequeño o de ella misma en su infancia?

—Lo dudo mucho, la verdad. Me atrevería a decir que hablaba de un futuro inmediato y en una rigurosa primera persona como individuo activo y ejecutor.

—Bien, Ana, eso es. Decide, razona, avanza. Así, sí —dijo para reconfortarme.

Respiré hondo. Todo aquello me tenía con el estómago cerrado y la respiración acelerada. Me sentía perdida. ¿Me estaba montando una película de esas que tantas veces había visto o realmente tenía un crimen en potencia ante mis ojos y la obligación de frenarlo?

—También creo que Rosario es una mujer que sufre. Lo pude percibir en sus ojos, en su tono, en su aura —aseguré.

—Pero ¿te lo dijo ella?

—No, esto es solo un *feeling*.

—Ahí está trabajando tu instinto. Me vale.

Sin duda, Casilda sabía cómo manejar el refuerzo positivo.

—¿Qué sabemos de la pareja? —preguntó.

—Poco o nada. De nuevo, solo basándome en mis sensaciones, diría que Rosario es una mujer heterosexual, conservadora, chapada a la antigua. Casada, llevaba puesta la alianza (no había dejado de verla en aquellos minutos mientras miraba esas manos cargadas de odio...).

—¿Podría estar siendo víctima de violencia?

—Podría. El maltrato explicaría muchas cosas. Pero no me atrevo a asegurarlo; necesitaría una segunda sesión, por lo menos. Y para descifrar si su objetivo es él o el niño.

Casilda se levantó de su sitio, rodeó la mesa hasta colocarse junto a mí y se apoyó en ella. Tomó aire y me preguntó:

—¿Has venido a que te diga si creo que esa mujer va a cometer un asesinato y un suicidio?

—Sí.

—Pues mi respuesta es no.

Se dirigió hacia la ventana. Me giré buscándola con la mirada, esperando que no fuese a dejarme así. ¿Esa iba a ser toda su aportación?

—Creo que es más bien un grito de socorro. Una llamada de auxilio —aseguró finalmente.

—Entonces, de nuevo, mi pregunta es clara: ¿debería llamar a la policía? ¿Rosario corre peligro?

—No, no creo que debas llamar a la policía. Creo que, por lo general, si quieres matar a alguien y después matarte tú, no acudes a una terapeuta para anunciárselo a lo García Márquez.

No me lo había planteado de ese modo y supongo que tenía sentido, pero Rosario parecía tan fuera de sí...

—Has dicho que al menos necesitarás una segunda sesión para hacer una evaluación más exhaustiva y poder determinar un perfil y un diagnóstico, ¿verdad? —preguntó Casilda.

—Sí. Por lo menos una más. Una sesión en la que yo pueda mediar palabra...

—Pues eso es lo que creo que debes hacer; activa un protocolo de atención a esa mujer. Es evidente que algo ocurre cuando una mujer verbaliza que va a matar a su hijo, o a un niño, y que luego se quitará la vida. Algo sucede en ese entorno familiar. Jamás pensaría que una mujer decide matar a su hijo porque sí. A no ser que sufra algún tipo de trastorno mental.

—Creo que no es el caso...

—Entonces, me temo que esa mujer está pidiendo socorro y te lo está pidiendo a ti —sentenció.

Esas últimas palabras retumbaron en mi mente y en mi conciencia

—¿Nada de policía, entonces? —pregunté una vez más, como si por insistir fuese a cambiar de idea.

—Por ahora no.

—¿Y la teoría Tarasoff[10]? ¿No es un referente similar?

—Olvida a Tatiana Tarasoff y olvida teorías, teoremas y teorizaciones, Ana. Ya no estás en la facultad. Aquí toca pasar a la práctica y actuar.

—Pero...

—Y, mi pequeña, te toca hacerlo ya —me interrumpió.

—¿Todo esto es mi puto miedo de novata? —pregunté.

—A lo que le tienes miedo es a tu conciencia, Ana. Y en eso sí que no puedo ayudarte.

---

[10] La teoría Tarasoff se basa en el deber de revelar la información protegida por el secreto profesional cuando de su no revelación se desprenda un daño hacia un tercero identificable. El derecho a la vida de la víctima entra en conflicto con el derecho a la privacidad del potencial asesino.

10
Origen Senegal, destino Leganitos

Domingo, 4 de febrero de 2018
Comisaría Madrid-Centro (Leganitos, 19)

Hola, buenos días, soy Ana García de la Serna. Estoy buscando al agente Miguel Ángel Gaona.

—¿Es usted familiar?

—No. Pero me ha citado aquí.

—Siéntese ahí, la vendrán a buscar. Pero ya le aviso, le va a tocar esperar un poco.

Me senté en una de esas sillas de plástico gris que están unidas a otras en fila, de las que te dejan el culo planchado, como si de asientos de grada de polideportivo se tratase. Estaba inquieta. No sé qué tienen la policía y los cuerpos de seguridad en general que, cuando están cerca, me pongo tensa. Es una extraña sensación de alerta, en la que la mente se coloca manos arriba, en modo «no he sido yo, señor agente», a pesar de que no me estén acusando de nada. Sentía que cada poro de mi piel seguía sudando el Jäger[11] de la noche anterior, y eso, estando allí, me incomodaba bastante. Por otro lado, era la primera vez que pisaba una comisaría para algo que no fuese renovarme el carnet de identidad o el pasaporte o realizar trámites. De hecho, esa era la jefatura de policía —junto con la de la calle de la Luna— más cercana a GlobalMedia, con lo cual ya había estado alguna vez allí haciendo ese tipo de gestiones.

Pero era la primera vez que me citaban en comisaría, y había sido esa misma mañana. Un tal Miguel Ángel Gaona, agente de la Policía Nacional, había llamado al gabinete. Los fines de semana, el teléfono de la consulta se desvía a mi móvil. De esa manera, los pacientes no tienen mi número personal pero, en caso de emergencia, pueden contactar conmigo.

La llamada insistente de un número desconocido había terminado por despertarme de una de las peores resacas que recordaba en mucho tiempo. El teléfono sonaba y sonaba y mis ojos se iban abriendo poco a poco, como un telón que se va levantando y que, al alzarse por completo, deja ver la imagen lamentable de un pequeño gran despojo humano. Me vi a mí misma como a Charlot en la escena inicial de *Luces de la ciudad*, acurrucado en aquella estatua, frente a las miradas llenas de reproche de los ciudadanos de bien. Por suerte, estaba sola; por mala suerte, el teléfono seguía sonando. Mis dos neuronas abstemias, las únicas que habían sobrevivido a aquella noche, consiguieron movilizar al resto del

---

[11] El Jägermeister (conocido coloquialmente como Jäger) es un licor alemán amargo, con una base de cincuenta y seis hierbas. Tiene un treinta y cinco por ciento de contenido alcohólico.

cuerpo. Y a la tercera llamada conseguí mover una pierna, luego la otra, levantarme de la cama y alcanzar el teléfono, que seguía emitiendo ese maldito tono de llamada, escogido por defecto, desde mi bolso; pero no fui lo bastante rápida como para llegar a tiempo. Pensé que, por lo menos, había vuelto a casa con el bolso y el móvil; en serenatas nocturnas similares había llegado a perder la tarjeta de acceso a Global-Media, las llaves e incluso un zapato. Sí, un puto zapato. Siempre he tenido una tolerancia más que limitada al alcohol pero, por lo que sea, este dato solo lo recuerdo a la mañana siguiente, tras beberme hasta el agua de los floreros.

Después de lo ocurrido, agradecí que no solo el bolso hubiese llegado a casa de una pieza. Toqué cada parte de mi cuerpo para comprobar que todas ellas hubieran regresado intactas. Así era. Todas se encontraban bien, excepto mi cabeza, que estaba a punto de estallar.

Con el móvil todavía en la mano, eché a correr hacia el baño y vomité, volviendo a saborear cada una de aquellas cincuenta y seis malditas hierbas alemanas, mezcladas con el amargor de la bilis caliente recién salida del hígado. Sentía que potaba veneno. Empecé a tiritar y a tener pequeños espasmos musculares. Y, de nuevo, me vi abrazada a la taza de un váter que parecía reprocharme que hubiera vuelto a las andadas. ¿En qué momento había perdido el control de aquella manera? ¿Por qué me reencontraba con la peor versión de mí?

Recordaba la noche (y sobre todo le recordaba a él) y seguía sintiendo escalofríos. Conseguí sacar la cabeza del retrete, bajé la tapa y pensé que como trono me valía. Desde ahí podía verme reflejada en el espejo. Me vi. Me miré.

Y aparté la mirada con un gesto brusco; la imagen que me devolvía era una vieja conocida a la que no me alegraba ver en absoluto. Al girarme, noté un pinchazo en el cuello. Sentía un dolor fuerte y creciente, que me rodeaba con violencia. Volví a buscarme en el espejo e incluso desde ahí pude ver las marcas alrededor de la garganta. Qué puto bestia. Qué puta inconsciente. Empezaba a sumergirme en un pequeño mar de autocompasión y reproche cuando de nuevo sonó el teléfono.

Era una alerta de mensaje de texto. La pantalla y sus letras se me hacían borrosas, pero vi el aviso de llamadas de un número desconocido y la notificación de un mensaje en el buzón de voz, transferido desde el número de la consulta. Una tercera neurona se despertó del letargo. ¡Mamá! Seguro que era ella intentando localizarme y yo durmiendo la mona... Fui a devolver la llamada, pero no se había registrado ningún número.

Marqué rápidamente el código de acceso al contestador y la voz de un hombre, grave y profunda, me rompió en dos la ilusión de escuchar al otro lado a mi madre.

El tal Gaona solicitaba mi presencia y mi ayuda en comisaría. La primera solicitud me inquietó, pero la segunda me recordó las veces que mi madre había colaborado en alguna investigación y pensé que quizá esperaban contactar con ella y se habían conformado conmigo. No imaginaba, ni de lejos, por qué requerían mi presencia allí. Pero, claro, todavía no tenía a todos los jugadores en el campo.

Tal y como me habían avisado, me tocó esperar un buen rato; casi dos horas en aquel pedazo de plástico duro. Después de pasarme un par de veces Instagram, como quien pasa pantallas en el Tetris, aproveché para leer; siempre llevaba en el bolso algún libro para ese tipo de situaciones. Me dio tiempo de darle una buena mordida a *Cosecha roja*, el clasicazo de Hammett. Una novela trepidante que me tenía totalmente atrapada días atrás y que había aparcado desde que a mi madre se le ocurrió dejarme un marrón del tamaño de la red cósmica.

Llegué al capítulo 21, «El decimoséptimo asesinato». «Madre mía, diecisiete, ahí también crecen los encargos», pensé. Me pareció divertido estar leyendo en aquella comisaría una historia en la que muere hasta el apuntador, llena de armas reglamentarias, uniformes, policías y agentes de seguridad.

De pronto, justo a mi lado, se abrió una puerta que no era la principal, por la que yo había entrado. Aparecieron un tanto furibundos dos agentes agarrando de malas maneras a tres manteros que trataban de zafarse. Estos últimos llevaban unos enormes sacos, que se cerraban en un gurruño con unas cuerdas que usaban para colgárselos del hombro. Entre los tirones y los empujones, de uno de los sacos cayeron un par de camisetas del Real Madrid, tan idénticas a las originales que costaba diferenciarlas. La pandilla la componían tres chavales negros que no debían de superar los veinte años. Uno de ellos, alto y delgado, le decía una y otra vez a los agentes que no había hecho nada malo, y lo repetía como el niño que repite las tablas de multiplicar. El otro, que parecía ser el más joven, estaba muy asustado, al borde del llanto. Se miraba todo el rato los pies, había perdido una zapatilla, probablemente en la carrera. Sonreí pensando que no era la única que perdía el calzado. Pero lo vi tiritar y entendí que tenía el pie congelado en aquella mañana de febrero y pisando aquel suelo de baldosas frías.

El tercero en discordia, sin embargo, miraba impasible la escena, como si no fuera con él. Era un chico fornido, atractivo, con una pequeña perilla afeitada con esmero y con un montón de moñitos en el pelo, en los que había ido enrollando los mechones de su pelo afro. Tenía una gran nariz, que resaltaba en su cara como si el rostro fuera un desierto en el que se erige una pirámide en forma de napia.

Estaba tan ajeno a su detención, al rifirrafe con los agentes, que miraba la sala como si aquello formase parte de la normalidad más absoluta. Como si fuese un día más en la oficina; quizá en la suya lo fuese. Y de pronto se encontró con mi mirada, que le estaba escaneando de arriba abajo. Me sonrió y el rubor de mis mejillas iluminó aquella lúgubre sala de policía. Él, jugón, me guiñó un ojo. El rubor se convirtió en calor y noté que mi respiración empezaba a acelerarse.

—¡Aquí tienes a tres de Multiópticos Anónimos!

—Vaya, ¿más gafitas de sol?

—Gafas de sol y camisetas, que tiene que estar el tito Floren contento con la pasta que se sacan estos con las de Cristiano. Por cierto, ¿has oído que se quiere pirar a Italia? Que está triste, dice el maricón —dijo haciendo muecas cual bebé que llora—. ¡Vamos, no me jodas! Que cobras treinta kilos al año y estás triste.

Los dos agentes hablaban con un tercero que se encontraba detrás de un mostrador en el que recibían y cubrían ficha y atestado de los recién detenidos. Aprovechando la charleta, los chavales se revolvían incómodos. Me fijé en que iban esposados; me pareció excesivo, parecían inofensivos.

—¡Que te estés quieto, joder! —le dijo el futbolero al más alto—. A este par te los traigo directos de Usera y a este de Lavapiés —dijo refiriéndose al donjuán, que ahora me sumaba al guiño un beso volado.

—Joder, pues para ser de por aquí están un poco oscuritos... —contestó el del mostrador riéndose.

—¿Verdad? Al final vamos a acabar inaugurando el barrio madrileño de Senegal, un sitio con buena mierda traída de China, Turquía y Marruecos, que luego venden en la Puerta del Sol.

Quise levantarme y decirles que esa no era forma de tratar a nadie, por muchos delitos que hubieran cometido. Pero no me dio tiempo porque enseguida los metieron en otra sala acristalada, y pude ver cómo el pequeño seguía asustado y cabizbajo, cómo el más alto continuaba quejándose y defendiendo su inocencia y cómo el tercero, mi lanzador de besos, permanecía mirándome fijamente con una pícara sonrisa en los labios.

De pronto, solo existía su boca. Empecé a desglosar cada rasgo, el grosor de aquellos labios, el color tostado, el arco de Cupido perfectamente esculpido. Era una boca apetecible y él más. Miraba tan fijamente sus labios que, de manera inconsciente, me mojé los míos con la lengua y los mordí en un acto reflejo. Uno de los agentes se percató de que el tipo no le estaba haciendo caso y lo zarandeó. Él, sin dejar pasar ni un segundo, se levantó como un miura y le agarró del cuello con fuerza. En aquel instante en el que tenía al agente cogido por el gaznate, seguía mirándome fijamente a los ojos, como si no hubiera nadie más en la sala. Tragué saliva. El corazón me iba a mil. Tenía la ropa interior empapada. Tenía que parar. «Ana, no». «Ana, vuelve». Entonces, como una alarma de incendios que salta para avisar del peligro, la herida de mi cuello volvió a arder de escozor. Agaché la cabeza, cerré los ojos y los puños con fuerza y conté hasta diez, conteniendo la respiración. Cuando los volví a abrir, los agentes habían bajado el estor de la sala y ya no podía ver lo que pasaba dentro.

Me recompuse en mi asiento, respiré hondo y retomé a Hammett, ocultándome tras el libro como si se tratase de unas anteojeras de cuero para caballos, esas que se usan para evitar que se asusten o se distraigan con su visión periférica. Esas que tantas veces había necesitado. Conseguí centrarme y sumergirme en sus páginas, hasta llegar al capítulo 26: «Chantaje».

—¿Qué tal te fue con la policía? Mejor será que siga sin parar mientras hablamos.

—No sabía nada, no podía imaginar nada, tenía idea del asunto en que estabas trabajando, y yo estaba aquí por pura casualidad y aquí topé contigo. Viejos amigos, y cosas de esas. Todavía me estaban interrogando cuando empezó la función. Estaba en uno de los cuartitos que hay enfrente del salón de juntas. Cuando empezaron con los tiros, salté por una ventana que da a la parte de atrás.

—¿Cómo acabó la función?

—Los de la jefatura los asaltaron a tiros. Les había llegado el soplo media hora antes y tenían tomadas todas las alturas con agentes especiales. Parece que estuvo bien, mientras duró. Los de la policía también recibieron lo suyo. He oído que fueron los del Susurro.

Estaba analizando toda la comisaría con atención, buscando la ventana por la que yo saltaría si la cosa se ponía fea, cuando una mujer uniformada vino a buscarme y me llevó a un pequeño despacho.

—¿Ana García de la Serna? —me preguntó el que se sentaba detrás del escritorio.

—Sí, soy yo —respondí.

—Muchas gracias por venir. Soy el subinspector Miguel Ángel Gaona.

Había entendido que la reunión iba a ser con un agente, pero por lo visto se trataba de alguien importante en el escalafón. No estaba segura de si eso era mejor o peor.

—Muchas gracias por venir en el día del Señor —dijo con tono amable y un deje que me pareció gallego—. No esperaba verla tan pronto, después de mis intentos fallidos por localizarla.

—Es que ha llamado usted a la consulta. He escuchado el mensaje cuando he ido a recoger unos documentos que necesitaba para trabajar en casa —mentí.

—No se preocupe, le agradezco el esfuerzo. ¡Brrr! Hoy hace un frío de perros —dijo frotándose las manos—. ¿Puedo ofrecerle un café?

—Le agradecería mucho un café solo doble, muy amable.

Iba a necesitar algo más que cafeína para disimular mi huella etílica, pero al menos me camuflaría el aliento posvomitona.

—Por supuesto. ¡Nuria! —llamó a la mujer que me había acompañado hasta su despacho, que trabajaba en una mesa situada junto a la puerta—. Tráenos dos cafés solos dobles, haz el favor.

—Antes de nada quiero aclarar algo —me anticipé—. Supongo que esperaba usted encontrar a mi madre en su despacho esta mañana cuando llamó, pero déjeme que le cuente que...

—Se equivoca —me interrumpió muy serio—. Es con usted con quien necesito hablar. Y con urgencia. ¿De verdad no sabe por qué está aquí?

—La verdad es que no.

—Pues siento ser yo quien le informe, pero su paciente Rosario Jiménez ha desaparecido.

11
¿Han dejado ya de gritar los corderos?

Sábado, 30 de marzo de 1991
Aranjuez (Madrid)

Fue el día en que decidí estudiar Psicología.

Lo recuerdo perfectamente. Tendría unos ocho años, era sábado, y lo sé porque sábado era sinónimo, dos veces al mes, de visita al cine de la calle Stuart, una de las principales de Aranjuez. Me chiflaba; sobre todo en aquella época, en la que con una entrada podías disfrutar de dos sesiones seguidas. Habíamos ido al estreno de *Hook (El capitán Garfio)*, la adaptación de Spielberg de la obra de teatro *Peter Pan y Wendy*, en la que un Peter Pan adulto, ya abogado, debe volver al País de Nunca Jamás a liberar a sus hijos, secuestrados por el capitán Garfio. Me planteé por qué alguien no querría hacerse mayor; a mí me pasaba todo lo contrario, quería vivir nuevas aventuras y tercero de primaria se me quedaba un tanto limitado.

Recuerdo también que la pareja que teníamos detrás no dejaba de quejarse porque, al parecer, habían ido por la película que empezaba después pero se equivocaron con la hora y entraron en esa «peli para críos». Comentaban sus ganas de ver esa obra maestra del *thriller* y no a Robin Williams en mallas. Me extrañó que mi madre no les chistase para hacerles callar, porque era una devota del séptimo arte y una purista de ver cine en sala, y había emprendido una particular cruzada contra la gente que comía palomitas y golosinas; le molestaban hasta las respiraciones contenidas en las escenas de pavor. Pero llevaba semanas empalmando largas jornadas, entre el centro y la consulta en casa, y la pobre se había quedado dormida desde el minuto dos de la peli y no había llegado ni a verle el garfio a Dustin Hoffman.

Terminó la película y en cuanto aparecieron los títulos de crédito, la sala se fue vaciando de niños, como en una boda cuando empieza la barra libre. Solo algunos adolescentes se quedaban y, poco a poco, mientras se encendían las luces, los asientos que habían quedado vacíos volvieron a llenarse con nuevos espectadores. Uno se detuvo a mi lado y, mientras buscaba su asiento, pude leer en su entrada, impresa con tinta negra y un poco corrida sobre el papel rectangular azul, el título de la tan ansiada película: *El silencio de los corderos*. Comentaba con su acompañante que la nueva de Jonathan Demme estaba arrasando en taquilla y que su estreno en Estados Unidos había sido apoteósico, con algunos desmayos en la sala y espectadores que tenían que abandonar la butaca por el impacto de las imágenes; algo que en España habíamos vivido no hacía tanto con *Angustia*, de Bigas Luna. Mi mente de ocho años no entendía cómo el silencio de unos corderos podía llegar a ser tan terrorífico y, cuando me quise dar cuenta, de nuevo se habían apagado las luces y ya estaba en negro, sobre destellos de neón rosas y amarillos, sonando a todo volumen la sintonía de Movierecord. Miré a mi madre, seguía dormida. Me puse el abrigo como cojín para ver por encima de la señora que se me había sentado delante y me dejé llevar.

La película avanzaba y yo me fui metiendo más y más. Puede que cueste creerlo, pero en ningún momento sentí miedo. Ni una pizca, ni un instante. Todo lo contrario: me quedé fascinada. Había algo en mí que se sentía atraída por aquella historia, por aquellos personajes, por aquellas mentes macabras. No sentía temor alguno, ni tampoco rechazo; más bien me inundaba algo parecido a la compasión, la pena o la lástima.

Hannibal Lecter mostraba una incapacidad para amar que me estremecía, y una absoluta falta de empatía y de sentimiento de culpa al asesinar y comerse a sus víctimas, que solo apaciguaba la música clásica que escuchaba en el proceso caníbal. No podía dejar de pensar en los motivos que llevarían a una persona educada, amable, inteligente y con una alta capacidad de seducción a convertirse en un monstruo.

«Hola, Clarice, ¿han dejado ya de gritar los corderos?», preguntaba Hopkins a Foster sin pestañear. Todavía recuerdo cada escena. Recuerdo también los gritos de algunos espectadores, la gente estaba entre escandalizada y horrorizada, y yo, tranquila, atenta, solo tenía preguntas. Afortunadamente, ningún lamento fue lo bastante escandaloso como para despertar a mi madre, que siguió dormida hasta que terminó la cinta. La desperté para irnos a casa. Nunca le dije que había visto, mientras ella dormía a pierna suelta, una de las historias más inquietantes del cine. Nunca le dije que aquel sádico psiquiatra caníbal me había inspirado mucho más que su padre y el padre de su padre, incluso que ella misma, para querer estudiar la mente humana. Tan solo le dije al salir:

—Mamá, las personas malas, ¿también son «personitas»?

—Lo son, aunque muchos no lo saben.

—Yo quiero hacer que lo sepan.

—¿Quieres hacerles terapia?

—Quiero entender por qué se convierten en personas malas, hacer que ellos también lo entiendan y ayudarles a dejar de serlo —respondí con ocho años.

A medida que iba creciendo empecé a leer, a investigar, a documentarme; la psicología ya lo invadía todo en mi vida, pero la mecha se encendió con aquella película. Y poco a poco fui descubriendo que lo que verdaderamente me interesaban eran las mentes criminales. Quería entender su naturaleza, su complejidad, su origen: cuanto más leía, más me convencía de que la mente perversa que lleva a cometer atrocidades se hace, no nace.

Aquella película me marcó tanto que, tras terminar la carrera, decidí especializarme en psicología criminal. Mi idea era continuar después con psicología penitenciaria. La noticia no fue muy bien recibida en mi familia de reputados psicólogos, a quienes esta rama les parecía algo menor. Ellos, como puristas de esta CIENCIA, en mayúsculas, creían que debía investigar otras líneas que pudieran aportar algo «verdaderamente valioso a nuestra sociedad», como me repetía una y otra vez mi abuelo.

—¿Qué puede haber más provechoso que entender por qué nos matamos los humanos? Quizá así, un día dejemos de hacerlo, abuelo —respondía yo.

—¿No te das cuenta de que estás justificando a esos asesinos, Anita? Esa escoria nació con el demonio dentro.

Mi abuelo, que se consideraba un hombre de ciencia, era además un buen cristiano. Con los años, aquello también me pareció bastante paradójico.

—Estás perdiendo el norte... y el tiempo —me insistía negando con la cabeza.

Yo no justificaba la barbarie, pero quería entenderla. Y empecé a invertir todos mis días y mis noches en ello.

Y fue en el máster cuando, por fin, encontré respuestas. Llegué hasta la figura de John E. Douglas, un exagente del FBI. Algunos de mis profesores sostenían que fue el primero en meterse en la mente de los asesinos «en serie», y quien había acuñado ese término para definir a los asesinos que habían matado por lo menos a tres personas, con una periodicidad concreta entre cada asesinato. Douglas fue un auténtico pionero, muy criticado y a menudo tomado como un loco entre sus colegas del FBI; pero consiguió, desde la unidad de ciencias del comportamiento, algo que marcaría un antes y un después en la investigación criminal: la elaboración de perfiles criminológicos de delincuentes peligrosos.

Su *modus operandi* consistía en recorrer las cárceles de Estados Unidos, junto a su compañero Robert K. Ressler, entrevistando a los peores criminales como Charles Manson, Ted Bundy o John Wayne Gacy, alias «el payaso asesino». Sus entrevistas eran exhaustivas: en ellas indagaba hasta el último detalle de la historia, los antecedentes, la infancia, la mentalidad o el comportamiento de los asesinos. De forma sistemática, buscaba patrones en su relato y en sus delitos, en las escenas del crimen y en los métodos usados, intentando extraer un modelo, una pauta y, por encima de todo, entender qué lleva a un ser humano a cometer actos salvajes. A cometer el peor de todos: quitarle la vida a otro ser humano.

Durante ese par de años de especialización, todavía en la facultad, me fui convenciendo de que lo mío era la criminología. Y en homenaje a mi primer contacto con el género, en aquel cine de Aranjuez, decidí investigar la figura de Buffalo Bill (Jame Gumb), el personaje al que busca el FBI en *El silencio de los corderos* por asesinar a mujeres para quitarles la piel y hacerse con ella un traje.

Aquella historia tenía muchos detalles que me intrigaban desde que era pequeña. El primero, de manual: una infancia rota y una familia desestructurada. Jame fue un niño abandonado por su madre prostituta y le criaron sus abuelos, a los que mató en plena pubertad. Pasó su adolescencia en un reformatorio y años después, ya en prisión, sufrió fuertes abusos que le hicieron plantearse su sexualidad, llegando a la conclusión de que era transexual. Se convirtió en asesino en serie cuando, tras no conseguir que algún cirujano le realizara la operación de cambio de sexo, empezó a secuestrar a esas mujeres para apoderarse de sus pieles y hacerse su propio traje de mujer.

En Jame, a pesar de ser ficción, observé una lista de similitudes con otros criminales históricos. En lo de asesinar a sus abuelos, se asemejaba a Ed Kemper, conocido como «el asesino de las colegialas», que en su adolescencia había matado a su abuela. El detalle de asesinar mujeres para hacerse un traje lo relacioné con Ed Gein, el psicópata caníbal que hacía lámparas con la piel de sus víctimas. En cuanto a retener secuestradas a mujeres en su casa, se parecía a Gary Heidnik, conocido como el «sembrador de bebés», que usaba como objeto sexual a prostitutas a las que raptaba y torturaba, reteniéndolas en un pozo en su sótano, con el fin de crear una fábrica de bebés. Comprobé que la realidad, a menudo, superaba con creces la ficción.

Durante aquella etapa estaba absolutamente sumergida en el mundo criminal. Todo lo que leía, los documentales que veía, el cine, incluso en la prensa... solo buscaba la barbarie, la brutalidad, la atrocidad, para ponerla bajo la lupa de la psicología criminal. Estaba tan metida en aquello que España se me quedaba pequeña. Veía que las unidades criminalísticas de aquí estaban a años luz del FBI, la mayor agencia de investigación criminal del mundo. Muy a pesar de mi familia, empecé a plantearme terminar mi formación en su academia de Quantico. Yo quería ser una Clarice Starling de carne y hueso.

Pero a medida que mis conocimientos aumentaban, en paralelo, crecía en mí un sentimiento de fascinación que flirteaba con el morbo, el terror y la tentación. Aquellos villanos empezaron a atraerme de manera irresistible. Algunos eran fríos, agresivos y calculadores. Otros, sin embargo, dejaban al desnudo aquel niño que un día fueron, y yo, asaltada por la ternura, sentía una fuerte necesidad de protegerlos; incluso de cambiarlos. Y otros tenían un elevadísimo sentido de la autovalía, una prepotencia y un encanto superficial que los dotaba de un magnetismo que me imantaba a ellos. Me embelesaba esa seguridad para incumplir las normas sociales y la ley, representaban el clásico perfil del «chico malo» del instituto elevado a la máxima potencia. A veces, al repasar sus casos, notaba que se me aceleraban las pulsaciones y se me ponía la piel de gallina. Empecé a pensar que aquello me excitaba.

En mi casa estaban tan preocupados con la deriva que estaba tomando mi carrera (y quizá también mi cabeza) que mi madre decidió poner en práctica una de sus ya míticas terapias de choque. En su etapa en Aranjuez había formado, junto con otras profesionales, «Psicólogas de la Ribera» (por aquello de estar a la ribera del Tajo), una asociación en la que se reunían expertas de cualquier ámbito de la psicología que vivían por la zona y que querían compartir dudas, materiales o simplemente charlar. Allí fue donde conoció a Casilda Yagüe.

Casilda estaba muy bien considerada en el gremio y en aquel momento trabajaba en la cárcel arancetana. Su especialidad era el peritaje psicológico y la intervención con internos en instituciones penitenciarias. Llevaba años batallando para defender la figura del psicólogo en el ámbito penitenciario, potenciando programas de intervención en tercer grado. Vamos, la John E. Douglas española. Además, daba clase en el Máster de Psicología Jurídica de la UNED y ahí dio mi madre con la clave.

Se las apañó para que la Yagüe me aceptase como estudiante en prácticas en verano, al terminar el máster. Pensó que si vivía la realidad de esos reclusos en mis carnes, si aquellos perfiles criminales pasaban del papel a las entrevistas cara a cara, mi fascinación desaparecería como desaparecen los soplones en el trullo. Pero yo estaba completamente eufórica: iba a pisar una cárcel. ¡No podía creerlo!

12
Oficialmente desaparecida

Domingo, 4 de febrero de 2018
Comisaría Madrid-Centro (Leganitos, 19)

Que ha desaparecido? —pregunté.

¡Dios, qué poca vista! En ningún momento se me pasó por la cabeza que me hubiesen citado allí por ella. ¿Cómo no había considerado esa opción? Notaba cómo mi mandíbula comenzaba a temblar, chirriando como los raíles antes de que un tren descarrile. ¿Habría cumplido aquella mujer sus amenazas? De pronto, aquel primer acto de la crónica de una muerte anunciada se repetía en mi mente sin cesar.

«Tengo odio en las manos».

«Odio».

«Tengo odio».

«Odio en las manos».

«Odio».

Y ahora yo estaba en una comisaría y ella en paradero desconocido. ¿Muerta quizá? ¿Muertos? ¡Eso no podía estar pasando!

—¡Cómo que Rosario ha desaparecido! —exclamé, elevando considerablemente la voz.

—Me temo que así es —afirmó Miguel Ángel Gaona.

Me levanté de la silla, agitada, asustada, temiendo lo peor.

—¿Y su hijo? Creo que tiene un hijo, un niño pequeño. ¿Está bien su hijo? —Puse las dos manos encima de la mesa y, sin querer, mi cuerpo hizo contrapeso y me abalancé un poco sobre él—. ¡Dígame que ese niño está bien!

—¡Cálmese, por favor! —respondió el subinspector—. Sí, Rosario tiene un hijo que se encuentra perfectamente. De hecho, su padre todavía no le ha dicho nada de la desaparición, no quiere preocuparle, es pequeño y muy sensible. Es Rosario la que puede tener problemas, pero nadie más. Siéntese, por favor, señorita, y cálmese.

Confirmar que tenía un hijo y que estaba bien me tranquilizó. Por un momento temí que mis peores presagios se hubieran cumplido. Pero aquel «señorita» me hizo girar el morro, no estaba para paternalismos; aunque el tal Gaona parecía honesto, y su tono, un simple formalismo. Se presentaba como un hombre educado, tranquilo y, eso sí, un tanto chapado a la antigua. Su mirada era profunda, amable, reconfortante, y había algo en ella que me generó cierta sensación de amparo.

—Confíe en mí y no se preocupe por el crío. Volvamos a lo que nos ocupa, la desaparición de Rosario.

—Discúlpeme. No estoy acostumbrada a estar en una comisaría, todo esto me tiene un tanto nerviosa —me excusé.

—Lo comprendo. Pero ahora debemos mantener la calma para ser efectivos y actuar con rapidez. Rosario Jiménez se encuentra oficialmente desaparecida. En estas situaciones cada minuto cuenta —dijo él, que no había cambiado el gesto desde mi llegada.

—Comprendo.

—Hemos empezado la búsqueda y por eso está usted aquí.

—¿Cuánto hace que ha desaparecido? —pregunté tratando de sonar algo más calmada.

—No lo sabemos con exactitud. Su marido puso la denuncia ayer por la tarde.

—Pero ¿no deben pasar al menos cuarenta y ocho horas para considerar que alguien está desaparecido?

—No, eso es un mito, un lugar común que se ha ido extendiendo con el tiempo. A decir verdad, las primeras setenta y dos horas posteriores a la desaparición son claves para la investigación: nos permiten acotar y cerrar el círculo.

Gaona era un experto en lo suyo y se esmeraba en que se notara. Le gustaba soltar tecnicismos y peroratas policiales que dejasen claro que, a pesar de la adversidad, tenía la situación bajo control. Cuando se ponía en «modo pro» dejaba al descubierto, ya fuera por inseguridad o por excitación, un pequeño tic: arrugaba la nariz y la movía rápidamente hacia los lados, como el que se quiere rascar sin usar las manos. Una mezcla entre un cachorro de conejo y Samantha Stephens, en *Embrujada,* antes de hacer un hechizo. De pronto, Miguel Ángel Gaona me pareció atractivo.

—La estadística, ejem, ejem —carraspeó, mientras buscaba recuperar mi atención, que claramente andaba despistada haciéndole una exhaustiva radiografía—, nos dice que en ese primer lapso de tiempo es habitual que la persona todavía se encuentre cerca del lugar de desaparición o incluso del propio hogar. Por eso siempre pedimos a los familiares que avisen a la policía en cuanto haya indicios de desaparición, porque es en estas primeras horas cuando podemos obtener las mejores pruebas y los mejores testimonios.

—¿A pesar del *shock* de los allegados y de la ansiedad y el miedo? —dije tratando de poner sobre la mesa mis conocimientos y volviendo a centrarme en el asunto. Además, yo también sabía ser «pro» en lo mío.

—Le sorprendería la claridad con la que las personas son capaces de narrar lo ocurrido y, a pesar de la situación, recomponer sus últimos pasos. Si lo piensa, tiene sentido; es cuando los recuerdos están frescos y, con suerte, las cosas siguen tal y como el desaparecido las dejó.

—¿Ha dicho que fue el marido quien puso la denuncia? —pregunté.

—Tiene que saber que nosotros empezamos a trabajar antes incluso de que se interponga la denuncia de desaparición, desde la primera llamada de aviso. Pero en este caso, en efecto, su marido vino directamente a comisaría a poner la denuncia.

—¿Es un procedimiento habitual?

—No. Pero teniendo en cuenta que Rosario es compañera —dijo, mientras se pasaba la palma de la mano por el escudo bordado en el pecho de su uniforme—, supongo que estará familiarizado con los protocolos y pensaría que así ganaba tiempo. ¿Lo conoce?

—¿A su marido?

—Sí.

—No. A decir verdad, tampoco puedo decir que conozca a Rosario.

—Pero es usted su terapeuta, ¿no es así? —preguntó con recelo.

—Sí, bueno..., supongo que sí.

Gaona levantó una ceja, confuso. Se mojó los labios antes de beber un poco de agua. Aproveché para beber yo también de un vaso que, antes de pedirlo, él se había adelantado a servirme, y continué:

—Apenas la conozco porque no hace ni una semana que pasé su primera consulta. Por eso me sorprende que me hayan llamado. No sé bien qué podría decirles yo que les sirva de ayuda, porque si le soy sincera aún no he avanzado demasiado en su tratamiento. Fue una primera consulta muy breve; una toma de contacto con la paciente.

Gaona me miraba con sus ojos azules muy abiertos, muy puros. Tenía una mirada limpia y penetrante.

—Comprendo. Pero créame, todo suma, cualquier información, cualquier dato... —Abrió una libreta rectangular con anillas en la parte superior, como las que tenían algunos periodistas de GlobalMedia—. Los primeros pasos que damos en estos casos se centran en reconstruir las últimas horas y el entorno de la persona desaparecida. Su marido dice que fue a verla a la consulta y puede que le dijese algo o le diera algún dato que nos ayude a saber dónde está o a acercarnos a ella.

—¿Cómo lo sabía? —pregunté directa.

—¿El qué? ¿Quién?

—Su marido. ¿Cómo sabía que Rosario fue a verme a la consulta?

—Por lo visto leyó unos correos electrónicos en los que la desaparecida se mensajeaba con usted para concertar una cita en su gabinete.

La respuesta y la tranquilidad con la que habló me indignaron.

—¿No es eso un delito contra el derecho a la privacidad, a su intimidad? —le reproché—. A la de Rosario y, si me apura, a la mía.

—Verá, señora mía —dijo un tanto contrariado («Oh, vaya, perdimos el señorita», pensé. ¿Sería eso un paso adelante un paso atrás?)—, permítame decirle que ese no es el tema que nos ocupa ahora mismo. Si quiere y lo considera oportuno, podrá poner una denuncia cuando la encontremos y nos aseguremos de que está sana y salva. Pero ahora, si le parece, vamos a centrarnos en saber qué le ha podido pasar a la compañera.

Noté cierto cariño en el tono cuando dijo «compañera» y volví a conectar con el hecho de que Rosario trabajaba como policía nacional. Nuestro encuentro había sido tan breve que no sabía en qué comisaría trabajaba ni cuál era su labor en el cuerpo. En cualquier caso, se notaba que, para «el compañero», esta no era una desaparición cualquiera. Asentí, mostrándome dispuesta a cooperar.

—¿Podría decirme por qué motivo acudió Rosario a su consulta?

Dudé. Después de mi conversación con Casilda, había llegado a la conclusión de que no quería involucrar a la policía tras escuchar la amenaza de Rosario. Por sus palabras, no estaba claro que fuese a cometer un crimen. Pero ahora era la policía la que acudía a mí. Pensé en revelar su confesión pero, de nuevo, volví a Casilda.

—Sabe que debo respetar el secreto profesional —solté, tratando de sonar digna.

—Por supuesto. Intente compartir solo aquellos datos que no comprometan esa obligación, pero que puedan ayudarnos a avanzar en esta investigación. ¿Le parece?

Su tono era tan reconfortante que todo me parecía bien; de haberme propuesto invertir en preferentes lo hubiera hecho con los ojos cerrados.

—Creo que Rosario no se encontraba bien. No podría decir si hacía mucho tiempo que se sentía mal. Pero, sin duda, cuando acudió a mi consulta no estaba bien.

—¿Sabe si padecía alguna enfermedad, si tomaba medicación o tenía problemas de algún tipo? ¿Mentales, quizá? —preguntó.

—No sabría decirle. Aparentemente no. Lo que sí sé es que esa mujer estaba muy angustiada; eso podría haberla llevado a unos niveles de estrés y ansiedad extremos.

—¿Qué está insinuando?

—No insinúo nada —respondí—. Solo digo que Rosario fue a pedirme ayuda porque no estaba bien. ¿Han valorado la opción de que ella se haya marchado voluntariamente?

—¿Adónde podría haber ido Rosario?

—No lo sé, ese trabajo les toca realizarlo a ustedes. Pero veo que no es una línea de investigación que hayan contemplado. Podría haber dejado su hogar.

—Nunca lo haría. No así.

Me sorprendía la seguridad con la que hablaba de ella. Era evidente que se conocían, y una curiosidad imperiosa de saber hasta qué punto llamaba a mi puerta, pero no era el momento de indagar sobre su relación. Ya habría tiempo.

—¿Cómo lo sabe?

—Amador lo es todo para ella. Nunca le abandonaría.

—¿Su hijo?

—Tiene once años. No le dejaría en la estacada por nada del mundo. —Hizo una pausa y, susurrando a un volumen casi imperceptible, añadió—: No con él.

—Disculpe, ¿qué ha dicho? No le he escuchado bien.

—Nada. Que Rosario nunca abandonaría a su hijo.

—Quizá no es al niño a quien quería abandonar —insinué.

Gaona me miró fijamente. Callado. Me aguantó la mirada unos segundos.

—¿Por qué dice eso?

—Bueno, es el núcleo familiar más directo: hijo y marido. Si el problema no era el pequeño...

—¿Le dijo Rosario si tenía problemas con su marido?

—Sabe que no puedo revelarle ese tipo de datos.

Gaona rebufó. Cambió el tono, tratando de sonar conciliador.

—Escúcheme, si cree que Rosario sufría algún tipo de maltrato por parte de su marido, su declaración sería de gran ayuda para la investigación.

—Le he dicho que la sesión fue corta y que apenas pudimos avanzar.

El subinspector notó mis reticencias. Miró el reloj. Sacó una tarjeta de su cartera y me la alcanzó desde el otro lado de la mesa.

—No se preocupe, señorita, creo que ha sido suficiente por hoy. Tenga, este es mi número personal para lo que necesite. Bueno, por si recuerda algo que considere importante, ya me entiende.

La cogí y la guardé sin mucho cuidado. Su cara mostró una clara decepción al ver que no había una tarjeta de vuelta con mi contacto. Recogí mi bolso y me acerqué a la puerta.

—Gracias, subinspector. Revisaré mis notas y si encuentro algún dato que crea que puede ser relevante le avisaré. Adiós.

***

4/2/2018

He pensado que estaría bien que tengas mi teléfono. 21:50 //

Que lo tenga. 21:51 //

Vaya, que aquí lo tiene usted. 21:53//

En definitiva, solo quiero que sepa que me tiene a su disposición para cualquier cosa que pueda ayudar a encontrar a Rosario. 21:58 //

Por favor, si hay cualquier novedad sobre el caso, no dude en llamarme. 21:58 //

Gracias y buenas noches. 21:58 //

Un beso 22:02 //

🚫 *Eliminaste este mensaje* 22:02 //

> Un abrazo 22:02 //
>
> ⊘ Eliminaste este mensaje 22:02 //
>
> Saludos 22:03 //

***

«¡Mierda, Ana! Son las doce de la noche. Doble *check* y no hay respuesta».

«¿A qué ha venido eso?».

«No era necesario que tuviera tu teléfono. ¡De serlo, te lo habría pedido él!».

«¿Y besos? ¿Y abrazos? Joder».

«¿Mensajes eliminados? ¡Venga, hombre!».

«Como si estuvieras en el puto instituto. Qué vergüenza. Qué puñetero ridículo».

«Y pretendes que te traten como a una profesional...».

***

> 5/2/2018
> M. A. Gaona
>
> Discúlpeme por no haber contestado antes. 08:26 /
>
> Discúlpame 😌 08:26 /
>
> Ayer fue un día muy largo y caí rendido. 08:26 /

Gracias por escribir. Pensé en hacerlo yo, pero no quise parecer inapropiado... Pero me temo que volveremos a necesitarte. 08:27 /

Por ahora no hay novedades; espero tenerlas hoy. 08:27 /

Seguimos en contacto. 8:27 /

Más saludos... 8:32 /

13
Calladita

Lunes, 28 de agosto de 1989
Boadilla del Monte (Madrid)

Hacía mucho que todos se habían ido ya. Estaba triste por haber tenido que decir adiós a todos mis nuevos amigos pero, a la vez, nerviosa y emocionada por ver a mamá. Jugueteaba con aquel pedrusco blanquinoso que sostenía entre mis manos como el mayor de los tesoros. Aquello que yo llamaba «pan», pero que más bien era engrudo y que sería recibido en casa como una obra de arte que habría que comerse, como comen los padres cuando hacen aviones con el puré de sus hijos.

> *Yooo teeengo un talllarín, chuchú,*
> *y ooootro tallarín, chuchú.*
> *Queee se mueveee por aquí, chuchú,*
> *queee se mueeeve por allá.*
> *Y tooodo rebozado,*

con un poco de aceite, con un poco de sal.
Y te lo comes tú y sales a bailar.

—¡Tú! ¡Te lo comes tú, Marie! Tienes que salir a bailar.

Marie me miraba como miran los pescaderos a los besugos antes de sacar el cuchillo y empezar la disección, con una mezcla de asco, indiferencia y cierta vergüenza.

—*¡Y saaales a bailar!* —insistía yo, moviendo las caderas de un lado a otro, emulando a mi espagueti imaginario recién cocido.

—¿A ti no te han dicho nunca que calladita estás más guapa? —me gritó indignada—. ¿No ves que se ha ido todo el mundo, niña? El campamento se ha terminado. A ver si podemos irnos de una puta vez de este agujero.

—¡Has dicho una palabrota! ¡Has dicho una palabrota!

—¿Es que tú siempre tienes que dar por culo?

—¡Otra! ¡Otra!

—Mira, niña, como no te calles ya te voy a encerrar en las letrinas y te vas a quedar aquí tirada. Hoy se va todo el mundo, así que nadie vendrá a buscarte nunca. Nunca. ¡Así que cállate de una vez y déjame en paz! —gritó Marie con toda su rabia.

Sin duda, sabía cómo quitarle la ilusión a alguien, y más a aquella niña que tanto se esforzaba siempre (y siempre sin suerte) en conseguir su aprobación. Mis labios empezaron a temblar y los ojos me brillaban ya como aquellos besugos que esperaban su turno, entre hielos, para ser descuartizados; me mordí fuertemente los labios y apreté los puños con todas mis fuerzas, intentando evitar lo inevitable. Unas cuantas lágrimas grandes, espesas, pesadas, recorrían mis mejillas.

—¿En serio? ¿Ahora te vas a poner a llorar? *Va te faire foutre!*[12] —exclamó más cabreada, si cabe, Marie—. Lo flipo contigo, niña. Menos mal que no eres mi hermana porque si no te iba a dar yo motivos para llorar...

Marie intentaba ser dura, darme miedo y mostrarme su desprecio. Pero en realidad, incluso a mis seis años, aquella pequeña gran bestia parda ya me daba una pena tremenda. Vivía terriblemente enfadada con el mundo, y vivía así desde que yo era capaz de generar recuerdos.

Acabábamos de pasar quince días maravillosos en un campamento de verano que organizaba mi colegio en una granja-escuela en Boadilla del Monte, al oeste de Madrid; habíamos jugado al pañuelo, a la bandera, habíamos aprendido a hacer pan (o sucedáneos sosos, duros y descoloridos que romperían los dientes a más de un padre...), a pisar la uva en una vendimia improvisada e, incluso, a ordeñar vacas y ovejas. Mientras que yo hice grandes amigos, de esos que duran toda la vida, con los que te pasarás media infancia carteándote y media adolescencia viajando en bus desde Aranjuez para visitar en Madrid, Marie se pasó los quince días asqueada, dando todos los problemas posibles (la comida, las literas, los juegos y hasta las canciones eran una «gran mierda»), sin relacionarse con ninguno de los chavales de su edad que estaban en su grupo —a pesar de que el chico más guapo de todo el campamento estaba interesado en ella— y preguntándose por qué tenía que estar allí si ese no era su colegio, ni le gustaba el campo ni le gustaba la vida, así, en términos generales.

---

[12] «Vete a la mierda».

Marie se levantaba de vez en cuando para asomarse al camino de grava cuando algún sonido de motor parecía acercarse. Pero siempre resultaba ser el tractor que empezaba a segar los campos aledaños o algún coche que cruzaba atajando por allí. En mi cabeza sonaban todas aquellas canciones infantiles, absurdas pero pegadizas; en la suya, el reproche, la rabia y, una vez más, la decepción de pensar que se había olvidado de ella. Hacía más de dos horas que tendría que haber ido a recogernos, se habían ido hasta los monitores, pero nosotras seguíamos allí plantadas.

—Mis niñas, les traje un juguito para aguardar la espera con este calor de mil demonios —dijo Luciana, una dominicana exuberante y risueña que se encargaba de las tareas de limpieza—. ¿Seguro que no quieren llamar?

—Muchas gracias, Luci, pero no te preocupes —dijo Marie con un sorprendente tono amable y cercano—. Este tío siempre hace igual. Aparecerá en el momento exacto y preciso que a él le dé la gana.

—Vale, mi sol. Pero si ven que tarda mucho más me avisan, que llamaremos a sus madres —nos dijo Luciana, cariñosa, mientras se iba.

—¿Luci? —pregunté—. No sabía que te habías hecho amiga de Luciana...

A Marie claramente le molestó mi observación, no quería dejar al descubierto el más mínimo signo de humanidad y/o de sociabilidad por su parte. La apariencia de loba solitaria le encantaba.

—¿Sabes de quién me he hecho amiga de verdad?

—¿De quién? —pregunté.

—¡Del monstruo! —contestó—. ¡El monstruo! ¡Garrrrr! —repitió sumándole un sonido gutural que parecía sacado de las tinieblas.

—¡No! ¡No! ¡Los monstruos no existen!

—Claro que existen. Y al monstruo de Boadilla me lo llevo de vuelta a casa en la mochila. ¿Quieres que lo meta en la tuya?

—¡No! ¡Claro que no! —contesté con un lloriqueo *in crescendo*.

—Este monstruo se come a las niñas pesadas y repelentes. ¡Las niñas que no se callan! —gritó—. Y es mi amigo, así que se comerá a las niñas que me den la brasa y no se queden quietecitas.

Marie disfrutaba haciéndome sufrir. Esa sensación de hacerme daño le producía una satisfacción incontrolable. Y aunque el azul de sus ojos le daba un aspecto angelical y cándido, su mirada estaba teñida de odio y frustración. Cuando se lo proponía, podía llegar a ser insufrible... y se lo proponía a menudo.

Me callé de golpe. Y las chicharras, quizá por solidaridad, quizá por miedo, quizá porque aquel calor era insoportable incluso para ellas, se callaron conmigo. Parecía como si todo el entorno hubiera escuchado las amenazas del monstruo y hubiese cerrado la cremallera por si las moscas.

No habían pasado ni diez minutos, que a mí se me hicieron eternos (lo de estar callada nunca se me ha dado bien...), cuando un rugido empezó a oírse a lo lejos. Un ruido a caballo entre una estampida de bisontes y Leatherface en plena faena. Una polvareda intensa fue acercándose hasta nosotras y el ruido con ella. De pronto, se volvió a hacer el silencio y, tras aquella humareda de polvo seco que iba cayendo lentamente y cegándome los ojos, apareció. Se trataba de un Ferrari Testarossa del 84; un deportivo Berlinetta, como lo llamaban los que querían demostrar que sabían, o cupé que es como lo hemos llamado siempre el resto. Era uno de la primerísima serie que se lanzó de aquel modelo y que hoy es un clásico. Él lo había conseguido gracias al millonario francés dueño de Automobile Club de l'Ouest (ACO), empresa organizadora de las 24 Horas de Le Mans, que veraneaba todos los años en Mallorca y al que había ayudado en algunos «negocios» de dudosa legalidad.

Pero así era el señor Boix. Tenía lo que quería cuando lo quería. Y a menudo, cuando lo tenía, perdía el interés, como le pasaba con su hija. O el interés volvía a llamar a su puerta cuando otro ponía el ojo en algo que ya tenía, como le pasaba con su mujer.

—*Vet aquí dues princeses!* —Solía hablar en mallorquín cuando quería ser cariñoso—. *Com estan ses meves nines?*

—Llegas tarde. Muy tarde. —Marie le hablaba sin mirarle a la cara—. Llegas tan tarde que podrías haberte ahorrado el viaje, porque la vergüenza de ver que mi padre llega a estas horas es mayor que la de ver que mi padre ha pasado de venir.

—Bueno, bueno... —dijo cargando el petate de Marie—. Lo que importa es que ya estoy aquí. ¿Qué tal lo habéis pasado?

—En serio, déjalo —replicó ella.

—Me cago en... ¿Es que a ti ni unas vacaciones te endulzan el carácter? ¿Sabes lo que sucede contigo? ¡Que pasas demasiado tiempo con tu madre! —exclamó el señor Boix—. Así estás, igual de amargada que ella.

Marie lo miró con unos ojos de furia que podrían haberle guillotinado si en lugar de enfocar a los de su padre lo hubiera hecho a su yugular. Con su madre no iba a permitir ni media broma. Él lo percibió.

—¿Y tú, Alicia, pequeña? ¿Cómo lo has pasado?

—Yo muy bie...

—Se llama Ana. —No había terminado la frase cuando Marie me interrumpió más furibunda todavía—. Ana, joder, ni eso te puedes aprender.

—Ana, Alicia...

—En serio, para. Estás haciendo el ridículo —se quejó de nuevo Marie.

Sin duda, había terminado de encender la mecha.

—Mira, no empieces a tocarme los cojones, que no estoy para hostias. ¡No he venido hasta el culo del mundo a recogeros y me he quedado sin mi partido de golf de hoy para que te pongas brava conmigo! No sabes lo poquito que se te ha echado de menos estos días en casa.

Empecé a agobiarme por aquella bomba de relojería que, no había duda, iba a explotar en cualquier momento. Yo no estaba acostumbrada a los gritos y a esa violencia en el habla, y mucho menos entre padre e hija.

«¡... y han llegado a lo más alto, al número 1 de esta semana! Con ellos cerramos el programa de hoy, os esperamos la semana que viene aquí, en *Los 40 Principales*. "Mi novio es un zombi, es un muerto viviente..."». Solo se me ocurrió encender la radio para parar aquella avalancha. Funcionó.

—No, no, no. ¡Por encima de mi cadáver! Esos guarros en mi coche no. Venga, subid de una vez, que este calor es insoportable. Ahora vais a escuchar música de la buena —dijo sacando un estuche negro de la guantera—. Aquí tengo yo música de la de verdad.

Sacó una vieja casete en la que apenas podían leerse las letras serigrafiadas que todavía sobrevivían. Empezó a sonar «Eternal Flame», de The Bangles.

—Esto sí que son mujeres y no la tipa esa de la cresta de colores. ¡Y qué mujeres! ¿Quieres oír una historia, Alicia?

Marie me miró con resignación, no iba a haber un segundo *round*. Tampoco por mi parte.

—Claro, me encantan las historias —dije—. En el campamento todas las noches contábamos historias de miedo con la linterna encendida dentro de la tienda. ¡Yo aguantaba hasta el final! Me encanta el miedo, señor Boix.

Me miró satisfecho, le gustaban mis modales y aquel «señor» le hacía sentirse importante, aunque fuese ante una niña de mi edad.

—Nada de miedo. Esta es una historia de lo que hacen algunas mujeres por la fama, el dinero... Bueno, por lo que queréis todas. —Hizo una pausa para coger un paquete de Ducados y encenderse un cigarro—. Esta canción la grabó Susanna Hoffs, la vocalista del grupo, en pelotas —dijo soltando una enorme carcajada—. ¡En pelota picada, la muy sinvergüenza!

Se reía y fumaba, y subía y bajaba el volumen de la radio entre sus pausas, como había hecho el locutor de radiofórmula minutos antes anunciando el pelotazo de Alaska y Dinarama.

—La tía se dejó engatusar por un productor que le coló que había estado trabajando con Olivia Newton John, ¿sabes la de *Grease*?, pues esa. Y le contó que la Olivia (a veces metía los artículos antes de los nombres, por interferencia del mallorquín) había grabado como Dios la trajo al mundo. Y como ella no quería ser menos, claro, pues se tragó la mentira. ¡Y ahí que grabó con todo al aire, la muy idiota! ¿Moraleja? —preguntó mirándome con una sonrisa que dejaba entrever todos sus dientes amarillentos por el rastro del tabaco.

—¿Que no hay que grabar canciones desnuda? —contesté esperando haber acertado.

—¡Meeec! ¡Error! Que no hay que dejarse engatusar por el primer gilipollas que aparezca en tu camino.

—Ojalá le hubieran dado ese consejo a mamá cuando te conoció.

El coche paró en seco. El cigarro salió volando por los aires. La polvareda volvió a levantarse afuera, como la falda de una bailaora antes del último *zapateao* de la noche. Un puño se elevó rápidamente y frenó, también en seco, ante a la cara de Marie.

—¿Qué coño has dicho, niñata?

Marie hizo el gesto reflejo de taparse la cara para protegerse. Pero abrió los ojos y rápidamente, tras comprobar que el puño había parado a tiempo, se dio prisa en disimular su miedo.

—Nada —respondió agachando la cabeza—. No he dicho nada.

—Justo lo que me parecía, que calladita estás más guapa.

14
Vestida para matar... en Malasaña

Sábado, 3 de febrero de 2018
Josealfredo Bar (Silva, 22)

Eran ya las once menos cuarto y ni rastro de Mariaje. ¡Joder! No podía creerme que fuese a dejarme plantada otra vez. Miré el móvil; ni siquiera había leído mi último mensaje. Pero me sentía lo bastante culpable de que le hubieran encasquetado mi lista del ERE (vaya, hacía mucho que no hablaba de encargos y ya casi me había acostumbrado...) como para esperarla durante casi dos horas.

Salíamos a menudo cuando trabajábamos juntas. Entonces me gané, muy merecidamente, el apodo de «la lianta» por parte de «la madre», que fue el que se ganó Mariaje gracias a un duro trabajo de protección y fastidio. Siempre buscaba un aliado en mis batallas, aunque fuese muy dada a terminarlas a solas con mi espada.

Eran las dos menos cuarto de la mañana y estaba claro que la gallega no iba a aparecer. Yo no pensaba marcharme a casa, porque lo de irse de un bar antes del cierre solo estaba bien visto si era para cerrar otro bar. El único motivo que hubiera hecho que me levantara de aquel taburete verde —tapizado con muy poca gracia, por cierto— sería para echarme un pitillo, pero yo no solía fumar. Siempre me dio un profundo asco el humo y estaba convencida de que con mi personalidad tirando a ansiosa, de probarlo, hubiera sido una auténtica adicta. Solo hacía como que fumaba, a veces, de forma torpe e infantil, cuando trataba de impresionar a algún fumador que me interesaba. Así que ese taburete cutre iba a tener que soportar mi culo un buen rato más.

Había camarero nuevo en la oficina y la verdad es que el chico se lo estaba currando. Vestía una camisa de cuadros, que se arremangaba constantemente, y unos vaqueros pitillos que, desde mi lado de la barra, no alcanzaba a ver cómo le empitillaban las piernas, pero parecía que bastante. Era más joven que yo, aunque no mucho más. No muy alto, pero lo suficiente para que nuestras miradas coincidiesen a la misma altura; delgado pero definido, se sabía atractivo. Y llevaba una media melena que ondeaba con cada carcajada y unos dientes blancos que le hacían una sonrisa bastante hipnotizadora.

—¡Jefa! Me dicen los veteranos que sos VIP en esta casa —me dijo.

Al fondo de la barra vi que Manuel y Loco, los camareros que llevaban en ese bar por lo menos una década y me habían visto en todo tipo de condiciones, y con los que había compartido penas y glorias, levantaban sus birras y bebían haciendo una pequeña reverencia. Como dándole sus bendiciones al nuevo compañero.

—Así que aquí tenés, lo de siempre —me dijo deslizando un vaso corto con uno de chupito dentro. Una pócima a rebosar que iba dejando un pequeño reguero por toda la barra. Como Hansel y Gretel con el pan, pero con un Jägerbomb[13] que anunciaba que la noche podía ponerse golosa. Nos lo bebimos de un trago, sin respirar. Sin pensar. Noté cómo se me erizaba la piel y se activaban mis sentidos.

—Bien, chico nuevo. Así, tú y yo vamos a llevarnos bien —dije atusándome el pelo y sonando más coqueta de lo que yo creía.

Esa misma acción se fue repitiendo y repitiendo. Y la apuesta subiendo y subiendo. Y los vasos de rocas, como llamaban a los vasos bajos, se cambiaron por los de de tubo, que se llenaban más y más. Y el camarero novato —con el que había establecido el juego absurdo de terminar la noche descifrando si era argentino o chileno—, de pronto parecía un experimentado barman que hacía malabares con la coctelera y efectos dominó con las hileras de esas pequeñas grandes bombas etílicas.

Se había declarado la guerra y yo iba con todo.

Pero me faltaban aliados en el campo de batalla. Y tras haber aceptado que Mariaje no pensaba ponerse la armadura esa noche y ver que no había mucho soldado al que alistar en mi bando en el Josealfredo... ¿Aquel recluta, de origen todavía por definir, sería suficiente soldado? Quizá por la insistencia, quizá por lo fácil que lo estaba poniendo todo (o porque siempre me ha gustado complicarme la vida), me

---

[13] Chupito de licor de hierbas Jägermeister mezclado con Red Bull.

pareció que le faltaba munición para aquella contienda. Así que decidí reclutar a un guerrero en el lugar donde siempre se encuentra a alguien dispuesto a unirse al pelotón: en Tinder.

Hacía tiempo que no entraba a olisquear y a jugar un rato a lo del *match*, pero me costó poco recuperar la agilidad de antaño. Iba moviendo mi dedo a izquierda y derecha con una calidad rítmica digna de un director de orquesta en pleno Año Nuevo a ritmo de la *Radetzky*.

Presentados a filas en aquella aplicación de citas y nuevos encuentros, había individuos para todos los gustos, como en aquel anuncio de Coca-Cola de hacía años. Gordos, flacos, guapos, feos... Y entre todos ellos, y a pesar de la rapidez con la que mis dedos rechazaban y aceptaban reclutas, encontré una cara que me resultó familiar. Se hacía llamar Maldo_96.

Intenté agrandar la imagen en la pantalla para verle un poco mejor, pero mi estado etílico no me dejaba acertar con el gesto. Además, la suya no era exactamente una foto de perfil. Se veía a un chico en una grada de un estadio de fútbol, con la camiseta del Atleti y los brazos en alto. Pero se distinguía más grada que cara y más píxel que nada, así que poco pude averiguar. Lo que sí podía intuir era que mentía en su año de nacimiento, y aun siendo consciente de que en Tinder todos maquillan sus perfiles, aquel «soldado» se encontraba muy lejos de tener veintidós. Aun así, quizá por curiosidad, quizá porque la app confirmaba que se encontraba a trescientos cincuenta metros de mí o quizá porque acababa de engullir el enésimo chupito de la noche, le di un corazón virtual.

—¡*Like* para ti, Maldo_96! ¡A las armas! —dije en voz alta y levantando un puño.

El corazón fue devuelto enseguida y casi a la vez recibí un mensaje. Luego otro y otro. Y cuando me di cuenta, Maldo_96 me confirmaba que venía a mi encuentro.

Joder, lo iba a hacer otra vez.

—¡Vivan las mujeres guapas!

Me giré extrañada. Aquella voz, aquella expresión...

—¿Tú? —exclamé.

—¡Yo! —dijo abriendo los brazos, cerrando fuerte los ojos y poniendo morritos, como si le fuesen a hacer una foto. Si hubiera tenido esa estampa de perfil y no la del campo del Atleti, hubiera visto que se trataba del preso con el que me había topado al salir de la cárcel de Aranjuez cuando fui a pedir ayuda a Casilda unos días antes. El mundo es un pañuelo, y a veces está cargado de mocos.

—Pero ¿qué haces tú aquí? —le pregunté, todavía incrédula.

—Estoy de permiso, belleza. ¡Hasta el martes soy un hombre libre! Libre y afortunado, por lo que veo...

—Pero ¿por qué has venido a Madrid?

Se lo pregunté sin apenas mirarle a la cara, estaba muerta de vergüenza. Pero a la vez no podía evitar sentir un pequeño cosquilleo interior. Un preso. De todos los reclutas, mis preferidos. ¿Qué habría hecho para entrar en prisión? ¿Drogas? ¿Alguna pelea?

—Pues el puto juez y la Junta de Tratamiento, que me hacen venir a firmar aquí a la calle Luna.

—¿A la comisaría? ¿Acaso vivías aquí antes? Me refiero a antes de entrar...

—¿En el trullo? —terminó la frase por mí—. ¡Qué va! ¿Tú crees que cago oro, princesa? Yo soy del PanBen[14]. Pero estaba empadronado aquí en casa de un socio, en la calle Valverde, para poder hacer mis *bisnes* con libertad de movimiento. Los modernos de Malasaña queréis siempre mandanga buena, ¡la del tito Maldo!

Lo dijo cogiéndome de la cintura con tanta fuerza que el taburete casi se parte en dos.

—¡Jefe! —dijo levantando la mano hacia mi colega chileno-argentino—. Tráete dos más de lo que bebía esta belleza.

Pareció no hacerle mucha gracia la orden.

—Oye, te has pasado con lo del 96, ¿no? Por lo menos tendrás mi edad...

—Cariño, no me ofendas. El año 1996 es en el que don Kiko Narváez Machón, con la insigne camiseta del Atlético de Madrid, consiguió hacer doblete de Liga y Copa.

Volvió a hacer el arquero, como aquel día a las puertas de la prisión.

—¿Pensabas que tenía veinte palos? ¿Qué pasa, que te apetecía un yogurín de postre hoy?

Miré hacia otro lado avergonzada. Sentí que una pequeña arcada subía hasta mi garganta, con olor a las cincuenta y seis hierbas del Jäger y otro tanto de bochorno.

—Tú no te preocupes, que si ese es tu rollo, luego cuando estemos a oscuras puedo llamarte «mami». —Me lo dijo en un susurro antes de darme un lametazo en la oreja—. Ven-

---

[14] Pan Bendito, o Colonia de Pan Bendito, es una barriada de Madrid.

ga, voy a echar un meo, que parece que aquí no tienen prisa por servir. —Y esta vez me plantó un pico en la boca.

—¡Eh! ¡Eh! —exclamé, sorprendida por ese gesto que no esperaba. O no todavía.

—Pero ¡bueno, pero bueno, gatita! No te hagas la estrecha ahora, que ya te robé uno en la trena y vi cómo te reías y cómo te gustó —dijo plantándome un segundo beso antes de irse.

Era un maleducado, un macarra y, no menos importante, un delincuente. Pero, por alguna extraña fuerza superior a mí, me excitaba muchísimo. No sabía qué iba a pasar ni dónde iba a acabar la noche, y esa sensación de peligro y de azar ponían la guinda a aquel absurdo pastel. En cuanto bajó las escaleras hacia el baño, mi camarero se acercó rápidamente.

—Vaya, pensaba que aquí la jefa eras vos... —dijo mientras nos servía las copas que Maldonado había pedido.

Estaba celoso y eso solo hacía que ardiera más leña en mi excitación general. Me sentía el centro de aquel bar, deseada, protagonista. Valiente. Libre. ¿Mala? Estaba crecida. Estaba borracha.

—Que yo sepa, nadie ha dicho lo contrario —contesté muy seria.

—Mirá, linda, ¿sabés qué significa «Jägermeister»?

—¡Che! Sorprendeme, boludo —dije con sorna, tratando de imitar su acento. En ese punto de la noche, mi lengua se arrastraba con tanta dificultad que parecía una auténtica porteña.

—Significa «maestro de cazadores». Yo ya fui cazador muchos años.

—Espera, que lo adivino. Ahora eres maestro, ¿verdad?

—Podría serlo si quisiera, pero ya me tengo la lección aprendidita, querida. Ahora, como maestro, te puedo asegurar que sos una presa a punto de ser cazada. Confiá en mí y andate a la casa.

—Ahora te voy a hacer yo una pregunta. ¿Sabes quién es Brian de Palma?

—Que trabaje como barman no significa que sea un iletrado. De hecho soy actor, solo que trabajo aquí entre *casting* y *casting* y mientras aparece un nuevo papel.

—¡Es Malasaña, amigo! —contesté haciéndole un guiño a Rodrigo Rato, que había comparecido hacía unas semanas en una comisión de investigación. Pero la referencia no fue captada—. Eres actor, bien, en ese caso conocerás *Vestida para matar*. ¿No es así?

—Año 1980. Michael Caine, Angie Dickinson, Nancy Allen y Keith Gordon.

—Veo que has hecho los deberes. En Cristina Rota estarían orgullosos de ti —apunté con sorna.

—Y yo veo que tardaste poco en mimetizarte con el maleante de tu amigo. Quizá tú también tenés algo de actriz, porque llevás actuando toda la noche para mí.

—Yo solo te digo —continué, obviando su crítica— que hoy cambio el museo Metropolitano por este bar, y el taxi neoyorquino por uno de los baños de ahí abajo.

Me bebí de un trago el chupito que me había dejado delante. Y le deslicé el que le había servido a Maldonado, igual que él me había deslizado uno toda la noche.

—Y tené, maestro. No olvidés brindar por mí.

15
Galones fuera

Lunes, 5 de febrero de 2018
Gabinete de asistencia psicológica Animae (Quintana, 27)

Había empezado bien el día. Me resultaba extraño decirme eso, pero así lo sentía, así me sentía. Bien, tranquila, incluso a gusto conmigo misma. El despertador había sonado tan solo un par de timbrazos y me había sorprendido saltando de la cama, sin pasarme media mañana posponiendo la alarma como de costumbre.

Me había levantado con tiempo para hacer mis quince minutos de meditación. Meditación o algo más cercano a respirar profundamente con música de relajación de fondo que al *mindfulness*, pero unos minutos para empezar con serenidad el día, al fin y al cabo. Me sentía motivada, incluso, para escoger con mimo la ropa que iba a ponerme. Hacía tiempo que tenía un vestido dispuesto a ser estrenado esperando en el armario y ese iba a ser el día. Abrí el neceser con los cuatro potingues de maquillaje que llevaban conmigo años porque apenas los usaba y me disimulé sutilmente las ojeras, me repasé las pestañas con máscara y dibujé un *eyeliner* ligero. Me veía guapa y me apetecía un pequeño plus, y ese era el máximo con el que no me sentía disfrazada de otra persona.

«*Chorando se foi quem um dia só me fez chorar...*». Mientras repasaba con esmero mis pestañas, que iban oscureciéndose delicadamente con cada brochazo, me descubrí canturreando aquella lambada. Una canción que se había puesto de moda un verano cuando era pequeña y que bailé y bailé con absoluto frenesí en aquellas vacaciones. Fue un verano especialmente caluroso y me lo pasé entero en falda corta; recuerdo que me la arremangaba todo lo posible y la movía de un lado a otro al compás de mis caderas. «*Chorando estará, ao lembrar de um amor, que um dia não soube cuidar...*». Era curioso que recordase una letra en portugués de Brasil que probablemente no había vuelto a escuchar desde principios de los noventa y, sin embargo, fuese incapaz de decir la tabla del nueve que tantas veces cacareé por aquel entonces. Dos formas diferentes de comportarme como una gallinita, solo que la que más me gustaba mezclaba la salsa y el merengue. Y allí estaba de nuevo, varios puñados de años después, contoneando mis caderas a ritmo de Kaoma y en el frío de Madrid.

Era una de las infrecuentes ocasiones en las que me sentía a gusto conmigo misma. Un conjunto de sensaciones de bienestar interno y externo que tenían origen en algo tan insignificante como un mensaje. El wasap con el que me había contestado el inspector Gaona. Un texto sencillo, escueto y bastante *polite*. Pero con la gasolina suficiente para encender en mí una pequeña mecha. ¿De alegría? Puede; siempre es bonito empezar el día con un mensaje para ti. ¿De subidón? Bueno, durante un buen rato pensé que no contestaría; era genial comprobar que no era así. ¿De ilusión? ¡Eso sí que no! ¿No? Si no lo conocía de nada y era el responsable de la investigación de Rosario…

¡Oh, Dios mío, Rosario seguía desaparecida! De pronto la imagen de sus manos volvió a mí. Sus manos delicadas, frotándose con nervio en la consulta. Como quien sopla una vela, apagué esa mecha interior y me fui al gabinete. Había mucho que hacer.

Eran ya casi las once y mi paciente no llegaría hasta una hora más tarde. Llevaba un buen rato repasando por enésima vez las notas de la cita con Rosario y por enésima vez no había encontrado nada que me diera una pista sobre su paradero o sobre las posibles causas de su desaparición. Por otro lado, no dejaba de entrar compulsivamente en WhatsApp y leer y releer la conversación con Gaona. Escribía una posible respuesta y enseguida la borraba pensando que era demasiado directa, luego demasiado seca y después simplemente que no tenía qué responder. Recordé un día que João me dijo que en las entrevistas, a menudo, la mejor pregunta es un buen silencio… Seguí analizando cada letra de aquel wasap hasta que apareció. «En línea». Como por acto reflejo apagué el móvil. No quería que por una remota casualidad me viese en modo «escribiendo, escribiendo…» y luego nada.

Me estaba alterando un poco, notaba mi respiración a una frecuencia que no tocaba, así que pensé que me vendría bien airearme. Se me ocurrió escaparme hasta La

Mallorquina y comprarme una de sus riquísimas palmeras de chocolate y liberarme la cabeza un poco. Una buena caminata y chocolate eran la solución perfecta para la falta de almacenamiento en mi disco duro.

Estaba terminando de abrocharme el abrigo cuando llamaron a la puerta de mi despacho.

—Buenos días, señorita García de la Serna.

—Pero ¡bueno! Qué sorpresa tan agradable.

Al parecer no era la única que había estado pensando en alguien desde bien temprano. Esa visita me daba el último empujón de autoestima de la mañana.

—¿La interrumpo? Le he mandado un mensaje antes de venir, pero no me aparece como que lo haya recibido.

—Ay, perdona, he estado toda la mañana liada y no he mirado el teléfono. —No estaba segura de que hubiese colado, pero prefería parecer una mujer ocupada a una histérica que se había pasado la mañana analizando sus palabras—. En cualquier caso, ¿no habíamos quedado en que nada de usted?

Dibujé mi sonrisa más inocente. Una muy parecida a la de la gallinita que alargaba el «nueveee por nueveee...» cuando la profesora la sacaba a la pizarra y no se acordaba de aquel maldito resultado.

—Ejem...

Al otro lado de la puerta se escuchó un carraspeo acusador.

—Ana, te presento a Emiliano Suárez, inspector jefe del Grupo V de Homicidios, de la Jefatura Superior de la Policía Nacional en Madrid. Estamos trabajando conjuntamente.

¿Homicidios? No entendía nada. Solo que Gaona no había ido de visita, y mucho menos porque llevase hechizado toda la mañana como yo. Aunque ahora el embrujo se había esfumado y yo me encontraba petrificada. Lo único que respondían eran mis mejillas, que se habían disparado como guindillas.

—Con su permiso, señora.

Entró en la habitación como si hubiera sido anunciado por un pregonero real. Su barbilla se alzaba un par de centímetros por encima de las nuestras.

—Suárez, a su servicio —dijo estrechándome la mano—. Si le parece bien, yo sí usaré los formalismos. Es lo propio, dadas las circunstancias.

Pensé que podía ahorrarse la socarronería.

—Ana García de la Serna —correspondí a su estrechón de manos—. ¿En qué puedo ayudarles, señores?

—Tengo entendido que es usted la psiquiatra de la señora Jiménez.

—Soy su terapeuta. —Suárez me miró con cara de no estar seguro de conocer la diferencia—. Su psicóloga, vaya.

—¿No es usted la persona a cargo del caso? —pregunté mirando fijamente a Gaona.

—Me temo que ya no. Llegados a este punto, no —respondió él.

—¿Tiene algún problema con eso, señora? —inquirió Suárez.

¿Ya no? ¿A qué se refería? Aguardé callada. Y me fijé en el distintivo del uniforme de Gaona, tratando de adivinar a qué se correspondía. Me había dicho su cargo cuando nos conocimos en comisaría, pero no lo recordaba. Una corona real, una flecha dorada hacia abajo y algo parecido a una corona de laurel. ¿O eran unas velas? Me reí para mis adentros: «Cuerpo Nacional de Policía: "Honor, integridad y servicio. Y velas. Nos gustan mucho las velas"». No lograba descifrar aquel tercer elemento y Gaona se dio cuenta, molesto.

—Veo que está muy interesada en mi divisa. Le recuerdo que soy subinspector de policía.

—Lo recuerdo perfectamente. Subinspector Miguel Ángel Gaona. ¿Soy sospechosa de algo? —dije entre risas. La broma no entró bien. Estaba nerviosa y tenerle delante no ayudaba.

—No, es usted testigo. Y ya estamos en disposición de confirmar que es la última persona que estuvo con Rosario.

Me fijé en que la llamaba por su nombre de pila, como hizo en comisaría.

—Se ha tomado usted muchas molestias viniendo hasta aquí. ¿Es siempre tan atento con sus testigos?

—Ejem —carraspeó de nuevo Suárez, con algo más cercano a un gruñido.

Por algún motivo, yo tensaba la cuerda, como si estuviéramos solos en la habitación. Pero ya se encontraba ahí aquel nuevo representante de la ley para recordarme que no.

—Cuando se trata de una compañera, sí —contestó tajante.

Pero aquel «compañera» me sonó distinto a las otras veces que lo dijo. Distinto, incluso, en el tono que hubiera empleado si tan solo tratase de disimular por Suárez.

—¿Conoce usted bien a Rosario?

—Como ya le he dicho, se trata de una compañera.

—Sí, es cierto que ya lo ha dicho. Pero podía estar usted hablando de una compañera de manera genérica, como una colega de profesión. Como aquí el señor Suárez. ¿Qué tipo de relación les une?

—¿Acaso cambia en algo lo sucedido?

Se notaba que a Gaona le importunaban mis comentarios. Pero ¿por qué no quería reconocer que tenía amistad con Rosario? Empecé a pensar que me ocultaba algo. ¿Podía ser que fuesen más que amigos? Mis pensamientos iban a mil por hora. De pronto sentí un pequeño latigazo en el estómago que me dejó un regusto a celos en la boca.

—Si me lo permite, señora —dijo de pronto Suárez, que seguía con un tono cercano al gruñido—, aquí las preguntas las haremos nosotros. Yo, más concretamente, que también tengo galones.

Emiliano Suárez era una mezcla de Paco Martínez Soria y Torrente; no solo físicamente, a veces su personalidad también mostraba una pizca de cada uno, con lo mejor y lo peor de ambos. Tenía una calva brillante en la que rebotaba la luz que entraba por la ventana. Mis tripas se revolvieron recordándome la ansiada palmera de chocolate que ya no llegaría; era mediodía.

—Sabe que Rosario Jiménez se encuentra desaparecida desde el pasado viernes 2 de febrero, ¿verdad?

—Sí.

—¿Sabe dónde podría estar?

—No.

—¿Conoce o cree conocer los motivos de su desaparición?

—No.

Suárez había convertido el interrogatorio en un auténtico partido de tenis. Un partido ajustado.

—¿Ha vuelto a saber de ella en este tiempo?

—No.

—¿Cree que podría contactar con usted en los próximos días?

—No. —Esta vez dudé—. Bueno, en realidad no lo sé.

Match point.

—Si contacta con usted, tiene el deber de avisarnos, ¿lo sabe?

—¿Por qué?

—Porque Rosario Jiménez ahora mismo es sospechosa de asesinato.

Punto, set y partido.

16
No tienes ni idea

Lunes, 23 de julio de 2007
Centro Penitenciario Madrid VI, Aranjuez (Madrid)

Hoy iniciamos tu cuarta semana en prisión. Antes de nada, quiero darte la enhorabuena. Hay gente que no llega hasta aquí.

—No me voy a rendir, Casilda —dije alzando ligeramente la barbilla y tratando de sonar convincente.

Que no pensaba rendirme era un hecho, pero que se me había pasado por la cabeza en aquellos primeros días junto a los presos, también. Fueron suficientes para que las novelas negras que solía leer, las películas, los documentales, las leyendas sobre grandes criminales dejaran de ser una simple fantasía en mi cabeza. Aquello era la puta cárcel, y para muestra el botón que había vivido justo el día anterior.

—Tenemos que hablar de lo que viste.

—¿A qué te refieres?

—Del incidente, Ana. Esta terapia está pensada precisamente para tratar de temas como lo que presenciaste ayer. Ante todo, ¿cómo te sientes?

—Ahhh, bueeeno... ¿Te refieres a ese incidente? No te preocupes, estoy perfectamente. Gajes de prisión, ¿no? —dije despreocupada y guiñándole un ojo, cómplice.

—No. De ninguna manera —me replicó severa—. Que un preso asesine a otro no son gajes de nuestro oficio, y no deben de serlo, en ningún caso, de los presos que conviven aquí. Es algo intolerable y excepcional. —Me parecía que lamentaba lo sucedido con cierta indignación y sentimiento de culpa—. Y tenemos que hablar de ello.

Si tuviera que definir a Casilda con una palabra, sin ningún tipo de duda elegiría «amor». Una mujer afable, empática, siempre disponible para ayudar a todo el mundo (especialmente a los más desamparados) y con una perenne sonrisa en la boca. Dotada con un alto grado de inteligencia racional, solo superado por un maravilloso derroche de inteligencia emocional. «¡Ponga una Casilda Yagüe en su vida!», sería el eslogan.

Menuda y un tanto regordeta, estaba «hermosa», como decían en Aranjuez. Y yo estaba muy de acuerdo, porque aquella pequeña gran mujer derrochaba hermosura por todos los poros. Sus medidas, lejos de las despampanantes 90-60-90, habían creado una nueva talla: la abrazable. Porque Casilda te achuchaba con los brazos, sí, pero era capaz de envolverte con la mirada, estrujarte con la sonrisa o rodearte con las palabras, y aquello resultaba más hermoso si cabe.

Había llegado a ese punto de la vida en el que algunas mujeres valientes y desafiantes a los estrictos cánones impuestos por la sociedad deciden rebelarse ante la tiranía del tinte y la coloración y sacar sus bellas canas a pasear. Las suyas, aunque todavía no cubrían su melena por completo, ondeaban relucientes como sábanas blancas recién lavadas tendidas al sol. Sus andares, a pequeños y apresurados brincos, llenaban de alegría los lúgubres pasillos de la prisión. Así como sus ropas, siempre cómodas y holgadas, pero llenas de colores vibrantes, alegres, festivos. A veces la veía, a lo lejos, como una pulga diminuta amarilla, naranja o violeta dando saltitos de lado a lado entre los módulos. Sin duda, Casilda Yagüe rompía todos los estereotipos de la gente que trabaja en una cárcel.

Y precisamente sobre el vestuario yo ya había aprendido algo en esas semanas de prácticas. En concreto, que el concepto de «arreglarse para ir a trabajar», en la cárcel, carecía de sentido. Todas mis americanas, camisas y tacones se habían ido quedando en lo más recóndito del armario, junto con aquella obligación inherente de acicalarse para ir a trabajar. «Endomingarse», como decía mi abuela. Poco a poco había comprobado que, en reclusión, hay valores que pierden sentido; por ejemplo, el de la elegancia, el del estilo o el de la distinción. Las marcas y los lujos allí quedan relegados en pos del confort. Pronto dejé también de usar aquellas prendas especialmente femeninas o, cómo decirlo, más sexis. ¿Que podía vestir como me diera la gana? Por supuesto. Pero ¿que me sentía más cómoda y más cercana a los presos evitando algunas prendas? También. No quería convertirme en un ente sexualizable —mi edad e inexperiencia ya lo propiciaban *per se*—, sino que me pudiesen tratar de igual a igual en la medida de lo posible. Sabía, también, que la sensualidad es un concepto profundamente subjetivo, pero prefería no provocarlo. Con lo que faldas, medias, vestidos y sobre todo escotes fueron exiliados y sustituidos por zapatillas, vaqueros y mis inseparables forros polares. Aunque eso tenía más que ver con que, fuese la época del año que fuese, allí siempre me sentía destemplada.

Solo habían pasado cuatro semanas, pero ya eran bastantes los elementos de aquel entorno entre rejas a los que me había acostumbrado. También a la angustiosa sensación de ir cerrándose puertas tras de mí.

Clang, clang, clang. Blam. Clac. Cloc.

La zozobra que me recorría al oír aquellos sonidos no me permitía olvidar que me encontraba en una cárcel: puertas, llaves, cerrojos y rejas corredizas allí sonaban diferente.

¡Tris! ¡Tras! ¡Zas!

Pero el día anterior había sumado otro sonido que nunca olvidaría: el de aquellas tijeras clavándose, el de la sangre saliendo a borbotones. El sonido de la muerte.

—Cuéntame qué pasó ayer, Ana. ¿Qué es lo que viste?

—De acuerdo... Pues bien, ayer me tocaba visitar a «la élite» —dije forzando una sonrisa.

—¿Entiendo que estuviste con los del Módulo 9?

—Eso es, estuve en el módulo de respeto, tal y como habías pautado. Un grupo acababa de llegar del taller de jardinería, en el que estaban dos presos con los que tenía sesión.

—¿Cómo los encontraste?

—A decir verdad, me pareció que estaban especialmente contentos.

—¿Qué presos eran?

—Esteban de la Hoz. —Casilda levantó una ceja, confusa, como tratando de recordar quién era. La ayudé—. Condenado por alzamiento de bienes. Y Benito Camacho.

—¿Tuviste sesión con Benito ayer?

Su pecho empezó a palpitar más deprisa.

—Sí —dije cabizbaja.

—Entiendo. Continúa.

—Benito tenía previsto llamar a su familia. Parece ser que su hija estaba a punto de dar a luz y se encontraba ingresada en el hospital desde primera hora de la mañana. Solicitó si podía ser el primero en pasar consulta. Me pareció que estaba un poco inquieto con aquello, así que accedí.

—¿Cómo fue la sesión?

—Normal. Bien. De hecho, diría que bastante bien. Estaba contento porque había plantado unas tomateras y pronto compartiría los tomates con sus compañeros; los consideraba como sus propios hijos, así que la idea de proveerlos de alimento le enorgullecía.

Casilda tomaba notas prácticamente de todo lo que yo decía. Me sorprendió porque era algo que no hacíamos con los presos y, sin embargo, allí estaba levantando acta de nuestro encuentro. Eso me inquietó. Como si la situación fuese más grave de lo que yo era capaz de percibir. Continué, tratando de mostrarme serena.

—Hablamos de cómo se sentía. —Hice hincapié en eso, ya que era una de las primeras preguntas que ella siempre les planteaba a los presos en las sesiones. Quería que quedase claro que había seguido el protocolo, su protocolo—. Estaba eufórico por la llegada de su nieta al mundo, aunque no tan contento con su yerno, un bala perdida, según me dijo. Me pareció un comentario de suegro, dentro de lo normal.

Casilda apuntaba a mil por hora; parecía no dejarse ni una palabra. Me recordaba a mis días en la facultad, sentada en primera fila tomando apuntes de lo que decían mis admirados profesores. Sin embargo ella había cometido un error de primero de tomar notas: tenía una libreta de anillas bastante pequeña, con lo que pasaba y pasaba las hojas a un ritmo frenético. Decidí hacer una pausa para darle un pequeño respiro. En silencio, pareció agradecerlo. Cuando vi que había recuperado el aliento, continué.

—Me preguntó por ti, le extrañaba que no estuvieras tutorizándome la sesión. Le expliqué que íbamos a empezar a hacer algunas sesiones de control y rutinarias por separado, en las que yo llevaría la voz cantante.

—¿Consideraste que era necesario darle esa información a los presos?

—No lo consideré innecesario. En cualquier caso, creo que le pareció una buena idea —dije satisfecha. Casilda torció ligeramente la cabeza. No supe descifrar su gesto—. De hecho, me dio la enhorabuena porque dedujo que significaba un paso adelante en mi estancia en prisión y yo le devolví la enhorabuena por el bebé. Y en realidad... poco más. Se trataba tan solo de terapia de seguimiento y, tal y como me dijiste, supe soltarle cuando vi que ya no daba más de sí.

—Hiciste bien, Ana. ¿Tienes las notas de la sesión?

—Por supuesto —afirmé—. Aunque las tomé al acabar la entrevista, como hacemos siempre.

Le lancé la indirecta. Me molestaba su actitud, porque ella misma me había recomendado no tomarlas durante las sesiones para generar un clima de comodidad en los presos, y ella estaba transcribiendo palabra por palabra. Ignoró mi reproche.

—¿Las quieres ver? —pregunté.

—No, yo no. Pero pueden ser necesarias en algún momento. Consérvalas.

Me sorprendió que me dijera eso. Sentí una punzada en el estómago. Unas pequeñas notas de pánico, como si todo ese asunto tuviese una trascendencia que yo no estuviera percibiendo. Como si se avecinase una tormenta y yo no tuviese paraguas ni un lugar en el que resguardarme. Aun así, asentí con la cabeza. Ella me hizo un apresurado ademán con la mano para que continuase.

—Zanjé la sesión con Benito con un apretón de manos. Él se fue directo a la cabina telefónica y yo me quedé con De la Hoz, que ya estaba esperando fuera de la sala.

—¿Te dijo algo Benito sobre Kevin?

—No.

—Y crees que...

—Espera —la interrumpí—. A decir verdad, sí comentó algo.

Casilda soltó el cuaderno y, por primera vez en toda la conversación, me miró a los ojos. Por fin me trataba como al resto de presos en sesión.

—Me dijo que entendía que perteneciera al uno —Kevin Díaz era un pandillero, condenado por asesinar a un rival en una reyerta y convivía en el Módulo 1 con los presos de mayor peligrosidad y los de peor conducta—, que estaba muy perdido en la vida y que quería ayudarle a encontrar el camino.

—Ajá. ¿Te comentó si estaba molesto por tener ahora que compartir celda con Díaz? ¿Si se arrepentía de haberse ofrecido voluntario para el proyecto? ¿Algo a ese respecto?

—Me dijo que le resultaba bastante molesto el lambdacismo[15] de Kevin. Pero que estaba trabajando en ello, de hecho ya casi había conseguido que apareciera la erre cuando hablaba de su *mujel*.

Casilda pareció decepcionada, como si el dato no fuese lo bastante suculento.

—¿Y algo más que le molestase de la convivencia con él? ¿Algo que le resultase cargante o que pudiera ser el origen de la hostilidad hacia él?

—La música.

—¿La música?

—Sí, habló de la música.

—¿Se quejó de que Kevin escuchase música en la celda? —preguntó Casilda.

—Su queja sobre la música era, ¿cómo decirlo?, a mayor escala. Benito se lamentaba de que los jóvenes habíamos

---

[15] Fenómeno fonético que consiste en pronunciar la consonante «r» como «l». Como fenómeno dialectal es propio de algunas variedades del español caribeño.

perdido el gusto por la buena música, la de antes. Reivindi-caba el arte que hay en un buen pasodoble o en un bolero y desaprobaba que las nuevas generaciones solo escuchen, se-gún él, el chimpún-chimpún, como hacía Kevin.

—¿Y tú qué le dijiste? —preguntó Casilda.

—Que a mí me encantan Los Sabandeños.

Casilda, que parecía un tanto exhausta por la conver-sación, sonrió. Había encontrado por fin un lugar de descan-so en la charla, como el atleta que llega al punto de avitualla-miento en mitad de la maratón. Respiró hondo. Suspiró tímidamente, sin grandes aspavientos. Podía advertir su preo-cupación; percibía en ella una mezcla de inquietud y culpa-bilidad. Volvió a coger aire y, sin demorarlo más, me dijo:

—Ana, cuéntame cómo viste a Benito Camacho asesi-nar a Kevin Díaz.

La boca se me secó por completo, en solo un instante noté mi lengua acartonada. Aquellas palabras, incluso vinien-do de la tierna y dulce Casilda, resultaban demoledoras.

Era cierto: había presenciado un asesinato no hacía ni veinticuatro horas. Unos destellos me recorrieron la mente, imágenes teñidas de rojo. Rojo encarnado, rojo escarlata, rojo carmesí. Bermellón, corinto, rubí. Imágenes pintadas en el más rojo de todos los rojos: el de la sangre fresca. Aquello me azotaba el corazón. Notaba fuertes zurriagazos con cada latido.

Tras «el incidente», me fui a casa y no había vuelto a pensar en ello ni un segundo. Como si hubiera apagado la televisión al finalizar la película. *THE END*. Pero Casilda no iba a parar hasta saber cómo se iba a instalar aquel recuerdo en mi memoria. Ignorando lo adusto de su petición, continué narrando la historia como si se tratase de un cuento.

—Había acabado con De la Hoz y me dirigía hacia la salida del módulo. Estaba a punto de terminar la hora de la siesta, así que casi todos los presos seguían en sus celdas. Me iba ya para el despacho cuando escuché una música más alta de lo normal, sobre todo en aquel momento de descanso. De hecho, el ruido era ensordecedor. Pude distinguir que lo que sonaba era Daddy Yankee a toda pastilla. «Esta noche contigo la pasé bien...».

Sin darme cuenta, me puse a canturrear la canción que tantas veces había bailado. La mirada de censura de Casilda me invitó a dejar de hacerlo *ipso facto*.

—Desde el pasillo, me parecía que todas las puertas de las celdas estaban cerradas. Con todo y con eso, la música se escuchaba como si hubiera unos altavoces a mi lado, a punto de reventar. Finalmente, encontré la habitación de la que salía aquel reguetonazo —dije para fingir que también era música del demonio para mis oídos.

—¿Ningún compañero apareció al oír el estruendo? —dijo Casilda.

—No, nadie se asomó por allí. Cosa que me sorprendió, porque ya te digo que el volumen era descomunal. Me pregunté cómo habrían conseguido aquellos bafles...

Casilda volvió a reprenderme con la mirada por no ir al grano, percibía mis evasivas para no contar lo que vi y empezaba a llegar al límite de su paciencia. Me noté sudando más de la cuenta.

—Bueno, pues... me asomé al pequeño cristal de la puerta y vi que Benito estaba apuñalando a Kevin. Y eso.

—¿Y eso? —insistió con indignación.

—Casilda, lo demás ya lo sabes. Kevin ha muerto, Benito está aislado y..., y eso.

Me di cuenta de que mi discurso sonaba un tanto absurdo, casi infantil. Se me atropellaban las palabras en la cabeza y no era capaz de argumentar con coherencia.

Habían sido unos pocos minutos, quizá un par, en los que Benito había apuñalado —«pinchado», como dijo esa mañana un preso—, hasta veintiuna veces, a aquel chaval. Como los años que tenía, veintiuno. Y lo había hecho sin pestañear, como si se tratase de algo normal. Rutinario. Como si estuviese acostumbrado a hacerlo. Y yo le observaba inmóvil. Le contemplaba desde el otro lado de la puerta sin apartar la vista de aquella escena dantesca, pero sin mover un dedo por evitarla.

En un momento determinado, Benito se detuvo y me miró fijamente a través de la pequeña ventana que había en la parte superior de la puerta. ¿Buscando mi ayuda? No lo creo. ¿Mi reprobación? No sabría decir. De lo que estaba segura era de que, de nuevo, yo no había hecho nada. NADA. Ni un grito, ni un aspaviento, ni una llamada de auxilio. Ni un pequeño meneo. Tan solo podía mirar. Y él, como poseído por el fragor de la violencia, tras comprobar que yo era una mera espectadora y que no iba a tratar de detenerlo, continuó con la carnicería.

Aquello fue un destrozo de vísceras, entrañas esparcidas por doquier y sangre por toda la sala. Poco después, parece ser que yo me había desmayado y los compañeros me encontraron en el suelo, ante la puerta de la celda, en una posición muy parecida a la de Kevin. Con una pequeña diferencia: yo sí tenía pulso.

—Quiero saber cómo estás, Ana.

—Estoy bien —contesté muy rápido, sin vacilar.

—Ayer viste a un hombre morir violentamente. ¿Cómo te sientes al respecto?

—A decir verdad, quien me preocupa es Benito. ¿Cómo está? ¿Has podido hablar con él?

—Ayer le sedaron después del incidente porque estaba completamente fuera de sí. Hoy estaba algo más tranquilo y hemos podido cruzar algunas palabras.

Justo antes de la masacre, Benito había tratado de llamar al hospital en el que estaba ingresada su hija. Como pasaba a menudo, la cabina telefónica no funcionaba y necesitaba saber si había nacido su nieta, si todo había salido bien; estaba desesperado. En realidad, lo estaban todos los presos porque esa cabina era su único nexo con el exterior, con sus seres queridos y con lo poco que les quedaba de su antigua realidad. Se montó un poco de alboroto entre ellos, gritos y algunos golpes a las paredes. Nada fuera de lo común. Benito trató de convencer a uno de los funcionarios de que le dejase llamar desde su despacho, le ofreció incluso dinero, tenía un mal presentimiento... Pero las normas no lo permitían y esa opción le fue denegada.

Indignado, se fue al baño y se encerró allí un rato, calculo que hasta que terminó mi sesión con De la Hoz. Cuando llegó a su celda, Kevin le avisó de que el funcionario con el que estuvo hablando antes había ido a buscarle para darle noticias. Con torpeza, le dejó caer que eran malas noticias del hospital. Tras una brusca insistencia de Benito, Kevin le dijo que había escuchado al funcionario comentarle a otro compañero que el parto se había complicado mucho, que habían estado horas luchando en quirófano. Benito acorraló a Kevin contra la pared hasta que confesó todo lo que sabía, y fue finalmente el pandillero quien le dio la trágica noticia: su hija había fallecido y la pequeña también. Benito lo había perdido todo.

Acto seguido, mató al mensajero.

—Necesito saber cómo te sentiste al ver aquello —insistió Casilda.

Empezaba a cansarme.

—No sentí nada.

—Eso es lo que me preocupa, que no sintieras nada. Esto solo confirma mis sospechas sobre lo que creo que te sucede, Ana...

—Apenas vi lo que ocurrió —la interrumpí—. Me desmayé enseguida. Por eso no sentí nada.

Mentía a sabiendas de que era complicado engañar a la Yagüe porque ella era un polígrafo humano. Pero trataba de hurgar, insistente, en mi cabeza. No podía decirle que había presenciado aquel apuñalamiento como quien ve a los patos nadar en el Retiro. Impasible, atenta, sin inmutarme, incluso disfrutando de lo que veía. Aquella imagen me había fascinado de alguna forma. ¿Qué coño me pasaba, joder? ¿Acaso era una psicópata? Benito había sufrido algo cercano a un brote psicótico, pero ¿qué me había ocurrido a mí? Aquella escena iracunda me había hipnotizado, como si estuviera viendo algo clandestino, que sabía que estaba prohibido, pero que no podía dejar de mirar. Como si de una forma tan ilegal como privilegiada, hubiera podido asistir en primera fila a la película gore más bestia, censurada para todos los públicos menos para mí.

Solo que aquella película era real y Kevin Díaz había muerto desangrado. ¿Y yo había disfrutado con aquello? Tenía mis dudas. Así que decidí tirar por otros derroteros.

—He oído que las tijeras eran del propio Kevin, ¿es cierto? —pregunté.

En realidad no lo había oído, pero sabía que Kevin era peluquero antes de entrar en prisión (en la misma peluquería donde almacenaban la droga) y probé por ahí, para desviar su atención hacia otros datos. Casilda seguía tomando notas de todo frenéticamente. ¿Yo no quería admitir que me había quedado observando su muerte, sin hacer absolutamente nada para evitarlo? Hacía un rato que pensaba en las posibles consecuencias legales que aquello tendría no solo para Benito, sino para mí misma si se sabía.

—No eran unas tijeras, en su módulo las tienen prohibidas —contestó Casilda—. Se había hecho un artilugio casero con un peine, pegando con unas gotas de silicona, calentadas a mechero, las cuchillas de afeitar de una maquinilla.

Me vino a la memoria la película *Harakiri*[16]. Uno de sus protagonistas es el joven Motome Chijiiwa. Su mujer y su hija están gravemente enfermas y él está arruinado, por lo

---

[16] Dirigida por Masaki Kobayashi en 1962.

que no puede permitirse pagar a un médico que les salve la vida. Para reunir algo de dinero, Motome decide acudir a la casa del acaudalado Clan Iyi y solicitarles un lugar «digno» en el que practicarse el harakiri —el ritual de suicidio japonés en el que mueren literalmente por desentrañamiento—, aunque en realidad aspira a que le perdonen la vida y recibir a cambio unas monedas. Pero el clan decide que deben cumplirse las leyes del *bushidō* y no puede faltarse al código de honor samurái. Así que es obligado a llevar a cabo su anuncio e infligirse la muerte, a pesar de tener una espada hecha de bambú, ya que había empeñado sus espadas de verdad. Recordé nítidamente aquella muerte agónica; el bambú, incapaz de seccionar en dos el cuerpo del joven Motome. Hasta que finalmente consigue clavar aquella patética espada en su cuerpo. Un suicidio penoso, ante la mirada atenta de un clan que nada hace por evitarlo. Satisfechos, complacidos, incluso orgullosos. Aquella mísera espada de caña me recordó a las cutres tijeras de Kevin. Y me vi observando impasible su terrible muerte, como una reproducción moderna de aquella familia de samuráis.

—Ah, pues me parecieron unas tijeras... ¿Y consiguen cortar algo con el artilugio ese? —dije satisfecha, estaba consiguiendo distraer su atención.

—Bueno, tardan dos horas para cortarse el pelo y la barba al gusto, pero está bien pensado. Una de las cuchillas está más cerca de las puntas, para conseguir dos medidas de longitud en el corte. Con paciencia, consiguen acabados bastante logrados. No entiendo cómo pudo meter eso aquí... —Casilda hizo una pausa pasándose la mano por la cara.

Notaba su angustia—. No entiendo cómo pudimos meterlo en ese módulo. ¡Qué disparate!

Desde hacía unos días, Casilda había puesto en marcha un plan de «apadrinamiento» de jóvenes presos de módulos complicados que se instalaban en el módulo de respeto. Era un programa en pruebas, una especie de campamento con presos que podían ser un ejemplo para ellos. Benito se había presentado voluntario y, a decir verdad, era perfecto para el proyecto. Un preso modélico. Condenado por conducir ebrio y atropellar a una señora en un paso de peatones. Pero no solo estaba profundamente arrepentido, sino que su lista de premios y beneficios por buena conducta era interminable. Era querido por sus compañeros y por los funcionarios. Sin duda, un caso claro de una persona normal, como cualquiera de nosotros, que termina en prisión por cometer un grave error en su vida. Pero estaba en la recta final de su condena y esa misma Navidad iba a poder comerse las uvas en casa, con su hija y su nietecita apenas recién nacida.

—En qué estaba pensando... —continuaba reprochándose Casilda.

—No puedes culparte, Cas. Fui yo la que estuvo con él. Habíamos hablado un rato antes y no noté nada. Soy yo la que no supe ayudarle. ¡Maldita terapia de los cojones!

—Tú tampoco puedes culparte por ello, cariño —dijo tratando de sonar reconfortante. No solía hablarme en esos términos cuando estábamos en horario laboral, pero las circunstancias parecían exigirlo—. Además, aquí hubo un detonante claro. Si su hija y su nieta no hubiesen fallecido...

—Casilda hizo una pausa, dándose cuenta de que parecía

justificar la reacción de Benito ante la terrible noticia. Enseguida cambió el rumbo—. No puedes cuestionar tu trabajo por las decisiones de otra persona.

—No lo hago —contesté altiva—. Lo que cuestiono es la terapia. ¿De qué coño sirve? ¡Si luego un tío se carga a otro a cuchilladas! —grité.

—Mira, Ana, yo tengo muchas dudas. Muy a menudo y sobre muchas cosas. Pero nunca sobre si nuestro trabajo es útil. Tengo tan claro que la terapia es importante, que podemos hacerles mucho bien... —Casilda sonreía comedida, pero con aquella sonrisa cariñosa que se te contagiaba al instante. Le aparté la mirada—. Por eso es importante hablar con los presos y hacer terapia con ellos. Porque con un poco de amparo, de guía, hay malas decisiones que se pueden evitar. No todas, pero muchas sí. —Me cogió cálidamente de la mano—. Eso sí, no podemos olvidar que son ellos los que deciden qué camino eligen en su vida. Ana, mírame: tú no le diste esas tijeras.

Le solté las manos bruscamente.

—Pero ¡es que yo entiendo a Benito! ¡Yo le entiendo! Entiendo que si se ha muerto su hija, su nieta..., que si está aquí encerrado como una puta cobaya... ¡ya todo le dé igual! —Aspiré los mocos que empezaban a desfilar por mi nariz—. ¡Quizá yo también iría con unas cuchillas rebanando al primer hijo de puta que se me plantase delante!

—Nuestro trabajo es ayudarlos a que no todo les dé igual. —Casilda parecía ignorar mis gritos y mis malas formas—. A que descubran que hay muchas opciones dentro, como formarse o trabajar, para propiciar las que pueden hacer fuera, como los permisos o, en última instancia, la libertad.

—Siempre he tenido dudas con los permisos... Y ahora que trabajo aquí, más. Ahora que veo lo cabrones que pueden llegar a ser...

A Casilda empezaba a costarle obviar mis formas soeces. Aun así, continuó tolerándolas.

—¿No temes que se fuguen? ¿Que no vuelvan?

—¿Sabes cuántos permisos se conceden al año en nuestro país? Trescientos mil. ¿Sabes cuál es el índice de no regreso? Es mínimo, Ana, desde un cero coma cero cuatro por ciento. Creo que vale la pena correr el riesgo, ¿qué opinas tú?

—Que se pone demasiada presión en nuestras manos.

—¿A qué te refieres? —me preguntó extrañada.

—A que nuestras valoraciones, nuestros análisis, nosotras, al fin y al cabo, decidimos si un preso es peligroso o está inadaptado. Si es apto para volver a la vida, a la sociedad. Yo lo pensaba de Benito, yo hubiera firmado cualquier papel que le permitiera salir a la calle. Y mira...

—Aquí no jugamos a ser Dios, Ana. Sabes que para tomar esas decisiones, que no solo las tomamos nosotras, tenemos en cuenta factores como la naturaleza de los delitos cometidos, la pertenencia a organizaciones delictivas...

—¡No me vengas ahora con la puta teoría, Casilda, que en eso no me gana nadie!

—Ana...

Ahora sí parecía estar al límite del tono permitido...

—En cualquier caso, ¡nada de eso encajaba con Benito! —solté desesperada entre sollozos.

—Tienes razón. Pero eso demuestra que trabajamos con personas: seres humanos cuyas acciones y perfiles no pueden limitarse a lo que dicen los manuales de psicología. Criaturas que no solo son libres para tomar sus propias decisiones, sino para cometer sus propios errores.

Me acercó un paquete de pañuelos. Cogí uno sin mirarla y me sequé las lágrimas que me recorrían las mejillas. Me sentía al borde del colapso. Se hizo un silencio y pasaron unos minutos. Me había calmado un poco.

—Aquí dentro hay mucho menos que elegir. Muchas menos decisiones que tomar. El peso sobre los hombros, una vez aquí, debe de ser muy ligero —dije rompiendo el silencio.

Casilda me miraba callada, esperando a ver adónde quería llegar.

—¿Sabes? A veces les miro y les envidio —dije ya serena.

—No digas eso, porque no tienes ni idea de lo que es estar aquí —contestó muy tajante.

Ahora sí la miré a los ojos.

—¿No irás a decirme lo de que la cárcel amplifica las enfermedades y adelanta la muerte? —le contesté con el tono de una quinceañera que refunfuña ante sus padres. Enseguida me arrepentí.

—No, querida. Pero créeme cuando te digo que no tienes ni remota idea. No te montes cábalas absurdas y un tanto caprichosas y no vuelvas a decir que envidias que te priven de tu libertad. Nunca.

—Bueno, eso no es lo que he dicho...

—No he estado nunca presa pero, precisamente por eso, sé de lo que hablo. Llevo toda una vida trabajando en prisión y, aun así, cada noche me voy a mi casa sin saber lo que de verdad es la cárcel. No sé lo que es estar reclusa. Lo que son las rejas. Lo que es dejar atrás una vida, una familia. No sé lo que es dejar atrás la libertad. Estas son personas que han herido, por supuesto, de una forma u otra han herido a esta sociedad. Pero no lo olvides, Ana, ellos también viven heridos. —Casilda hizo una pausa—. Nuestro error fue no ver que Benito estaba más herido de lo que imaginábamos.

17
Llorando se fue

Lunes, 5 de febrero de 2018
Gabinete de asistencia psicológica Animae (Quintana, 27)

El niño ha muerto? —pregunté, y me tapé la nariz y la boca con ambas manos.

—Sí, señora mía. Encontramos al crío bañado en su sangre. Debe de estar usted muy ocupada para no haberse enterado, porque los buitres de la prensa ya están llenando páginas y páginas al respecto —respondió Suárez.

No había estado ocupada, pero sí lo bastante distraída como para no haber abierto ni un simple digital en todo el día. Ignoré su pullita.

—¿Cómo murió?

—De un disparo en la nuca. Un único disparo tan certero como letal. Por suerte, el pobre chaval no sufrió, murió en el acto.

No podía apartar las manos de mi cara. Era como si tras ellas pudiera esconderme de aquella tragedia. Suárez percibió mi bloqueo y continuó:

—El padre descubrió el cadáver del chaval cuando volvió de trabajar. Todavía no lo sabemos con exactitud, pero con las primeras aproximaciones del forense podemos determinar que llevaba muerto unas cuantas horas cuando lo encontró. Estaba solo.

Sentía que me estaba mareando. No estaba segura de si me subía o me bajaba el azúcar, pero empecé a verlo todo negro y lucecitas por todas partes. Me senté en una de las butacas.

—La puerta no fue forzada, y no había signos de que nadie hubiese entrado por otro lugar. Se utilizó la llave de la casa, lo que reduce el espectro de sospechosos muchísimo. Además del niño, tan solo tenían llave su madre, su padre, el encargado de la comunidad y una amiga de confianza de ella.

—Entonces ¿tienen varios sospechosos? —dije respirando un tanto aliviada. No tenía por qué haber sido ella.

—En realidad, ya hemos reducido ese círculo considerablemente. Conseguimos hablar con la amiga, que nos ha dicho que se encuentra fuera del país. El encargado, por su parte, estaba indispuesto y no había acudido al trabajo ese día. Hemos comprobado ambas coartadas. Así que solo hay dos personas que pudieron entrar con la llave.

Como yo no decía nada, y Gaona menos todavía, Suárez continuó con el monólogo. Parecía que le estaba cogiendo el gusto a eso de escucharse.

—Somos muy metódicos, ¿sabe? Pero también muy pragmáticos. En este tipo de situaciones solemos aplicar la navaja de Ockham. ¿Le suena? En igualdad de condiciones, la solución más simple suele ser la correcta. O, dicho de otra manera: en una investigación de estas características, lo mejor es comenzar a indagar a partir de lo más sencillo, lo más evidente. Y si eso no resulta suficiente, entonces, y solo entonces, empezamos a manejar otras posibilidades más complejas. —Hizo una pausa como para dejarme procesar toda aquella información; algo absurdo, porque conocía perfectamente ese principio de razonamiento—. Supongo que entiende cuál es la teoría más sencilla aquí...

—No puede ser, no puede ser que le haya matado... —dije entre dientes.

Suárez alcanzó a oírme.

—¿Que le haya matado quién? ¿Quién ha matado al pequeño Amador?

—No lo sé, ¿cómo podría saberlo?

—Bueno, es usted la loquera de Jiménez, ¿no? —contestó con recochineo. Por mi cara entendió que por ahí no iba bien conmigo—. Sí, ya sé, su terapeuta.

—¿Creen que un policía cometería un asesinato?

—No sería la primera vez. Pero no se preocupe, señorita, que al final les cogemos a todos. Somos los que atrapan a los malos, ¿recuerda?

Emiliano Suárez me desconcertaba. A ratos parecía un hombre cariñoso y bonachón, pero de pronto se convertía en un idiota engreído, que llevaba la ironía por bandera y me trataba como a una niña tonta. Me desconcertaba más, si cabía, que Gaona estuviese mudo. Más bien, me jodía su silencio.

—Quizá no he formulado bien la pregunta, ¿acaso cree usted que Rosario Jiménez sería capaz de matar a su propio hijo?

—De nuevo, no sería la primera vez que...

—No —le interrumpió tajante Gaona—. No lo creo.

Suárez dio un pequeño respingo, como si se hubiera olvidado de que Gaona seguía allí. No le gustó que compartiera una opinión tan subjetiva.

—Como ambos saben, nuestro trabajo consiste en investigar los hechos, no nos basamos en conjeturas. En la mayoría de los casos de este tipo, los hechos confirman que el autor material suele encontrarse en el entorno directo del niño. En este caso concreto, lo que confirman los hechos es que tenemos al muerto en una casa en la que no se ha forzado la cerradura.

No me gustó que se refiriera al niño como «al muerto». Claro que estaba muerto, pero era tan solo un niño de once años al que acababan de asesinar brutalmente, en su propia casa y en soledad. Se merecía algo de respeto. Pero, como si Suárez hubiese encontrado la audiencia perfecta con la que explayarse, terminó de venirse arriba:

—Los hechos también confirman que la madre, como usted bien dice, es agente de la Policía Nacional, por lo que dispone de un arma. Y, no sé si lo recuerda, el niño ha muerto de un balazo en la nuca...

Y como el equilibrista que llega ileso al otro lado de la cuerda floja, alzó los brazos en busca del aplauso final antes de sentenciar:

—A veces damos vueltas y vueltas, complicándonos la vida, cuando la solución a nuestros problemas la tenemos delante de las narices.

—¿Han podido comparar las balas? —dije, como si no le hubiera estado escuchando.

—¿Cómo dice?

—Las balas de Rosario. Si han podido compararlas ya.

—Jiménez permanece fugada.

—¿Fugada? Pensé que estaba desaparecida...

—Lo estaba hasta que se convirtió en sospechosa de asesinato. Sin duda, si estuviera aquí sería fácil que balística cotejase la bala que se ha extraído de la cabeza del niño con las balas asignadas a su arma por la central; todos tenemos un número de balas adjudicadas y minuciosamente registradas.

—Entonces ¿por qué no comparan las balas de un lote similar con la bala encontrada en Amador?

Me esforzaba en llamarle por su nombre para seguir tratándole como a una persona, una personita, no un cadáver.

—¿Se da cuenta de lo que dice? Hay que ser profesionales, exhaustivos. Para llevar a cabo un examen fiable se necesitan las balas asignadas a Rosario Jiménez. Además fue un disparo a quemarropa, así que la bala del crío quedó destrozada, prácticamente deshecha, y parece que va a servir de poco. Como ya sabe, la madre se encuentra en un muy oportuno paradero desconocido y en la casa no hemos encontrado más balas, ni tampoco más armas. Así que no, todavía no tenemos los resultados definitivos. Pero cuando los tengamos, no dude que aclararán mucho las cosas.

Suárez empezaba a ponerse tenso, se le notaba en una vena que tenía en mitad de la frente que se iba hinchando por momentos, como si llevase dentro a un bicho infernal. Me sentía como Sigourney Weaver a punto de encontrarse con el octavo pasajero.

—Pero como veo que es usted toda una experta en balística, llamo ahora mismo a los compañeros de la Científica para que les eche una mano. Hoy estaban determinando el ángulo de tiro y calculando la trayectoria de la bala. —Claramente le había tocado las narices—. ¡Me cago en todo! ¡Que con el puñetero *CSI* ahora todo el mundo se cree que puede hacer nuestro trabajo!

Estaba tan absorta en mis pensamientos que me olvidé de aquel «alien frontal» y de que podía estallar en cualquier momento, como la paciencia de Suárez. Pero me parecía que no tenía del todo razón en lo que me acababa de exponer. Porque incluso si la bala encontrada en el pequeño Amador era una de las asignadas a Rosario en comisaría, no significaba que ella fuese la que había apretado el gatillo. Eso no la convertía automáticamente en una asesina. Alguien podría haber cogido el arma reglamentaria de Rosario, cargada con sus balas, y haberla usado para matar al pequeño.

—¿Ha considerado la posibilidad de que haya sido el marido?

—Por supuesto que lo hemos considerado. Pero no debe olvidar que fue el propio marido el que puso la denuncia de desaparición de la señora Jiménez. Y quien nos avisó cuando encontró al niño fallecido.

Yo seguía pensando que eso no significaba nada. Y por lo poco que sabía del padre, mi instinto le perfilaba como a un parricida en potencia, mucho más que a Rosario.

—El señor Amador nos ha confirmado que trabajó en el taxi hasta la hora de la cena, en que volvió a su casa —continuó Suárez—. Lamentablemente, no hizo ninguna carrera en toda la tarde, por lo que no puede aportarnos tiques o extractos de tarjetas de crédito. Estamos comprobando su versión con algunas cámaras de seguridad de la ciudad, pero es una tarea un tanto rudimentaria, me temo que nos va a llevar algo más de tiempo.

—Perdone, ¿ha dicho Amador?

—Sí. Amador Pizarro, el padre de la criatura.

—¿Se llama Amador también?

—Así es.

—¡Ja! —exclamé con una sonrisa.

—¿Qué le hace tanta gracia, si se puede saber?

—Bueno, debe saber que en psicología no nos basamos solamente en los hechos, también en algunas teorías y conjeturas que sacamos a través de ellas —dije con media sonrisa, irónica—. Una de esas hipótesis se fundamenta en que el padre que le pone su mismo nombre a un hijo denota una intención de clonarse, de que ocupe su lugar, de marcarle un destino a su hijo, lo que evidencia unas altas dosis de ego y de narcisismo. A veces, esos padres convierten a sus hijos en una extensión de ellos mismos. Podríamos decir que hay nombres que aligeran y otros que pesan...

Suárez no pareció muy impresionado por mi teoría y mis conocimientos. Traté de captar su atención con más datos.

—¿Sabe que los maltratadores a menudo matan a sus hijos antes que a sus mujeres? —Suárez me miró a los ojos. Había vuelto a captar su interés—. Son conocedores de que el mayor daño que pueden provocarle a una mujer es quitarle la vida a sus hijos, y a veces es una forma de venganza, por ejemplo, cuando estas deciden romper la pareja y los abandonan.

—¿Maltratador? —Gaona volvió a aparecer en escena. Esta vez, también yo había olvidado que seguía allí con nosotros—. ¿A qué se refiere?

—¿Qué es lo que usted sabe que no nos está contando? —me preguntó, ahora muy serio, Suárez.

Aquello empezaba a escamarme de verdad.

—¿No podríamos hablar de esto en comisaría, como hicimos la otra vez? —pregunté.

—No tenemos tiempo que perder. Hay un niño muerto y una madre a la fuga, y no queremos un segundo cadáver. Este lugar es perfecto para que hablemos.

Lo dijo como si hubiera leído mi transcripción de la sesión con Rosario. La angustia me había cerrado el estómago y me subía por la garganta.

—Sinceramente, no creo que lo que yo pueda decirles tenga relevancia.

Busqué la mirada cómplice de Gaona, pero él estaba cabizbajo, con los ojos clavados en sus zapatos. Se había quedado realmente compungido.

—Señora mía, ahora mismo es usted uno de los testigos principales de esta investigación.

Como caída del cielo, me sonó una alarma en el teléfono. Me avisaba de que en quince minutos debía comenzar con mi próxima consulta. ¡La consulta! El tiempo había pasado volando y me había olvidado por completo de que mi paciente estaba a punto de llegar.

—Si me disculpan, debo atender esta llamada —dije disimulando.

—Por supuesto —contestó Suárez.

Salí de la habitación para llamar a Casilda. Me escondí en el baño. En cuanto cerré la puerta, las lágrimas brotaron de mis ojos, incontrolables; apenas podía ver los nombres en la pantalla. Necesitaba saber qué significaba todo aquello, qué estaba pasando y, sobre todo, qué consecuencias podía tener para mí. Marqué y sonaron varios tonos. Casilda no respondió. Volví a marcar, el sonido de la llamada me trajo de nuevo a la cabeza la lambada, que había canturreado feliz en mi casa tan solo unas horas antes. «*Chorando se foi...*». Pensé en el pequeño Amador, ¿se habría ido llorando de este mundo? ¿Fue consciente de que era su madre quien le estaba arrebatando la vida?

—¡Anita! ¿Cómo estás, mi niña? —respondió por fin Casilda.

Como pude, entre balbuceos, le expliqué lo que sabía hasta el momento. Estaba muy alterada.

—¡Ella me lo dijo, Casilda! ¡Joder, me lo dijo! Se sentó delante de mí y me advirtió de lo que pensaba hacer, me dijo que iba a matar a su hijo y yo lo pasé por alto —grité.

No podía dejar de fustigarme. Me sentía culpable y lo único que me reconfortaba era torturarme. Trataba de controlar el tono de voz; temía que los inspectores pudieran escucharme desde mi despacho, pero mi cuerpo me pedía gritar, rugir.

—Ana, ahora tienes que calmarte. Lo primero de todo es que no sabemos si ha sido ella.

—¿Cómo que no lo sabemos, Casilda? ¿De qué coño estás hablando? ¡Vino a la puta consulta a decirme lo que pensaba hacer! Me confesó un asesinato y yo me quedé mirándola como una idiota. Como una puta novata que no sabe identificar que su paciente le está confesando el asesinato de su hijo.

—Ana, confía en mí y tranquilízate, los policías que tienes al lado no pueden escuchar esto que me estás diciendo. ¿Lo comprendes?

Me quedé callada, sollozando. Casilda dio por hecho que significaba que lo entendía.

—¿Te han preguntado por la sesión que tuviste con ella?

—No directamente, pero lo harán. ¡Leerán mis notas y verán que soy tan culpable como ella de no haber evitado la muerte de ese niño!

—No lo harán. No, si me haces caso.

Casilda sonaba conciliadora y tan cariñosa como siempre.

—Escúchame bien lo que tienes que hacer: si te piden información sobre lo que hablaste con Rosario, vas a acogerte a tu derecho terapeuta-paciente. No digas nada, ¿me entiendes? Absolutamente nada.

—¿Y si reclaman mis notas?

—Legalmente te ampara el derecho de confidencialidad. Y tienen el deber de proteger el derecho a la intimidad de Rosario; tú estabas en el ejercicio de tu profesión y ella te trasladó una información privada. Ana, tú llegaste a colegiarte, ¿verdad?

Aguardé en silencio.

—Ana, ¿te colegiaste?

—Sss... Sí.

—¿Sí?

—Sí, sí. ¡Por supuesto que sí! Pensaba dedicarme a esto, ¿recuerdas? Hasta que tú decidiste que no era apropiado —dije, todavía con cierto rencor.

La quería mucho, sin duda, pero nunca la perdoné que fuera precisamente ella quien truncase mi carrera como psicóloga de prisiones. Por lo menos, me había apoyado en la vuelta al ruedo. En cualquier caso, ignoró mi pulla.

—Todo va a salir bien —dijo muy convencida.

—Cas, lo sabes como yo, los terapeutas tenemos el deber legal y ético de prevenir que los pacientes se dañen a sí mismos o a terceros. Si el profesional considera que un paciente es peligroso, debe tomar acciones que protejan y adviertan a la posible víctima.

—Ana...

—¡La puta teoría me la sé!

—Anita...

—¿Por qué coño me crucé de brazos?

—¡Joder, Ana!

Casilda nunca usaba ese tipo de lenguaje. Si lo hacía, era porque su paciencia había llegado al límite.

—Tienes que parar. Ahora tienes que parar con esto, mi niña. —Su tono amoroso siempre tardaba muy poco en volver—. Hazme caso: lávate la cara, sécate las lágrimas, coge aire y vuelve a esa habitación. Acógete a tus derechos y no digas nada. Voy a buscarte un abogado. Te aviso pronto.

—Te quiero.

Solo pude responderle eso. Realmente la quería. Y sabía que tenía razón. En todo. También cuando me dijo que no era recomendable que me dedicase a la psicología once años atrás.

Así que hice cuanto me dijo y volví a entrar en mi despacho. El aire estaba muy cargado. Me acerqué a la ventana y la abrí de par en par. Me senté, ahora en mi silla, frente a mi escritorio, tratando de parecer despreocupada. Como si aquellos dos hombres hubieran ido hasta allí para preguntarme la hora.

—Bien, caballeros, ¿por dónde íbamos? —pregunté sonriente.

—Acababa usted de acusar a Amador Pizarro de maltrato. —Suárez retomó el hilo.

No respondí. No sabía adónde pretendía llegar.

—Señorita, no quiero seguir perdiendo el tiempo, así que voy a ser directo. ¿Usted cree que Rosario Jiménez podría ser culpable del asesinato de su hijo?

Alargué mi silencio un poco más. Él se acercó a mi mesa y, apoyándose sobre ella, me miró fijamente.

—¿Quién cree que ha matado a ese pobre chiquillo?

Lo miré igual de fijamente y respondí:

—Sin duda, alguien que tenía una pistola.

Gaona sonrió. Debo reconocer que la respuesta no era mía, sino de Dashiell Hammett, pero era el remate perfecto. Suárez no parecía opinar lo mismo, ni tampoco ser un devoto de la novela negra. Y cuando iba a devolverme el golpe, el timbre de la puerta de la consulta sonó. Otra vez, salvada por la campana.

—Lo siento, «señor mío». Pero se ha hecho tardísimo —dije recogiendo algunos papeles que tenía sobre el escritorio y bajo las manos de Suárez, que seguía allí plantado—. Ya han interrumpido mi hora del almuerzo, ¿no querrán también privar a mi paciente de la cita con su «loquera»?

18
Con las manos en la masa

Lunes, 28 de agosto de 1989
Madrid

Cada uno estaba absorto en sus propios pensamientos. Yo iba sentada atrás. Me sentía triste. El campamento se había acabado, en tan solo unos días me tocaría volver al cole y, lo peor de todo, Marie seguía odiándome sin compasión. Ella, por su parte, se había pasado todo el camino callada. Me había parecido ver caer por su mejilla alguna lágrima, pero no estaba segura. Se esforzaba en estar lo más lejos posible de nosotros, incluso en aquel espacio reducido. Aquel Ferrari Testarossa deslumbraba por muchas cosas, pero no por el amplio espacio interior. No era un coche familiar, en el que paseas a tus niños. Parecía que incluso ese pequeño detalle echaba más leña al fuego que ardía entre padre e hija. Marie estaba concentrada en el paisaje que veía por la ventana, con la mirada perdida, más distante que nunca. Su padre conducía a su lado, sobrepasando de largo el límite de velocidad y cagándose en todos los muertos de Buyo, al que acababan de meter otro gol (había cambiado a The Bangles por el *Carrusel Deportivo* y al Madrid le estaban pintando la cara en un amistoso de pretemporada). De vez en cuando me guiñaba un ojo a través del espejo retrovisor. Ajeno por completo al dolor de su hija. Probablemente algo a lo que siempre había sido ajeno.

Entramos a Madrid por la calle Princesa, reconocía la zona. El coche se detuvo y una puerta enorme de garaje comenzó a abrirse despacio.

—Se suponía que tenía que llevaros al cine, pero creo que es mejor que veamos la peli en casa. Así me puedo tomar una cerveza como Dios manda, que este calor es insoportable. ¡Venga, abajo las dos, que ya hemos llegado!

—Yo no vivo aquí —dije.

—¡Ni yo tampoco! Yo vivo en el paraíso mallorquín y no en esta cárcel...

Marie lo miró con cara de reprobación y él, como comprobé que ya era habitual, la ignoró.

—Mi madre me espera en casa.

—Nena, te vienes un ratito a la nuestra —me contestó él—. Parece ser que nuestras mujeres estaban demasiado ocupadas para ir a recogeros y por eso me lo han encasquetado a mí. Pero nos quedamos en el salón sin hacer ruidito y ellas que sigan jugando a salvar a la humanidad.

—Pero esta tampoco es vuestra casa... —contesté confusa. Nunca había estado en su garaje.

—Es que vamos a aparcar su «juguete». Eso sí que lo sabe cuidar —soltó de pronto Marie, refunfuñando entre dientes. Por suerte, la puerta mecánica se estaba cerrando y su padre no la oyó.

—Ahora subimos a casa, nenita. Allí está tu madre trabajando con Jacqueline.

Desde el garaje, accedimos al portal señorial que ahora sí reconocía, sobre todo cuando me llegaron las primeras notas de olor. Me parecía que ese edificio desprendía siempre un olor a señora mayor, una mezcla a perfume clásico de mujer y a laca Nelly. Era la fragancia de la veteranía, de la pompa, de la majestuosidad. Se trataba de una finca de lujo, en una de las zonas más cotizadas de Madrid, reformada por uno de los arquitectos de vanguardia del momento. Yo era demasiado pequeña para apreciar los pormenores técnicos, pero lo suficientemente avispada para detectar la opulencia en cada esquina.

Subimos al ascensor y me emocioné con la idea de apretar el botón de acceso al ático. Se trataba de uno de esos pequeños placeres con los que me seguía deleitando a los seis años. El señor Boix parecía estar de un repentino buen humor —nos había confesado durante el viaje que conducir le relajaba y habíamos llegado con el Madrid remontando la catástrofe—. Y, con un inusitado cariño, hizo ademán de auparme para que pudiese llegar hasta el botón. Fue rodearme con sus brazos y Marie, *ipso facto*, me los quitó de encima, liberándome como por acto reflejo. Francesc, poseído por el mismo acto reflejo, alzó la mano y la detuvo en el aire. Contenía la mano por segunda vez en aquel día, y yo temí que, si aquel periplo se alargaba, no frenase en una tercera ocasión.

Los tres nos quedamos en silencio, pero gritando con la respiración. Yo no entendía nada. Los pisos seguían subiendo. La violencia cargaba el ambiente más y más, hasta que por fin algo la cortó. Un sonido lejano, que cada vez se iba acercando más. De pronto, unas risas. Boix levantó una ceja, presagiando la tormenta. Aquel subir de pisos se estaba haciendo eterno pero, al fin, las puertas del ascensor se abrieron. Un estallido de carcajadas explotó de nuevo en el interior de una casa, ahora ya a un par de pasos de nosotros. Me pareció reconocer, entre las risotadas, la de mi madre.

—¿Trabajando? Estas se han creído que soy gilipollas... —mascullaba el señor Boix mientras trataba de encajar, nervioso, la llave en la cerradura. Finalmente, atinó a abrir—. Pero ¿qué coño...? ¡Yo te mato!

Esas fueron las palabras de Francesc Boix al entrar en su casa. Acto seguido se lanzó al cuello de un señor ataviado con un delantal blanco y un pequeño gorro de chef que rodeaba a Jacqueline por detrás mientras extendían, coregrafiados como remeros a bordo de una trainera, una masa sobre la encimera de la cocina.

Yo no conocía a aquel señor, juraría que no lo había visto nunca. Pero allí estaban mi madre y otras dos amigas de su pandilla de la facultad: Casilda Yagüe y Mariló Lorenzo.

Vi las copas de vino llenas y las botellas vacías, una estampa habitual también en mi casa cuando aquel clan se reunía. Todas parecían contentas, se notaba que habían estado pasando un buen rato. Las encontramos divertidas, con restos de harina en la ropa, en el pelo. Con varios fuegos encendidos; olía a pizza en el horno y había diferentes tipos de pasta hirviendo en las cazuelas. La casa de los Boix Bauvin tenía una maravillosa cocina integrada en un enorme comedor, lo que dejaba el espacio diáfano. Desde allí se accedía a una segunda sala de estar, separada por unas puertas de hierro que podían abrirse y cerrarse a través de unos raíles. El ático era, simplemente, soberbio. Y cuatro veces más grande que nuestro piso.

Las habíamos pillado en pleno éxtasis culinario, bailando el «Centro di gravità permanente» de Battiato, que sonaba en un tocadiscos en un rincón, cerca del ventanal. Un centro de gravedad que aquel señor del mandil había perdido con el primer puñetazo del señor Boix, en plena mandíbula. Después del primero, llegó otro en la nariz y otro más, y cuando aquel pobre hombre yacía en posición fetal tratando de protegerse, llegaron las patadas.

Casilda y mi madre saltaron a las espaldas del señor Boix intentando detenerlo. Fue en vano. Estaba desatado, hecho una furia, incontenible. En el suelo, ya no había movimiento, parecía que aquel pobre se había desmayado. Se les sumó Marie y, entre las tres, lo apartaron. No por mucho tiempo.

El tocadiscos se paró y el frenazo de la aguja produjo un fuerte rasguido al perder el surco del vinilo. Jacqueline, que había permanecido inmóvil, de pie, con aquella violencia ante sus pies, comenzó a llorar. Lloraba a gritos. Berreaba como si llevase ese desconsuelo dentro desde hacía mucho. Y como si aquel lamento hubiera descorchado una botella de champán, el señor Boix se zafó de los brazos que le retenían y se abalanzó sobre ella, con más furia todavía que la empleada con el cocinero. Me tapé los ojos. Ya de pequeña me gustaban las historias de miedo, pero aquella era demasiado real. Los alaridos de Jacqueline sonaban atronadores, pero recordaban a los de un bebé; el bebé más indefenso que uno pueda imaginar. Ahora todas, sobre Francesc, trataban de frenarlo, pero era un animal sin control. Entre los aullidos, escuché a mi madre:

—¡Ana, ve a pedir ayuda a los vecinos!

Abrí los ojos y vi que la encimera seguía bañada en harina, pero ahora rociada de grandes y pequeños salpicones de sangre. Solté el macuto del campamento, que todavía llevaba colgado a mi espalda, y corrí lo más rápido que pude al piso de abajo, ya que ellos eran los únicos que vivían en el ático.

—¡Por favor! ¡Necesitamos ayuda! —grité a la primera puerta que se abrió—. El señor Boix... —El llanto se apoderó también de mí y no fui capaz de acabar la frase.

Aquella vecina me miraba asustada, pero le bastaron aquellas pocas palabras para comprender lo que sucedía arriba, como si no fuese un suceso excepcional. Mandó al ático a su hijo, un joven fuerte y corpulento de unos veinte años, mientras ella llamaba a la policía.

—No te preocupes, bonita. Tú te quedas aquí conmigo, ahora mismo se va a arreglar todo. No pasa nada. ¿Sabes si hay alguien herido?

Asentí, incapaz de articular palabra, mientras me secaba los mocos con la manga de la sudadera. Me abrazó. Y a pesar de ser una desconocida, sentí aquel abrazo como uno de los más sanadores que albergo en la memoria.

Lo siguiente que recuerdo fueron las sirenas de la policía a lo lejos. Desde allí seguía oyendo el ruido de cosas rompiéndose, de muebles allá y acá, los gritos y los lamentos que no habían cesado a pesar de la llegada del vecino. Recuerdo pensar en lo fuerte que era el señor Boix, algo que no aparentaba en absoluto. Las sirenas sonaban abajo. Me asomé y vi dos coches de policía parados al pie del portal, creando bastante caos en mitad de la calle. Cuatro agentes —tres hombres y una mujer— entraron en el edificio. Les oímos acceder a la casa y la puerta se cerró. No así la de la vecina que me cobijaba, que, como si fuese uno más de los agentes que había llegado a investigar, se quedó haciendo guardia tras su puerta ligeramente entornada. Eso sí, sin soltarme ni un minuto.

Y de pronto, se instaló la calma. La más absoluta de las calmas. Pasó un buen rato hasta que volvimos a oír movimiento.

—¡Mierda! El ascensor ahora no funciona —dijo uno de los agentes—. Creo que vamos a tener que bajar a pata.

—¿Habéis llamado a la ambulancia? —preguntó la agente—. Esta mujer está muy grave.

—¡Sí! Está de camino. Pero nosotros nos llevamos a este a comisaría.

—Por supuesto, agentes. Lo que ustedes consideren. Todo se trata de un terrible error que podemos aclarar ahora mismo —contestó Boix.

Le reconocí la voz, aunque parecía otra persona. Ahora estaba sosegado, dócil, con una serenidad pasmosa. Costaba creer que se trataba de la misma persona que minutos antes estaba repartiendo una somanta de palos. Bajaban las escaleras y se acercaban ya a nuestro rellano. Alcancé a ver, por la rendija, que estaba esposado.

—Puede que ustedes no me conozcan, pero soy un hombre de bien. Un referente de la política de este país. No creo que todo esto sea necesario. Seguro que podemos arreglarlo de alguna manera.

—Espero que no esté usted barajando la nefasta idea de hacer un trato con nosotros. Créame, ya ha cometido suficientes errores por hoy.

—¡Nada más lejos de mi intención! Discúlpeme, pero creo que me ha malinterpretado usted. Quería decir que estoy seguro de que si me dejan explicarme...

—Va a tener tiempo de explicarse, señor. Pero en comisaría —respondió ella, tajante—. Aunque le adelanto que, por como he visto a su mujer y a ese hombre en el suelo, usted hoy va a dormir en el calabozo.

Poco después pude saber que aquel señor tendido en el suelo, con el delantal blanco y el gorro coqueto, era un chef italiano amigo de Mariló. Había ido a dar una *masterclass* de cocina a las cuatro amigas. Jacqueline no se lo había dicho a Francesc porque sabía que se hubiera negado en rotundo, así que lo envió a recoger a las niñas al campamento a Boadilla del Monte y a pasar la tarde con ellas. Pero vino tras vino, las horas habían ido transcurriendo y eso, sumado al cambio de planes de su marido, hizo que la pasta se quedara en la cazuela y la pizza en el horno, pero que la tragedia se sirviera en bandeja de plata.

De aquel incidente no me dieron muchos más datos, ni siquiera pasado el tiempo. Solo sé que aquella noche no todos durmieron en su cama.

Nunca supe qué le pasó exactamente a Jac. Pero sí que nunca lo denunció. Y que, en efecto, acabó llegando una ambulancia y Casilda y Mariló se fueron con ella al hospital. Allí durmieron las tres.

Por otro lado, la agente se equivocaba. Llegaron a comisaría con su detenido y hubo un largo interrogatorio. Se tomaron declaraciones, se hicieron informes... Pero el calabozo se quedó vacío aquella noche. Porque también se hicieron llamadas a personalidades importantes, contactos que movieron sus hilos, y Francesc Boix durmió aquella noche en su casa.

Lo último que recuerdo es que Marie la pasó con nosotras, en nuestra casa; no me atrevería a decir que durmió. Después vendrían muchas más noches. Desde luego, algo se rompió definitivamente en esa casa aquella tarde de agosto; sin embargo, algo se forjó para siempre entre mi madre y Marie en la nuestra.

19
Entre bestias anda el juego

Lunes, 5 de febrero de 2018
Gabinete de asistencia psicológica Animae (Quintana, 27)

Los días habían tomado un ritmo trepidante. Me costaba creer que todo aquello fuese real y, a menudo, sentía el incontrolable impulso de meterme en la cama, esconderme bajo el edredón y apagar las luces, como hacía de niña. Resultaba curioso que, precisamente cuando era una chiquilla, imaginara mi vida como si fuese una película, en la que yo era una terapeuta de éxito que trataba a grandes villanos y salía airosa de cada caso. Pero ahora que aquella ficción se había convertido en realidad, lo único que quería era cambiar de canal. Un niño había muerto y su madre, mi paciente, hacia la que apuntaban todas las sospechas, seguía en paradero desconocido. ¿Y yo? Yo solo trataba de encontrar la manera de bajarme de aquel capítulo negro.

Me puse a bucear por la red y me di cuenta de que, como me había advertido Suárez, el caso ya estaba en boca de todos. La prensa se había entregado a la causa, que se hallaba en el centro de la agenda pública; todos los medios estaban realizando una cobertura intensa. Y, como siempre pasa en estas situaciones, los más carroñeros ya emitían programas especiales cargados de especulaciones, datos poco fiables y un largo etcétera de sensacionalismos muy alejados de la ética periodística. Y, como también ocurre en estas situaciones, la opinión pública se había vestido de juez y se podían encontrar acaloradas tertulias en la cola del pan, en la barra de la cafetería o en la sala de espera del dentista. Rosario estaba en el punto de mira de todas las dianas.

Me daba la sensación de que el caso «Pizarrín» —como al parecer lo había bautizado un tertuliano en la tele, haciendo un guiño a que el niño fallecido se llamaba igual que el padre— empezaba a tomar el mismo rumbo que la explosión mediática que tuvo el caso «Maddie», que saltó a la primera plana de los medios justo el año que comencé mis prácticas en prisión. Madeleine McCann era una niña inglesa, de tres años, que una noche desapareció misteriosamente de su cama del apartamento de vacaciones en Praia da Luz, en el Algarve portugués. Allí estaba pasando el verano con su familia y unos amigos de esta. Hubo muchas idas y venidas, sospechosos que dejaron de serlo, diversos rumbos en la investigación, conflictos entre las autoridades de Portugal y Reino Unido y, sobre todo, un morboso seguimiento mediático a nivel mundial. Pero nada claro sobre qué le había pasado a Maddie y quién era el autor de los hechos. Llegó un punto en el que, tras muchos meses de búsqueda, las sospechas empezaron a apuntar a la madre.

Recuerdo haber hablado mucho con Casilda de aquel caso. Lo usamos incluso como ejemplo a estudiar, ya que la policía portuguesa había elaborado un perfil psicológico de Kate, la madre, sobre la base de su diario personal. En aquellos escritos se quejaba de que sus hijos eran muy inquietos (tenía dos hijos más además de la niña, dos mellizos que por aquel entonces tenían dos años) y de que el exceso de actividad de Madeleine consumía sus fuerzas. Recuerdo debatir con Cas sobre si el diario debía ser utilizado como prueba judicial —algo que no ampara la ley, por pertenecer al ámbito privado—. Y hacer espléndidos e interminables alegatos sobre si aquella madre, que aparecía destrozada ante los medios, podía ser o no la asesina material de su hija. Sin duda, hay historias que tienen un desarrollo patológico y aquella lo fue. La acusación de la madre no llevó a ninguna parte y las teorías continuaron apuntando en mil direcciones, algunas completamente disparatadas.

Me recuerdo analizándolas todas con fervor. Y si con Kate McCann las sospechas eran inconsistentes y había mil argumentos para desmontarlas, con Rosario Jiménez el filicidio apenas dejaba lugar a dudas. Bueno, quizá algunas sí. Entre ellas, constantemente me asaltaba esta: ¿por qué, si pensaba matar a su hijo, vino a la consulta de una desconocida a confesar el futuro crimen?

De nuevo pensé en mis notas y me dije que no había tanta diferencia con el diario de aquella madre. Eran comentarios, pensamientos y revelaciones que se hacen en un ámbito privado y que en ningún caso deberían ser utilizados como pruebas, como no lo fueron las notas de Kate.

Llamaron a la puerta de mi despacho. Estaba tan absorta consultando todas aquellas informaciones sobre el caso que no me había dado cuenta de que si había podido echar a Suárez y Gaona era porque tenía una consulta. Y, efectivamente, mi paciente estaba allí, esperándome.

—¿Se puede? —dijo una voz afectuosa al otro lado.

La vida seguía su curso para todos —menos para el pequeño Amador—, y la consulta también. Y el siguiente paciente solicitaba mi atención.

—Pero ¡qué gusto ver una cara amiga! —respondí—. Adelante, João, pasa. Y perdona por la espera...

—No te preocupes. Lo cierto es que esos dos —señaló la puerta de la calle, refiriéndose a los policías— tenían cara de pocos amigos. ¡Aquí tienes a uno de verdad! —dijo abriendo los brazos.

Sonreí. Nos dimos un abrazo apretado y me di cuenta de que necesitaba ese confort. Estaba acostumbrada a recibir ese aliento de parte de mi madre y cada vez notaba más su ausencia. Había tratado de llamarla en varias ocasiones los últimos días, pero siempre se me hacía de noche y con el cambio horario resultaba complicado coordinarnos. Así que me conformé con la visita de João y con ese abrazo de amigo. Hacía tan solo dos días que nos habíamos visto, pero habían sucedido tantas cosas que me parecía que habían pasado años.

—¿Cómo te encuentras, Anita? Tienes mala cara...

—No intercambiemos los papeles, que aquí vienes a hablar de cómo estás tú —dije para que se olvidase de mi mal aspecto. Me importunaba saber que era tan evidente.

—Perdóname, querida, tienes razón. Zapatero a tus zapatos... —se disculpó—. ¿Cómo estoy? Pues sigo igual que cuando nos vimos. Estropeado. Roto. Perdido.

—Toma asiento, por favor. ¿Te puedo ofrecer una taza de té mientras reviso mis apuntes de nuestra última sesión?

—Te acepto ese té, muchas gracias. Hoy hace un frío de perros —contestó mientras se frotaba las manos para darse calor. Sin que se lo pidiera, João se sentó en el mismo lugar que el viernes anterior. Me gustó que lo hiciera porque denotaba que ya se sentía como en casa, donde cada uno sabe dónde se sienta para cenar.

—Ajá, ya lo recuerdo —dije cuando terminé de echar un vistazo a mis notas—. De lo último que hablamos fue de «la Bestia».

—Te equivocas —apuntó—. De lo último que hablamos fue de Garavito, el mayor asesino en serie y agresor de niños de la humanidad. Hoy es cuando voy a hablarte de la verdadera Bestia, a la que conocimos Andoni y yo. Fausto Mendoza...

***

Extracto del documental *En la frontera del ser humano*
Charla entre Andoni Sarasola y Fausto Mendoza

—¿Siente pena por esas mujeres?

—No.

—¿Siente arrepentimiento?

—No.

—¿Tiene algún tipo de remordimientos por lo que hizo?

—No.

—¿Alberga algún tipo de sentimiento?

—Nomás siento roche.

—¿Roche?

—Vergüenza.

—¿Vergüenza por lo que hizo?

—No.

—¿Vergüenza por saberse un asesino?

—No.

—¿Entonces?

—Siento vergüenza de que me vayan a ver en la televisión internacional con estos ropajes penitenciarios que tan poco me favorecen.

***

—... un psicópata narcisista, que encantaba «serpientes» para luego arrebatarles la vida sin piedad. Escucharle narrar sus barbaridades, como si de trofeos se tratase, me ha quitado años de vida. Literalmente, Ana; tras aquello nada ha sido igual para mí. Me siento más viejo, más débil, más oscuro. Me siento sucio, corrompido, miserable, infame. Ese indeseable compartió con nosotros las mayores miserias humanas que te puedas imaginar. Y ahora me siento, incluso, cómplice de ese grandísimo hijo de puta.

Me relataba todo aquello con fervor, una historia que, en cualquier otro momento, me hubiese tenido enganchada y en vilo. Pero era incapaz de concentrarme.

Mi cabeza seguía en el caso. Me perseguía una larga lista de incógnitas a las que trataba de dar respuesta. Como el hecho de que si Rosario cumplía con lo que anunció, iba a quitarse la vida pronto. ¿Debía yo tratar de impedirlo? Y en cualquier caso, ¿por qué iba ella a hacerlo? Todo aquello no tenía sentido: si su marido era un bestia, ¿por qué no matarlo a él y seguir una vida feliz con su pequeño?

Por otro lado, ¿dónde estaba escondida? ¿O retenida? ¿Estaba viva?

Y la que más me aturdía de todas: ¿debía decirle a Gaona lo que sabía?

Me asaltaban tantas preguntas que concentrarme en esa otra Bestia me resultaba imposible. João se percató de ello.

—Ana, ¿qué te ocurre?

—¿A mí? Nada. Estaba escuchándote.

—No, no es cierto.

—¡Estoy bien! —insistí, y esbocé una sonrisa—. Como siempre hablo tanto, cuando me callo la gente tiene la sensación de que me pasa algo.

—No sé dónde estás, solo sé que no estás aquí. —Su cabeza negaba de izquierda a derecha. Yo era demasiado transparente y él demasiado intuitivo—. Dime, ¿qué sucede? Sabes que puedes contármelo todo.

Eso era cierto. João Calvinho, además de ser un extraordinario contador de historias y un hombre sorprendentemente perspicaz, era un maravilloso «escuchante». Habían sido muchas las veces, en mi época en GlobalMedia, en las que había acudido a él en busca de consejo.

—¿Puedo contar con tu absoluta discreción? —pregunté.

—Sabes que no tienes ni que preguntarlo.

—Pero ¿y tu sesión de hoy? —No me parecía profesional ni justo por mi parte usar su tiempo de terapia para invertirlo en mí.

—Ayudarte me va a ayudar a mí también. Necesito ejercitar la bondad todo lo que pueda. Además, me temo que el tratamiento para mi problema es de largo recorrido...

Al final íbamos a intercambiarnos los papeles. Pero estaba de acuerdo con él en ambas cosas. Era una persona extremadamente discreta y en la que podía confiar sin reparos y, por otro lado, recomponer lo que se había roto dentro de él requería una larga temporada de acompañamiento terapéutico. Además, había tratado con todo tipo de criminales, también con mujeres, y su opinión podía serme de mucha ayuda.

—Supongo que habrás oído hablar del caso «Pizarrín»... —tanteé.

—¿Acaso crees que vivo en una cueva? Hoy está en todas las portadas del país.

Al parecer yo era la única que había vivido en la cueva y no había comprado el periódico aquella mañana.

—Pues bien, resulta que Rosario Jiménez es paciente mía.

—¿Cómo dices?

—Lo que oyes. Hace unos días se sentó justo donde estás tú.

Su mirada cambió por completo. Había captado su interés y, a su vez, había conseguido que aparcase la angustia que traía consigo y que todos sus sentidos se centrasen en mí. Pensé que, por lo menos, algo le había ayudado.

—Ana, cuéntamelo todo.

Le relaté con el mayor lujo de detalles lo que había sucedido en los últimos días. Incluí en la ecuación a Gaona, Suárez e incluso a Casilda. Me escuchó con atención, callado. Cuando terminé, se bebió lo que le quedaba de té y se pasó la mano por el pelo. Podía percibir cómo sus neuronas trabajaban a toda máquina.

—¿Qué opinas? —pregunté, tras respetar unos minutos su reflexivo silencio.

—Que estás metida en un buen marrón.

Ciertamente, esa no era la respuesta que yo esperaba escuchar.

—... y que el odio que sentía esa mujer en sus manos, sentada en este mismo butacón, me atrevería a decir que lo sentía hacia su marido. Si yo fuera él, y sabiendo que tiene una pistola en su poder, temería seriamente por mi vida.

—Pero ¡es que no me cuadra nada! —solté yo—. Cuando vino, no le di mucha importancia a sus palabras. Me parecieron un desahogo, una llamada de atención, si me apuras. En psicología sabemos que no solo los anuncios, sino los propios intentos de suicidio son una manifestación del sufrimiento y la desesperación que siente el individuo. ¿Sabes? Las personas que expresan esa intención verbalmente o con amenazas, o incluso con cambios repentinos de conducta, probablemente son las que nunca lo lleven a cabo.

—¿Qué quieres decir?

—Cuando se anuncia a menudo se trata de una llamada de atención o de auxilio. Esto, por norma general, pero ya sabes que la mente humana no es como las matemáticas.

—Sin embargo, te contó sus planes de cometer un asesinato. Y, bueno, el niño...

—Lo sé. Eso es lo que me descuadra por completo. Calvinho, tú has tratado con criminales y asesinas de todo tipo. ¿Qué *feeling* te da todo esto?

João escuchó su apellido y, como si hubiese activado un interruptor, se enfundó el traje de profesional.

—La mayoría de las mujeres homicidas con las que he tratado mataron en circunstancias muy particulares. Se trataba de episodios sin planificación, efectuados de forma impulsiva, con un bajo nivel de violencia.

—¿Te importa si tomo algunas notas? —le consulté. Quería tener todos aquellos datos claros y no podía arriesgarme a que al trasladarlos al papel más tarde pudiese haber algún error.

—Por favor —autorizó él, con un elegante ademán de aprobación—. Como iba diciendo, en esos casos no es frecuente que haya un intento de esconder los cuerpos.

—Joder... —dije pensando que todo aquello cuadraba con Rosario. Él no me oyó.

—Sin embargo —continuó João—, lo que sí que identifiqué como algo frecuente en todas ellas fue un sentimiento de culpa mucho mayor que en los homicidas.

—Ajá...

—Por mi experiencia, cuando ellas matan, las víctimas suelen ser personas de su entorno cercano. Y no soy estadista, pero me atrevería a decir que es más probable que las mujeres maten y a su vez sean víctimas en el ámbito doméstico.

João hizo una pequeña pausa, reparando en un pajarillo que se había acomodado en la ventana, como si los dos hubieran parado a hacer un descanso. Parecía que él también nos mirase, atento a lo que allí sucedía. Esperó hasta que el fisgón alado hubo retomado el vuelo para sentenciar:

—Lo que me lleva a pensar, en definitiva, que es más probable que maten a hombres.

—Pero ¡aquí el que está muerto es el niño! —exclamé.

João me miró extrañado, casi decepcionado.

—Anita, como tú misma has dicho, la mente humana no es como las matemáticas. Aquí las cosas no son dos más dos. Cada caso es particular y cada persona, homicida en este caso, tiene un mundo propio que la convierte en un perfil determinado. No puedes tomar esto como una teoría aplicable a «todas las mujeres que matan» —dijo emulando unas comillas con sus manos.

Iba a responder cuando un nuevo intruso fisgón nos interrumpió. La puerta se abrió con ímpetu.

—Ana, necesito que me pases tus notas de... ¡Ups! Perdona, no sabía que estabas ocupada —dijo Marie, entrando en el despacho como Pedro por su casa. Era algo que acostumbraba a hacer y que me irritaba sobremanera; lo de entrar sin llamar y actuar como si aquel fuese su reino y yo tan solo un vasallo a su merced.

—Pues sí, estoy ocupada y me va a llevar un rato. Así que, si nos disculpas —le contesté mientras la acompañaba hasta la puerta.

Estaba como cegada, acelerada. Ella, que acostumbraba a ser una balsa de aceite, parecía tremendamente perturbada y rozando la histeria.

—Pero, Ana, ¡tenemos que hablar! —insistió ella—. Ya te he dicho que necesito las notas de tu sesión con esa paciente... ¿Cómo se llamaba?

—Rosario.

—Eso es. Rosario —dijo entre dientes, tratando de susurrar una confidencia. Pero estaba tan nerviosa que no se daba cuenta de que murmuraba a gritos—. Tienes que hacerme el traspaso de su expediente, como acordamos. Ya te dije que de ese tipo de casos, en esta consulta, me encargo yo. ¡Sigue el protocolo!

—No acordamos nada de eso, Marie. Y lo sabes. No te voy a pasar ninguna nota. Es mi paciente, mi tratamiento, y seré yo quien le haga el acompañamiento terapéutico. Es hora de cambiar algunos protocolos.

—Escúchame, Annette...

Me llamaba así cuando quería algo. Solía colar... casi siempre.

—Ahora, por favor, déjame continuar con mi trabajo.

—Pero ¡Ana! He visto los periódicos y...

—¡Y adiós, Marie!

La empujé suavemente y cerré la puerta. No me gustaba dejarla así, pero podía llegar a ser muy insistente si se lo proponía. No entendía por qué tenía tanto interés en ese caso. Aunque, a juzgar por el revuelo mediático que había levantado, estaba convencida de que quería formar parte del circo y apuntarse un tanto. Uno más.

De repente se me encendió una pequeña bombilla: si le traspasaba a Rosario, quizá podría librarme de aquel marrón (como bien lo había calificado João). Ella sería la encargada de responder ante la ley, si resultaba ser culpable de asesinato. Quizá era una forma de salvarme. Pero también era una forma de huir. Y la nueva Ana no escapaba. Además, recordé que mi madre me había encargado que me ocupase personalmente de esa paciente. No podía fallarle.

No esta vez.

—Discúlpame, querido. ¿Dónde nos habíamos quedado?

—Yo conozco a esa mujer —afirmó João—. No sabía que trabajabais juntas.

—¿A Marie? ¿Conoces a Marie Boix Bauvin?

Mis ojos casi se salen de sus cuencas. Eso sí que no me lo esperaba. Dije su nombre completo, por si acaso, aunque ella casi siempre omitía el apellido de su padre. No me sorprendía, si mi abuelo no hubiera insistido en cambiar el orden del mío, probablemente yo también habría elegido presentarme con el majestuoso apellido García de la Serna, ese que tantas puertas había comprobado que abría.

—¡La misma! Ya me pareció que me sonaba de algo el primer día que vine y me crucé con ella, pero ahora sé de qué la conozco. Y no solo eso: creo que sé por qué tiene tanto interés en quedarse con tu paciente.

20
En Macera, a las nueve

Lunes, 5 de febrero de 2018
Gabinete de asistencia psicológica Animae (Quintana, 27)

João se fue de la consulta. Por fin me quedaba sola. Él, Marie, Suárez, Gaona... Más le valía a cualquiera no entrar por aquella puerta o no hubiera respondido de mis actos. Abrí la ventana y grité. Grité todo lo que pude. Era la hora de comer, pero yo solo podía pensar en vomitar. Sentí que no podía respirar, por mucho que inhalara con todas mis fuerzas. Si no estaba experimentando un ataque de pánico era algo muy parecido.

¿Cómo podía haberse jodido todo hasta ese punto? ¿Por qué coño no la había tomado en serio cuando me dijo que pensaba cargarse a su hijo? ¡A su puto hijo!

Me sentía atenazada por el miedo; la mera idea de que me pudieran acusar de algo me hacía tiritar. Estaba llena de dudas sobre cuáles podrían ser los cargos, ¿imprudencia?, ¿impericia?, ¿negligencia? Una arcada ardiente me devolvió a la boca el café que había tomado a primera hora en casa, mezclado con bilis y congoja. Lo escupí en la papelera. Me derrumbé encima de la mesa y cerré los ojos sobre mis brazos.

Como un taladro, empezaron a resonar en mi cabeza todos y cada uno de los conceptos que habíamos estudiado en la carrera en clase de Responsabilidad y deontología profesional. Mi memoria vomitaba palabra a palabra la teoría de aquella asignatura: «La mayoría de los problemas legales a los que se enfrentan los psicólogos no se originan en situaciones impredecibles. Sobrevienen de situaciones que pudieron ser evitadas y sobre las que el terapeuta debería tener excelente control. Entre ellas: las relaciones no profesionales con sus pacientes —incluidas las sexuales—, los conflictos matrimoniales donde se disputa la tenencia de los hijos, los daños producidos por sus pacientes a terceras partes...».

Mi mente paró en ese punto. Sin poder evitarlo, comencé a llorar desconsolada. Fui al baño, me mojé un poco la nuca y la cara dándome unas pequeñas palmaditas. Me miré en el espejo; estaba pálida, parecía estar muerta. Agradecí que Marie se hubiera marchado ya de la consulta, pues su presencia solo hubiera complicado más las cosas. Pensé en mi madre, sí deseaba que ella estuviera allí conmigo. Pensé en llamarla, en contarle todo lo sucedido, en gritarle que volviera, en suplicarle auxilio. Pero enseguida despaché aquella idea. Sabía que lo dejaría todo por ayudarme y no era justo. Debía permitirle seguir su camino allí, sin perturbar su paz. Nunca había sido tan consciente de su ausencia hasta aquel preciso momento. La echaba de menos...

Volví al despacho. Dejé la ventana abierta; la brisa, gélida y punzante en la cara, me ayudó a dominar las náuseas. Cuando pude calmarme un poco, encendí el ordenador y entré en el campus virtual de la facultad. Necesitaba leer aquella teoría de nuevo, con calma, obtener respuestas y saber si mis miedos eran infundados. Al fin y al cabo, habían pasado muchos años desde que estudié aquellos conceptos, podía estar equivocada. Por suerte todavía tenía acceso a mi perfil de estudiante, donde conservaba pasados a ordenador, pulcros e inmaculados, todos los archivos y apuntes de la carrera. Navegué hasta llegar a aquel fatídico listado de supuestos casos de demanda. Volví a leerlos: «Las relaciones no profesionales con sus pacientes —incluidas las sexuales—, los conflictos matrimoniales donde se disputa la tenencia de los hijos, suicidios de pacientes, los daños producidos por sus pacientes a terceras partes...». Paré de leer. Apagué al instante. Estaba realmente asustada.

¿La había cagado con Rosario? «Voy a matarle y yo voy a ir detrás. Esta no es vida para un niño. Esta no es vida para nadie. No es vida...». Sus palabras me perseguían y resonaban en mi cabeza como un metrónomo, incesantes.

Ella me había anunciado que iba a cometer un puto asesinato, que se iba a cargar al crío, y yo me había quedado mirando. De nuevo. Igual que me había quedado mirando a Benito hacía once años. ¿En qué clase de monstruo me había convertido?

Pero las dudas sobre mi altura moral no eran lo que más me atormentaba. ¿Estaba metida en un lío? ¿Tendría que darle mis notas a la policía? Fue pensar en la policía y aparecer él.

5/2/2018

M. A. Gaona

Siento haber aparecido de repente. Traté de avisarte sin éxito... 14:23 //

He visto que te has quedado desconcertada. ¿Qué te parece si nos tomamos algo cuando termines? Podemos compartir impresiones, cotejar algunos datos. 14:23 //

Y, bueno, podemos también aportarnos algo de calma. 14:24 //

Le estaba leyendo según escribía, en tiempo real. En otro momento me hubiese hecho la dura, la interesante, habría esperado un buen rato para contestar a una propuesta de copas. Pero ahí no, no podía permitirme hacer como que no había visto aquellos mensajes. ¡Cómo había cambiado de rumbo el día en tan solo unas horas!

La sacudida había sido muy fuerte. Los dos policías se habían ido de la consulta hacía ya más de una hora, pero yo permanecía conmocionada. Petrificada ante la idea de aquel niño muerto. Había conocido muy poco a Rosario, pero mi instinto me decía que no era una asesina. ¡Mucho menos una filicida! Lo que sí conocía bien eran las cifras... Aunque solo el diez por ciento de la criminalidad total en España tenía nombre de mujer, también sabía que las mujeres que matan tienen más probabilidad de que sea a sus seres queridos. En concreto, aproximadamente en el sesenta por ciento de los homicidios cometidos por mujeres, las víctimas pertenecían al ámbito familiar.

Las teorías de género sobre los delitos eran muy diversas y no terminaban de llegar a un gran consenso general, también a nivel internacional. Algunos expertos criminólogos, sociólogos y también psicólogos consideraban que la baja tasa de violencia femenina se debía a que los estereotipos tradicionales —educadas para ser femeninas, dóciles y sumisas— aislaban a las mujeres de la violencia. Las tesis más clásicas tendían a pensar que como las mujeres tenían menos oportunidades sociales, en consecuencia, también tenían menos opciones para involucrarse en actividades ilegales. Otras corrientes de pensamiento sugerían que como los hombres estaban más expuestos en la esfera pública, había más probabilidades de que realizasen actividades de riesgo. Sea como fuere, lo único cierto era que la cuestión de la baja presencia de la mujer en el ámbito criminal era un hecho que no había encontrado todavía un esclarecimiento criminológico irrefutable.

Sobre la mesa, lo único concluyente en ese momento, la única verdad aplastante en la que hubieran coincidido expertos de todos los países del mundo, era que había un niño muerto. Y que su madre me había advertido de que sentía odio en las manos.

Mi teléfono parecía haberse convertido en una centralita.

5/2/2018
Casilda Yagüe

He hecho algunas llamadas. Creo que puedes estar tranquila. 14:26 //

Por ahora no creo que vayan a requerir tus notas de la sesión con Rosario, pero será mejor que las tengas a buen recaudo. 14:26 //

Intenta mantener un perfil bajo estos días, si lo necesitas quédate en casa, pásale tus pacientes a Marie. Y sobre todo, no hables con la policía. 14:26 //

Ante cualquier duda, llámame a mí. Ánimo, cariño, todo se va a arreglar. 14:26 //

Respiré. Cogí aire y volví a respirar unas cuantas veces, como en mis ejercicios matutinos de relajación. Sin duda, aquel mensaje me había dado cierta paz. Pero no pensaba acatar aquellas instrucciones, por lo menos no todas. ¡No podía!

Guardé las notas de la consulta bajo llave, en el cajón de una cómoda que tenía mi madre en un rincón del despacho. Envolví la llave en varias hojas y las metí en un sobre en el que escribí «Finiquito GlobalMedia». Lo guardé en un archivador de acordeón junto con las facturas, los contratos y el papeleo importante. Pensé que era mejor que la llave se quedase allí; si la policía me detenía, no encontraría nada en mi bolso. Borré también el mensaje de Casilda. Hasta ahí sus directrices entraban en mis planes.

Sin embargo, en lo referente a no hablar con la policía... Eso ya iba a ser más complicado. Necesitaba ver a Gaona. Por supuesto, el furor de por la mañana había desaparecido y, aunque tenía serias dudas de que aquel encuentro fuese una buena idea, necesitaba saber si me encontraba en peligro. «Si no puedes vencer a tu enemigo, únete a él». ¿No era así?

> Ok. 14:25 //
>
> Nos vemos en Macera, a las nueve.
> Calle San Mateo, 21 14:25 //
>
> Escribiendo...
>
> Un beso.
>
> Borrar...
>
> Escribiendo...
>
> Hasta luego. 14:26 //

No estaba el horno para bollos ni el WhatsApp para roneos, pero nunca una cita con un hombre había sido tan necesaria en mi vida.

21
Se llamaba Rodrigo

Sábado, 3 de febrero de 2018
Josealfredo Bar (Silva, 22)

Me estás haciendo daño, quiero que pares! ¡Por favor!

—Me has hecho venir hasta aquí. Sabías lo que querías, joder. Venga, aguanta un poquito, cari... Esto va a pasar enseguida.

—¡Te he dicho que ya no quiero!

—Todas las pijas hacéis igual, decís que os va la marcha y luego os venís abajo. Pero el tito Maldo no está para hostias —me dijo mientras me metía la mano por el pantalón.

—¡Que pares, coño! —le grité en cuanto noté su mano por debajo de mis bragas.

Estaba borracha y veía borroso, apenas distinguía su cara; sus facciones se me presentaban como una especie de máscara de cera que se deshacía frente a mí. Me recordó a Mike Myers con su careta, apenas desfigurada pero tremendamente terrorífica.

—Igual no te has dado cuenta, pero aquí las normas las pongo yo. —Maldonado me aplastó la cara contra la pared del baño. Lo hizo sin apenas usar la fuerza, como si aplastase una mosca. Me tapó la boca con la mano—. Y ahora, calladita.

Estábamos encerrados en uno de los baños de chicas. Grité unas cuantas veces más, una de ellas pidiendo ayuda, e incluso conseguí morderle la mano a aquel bruto. Pero apenas me tenía en pie, aquellos chupitos letales me habían ganado la batalla. Lo siguiente que recuerdo fueron unos golpes fuertes en la puerta, que todo se movía a mi alrededor y que alguien trepaba desde el baño de al lado y se colaba en aquel zulo del que no conseguía salir. La siguiente imagen que tengo es de un rincón del Josealfredo, al fondo, donde los sofás. Estaba cubierta con mi abrigo y con otro que no sabía de quién era, muerta de frío y con unas ganas terribles de potar hasta la última partícula de alcohol que hubiese en mi cuerpo.

—Dormiste dos horas, jefa. ¿Te sentís mejor? —dijo una voz que me resultaba familiar.

Conseguí abrir un ojo y, entornándolo como hacíamos antaño para ver el porno codificado en el Plus, logré identificarlo. Era mi nuevo camarero preferido. No dije nada, me podía la vergüenza y la potente sensación de que si abría la boca, una avalancha de vómito saldría por ella.

—Por cierto, soy Rodrigo —dijo extendiéndome la mano—. Ahora me doy cuenta de que no me había presentado.

—Yo soy...

No conseguí decir mi nombre. La arcada habló por mí y dejó mi fétida huella de bilis por todo el sofá verde, del mismo terciopelo cutre que el taburete en el que había pasado la noche.

—Lo siento, arggg...

Solté otra dosis de vómito, bien cargado de Jäger y culpa. Culpa por ensuciarle el sofá, por que tuviera que limpiarlo; culpa por lo que había sucedido en aquel baño y, sobre todo, culpa por apenas ser capaz de recordarlo.

—No te preocupés, Ana. —Me guiñó un ojo—. Quedate mejor en este otro sofá, tranquila, yo voy a limpiar todo esto. Y te voy a traer un vaso de agua y un poco de primperan[17], que tenemos siempre para emergencias.

Acepté. Sin duda, aquella era una emergencia. Al rato de tomarme el jarabe me encontré algo mejor. A decir verdad, estaba terriblemente mal, como partida en dos, pero por lo menos había resucitado. Miré la hora, eran las cinco y media de la mañana.

—¿Te sentís mejor?

—Sí, gracias —respondí.

—Se puso feo aquello. Me alegra que estés bien.

—Yo me voy a ir ya —dije poniéndome el abrigo.

—Andá, vení, que te ayudo, que te lo estás poniendo al revés. Ahora sí. ¿Sabés? Sos muy linda.

Me miré en uno de los mil espejos de aquella parte de la sala: estaba catatónica, despeluchada y con un aspecto asqueroso.

---

[17] Medicamento compuesto a base de metoclopramida. Se utiliza para tratar la náusea y el vómito.

—Doy pena.

—Si a pesar de todo el quilombo te ves así, es que sos realmente bella.

Me sorprendió que, precisamente a pesar de todo el quilombo, tuviese ganas de mambo.

—De verdad, es tardísimo, me tengo que ir ya. Gracias por todo y...

—¿Me dejás que te acompañe? —me interrumpió.

—La verdad es que prefiero irme sola.

—¿Estás segura?

—Sí.

—Yo me quedaría más tranquilo si te acompaño. De hecho, puedo ir contigo a la comisaría para...

—Mira —le interrumpí—. Que me hayas ayudado ahí abajo, no te convierte en mi salvador.

Me mostraba enfadada con él, pero porque camuflaba que con quien realmente estaba enfadada era conmigo misma. Los flashazos de lo que había sucedido en el baño empezaron a regresar a mi mente, como rayos que me partían en dos. Me odiaba. Y seguía sintiendo el miedo en la piel. A él no le gustó mi respuesta y su tono cambió.

—Pero en qué estabas pensando, ¿con ese tarado? ¿Qué pasa, que te gusta *agarrar* con desconocidos pelotudos?

Si hubiera podido matar con la mirada, sin duda aquel camarero habría caído redondo en ese mismo instante. Me vino otra arcada, pero esta propiciada por su comentario de mierda.

—¡Dale! Dime, ¿acaso es eso? ¿Que te van los chicos malos?

—Empiezo a pensar que lo que me van son los gilipollas, porque me he pasado media noche hablando contigo.

—De nada, si eso es lo más cercano a un gracias que sabés decir.

—Yo me voy —dije finalmente. No pensaba pelearme también con ese tío, la noche ya había dado demasiado de sí. Me levanté y me fui hacia la puerta.

Él se levantó tras de mí.

—Ahora en serio, *mina*, ¿no pensás denunciar a este hijo de puta?

—Sí. Voy a pedir ayuda, ¿vale? Pero voy a hacerlo sola. Te agradezco mucho lo que has hecho... querido. —Sabía que acababa de decirme su nombre hacía nada, pero mi cabeza iba al ralentí, no podía exigirle más—. Nos vemos por aquí. ¿Vale? Al fin y al cabo, soy la jefa.

—De acuerdo —contestó, aceptando finalmente—. Pero cuidate, por favor.

Me dio un beso en la frente. En cualquier otro momento, aquel gesto paternalista me hubiese molestado, pero todavía me temblaban las piernas y ese pequeño mimo me resultó muy reconfortante. Como había prometido, cogí el teléfono para pedir ayuda.

—Buenas noches, Casilda. He vuelto a las andadas. Te necesito.

22
Los otros verdots

Lunes, 5 de febrero de 2018
Macera Taller Bar (San Mateo, 21)

Llegué antes para coger el sitio adecuado. Mi sitio, vaya. Había estado allí tantas veces que era probable que la última reforma del local la hubiese financiado en un cincuenta por ciento con mis consumiciones, así que conocía la mejor ubicación para aquella cita. ¿Acaso era aquello una cita? Porque yo tenía claro que sí era el tipo de mujer que queda con un policía a pesar de estar envuelta en una investigación por asesinato, pero me temía que él no era el tipo de hombre que quedaría conmigo a la primera de cambio: la cita era para hablar del caso. De cualquier manera, ese era el tipo de lugar que yo sí escogía para ese tipo de encuentros.

Todavía era temprano, así que mi sitio preferido estaba libre, limpio y en orden, como si él también se hubiese acicalado para nuestro encuentro. Al fondo a la derecha, frente a la exuberante estantería de los destilados. Repisas y repisas repletas de botellas de colores perfectamente ordenadas: whiskies con sabor a cereza o almendra; rones con aroma a naranja, vainilla o pasas; vodkas con recuerdos a jengibre o café, y ginebras con aires de manzana, canela o frutos rojos. Un rincón ideal —muy instagrameable e instagrameado— que a su vez reunía un equilibrio maravilloso de luz, sonido y confort. Además, desde allí tenía a la vista el enorme ventanal situado al otro lado del local que daba a la calle, con lo que podría observar su llegada.

Él también llegó antes de la hora acordada. Concretamente, quince minutos, algo que no me sorprendió. Gaona era un hombre correcto en todos los sentidos, ya me había imaginado que la puntualidad formaba parte de su decálogo vital.

Se paró frente al local para consultar su teléfono. Me percaté de que tenía serias dificultades para ver por el diminuto hueco que le quedaba entre la bufanda, que llevaba enrollada con varias vueltas alrededor del cuello, y un enorme gorro de aviador cubierto de pelo. Resultaba un tanto cómico cómo trataba de manejar la pantalla sin quitarse los guantes, también enormes. Me recordó a Poirot, abrigado hasta las cejas, a punto de subirse al Taurus Express en la estación de Alepo, en aquella gélida noche de invierno en Siria. Finalmente levantó la cabeza —parecía pesarle con aquel pedazo de capuchón— y confirmó que había llegado al destino acordado.

—Buenas noches. Disculpa el retraso.

—¡Hola! No te preocupes, no llegas tarde. De hecho, yo acabo de entrar también. —Una pequeña *white lie*, como dirían los americanos—. Eres muy friolero para ser gallego, ¿no?

—Sí, ¿tanto se me nota aún? —y luego añadió tocándose los abdominales, demostrándome que no tenía un gramo de grasa—. Siempre me faltaron reservas. Miguel Ángel Gaona me parecía un hombre atractivo, pero de paisano mucho más.

En cuanto hubo dejado la última prenda de abrigo sobre la silla de al lado, lo que le llevó un buen rato, y la cartera y el teléfono encima de la mesa, vino el camarero a tomarnos nota.

—¿Qué tal estamos por aquí?

—Hola, Markel. ¿Cómo estás, tío? —respondí. Me levanté y le di un abrazo rápido, de esos que se resumen en palmadas cordiales en la espalda. Caí en la cuenta de que a mi cita no le había dado ni dos besos, ni un triste apretón de manos. Había cierta tensión en el ambiente o, por lo menos, una cordial rigidez.

—Ponnos dos verdots, por favor. Hoy el día ha sido duro.

—¡Perfecta elección!

—Bueno, si te parece bien —le pregunté a Gaona, reparando en que estaba pidiendo por él.

—Un vino me parece correcto. *Avanti, avanti...* —respondió haciendo un gesto circular con la mano.

—Ya lo siento, caballero, pero aquí no tenemos vino —le contestó Markel—. En esta casa hacemos otro tipo de verdot. El nuestro es un preparado de ginebra de hinojo con manzana verde, sirope de vino blanco y lima. Créame, le va a sorprender y no querrá un tinto nunca más.

—¿Te fías de mí? Conozco bien el lugar y sus especialidades —apunté—. Vengo mucho.

—Sí, de eso ya me he percatado.

¿Lo decía por el acercamiento con Markel? Vaya, alguien estaba interesado en mí... Le apunté un pequeño tanto a mi vanidad y continué.

—Lo que quiero decir es que esto no tiene nada que ver con ninguna otra coctelería en la que hayas estado.

—Bueno, eso es mucho decir...

—Pues digo, digo. Es el único bar de España que macera sus propias bebidas en un proceso cien por cien artesanal.

—Qué bien lo vendes, cualquiera diría que tienes acciones.

—¿Qué pasa? ¿No me crees? ¡Mira la carta! No vas a encontrar marcas conocidas; nada de gin-tonics con las firmas habituales o los whiskies de siempre. Aquí los alcoholes se maceran durante años, lo que les da un sabor único. Tienen tantos tipos ¡que tendrías que venir mil veces para acabarte la carta!

—Estoy dispuesto a volver —contestó Gaona, con una elegante coquetería en su voz y en su mirada. Después me regaló una sonrisa. Juraría que era la primera que esbozaba desde que lo conocía.

Me fijé en su cara. Por fin podía verle con calma. El día que nos conocimos en comisaría, cuando me informó de la desaparición de Rosario, nos encontrábamos a una distancia similar. Pero mi resaca alcohólica y emocional apenas me permitió reparar en la perfección de su rostro. Literalmente. Gaona tenía unas facciones de simetría perfecta. Y ahora que había visto su sonrisa, podía confirmar que incluso su boca guardaba las proporciones justas.

Nos sirvieron las copas. Por un instante, parecía que aquello era una cita de verdad. Un hombre y una mujer tomando algo, a gusto, en el centro de Madrid. Traté de saborear esa sensación, pero enseguida me di de bruces con la realidad.

—Quería verte porque sé que la noticia de la muerte del pequeño Amador ha sido dura. No creo que estés acostumbrada a este tipo de... —buscó una palabra que amortiguase el golpe— eventualidades.

—Pues crees bien. No acostumbran a asesinar a tiros a los hijos de mis pacientes.

Me había molestado que rompiese aquella atmósfera y cortase el rollo tan pronto.

No tenía claro qué era lo que Gaona esperaba de mí aquella noche, pero yo sí pensaba salir de dudas por lo menos en una cosa: confirmar mis sospechas sobre su posible romance con Rosario. Sospechaba que entre ellos había pasado algo. Quería sacar el tema, pero sin ser directa; no podía dejar mis cartas al descubierto.

—Hoy dijiste que estabas convencido de que Rosario no sería capaz de matar a su hijo. ¿Cómo estás tan seguro? ¿Acaso os conocéis de una forma más... íntima?

—La conozco lo suficiente para pensar que jamás haría daño a su hijo. Él es su vida, lo significa todo para ella.

—Pero Suárez dijo que se han dado casos en los que...

—Suárez dice muchas cosas —me frenó—. Pero lo que no te dijo es que Rosario no cumple el perfil.

—¿A qué te refieres?

—Nosotros trabajamos en conjunto con el Ministerio del Interior con enormes bases de datos de los homicidios que se cometen en España.

—¿Y bien?

—Los informes son solo eso, informes, pero nos ayudan a trazar un patrón, una referencia de los parámetros más comunes en situaciones determinadas. Con ellos se obtiene un perfil general del homicida en nuestro país.

—Entiendo. En psicología también nos basamos mucho en patrones y perfiles.

—Así es.

—¿Y en esos perfiles no hay madres que maten a sus hijos? —pregunté, tratando de entender por qué Rosario no cumplía ese perfil.

—Es cierto que en los casos de violencia intrafamiliar contra menores, contra los propios hijos, hay un porcentaje importante en los que la autora es la madre.

—¿Pero...?

—Pero en la mayoría de esos casos existen unas características muy concretas. Y esas dejan fuera a Rosario en casi todos los condicionantes.

Me di cuenta de que a Gaona le costaba quitarse el traje de comisario, relajarse y sacudirse un poco ese imperioso sentido de la responsabilidad que le caracterizaba. También advertí la facilidad que tenía para ignorar mis indirectas sobre Rosario. Pero no parecía que quisiera impresionarme; más bien trataba de justificarla, de defenderla y, principalmente, de exculparla. Y eso solo confirmaba mis sospechas sobre ellos dos.

—Según los datos que manejamos, en un número elevado de filicidios cometidos por la madre, la mayoría tenía desórdenes psicóticos.

—Ajá...

—Y en el año previo al suceso...

—¿Previo al asesinato, quieres decir? —Intentaba que dejase de tratarme como a una niña a la que tapas los oídos para que no escuche palabras feas.

—En el año previo al homicidio, casi un tercio de esas madres homicidas había pedido ayuda por problemas de salud mental. Hay estudios que confirman que los trastornos psicológicos como la psicosis y los intentos de suicidio previos son fuertes factores de riesgo para el filicidio. Rosario no cumple para nada el perfil.

—¿Cómo estás tan seguro?

—No sé qué tratas de insinuar todo el tiempo, pero me temo que te equivocas...

Ahora no me refería a una posible relación entre ellos, sino a que no cumpliese el perfil. Ella me había confesado la idea de quitarse la vida y existía la posibilidad de que lo hubiera llevado a cabo y no se hubiese descubierto todavía. Pero no podía hablarle de ello. Y temía que, si compartía un pequeño detalle con él, me recordase que el secreto profesional no justifica el encubrimiento.

—No insinúo nada. No puedo hablar abiertamente contigo de lo que Rosario compartió en privado conmigo, pero yo no descartaría todos esos supuestos. Solo eso.

—Lo sé, y no voy a pedirte que lo hagas. Pero sé lo suficiente sobre mi compañera como para creer que no es la autora de la muerte de su hijo. Sé que esto no son matemáticas, pero en nuestra profesión la estadística es importante; sabemos que existe una relación directa entre la pobreza, vivir en un entorno social disfuncional y los antecedentes criminales con el homicidio.

—Ajá... —repetí. No me estaba impresionando y quería hacerlo patente.

—Sobre todo, en las mujeres homicidas se repite un patrón: infancias con elevados niveles de estrés psicosocial; es decir, abusos o agresiones, problemas psiquiátricos, consumo de sustancias, entorno emocional inapropiado...

Markel, que había observado que nuestras copas se habían vaciado ya y que, por otro lado, la conversación era intensa, nos trajo dos verdots recién preparados y se llevó las copas vacías. Gaona, que había hecho una pequeña pausa, hizo un gesto de agradecimiento con la cabeza, como si no quisiera mediar palabra para no perder su propio hilo. Continuó.

—Rosario se crio en una familia bien de Córdoba. Su infancia fue feliz, en un entorno amable, y recibió una buena educación. Tuvo acceso a estudios superiores y, muy a pesar de su padre, se formó para convertirse en lo que siempre quiso ser: policía. Es cierto que en Madrid su vida no ha sido tan fácil y que siempre ha estado muy sola... Prácticamente solo me ha tenido a mí, pero eso ya es otra historia.

—¿Qué historia? —pregunté. ¡Por fin hablaba de eso!

—La de su presente. Pero aquí lo importante son los antecedentes y no se ajustan al perfil.

—Me refiero...

—No —me interrumpió. Mis intentos eran en vano—. Yo me refiero a que no se ajusta en absoluto. Porque también hemos identificado el abuso de sustancias como factor de riesgo para la comisión de homicidios y, que yo sepa, Rosario no le ha dado una calada a un cigarro en su vida.

—A veces la gente no es lo que parece y vemos solo lo que nos quieren mostrar.

—Yo sé lo que he visto durante muchos años de impecable servicio a nuestra nación —contestó, patriota y devoto—. Y debo decir que no sé en qué momento te has convertido en la fiscal de este caso.

Tenía razón. Yo tampoco lo sabía.

—En ningún momento. Continúa, por favor, te escucho.

—Estos datos los solemos relacionar con los que tenemos de los hombres homicidas.

—Ajá.

Ahora lo había dicho en serio, me había salido natural. Pero Gaona me miró molesto. Decidí quedarme callada y escuchar. Claramente era importante para él terminar su alegato.

—Decía que es curioso la comparación entre sexos en estos crímenes. Porque nuestros estudios apuntan a que, sobre el arma homicida más habitual, son los hombres los que usan armas de fuego con mayor frecuencia. En cambio, ellas utilizan medios asfixiantes. Repito: estos son informes sobre la mayoría de casos que ha habido en España en los últimos años, no son ciencias exactas. Pero es curioso que sepamos también que, sobre el método de huida, la mujer tiende a permanecer en el lugar del crimen más que el hombre.

—No sabemos si Rosario ha desaparecido o...

—Tienes razón —me interrumpió—. Yo también he pensado en la posibilidad de que esté retenida contra su voluntad.

Yo iba a decir que podría haberse quitado la vida, escondida en algún rincón, en soledad. De esa manera, se habrían cumplido las intenciones que me había confesado sobre su muerte y la de su hijo. Preferí no llevarle la contraria, tampoco podía explicarle mi teoría. Además, quizá porque la ginebra empezaba a suavizar el ambiente y le había soltado la lengua, quizá porque conocía el tema a la perfección, Gaona llevaba la voz cantante y dejaba poco hueco a aportaciones.

—¡Y un dato más!

—Vamos con uno más —murmuré.

—Nuestros informes revelan que las mujeres homicidas tienen, con frecuencia, una relación próxima con su víctima, sí. Pero ¡y esto es muy importante!, a su vez habían sido víctimas previas de la violencia de su víctima.

Gaona me miró preguntándose si habría captado lo que aquello revelaba. Pero comprobó que yo todavía estaba desenredando su última afirmación.

—Dicho de otra manera: algunas de esas mujeres homicidas eran víctimas de violencia y a quien mataron fue a sus propios verdugos.

¡Esa hipótesis sí me encajaba con Rosario! Pero no con la muerte del pequeño Amador, sino con la de Amador padre. El odio que Rosario sentía en las manos podía ir en esa dirección, encaminado a acabar matando a su marido. Pero tampoco podía compartir aquello con Gaona, me vería obligada a revelar muchos datos y Casilda me había recomendado silencio. Ya estaba incumpliéndolo con aquella reunión, así que, ahora que todavía estaba serena, era mejor controlar mis impulsos.

—Por supuesto —prosiguió con su monólogo—, si abrimos ese melón, ahí también te puedo aportar una larga lista de datos sobre el perfil de los malnacidos que matan a sus mujeres. A palos, a insultos, a disgustos... Muchos se quitan luego la vida. Pero, como bien dijiste, hay otros que se llevan por delante a los niños.

A ratos parecía que Gaona hablase solo, compartiendo sus pensamientos en voz alta, como si se olvidase de que yo estaba allí.

—Pero en este caso hay tantas cosas que no cuadran... Y Rosario sigue sin aparecer. ¿Dónde estará? Ayudaría tanto que pudiese dar su testimonio. Ahora el control sobre el relato está en manos del marido.

—¿Has podido hablar con él?

—Sí, en estos días varias veces. Y ha sido muy tenso y tremendamente desagradable, incluso violento.

—¿Violento?

—Bueno, casi me zurra... —dijo entre risas.

—¿Qué dices?

Gaona, como si se hubiera dado cuenta de que había hablado de más, trató de virar el tema.

—Bueno, estaba muy nervioso cuando llegó a comisaría y perdió un poco la cabeza... Recuerda que fue él quien interpuso la denuncia de desaparición. Y quien nos avisó de que se había encontrado al crío muerto.

No me lo tragué. ¿Era posible que Amador Pizarro supiera que Rosario tenía una aventura con Gaona y por eso hubiese querido pegarle?

—¿Él la acusa de la muerte del niño?

—¿Él? Él parece estar en *shock*. Incrédulo, superado por la realidad. Pero si algo le preocupa es, por encima de todo, encontrarla. Está obsesionado. Como si la muerte del chiquillo no fuese con él.

Por un momento se me pasó por la cabeza la descabellada idea de que Gaona estuviese escondiendo a Rosario en su casa. Quizá por eso su marido estaba tan obsesionado con encontrarla, porque estaban juntos. ¿Estarían planeando fugarse? Se me aceleró el pulso. La ansiedad empezó a llamar a mi puerta. Pensé en proponerle continuar las copas allí... Pero enseguida me di cuenta de que mi imaginación volaba demasiado rápido. Descarté la idea. Las ideas. Me dije que ya investigaría eso más tarde y traté de mostrarme serena.

—Hay muchos tipos de reacción ante un hecho tan traumático. Los trastornos disociativos[18] pueden ser transitorios. Pueden manifestarse, por ejemplo, como una completa indiferencia o una falta de reacción ante un hecho terrible, y ambos entran dentro de los parámetros habituales del estado de *shock*. —Me escuchaba atento. Ahora me sentía yo a gusto en mi monólogo—. Son condiciones psicológicas que surgen en respuesta a un evento traumático o aterrador; sinceramente, no se me ocurre nada más espeluz-

---

[18] Trastornos mentales donde hay desconexión y falta de continuidad entre pensamientos, recuerdos, entornos, acciones e identidad.

nante que la muerte de su hijo. ¿No crees que puede estar sufriendo un *shock* emocional?

—Créeme, cualquier cosa emocional se aleja de ese individuo.

¿Quién mató al pequeño Amador Pizarro?

Tras los primeros días de investigación, todas las pistas apuntan a su madre, que continúa en paradero desconocido.

MADRID, 7 Feb. (DIARIO CAPITAL).— Continúa la investigación para esclarecer el crimen del pequeño Amador Pizarro, que apareció muerto en su casa este lunes, a sus once años.

Todo apunta a que el joven murió de un tiro de bala en la nuca, a bocajarro, sin piedad. El cuerpo sin vida del niño fue hallado por el padre, bocabajo, bañado en un charco de sangre. Lo encontró tendido en el suelo de la habitación conyugal, en la casa familiar situada en la humilde colonia Tercio y Terol, en el distrito de Carabanchel de Madrid.

Todo apunta a que el asesino entró por la puerta principal, sin forzarla, utilizando la llave de acceso a la vivienda. Habría huido por la misma puerta, sin ser visto por ninguno de los vecinos interrogados por la policía. Todo esto hace pensar que se trata de alguien del entorno familiar y directo del niño: le conocía y le conocían.

A falta de los resultados definitivos de la autopsia, que se espera lleguen en las próximas horas, las autoridades ya han podido confirmar, por la temperatura del cuerpo, que el pequeño llevaba varias horas fallecido cuando fue hallado por su progenitor, que volvía a casa para almorzar. Todo indica que habría muerto entre las ocho y las diez de la mañana.

Amador Pizarro, padre del menor fallecido, confirmó que había acompañado al niño al colegio, versión que ha sido corroborada por otros padres que vieron salir al pequeño del taxi de su padre, minutos antes de las ocho de la mañana, en las inmediaciones del centro.

¿Podría tratarse de un secuestro en la puerta del colegio? ¿Quién habría llevado de vuelta al niño hasta su casa, para después arrebatarle la vida? Y lo más importante, ¿por qué?

Este no es el único golpe que se ha llevado en los últimos días Amador Pizarro, taxista de profesión desde hace más de treinta años. Esta investigación por homicidio se suma a la investigación por desaparición de Rosario Jiménez, esposa y madre del pequeño fallecido, que se encuentra en paradero desconocido desde el pasado 2 de febrero.

Según ha podido conocer este diario, los hechos fueron denunciados el 3 de febrero por el propio Pizarro en la comisaría de la Policía Nacional del distrito Madrid-Centro. Al parecer, el padre se encontraba de servicio en el taxi y Jiménez debía acudir a recoger al niño al colegio el pasado viernes. Desde el CEIP Lope de Vega le dieron aviso de que el niño seguía esperando solo, tras haber pasado dos horas desde el fin de las clases.

Algunos ahora apuntan a una posible negligencia por parte del colegio, que no dio aviso a los padres cuando el pequeño Amador faltó a clase la mañana del lunes. Quizá de esa manera se hubiera podido evitar el fatal desenlace. Por el momento se desconoce si la familia piensa emprender acciones legales contra el centro escolar.

Por otro lado, fuentes cercanas a la familia aseguran que Jiménez podría haber huido con un hombre con el que mantenía una relación extramatrimonial. La policía ha podido comprobar que las cuentas bancarias de la familia siguen intactas y que no se han registrado movimientos en la tarjeta de crédito de Rosario, ni ubicaciones de su teléfono móvil. Hasta la fecha, se desconoce el paradero de la que se ha convertido en una de las principales sospechosas de haber cometido el asesinato.

Por el momento tampoco se ha encontrado el arma del crimen, pero sí se ha podido llevar a cabo la apertura del cráneo. La Policía Científica continúa con el examen de la bala encontrada en la cabeza del pequeño y han podido confirmar que se trata del mismo tipo de munición que utiliza el Cuerpo Nacional de Policía en nuestro país. Una de las hipótesis apunta a que la madre, que ejerce desde hace cinco años como policía nacional, podría haber utilizado su arma reglamentaria para cometer el crimen.

Por el contrario, lo que sí han encontrado son dos tipos de huellas dactilares que no pertenecen a los padres ni al hijo. Se han pedido muestras a algunas personas que habrían estado en la casa recientemente, como familiares y amigos, para poder ser descartadas. Lo que sí se ha podido determinar es que pertenecen a dos personas diferentes. Todos los exámenes apuntan a que habría intervenido una única persona.

Mientras esperan a que la fiscalía abra diligencias, las autoridades solicitan la colaboración de la ciudadanía con cualquier información de utilidad que pueda aportar sobre el caso y que ayude a esclarecer la muerte del pequeño Amador.

23
Buenos y malos

S iempre quisiste trabajar aquí?
—Sí. Aunque no siempre me atreví a hablar de ello —me respondió Casilda.

—¿A qué te refieres?

—En la época más dura de ETA, no solo los policías y militares estuvieron en el punto de mira de la banda. De entre los civiles, además de políticos, periodistas y jueces, los funcionarios y otros trabajadores de prisiones también fuimos objetivo de los terroristas.

—¿En serio? —pregunté.

—Y tan en serio. Ya sabes que aquí han estado presos algunos de los dirigentes y militantes más sanguinarios. Por aquel entonces, cuando en la calle alguien me preguntaba a qué me dedicaba, decía que era peluquera.

—¡No te creo!

—Ideé una falsa identidad —confesó entre risas—. Hasta le puse nombre al salón de belleza en el que supuestamente trabajaba: se llamaba Rizos.

—¡Vaya, vaya, con la gran Casilda Yagüe! Nunca lo hubiera esperado de usted...

—Ni yo —dijo. Sonaba decepcionada—. Pero se lo juré a mi padre. Cuando el pobre ya estaba muy malito, en la recta final de su enfermedad, me hizo prometerle que me cuidaría. Y eso implicaba muchas cosas.

—¿Y cumpliste tu promesa?

—No del todo. Hay pequeños matices...

—¿Matices?

—También le dije que dejaría la prisión.

—Entiendo.

—Sinceramente, yo todavía no lo entiendo.

—¿El qué?

—Que estuve a punto de abandonar y, aunque me duela reconocerlo, si él no hubiera fallecido quizá lo habría acabado dejando.

—¿Vivías con miedo?

—¿Miedo de mi padre?

—Miedo de ETA.

—No estoy segura. En aquel momento se vivía una gran tensión; pero la vivía toda la sociedad, en todo el país. Había mucha incertidumbre y convulsión social. Pero sí, supongo que podría decirse que albergaba cierto temor dentro de mí. Vivía alerta.

—Yo no habría tenido miedo —afirmé.

—¿Eso crees? —preguntó con cierto aire de incredulidad.

—Estoy convencida —reiteré.

—Me sorprende tanta seguridad, no te lo niego. ¿Acaso tú no conoces lo que es el miedo?

—Yo solo me temo a mí misma.

—¿Qué significa para ti, entonces, el miedo?

—Son mis errores, mis caídas, mis pasos en falso, mis puntos de no retorno. No temo a nadie más que a mi sombra. Ni siquiera a los del artículo 10[19].

—¿Te refieres a tus «preferidos»? —Me sonrojé y agaché la cabeza, avergonzada—. Así los llamaste tú hace unos días.

—Es una forma de hablar.

—Lo sé. Como también sé que las palabras son importantes.

—¿Vamos a tener sesión de terapia hoy o...?

—Ya hemos iniciado la sesión —me interrumpió Casilda, con severidad. Parecía molestarle que intentase, una vez más, escaquearme de hurgar en mi cabecita—. Y me viene bien que hablemos de estos temas, porque hoy quiero que miremos atrás. Me gustaría saber cómo te imaginabas que iba a ser la cárcel, Ana. ¿Qué imagen tenías tú de lo que era «estar entre rejas»?

—Si vas a preguntarme si he pasado miedo, ya te he dicho que no. Respeto que haya gente que se acojone al venir aquí, pero esos no son como yo.

Casilda me respondió con uno de sus habituales silencios, que usaba para que yo misma me formulase las preguntas.

---

[19] El artículo 10 del Reglamento Penitenciario se aplica a los presos de alta peligrosidad. Viven en centros o módulos de régimen cerrado, separados del resto de la población reclusa.

—Para mí han sido las experiencias más estimulantes, satisfactorias y reconfortantes que he vivido nunca. Siento que este es mi lugar.

Y así era. Casilda siempre decía que para los presos la cárcel era la casa de la que no salen. Pero yo no me había sentido nunca tan en casa como allí.

—Ana, no es eso lo que te he preguntado.

—¡Uf! Es que haces siempre unas preguntas que, la verdad, da un poco de pereza.

Casilda era capaz de reñirme con una sola mirada. Me di cuenta de que no iba a poder cambiar el rumbo de aquella sesión, así que claudiqué.

—Pues, a ver, antes de venir por primera vez, me imaginaba que todo esto era mucho más tenebroso. Más truculento, ¿sabes? Lo imaginaba más oscuro, más siniestro. Y la verdad, la prisión se parece bastante a una ciudad. Es como... Madrid. ¡Exacto!

—¿Cómo Madrid?

—¡Sí! Madrid puede ser maravillosa, con gente amable que te indica la calle por la que llegar a la plaza Mayor o que te saluda cuando se cruza contigo mientras paseas por el Retiro. Pero Madrid también puede ser un lugar lleno de gente hostil, con prisa, que viaja en metro enfrascada en su teléfono móvil, sin ceder el asiento a la anciana que viaja de pie a su lado. La prisión es exactamente igual, todo depende de cómo la afrontes; puedes encontrarte con presos muy enfadados, muy quemados y sin ganas de vivir. Pero también los hay con ganas de aprender y que valoran lo que hay fuera. Y te diré una cosa, ¡eso en la calle no lo ves tanto!

—¿Te gustan más las personas que has encontrado aquí presas?

—Pues, ojo, te diría que en términos generales sí. Y no me mires así, que sé lo que vas a decirme y ahora no hablo de los tipos malos...

—No he abierto la boca, Ana —dijo Casilda. Pero no había hecho falta. Sabía perfectamente lo que quería decirme aquella ceja levantada.

—Me refiero a que aquí te encuentras mucha más gente que valora a la familia, que valora las amistades, que valora la lealtad... Y en la calle esos valores se han ido a la mierda.

—¿Dirías que tú conservas esos valores?

—Diría que yo no soy mejor que ninguno de los que están aquí encerrados.

Me costaba mucho leer a Casilda en estas sesiones que manteníamos semanalmente. Se presentaba ante mí seria, desprendida de toda complicidad, metódica. Por eso me pasaba el rato tratando de descifrar su comunicación no verbal, con el riesgo de no ser capaz de hacer siempre una traducción correcta. Entendía los motivos de su distancia, pero resultaba frustrante estar sometida a examen sin siquiera conocer los resultados de este.

—¿Qué dirías que ha sido lo mejor de trabajar aquí hasta ahora? —volvió a la carga.

—He aprendido a aceptarme.

—Eso suena maravilloso, Ana. Pero me gustaría comprender cómo ha sido ese proceso.

—Pues he aprendido a aceptarme también con mis errores. Como sabes, vengo de una familia exitosa. Una familia con una noción de la corrección que sobrepasa todos los límites, y con un estándar del bien y la perfección que resulta, simplemente, extenuante. Y no siempre he sentido que estuviera a la altura de esos parámetros que se esperan de los García de la Serna.

—Ya... Pero no entiendo qué papel desempeña ahí la prisión.

—Pues que aquí no soy buena ni mala. Solo soy yo y mis circunstancias. Igual que creo que no hay presos buenos o malos.

—Sin embargo, aquí sí separamos a algunos presos, por ejemplo, en función de su peligrosidad.

—Ya, pero eso lo hacemos nosotros, no ellos. ¿Entiendes? Creemos que el mundo se divide en buenos y malos y que tenemos que rodearnos de la gente buena y separarnos de la gente mala y meterla en un hoyo y, de paso, echarles cal y olvidarnos de que jamás existieron.

—¿Ahora hablas de fuera? ¿Te refieres a que hay quien trata de desvincular a los presos de la sociedad?

—¡Exacto! Y eso sí que me da miedo. Porque entonces significa que nos hemos vuelto tan criminales como ellos. ¿Sabes qué es lo mejor que han hecho por mí estas semanas en prisión? He comprendido por qué alguien puede llegar a matar.

Casilda parecía confusa con mi mezcla de pensamientos. Decidió cambiar de dirección.

—¿Tú crees que matar es difícil?

—Sí —contesté convencida—. Creo que matar es difícil. Pero no imposible. Y también creo que hay vidas muy complicadas que no llegamos a entender. Hay muchas vidas rotas ahí fuera... y muchas más aquí dentro. Todos, absolutamente todos, podríamos arrebatar una vida.

—Todos podemos llegar a matar. Pero solo algunos deciden hacerlo —apuntó ella.

—Es cierto. ¿Y verdad que hablar de esto te está removiendo algo dentro?

Casilda me miró confusa, tratando de entender adónde quería ir a parar.

—Cada día, cuando salgo de aquí y vuelvo a casa y veo a mis amigos, a mis vecinos o a cualquier persona ajena a estas paredes, me doy cuenta de que estamos rodeados de personas que no aprenden —ni quieren aprender— a removerse por dentro. La mayoría de la sociedad no quiere salir de su zona de confort. Yo, sin embargo, ya no sé vivir de otra manera.

—Volviendo a que el mundo se divide en buenos y malos... ¿Tú sí distingues, sin embargo, entre el bien y el mal?

—Pues tengo mis dudas. Porque me parece innegable que nuestra educación bebe mucho de la religión y la moral cristianas. ¡Podría relatarte cuánto daño me hicieron algunas de las cosas que me inoculó Guadalupe! La misma monja que mientras me enseñaba a tocar la flauta dulce me dictaba qué era bueno y qué era malo. El «eso es caca» servía para muchas cosas, pero también para muchas personas, modelos de familia, etcétera.

Me fijé en que Casilda anotó en un pósit «Guadalupe». Me arrepentí enseguida de haber nombrado a la monja, porque me temía que volveríamos a ella en una futura sesión.

—Así es como nos han educado, juzgando a buenos y malos. Trabajar en prisión te hace ver que no es todo tan simple, que la de Guadalupe es una visión simplista de las personas y, si me apuras, un tanto cateta. Pero aquí abriríamos el melón de si el criminal nace o se hace, y no sé si nos va a dar tiempo en este rato... —dije señalando el reloj entre risas.

—Me parece un buen debate, pero coincido en que lo dejemos para otro día.

—Me alegra que coincidamos en algo.

—Coincidimos en muchas cosas y lo sabes. Pero esta es tu terapia, no la mía. Lo que me lleva a preguntarte, Ana, después de esta disertación... ¿Te consideras una buena persona?

—Con todos mis respetos, Casilda, que me preguntes eso significa que no has entendido absolutamente nada.

24
(Des)propósitos

Lunes, 5 de febrero de 2018
Macera Taller Bar (San Mateo, 21)

No solo la conocía muy bien a ella, sino que parecía saberlo todo también sobre su marido. Iba a pedirme otra copa, pero lo pensé mejor y le dije a Markel que además me trajera un vaso de agua para alternar la ginebra, que ya hacía sus efectos en mi organismo. Por otro lado, me molestaban sobremanera las evasivas de Gaona sobre la relación que le unía realmente con su compañera del alma. Decidí ir al grano.

—Oye, ¿qué tal si nos relajamos?

Gaona era ese tipo de hombre al que claramente le costaba relajarse. Venía con una americana de pana beis y una impoluta camisa blanca abotonada hasta el cuello. Como aceptando mi propuesta, liberó el botón que le constreñía el gaznate.

—Te propongo un juego.

—No me gustan los juegos —respondió mientras volvía a abrocharse el botón sin darse cuenta.

—Pensé que habíamos venido a jugar...

Le guiñé un ojo, choqué mi verdot con el suyo y me acabé lo que quedaba en el vaso de un trago.

—Juguemos —accedió finalmente.

—Antes me dijiste que parecía el fiscal de este caso. Bien, imagina que lo soy.

—De acuerdo.

—Y que eres mi testigo en el estrado.

—*Avanti.*

Carraspeé exageradamente antes de engolar la voz para sacar el mayor tono de solemnidad posible.

—Señor Miguel Ángel Gaona, ¿jura decir la verdad, toda la verdad y nada más que la verdad?

—Lo juro —respondió majestuoso, con una mano en el pecho y la otra en alto.

—¿Qué opinión le merece la acusada, la señora Rosario Jiménez?

—Como ya le he dicho en otras ocasiones, señoría, creo que es una mujer de bien. Recta. Cabal. Diría que es una persona íntegra, una gran madre y una excelente compañera.

—¿Qué relación le une con la acusada?

—Como le digo, somos compañeros, señoría.

¡Joder con el compañerismo! Tenía que ser más directa o iba a seguir dándome largas.

—¿Tiene o ha tenido usted algo con la señora Jiménez?

—¿Si he tenido algo? Pero ¡qué sandez es esa! Mira, se acabó el juego.

—Sabes de qué hablo, Gaona. Si habéis tenido una relación o si la tenéis. Si os habéis enrollado alguna vez o si lo estáis. Si ha habido tema entre vosotros o...

—No —me interrumpió—. Ni lo ha habido, ni lo hay.

—¿Por qué Amador Pizarro quería darte de hostias?

—¡Porque ese tío está enfermo, joder! ¿Ahora te vas a poner de su parte?

—Eso no tiene ningún sentido.

—¡Esto sí que no tiene ningún sentido! ¿Se puede saber a qué viene esto? Qué despropósito...

—Viene a que parece que estás muy implicado en este caso.

—Eso es porque estoy muy implicado —respondió sin dudar.

—Pues si estás tan implicado, quizá no deberías trabajar en esta investigación. No es lo más profesional. —Gaona me miró con cara de desaprobación. No era capaz de reconocer en sus ojos si estaba molesto o muy molesto—. Ni tampoco lo más recomendable. Te lo digo desde el punto de vista profesional. Tan solo trato de velar por tu estabilidad psicológica y emocional.

—Estoy perfectamente capacitado para participar en esta investigación. Quizá no me he explicado bien, es todo mucho más sencillo. Simplemente... Me importa. Rosario me importa mucho.

Hizo una pausa para beberse de un trago lo que le quedaba en la copa, como si se tratase de Popeye buscando un extra de fuerzas en las espinacas. Armado de valor, me tomó la mano.

—Pero no es la única persona que me importa.

Le salió un deje gallego muy tierno. Había detectado que le pasaba cuando decía cosas con cariño, como si su dulzura tuviese denominación de origen *galega*. Cuando lo hacía, era con la boca pequeña; le costaba mostrar su lado sensible y para él eso ya era salirse de su absoluta y perfecta corrección. Pero parecía, a fin de cuentas, que sí había venido a jugar.

Me quedé mirando su boca. Unos labios que eran hipnóticamente perfectos y que resultaban de lo más apetecibles. Era curioso, porque Gaona no cumplía para nada el perfil de hombre que a mí me gustaba. Era un buenazo, y eso le quitaba una parte importante del afrodisíaco en el que para mí se basaba toda atracción masculina. Pero me apetecía besarle, abrazarle, mimarle. Quería conocerle mejor. Quería gustarle. Y sobre todo, por algún motivo que no era capaz de descifrar, quería que aquel hombre me gustase. No entendía de dónde nacía todo aquello, ¡si apenas le conocía! Todo iba muy rápido con él y todo era muy intenso y muy incierto, y a su vez un tanto peligroso, y eso lo hacía todavía más deseable.

Me percaté de que yo también necesitaba aquel plus de energía y, con la mano que tenía libre, aparté el vaso de agua y cogí mi verdot, con la mala suerte de que se me resbaló y cayó sobre las cosas que había encima de la mesa y sobre él. Sus reflejos consiguieron salvar el móvil, pero su cartera quedó totalmente bañada en aquella coqueta mezcla de ginebra con cosas, y también sus pantalones.

—¡Dios mío, qué torpe! —exclamé avergonzada.

—¡No te preocupes! No pasa nada de nada. Dame un momento que me acerco al aseo y me limpio.

—Yo voy a decirle a Markel que me deje una bayeta, a ver si puedo hacer algo con esto —dije mientras levantaba la cartera, que estaba chorreando.

El camarero me ofreció su ayuda, pero preferí arreglar sola el desastre. Todo estaba pegajoso y dulzón. Abrí la cartera y empecé a sacar todo lo que tenía, tratando de secarlo con el trapo que me había agenciado. Primero el carnet de identidad, después el de conducir, otro carnet de una biblioteca, y uno más de un club deportivo municipal. Me fijé en su dirección; comprobé que vivía a unas calles de mi casa. ¡El destino me mandaba muchas señales! Continué con la limpieza; una tarjeta de crédito, otra, y otra de débito, hasta que llegué a algo más valioso que cualquier VISA Oro: «Miguel Ángel Gaona Ortiz. Número 077807. Cuerpo Nacional de Policía».

Los treinta y siete grados de la ginebra se me bajaron de golpe. ¿Qué estaba haciendo? Casilda me había advertido de que lo mejor era no hablar con la policía hasta que se esclarecieran las cosas y pasara la tormenta. Hasta asegurarme de que estaba a salvo. Y allí estaba yo, jugando a cogerme de la manita con uno de los responsables de la investigación que podía meterme en graves problemas.

Fui hasta la barra y pedí la cuenta, me abrigué y me colgué el bolso. Cuando volvió Gaona, estaba lista para irme.

—Pero...

—Lo siento, me ha surgido un imprevisto. Un paciente tiene una emergencia. Debo irme.

—¿Puedo acercarte por lo menos a la consulta? He traído mi coche —propuso él.

—No sería responsable, te has tomado unas copas. —Sabía que por ahí no insistiría—. No te preocupes, me cojo un taxi. Ha sido un placer. Seguimos en contacto —dije, como si se tratase de un tuit en el que no puedes sobrepasar el límite de caracteres. Le extendí la mano y me correspondió, estrechándola con delicadeza. La decepción en sus ojos era manifiesta.

—El placer ha sido mío, fiscal.

25
Pronto

Jueves, 1 de febrero de 2018
Residencia de lujo para mayores Schmidt (Serrano, 187)

Voy a tener que pedirte un favor —dijo Marie.

—Pensé que nuestras cuentas ya estaban saldadas —le contestó la mujer, que parecía más cansada que las arrugas de su piel.

Marie se fijó en el brillo de su collar de perlas, parecía que las hubiese estado frotando con un paño y con mucho esmero.

—No es para mí, es para alguien que necesita ayuda.

Eran las doce de la noche y todos los inquilinos estaban en sus apartamentos, y entre el personal de servicio solo quedaban los que se hallaban de guardia. Pero, por algún motivo, a pesar de estar solas en la habitación, aquellas dos mujeres hablaban en susurros y con recelo, mirando de vez en cuando a un lado y otro, para comprobar que no había ojos ni oídos indiscretos; como cuando los abuelos hablaban de la Guerra Civil incluso con Franco muerto.

Marie parecía nerviosa. Por primera vez en mucho tiempo había vuelto a morderse las uñas, y los padrastros mostraban que había retomado ese hábito con ganas. Movía la pierna derecha muy rápido, que provocaba, sin ella darse cuenta, que todo su cuerpo se moviera al mismo tiempo. Llevaba su melena recogida en un improvisado moño con un boli Bic. Cuando el enésimo padrastro se puso a sangrar, cogió el boli de su pelo y comenzó a mordisquear la tapa azul.

—Es tarde, ya no tengo edad para estos horarios. Ve al grano.

—Necesito que escondas a alguien.

—¿Alguien? —preguntó la señora. Una de sus cejas se levantó tanto que casi acarició los rizos de su cardado perfecto.

—Una mujer.

—Lo suponía.

—En apuros.

—Entiendo.

—Es una emergencia.

La señora hizo una pausa en aquel toma y daca, como si necesitara pensarse la respuesta. Aunque, sabedora de su poder, más bien parecía que quería tener en vilo a la chica y llevar sus nervios un poco más al extremo. Aprovechó el receso para, con una elegante calma parsimoniosa, sacar de su bolso una cajita de Juanolas. La zarandeó suavemente sobre su mano, donde cayeron cinco pastillitas negras con forma romboide. Y como si de un lingotazo se tratase, se las embuchó.

—De acuerdo —respondió finalmente.

—¡Excelente! —exclamó Marie—. Muchas gracias. Estás haciendo lo correcto.

—Pero tiene que ser la última vez. No puedo arriesgarme más.

—Será mañana. Y será la última vez, lo prometo.

—¿Y...?

—¿Y qué? —preguntó molesta Marie.

—Que si vas a necesitar algo más.

—Sí.

—¿Cuándo?

—Pronto.

—Ya sabes que necesito tiempo para...

—Lo sé —la interrumpió Marie—. Tendrás noticias mías. Pronto.

26
Tú las copas, yo la billetera

Martes, 6 de febrero de 2018
Mi casa (Barco, 24)

> **6/2/2018**
> M. A. Gaona
>
> Buenos días, Ana. 09:20 //
>
> No sé qué es lo que hice ayer o lo que sucedió, pero sé que algo te incomodó y quiero arreglarlo. 09:20 //

A decir verdad, él no había hecho nada malo. En todo caso, la que se había equivocado era yo. En primer lugar, por quedar con él. No solo estaba investigando la desaparición de Rosario, ahora sospechosa de asesinato, sino que todo apuntaba a que se trataba también de su amante. Lo mirase por donde lo mirase, aquello era un mal plan.

En segundo lugar, porque Gaona me gustaba y ya no había marcha atrás.

No contesté a su mensaje, pero él vio que yo estaba en línea, así que continuó:

Creo que ya me conoces lo suficiente como para saber que soy un tipo profesional. No suelo hacer estas cosas y menos con una investigación de esta envergadura en curso, pero hacía mucho que no me sentía así.   09:22 //

Creo que entre nosotros hubo una conexión. Me encantaría volver a verte...   09:22 //

Nuestros encuentros no llegaban a los dedos de una mano, pero yo también sentía esa conexión. Era un hombre íntegro, honesto, inteligente, educado y cercano. Con una pizca de timidez que escondía una profunda concepción del respeto. Con talante, aunque a menudo era clásico en exceso. Me sacaba por lo menos diez años. Un tanto serio, y a veces algo estirado. Y, con todo y con eso, se me antojaba un hombre maravilloso. En esencia, una gran persona. Y a pesar de que se encontraba en el lado opuesto a mi prototipo de hombre, no me lo sacaba de la cabeza.

Quería saber si escondía algún as en la manga. Aguardé en silencio.

También habrás observado que soy de ese tipo de hombres que no puede permitir que una mujer pague la factura. Así que ¿qué te parece si nos tomamos otra copa y esta vez corre de mi cuenta   09:23 //

Me pareció una soberana estupidez eso de que debía pagar él las copas. ¿En qué siglo se había quedado atrapado este tío? Pero tenía ganas de verle. Y lo cierto era que no había averiguado nada sobre Rosario. Gaona parecía esconder muchas cosas y estaba dispuesta a descubrirlas todas.

> De acuerdo. Volvamos a vernos. 09:25//
>
> Calle Juan Álvarez Mendizábal, 44, a las 21.30 h. Esta noche. 09:25//
>
> Tú pagas las copas, pero yo la cena. 09:25//

En algún sitio leí que Darwin decía: «Un mono americano, después de emborracharse con brandy, no volverá a beberlo en su vida. Y eso lo hace mucho más inteligente que la mayoría de los hombres».

Claramente, yo era uno de esos humanos poco evolucionados, capaz de tropezar y retropezar con la piedra, incluso beberla y vomitarla y volvérmela a beber. Pero, cual mono, sí que había aprendido que «el brandy» a palo seco podía ser más peligroso que una pistola cargada. Así que si íbamos a volver a vernos y a dejarnos abrigar por el alcohol en ese frío febrero, primero pondríamos con una cena un pequeño seguro al revólver.

***

De: Marie Boix Bauvin <mbbauvin@animae.es>

Para: Marta García de la Serna <mgdlserna@animae.es>

Fecha: 2 de febrero de 2018

Querida Marta:

Créeme cuando te digo que no pretendo perturbar tu retiro ni tu descanso. De hecho, espero que pronto encuentres esa paz que tanto anhelas, para que pronta sea tu vuelta también. Pero me veo en la obligación de escribirte, pues aquí las cosas empiezan a desordenarse de una manera peligrosa.

Sabes que nunca estuve de acuerdo con esta supuesta huida tuya hacia delante. Me esfuerzo mucho en explicarle a mis pacientes por qué esconderse nunca es la solución; veo que contigo fracasé. Pero, a pesar de todo, te apoyé. Bien sabes que lo hice.

Te apoyé cuando pensaste que yo no sería capaz de llevar adelante el gabinete en tu ausencia y que me vendría bien un apoyo. Tuviste mi respaldo cuando consideraste que era el momento de darle una oportunidad a tu hija (pese a su inexperiencia y, aunque te duela, a sus limitaciones en muchos sentidos). Y, aun conociendo sus problemas, acepté; después de todo, tengo un alma caritativa.

Ahora bien, tú y yo teníamos una dinámica, un trato, unas normas establecidas que deben cumplirse. Si nuestra consulta se ha mantenido a flote todos estos años ha sido porque nuestro engranaje estaba delicadamente estudiado y engrasado. Hemos aprovechado las virtudes de cada una para ofrecer el mejor servicio a nuestros pacientes.

Por ello, porque no podemos jugarnos la reputación que tanto nos ha costado alcanzar, creo firmemente que es un error que Ana se haga cargo de la terapia de Rosario Jiménez. Te pido, por favor, que hagas que me traslade su expediente, todo lo que tenga de ella y de sus sesiones hasta ahora, igual que hemos hecho en otras ocasiones con pacientes de ese perfil. No es un caso para ella, suponiendo que haya alguno que lo sea.

He pedido ayuda a una persona de confianza, una profesional a la que ya he acudido en otras ocasiones. Con eso únicamente intento proteger a Ana, apartarla de este caso. Pero sé que solo aceptará mantenerse al margen si eres tú la que se lo pide.

Te ruego le hagas entrar en razón, no podemos cometer más errores. Nos jugamos mucho en esto, Marta: nos lo jugamos todo. Confío en ti.

Marie.

27
Juventud infinita

Martes, 6 de febrero de 2018
Origen Taberna (Juan Álvarez Mendizábal, 44)

uenas noches, Ana —saludó Gaona.

Después me dio dos besos, que yo le devolví. Él sonrió, cómplice, sintiéndose ganador de una pequeña batalla; por fin derribábamos una barrera.

—Te he traído esto.

Le dejé un pequeño paquete encima de la mesa. El envoltorio, de papel reciclado marrón, era de La Compañía Polar, una tienda de ropa para chico que había cerca de casa que me encantaba y en la que nunca tenía ocasión de comprar. Por fin había encontrado una excusa.

—¿Para mí? —preguntó visiblemente emocionado.

—Para ti —respondí.

—Pero ¡yo no tengo nada que regalarte! Si lo hubiera sabido...

—Eso es porque tú no tenías ninguna cuenta pendiente.

Me miraba con los ojos de un niño en la noche de Reyes. Con la ilusión y la incertidumbre de desconocer lo que se esconde bajo el papel de regalo. Pero feliz por reconocerse merecedor de un obsequio.

—«Antigentleman Clothing Made in Spain» —leyó el eslogan del envoltorio, con un inglés de chichinabo—. ¿Estás segura? ¡Porque yo soy todo un *gentleman*!

—De eso se trata, de convertirte en otro tipo de *gentleman*... —contesté guiñando un ojo.

Abrió el paquete y apareció una billetera de cuero, en color teja.

—... bueno, y que te la debía.

—Pero, mujer, no tenías por qué molestarte.

—Lo sé, pero quería molestarme —contesté coqueta—. Sé que no se parece en nada a la que te rocié de ginebra el otro día. Pero esta me encanta: está hecha a mano, es de cuero vegano y tiene un montón de compartimentos para todos tus carnets. Y también este de aquí —dije mostrando un pequeño bolsillo escondido—, donde puedes guardar tu carnet profesional y la placa.

—No sé qué decir. —Gaona parecía abrumado.

—Pero ¡si es una bobada! Con un gracias me doy por servida.

—Muchas gracias. Eres muy *riquiña* y no debiste molestarte.

Me encantó reencontrarme con el Gaona *galego*.

—¡De nada! —respondí sonriente—. Aunque, a decir verdad, me conformo con las gracias y con que me dejes elegir la cena.

—Eso está más que hecho. Ya acertaste con las copas del otro día, estoy convencido de que sabrás escoger una cena exquisita.

Y así fue. Aquel era un lugar al que iba siempre que quería sorprender, y reparé en que empezaba a quemar todas mis balas. Pero ¡es que aquella taberna no fallaba! Nos pusimos las botas; compartimos un variado de mis platos preferidos: tomates caramelizados rellenos de queso Idiazábal, croquetas de cochinita pibil —un toque mexicano siempre le alegra a uno el alma—, carrilleras de ternera con plátano macho y boniato y, para rematar, huevos Périgord con foie y trufa.

—¿Tomarán vino los señores?

—¿Te apetece un blanco? —pregunté esta vez, tratando de hacerle cómplice.

—Me parece bien. ¡*Avanti* con el blanco!

Ya me sentía familiarizada con sus expresiones habituales y ese «adelante» italiano parecía uno de sus clásicos.

—Por favor, tráiganos una botella de Anahí bien fresquita.

—¡Marchando! —contestó la *maître*.

La cena transcurrió de forma agradable. Los temas de los que hablábamos eran banales, nada profundos. Después de unos días tan intensos, agradecía el tono desenfadado y la comodidad.

—Desconocía que hubiera un Rioja así —afirmó Gaona, sorprendido. Movió el vino alrededor de la copa y hocicó la nariz todo lo que pudo. La olfateaba sonoramente—. Venga, voy a atreverme con la uva... ¿Sauvignon? —dijo con una excelente pronunciación francesa.

—¡Bingo!

—Pues está muy rico, señorita. Es un malvasía, muy dulce. No es mi estilo, pero está rico. Yo lo prefiero para el postre.

Me fastidió no haber acertado.

—Pues vamos con los postres, ¿no?

—*Avanti!*

—Pónganos unos roscos de Priego, por favor.

A Gaona le cambió la cara. Fue como si un nubarrón le estuviese rondando y, finalmente, hubiese descargado la tormenta sobre él.

—¿Qué sucede? ¿No te gustan? Perdona, pensé que al ser tan fan del vino...

—No es eso —me cortó—. Es que... Bueno, que he pensado en Rosario. A ella le quedan de maravilla.

Me dije que había tardado demasiado en aparecer.

—¿Te los preparaba mucho?

—¡Muchísimo! Bueno, dulce, salado, lo que le echen. ¡La cocina es lo suyo! Es tan delicada... —Gaona hizo una pausa, como si de pronto un alud de datos oscuros le aplastase, derribándole como al rey en un jaque mate—... tan delicada que no consigo creer lo que ha hecho. O lo que dicen que ha hecho. Por mucho que su desaparición parezca señalarla, soy incapaz de considerarla sospechosa.

—A mí tampoco me encaja con el prototipo de asesina. Más bien de la perfecta esposa —dije con una mezcla de sinceridad y de celos, recreándome en la palabra «asesina».

—Bueno, podría pertenecer a una rara estirpe de asesinos, los «asesinos natos».

Me sonaba aquel concepto, quizá lo había estudiado en el máster. Aun así, pregunté:

—¿Qué les caracteriza?

—Los asesinos natos son absolutamente cuerdos pero sin conciencia, y capaces de cometer, con o sin motivo, los más sangrientos y fríos asesinatos.

—¡Te cacé! ¡Eso es lo que Dick opinaba de Perry[20]!

—¡Bravo! —dijo Gaona, regalándome un aplauso lento—. ¿Te gusta Capote?

—¡Me fascina!

Y me maravillaba más todavía haber encontrado otro tema que nos uniera, más allá del oscuro asesinato del pequeño Amador. Este también era oscuro, negro más concretamente. Y el debate sobre el *noir* fue tan friki como soberbio. Porque a los dos nos gustaban los clásicos policíacos y, aunque descubrí que Gaona era más de Sherlock —él siempre tan tradicional— y yo más de Philip Marlowe, ambos coincidimos en que Patricia Highsmith era nuestra favorita si queríamos una cita con la intriga, el suspense y la tensión. A decir verdad, una cita bastante parecida a la que estábamos viviendo nosotros.

Terminamos la segunda botella de aquel Rioja tan dulzón y noté que mis mofletes se acaloraban. El postre, sin embargo, se había quedado casi entero; él apenas había probado bocado, como si sintiera que estaba traicionando a su «compañera repostera».

—La cena estaba deliciosa. Enhorabuena, señorita García de la Serna.

—De nada, señor inspector.

---

[20] Asesinos protagonistas de la novela *A sangre fría* (1965), de Truman Capote.

—En realidad es subinspector. Pero puedes llamarme Liño.

—¿Liño? —Mi lengua se trabó un poco y no consiguió pronunciar bien ambos fonemas.

—Es como me llama mi gente, por Migueliño —confesó, con su ya más relajado y cómplice acento gallego. El vino había coloreado sus mejillas también.

Coincidía con él en que la cena había estado bien y, aunque tuve que sortear un par de acercamientos y un par de vueltas al caso, estaba bastante satisfecha en términos generales.

—¿Les puedo ofrecer unos chupitos? Invita la casa —preguntó la *maître* mientras se llevaba las copas de vino, ya vacías.

—¡Por supuesto! ¡Qué *carallo*! —respondió él, que ya estaba engorilado—. Que hoy no traje el coche —añadió como mandándome un mensaje. O así lo percibí yo.

Nos bebimos de un trago una crema de orujo que me resultó un poco empalagosa, pero pensé que la ocasión bien valía el inevitable dolor de cabeza de la mañana siguiente. La camarera nos dejó una frasca de cristal con tapón de corcho encima de la mesa casi llena de ese brebaje y Gaona escanció un par más.

Brindamos. Y volvimos a brindar. Y antes de que la tercera dosis me quemase la garganta, estaba recibiendo el beso más tierno y delicado que jamás me hayan dado. Pensé en evitarlo, pero también pensé que por qué evitar lo inevitable. Creo que había querido besarle prácticamente desde que le conocí días atrás en comisaría.

—Me encantaría invitarte a mi casa —me propuso.

Me acojoné. Sabía que eso eran palabras mayores y, con mi implicación en el caso, mi cabeza no dejaba de mandarme alertas de que debía parar eso cuanto antes. Pero llevaba treinta y seis años consiguiendo ignorar esas alertas. Además, ¿a quién quería engañar? No había ido para hablar del caso. O no solamente. Y de eso ya habíamos hablado lo suficiente; de hecho, más de lo que yo hubiera querido.

Cogimos un taxi, aunque estábamos cerca. Pero hacía frío y, con el calor del orujo y los riojas en el cuerpo, no apetecía perder temperatura. Eso y que ambos teníamos cierta ansia por llegar.

Me notaba nerviosa, como si hubiera vuelto a la adolescencia, a mi primera cita. Pero entonces todo fue más sencillo; bastó con intercambiar la gorra con Charly en la última fila del autobús, en la excursión de final de la ESO, para confirmar que íbamos a ser novios para siempre. O para siempre hasta que empezamos bachillerato, es decir dos meses después. ¡Qué fácil era todo entonces! Echaba de menos esa despreocupación. Sin embargo, no echaba de menos los besos torpes e inexpertos: el de aquella noche había sido un beso de película.

—A la calle Pez con Jesús del Valle, por favor —le indicó Gaona al taxista.

—Vaya, vaya, con el poli moderno... —dije con sorna, lo había visto en su carnet de identidad—. ¡No te hacía yo de Malasaña! ¿Ahora me vas a decir que también escuchas a Novedades Carminha?

Estaba convencida de que no tenía ni idea de quién le hablaba; él parecía más de Los Secretos o, si me apuras, de los Beatles.

—En realidad, vivo ahí desde hace pocos años, siempre he estado en Arturo Soria, pero los atascos eran un infierno. Ahora voy caminando a la comisaría.

—Ya decía yo...

—Pero a los Novedades los escucho desde sus inicios, cuando se hacían llamar Novedades Farinha. A los grupos de la *tierriña* hay que apoyarlos siempre.

—Liño, molas más de lo que aparentas.

Me había salido indie, el subinspector, y eso sí que no me lo esperaba.

Entramos en su casa y no me sorprendió comprobar lo ordenada, limpia y bien decorada que estaba. Eso sí, llegué sin aliento; un quinto sin ascensor, típico de Malasaña. Era un ático precioso, minimalista, en el que el blanco le daba a todo un aire de paz que te contagiaba nada más traspasar la puerta. En él convivían una mezcla de muebles de diseño con otros rescatados de la calle y restaurados, junto con auténticas piezas de coleccionista. Entre ellas, un repertorio de guitarras, entre las que identifiqué un par de acústicas, tres eléctricas y otro par de españolas.

—Ah, no te lo había dicho, comparto piso.

—¿Cómo dices?

—Con ellas —dijo señalando las guitarras y guiñándome un ojo. Estaba descorchando una botella de algo que no alcanzaba a ver en la cocina, que se unía al salón formando un maravilloso espacio diáfano.

Me tranquilizó saber que vivía solo; había tenido malas experiencias en el pasado, como la vez que descubrí que la supuesta compañera de piso de mi cita era en realidad su mujer, con la que llevaba casado una década y que apareció en mitad de la velada. Por poco no se me lleva un ojo por delante cuando nos lanzó un florero al encontrarnos retozando en el sofá. Nunca la juzgué por ello.

Pero este no parecía ser el caso. Ni la casa. A primera vista, un piso de soltero de manual. Eso sí, de soltero de póster; plantas frondosas a cada paso, un precioso tocadiscos rodeado de vinilos, películas y libros, muchos libros. Miguel Ángel Gaona tenía unos gustos delicados. Y parecía que, entre esas inclinaciones, me encontraba yo. Ese pensamiento me recorrió el cuerpo provocándome un pequeño escalofrío. Me gustaba gustarle y me gustaba que me gustase. ¡Gustosísimo todo! Recordé su beso y se me erizó el vello.

—Toma, querida —me dijo acercándome una copa de albariño—. Siempre hay que tener un blanco preparado, fresquito, para cuando ataca la morriña.

Cuando daba el primer sorbo empezaron a sonar los primeros compases de «Juventud infinita». Su cabeza empezó a moverse arriba y abajo mientras tocaba una guitarra imaginaria; sus pies habían perdido ya el control y él la vergüenza.

—«... o follamos todos o me tiro al río» —canturreó Gaona.

—¿Todos? —Me había puesto ya de pie, a su lado. Bailaba sensual y, como él, rockanroleaba con la cabeza.

—¿Cómo dices? Ah, no, bueno... Lo dice la canción, ¿sabes? —se excusó—. Es la letra.

—Vaya, tendré que llamar a Carlangas[21] entonces. Veo que él sí sabe lo que quiere.

---

[21] Líder de la banda gallega de punk y garaje rock Novedades Carminha.

Como si un tornado hubiera levantado por los aires su compostura y su recato, me agarró por la cintura y volvió a besarme, esta vez con fuerza pero con la misma dulzura. Sentía que volaba. Los besos me arroparon cuando mi vestido dejó de hacerlo. Y un torbellino de pasión arrasó, también, con el orden y la paz de aquel ático.

Le arañé con garra; él cogió cada uno de mis dedos y los fue besando uno a uno con esmero. Puse su mano en mi pelo para que tirase fuerte de él; él acarició con atención y mimo mi melena. Gemí y él paró para besarme y acariciarme la cara, tratando de calmarme. Parecía que conducíamos a velocidades diferentes —yo, a la que había pilotado siempre, la única que conocía—. Y cuando pensaba que aquel momento de sexo era el menos afrodisíaco posible, me di cuenta de que en realidad estaba compartiendo el momento de amor más especial que había vivido. ¿Acaso también me gustaba aquello?

Pensé que sí cuando, tras el fragor de la batalla, nos quedamos abrazados en la cama, desnudos, calmados. Cerca. Tan cerca que parecía que respirábamos como un solo ente. Creo que incluso nos dormimos un rato. No sé bien cuánto tiempo después, abrí los ojos; estaba sentado en el borde de la cama bebiendo agua. Noté la boca pastosa, todavía me sabía a orujo.

—¿Me das un poquito?

—Anda, si estás despierta. Por supuesto, toma. —Me acercó su vaso.

—No estaba dormida —mentí.

—Ya, a mí también me cuesta un poco últimamente —confesó—. ¿Te importa si pongo la radio? Conmigo resulta infalible.

Me pareció un poco de abuelo pero tierno a la vez.

—«... Les informamos de una noticia de última hora: se resuelven las dudas sobre quién mató al pequeño Amador. Según un informe al que ha tenido acceso Radio Nacional, la policía ha confirmado que...».

—¡No me lo puedo creer! ¿También Radio Nacional se va a subir al carro del amarillismo y las especulaciones? ¡Pues fuera! —dije mientras apagaba la radio.

Me fijé en que a Gaona le había cambiado la cara por completo. Estaba pálido, había perdido todo el rubor que le había dado nuestra contienda. Aquel se parecía más al Gaona que había conocido días atrás.

—¿Y a ti qué es lo que te pasa de pronto?

—No me pasa nada —contestó.

—¿Y se puede saber por qué estás tan serio?

—Porque estaba pensando en los años que le van a caer a Rosario.

—¿Por qué dices eso?

—El círculo ha terminado de cerrarse, Ana.

—Pero ¿de qué estás hablando?

—El padre de la criatura ha demostrado que, cuando mataron al niño, estaba en el taxi. Le hemos situado por todo Madrid aquella mañana; en todas partes, menos en su casa. No pudo ser él —dijo como si aquella certeza le partiese el alma.

—¿Por qué no me has dicho nada? —pregunté indignada.

—Pensé que ambos necesitábamos desconectar, por lo menos una noche. Pero al final todo me vuelve a la cabeza. Y cuando me doy cuenta de que Rosario lleva cinco días desaparecida... O fugada...

—¿Tú también con esas?

—Ana...

—¡Eso no lo explica todo!

—Ana...

—De hecho, no explica nada.

—¡Ana! Hay algo más. —Hizo una pausa para coger aire—. Algo que no me he atrevido a decirte.

Sabía que Gaona me escondía algo. Estaban juntos. ¡Lo sabía! Por lo menos iba a tener la decencia de admitirlo. Me odié por haberme acostado con él.

—Sorpréndeme —dije, notablemente contrariada.

—Tenemos los resultados definitivos de balística: la del niño, aunque muy fragmentada, pertenece al lote asignado a Rosario.

—Pero ¿qué coño me estás contando?

—Los hemos recibido hoy. Es de lo que estaban informando en la radio. Pero ¡joder! ¿Cómo se han enterado tan pronto? Siempre he dicho que hay alguien de dentro que vende información a los medios, estoy convencido...

Hablaba muy deprisa, con los ojos encendidos. Con la tensión se le escapó un salivazo.

—¡Gaona! —le interrumpí—. Cuéntame qué está pasando.

—Se ha emitido una orden de busca y captura contra Rosario Jiménez. Todos nuestros esfuerzos se centran ahora en encontrarla para acusarla de asesinato.

Le tembló la voz. Sus ojos brillaron, como si estuvieran incubando unas cuantas lágrimas.

—Voy a detener a una compañera para encerrarla —sentenció.

Luego carraspeó con fuerza y contuvo el llanto. Cogí su mano y besé con dulzura cada uno de sus dedos, emulando al Gaona tierno de un rato antes. Pero dos lágrimas ya recorrían sus mejillas. Le agarré la cara con las dos manos:

—Liño, mírame. —Me apartó la cara compungido—. ¡Mírame! ¿De verdad me vas a decir que crees que Rosario ha matado a su hijo?

No me contestó. Estaba verdaderamente afectado.

—Escúchame, ¡por favor! Nada de esto tiene sentido. Piénsalo bien: si Rosario había decidido matar a su hijo, ¿por qué usar su pistola reglamentaria? ¿Sus balas fichadas?

Gaona, que se limpiaba las lágrimas y los mocos con una sábana, no logró contestar.

—O es una chapucera o aquí hay gato encerrado...

—Puede que a Rosario le falte todavía algo de experiencia, es cierto que lleva solo unos años en el cuerpo. Pero es una de las profesionales más perfeccionistas con las que he trabajado —dijo por fin.

—¡Pues entonces me estás dando la razón! Mira, te conozco ya lo suficiente como para saber que todavía crees que no fue ella.

—Lo creo. O quiero creerlo. Pero eso importa poco... Además, ¿por qué huir si es inocente?

—¿Y si no ha huido? ¿Y si está retenida? —pregunté.

—Ana...

—¿Me vas a decir, también, que no sospechas de Amador Pizarro?

—Yo sospecho de todo el mundo hasta que se demuestre lo contrario.

—*Carallo* —dije tratando de sacarle una sonrisa. Fue en vano—. Siempre pensé que era que todo el mundo es inocente hasta que se demuestre lo contrario.

—¡Qué quieres que te diga, joder, Ana! —gritó desesperado—. ¿Que estoy convencido de que ha sido ese ser despreciable que osa llamarse hombre? ¡Pues claro que lo pienso! Pero todas las pruebas apuntan a Rosario. Quizá es hora de que abra los ojos y acepte la realidad.

—¡Tienes que pincharle el teléfono!

—¿A quién?

—¡A ese hijo de puta!

—Aquí no estamos persiguiendo a Mr. Ripley, Ana. Esto es la vida real, y en la vida real hay burocracia, leyes que cumplir y protocolos que seguir. Además, Suárez ni siquiera baraja esa hipótesis. Estoy solo en esto.

—No estás solo, me tienes a mí —dije, y le cogí de la mano fuerte—. Tenemos que atrapar a ese cabrón.

La adrenalina me invadía el cuerpo, estaba eufórica. Pensaba en cómo íbamos a desenmascarar a ese asesino; yo ya no tenía dudas de que él era el autor de aquel crimen. Mi mente empezó a elaborar planes perfectos para encontrar a Rosario y liberarla.

—Ahora tengo que dormir, es tardísimo. Mañana me espera Suárez a primera hora para que le acompañe a entrevistar a toda una lista de testigos y conocidos de Rosario, para recabar información.

Mientras hablaba, colocaba con cuidado su ropa y sus cosas del día siguiente en la silla que tenía frente al escritorio. Cerró un par de Moleskines llenas de anotaciones y las metió en un maletín de cuero marrón, junto con una agenda y la billetera que le había regalado. Cogió de la impresora un documento, en el que comprobó la lista de personas con las que tenían que hablar al día siguiente.

—Rosario lo tiene jodido, ¿sabes? No hay testigos de lo sucedido, estas son solo personas cercanas a las que vamos a interrogar.

—Bueno, mejor si nadie puede decir que la vio.

—Mejor si eres culpable. El problema aquí es que nadie puede decir que no la vio. —Hizo una pausa y volvió a mirar la lista—. Ojalá alguno de estos pueda aportarnos algo de información. En cualquier caso, esto nos llevará todo el día, debo descansar. ¿Te apetece quedarte a dormir?

—La verdad, lo daba por hecho. «O follamos todos o me tiro al río...».

28
Causa justa

Lunes, 3 de julio de 2006
Aula Magna de la Facultad de Psicología (Universidad
Complutense de Madrid)

El salón de actos estaba a rebosar. Todos los «ados» lucían sus mejores galas: rectorado, profesorado y alumnado. Togas negras y grandes baberos violetas inundaban la sala, junto a los abrazos, las enhorabuenas y las exaltaciones de amistad, orgullo y alegría. Poco a poco, todos fueron tomando asiento; unos en la mesa presidencial y otros en el patio de butacas. Estos últimos, dejando algún que otro lugar a un afortunado grupo de familiares orgullosos que también se habían congregado allí; el resto se quedó de pie, amontonado, al fondo de la sala.

Apareció el decano y con él, una inmensa ovación. La felicidad sonaba en forma de aplauso. Tras una música solemne y finalizados los vítores —que se alargaron un poco más de lo debido, según el protocolario decoro que envolvía el acto—, el ilustrísimo señor se acercó al atril:

—Compañeros, estudiantes, familiares, amigos, sean bienvenidos todos. Estimados alumnos, hoy es su último día en esta facultad. Este lugar que considero un templo; de sabiduría, de conocimiento y de crecimiento, en todos los sentidos. Hoy cierran un ciclo. Pero dan comienzo a una nueva etapa; probablemente la más importante de sus vidas, aquella por la que llevan peleando estos cinco últimos años. Hoy inician una nueva vida como profesionales, un camino de crecimiento personal y profesional que les va a llevar a conocer realmente quiénes son. Una travesía tremendamente ilusionante, pero llena de responsabilidad.

»Hoy se les otorga un gran poder y, con la responsabilidad, adquieren un compromiso. Les pido que se alcen conmigo y repitan con la mano en el pecho:

Juro por Apolo médico, por Asclepio y por Higía, por Panacea y por todos los dioses y diosas, tomándolos como testigos, que cumpliré, en la medida de mis posibilidades y mi criterio, el juramento y compromiso siguientes: callar todo cuanto vea y oiga, dentro o fuera de mi actuación profesional, que se refiera a la intimidad humana y no deba divulgarse, convencido de que tales cosas deben mantenerse en secreto.

»No querría que tomasen apuntes este último día, pero sí deseo enfatizar en esta última enseñanza algo que fue fundamental en mi etapa con los pacientes y que me gustaría que recuerden siempre: la confidencialidad es la base de todo tratamiento.

»En su ejercicio profesional futuro deben preservar, por encima de todo, el derecho a la intimidad de sus pacientes. Les corresponde a ustedes, como profesionales, salvaguardar ese derecho y cumplir, así, con su deber.

»La psicología, aunque algunos lo olviden o lo nieguen, es una ciencia. Ciencias Sociales, las llaman. Y por supuesto que somos científicos; pero nosotros usamos la ciencia del saber, la de la palabra. A diferencia del cirujano que opera los órganos tangibles, nosotros damos un paso más: con nuestra sapiencia curamos el alma.

»Pero, mis queridos alumnos, desde hoy colegas, no quiero dejar de hablarles de la causa justa. ¿Cuándo ese secreto, ese gran poder que se nos otorga, debería ser levantado? O, dicho con otras palabras, ¿cuándo una causa es justa?

»Podría alargarme *ad eternum* teorizando en esta materia, pero me temo que en este caluroso día están deseando tomarse esos refrigerios que nos esperan para brindar. Así que seré breve. La obligación de revelar ese secreto profesional sería indefectible si existe algún derecho en peligro que sea mayor que el derecho a la intimidad del paciente.

El silencio se rompió. Un par de tímidos aplausos se oyeron en primera fila. En grupos dispersos, los alumnos comenzaron a murmurar. Con mayor entrega lo hacía un pequeño corrillo en la última fila, donde había surgido un debate improvisado. Incluso un par de profesores, en el escenario, se susurraron sus propias teorías al oído.

—Lo sé, lo sé, queridos míos. Les ruego calma y silencio. Soy consciente de que he planteado el eterno debate, cargado de una controversia salvaje: ¿acaso hay derechos mayores que otros?

»Permítanme recordarles algo a este respecto, y es que no todos los códigos profesionales instan a sus expertos a respetar el secreto profesional de forma explícita. Si bien los códigos no tienen la fuerza de la ley, prescriben las conductas que se esperan en los profesionales colegiados en cada competencia.

El grupo del fondo se había acalorado paulatinamente, incrementando el fervor con el que algunos defendían sus posturas. Uno de los estudiantes no aguantó más y se puso en pie para clamar su parecer:

—¡Esto no es una cuestión de debates, ilustrísimo decano! ¡Está en el Código Penal! ¡Se establece que quien tenga conocimiento de delitos contra la vida y la integridad debido a su profesión tiene la obligación de denunciar!

—¡Por favor! ¡Le ruego mantenga el silencio y el decoro! —clamó el rector, que se había levantado indignado con la salida de tono de aquel alumno.

Pero este estaba desatado. Algunos alumnos se habían pasado la mañana precelebrando la graduación y el puntillo del alcohol le envalentonó. Más allá de los brindis, arrojo no le faltaba.

—¡Lo recoge el Código Penal! En el artículo 165, que nos recuerda que aquellos que se enteren de un delito tienen la obligación de denunciarlo. ¡No hay teorías posibles aquí!

—¡Gascón! —dijo el rector dirigiéndose personalmente al alborotador—. Le he dicho que se siente.

—¡Se trata de respetar o de infringir la ley!

—¡Señor Gascón! No querría tener que expulsarle de su propio acto de graduación —amenazó el rector.

Gascón tomó finalmente asiento, entre farfullos.

—Comprendo su inquietud, estimado Gascón. Y sabe bien que respeto todas las posturas y reverencio todo debate que se base en el respeto mutuo. Lo que aquí planteo es la duda, lícita, sobre cómo conciliar la obligación de denunciar con el secreto profesional.

El alumno, que parecía contrariado por lo que allí se exponía y ante la respuesta crítica de sus compañeros por estar boicoteando el solemne acto, se levantó y salió del salón. Un par de alumnos, estos de la primera fila, aplaudieron tímidamente pero nadie les siguió. El decano hizo como si nada y continuó:

—En realidad, tomando la ley en la mano, debo decir que esta no resulta en absoluto contradictoria con lo que trato de decirles. A saber, la opción, por ejemplo, de denunciar o no a un paciente depende de la decisión del profesional. Es más, es precisamente la ley la que da prioridad a la determinación del profesional. Y será este mismo el que, en cada caso, deberá estimar los derechos que prevalecen, la idiosincrasia de la revelación y el efecto en la cura del paciente.

Los familiares se miraban tratando de descifrar lo que significaban aquellas frases que les sonaban a chino. Unos alumnos —los que se enfrentaron a Gascón en el debate improvisado— se levantaron y aplaudieron como si se tratase de un magnífico punto de tenis. Se les sumaron los devotos, por supuesto, de la primera fila. A esos les faltaba la cara del decano impresa en la toga. Este no obvió el gesto y, ahora sí, permitió unos segundos de ovación.

—Es aquí, mis estimados pupilos, donde aparece la segunda y muy importante cuestión; aquella que debe estar regida por la prudencia, la sensatez y, de nuevo, la responsabilidad. Hablo, por supuesto, de la conciencia del profesional. Es en este punto donde la ley simbólica, sin duda, refuerza la ley social. Y el orden moral acompaña, reafirma y consolida la ética del psicólogo.

»Deben ser cautos, responsables, ecuánimes, justos y, sobre todo, deben ser honrados. Porque en su ejercicio profesional estarán obligados a evaluar en cada caso la obligación de mantener el secreto o de levantarlo.

»Y, créanme, esta no será una tarea fácil. ¡No lo será! Puede que se encuentren en situaciones de riesgo para la vida del paciente o para la vida de un tercero. Quizá se vean envueltos en situaciones en las que se hallan menores afectados.

»Situaciones, en definitiva, no exentas de dificultades. En las que se verán obligados a denunciar, a fin de proteger no solamente a la víctima, sino también al propio paciente. Y eso, créanme, no será fácil.

»Con esto quiero avisarles de que el camino que se les presenta no está exento de riesgos, de dificultades, de dolor. Ustedes van a viajar al centro de las mentes de sus pacientes, a los volcanes de sus pasiones, a las tempestades de sus miedos, sus angustias, sus tormentos. Pero les hemos dotado de herramientas para conseguir sortear todos esos obstáculos y llenar de luz las oscuridades de esas almas. Confío en ustedes. Confíen en ustedes.

»Y, sobre todo, disfruten. Esta es la profesión más bella que existe.

Como si estuvieran coreografiados, todos los espectadores se pusieron en pie. El auditorio por poco se cae al suelo con la ovación. Los alumnos aplaudían con fervor y coreaban bravos al aire. Se escuchó algún «viva el decano» seguido de otros tantos contundentes vivas en respuesta. Un despistado —o monarca devoto— regaló, incluso, un «viva el rey» que, con la exaltación general, también fue acogido. El rector tomó la palabra para continuar con el acto:

—Y ahora, la mejor alumna de esta promoción va a compartir unas palabras con nosotros. Es, además, la nueva generación de una familia de psicólogos insignes y muy queridos por esta institución. Pido un fuerte aplauso para Ana García de la Serna.

29
Manoli

Llevábamos un buen rato acurrucados. La sensación de estar entre sus brazos era maravillosa, pero por dentro estaba angustiada. Me había quedado muy preocupada con lo que me contó Gaona: la bala encontrada en la cabeza del pequeño Amador podría haber sido sido disparada por el arma de Rosario. Y lo que resultaba peor, su marido tenía coartada. Quizá había llegado la hora de aceptar que esa mujer que parecía una víctima en realidad era un verdugo.

A pesar de todo, mi instinto me golpeaba el estómago sin tregua. Sentía que algo se nos escapaba. Esa teoría era demasiado simple y, a su vez, demasiado dura como para aceptarla. Tenía que haber algo más.

Por fin le escuché roncar. En cualquier otro momento, aquello me hubiese molestado sobremanera, pero entonces agradecí tener una forma de cerciorarme de que estaba dormido. Sin duda, la radio encendida y la persiana a medio bajar —al parecer, no podía dormir en absoluta oscuridad— hubiesen sido motivo no solo para no pegar ojo en toda la noche, sino para no quedarme a dormir. ¡Incluso para no dar un duro por esa relación! Pero después de la cena y ese «postre» tan exquisitos, valía la pena hacer el esfuerzo.

Gaona dormía, sí, pero incluso entre sueños podía percibir su preocupación; no mentía en lo de que Rosario le importaba. A decir verdad, a mí también me importaba. Todo había llegado demasiado lejos como para bajarme de ese tren en marcha, así que no pensaba quedarme de brazos cruzados. Además, ahora que la policía había descubierto que al niño lo habían matado con una de sus balas, no era raro pensar que la siguiente en caer sería ella. Al menos, no para mí, que la había escuchado decirlo de su boca. Y si pensaba cumplir sus amenazas, una pistola cargada era todo lo que necesitaba.

Si estaba a tiempo de salvarle la vida a Rosario, tenía que actuar con rapidez. Por otro lado, si pensaba empezar algo con el subinspector de policía que murmuraba entre sueños a un palmo de mí, tenía que averiguar de una vez por todas qué le unía a aquella mujer. Estaba segura de que entre ellos había habido —o había aún— algo más que compañerismo. Odiaba que los celos llamasen a mi puerta, pero me convencí a mí misma de que debía investigar por Rosario. Así que a «investigar» que me puse.

Después de unos estratégicos movimientos dignos del más ágil de los ninjas, conseguí liberarme del brazo que me rodeaba con dulzura. Me levanté despacio, muy despacio, hasta que pude ponerme en pie sin despertarle. Caminar era lo más arriesgado, pues aquel maravilloso parquet me delataba con sus crujidos. Me esmeré en apoyar en cada paso la punta del pie, haciendo un leve movimiento hasta el talón con suavidad.

Salí del dormitorio y llegué a la habitación contigua, donde encontré un enorme vestidor sin puertas que dejaba a la vista toda una exposición de trajes, camisas y zapatos. Removí cajones y estanterías, armarios y perchas. Con lo único con lo que me topé fue con un sentido del orden que rozaba el trastorno obsesivo compulsivo.

Pensé qué excusa daría si, de pronto, Gaona se despertaba y me encontraba no solo danzando por su casa, sino registrándola a conciencia. Me imaginé fingiendo sonambulismo y me vi tan absurda que pensé que era mejor darle un buen golpetazo en la cabeza con el florero que tenía en el pasillo (de algo me había servido recibir un florerazo antaño...) y rezar para que la contusión borrase su memoria.

Llegué al salón, donde repetí la acción, ahora poniendo más empeño en escudriñar cada centímetro. No sabía lo que estaba buscando, pero lo buscaba a conciencia. Aquella estancia era un pequeño gran templo de la cultura, así que más allá de ediciones limitadas no descubrí nada interesante.

Miré el reloj, eran las cinco y cuarto de la mañana; Gaona no tardaría en despertarse y yo iba a estar reventada al día siguiente. Decidí volver a la habitación principal, no sin antes revisar los cajones de una enorme cómoda que había a la entrada del ático; de nuevo fue en vano, allí no había nada parecido a una pista.

Con la inercia, al cerrar el último de los cajones, las llaves que estaban en el borde de la cómoda se cayeron al suelo ruidosamente. Muy ruidosamente. Cerré los ojos, deseando fuerte que no hubiera sido demasiado notorio. No lo fue; los ronquidos continuaban en un compás de dos por dos al otro lado del pasillo. Encendí una pequeña lamparita que había en el recibidor para evitar que siguiera la lluvia de objetos. Y como si de una aparición divina se tratase, la luz se hizo e iluminó el teléfono móvil de Gaona.

Mi primer instinto fue cogerlo. De hecho, lo tuve en la mano. Pero enseguida lo dejé, al escuchar una vocecita interna que me dijo que aquello no estaba bien. No solo me enfrentaba a un delito contra la intimidad —contra la de un poli, para más inri—, sino que yo sabía que iba a cruzar una línea roja, rojísima, no solo en mi conciencia, sino en nuestra posible futura relación. Dejé el móvil y apagué la luz.

Brrrrm. Brrrrm.

El teléfono vibró dos veces.

¡¡Brrrrm. Brrrrm. Brrrrrm!!

Parecía que me estuviera llamando, que alguien al otro lado del teléfono reclamase mi atención. O por lo menos, así me lo parecía a mí.

Di un toque en la pantalla, que se encendió y vi que le habían llegado nuevos wasaps. Pero Gaona tenía un iPhone de última generación, configurado con reconocimiento facial para visualizar el remitente de los mensajes. ¿Quién le escribía de madrugada? ¿Rosario?

Tenía que jugármela. Pensé que parecía un hombre bastante básico, pureta, por lo que no estaría familiarizado con poner claves toda su vida, como yo. Así que introduje la contraseña tipo que configuraría un señor mayor: 1234.

«*¡Contraseña incorrecta!*», respondió con un mensaje automático el aparato.

Sabía que solo tenía un intento más, pues al tercero el teléfono se bloquearía y él se daría cuenta del tipo de persona que era por haber hurgado en su móvil. Tenía que jugármela a esos cuatro números... ¡Lo tenía! ¡Su número de placa!

Volví a la habitación con sigilo, ya había conseguido convertirme en un mimo. Los ronquidos de Gaona quedaban ahora sepultados por el sonido de la radio, que seguía encendida, dirigiéndose a los insomnes a través de las ondas.

El corazón me iba a mil.

Al llegar a su escritorio me topé con la lista de las personas que Suárez y él tenían que entrevistar al día siguiente. Agradecí el hilo de luz que provenía de la calle y que entraba a través del hueco que había dejado la persiana. Al lado de los nombres escritos a ordenador, había algunas notas a mano en boli azul:

—Araceli Velázquez: directora del colegio del niño. *No fue a buscarlo.*

—Carmelo Ríos: compañero de patrulla. *Último día que trabajó.*

—Ana García de la Serna: terapeuta **

—Eusebio: encargado de la comunidad. *Tiene llave.*

—Charo: vecina. *Dice que vio algo.*

—Manoli: cuñada. *Única familia en Madrid.*

Al lado de cada nombre aparecía también el número de teléfono. Me sorprendió encontrar mi nombre en la lista. Me pregunté qué significarían los asteriscos que había dibujado al lado. Me senté en la silla para terminar de leer el listado y apoyé la hoja sobre el portátil. El ordenador reconoció el roce y la pantalla reaccionó y se encendió.

Eccolo là! Un escritorio plagado de carpetas se abrió ante mí. Me parecía extraño que no tuviese una contraseña, pero comprobé que se trataba de un portátil personal, quizá no pensaba que fuera necesario.

Ahora, ya sin ninguna voz en mi cabeza que me lo impidiera, lo primero que hice fue acudir al historial de navegación. De nuevo, mi gozo en un pozo. Más allá de algunas localizaciones, un poco de porno y horarios de teatro, no había nada reseñable.

Accedí a la carpeta de «Fotos» esperando encontrar las pruebas del delito —del que yo tenía en mi cabeza—, pero lo que encontré fue un arsenal de fotografías de playas, animales, comida, paisajes, personas desconocidas de diferentes culturas y lugares del mundo. Comprobé que Gaona era un excelente fotógrafo y un gran viajero, cosa que me gustó. Entre carpetas de viajes y familia, encontré una que se llamaba «Equipo». Allí estaba él, uniformado, en diferentes poses y lugares, con otros compañeros también de uniforme. ¡Bingo! Por fin, algo parecido a un indicio: Rosario aparecía prácticamente en todas las instantáneas. ¡Y no fallaba! Foto en la que aparecía, foto en la que estaban codo con codo, sonrientes, cómplices. Encontré una de los dos solos, un primerísimo primer plano que enmarcaba sus ojos y sus bocas y cortaba frente y barbilla. Una punzada atacó mi estómago.

Las sábanas se movieron detrás de mí. Me di cuenta de que, en cualquier momento, Gaona podía despertarse. Tenía que seguir buscando, no podía alargar el registro mucho más. Seguí revisando las carpetas: «Renta», «Facturas», «Docs Casa», «Importante». Estaba a punto de pinchar en esa última carpeta cuando otra llamó poderosamente mi atención. «Rosario». ¡Te tengo!

Un único documento llenaba aquella carpeta. Lo abrí. Lo leí. Lo releí. No podía creérmelo. ¿Por qué me había ocultado eso? Se confirmaban mis peores temores: me había estado engañando todo el tiempo.

Gaona volvió a moverse, ahora murmuraba en voz alta algo ininteligible. Volví a leer el documento y un nombre llamó mi atención: «Manoli». ¿De qué me sonaba? ¡La lista! ¿También ella? Rápidamente, arranqué una hoja de una de sus libretas y cogí del listado su número de teléfono.

Me vestí, me abrigué y me fui.

30
Como Dios manda

Me invadía una gran incredulidad. Hacia Rosario, hacia Gaona y, en general, hacia todo lo que había sucedido en las últimas dos semanas. Recordé lo tranquila que vivía en GlobalMedia, entre hojas de Excel y reuniones interminables; nunca imaginé que pensaría que aquel trabajo no estaba tan mal, después de todo.

Había llegado a primera hora de la mañana a mi casa, tras salir de puntillas de la casa de ese subinspector que me había descubierto una cara del amor que desconocía y con la que no había tenido contacto en mis treinta y seis años de vida. Pero todo había resultado demasiado bonito para ser verdad.

Tras caer rendida en la cama, como si de un coma profundo se tratase, me desperté desubicada y aturdida no mucho rato después. Pero al menos había recuperado unas horas de sueño y tenía esa tarea en «pendientes» desde hacía días.

Me estaba terminando un plato de espaguetis con atún y tomate frito —mi clásico reconstituyente para las resacas o, mejor dicho, mi clásico culinario en general—, cuando mi teléfono empezó a sonar. Un tono y otro y otro hasta agotar el último antes de que saltase el contestador. Y como el estribillo más pegadizo de la peor canción del verano, aquella melodía volvió a sonar, taladrante, anunciando una insistente segunda llamada. ¿Al otro lado del aparato? Miguel Ángel Gaona, cómo no.

Suponía que llamaba para pedirme explicaciones por haberme ido de su casa de madrugada y sin decir ni adiós. Me llamó una tercera vez y, la verdad, la insistencia me pareció excesiva. Aunque entendía sus motivos; a sus ojos, habíamos pasado una velada perfecta. En fin, le llamaría más tarde y le diría que no me parecía de recibo ese acoso y derribo. Pero eso sería después, ahora tenía otra llamada pendiente.

—Buenas tardes, ¿hablo con Manoli?

—Sí, la misma, ¿quién es?

—Eh, sí... Mire, le llamo de la policía. Tenía una cita hoy con nosotros, ¿verdad?

—Sí, ya ve usted, toda la vida siendo una mujer decente, una ciudadana modélica y un ejemplo para mi comunidad, y ahora me veo en estos berenjenales por culpa de la de siempre.

No esperaba esa respuesta. Ignoré el desdén.

—Me pongo en contacto con usted porque voy a tener que hacerle unas preguntas.

—¿Usted? —preguntó extrañada—. Yo hablé con un señor.

—En efecto, con mi superior, Miguel Ángel Gaona. Han quedado en verse esta tarde, ¿correcto?

—Correcto. Vendrá a mi casa a las siete.

Apunté la hora en un papel.

—El subinspector Gaona me ha pedido que vaya antes para hacerle algunas preguntas... rutinarias. Es un protocolo que acostumbramos a hacer... para incluir sus datos en el sistema —improvisé. No tenía pensado qué iba a decirle exactamente; no estaba sonando convincente y ella dudaba.

—Pero entonces, ¿vendrán juntos? Necesito saber cuántas personas van a presentarse en mi casa, porque algo tendrán ustedes que llevarse a la boca mientras están aquí. Y no me gusta improvisar con estas cosas, una mujer como Dios manda no deja esos detalles al azar, ¿sabe?

—Lo comprendo perfectamente y tiene usted toda la razón. Le cuento: iré yo primero y luego irá él. Por eso la llamaba, para acordar una cita previa con usted. Y no se preocupe, que llevaré unas pastas para ahorrarle el trabajo; una mujer como Dios manda no se presenta con las manos vacías en casa ajena —dije buscando su complicidad.

—¡Ya lo creo que no! —respondió—. Pero siento decirle que va a ser imposible. Yo no puedo verla antes de las siete. Hoy tengo catequesis con los críos en la parroquia. Reciben la primera comunión en un par de meses, ¿sabe? Y están muy nerviosos. ¡Hoy ensayamos la ceremonia y tengo mucha faena por delante!

—Créame, será solo un momento. No le robaré apenas tiempo —insistí.

—Mire, déjeme llamar a su superior para ver cómo podemos organizarnos y...

—¡No! —dije tajante—. Quiero decir que no es necesario —suavicé rápidamente, mostrándome despreocupada—. Al subinspector no le gusta que le molesten con estos pormenores. Ya sabe cómo son los hombres que mandan...

—Me imagino. Un hombre de su altura tendrá cosas muy importantes en su agenda.

—En efecto, por eso no debemos molestarle, ¿comprende? Qué pensaría de nosotras si le llamamos con estas pequeñeces.

—No seré yo la que le cause molestias a un subinspector de policía...

—¡Ni yo! No quiero que se me caiga el pelo —dije tratando de forzar su cooperación—. De hecho, no es necesario que le repita usted luego estos detalles. Al señor Gaona no le gusta pararse en los pormenores, él es un hombre de acción.

—Entiendo.

—Seguro que nosotras solitas encontramos la manera de arreglarlo.

—Pues dígame cómo, porque yo tengo que preparar todo para los niños y me pilla usted cargada con flores y cirios. Como siempre, Manoli se encarga de todo y aquí no aparecen manos amigas. Eso sí, luego todos nos apuntaremos el tanto de que ha salido estupendamente.

Manoli refunfuñaba en voz alta, tenía pinta de hablar consigo misma a menudo.

—¿Qué le parece si me acerco a la parroquia y le hago las preguntas allí?

Guardó silencio un momento.

—¿Aquí? No sé yo si la casa del Señor es lugar para hablar de una asesina.

Dijo «asesina» con una crudeza y una inquina que me sorprendieron. Si esa era la única familia que Rosario tenía en Madrid, empezaba a comprender que encontrase pocos motivos para seguir viviendo.

—«Y entonces Pedro se acercó a Jesús y le preguntó: "Señor, ¿cuántas veces tengo que perdonar a mi hermano que peca contra mí? ¿Hasta siete veces?". "No te digo que hasta siete veces, sino hasta setenta veces siete", le contestó Jesús» —recité.

—¿San Mateo apóstol? —preguntó Manoli con ilusión; casi tanta ilusión como la mía, que por fin le había encontrado un sentido al suplicio del colegio de monjas.

—¡El evangelista! —respondí alzando las manos al Señor o a lo que quiera que haya allá arriba, a pesar de que ella no pudiera verlo.

Manoli aguardó callada un instante.

—De acuerdo. Si viene ahora, la atenderé. Pero ¡tiene que ser ya! Y en cuanto lleguen el padre Joaquín y los críos se tendrá que marchar.

—¡Por supuesto! Puedo estar ahí en veinte minutos.

—Y tendrá que ser breve.

—Lo seré.

—Y tendrá que seguirme usted mientras remato los preparativos.

—Así será.

—Y no olvide traer las pastas.

—Eso no hace falta ni decirlo.

—No por mí, eh, por los niños. Querrán merendar cuando lleguen...

—Por supuesto.

—Y el padre Joaquín es muy goloso...

—¡Su único pecado! —exclamé.

—No me entretenga más. Venga, dese prisa. Aquí la espero.

—Muchas gracias y que Dios esté con usted y con su espíritu —dije creyéndome ya una profeta. Me había pasado una marcha.

—Adiós —se despidió ella, escueta.

No me cabía duda de que Manoli iba a ser un hueso duro de roer.

**

Había pasado por la consulta para coger mi libreta, antes de salir camino a la parroquia Nuestra Señora de África, cuando sonó el teléfono de mi despacho.

—¿Diga?

—¡Ana! Por fin te localizo, soy... —Dudó qué nombre elegir—. Gaona. Soy Miguel Ángel Gaona.

Había descolgado directamente, sin tener en cuenta que podía ser él.

—Me vas a perdonar, pero ahora no puedo atenderte, me pillas a punto de coger el coche.

—¡Eso es estupendo! Así no tardarás nada en llegar.

—¿Llegar adónde?

—A la comisaría —contestó con firmeza.

Un sudor frío me recorrió el cuerpo.

—Tienes que venir ahora mismo a la comisaría.

Aquello parecía una orden. Empecé a tiritar, la vista se me nubló, sentía que me ahogaba. Parecía que mis peores temores se habían cumplido; pero nunca pensé que sería tan pronto. Y yo sin noticias del abogado de Casilda...

—¿De qué estás hablando, Gaona? —pregunté finalmente.

—¡La hemos encontrado!

—¿A quién?

—¡A quién va a ser! —exclamó molesto, como si solo existiera una respuesta posible a esa pregunta—. ¡A Rosario!

Estaba tan nerviosa que había olvidado por completo que seguían buscándola. Por un momento vi peligrar mi pellejo y eso había borrado a cualquier otra persona de mi ecuación.

—¿Ha aparecido Rosario? —grité, ahora emocionada.

—¡Ha aparecido!

—¡Ha aparecido Rosario! —volví a gritar—. ¿Y está viva?

—Por supuesto que lo está. ¡Vivita y coleando!

—¿La tenía ese?

—¡Eso es lo más sorprendente de todo! ¡Que no! Estaba escondida.

En ese momento Marie irrumpió en mi despacho con el dedo apuntando a lo alto. Trataba de decirme algo, pero yo le hice señas de que aguardase, que estaba al teléfono. Parecía que hubiese estado escuchando todo el tiempo al otro lado de la puerta (esa era una sensación que tenía a menudo), porque juraría que quería aportar algo a mi conversación con Gaona. Estaba tan emocionada por la noticia de que Rosario hubiese aparecido viva, que no se me ocurrió echarla de mi despacho para que no pudiese oír nada más de lo que decía.

—¿Escondida dónde? —pregunté.

Marie insistió, buscando mi atención, pero yo solo tenía oídos para Gaona. Me giré, dándole la espalda, para tratar de encontrar algo de intimidad.

—Ven ahora mismo a la comisaría, Ana, te lo contaré todo. Además, vamos a necesitarte.

—¿Dónde está ella ahora?

—Viene de camino. La reconoció un municipal del barrio de Salamanca cuando salía de un portal.

—¿Y la detuvo?

—Como te dije, desde que el marido confirmó su coartada, Rosario es la principal sospechosa del crimen del pequeño Amador. El compañero siguió el protocolo. Se había emitido una orden judicial de busca y captura que se remitió a todos los cuerpos de seguridad. A efectos prácticos, Rosario era una prófuga acusada de matar a su hijo con su arma reglamentaria.

—¿Y ha confesado?

—¡Eso es lo mejor de todo! El compañero me ha dicho que parece que no sabe nada de lo del niño.

—¿Cómo dices?

—Apenas ha hablado con ella, porque parece ser que está muy nerviosa. Solo dice que quiere ver al niño. ¡Por eso tienes que venir! Necesita apoyo profesional.

—¿Y la crees? —dije, desoyendo sus demandas.

—Quiero creerla.

—Ya, pero...

—¡Ana, tengo que colgar! Acaba de llegar. Nos vemos aquí.

—Me temo que eso no es posible.

—¡Qué dices!

—No voy a poder ir.

—¡Tienes que venir!

—No puedo, créeme.

—Ven, por favor. Estoy seguro de que Rosario ahora mismo se encuentra en un momento emocionalmente delicado. Le vendrá muy bien tener a su terapeuta a su lado, y a nosotros nos puedes ser de mucha ayuda.

—¡Es que no puedo! Tengo que solucionar algo... importante.

Durante la conversación, llegué a pensar que Gaona había olvidado que me había fugado a hurtadillas de su casa en mitad de la noche. Me equivocaba.

—Sinceramente, Ana, no entiendo qué te traes entre manos, pero debo decirte que no me parece bien. Si hay algo que me estás ocultando...

—Nada de eso.

—Entonces ¿por qué te fuiste hoy sin decir nada?

—Tenía prisa.

—¿Tanta como para no despedirte del tío al que te has estado follando toda la noche?

No le pegaba ese tono, estaba claramente contrariado, y tenía razón, pero no iba a permitir que me tratase así. Sobre todo porque esa postura me venía fenomenal.

—Mira, no creo que merezca ese tono, ni tampoco lo tolero, así que voy a colgar.

—¡Ana! Perdóname. Tienes razón, pero ¡es que estoy muy nervioso! Todo este asunto... Y ver ahora a Rosario, ¡no sé cómo voy a poder mirarla a los ojos! Por favor, tienes que venir.

—¡De verdad que no puedo! De hecho, me tengo que ir ya. —Sufría por llegar tarde a la parroquia y que Manoli ya no me atendiese.

—Iré yo —dijo una voz detrás de mí.

Era Marie. Llevaba ahí plantada todo el tiempo, pero yo hacía rato que me había olvidado de ella.

—¿Cómo dices? —le pregunté.

—Que iré yo. Puedo cubrirte y atender a esa mujer.

—Espera un momento, Gaona, voy a buscar una solución —dije, y tapé el teléfono para hablar a solas con Marie.

—¿Adónde se supone que irás tú?

—A dar apoyo a Rosario Jiménez en la comisaría.

—¿Cómo sabes de qué Rosario estoy hablando?

—Ana, toda España sabe quién es Rosario. Además, ella debió ser mi paciente desde un principio. Tu madre tenía que haberte dicho que yo me encargo de ese tipo de casos. De hecho, le he enviado un correo para que hable contigo y te lo explique.

—No empieces con eso.

—Tienes razón. Ahora lo que importa es que necesitas ayuda y yo puedo dártela.

—No sé, Marie...

—Confía en mí. Ya he colaborado antes en otras investigaciones policiales.

—¡Ana! ¡¡Ana!! —se escuchaba a Gaona al otro lado del auricular.

Sentí una fuerte presión en el pecho. No me fiaba de Marie y, además, no soportaba que ella llegara para sacarme de nuevo las castañas del fuego. Pero me venía estupendamente que me cubriera ante Gaona y yo poder ir con Manoli. Y también quería tener a alguien de los míos en comisaría, por si sucedía algo allí. El problema era que con Marie, nunca sabía si jugábamos en el mismo equipo.

Pero no podía perder más tiempo. Y no quería volver a tener un cara a cara con sir Wilfrid Robarts. ¡Sí! Finalmente había descubierto a quién se me parecía Suárez. Si bien en un principio se me antojaba como una extraña mezcla de Torrente y Paco Martínez Soria, había descubierto que en realidad era una copia de Charles Laughton en *Testigo de cargo*[22]. Ya había vivido una vez que se dirigiera a mí como si fuera un detector de mentiras —igual que el abogado en la película, cuando apuntaba con el monóculo— para descubrir si decía la verdad. No tenía ninguna gana de volver a pasar por eso. Así que ya no me pareció tan mala idea que fuese Marie.

—¿Seguro que puedes ir? —le pregunté.

—Por supuesto. Tenía una guardia en el anatómico forense pero ahora mismo busco un sustituto. Tú despreocúpate, *ma chérie*, que seguro que tienes cosas importantes que hacer —dijo cariñosa.

---

[22] Película dirigida por Billy Wilder en 1957 y basada en la novela homónima de Agatha Christie.

Aquello sí que no era normal. Pero no tenía tiempo para analizar su amor repentino. Si tardaba un minuto más, Manoli estaría ya rezando el padrenuestro con los niños.

—De acuerdo —le dije a Marie—. Pero Rosario sigue siendo mi paciente. Esto es solo por hoy.

—No te preocupes por eso y deja que yo me encargue de todo —dijo.

—No, Marie, si no me das tu palabra no...

—¡Ana! —volvió a escucharse a Gaona al otro lado del teléfono—. ¡Ana, te voy a colgar, lo siento!

—¡No! —contesté rápidamente—. Estoy aquí. Ya he encontrado una solución.

—Perfecto. ¿Te veo aquí, entonces?

—No, como te digo hay algo muy importante que debo solucionar.

—¡Pero...!

—Irá mi colega Marie Bauvin en mi lugar. A dar apoyo a Rosario, y a vosotros si lo necesitáis.

—¡Pero...!

—Pero tú y yo nos veremos después.

Gaona aguardó callado.

—¿Te parece? ¿Nos vemos esta noche y retomamos donde lo dejamos esta madrugada?

Mi tono era más dulce y cercano y eso suavizó a Gaona. Aun así, la propuesta le había pillado por sorpresa.

—Esa colega tuya, ¿es de confianza?

Dudé un instante. Miré a Marie. Miré el reloj. No tenía otra elección.

—De mi absoluta confianza.

—De acuerdo, entonces. Que venga ella.

—¿Y nosotros nos vemos luego?

—Eso depende. ¿Serás capaz de despedirte o me encontraré la cama vacía por la mañana?

Hice como que no había escuchado el ligero ataquito de despecho.

—¿Nos tomamos la primera en Macera y empezamos de cero?

Marie me miró con cara de Marie; esa que venía a decir: «Una vez más usando tus viejos trucos». Pero la ignoré por completo. Tenía que elegir, cable rojo o cable azul. Además, a Gaona pareció agradarle el detalle.

—De acuerdo. Pero esta vez los verdots van de mi cuenta —contestó, ahora más animado—. Tengo que entrevistar a una persona del entorno directo de Rosario. Te veo allí a las diez.

En realidad, yo también tenía que hacer esa entrevista a esa misma persona.

—A las diez, perfecto. ¡Hasta luego! —me despedí.

—Ana, una última cosa...

Crucé los dedos deseando que no se pusiera tierno y me soltara alguna moñada intensa; Marie estaba demasiado cerca y la escucharía seguro. El cachondeo ya iba a ser imposible de esquivar.

—¿Te suena de algo una tal Dolors Armengol? —me preguntó.

—No, no me suena de nada.

—Pues me temo que te va a sonar.

31
Cinco mil calaveras

Lunes, 6 de agosto de 2007
Jardín del Príncipe, Aranjuez (Madrid)

P or qué me has citado aquí?
Habíamos quedado en la puerta principal, en la más monumental de las entradas, situada al principio de la calle de la Reina, donde tantas veces había jugado a la comba antes de subir a clase; mi colegio se encontraba justo enfrente y, aunque ahora lo veía desde mi metro setenta de altura, me seguía pareciendo un edificio imponente. A esa hora de la mañana los alumnos estaban en clase, pero no era raro encontrar en los jardines alguna pequeña excursión de estudiantes, cogidos de la mano y en procesión, con sus bocadillos envueltos en papel de aluminio.

Guardaba bonitos recuerdos de aquellos jardines. Allí había aprendido a montar en bicicleta y ese lugar, como el de tu primer beso, es de los que nunca se olvidan. Pero aunque aquellos jardines majestuosos, infinitos, acordes a las modas paisajísticas inglesa y francesa de finales del siglo XVIII, eran un auténtico regalo a la vista y a los sentidos, no había un rincón en el que yo me sintiera más a gusto que en la prisión.

—Después de nuestra última sesión, he pensado que podía ser interesante un cambio de aires —respondió Casilda—. Venga, vamos allá.

Empezamos a caminar a paso ligero pero disfrutando del paisaje. Conocía cada centímetro de aquel jardín (que en realidad no era uno, sino varios), pero en cada visita descubría, como pasa con las buenas películas, un detalle nuevo.

La mezcla de colores en ese momento del año era una maravilla, para mi gusto superaba a la del otoño; la paleta de verdes, rojizos, amarillos y marrones era infinita y singular. Hacía días que no llovía, por lo que la alfombra de hojas crujía a nuestro paso. Los setos, que delimitaban algunas zonas del camino, estaban recién cortados en formas geométricas, acordes con los jarrones de mármol y los parterres de flores, en perfecto estado de revista. De vez en cuando nos adelantaba alguna ardilla que correteaba con un pequeño tesoro entre las manos. Eran unos auténticos jardines de cuento.

Dejamos a nuestra derecha la Huerta de la Primavera y fuimos bordeando el Tajo —tan verde como de costumbre, este parecía más de un cuento de brujas—, por el que de vez en cuando aparecían pequeños grupos de piragüistas. Lo hacíamos en silencio. Llevábamos así desde que comenzamos a caminar hacía casi media hora. Quizá se trataba de uno de sus ejercicios, pero si íbamos a recorrer las ciento cincuenta hectáreas de jardines con ese nivel de introspección, no podría soportarlo. Siempre me ha incomodado estar callada junto a alguien; mi desproporcionada verborrea se siente amenazada en esos momentos y siempre acaba encontrando una forma de romper el hielo. Siempre o casi siempre.

—¿Te imaginas que apareciera Carlos III por aquí, con alguna de sus falúas reales?

Casilda asintió sin mucho interés. Parecía distraída.

—Seguro que se sorprendería de ver estas aguas tan sucias —probé de nuevo.

Pero no obtuve respuesta. Caminábamos con una cadencia tan intensa que enseguida llegamos al puentecito que es uno de los accesos al jardín. Casilda subió por él y, en mitad de la estructura, paró y se apoyó en la barandilla. Me coloqué a su lado.

En el agua, frente al embarcadero de Fernando VI, una mamá pata guiaba el camino de sus polluelos.

—Es curioso ver qué diferentes son las familias, ¿verdad? —Casilda rompió finalmente su silencio.

—¿A qué te refieres?

—A que cada familia es un mundo. Nosotros lo vemos en prisión cada día. Cómo entiende y desarrolla cada uno su modelo de familia y cómo convive con él. Como este matriarcado de patos, por ejemplo. ¿Se parece al tuyo?

¡Y he aquí el ejercicio! Lo sabía. Y como veía por dónde quería ir, no me apetecía nada abrir ese cajón.

—Yo diría que me parezco más a ese —dije señalando a un enorme y majestuoso pavo real que paseaba por el camino por el que habíamos llegado.

—Hablo en serio, Ana. Me gustaría que desarrollaras este tema. Ya sabes que la familia es un elemento generador de la personalidad y de la salud mental.

—Sé que eso es lo que opinaba Freud...

Casilda parecía contrariada por mi falta de cooperación.

—Anda, ven —dijo mientras terminaba de cruzar el puente.

—¿Nos vamos del jardín? Nunca me voy sin hacerle una visita a la montaña rusa[23].

—Siempre es buen momento para hacer algo por primera vez.

Subimos a su coche y cogimos la carretera que llevaba hacia el Cortijo de San Isidro, dejando los jardines a nuestra izquierda. El asfalto estaba agrietado por el tiempo, el uso, la lluvia y algunas raíces que se habían abierto paso, sin respetar normativa vial alguna. A lo lejos se divisaban las dos torres con campanario de la ermita del pueblo; pequeña y antigua, la joya de la corona alrededor de la cual se habían ido construyendo todas las casitas. Unas casas modestas primero y, recientemente, algunas urbanizaciones que habían roto la armonía del lugar y aquella maravillosa sensación de cortijo de agricultores que años atrás aún se respiraba.

Pasamos por unas huertas en las que había lechugas y espárragos. Identifiqué, frente a una de ellas, un rincón don-

---

[23] Montículo artificial coronado por un templete chinesco de madera, situado en una zona denominada, en el siglo XIX, «Las islas americanas y asiáticas», por la procedencia exótica de la vegetación, dispuesta en senderos tortuosos, colinas y riachuelos artificiales.

de, en verano, un paisano acostumbraba a colocar su puestecillo de venta de melones de Villaconejos. A menudo, mi madre y yo le comprábamos dos o tres que no nos duraban ni tres días. Pero ahora hacía mucho frío y era más tiempo de castañas.

Llegamos hasta un cruce de caminos. Casilda paró. Bajó. Yo hice lo mismo.

Caminó unos pasos hasta llegar al inicio de un pequeño camino. Sonreía.

—¿Sabes? Ahí me crie yo.

Señalaba unas cuadras que se asomaban en la pequeñísima colina a la que se subía desde el camino. También se veía el tejado a dos aguas de lo que se intuía era una bonita casa, que conservaba el estilo de construcción antigua de la zona. Me di cuenta de que nunca había reparado en aquella finca, a pesar de que tenía una gran puerta de acceso blanca que recordaba a la de los grandes ranchos mexicanos.

—¿Esa parcela es tuya?

—Lo fue. Bueno, fue de mi abuelo.

—¿Entonces ahora es tuya?

—Ahora es de unos señores de Extremadura que le dieron una buena suma de dinero a mi abuelo, cuando se arruinó y tuvo que venderla.

—Vaya, lo siento mucho.

Casilda no borró su sonrisa.

—En este sitio he pasado algunos de los mejores momentos de mi vida; los mejores de mi infancia, sin duda. ¿Cuáles son los tuyos?

—¿Mis recuerdos?

—Sí. Algún momento de felicidad que recuerdes siendo pequeña. Yo, por ejemplo, pocas veces he sido más feliz que montando los caballos de mi abuelo por estos caminos. ¿Y tú?

—No sé, Casilda. No me acuerdo. ¿No podemos volver a la prisión? Tenemos mucho trabajo por hacer como para andar entre alfalfa y boñigas.

—Estamos trabajando, Ana. Y lo sabes. Así que te pediría que te tomaras esto un poco más en serio.

Rebufé, igual que aquellos caballos.

—Ahora, piensa y contéstame: ¿cuál es el momento de alegría que recuerdas de tu infancia?

—Vale, pero hacemos un trato. ¿Después dejaremos el tema de mi infancia en paz?

Casilda, que sabía que una de las principales secuelas de los traumas infantiles en la edad adulta es la frialdad emocional, y que aquellas personas que han sufrido alguna experiencia de este tipo desarrollan tendencias como la falta de empatía, la frialdad o la distancia (por ejemplo, hacia el dolor ajeno o hacia la capacidad para discernir entre el bien y el mal), trataba de hurgar sin descanso. Porque también sabía que hay ocasiones en que ocurre lo contrario y, tras esas infancias, se desarrollan patrones de dependencia, ya sea de un amigo, un familiar o principalmente una pareja; el sexo aquí juega un papel importante.

Pero yo, que también conocía esa teoría y no consideraba para nada que existiera en mí ningún tipo de falta de control emocional, consecuencia de ningún tipo de desorden relacionado con el apego, la seguridad y la autoestima, no estaba por la labor de alimentar esas teorías. Yo había tenido una infancia normal, o todo lo normal que puede ser una infancia. La infancia es una putada. Y la edad adulta también. La vida es jodida, eso es así.

—Pensaba que aquí las normas las ponía yo. Pero trato hecho —aceptó finalmente. Sabía que era su última bala si quería que soltase prenda.

—Vaaale. Pues a ver, déjame que piense —dije mientras cortaba un diente de león y lo soplaba—. ¡Sí! ¡Lo tengo! Esto es lo que más me gustaba hacer de pequeña.

Casilda me miró con tal cara que no me atreví ni a preguntarle si ese recuerdo no le valía.

Y entonces recordé que de pequeña había soplado un diente de león durante un viaje por el interior de Portugal. La idea era llegar a Lisboa haciendo parada en cada pueblo pequeño que encontrásemos en nuestro camino. Llevábamos una tienda de campaña y dormíamos en los campings que íbamos encontrando, de forma improvisada. Pasamos por campos infinitos en los que había muchísimos dientes de león como aquel. Aunque, a medida que nos acercábamos a Portugal, la vegetación fue cambiando. Recuerdo que paramos en Mérida, en Badajoz, en Elvas, y que me gustó especialmente nuestro alto en Évora.

—La *Capela dos Ossos*.

—¿Cómo dices? —preguntó Casilda.

—El recuerdo más bonito que tengo de mi infancia es cuando visitamos la Capilla de los Huesos, dentro de la iglesia de San Francisco, en Évora.

—¿En Portugal?

—Sí. ¿Has estado?

—No, pero me encantará que me lleves hasta allí ahora mismo —se animó Casilda, que pensó que por fin entraba en su juego.

—Fue hace muchos años, pero recuerdo aquella visita porque me pareció fascinante.

—Adelante.

—Pues se trata de una pequeña capilla, lúgubre, escondida, solitaria. Pero es única: tanto las paredes como los ocho pilares que la sostienen están recubiertos con huesos y cráneos humanos. ¡Es una maravilla! Te hablo de cerca de cinco mil calaveras humanas y otros tantos huesos cuidadosamente colocados, formando una exquisita obra de arte.

—¿Ese es el recuerdo más preciado que tienes de tu infancia?

—Chica, unas habéis sido más del arte ecuestre y otras más del de la Contrarreforma. Para gustos...

—Ana, ¿a qué estás jugando? Te he preguntado por un recuerdo bonito. Si quieres que hablemos de necrofilia, podemos hacerlo después. Pero ese no es el ejercicio que te he pedido que hagamos ahora.

—Oye, déjame acabar —me quejé. Sabía lo que trataba de hacer Casilda, quería enfrentarme a mi niño interior[24] para tratar de sanarlo—. Yo saqué un gran aprendizaje de aquella visita y quiero compartirlo contigo.

---

[24] El «niño interior» es un concepto de psicología, nacido de la terapia Gestalt, que considera que es la estructura psicológica más vulnerable y sensible de nuestro «yo». Se forma a partir de las experiencias, tanto positivas como negativas, que tenemos en los primeros años de la infancia.

Eso era verdad. Aquella visita me cambió los esquemas y provocó mis primeras reflexiones sobre la existencia humana. Además, ahora que me había metido en el ejercicio, no pensaba dejarlo a medias. Casilda me dio un voto de confianza.

—Te escucho —dijo sin ganas.

—La capilla se construyó por iniciativa de tres frailes franciscanos, ¿sabes? Y no era algo macabro digno del barroco; tenía como objetivo representar la fragilidad de la vida humana. De hecho, recuerdo el mensaje que rezaba en la puerta de entrada: «*Nós, ossos que aquí estamos, pelos vossos esperamos*».

—¿«Nosotros, los huesos que aquí estamos, por los vuestros esperamos»?

—Exacto. Y que sepas que no fue cosa de unos franciscanos portugueses tarados, no, no. Está documentado que, entre los siglos XVI y XIX, era común ver en centros religiosos de toda Europa osarios decorados.

—¿Osarios?

No sabía si Casilda lo preguntaba porque no conocía el término o porque le sorprendía que yo supiera demasiado.

—Construcciones arquitectónicas hechas de huesos humanos.

—Bueno, creo que he tenido suficiente.

—¡Esos huesos son una parte más de la arquitectura sagrada! —me quejé—. Y si no eres capaz de verlo como las obras artísticas y los lugares de reflexión que son, entonces apaga y vámonos.

Ella ignoró mi protesta.

Yo, que me había engorilado con el tema, carraspeé un par de veces y recité:

¿Adónde vas, caminante, acelerado?
Para, no sigas más adelante,
negocio no tendrás más importante
que el que está ante tus ojos presentado.
¡Ten en cuenta cuántos de esta vida tienen un pasado,
piensa que tendrás un final semejante!
Que tras reflexionar, es razón suficiente
como para que lo tengamos pensado.

Casilda no pareció impresionada.

—Ya ves, mientras unos memorizaban el «Pablito clavó un clavito», yo aprendí un soneto del prior de San Francisco del mil ochocientos y algo —dije.

Pero ella trataba de reconducir su ejercicio, que se había ido por unos derroteros que no estaban en absoluto en sus planes.

—Oye una cosa... Y siendo tan pequeña, ¿no sentiste miedo entre todas esas calaveras?

—¡Al contrario! Perdí el mayor de mis miedos.

—¿Ah, sí? ¿Y cuál era?

—El miedo a la muerte.

Casilda sonrió, satisfecha. Ahora sí, parecía que había pinchado en hueso y nunca mejor dicho.

—Nosotros tenemos una percepción de la muerte como una frontera fatal con la vida. Allí, en esa pequeña capilla portuguesa, descubrí que el diálogo entre los vivos y los muertos no es solo fundamental, sino necesario. Desde ese momento dejé de temer a la muerte, de ignorarla, para relacionarme cara a cara con ella.

—¿A esperarla?

—Más bien a buscarla. En el arte, en el cine, en los libros, en la calle... En las personas. Desde ese día, me enamoré de la muerte tanto como ya lo estaba de la vida.

Casilda, que tras el recuerdo amable pensaba preguntar por una situación de amenaza o estrés para tratar de enmarcar en este contexto un posible trauma producido como reacción a esa situación, se dio cuenta de que no iba a necesitar poner encima de la mesa esa segunda cuestión; ya lo había hecho yo misma.

—Entonces, ¿dirías que es amor lo que sientes por la muerte? ¿Fascinación? —preguntó.

No tuve tiempo de contestar porque terminó de formular su pregunta y su teléfono sonó, como si fuera la campana de un ring que anuncia el final del asalto. Respiré aliviada. Pero no mucho; el timbre no anunciaba el final del combate, sabía que en algún momento lo retomaríamos.

—Ajá. Sí. Entiendo. Por supuesto. Ahora mismo voy para allá —respondió escueta y colgó—. Tengo que irme, Ana. Ha llegado un recluso al Módulo 1.

—¡Vaya! Un pez gordo —exclamé contenta; se trataba del módulo de máxima peligrosidad, mi preferido. Todavía no había vivido ningún ingreso en ese módulo desde que empecé las prácticas—. Pues vamos para allá, no hagamos esperar a su excelencia.

—En efecto, se trata de un pez gordísimo. Así que iré sola.

32
Todo lo que no cubre la cinta policial

Miércoles, 7 de febrero de 2018
Comisaría Madrid-Centro (Leganitos, 19)

Marie fue andando desde la consulta por la calle Princesa. Al llegar a Plaza de España, el estómago se le encogió. Sabía lo que tenía que hacer y confiaba en su capacidad para sobrellevar aquello, pero estaba nerviosa; era consciente de que no había lugar para cometer errores.

Subía por la calle Leganitos cuando se dio cuenta de que no había pasado por allí jamás. Le sorprendió la sordidez que la rodeaba. Era curioso encontrar aquel microclima, propio de una ciudad abandonada, en pleno centro de la capital. Pasó por delante de un par de burdeles, coronados por neones desgastados, que olían a decadencia pura. En un portal sí y en otro no se encontraba con una peluquería china donde, por poco más de lo que cobraban por una «manipedi», ofrecían un masaje con final feliz.

Aquel era el entorno que rodeaba la mítica comisaría de Leganitos, a la que había llegado por fin. Le sorprendió la larga fila de gente que esperaba a la entrada; rodeaba casi la manzana.

Marie se puso a la cola. Pero, al ver que pasados unos minutos aquello no avanzaba, se acercó a la puerta, donde un agente —carpeta en mano— iba cribando a los que allí esperaban. Este discutía con un sujeto que a duras penas se tenía en pie; vestido con todo tipo de ropas de lana, montadas unas sobre otras, tenían tales agujeros que podrían contar como una única capa de abrigo. El agente se estaba poniendo nervioso y comenzó a gritar al pobre hombre.

Marie no osó interrumpir la discusión y reparó en que, unos metros más abajo, había otro policía apoyado en la pared que fumaba un cigarro con desgana; o terminaba el turno o estaba a punto de comenzarlo. Se soltó la melena, se pellizcó las mejillas y se acercó hasta él.

—¿Perdona, tienes un pitillo? —preguntó Marie, que no fumaba pero sabía echar el humo con una elegancia digna de Audrey tras un desayuno con diamantes.

—Claro, guapa. Toma —respondió el agente, acercándole uno y dándole fuego con su mechero.

—Gracias —dijo tras dar la primera falsa calada—. ¿Esto siempre es así? —Marie señaló la fila de gente esperando.

—Siempre. Un coñazo.

—¿Las colas son por el carnet de identidad?

—¡Ojalá! —exclamó el agente—. Pero no, bonita. Es que aquí siempre estamos a tope. Y como lo que más manejamos son drogas y hurtos, pues hasta las tetas cada día. Pero, ojo, que tenemos pedigrí, somos de récord: ¡la comisaría más frecuentada de España! Dicen que incluso de la Unión Europea.

—¿Y eso es bueno?

—Según se mire. En los últimos años hemos superado los ochenta mil partes y las cuarenta mil infracciones penales, ¡más que las registradas en comunidades autónomas enteras! Vamos, que aquí, como ves, solo nos viene la flor y nata.

Ahora era él quien señalaba al individuo que montaba jaleo en la entrada porque se había caído al suelo al tratar de atizar al agente, que seguía, carpeta en mano, perdiendo su paciencia con él.

—*Wow* —dijo Marie, dándole otra calada de mentira a su cigarro de verdad. No estaba impresionada, pero quería que él pensara que sí.

—Aquí abrimos 24/7, ¡todos los días del año! Y siempre al borde del colapso. ¿Sabes que si cerrásemos solo diez minutos tendríamos que chapar para siempre?

—Eso significa que sois muy necesarios, ¿no? —dijo Marie.

Agradecía el calor del cigarrillo en sus manos. Hacía frío, a pesar de que la calle era angosta y no dejaba pasar todo el viento que le había golpeado en Plaza de España. Llevaba un abrigo de paño color camel que no la protegía demasiado. Se molestó al darse cuenta de que había olvidado su bufanda en la consulta.

—Bueno, somos necesarios porque nadie quiere estar aquí.

—¿A qué te refieres?

—¿Este edificio dónde está? En el mismo centro de Madrid. ¿Tú crees que con el sueldo de un agente podemos pagarnos un alquiler por aquí? ¡Ni de coña! Llegar es un infierno y aparcar, tú me dirás... ¡Esto no lo aguanta nadie! La mayoría pide un traslado de destino en cuanto tiene oportunidad. Así que, ¿quiénes nos quedamos? Los jóvenes. Los que aceptamos currar por cuatro duros.

Marie se preguntó qué edad tendría. Las entradas prominentes le hacían dudar, aparentaba más años de los que parecía tener por sus palabras. Le hubiera echado más de cuarenta.

—Yo también trabajo en el centro, entiendo lo que me dices.

—¡Claro que lo entiendes, guapa! Al final, aquí sacamos el curro entre quinientos agentes y la mitad estamos en los treinta y pocos.

A Marie le fastidió no haber acertado con la edad; se enfadaba cuando su olfato fallaba.

—Pero es que eso no es lo peor. Este edificio está cochambroso. Seguro que tú no tienes ratas en tu trabajo, ¿verdad?

—Verdad —respondió Marie, que empezaba a pensar que le hubiera valido más la pena hacer la cola que aguantar el sainete para intentar entrar en la comisaría. Pero la fila seguía sin avanzar.

—Ni ventanas que se aguantan con cinta policial y por donde entra un frío del carajo, ni mesas partidas, ni puertas reventadas... —Ella negaba con la cabeza—. ¡Lo nuestro es de pena!

Cada vez se amontonaba más gente en la fila, que ya doblaba la esquina y de la que Marie ya no alcanzaba a ver el final. Había ido con tiempo de sobra (era una mujer tremendamente puntual), pero temía que aquella espera la retrasase en su cita.

—Aquí todo sigue como en los ochenta. —El agente se metió tres chicles de golpe en la boca. Marie sintió asco de que se mezclasen con la nicotina—. Y mira que nuestros sindicatos han denunciado muchas veces las condiciones en las que estamos, pero no sirve de nada. Mira ese compañero —dijo señalando a un policía que acababa de llegar en una moto del cuerpo—. ¡Va en una Frankenstein! A esas las llamamos así porque están fabricadas con cuatro motos rotas y se caen a cachos.

—Pero estas no son condiciones de trabajo —dijo Marie.

—¡Claro que no lo son! Pero eso díselo a los de arriba, que nos tienen ahogados en este agujero decadente, que cualquier día se nos cae a pedazos.

El agente señaló las plantas altas del edificio.

—Pues ahora mismo se lo pienso decir a... —consultó en un papel el nombre que le había apuntado Ana— ... a Miguel Ángel Gaona.

—¡Coño! ¿Vienes a ver al gallego?

Marie no respondió. No tenía clara la respuesta, aunque suponía que sí.

—Pero ¡mujer! ¡Haberlo dicho antes! Si vienes a ver al jefe no hace falta que hagas esa cola —dijo apagando el cigarro contra la pared y lanzando la colilla a un lado de la calle.

Después escupió la bolaza de chicles. Marie pensó que aquello no era propio de un agente, pero no le dijo nada e hizo lo mismo que él; estaba dispuesto a ayudarla y le podía venir bien tener un contacto ahí.

—Ven conmigo, te llevaré con Gaona. Entro en diez minutos, pero a ti te los regalo.

—¡Muchas gracias!

—Eres de las pocas tías que sabe escuchar.

Pensó decirle que se dedicaba precisamente a eso, a escuchar, pero como la mayoría de la gente tiende a sentirse amenazada cuando está frente a un psicólogo, decidió no compartir su profesión con él.

—Ha sido un placer. Por cierto, me llamo Marie —dijo ofreciéndole la mano.

—Yo soy Fran. ¡Un placer, guapa! —respondió él, ignorando su mano y plantándole dos besos.

Marie, que no era muy dada al contacto físico, se quedó inmóvil. Nunca había acabado de entender aquella manía de asaltar a las mujeres con besos en saludos y despedidas. Le parecía una absoluta invasión de su espacio vital. El agente, ajeno a toda incomodidad, la escoltó hasta la entrada, donde le soltó a su compañero un «viene conmigo» digno de la más selecta alfombra roja. Después pasó por el lateral del estrecho arco de seguridad. Marie iba a hacer la misma finta.

—Tienes que pasar por ahí —le dijo, avisándola de que ella no podía saltarse el control.

Pasó y el dispositivo sonó. El agente armado situado en el control de acceso le pidió que se quitara cualquier cosa metálica que llevase encima y que dejase también el abrigo en la cinta transportadora, que seguía en marcha. Marie obedeció y volvió a pasar, pero el chivato del arco volvió a protestar; esta vez pareció hacerlo incluso con más fuerza.

—Déjala pasar. Viene conmigo —repitió el tal Fran.

A Marie le sorprendió que confiase en ella de esa manera, sin saber ni quién era. Podía tratarse de la más peligrosa de las criminales y estar armada hasta las cejas, y la estaría dejando entrar con total libertad en su comisaría.

Pensó que a veces las mujeres tenían suerte. Sobre todo cuando se encontraban con tíos un poco simples. Era consciente de que no se había topado con un buen samaritano; aquel agente la estaba ayudando porque era una mujer y era atractiva. Podía, por ejemplo, haber ayudado al mendigo que seguía en la puerta discutiendo con el compañero de la carpeta. Pero a él lo había ignorado por completo.

Sin embargo, pensó que, por otro lado, aquello compensaba un poco todas las otras veces que el hecho de ser mujer había jugado en su contra. Todas las otras veces que por ser mujer había sufrido una injusticia. «*Deuce*», pensó.

Junto al agente armado del control había una agente que exigió a Marie que pasara de nuevo por el arco, como requería el protocolo. Ahí no había sororidad que valiese, pero él insistió.

—¡Venga, coño, Ortega! No seas así. Déjala pasar. ¡No seas estirada!

—Lo que no soy es gilipollas como tú —contestó ella, cabreada—. Haz lo que te dé la gana, pero que sepas que no autorizo esta entrada. Que quede claro.

La agente miró a su compañero y este le hizo una señal al tal Fran, aprobando la entrada con la cabeza.

—Tampoco has autorizado una sonrisa por las mañanas, ¿no? —dijo con sorna—. Menos mal que aquí trabajan compañeros de verdad. ¡Gracias, tío!

La agente le escupió con la mirada. Marie pasó, pensando que ya tenía un amigo (uno un poco cretino) en la comisaría y también una enemiga. Pero no le sorprendió, solía llevarse mal con las mujeres (también con los hombres, se llevaba mal con la gente, en general), así que estaba acostumbrada a esos desprecios. Y aun cuando estos no existían, ella los percibía como tales.

Caminaron por un estrecho pasillo que daba a una sala de espera. Allí, una traductora trataba de entenderse, con dificultades, con una pareja asiática a la que habían robado unos carteristas en Gran Vía. Realmente, el ambiente era decadente no solo en las paredes, que parecían sacadas de la casa del terror, sino en el sentir general.

—Aquí los turistas son siempre los peor parados, auténtica carne de cañón. Hacemos turnos de paisano por las tiendas del centro para protegerlos, pero siempre pringa alguno —le explicó Fran.

—¡Tome, señorita! —se acercó de pronto un tipo sudamericano a Marie, dándole un pequeño papel.

—¡Eh, eh! ¿Qué haces? ¡Aparta de aquí! —contestó el agente, dándole un fuerte empujón al individuo.

—¡Lo siento, lo siento! —se excusó alzando las manos—. ¡No he hecho nada malo! Solo le estaba cediendo mi número a la señorita que recién llegó. Yo no puedo apurar más aquí. Llevo perdidas ya tres horas de trabajo, mi jefe me va a matar. ¡Este sitio no tiene orden alguno!

—Muchas gracias, es usted muy amable —contestó Marie, cogiéndole el papel.

—Suelta eso. —Fran le cogió bruscamente el papel de la mano y lo tiró al suelo, hecho un gurruño—. Vienes conmigo. No lo necesitas.

A Marie le empezó a incomodar eso de que «iba con él» y se preguntó si no hubiera sido mejor hacer la cola como todo el mundo.

—Aunque el «panchito» tiene razón, ¡esto es un desastre! Mira qué caos... Esto es solo un reflejo de cómo está la institución. Y te digo una cosa, rubia, ¡es un milagro que el trabajo salga adelante! Si lo hacemos, es por el excelente trato humano que ofrecemos y el incansable esfuerzo que invertimos día a día los compañeros.

—¿Podrías avisar a Miguel Ángel Gaona? —cambió de tercio Marie, que empezaba a estar cansada de ser el buzón de quejas de aquel tipo.

Al agente no le gustó comprobar que, de pronto, aquella tía parecía no saber escuchar tan bien como le había parecido. Al ver que se le torcía el gesto, ella añadió:

—Ya sabes cómo son los de arriba, no les gusta que les hagan esperar.

—Tienes razón. Siéntate aquí, ahora vuelvo.

Sin saberlo, se sentó en la misma silla en la que días atrás se había sentado Ana, esperando también a Gaona. Pero entonces la cita era porque Rosario había desaparecido y ahora porque acababa de aparecer.

Estaba bastante preocupada y, aunque había pensado mucho cómo afrontar la conversación con el policía, le quedaba la más difícil de todas: la charla con Rosario. No estaba segura de cómo iba a reaccionar cuando supiese que su hijo había muerto. Marie sabía a ciencia cierta que ella no lo había matado y, precisamente por eso, sabía el terrible golpe que esa noticia iba a provocarle. Estaba convencida de que, desde ese momento, ya no podría contar más con ella. Las probabilidades de que todo saltase por los aires eran muy altas. Por otro lado, tampoco sabía cómo iba a sacarla de ahí.

A pesar del huracán que se avecinaba, Marie tenía una enorme capacidad para dominar sus nervios y para mostrar absoluta calma y sensación de control. Era algo que había trabajado con los años y que apenas le costaba esfuerzo. En los momentos más críticos era capaz de transmitir un dominio total de la situación que pensaba trasladar a la policía, para conseguir que dejasen a Rosario bajo su tutela. Sabía que no iba a ser tarea fácil.

—Enseguida viene —le dijo el agente, que ya estaba de vuelta—. El pobre se estaba peleando con el ordenador. ¡Es que van a pedales! Como la mierda de impresoras que tenemos... El otro día tuve que meter unos documentos en un USB e irme a imprimir a la copistería que hay en Callao. ¿A ti te parece normal? Esto es tercermundista, joder.

Gaona escuchó de soslayo lo que el agente estaba diciendo y, aunque sabía que tenía razón, no le gustó que compartiera las miserias de la comisaría con una extraña, no les dejaba en buen lugar.

—Ya sigo yo. Muchas gracias, agente.

—Por supuesto, subinspector. Ha sido un placer, guapa.
—Fran se acercó a Marie para darle dos besos, que ella, ahora sí, consiguió esquivar.

—Ha sido usted muy amable. Gracias —le dijo, como si de pronto no recordara quién era aquella persona.

—¿Es usted la señorita Bauvin? —Gaona pronunció, muy a la española, cada una de las vocales del apellido francés.

Ella no le quiso corregir y decirle que se pronunciaba «Bovén»; quería empezar con buen pie. Aunque eso provocó que el poco atractivo que le había parecido que tenía a primera vista se esfumase de un plumazo. Marie era una sapiosexual de pura cepa.

—Sí, soy yo. Encantada.
—Un placer.

Se estrecharon las manos.

—Y muchas gracias por venir tan deprisa. Me ha dicho la señorita García de la Serna que podíamos contar con sus servicios. Se trata de una emergencia, así que ciertamente se lo agradezco.

—Por supuesto. Aquí me tienen.

—Pasemos a mi despacho, si le parece. Sé que no es su paciente, así que le haré un pequeño *briefing* para ponerla al día.

—En realidad, sí se trata de mi paciente —afirmó Marie, que ahora sí se veía en la obligación de corregirle.

—Vaya, pensaba que era la señorita García de la Serna la que estaba a cargo del tratamiento psicológico de Rosario Jiménez —dijo Gaona, extrañado.

—Eso fue algo... circunstancial. Hemos tenido algunos cambios recientes en el gabinete y la señorita García de la Serna —dijo con especial retintín— me ha estado echando una mano. Pero yo soy experta en este tipo de casos y, créame, soy la persona más adecuada para llevar a cabo su acompañamiento psicológico. Y mucho más ahora.

Marie miró a su alrededor, contándole a Gaona con sus ojos que aquel era un lugar hostil y que debía serlo especialmente para Rosario. Este no acabó de entender por qué, si ella era la terapeuta de Rosario, no había sabido de su existencia hasta entonces.

—En cualquier caso, pasemos a mi despacho, si le parece.

33
El Hollywood cheli

Miércoles, 7 de febrero de 2018
Parroquia Nuestra Señora de África
(Algorta, 14, Carabanchel)

Estaba llegando a Carabanchel cuando me di cuenta de que, con las prisas, no había parado a comprar unas pastas o algún dulce con el que presentarme ante Manoli. No iba a empezar con buen pie, pero no podía retrasarme más. Por lo menos, había conseguido convencer a Gaona de que Marie fuese a la comisaría por mí y, teniendo en cuenta que había huido de su casa, previo registro exhaustivo, no era un logro menor. Había esquivado un bache, pero habíamos quedado en vernos después y no estaba segura de poder esquivar dos.

Por otro lado, me molestaba ese insistente interés de Marie en Rosario, sobre todo ahora que el caso tenía una gran cobertura mediática. Algo me daba mala espina... Pero con ella siempre había algo que me la daba. Y, sea como fuere, que Rosario hubiera aparecido con vida era una maravillosa noticia.

Había cruzado de lado a lado la colonia Tercio y Terol. Me encantó descubrir que, a tan solo unos minutos del centro, existía ese pequeño pueblo de casas bajas amarillas, que me recordó bastante a Aranjuez. Era un barrio humilde, y las viviendas, los adoquinados, las farolas o los jardines se veían modestos, pero todo desprendía un calor especial. Era una zona tranquila y perfecta para una familia. Por eso era la zona perfecta para cualquiera que no fuese yo.

El GPS me estaba volviendo loca, estaba cerca pero no terminaba de llegar a destino. Me encontraba dando vueltas como un hámster por los alrededores de la parroquia en una zona menos coqueta, de bloques de pisos clonados sin gracia alguna. Pero no eran demasiado altos, con lo que dejaban ver el azulísimo cielo del invierno de Madrid. Por fin encontré aparcamiento, justo delante del metro de Urgel.

Caminé cinco minutos y enseguida me encontré frente a la iglesia Nuestra Señora de África. El edificio me dejó un poco fría; demasiado moderno, para mi gusto, me sorprendió el altísimo torreón, coronado por una gran cruz dorada. Su estructura mezclaba la tradición occidental y bizantina, acabando en una cúpula octogonal. En resumen, me parecía un enorme quiero y no puedo. Y aunque me recordaba a otras parroquias de Madrid, me la había imaginado más sencilla, más de barrio. Austera pero acogedora; más como la capilla del Cortijo[25] de Casilda.

Las impolutas paredes blancas de su interior transmitían una paz que consiguió sosegar un poco mis nervios. El olor a incienso, sin embargo, me mareó bastante.

---

[25]   Real Cortijo de San Isidro, pedanía de Aranjuez.

La enorme sala se encontraba vacía, en silencio. Al fondo, una mujer encendía unos candeleros. Me acerqué hasta ella.

—¿Manoli? —pregunté.

Me di cuenta de que no conocía su apellido.

—Eres... ¿tú? —respondió dubitativa. Se dio cuenta de que ella tampoco sabía mi nombre. Se había citado conmigo de buena fe—. ¿Eres la ayudante del policía? —dijo finalmente.

—La misma —respondí.

Agradecí la indefinición de las dos, no había pensado un nombre en clave para aquella pantomima y, por seguridad, prefería no darle mi nombre real.

—Llegas muy tarde —me recriminó mirando el reloj. Eran ya las cinco y diez—. No creo que pueda atenderte más de diez minutos. Los chicos están a punto de llegar.

—Serán suficientes. Muchas gracias, de todas maneras.

Manoli toqueteaba todo con nervio, colocando y recolocándolo de forma compulsiva.

—Es una parroquia muy bonita.

—Gracias, la cuidamos mucho.

—Y muy moderna, ¿no?

—Es que hasta hace tres años no hemos terminado el templo, el que nos merecíamos. Y fíjese que la parroquia es de 1975. Pero bueno, las cosas de palacio...

—¿Y dónde se reunían?

—Depende del momento, hemos ido de aquí para allá. Pero casi siempre en un local de la colonia. Donde vivimos la gente humilde, no como otras.

Pensé que lo decía por mí. Iba vestida con una americana, una camisa blanca y unos *stilettos*. Me había soltado el pelo —solía llevarlo recogido en una coleta— y llevaba, a modo de diadema, unas gafas de sol. Pero pronto descubrí que el dardo iba para Rosario. Ese y todos los demás.

—Como tiene poco tiempo y no me gustaría robarle más de lo necesario, ¿le parece si entramos en materia?

Saqué una libreta y un bolígrafo del bolso.

—Antes de que usted comience, yo también tengo unas preguntas —dijo.

—Por supuesto, lo que necesite.

—¿Es usted policía?

Se fijaba mucho en mi ropa, claramente quería asegurarse de que hablaba con la persona adecuada.

—Por supuesto, solo que he venido de paisano. Lo hacemos así, para que resulte más cercano hablar con ustedes y no llamar la atención entre los vecinos. Pero, sobre todo, para no ponerla en una situación incómoda —me saqué de la manga.

Estaba totalmente metida en el papel y me sorprendió lo poco que me costaba mentir. Además, recordaba lo mucho que había expresado Manoli su malestar por verse envuelta en todo ese asunto. Coló.

—Bien, entonces comenzaré...

—No he acabado todavía —me interrumpió—. ¿Es usted compañera de esa?

—¿De quién?

—Es que prefiero ni mentarla. ¿Qué clase de madre le arrebata la vida a su pequeño?

—Entiendo que se refiere a Rosario Jiménez.

Asintió con la cabeza.

Iba a decirle que no se había podido demostrar que ella fuese la autora del asesinato, pero yo también tenía mis dudas.

—Eh, bueno... —Si trabajaba para Gaona lo más probable era que también lo hiciese con Rosario. Ante las dudas, fui escueta—. Sí.

—Para acabar, además de compañera de la susodicha, ¿es también su amiga?

—No.

Vi por dónde iban los tiros y ahí estuve ágil.

—Bien, en ese caso, puede usted comenzar.

—Estupendo. Antes de nada, me gustaría recordarle, respecto a su cita de esta tarde con mi superior, que será mejor si no le cuenta que hemos hablado. Este perfil debía haberse creado desde el primer momento en que se interpuso la denuncia de desaparición de Rosario y...

—¿Desaparición? ¡Ja! Sabré yo en las sábanas de quién ha estado metida todo este tiempo ese moscardón con pinta de mosquita muerta... —farfulló Manoli.

—Perdone, ¿cómo dice?

—Nada, nada. Continúe —disimuló la mujer, que esperaba que no la hubiera escuchado.

—Lo que trataba de decirle es que si mi jefe se entera, me juego el puesto. ¿Puedo contar con su discreción?

Asintió con la cabeza, sin ganas y sin mucha convicción. Pensé que, en cualquier caso, no sabía quién era yo. Y si me describía, a Gaona le costaría reconocerme. Lo más probable es que pensase que se trataba de una periodista usando una técnica que, aunque sucia, resulta bastante habitual.

—¿Qué relación le une con Rosario Jiménez?

—Somos cuñadas. Y soy su única familia aquí, además de su marido y del niño. Mi bendito Amador, que en paz descanse. —Se santiguó—. Pobre criaturita del Señor.

—Entonces, ¿Rosario no tiene a nadie más en Madrid?

—De familia no, ella es de Córdoba y todos viven allí. Ahora, por aquí cuenta con más gente, ya lo creo que sí.

Manoli insistía en sus insinuaciones. Hablaríamos de eso luego.

—Entonces, es usted la hermana de Amador Pizarro...

—Se equivoca, señorita, soy también cuñada de Amador. La mujer de su difunto hermano, Andrés, que en paz descanse.

Se volvió a santiguar. Noté que sus nervios afloraron sutilmente; por algún motivo, le incomodaba hablar de él.

—¿Puedo preguntarle cómo murió su marido?

—En un accidente de tráfico. Llevando el taxi.

—¿El de Amador?

—No. Bueno, sí. Mi Andrés trabajaba en la empresa de taxis de su hermano, era un asalariado más. Una noche se durmió al volante y... —Manoli contuvo el aire—. No se pudo hacer nada.

—¿Entiendo que la empresa sigue en funcionamiento?

—Sí, pero ya no va tan bien como antes. En la época de vacas gordas había una flota de quince taxis en activo, ¡hasta recibíamos cesta de Navidad y Andrés tenía pagas extras! Poco a poco la cosa se puso peor y ahora solo hay tres coches en las calles, y Amador se ve haciendo el taxi también. ¡Con lo que él ha sido! Una auténtica institución en el barrio. También por su generosidad. Si mi Andrés hubiera aprendido de su hermano, otro gallo cantaría...

—¿A qué se refiere?

—Amador fue siempre el ojito derecho de todos; el primero, de su abuelo. Tras su muerte heredó unas tierras, que vendió muy bien, y consiguió montar la empresa. Trabajó duro y le regaló un palacio a la doña.

—¿A Rosario?

—La misma. Mientras unos vivimos en el San Isidro humilde, otras han tratado de hacer de esto su Beverly Hills. Es que Rosario nunca asumió que vivía en Carabanchel, ¿sabe? Ella ha odiado siempre este barrio y a los vecinos trabajadores que lo hemos levantado con esfuerzo. Nos ha mirado siempre por encima del hombro. ¡Creía que ella se merecía más! Así que el bueno de Amador le construyó un casoplón, que fue el germen de una pequeña comunidad de lujo. ¡Aquí, a nuestro lado! Para darnos en los morros a los que nos vemos apurados para llegar a final de mes. —Manoli se atragantaba con la envidia y la rabia, así que tragaba saliva deprisa—. Tienen piscina y de todo, ¿sabe? Y por supuesto, la suya, la mejorcita de todas.

—¿Los que se ven apurados?

—Los Vecinos de la Pradera Tercio Terol, somos una asociación. Nos ayudamos, nos acompañamos. Hay gente que a veces nos necesita para comer, para poner la calefacción, para comprar los libros de los chiquillos. Ella nunca se ha involucrado, ¿para qué? ¡Mejor gastar todo el dinero de su marido en cloro para su piscinita! Bueno, y en esos bolsazos que lleva y en hacerse la manicura... ¡No la verá usted compartir ni un céntimo! Yo, sin embargo, soy una pieza fundamental en esta comunidad. Vivo entregada a los demás, porque aquí todos hacemos piña... Bueno, todos los que necesitamos algo en la vida. Cuando te lo han dado todo, en lo último que piensas es en compartir.

A Manoli se le llenaba la boca hablando de ella misma, tanto como se le llenaba de reproches hacia Rosario por su supuesto tren de vida y su egoísmo para con la comunidad.

—Pero Rosario Jiménez es una mujer trabajadora, tiene un empleo como policía nacional. Entiendo que llevará un sueldo a casa...

—Sí, pero ¡porque quiere! El bueno de Amador le ha consentido todos los caprichos que ha tenido en esta vida. ¿Quiso ser policía? Ahí estuvo él, apechugando. ¡Como si eso fuese trabajo para una mujer! Y dejando solo a su niño con seis años... El pobrecito. Mi pobre pequeño.

Si a Manoli le hubiesen dado un euro cada vez que se santiguaba, hubiera podido comprarse una piscina junto a la de Rosario. Era curiosa la mezcla de tristeza y rabia que manejaba.

—Pero ¿quién estuvo ahí para ayudarla? Manoli, claro. Como si yo no tuviera mis propios sueños... Pero ahí estaba yo, haciendo de chacha y de niñera para que la doña pudiese jugar a polis y cacos. ¡Y su marido *eslomao* por su familia! Cualquier mujer mataría por tener un esposo así a su lado. Pero todo era poco, para ella nunca fue suficiente y fue a picotear cerecitas en otros arbolitos. Si es que no se hizo la miel para la boca del asno...

Aquella mujer llevaba dentro tanto odio y tanto rencor que hubiera podido encender todos los cirios de la parroquia con sus palabras.

—Mire, yo me crie aquí, yo soy carabanchelera de pura cepa, ¡y a mucha honra! Y conozco a los hermanos Pizarro desde pequeños. Nuestros abuelos jugaban juntos al mus y nuestras madres preparaban los servicios de los domingos, como yo. —Manoli doblaba y redoblaba los pequeños manteles que había colocado sobre el altar. De nuevo, no era necesario, pero trataba de parecer muy ocupada—. Pero ya ve, me quedé con el hermano malo.

Enseguida se arrepintió de haber dicho eso en voz alta, aunque era exactamente lo que pensaba.

—Fíjese en lo que he vivido yo todos estos años, ¿y me ha oído usted quejarme? ¡Ni una vez! ¡Ni una sola!

Contuve con fuerza la sonrisa; me hizo gracia que dijera eso cuando lo único que había hecho era quejarse.

—«Háganlo todo sin quejas ni contiendas, para que sean intachables y puros, hijos de Dios sin culpa en medio de una generación torcida y depravada» —recitó solemne.

—Entiendo que entre usted y Rosario no existe una buena relación...

—¡Existió! Hasta que ella perdió el norte y abandonó a su familia. ¡Y por ahí sí que no! Él matándose a trabajar en el taxi, dándole todos los lujos, y ella, en vez de cuidar de su casa como una buena esposa, ¿qué? ¡A hacer lo que le salía del mondongo!

—Bueno... —traté de meter baza, pero era imposible. Aquella mujer llevaba mucho dentro.

—¡Pues no he tenido yo que ir veces a hacerle la merienda al pequeño Amador! Y me he visto dándole un repaso de mocho a la casa, que la tenía hecha unos zorros. ¡La muy cochina! Eso es lo que es. Y no lo digo solo por la casa, pero vamos, que a mí no me gusta hablar...

Una mujer entró en la parroquia, se santiguó y se puso de rodillas en un banco, reposando la cabeza sobre las manos, entrecruzadas con fuerza. A partir de ese momento, Manoli trataba de susurrar, pero la rabia la llevaba a hacerlo con tanta fuerza que en realidad se escuchaban perfectamente sus murmullos.

—¡Dios ha estado siempre de su parte! No fue igual de misericordioso conmigo y con mi Andrés, que nunca fuimos capaces de engendrar una criatura. Pero yo acepté su voluntad, porque es lo que hacemos las buenas cristianas. Y acepté que se lo diera a esa ingrata y lo quise y lo crie como si fuese mío. ¿Y ahora la malnacida se lo quita de en medio? ¡Ave María purísima! —Se santiguó tres veces, de forma compulsiva—. ¡Mi pobre chiquitín! ¡Y todo por matar en vida a su pobre marido! ¡Qué valor! —gritó—. ¡Va a arder en el infierno! ¡Se lo aseguro! ¡Dios perdona, pero también castiga!

La mujer del fondo, horrorizada por lo que acababa de escuchar, chistó con fuerza pero sin levantar la cabeza de su rezo. No era el lugar para hablar de esos temas, aunque la colonia entera no hablase de otra cosa desde hacía días.

—¿Cree que Rosario mató al pequeño Amador? —susurré.

—¡Pues claro! ¿Quién si no? Ese niño era la alegría del barrio, un lucerito que nos iluminaba a todos. Pero claro, ella sabía que Amador iba a dejarla, que ya no la aguantaba más. Y se ha vengado así, con el más indefenso —dijo compungida y tratando también de hablar bajito. Pero la rabia que contenía estaba en su punto de ebullición.

—¿Cómo sabe usted eso?

—¡Porque me lo había confesado él! Que no la aguantaba y que pensaba dejarla por... —Manoli se calló de pronto, consciente de que estaba hablando de más.

—¿Dejarla por quién?

—Eso no es asunto mío. Yo no hablo de lo que no debo —dijo con un aire de dignidad.

—¿Y no podría ser que fuese Rosario la que pretendía abandonar a su marido? —pregunté.

—Es usted una ingenua si cree que la doña iba a renunciar a vivir rodeada de oro.

—Depende, quizá si lo que es de oro es una jaula...

—Pues si eso es una jaula, ¡aquí tienen una voluntaria para que me encierren ahí de por vida! —dijo levantando la mano derecha.

Cogí aire, estaba a punto de hacer una pregunta peligrosa y, viendo la actitud de ella, no estaba segura de que sirviera de mucho, pero debía hacerla. Era necesario después de lo que había descubierto en el ordenador de Gaona.

—Señora, ¿cree usted que Rosario sufre maltrato por parte de su marido?

—Pero ¡qué está diciendo! ¡De ninguna manera! ¡No permitiré que se mancille el nombre de un buen hombre, un gran esposo y un excelente padre! —gritó, olvidando ya por completo lo de bajar el volumen.

La mujer del fondo, molesta, se metió por un pasillo en busca de alguien con autoridad que frenase el alboroto. Manoli se dio cuenta.

—Venga aquí.

Nos resguardamos en un rincón. Volvieron los susurros.

—Yo no le he dicho nada, pero... el maltrato lo sufre él, pobrecito.

—¿Qué quiere decir?

—Que es un *cuernudo*.

—¿Rosario tiene una aventura?

—Lo que oye. La mosquita muerta —ya no le importó decirlo en voz alta—, que parece ser que alterna con un policía, no se sabe desde cuándo.

Sentí un latigazo en el estómago.

—¿Y quién es el policía con el que alterna?

—Sé que es uno de sus compañeros. Amador me dijo que les había pillado hablando varias veces y, bueno, de otras maneras.

—¿De otras maneras?

No estaba segura si decía la verdad, el tono, las formas... parecían chismorreos de patio de vecinas. Pero Manoli parecía disfrutar con el jugo de la historia.

—Ya sabe, mujer, otras maneras... No me sea usted también mosquita muerta.

—Querría saber a qué se refiere exactamente. Esa es una acusación muy grave.

Manoli, como si pensara que iban a sacar un polígrafo en cualquier momento, reculó.

—Estamos en la casa del Señor, no me hará usted explicarle con detalle esas historias de alcoba.

—En ese caso, esto más que un dato es una suposición.

—De acuerdo, pues le daré un dato. Pero yo no he dicho nada, ¿estamos?

—Estamos.

—El día antes de desaparecer, Rosario durmió en casa de su amante. Amador me contó que la había seguido hasta allí. Intentó entrar en la casa, pero le fue imposible. Al final, desistió porque se trataba de un policía y no quería problemas. Pensó que ella volvería al día siguiente. Pero no apareció. Cuando no fue ni a buscar al niño al colegio, Amador entendió que no pensaba volver. Ese la ha estado ocultando todo el tiempo.

—¿Y Amador no sabe qué aspecto tiene?

—No. Ella llamó al portero y subió sola. Pero ha leído sus mensajes en el teléfono y ha visto sus llamadas. Sabe a ciencia cierta que mantenía una aventura con él.

—Entonces, sabrá cómo se llama...

—Lo tenía guardado en el móvil como Liño; pero Amador ha comprobado que no hay nadie en la comisaría de Rosario que responda a ese nombre.

Sentí como si se me parase el corazón.

—¿Ha dicho Liño?

—Sí.

—¿Está segura de que ese es el nombre?

—Segurísima.

Pensé que yo también había estado siempre segurísima.

—Liño, pero ¿qué nombre es ese? ¡Fíjese! Si ya tienen nombrecitos y todo, los muy cochinos... ¡Es patético! ¡Y vergonzoso! Cómo se atreve, hacerle eso al santo sacramento del matrimonio. Y a un hombre tan bueno... Amador se merece una mujer de verdad. Algunas sí sabemos cómo tratar a un buen hombre. —Manoli se sacudió la falda.

Mientras tanto, la mujer que no había conseguido llevar a cabo sus rezos apareció al fondo del templo con un sacerdote que tenía todos los números de ser el padre Joaquín.

—Mecachis... Será chivata... —refunfuñó Manoli—. Lo siento, voy a tener que dejarla.

—Y yo tengo que mandar a paseo a alguien —refunfuñé yo también.

—¿Qué dice?

—Nada, nada. Que ha sido usted muy amable.

—Si falta algo más, se lo contaré esta tarde a su jefe.

—Nada más, me ha sido de gran ayuda. Recuerde, mejor no hable de mí con el subinspector.

El padre Joaquín y su devota feligresa estaban a unos pasos de nosotras. Estreché la mano de Manoli y me fui.

—Señora, una última pregunta —añadí unos pasos más adelante—. ¿Por qué cree usted que Rosario Jiménez mataría a su hijo?

Manoli, cual torero que ofrece el trofeo a la plaza, se santiguó con más devoción que las veces anteriores.

—Solo Dios puede saberlo.

> Gaona, cancelamos lo de Macera. No voy a poder llegar.   17:27 //

No podía esperar a que Dios contactase conmigo, pero yo sí podía contactar con Gaona.

¿Cuántos capítulos nos quedan por ver del caso «Pizarrín»?

El trágico crimen que rodea la muerte del pequeño Amador Pizarro da un nuevo giro.

MADRID, 8 Feb. (DIARIO CAPITAL).— Nuevos y terribles acontecimientos sacuden el caso «Pizarrín». Según han confirmado fuentes policiales a este diario, hoy, a primera hora de la mañana, Rosario Jiménez ha sido hospitalizada en un estado de inconsciencia y con signos de traumatismo leve. Fue trasladada por los servicios de emergencias hasta el Hospital Gregorio Marañón tras un intento de suicidio.

Jiménez —detenida como presunta autora material de la muerte del pequeño Amador Pizarro— había ingresado, como medida cautelar, en el calabozo de la comisaría de Leganitos, alrededor de las cuatro de la tarde del miércoles. Unas doce horas después, en la madrugada del jueves, intentó quitarse la vida en su celda. Para ello, habría tratado de ahorcarse utilizando los cordones de sus botas atados a uno de los barrotes de la celda.

Después trepó por los otros barrotes y se colgó de la horca improvisada.

Son diversos los elementos que pueden propiciar una muerte por suicidio, como el peso del individuo, la altura de la caída, el tipo de cuerda utilizada y la anchura de la misma. Fuentes médicas consultadas calculan que Jiménez podría haber estado suspendida de la soga improvisada de tres a cinco minutos.

No obstante, el material de los cordones no resistió su peso y se rompió, provocando la caída de Rosario, que se desplomó en el interior de la celda. A pesar de que el batacazo le provocó una fuerte contusión en la cabeza, parece que gracias a esa fortuita caída habría conseguido conservar la vida. Aun así, el tiempo que pasó suspendida de aquella cuerda fue suficiente para hacer que perdiese el conocimiento y entrase en cuadro súbito de coma.

Jiménez fue descubierta en el suelo de su celda individual del calabozo de la Comisaría Nacional del distrito Madrid-Centro por uno de los agentes que hacía una guardia rutinaria durante la madrugada; estaba en posición decúbito dorsal.

Tras dar aviso a los servicios de emergencias, fue trasladada al Hospital Gregorio Marañón, donde ingresó con lesiones cerebrovasculares, pero en un estado cardiorrespiratorio estable. Allí permanece ingresada, desde última hora de esta madrugada, con pronóstico reservado.

Este hospital, que dispone de tres habitaciones y diecinueve camas específicas para presos, es al que van los internos de Soto del Real y Aranjuez, así como los detenidos de las diferentes comisarías de la Comunidad de Madrid. Estas habitaciones se rigen por el régimen penitenciario, con registro de visitas regulado y custodia policial en los accesos, con un control estricto y el acceso muy limitado, incluso para los sanitarios que les atienden.

Aunque todavía se desconocen las causas del intento de suicidio, todo apunta a que Rosario, que fue detenida tras llevar fugada desde el pasado 2 de febrero, no habría podido soportar tanta presión.

Fuentes cercanas a la familia han podido confirmar que el marido no ha querido tener contacto con Jiménez desde que fue detenida. Es más, algunos vecinos con los que ha podido hablar este medio aseguran que Amador Pizarro estaría tramitando el divorcio.

Los datos avalan que el ahorcamiento es el mecanismo empleado con mayor frecuencia en las muertes por suicidio. Pero, a la espera de conocer el estado actual de Jiménez y cómo será su recuperación (teniendo en cuenta que se estima que un setenta por ciento de los pacientes que han estado en coma padezca algún tipo de secuelas), surgen muchas dudas.

¿Cómo ha podido ocurrir un hecho como este dentro de unas instalaciones policiales? ¿Por qué Rosario Jiménez no fue despojada de su calzado, como indica el reglamento? Y, la más importante de todas: dado el historial de Rosario Jiménez, la gravedad del caso y el estado en el que se encontraba (al entrar en comisaría se le realizó un examen médico que determinó que sufría una crisis de ansiedad), ¿cómo no se activó el protocolo para presos en peligro de suicidio?

Según fuentes judiciales, se ha abierto una investigación para esclarecer lo sucedido y exigir posibles responsabilidades.

Este diario ha podido hablar con un agente que trabaja en esa comisaría y ha puesto de manifiesto las dificultades a las que a menudo se enfrenta el gremio para realizar las vigilancias. Más de la mitad de los calabozos en las comisarías no cuentan con sistemas de videovigilancia con grabación, aunque el Ministerio del Interior prometió ponerlos en todos los calabozos de comisarías en 2015. Mientras se implementa esa tecnología, la vigilancia sigue supeditada a su «viabilidad técnica».

Cabe destacar que dicha comisaría ha sido ya denunciada por diversas organizaciones, no solo por la escasez de recursos a la que se enfrenta, sino por las lamentables condiciones sanitarias y de higiene del calabozo.

Un calabozo que podría haber sido también un arma letal para Rosario Jiménez.

Se desconoce cuánto tardará en recuperarse la presunta filicida, que debía comparecer en sede judicial en las siguientes setenta y dos horas desde su detención. Fecha que se pospondrá hasta que consiga recuperarse... Si se recupera.

¿Es ahora Rosario Jiménez una víctima de su propia guerra?

34
¿Es posible?

Miércoles, 7 de febrero de 2018
Comisaría Madrid-Centro (Leganitos, 19)

Marie se sentó frente a frente con Gaona, de nuevo sin saberlo, en la silla que hacía unos días había ocupado Ana. Pero allí no había surgido la misma magia; por alguna razón que el subinspector no sabía explicar, aquella mujer no le daba buen *feeling*. Le ofreció un café, pero ella lo rechazó. Estaba impaciente por entrar en materia.

—¿Cómo se encuentra mi paciente? —preguntó decidida.

Gaona seguía sin entender que ahora fuese ella la terapeuta de su compañera. Y entonces pensó en Ana. Como llevaba haciéndolo todo el día. Como llevaba haciéndolo desde hacía días. Realmente habían pasado una noche estupenda, y ella se había ido de aquella manera... Pensó que otra vez una mujer le provocaba dolor de cabeza y se enfadó consigo mismo por haber dejado que sucediera. Pero luego lo arreglarían tomándose unos cócteles en aquel sitio donde macerában la ginebra y volverían a conectar. Estaba seguro.

—Parece que Rosario ahora está un poco mejor. Más tranquila, al menos. Los servicios médicos le han administrado tranquilizantes y creo que ha conseguido dormir algo.

—¿Tranquilizantes?

—Sí, cuando llegó aquí estaba fuera de sí. Le realizaron un control médico. Y también un test toxicológico, pero dio negativo, así que descartamos que se encontrase bajo los efectos de cualquier tipo de estupefaciente.

—¿Rosario Jiménez consume drogas?

—No. Vamos, no lo creo. Se trata del procedimiento habitual en estos casos. Aunque yo no hubiera necesitado realizar test alguno; cuando la vi, me di cuenta de que estaba sufriendo un ataque de ansiedad. Se encontraba muy alterada, como ida; por eso contacté con Ana de inmediato.

Se arrepintió de haberla llamado por su nombre de pila. Temía que su interlocutora pudiera percibir que había pasado algo entre ellos y eso no sería nada profesional. Además, no solo estaba dolido por su huida en mitad de la noche, sino por que no estuviera allí dando la cara por Rosario.

—¿Estaba así cuando la detuvieron?

—No. Cuando la encontraron estaba tan solo distraída.

—¿Cómo la encontraron?

—Más bien diría que fue un tropiezo. Un compañero de la municipal la reconoció.

—¿Cómo?

La pregunta era absurda. La cara de Rosario había dado la vuelta a España y a parte del extranjero porque la prensa internacional más sensacionalista también se había hecho eco del caso «Pizarrín». Gaona no quiso importunarla.

—Se emitió una orden de busca y captura contra ella, tras confirmarse que la bala encontrada en la cabeza del crío pertenecía a su lote de munición oficial. El compañero hacía una ronda rutinaria de control por la zona cuando le pareció reconocerla.

—¿Dónde la encontraron? —preguntó Marie con cierta ansiedad.

—En un portal residencial, correspondiente al número 7 de la calle Velázquez.

Marie rebufó.

—¿Saben qué hacía ahí?

—Al parecer, es donde estaba escondida desde el viernes pasado.

—¿Cómo lo han averiguado?

—Ella misma nos lo ha contado.

Marie empezó a notar que una fuerte tensión se le agarraba al pecho.

—¿Y adónde se dirigía?

—Dice que iba a ver a su hijo.

—¿Cómo?

—Sí, estaba a punto de subirse a un taxi para ir a ver a su hijo.

—¿A su hijo?

—¡A su hijo! —exclamó Gaona—. Sorprendente, ¿verdad? Y no crea que iba de camino al cementerio, no, no. Iba derechita al colegio, pensaba verlo en el patio del recreo. Dice que solo quería asegurarse de que estaba bien.

—Entiendo.

—¿Cómo que entiende? ¡Rosario no sabía que el chiquillo está muerto!

—O eso es lo que cuenta —dijo la voz de alguien que acababa de entrar por la puerta, dejando pasar una corriente de aire helado—. Emiliano Suárez, inspector jefe. Encantado.

—¿Su jefe? —le preguntó Marie a Gaona.

—Es de Homicidios —respondió Gaona.

A Marie no le gustaba que se sumase más gente a la fiesta. Gaona le parecía bastante maleable y sentía que empezaba a tenerle donde quería.

—¿Y usted es...?

—Marie Bauvin, psicoterapeuta —dijo sin mayor alarde.

—Ah, sí, la otra loquera. Ya sé.

Gaona sintió vergüenza ajena. Odiaba trabajar mano a mano con él, pero el caso ya no era solo suyo y tenía que tragar con ese compañero un tanto cafre.

—Como le decía, fue el policía local quien le comunicó a Rosario, casi sin querer, que su hijo había fallecido. Ahí es donde ella entró en colapso y por eso los calmantes. Ya no pudimos continuar con el interrogatorio, perdió el control por completo.

—Eso no la exculpa de nada. No me digas que esperabas que nos dijera «hola-qué-tal-he-matado-a-mi-hijo» —soltó Suárez muy rápido, saludando con la mano. A Gaona no le sentó bien la burla.

—Hablo en serio. Rosario se encontraba fuera de sí, parecía que de verdad acababa de recibir la terrible noticia. La conozco bien, nunca la había visto así.

—Que la conoces, ya me he dado cuenta —apostilló Suárez.

—Señorita Bauvin —dijo Gaona, evitando el enfrentamiento con Suárez—. Tengo dudas sobre si es posible.

—¿Si es posible qué?

—Que no sepa nada de la muerte del niño. La crisis de ansiedad comenzó cuando el policía le habló de su hijo fallecido. Ella nos jura que no sabía que el niño estaba muerto y, por supuesto, que no tuvo nada que ver en el crimen. ¿Podría ser eso posible?

—Cómo te gusta hacer juicios paralelos, ¡no somos nosotros los que debemos decidir eso! —se quejó Suárez, que empezaba a estar harto de que su compañero tratara de limpiar el nombre de Rosario Jiménez, incluso ahora que estaba hasta arriba de mierda.

—Podría ser que estuviera en estado de *shock* o que se trate de un mecanismo de negación que el cerebro realiza para protegerse de sus propios actos, de aquellos de los que reniega. —Marie hizo una pausa para mirar fijamente a Suárez—. O podría tratarse, simplemente, de que Rosario Jiménez es inocente.

—¿Usted también viene con esas? —dijo Suárez, indignado.

—Me temo que esa hipótesis, aunque me gustaría que fuese cierta, es bastante improbable. Difícil de justificar, cuando menos —explicó Gaona—. Todos los indicios apuntan a que fue ella. Aunque...

—Rosario Jiménez va a ser citada a declarar en sede judicial como autora material de asesinato —confirmó Suárez.

—Debo decirles que, y hablo como profesional de la psicología —le puso énfasis al «profesional», no le había gustado nada eso de «loquera»—, me cuesta creer que mi paciente sea responsable de la muerte de su propio hijo.

Gaona sonrió satisfecho al escuchar aquella afirmación.

—¿Qué hay del marido? —preguntó Marie.

—Está cubierto —respondió Suárez.

—Estuvo trabajando, lo hemos comprobado —continuó Gaona, que parecía haberse convertido en el apuntador—. La puerta no fue forzada, así que quien entró lo hizo por la puerta principal y con la llave de la vivienda. Todo apunta en una dirección.

—Me temo, señores míos, que no hay mucho más que rascar. —Se frotó las manos Suárez.

—¿Han leído la teoría sobre el secuestro? —preguntó de nuevo Marie.

—¡He leído de todo en estos días! Han especulado en tantas direcciones que solo puedo reírme. Han hablado incluso de crimen organizado, de mafia rusa...

—¡No deberías hacer caso a esas paparruchas! —interrumpió Suárez a Gaona—. En estos casos, la respuesta más simple suele ser la correcta. ¿Ha oído hablar de la navaja de Ockham? —añadió dirigiéndose a Marie.

Parecía que el de Homicidios se había aprendido bien ese concepto filosófico y lo encajaba cada vez que podía. Pero Marie no le dio pie para explayarse. El perro viejo sintió que no le acariciaran el lomo.

—Se le olvida que había alguien más que tenía esa llave —apuntó Marie.

—¿El encargado de la comunidad y la amiga? —preguntó Gaona—. Hemos comprobado que...

—No —interrumpió ella—. El niño. El pequeño Amador tenía llave de su casa. ¿No lo han pensado? Si alguien le hubiera cogido en el colegio contra su voluntad, hubiera podido entrar sin problemas con la llave del niño.

A Suárez le molestó sobremanera darse cuenta de que no se les había pasado por la cabeza esa posibilidad. De nuevo, el perro viejo se sentía herido; porque le molestaba todavía más que aquella rubia engreída y que llevaba un minuto investigando el crimen viniera a darle lecciones. Gaona, sin embargo, de pronto veía una pequeña luz al final del túnel que podía salvar a Rosario.

Pero era, sin duda y a ojos de todos, una teoría un tanto rocambolesca. Incluso para Marie.

—¿Y de quién se trata? ¿Y para qué llevarlo de vuelta a su casa? ¿Y por qué matarlo allí? —preguntaba Suárez como si cada interrogante fuese una pelota de tenis que sale de la máquina de entrenamiento.

Pero Marie no cogió ninguna de ellas.

—Me temo, señor inspector jefe de Homicidios, que no estoy en disposición de responder a esas preguntas.

—Por supuesto que no lo está.

Gaona recibió un mensaje en su teléfono. Debía de ser corto, pues lo leyó de un vistazo. Parecía terriblemente contrariado.

—Si me disculpan, debo hacer una llamada importante.

—¿Podría ver ya a mi paciente? —aprovechó el momento Marie. Notaba que la tensión aumentaba y ella ya empezaba a impacientarse. Necesitaba verla y aclararlo todo. Y no le apetecía quedarse a solas con aquel policía gordinflón que le recordaba tanto a Hitchcock.

—Todavía no, primero necesitamos que nos resuelva algunas dudas. ¿Conoce a esta mujer?

Suárez le pasó una fotocopia de un carnet de identidad antiguo. De hecho, era tan antiguo que ella nunca había visto uno con ese formato.

—No. No la conozco de nada —respondió convencida—. ¿Quién es?

—Se trata de Dolors Armengol —contestó Suárez, que ahora cogió la batuta—. Es la dueña del piso en el que ha estado escondida Rosario Jiménez.

35
Que se pudra

8 de febrero de 2018
Hospital Gregorio Marañón (Doctor Esquerdo,46)

Déjenme entrar. ¡Tengo derecho a verla! ¡Es mi mujer! Eran las seis de la mañana y hacía solo una hora que había sido ingresada. Amador Pizarro gritaba en el vestíbulo del hospital, donde llevaba un buen rato intentando que la recepcionista le indicase en qué habitación estaba Rosario. La mujer, que ya le había advertido que debido a su grave estado todavía no podía recibir visitas, y asustada por la violencia con la que insistía, avisó a los policías que estaban de guardia.

Gaona, que merodeaba inquieto por los alrededores de la habitación de Rosario, no tardó en llegar.

—Es usted Amador Pizarro, ¿verdad? —preguntó el subinspector.

—¡Por supuesto que lo soy, y exijo ver a mi mujer! ¡Ahora mismo! —gritaba mientras golpeaba el mostrador con el puño—. Pero parece que esta señorita o no se entera, o no le da la gana de ayudarme. ¡He dicho que quiero verla ahora mismo!

Amador Pizarro estaba desbocado. En el recibidor del hospital se hizo un silencio sepulcral entre los asistentes, que pasaron a ser espectadores atónitos del espectáculo. Presentaba un estado lamentable; claramente no había dormido en días, estaba agotado, sudoroso, desmelenado, lo que, unido a sus nervios, su impaciencia y su violencia, hizo que se acercasen dos vigilantes de seguridad del propio hospital.

—Entiendo su preocupación, señor Pizarro... —trató de razonar Gaona.

—¡No! ¡Usted no entiende nada! —interrumpió—. Porque si lo entendiera, yo no estaría aquí discutiendo y me habrían llevado ya hasta la puñetera habitación de mi esposa.

—Me temo que eso no es posible. Su mujer llegó muy grave tras el terrible suceso. Se encuentra en estado de coma y la prescripción ahora mismo es reposo absoluto.

—Pero ¡si me habían dicho que estaba bien! —exclamó el hombre mientras se pasaba la mano por la boca seca. Parecía sediento, deshidratado, como consumiéndose por dentro.

—Está viva, que es mucho más que bien —dijo muy serio Gaona—. Pero por ahora es incapaz de moverse o responder a su entorno. Los médicos creen que podría despertar en cualquier momento. Pero necesita descanso y calma absoluta; está muy débil y cualquier alteración podría entorpecer su recuperación.

—¡Déjenme verla y ya verá usted cómo se despierta! —continuaba gritando totalmente fuera de sí.

La manera en la que se refería a Rosario estaba tensando sobremanera al subinspector, que controlaba sus ganas de decirle un par de cosas a ese hombre, del que sabía mucho más de lo que él imaginaba.

—Señor Pizarro, escuche, ¿por qué no se va a casa? Le avisaremos cuando su mujer despierte y podrá verla sin ningún problema.

—¡Porque quiero estar aquí cuando eso pase! ¡Tengo un par de recados que darle a esa hija de puta! ¿O se creía que esto iba a quedar así?

Gaona se mordió el labio con fuerza. Dio un paso atrás y llamó por el *walkie* al resto de compañeros que se encontraba en el edificio, custodiando la habitación. Pensó que sería mejor tener apoyo. Si la cosa seguía así, no respondía de sus actos.

—¡Señor! Tiene que calmarse o nos veremos obligados a expulsarlo de las instalaciones —dijo uno de los vigilantes que, aunque estaba nervioso porque era la primera vez que había follón en uno de sus turnos y era bastante novato, trataba de mostrarse contundente.

—¡Me cago en todo! ¡Me ha jodido la vida! —continuaba quejándose Amador, que tenía ya los ojos inyectados por la rabia y la tensión. Además, los tenía muy hundidos y de un color amarillento que llamó la atención de Gaona. Su piel también había tomado ese color pajizo y de nuevo parecía sediento. Gaona, que había coincidido con él alguna vez en comisaría, pensó que estaba muy demacrado, pero le pareció lógico, dadas las circunstancias.

—Siento mucho la pérdida de su hijo, señor Pizarro. Pero ahora es importante que...

—¡Si no lo digo por el niño! —interrumpió de nuevo a Gaona—. Sé que no fue ella. ¡Lo digo por lo que me ha hecho a mí! ¿Cómo se atreve a abandonarme? A darse a la fuga con cualquiera... ¡Se va a enterar de con quién está casada, ya lo creo! —dijo levantando el puño.

—¡Señor, es el último aviso! —advirtió el vigilante de seguridad. Le temblaba la voz, pero lo decía en serio. No pensaba pasarle ni una más.

—¡Sé lo que ha estado haciendo todo este tiempo esa desgraciada! Mire, sí, tienen razón, mejor que no la vea... ¡porque como la tenga delante la voy a matar!

—Espere, ¿qué ha dicho? —preguntó Gaona, que no podía creerse lo que oía.

—¡Que la voy a matar! ¡Por mi vida, que me cargo a esa fulana! —gritó después de tragar la poca saliva que le quedaba.

—No, eso no, ¡lo otro! ¿Cómo es eso de que sabe que no fue ella quien mató al niño?

—Esa sería incapaz de hacerle daño a su niñito del alma —dijo con todo el asco que pudo—. Pero a su padre sí, ¡eh! ¡Al bendito padre de su hijo sí puede causarle el peor daño que se le puede hacer a un hombre! ¡El peor!

—Escúcheme, tiene que calmarse, de verdad. No puede montar este escándalo en un hospital, aquí hay personas enfermas que necesitan tranquilidad —dijo el otro vigilante, que parecía más seguro de lo que hacía.

Al momento se sumó uno de los agentes que acudía a la llamada del *walkie*.

—¡Eso, eso! Que vengan aquí todos los maderos —dijo Amador, invitándolos a acercarse con las manos—. ¿Dónde está ese poli hijo de puta? ¿Dónde está el que ha tenido los cojones de cepillarse a mi mujer? ¡Dime dónde está que me lo cargo, me cago en mi vida!

Y la mecha se prendió. Los vigilantes salieron disparados a agarrarle, pero Amador se revolvía como una lagartija a la que le han cortado la cola. Los agentes hicieron lo propio.

—¿Eres tú? ¡Eh, cabronazo!

Amador Pizarro rodeó con su brazo al agente que acababa de llegar. No era un hombre atlético, pero sí corpulento; desde fuera, era curioso ver cómo aquel marido desbocado podía en un tres contra uno. Gaona había dado aviso a un par de agentes más que vigilaban a otro preso en la misma planta de Rosario. Rezagado un paso, observaba la escena; parecía calmado pero, por dentro, había un león rugiendo a punto de salir.

—Eso, eso, ¡venid que os vea la puta cara!

Pizarro seguía revolviéndose.

—Señor, ¡si no se calma, vamos a tener que llevarlo detenido! —dijo Gaona.

Uno de los nuevos agentes, sin pensarlo, se sacó la porra y la puso en alto. Gaona levantó la mano a la misma altura y lo detuvo.

—Esto no será necesario, compañeros. El caballero está un poco nervioso, su mujer ha sufrido un terrible accidente. Venga conmigo, hágame el favor. Seamos sensatos.

Gaona cogió por el brazo a Amador Pizarro, que hiperventilaba con los ojos inyectados en sangre. Amador tenía unas ganas tremendas de darle una hostia a alguien, ya solo por gusto, por desfogarse. Pensó que aquel era el único poli que le parecía razonable —además de un poco enclenque, en comparación con los otros—, así que como le tocase mucho los cojones sería el primero en llevársela.

Gaona hizo un ejercicio de contención ante la puerta que se acababa de abrir.

—Por favor, señor Pizarro, escúcheme. ¡Es muy importante lo que acaba de decir! —dijo susurrando fuerte.

—¿El qué? ¿Que mi mujer es una puta que se folla a todos menos a mí?

Gaona sabía que aquello no era verdad, pero viendo a aquel energúmeno hubiera entendido que así fuera.

—¡No! Que sabe que no fue ella quien mató a su hijo.

—Por supuesto que no fue ella.

—¿Y estaría dispuesto a declararlo ante el juez? ¡Eso podría salvarla! —afirmó Gaona con un brillo en los ojos.

—Eso podría salvarla, ¿eh? —repitió Amador, quitándose las boqueras que se le habían formado en los labios, que ya tenía totalmente agrietados—. Entonces, que la muy zorra se pudra en la cárcel.

36
Entre rejas

Lunes, 2 de julio de 2007
Centro Penitenciario Madrid VI, Aranjuez (Madrid)

Era mi primer día. Arrancaba mi experiencia penitenciaria de la mano de Casilda Yagüe, unas prácticas como formación complementaria a mi máster que se centrarían en el peritaje psicológico y la intervención con internos.

Soy incapaz de describir la alegría que me produjo pisar aquella institución. Era todo por lo que llevaba tanto tiempo luchando. No solo cumplía mi sueño, sino que lo hacía al lado de una *pope* de la materia. La mejor del país. Sin duda, trabajar codo con codo con la Yagüe era un reto; estar bajo su ala, un auténtico privilegio.

Debo confesar que, en aquel primer momento, me encontraba llena de prejuicios. Esperaba que la cárcel fuera un lugar triste y deprimente; me había imaginado algo desolador, más cercano a un campo de concentración. Había visualizado en mi mente seres inertes, vagando entre celda y celda como muertos en vida. Sin embargo, tras aquellos barrotes me encontré con gente bastante amable, diría que algunos, incluso, felices. Recuerdo cómo me chocaba al principio el hecho de que todo el mundo me saludase.

Pero lo que fue propiamente la llegada sí resultó algo más tensa. Al entrar, me registraron, me cachearon y, lo que más me impactó, me quitaron el teléfono móvil. Al principio pensé que desconfiaban de mí, después comprendí que era por mi propia seguridad. Cuando te despojan de todo, te sientes como uno más, como el resto de los que están ahí dentro cumpliendo condena. Y para mí, que el móvil era una extensión de mi cuerpo, quedarme sin él me hizo sentir muy vulnerable. Pensé que me quedaba incomunicada ante el peligro.

Pero exceptuando ese instante, mi primera impresión al llegar fue un tanto decepcionante. Yo quería marcha, buscaba acción. De hecho, llevaba semanas volviendo a ver películas como *La milla verde*, *El expreso de medianoche* o *Cadena perpetua*, para ir entrando en harina. Me había familiarizado con la jerga y las formas de desenvolverse en el trullo, para darme cuenta enseguida de que todo aquello formaba parte de la ficción. La cárcel, sobre todo la cárcel de hoy, poco tiene que ver con cómo la pintan en las películas. Allí no se escuchan gritos ensordecedores, no hay bandas amotinándose, no visten monos naranjas, ni hay nadie clavando un pincho vengativo a traición. Este tipo de internos y de episodios son una excepción y no la norma. Aunque, como las *meigas*, haberlos...

Era mi primer día y no podía evitar sentirme muy pequeña ahí dentro. Aunque era normal, el centro penitenciario de Aranjuez es bastante grande, algo así como una ciudad en miniatura. Y es mucho más que celdas; de hecho, pasas por muchas zonas antes de llegar a ellas. Primero, la entrada donde hay que identificarse y despojarse de todo «lo de fuera», a continuación oficinas, más oficinas y, después de otras tantas oficinas, ya se entra en la prisión.

Una de las cosas que me sacó una sonrisa aquel día fue que para desplazarnos por allí usáramos un *buggy* como los que se utilizan para recorrer los campos de golf; lo cierto era que las dimensiones de aquello por dentro daban para una excursión con mapa. Y, de nuevo, mis expectativas de tinieblas amenazadoras se fueron al garete cuando llegué a un patio enorme con su bulevar ajardinado, cuidado con cariño por algunos presos del módulo de jardinería. Ese día podaban unos setos con esmero.

Reconozco que subirme al carrito de golf con la jefa me dio subidón.

—Bienvenida a la casa de los que no salen —dijo Casilda a modo de bienvenida. Era una de sus expresiones preferidas y la que empleaba también con los internos—. Una casa que debemos convertir en un hogar.

Casilda sonreía mientras pilotaba aquel cochecito. Parecía feliz de encontrarse entre esos muros y su devoción era contagiosa.

—Verás que esto es enorme, así que presta atención. Empezamos por lo más parecido a un hogar —dijo señalando a un lado del bulevar—. Este de aquí es el módulo de familias.

—¿Cómo es la vida «entre dos» en prisión? —pregunté.

—Si te soy sincera, las parejas son muy complicadas. Muy complicadas.

Pensé que más complicado debía ser vivir allí solo.

—La gran mayoría viven juntas. Si las dos personas han cometido un delito, ambas pasan a una célula.

—¿Una célula?

—Sí, como un apartamento de cincuenta metros, más o menos. Ese módulo tiene muchos beneficios. Por ejemplo, los que tienen hijos salen todas las semanas a la calle.

—Pero ¿entonces...?

—Sí —me interrumpió Casilda—. A menudo nos encontramos con el problema de que hay internos que tienen hijos para poder vivir en ese módulo. Ya te digo que es complicado.

En los días previos, también había visto *AzulOscuro-CasiNegro* y la trama era un fiel reflejo de lo que me contaba. Y es que Casilda seguía exponiéndome las peculiaridades de aquella zona familiar, que me parecía gigante, pero yo estaba tan fascinada por todo lo que veía que me costaba prestarle atención. Me sorprendió, por ejemplo, que la escuela infantil no estuviera dentro de ningún módulo sino fuera, ubicada en un jardín, con una guardería muy bonita.

—Para los niños es duro, ¿sabes?

—Ya imagino que no les resultará fácil vivir aquí.

—No, lo que es duro para ellos es salir. A fin de cuentas, dentro están con sus padres, con otros niños... No sienten que están en una cárcel. Nos esforzamos en que nada se lo recuerde. Algunos nacen aquí y es todo cuanto conocen, para ellos no existe otra realidad. Pero pueden estar solo hasta los tres años, después tienen que salir. Y ahí es cuando llega el drama, porque si tienen familiares o personas que se puedan hacer cargo de ellos, la cosa suele ir bien... Pero a menudo estos niños no tienen a nadie, y es cuando intervienen los servicios sociales y los pequeños acaban en casas de acogida.

Casilda se sentía muy orgullosa de haber puesto en marcha, en 1996, aquel pionero módulo para familias. Ella era muy consciente de lo importante que había sido crearlo, porque favorecía que el varón también cumpliese con la paternidad en prisión.

—Aquí las familias tienen más facilidades para alcanzar cierta estabilidad y eso repercute directamente en el bienestar de los pequeños. Los padres asumen su rol de una manera mucho más consciente. Puedo asegurarte que muchos de esos niños están mejor aquí que fuera.

Y no era una forma de hablar. Los niños de prisión crean su vida allí, no son conscientes de que están en la cárcel. Esos módulos parecen apartamentos, sin rejas y con las celdas pintadas de colores. De hecho, cuando las vi por primera vez, pensé que yo había vivido en algún pisucho mucho más triste y cutre.

De aquel día recuerdo también las risas de aquellos canijos jugando en el patio. Algo que tampoco encajaba con lo que había imaginado de la cárcel, pero me gustó verlos felices.

—Aquí nos bajamos nosotras.

Casilda aparcó el cochecito y cogió una caja de cartón llena de papeles y carpetas; eran los expedientes de algunos presos.

—Te enseñaré mi despacho y el lugar en el que trabajaremos. Después, la sala en la que pasaremos terapia de grupo y las más pequeñas, para las sesiones individuales.

—¿Todos los presos tienen que ser visitados por un psicólogo? —pregunté.

—Sí, porque hay algunos procesos que requieren, sí o sí, de nuestra supervisión. Qué sé yo, desde el ingreso, para que les asignen una celda, hasta la hora de entrar en nuevos programas o pedir determinados beneficios. Y, evidentemente, para salir de permiso; ahí tienen que pasar por la junta también.

—¿Y para conseguir la libertad?

—Eso por descontado —afirmó—. Pero también pueden decidir no hablar...

—¿Y lo contrario? ¿Pueden ser ellos los que soliciten un día de terapia?

—Claro que sí. Lo que pasa es que no siempre quieren hablar con nosotras.

—¿Por ser mujeres?

—No necesariamente, aunque sabes que hay determinadas religiones que no conciben ese tipo de confianza con mujeres.

—Entonces ¿lo dices porque hay escépticos?

—Por supuesto. Nuestra profesión cuenta con mucho prejuicio, ya lo sabrás. Para unos somos las loqueras, y para otros, lo de ponerse a «hablar» no tiene ningún sentido. Pero debo decir que también los hay, y son muchos, que nos ven como una ayuda; no como una autoridad, sino como un apoyo. Pero tú no te preocupes, tú estarás a mi lado observando, aprendiendo. Y cuando sea el momento, podrás volar sola.

Eso no era lo que me preocupaba. Yo lo que quería era marcha y temía que la sobreprotección de esa madrina mía la frenase.

—Pues aquí es —dijo Casilda frente a la puerta de una sala grande en la que había varios internos sentados en sillas—. Aquí pasaremos consulta casi siempre. Como te comentaba, a veces será en grupo y a veces de forma individual. Lo haremos de muchas maneras y con muchas técnicas. Los presos también serán muchos y diferentes; sus delitos, sus actitudes y la forma de tratarte... Pero hay algo importante que debes pensar cada día cuando cruces esta puerta. Y eso, Ana, eso no debe cambiar nunca.

Por un momento pensé que iba a darme un arma para protegerme de los presos en caso de urgencia o a enseñarme una llave letal con la que podría provocar un noqueo *ipso facto*. La solemnidad de su discurso resonaba en el eco de aquellas paredes huecas.

—Y ese algo es cómo debes afrontar tu trabajo aquí, tu labor, nuestra labor, que es un eslabón fundamental en la defensa de nuestra comunidad. Porque trabajamos todos los días en prevenir la reincidencia y en la reinserción de esas personas que se salieron del camino de la sociedad. Y eso va mucho más allá de meros programas de tratamiento. Nuestra profesión es de servicio público, Ana, eso nunca debes olvidarlo. Somos necesarias.

Casilda se sentía poderosa y yo, a su lado, una auténtica supermujer.

—Entonces, ¿preparada? —dijo con la mano en el picaporte antes de abrir.

—Preparadísima —contesté.

Sentía que llevaba preparada toda la vida.

—Pues vamos allá.

Casilda abrió la puerta. Un grupo de siete hombres estaba sentado en círculo en unas sillas que se parecían a las que había en mi instituto. Había un poco de alboroto. En cuanto aparecimos, se hizo un silencio denso.

—Pero bueno, si los *boquis*[26] amplían la manada con carne fresca —exclamó uno de los internos. Tendría unos cincuenta, no más de sesenta seguro. Se rascó la entrepierna con ganas y después se colocó sus atributos en algún lugar del calzoncillo que consideró pertinente, antes de regalarme un «Bienvenida, niña».

No empezábamos bien. Ya suponía que mi juventud no iba a ayudarme a conseguir su respeto. Y que me viera como una *boquis*, tampoco. Así era como llamaban en la jerga taleguera a los funcionarios de prisiones, a los que odiaban y vacilaban a partes iguales. Casilda aguardó callada.

—Hola, soy Ana —dije con un hilo de voz. Apenas podía hablar. Estaba sudando tanto que pensaba que mi olor tumbaría uno por uno a aquellos hombretones. Me había hecho diminuta.

—Hay muchas formas de entrar en la trena —dijo otro. Era un gitano regordete, cargado de anillos de oro y con una

---

[26] Apodo por el que se conoce a los funcionarios de prisiones, en la jerga carcelaria. También se les llama boqueras, bocas, chapas o jichos.

mancha en la piel alrededor del ojo derecho que le hacía parecer un pirata fofo—. Puedes llegar con lo puesto, en el carruaje real de los maderos, detenido o directo desde juzgado. Eso nosotros. Pero luego puedes llegar de la mano de Casilda Yagüe y, ante eso, mis respetos. —Hizo una pequeña reverencia.

Nos sentamos y Casilda condujo la sesión. Duró aproximadamente cuarenta y cinco minutos, en los que apenas abrí la boca para respirar. Me fascinó ver la maestría con la que les llevaba a todos y el respeto con el que la trataban. Anhelaba que me mirasen igual. Escuchaba sus sensaciones, sus pensamientos, sus frustraciones. Y sentí pena. Mucha más pena de la que había sentido en mucho tiempo.

Aquel día hablaban de lo que recordaban de su vida de antes. Uno aseguró no recordar nada de su vida anterior. Había entrado dos meses después de cumplir la mayoría de edad. Sufría una sociopatía severa. Estaba allí porque había participado en una pelea en la que mató a golpes a dos jóvenes homosexuales a la salida de una discoteca. Antes estuvo en un centro de menores por propinar una paliza a uno de sus profesores del instituto. Su cara me sonaba, pero no sabía de qué.

Me sorprendió que se lanzase a hablar. Que todos lo hicieran, de hecho, y que a ninguno le incomodase que fuésemos mujeres. Más bien parecía al contrario, como si lo percibieran como algo bueno. Casilda me dijo que a veces la veían como a una madre. Sentí que aquellos hombres tenían mucha necesidad de que los escuchasen, de hablar. Aunque no solo para desahogarse, también lo hacían para fardar.

—Yo, de mi vida antes de la trena, solo recuerdo lo fácil que era conseguir el jaco. Eh, tú, la nueva, ¿no habrás traído un poco de manteca?

—Deja en paz a la niña —dijo el pirata gitano, que se llamaba Elías—. Y pon atención al ejercicio, coño. Yo, señora Casilda, lo que echo de menos de cuando no estaba *encerrao* es al Tomasito. Tenía un perrico chico que me acompañaba a todas partes. Un milpolvos, eh, nada de pedigrí, no se vaya usted a pensar. En mi casa los cuartos los invertimos con cabeza —dijo tocándose todos los oros que llevaba puestos. No era habitual que los presos los llevasen, no porque estuviera prohibido sino porque los robos eran frecuentes. Que Elías los luciese no hacía más que confirmar su rango y lo temido que era por el resto de los internos—. Pero, sin ser de marca, era un perro como Dios manda, ya lo creo que sí. Me acompañaba a *toas* partes, me esperaba en la puerta al llegar, me despertaba por las mañanas. ¡No se cagó en casa ni un día! ¡Es mejor que las mujeres! —dijo entre risas—. No pide *ná* y te lo da *tó*. Ese perro me quiere de verdad, sin condiciones. Y da gustico que a uno le quieran así. El Tomasito, qué fenómeno, el tío. Me ha dicho la Noelia que está mustio *desque* estoy aquí, será que él también me echa de menos.

Otros presos se unieron a contar sus historias. Algunos coincidían en lo de que apenas recordaban su vida antes de entrar en prisión. Otros solo se acordaban de momentos de su infancia; casi siempre solos, casi siempre en la calle. La soledad dentro de la familia era un denominador común en casi todos ellos. A veces, hablando, parecían niños. Niños traviesos a los que se les había parado el reloj mental en esa edad, pero que habían seguido haciendo fechorías; «travesuras» cada vez más grandes, cada vez con mayores consecuencias, hasta que el reloj había vuelto a su tictac pero ahora entre rejas.

Poco a poco me di cuenta de que, aunque no era como en las películas, la cárcel resultaba un lugar muy sórdido, muy duro. Donde se juntaban realidades muy extremas: desconfianzas, miedos, soledades, fracasos, drogas, muertes.

Acabamos la sesión y volvimos al *buggy*.

—Qué historias, qué dramas, qué duro... He flipado un poco —dije.

—También en la calle tenemos mucho de eso, Ana, no te engañes. No nos es tan ajeno, solo que a veces preferimos taparnos los ojos y pensar que vivimos en un mundo ideal.

Yo seguía impactada, aguardaba en silencio. Había empatizado con ellos. Quería saber más, necesitaba más tiempo a su lado.

—Y los que están dentro van a salir —continuó Casilda—. Desde el primer día, yo les digo que están preparando su libertad.

—Me ha encantado Elías y la historia de su perrito.

—Elías mató a su mujer. Le asestó doce puñaladas delante de su hijo pequeño. Cuando terminó, cogió a Tomasito y lo sacó a pasear.

Como Elías, algunos de aquellos hombres habían cometido delitos de sangre. Pero no todos cuchillo en mano. Había varios homicidios al volante por exceso de velocidad y consumo de estupefacientes. Cuántas vidas rotas en un lado y en el otro... Algo que aprendí pronto fue que no solo el ensañamiento te dejaba entre rejas, también la imprudencia y las malas decisiones. Empezaba a entender por qué la cárcel era una puerta que nadie quería atravesar. Casilda pareció notarme afligida.

—Igual podemos probar en los de respeto primero. ¿Te parece? Ahí se comportan muy bien.

—No me lleves con los niños buenos, he venido preparada para todo —dije—. Es solo que este calor me aplatana un poco.

Eso también era verdad. Pero estaba muy tocada por lo que había oído. Me sorprendía, además, comprobar que eran todos muy colaboradores, muy abiertos a la terapia, a la charla, que hablasen sin peros sobre sus crímenes. Yo me hubiera quedado escuchándolos todo el día.

—Lo necesitan —afirmó Casilda—. Como tú, como yo. Somos seres sociales; necesitamos de otros humanos. Y ellos, probablemente más que nadie, necesitan que alguien los atienda, los acompañe.

—¿También Elías? Quiero decir, que si también los chungos.

—Tienes que sacudirte esos prejuicios si quieres trabajar aquí; no clasificamos en buenos, malos o chungos —me reprobó Casilda—. Todos son personas. Y nuestro trabajo es capacitarlos para que vuelvan a estar en sociedad.

—Pero ¿todos son aptos?

—Mira, Ana, para mí fue muy duro entender que muchas veces la cárcel no está bien montada. Trabajar aquí le dio un giro de ciento ochenta grados a mi esquema moral, con el que yo había aprendido lo que es el bien y el mal. Todos los pilares sobre los que se había construido mi educación y algunas de mis creencias más firmes y arraigadas se desmontaron. Yo entré pensando que iba a ver a gente «chunga» —entrecomilló con las manos, como si me citara— y me protegí emocionalmente para ver a gente «muy chunga». ¿Comprendes?

Claro que la comprendía, y temía que me dijera que toda esa gente mala no habitaba allí, porque yo estaba deseando encontrarme con ellos y ponerme manos a la obra.

—¿Sabes de lo que me di cuenta con el paso de los años? De que entendía a muchos de los que acaban aquí. El problema que tienes dentro es que tú quieres no comprenderlos; preferirías rechazarlos, odiarlos si me apuras. Y quieres trabajar desde el odio y el juicio moral. Pero llega un día en el que, de golpe, te das cuenta de que no, de que son personas. Y lo más importante: que tú también podrías haber acabado así.

—¿Yo? —pregunté extrañada.

—Sí, tú, yo... cualquiera. Con sus entornos, sus vidas, sus circunstancias, sus infancias. Sus abusos, sus compañías, sus referentes... No hubiera sido tan extraño acabar como ellos.

—Casilda, me temo que cuando trabajas aquí acabas empatizando, ¿no?

—Por supuesto que empatizas, porque lo fácil es poner la etiqueta de bueno o malo. Lo difícil, Ana, querida mía, es dar un paso más.

No quería juzgar a esa gran mujer que llevaba tantos años al pie del cañón y que, por supuesto, estaba a años luz de mi experiencia en prisión. Pero la escuchaba y me parecía que los estaba justificando, como una madre a su hijo travieso. Ellos la veían como tal, pero empezaba a pensar que ella también se veía un poquito así.

—Casilda, ¿qué es lo que más abunda aquí?

No dudó ni un segundo antes de contestarme.

—La paz.

—Perdona, ¿cómo dices?

Yo me refería a los delitos. Y tenía la esperanza de que abundasen los Elías para tener mucha tela que cortar.

—Aquí hay paz, Ana. Se convive. Existe un código (el que está escrito y el que no), unas normas. Es un ambiente donde están muy medidos y eso se respira. Y aunque también es un lugar hostil, sí, se hace un gran esfuerzo por vivir en paz. Y por mejorar. Y ese debe ser el pilar fundamental de nuestro trabajo aquí.

Era la nueva y todavía tenía mucho que aprender. Pero había algo que tenía claro: paz no era lo que yo había ido a buscar entre rejas.

37
Bonitas botas

Miércoles, 7 de febrero de 2018
Calabozo de la comisaría Madrid-Centro (Leganitos, 19)

Suárez había accedido, por fin, a que Marie visitase a Rosario en los calabozos. Quizá así conseguiría sonsacarle por qué se había escondido en el piso de la tal Dolors Armengol y qué relación la unía con aquella misteriosa mujer.

Gaona la acompañó hasta un ascensor.

—Puede usted bajar, me confirman que está ya despierta. Aproveche ahora, aunque le recomiendo que no sea brusca, puede estar algo aletargada a consecuencia de los calmantes que le han administrado.

—¿Sabe si ha comido algo?

—Le han llevado un zumo de naranja y unas galletas, pero ni las ha tocado. Quizá usted pueda convencerla para que coma, sería importante. Me temo que va a pasar aquí un par de días. En fin, ha sido un placer, señorita Bauvin. —Gaona le extendió la mano para despedirse—. Abajo un compañero le indicará cómo llegar.

—Pero ¿es que no viene usted también?

—No puedo. De hecho, no he bajado desde que ingresó. Soy incapaz de verla entre rejas —confesó Gaona. Su lamento parecía sincero—. Todavía no me creo lo que está pasando... Parece una pesadilla.

—Entiendo. No se preocupe. Me las apañaré sola.

En realidad, Marie agradeció que el subinspector no la acompañase, así podría hablar con Rosario a solas.

Esperó un rato el ascensor y al final tuvo que bajar andando porque por lo visto había vuelto a quedarse atascado. Iba a ser cierto que las condiciones de aquella comisaría estaban bastante al límite. Pero eso no era lo peor. Con cada escalón que bajaba, un fuerte olor a humedad y a mierda le sacudía todo el cuerpo.

Por fin llegó a los calabozos. Marie había trabajado en otras ocasiones con la policía, sobre todo dando apoyo a mujeres víctimas de violencia de género, y también en la cárcel, pero nunca había entrado en los calabozos de ninguna comisaría. Y aquellos eran para verlos; parecían mazmorras de la Edad Media.

—¿Es usted la psicóloga de Jiménez? —preguntó el agente al cargo.

—La misma —dijo Marie, tapándose discretamente la boca. Estaba a punto de vomitar.

—Lo sé, señora, las condiciones aquí abajo son insalubres, ya lo siento. ¿Sabe que un compañero pilló la sarna y todo?

A Marie le empezó a picar todo. Recordó aquel campamento de verano en Boadilla del Monte, al que fue con Ana, y en el que una niña tuvo piojos. Durmió con la capucha puesta y con la cremallera del saco cerrada hasta arriba todos los días, obsesionada por si los cogía también. Se rascó con tanta fuerza en la cara que se dejó unas marcas sobre su inmaculada piel blanca, como el zarpazo de un uso oso.

—¿Puede llevarme con mi paciente, por favor?

—Venga por aquí. —Le indicó un pasillo que daba a la zona de mujeres—. La hemos puesto en una celda individual. No sé lo que habrá hecho y lo que no, se está hablando mucho ahí fuera. Pero ¿sabe una cosa? Es una compañera y lo será hasta el final.

—¿La conoce bien?

—No solo la conozco, sino que la quiero mucho. Yo llevo solo un año aquí, por eso me toca pringar en la «Pocilga». —Así llamaban a los calabozos, y el nombre le hacía justicia—. Pero es suficiente para saber que al compañero se le apoya.

—¿Ha dicho que la quiere?

—Rosario fue mi superior durante mi periodo de prácticas. Siempre se portó bien conmigo, y lo ha seguido haciendo todo este tiempo. Era la única que bajaba por aquí de vez en cuando a traerme un café o un bocata cuando estaba de guardia.

—Entiendo.

—Por eso antes le he llevado algo para merendar, pero no lo ha probado. La pobre estaba tiritando, así que le he acercado una manta y unas botas viejas que he encontrado por ahí. Le quedan enormes, pero por lo menos no se le congelarán los pies. No se merece este trato de mierda... Rosario es una gran persona. Y como profesional será siempre una compañera.

El agente se dio un par de golpes en el escudo de su uniforme, como un gorila llamando a su cría. Marie escuchaba con atención.

—Además, no creo que sea culpable. Porque usted sabe que no es culpable, ¿verdad?

—La mayoría de las celdas están vacías, no hay muchas mujeres por aquí... —Cambió de tema Marie, que prefería no compartir opiniones con aquel desconocido.

—Es que vosotras os portáis mejor. —El agente sonrió con dulzura. Lo decía en serio—. Es aquí.

Pararon frente a una celda individual que estaba igual o más sucia que las que había visto hasta el momento. Apestaba a orín. En total había unas cuatro celdas más en fila, sin contacto visual entre ellas; solo la última estaba ocupada por otra mujer que lloraba desconsoladamente. El ambiente era desgarrador. Rosario estaba tumbada sobre una colchoneta verde muy fina y con pinta de haber sido usada por muchas otras Rosarios durante muchos otros encierros.

—Ahí la tiene.

El agente se echó a un lado y se quedó de brazos cruzados junto a la celda.

—Le agradezco la ayuda. Ha sido usted muy amable. ¿Cree que podría dejarnos a solas?

El agente dudó un instante.

—¿Haría usted eso por una compañera? Por una como Rosario —insistió Marie.

—Por supuesto que sí. Vendré en unos minutos para asegurarme de que todo está bien. ¡Jiménez, tienes visita!

Ella se incorporó con dificultad. Se frotó los ojos y se rascó la cabeza, no terminaba de ubicarse.

—Hola, Rosario, ¿cómo te encuentras?

Y como si hubiese escuchado la voz del diablo, se puso en pie de un brinco y se abalanzó sobre los barrotes. Los zarandeó con tanta fuerza que Marie pensó que iba a echarlos abajo.

—¡*Malnacía!* ¡Por fin das la cara! —gritó Rosario con toda su *mala follá* cordobesa.

El agente, que tan solo había dado unos pasos, volvió corriendo.

—¿Va todo bien por aquí?

—¡Nada va bien! —dijo Rosario, que empezó a llorar desconsoladamente. La mujer de la celda del fondo se sumó llorando todavía más fuerte.

—Todo bien. No se preocupe —respondió Marie—. Este estado de nervios es normal. Déjemelo a mí, pero no dude de que iré a buscarle si necesito su ayuda.

El agente, no demasiado convencido, accedió y volvió a marcharse.

Rosario se golpeaba la cabeza con los barrotes.

—¡No puede ser! ¡No puede ser! —se lamentaba.

—Estoy aquí para ayudarte, querida. Pero si no te calmas, no va a haber nada que pueda hacer por ti.

—¡Mira dónde estoy! ¿Qué vas a poder hacer por mí?

Marie miró a un lado y a otro, no se fiaba de que el agente no volviera a aparecer. Se acercó a las rejas y bajó el tono.

—Ya lo hablamos en la consulta, esto podía pasar. Ese hijo de puta no iba a parar hasta hacerte la vida imposible —susurró.

—Pero me dijiste que no le haría nada al niño. —Rosario, sin darse cuenta, también bajó su tono, aunque seguía llorando.

—Lo sé. Y lo siento mucho. Muchísimo. Pero cometiste un error...

—¡Quería verlo!

—Pero te dije que no era posible todavía.

—Claro, ¡y ya te tengo *calaíta*, ya! ¡Cada vez que abres esa boquita que tienes, no echas más que embustes!

—¿Cómo?

En general, después de tantos años en Madrid, había ido perdiendo su acento andaluz y, sobre todo en el trabajo, lo neutralizaba. Controlaba esas vocales abiertas y otros de sus rasgos característicos y cualquiera podría pensar que era del mismito Chamberí. Pero Rosario estaba tan enfadada que le salía el cordobés por todos los costados.

—¡Que me dijiste que no podía ver a mi pequeño porque estaba muerto! —volvió a gritar Rosario.

—Te equivocas. Te lo dije para que no acabases aquí.

—¡Me engañaste! ¡Fullera!

—Eso no es así, nunca te he mentido. Sin embargo, tú me prometiste mantener la boca cerrada y parece que has hablado de más.

—¿Eso es todo lo que te preocupa?

—No, pero tenemos que protegernos. ¿Qué sabe la policía? ¿Qué les has contado?

—No te preocupes, no saben nada de ti. Estás a salvo. Ahora, hazme el favor y déjame en paz.

—¿Estás segura? —susurró Marie.

—¡Que no soy gilipollas, joder! ¿Crees que yo quería acabar aquí?

—¡Pues lo parece!

—A mí no me vengas a *remear*[27], ¡eh, rubita!

—Solo debías quedarte en esa casa. ¿Tan difícil era?

—¡No aguantaba más! Tenía que ver a mi pequeño.

—¿Y también tenías que decirles de quién era la casa?

—Yo no les conté lo de la vieja, eso lo han averiguado ellos. Solo les he dicho dónde había estado desde el viernes.

—¿Seguro?

Marie no se creía a una Rosario que estaba fuera de sí. Si ya nada le importaba, tampoco tenía motivos para decirle la verdad o para protegerla.

—No te creo. ¿Qué más saben?

—¡Que no saben nada más, *cipote*!

Rosario fue contundente. Marie, como por acto reflejo, y aunque les separaban unos robustos barrotes, dio un paso atrás.

—Mira, chiquilla, mi compañero Miguel Ángel Gaona está a cargo de esta investigación. Es el mejor, ¿sabes? Tarde o temprano lo iba a averiguar. Si se lo decía yo, no tendrían que remover mucho más. ¡Te he salvado el culo! Así que lo

---

[27] En Córdoba, hacer burla.

menos que puedes hacer es darme las gracias y dejar de apuntarme con el dedo.

Marie se quedó más tranquila, aunque no del todo. No se fiaba.

—Gracias —dijo sin mucho convencimiento.

—Ojalá pudiera dártelas yo también.

Rosario dio un par de pasos atrás y se sentó en una especie de banco sobre el que descansaba la colchoneta verde, asquerosa y maloliente. Se tapó con la manta que le había proporcionado su compañero como si fuera un chal.

—Porque, dime, ¿y tú? ¿Tú qué has hecho por mí?

Marie permaneció callada.

—¡Dejar a mi niño en manos del *bute*[28]! ¡Eso has hecho!

—No sé cómo expresarte cuánto lo siento. Pensé que si no te tenía a ti, no le haría nada al pequeño. Me equivoqué. Y jamás me lo perdonaré.

—¿Que lo sientes? ¡Que lo sientes! ¡Me aseguraste que al niño no le pasaría nada!

—Lo sé.

—¡Y mi chiquitín está muerto!

—Lo sé —repitió Marie.

—¿Crees que me hubiera metido en toda esta mierda si hubiera *pensao* que podía pasarle algo a mi pequeño?

—Lo siento en el alma. —Marie lo decía de corazón. Había sentido profundamente la muerte del niño—. Estaba convencida de que no le haría daño. A quien quiere Amador es a ti... Siempre os quieren a vosotras.

---

[28] En Córdoba, monstruo para asustar a los niños.

Rosario lloraba con tanta rabia que parecía que se iba a ahogar.

—¡Me has *destrozao* la vida!

—¡Yo no! ¡Por favor, no digas eso! ¡Solo he tratado de ayudarte! Como a todas...

—¡Me has *jodío* la vida para siempre! —repitió Rosario.

—Ha sido ese cabronazo... —Marie cerró los puños. Si hubiera tenido delante a Amador Pizarro, le hubiese atizado un puñetazo con todas sus fuerzas—. Lo que no puedo entender es cómo ha engañado a la policía, cómo ha conseguido esa coartada. Le había subestimado.

—¡No me queda *ná*! —gritaba entre llantos, en un bucle de lamento—. ¡Ya no me queda *ná*!

Marie aguardó en silencio mientras los llantos de aquellas mujeres —la de la otra celda no había cesado— hacían de banda sonora de aquel lugar decadente y cochambroso.

—Claro que te queda, Rosario —dijo finalmente Marie—. Te queda algo fundamental: ¡que hagamos justicia!

—¡Nadie va a devolverme a mi nene! ¡Así que nunca se hará justicia!

—Haremos justicia, y para ello tenemos que acabar nuestro plan.

—Escúchame, rubia, ya no hay plan que valga.

—Piensa en el pequeño Amador, se merece que hagamos justicia.

—¿Que piense en él? ¡No hago otra cosa que pensar en él! Tenía tanta vida por delante... Porque no pienso más que en él, sé que ya nada vale la pena.

—¡No digas eso, Rosario, hay mucho que podemos hacer aún! —Trataba de convencerla Marie.

—Todo esto era por él, para él. Para sacarlo de ese infierno y de una familia *escuajaringá*. Para darle un futuro mejor, el que se merecía.

—El que os merecéis —apuntó Marie—. Tú todavía te lo mereces.

—Mi niño está muerto, lo que merezco es estar aquí encerrada. Por haberlo puesto en peligro. ¿Cómo pude irme? ¿Cómo fui capaz de abandonarlo con ese?

—Era necesario...

—¿Cómo coño dejé que me convencieras? Claro, ella tan profesional, tan segura, tan rubia... ¿Por qué te hice caso?

Marie se acercó a Rosario todo lo que pudo.

—Porque era un plan infalible. Lo ha sido otras veces —susurró—. Y todavía puede serlo.

—¡A la mierda con tu plan! ¡Y a la mierda contigo! —gritó Rosario, que se había levantado del catre y no dejaba de dar patadas a los barrotes; volvió a darse un par de cabezazos.

—Te vas a hacer daño, Rosario, por favor, cálmate un poco.

Marie se alegró de que al menos llevase puestas aquellas botas viejas.

—¿Que me calme? ¡Que me calme! ¡Mi hijo ha muerto! ¡No encontraré la calma jamás! Hasta que me reúna con él, no habrá paz para mí.

Marie se quedó callada cuando Rosario volvió al llanto; sus quejidos golpeaban con fuerza la bóveda. Pasaron un par de minutos.

—¿Sabes? Tienes razón. Lo único que te queda ya es reunirte con él, con tu pequeño.

De pronto, como quien cierra un grifo, su llanto cesó. Rosario miró fijamente a Marie.

—¿De qué estás hablando, niña?

—Que tienes razón, ¿cómo vas a seguir viviendo así? Rosario la miraba confusa.

—Entiendo que no quieras vivir más si tienes que hacerlo en un mundo sin él. Tiene que ser un dolor imposible de resistir.

Al otro lado de los barrotes, Rosario era incapaz de articular palabra.

—Si ya es insoportable el dolor de su pérdida, todavía debe serlo más que todo el mundo piense que fuiste tú. —Marie cogió el periódico que llevaba en el bolso y se lo acercó a Rosario. Le enseñó la portada—. Mira, todos tienen claro que eres culpable.

Marie le acercó más el periódico. Rosario vio una fotografía del cuerpo del niño dentro de una funda de plástico negro; lo sacaban en una camilla de la casa familiar. La cruel estampa ocupaba prácticamente toda la plana.

—Estás condenada... —afirmó Marie—. Y tienes razón, no puedo seguir engañándote. No vas a salir nunca de aquí.

Rosario estaba atónita. Solo sus ojos brillaban en aquella fétida oscuridad.

—Y encima, tendrás que cargar con la losa de ser la asesina de tu hijo.

—¡No soy ninguna asesina! —gritó Rosario, dándole un manotazo al periódico.

—Qué horror...

—¡No soy ninguna asesina! —repitió más fuerte.

—¿No lo eres?

—¡Sabes que yo no fui!

—¿Lo sé?

—¡Por supuesto que lo sabes!

—¿No fuiste tú la que dejó a su hijo de once años en manos de un maltratador? ¿Qué pensabas que iba a hacer? ¿Leerle cuentos?

—¡Sabes que quería lo mejor para mi pequeño!

—Pues eso no es lo que dice aquí. Sales en las páginas de sucesos, ¿sabes? Tu nombre escrito en letras de sangre. Y fíjate —de nuevo le mostró el diario—, tu pequeño Amador junto a esta niña de diez años. Es Nicole, una niña que no aguantaba más los castigos de sus padres y terminó ahorcándose con los cordones de unas zapatillas en el patio de su casa.

—Esa niña eligió morir, ¡a mi Amador me lo han *matao*!

Marie continuó leyendo la noticia.

—«Las amigas de la niña lanzan la hipótesis de un supuesto maltrato continuado en el hogar por sus bajas calificaciones».

—¡Cállate! No quiero oírte más.

—Está claro que hay castigos que son imposibles de soportar —dijo Marie.

—Sabes que soy inocente, ¡y que quería lo mejor para mi niño!

De pronto, Rosario, a la que unos segundos antes le daba igual todo, se sentía acorralada y con la necesidad de defender su inocencia.

—Y tu compañera también lo sabe. La otra. Ella puede defenderme.

—¿Te refieres a Ana? ¿A la que le dijiste que sentías odio en las manos? ¿Que ibas a acabar con tu niño y tú irías detrás?

Marie, que no había conseguido que Ana le dejase ver sus notas, había aprovechado un descuido y las había leído unos días antes.

—Era una forma de hablar, estaba *desesperá*. Pero ¡no pensaba hacerlo!

—Me temo que eso se lo tendrás que explicar al juez. Pero, no quiero engañarte, te va a costar convencerlo de que no fuiste tú.

Rosario volvió a llorar desconsoladamente.

—No llores, mujer. La cárcel no es tan mala. —Marie miró el reloj—. Es tardísimo, me tengo que ir. Me aseguraré de que te den de cenar algo decente.

—No pienso comer. Nunca más.

—Tengo que irme, Rosario, pero nos veremos pronto.

—No quiero volver a verte. Nunca.

—Mujer, «nunca» es mucho tiempo. Anda, cena algo y descansa. Por cierto, ¡bonitas botas!

38
Un plan B

7/2/2018
M. A. Gaona

Te he llamado varias veces pero no te localizo.
Si no puedes llegar a Macera, puedo pasarme
por tu casa, si quieres, más tarde.   17:32 //

Estoy preocupado, Ana. No sé qué ha sucedido
pero, de nuevo, desapareces.   21:25 //

8/2/2018
M. A. Gaona

He perdido la cuenta de las veces
que te he llamado.   00:05 //

> ¿En serio no vas a cogerme el teléfono? ¿No crees que podemos hablar de esto como adultos?   00:35 //
>
> Ana, tienes que coger el teléfono. Es importante. Tengo que hablar contigo.   08:15 //
>
> Mensaje captado. No te preocupes, no insistiré más. Por favor, no vuelvas a contactar conmigo.   08:40 //

Sentía unas ganas incontrolables de responderle. Siempre me había parecido muy cruel cuando alguien hacía *ghosting* en vez de dar la cara. Y aunque no me gustaba ignorarlo de aquella manera, yo había decidido no darla.

Y no era por celos, aunque me había afectado mucho que Manoli me confirmase que había algo entre él y Rosario. Ni por la sensación de engaño, por ocultarme que sabía más de la situación en la que ella se encontraba de lo que me había contado. Ni siquiera era por la posibilidad de enfrentarme a su reproche, en caso de que la cuñada le hubiese confesado que estuve en la parroquia interrogándola. Ni tampoco, y probablemente esa era la razón más importante para mantenerme alejada de él, porque el abogado de Casilda me hubiese recomendado mantenerme al margen del caso, por el momento.

Nada de eso.

Había decidido alejarme de Miguel Ángel Gaona porque me estaba enamorando de Miguel Ángel Gaona.

¿En cinco días se podía sentir amor? Afirmativo. Y no era un sentimiento al que estuviese acostumbrada, ni mucho menos con el que me sintiera cómoda. Había tratado de huir demasiadas veces, siempre demasiado rápido. Por eso, lo que sí conocía bien era mi reacción, la de huir, como las otras veces.

Quizá ese hombre se me antojaba demasiado bueno para ser verdad. O, a ratos, demasiado bueno para mí. Si lo analizaba con detenimiento, no teníamos apenas nada en común. Sus maneras, su estilo, sus gustos, hasta su forma de hablar se me asemejaba más al ideal de un padre que al de una pareja.

Me tomé dos ibuprofenos del tirón. Me sentía como si tuviera una enorme resaca después del éxtasis de aquella noche de pasión. Tenía el estómago cerrado desde entonces. Lo peor de todo resultaba que lo único que el cuerpo me pedía era volver a verle.

Sin darme cuenta, me puse a hacer un repaso de los hombres con los que había estado a lo largo de mi vida. Llegué a la conclusión, sin mucha sorpresa, de que todos eran un poco maleantes (alguno había pasado por prisión o había acabado en ella). No daban precisamente el perfil de tío que te apetece llevar a tu casa a comer un domingo.

Como cuando tenía dieciséis. Me pasé año y medio manteniendo una relación por carta con un chaval del instituto al que habían ingresado en un centro de menores. Conducía borracho cuando perdió el control del volante, invadió la acera y atropelló a un padre que llevaba a su bebé en el cochecito. Ambos murieron en el acto. Pipo, como le llamaban en el insti, fue el único superviviente. Por algún motivo que nunca he llegado a descifrar, según le internaron, le escribí una carta. Y luego otra y otra, y así nos metimos en una relación amorosa-epistolar, sin habernos visto apenas en los recreos, sin haber hablado en persona y, por supuesto, sin habernos tocado jamás. Mi primer novio tuvo forma de carta en el buzón y, con el tiempo, de una llamada telefónica cada quince días. Pero así estuve meses, enganchada a su correspondencia, a las historias que me contaba. Las peleas, las broncas, sus planes de huida. Nuestra relación crecía como sus delitos; Pipo la siguió liando de lo lindo y, al cumplir los dieciocho, ingresó en Alcalá-Meco tras darle una paliza a su tutor del centro y dejarle parapléjico y sordo de un oído.

¿Y quién estuvo ahí para apoyarle? ¿Para «quererle» incondicionalmente? Servidora.

Y lo mismo con el resto de balas perdidas con los que me había enredado por el camino. Puede que fuese deformación profesional, pero pensaba que yo sería capaz de cambiarlos, de transformar a esos hombres peligrosos en buenas personas, en buenas parejas, en buenos hombres; en definitiva, en buenos para mí.

¿Una absurda e infantil fantasía redentora? ¿Una especie de instinto de protección, de compasión? Quizá todo era más sencillo y se reducía a que me atraían los hombres con unas características determinadas: seguros, narcisistas, maquiavélicos, fuertes, con determinación, implacables. Gaona tenía un exceso de bondad que mi cuerpo y mis ganas no eran capaces de soportar. Podría parecer que mi hombre ideal debiera de tener una tendencia psicopática... Pero, en realidad, todo era mucho más simple: me iban los tipos duros.

Así que lo mío con Gaona era la crónica de una muerte anunciada y no valía la pena alimentarlo más. O eso me convenía pensar... Sobre todo viendo el interés que había despertado en él. Un insistente interés, diría yo.

Lo que no sospeché fue que Gaona no mentía cuando, en su última llamada, decía que el asunto era importante. Trataba de comunicarme que habían ingresado a Rosario por su intento de suicidio. Ante mi ausencia, buscó un plan B.

—Por supuesto, inspector. Enseguida estoy allí —le había respondido Marie sin dudarlo.

***

De: Marie Boix Bauvin <mbbauvin@animae.es>
Para: Marta García de la Serna <mgdlserna@animae.es>
Fecha: 5 de febrero de 2018

Querida Marta:

Aquí la cosa se ha puesto fea. Algo que, por otro lado, no me sorprende. Estaba convencida de que esto pasaría.

No puedo evitar sentir que me transporto a tiempos pasados y, precisamente por eso, sé que debemos andar alerta.

Este caso está tomando un rumbo incierto y tu hija no está preparada para asumir el mando. Ya traté de explicártelo en mi anterior correo, pero veo que ambas habéis hecho caso omiso, pues ella ha seguido asumiendo la terapia de Rosario Jiménez. Solo tres días después de mi primer aviso, Rosario se encuentra desaparecida y su hijo, muerto.

Como era de esperar, la policía ya está involucrada y hoy han interrogado a Ana; tú mejor que nadie sabes lo poco que nos conviene que anden husmeando por aquí. Si las cosas se ponen todavía más feas (y todo hace pensar que va a ser así), es mejor que esa mujer sea responsabilidad mía, que todo se encuentre bajo mi supervisión.

Yo sé bien qué pasos debemos dar, cómo encauzar este proceso y, por supuesto, cómo ayudar a terceras partes. Pero para eso quiero a Ana fuera. Y lo quiero ya.

He pensado que quizá podría irse contigo. Allí las dos estaréis a salvo y, lo más importante, estaremos a salvo las demás. Marta, habla con tu hija, hazla entrar en razón. Y recuerda que somos muchas y todas importantes.

Temo que su torpeza y su problema nos lleven a un camino de no retorno. De todos los posibles, ha escogido el foco policial para que ahora nos ilumine de cerca.

Así que hago una llamada a la razón. Espero que este sea un segundo y último aviso, *ma chérie*. Dile a tu hija que abandone este caso. Déjalo todo en mis manos. Hay mucho en juego. Ya sabes que si cae una, caemos todas.

Marie

39
Habitación 717

Apenas eran las nueve de la mañana. Marie llegó en un taxi que había cogido a toda prisa, no quería perder ni un minuto. Estar con ella cuando despertase del coma era prioritario.

—Buenos días, señorita Bauvin. De nuevo, muchas gracias por venir. Y ya siento que sea en estas terribles circunstancias.

—Estoy para servir, subinspector —dijo Marie estrechando la mano de Gaona.

—He intentado localizar a la señorita De la Serna, pero ha sido imposible. Y como dijo que ambas estaban a cargo de la terapia de Rosario, he pensado que podría usted ayudarnos.

—Ha hecho bien. Como le comenté, yo soy realmente la persona a cargo de su tratamiento; mi compañera solo me echó una mano al principio. Además, para la paciente también es mejor que sea una misma persona la que le dé apoyo en las situaciones de máximo estrés.

A Gaona le pareció que eso tenía sentido. Y, por otra parte, no podía estar más dolido con Ana. No comprendía qué había hecho para ser merecedor de tal castigo. Incluso habiéndose portado fatal con ella, ¿no merecía siquiera una explicación? Ignorarle con esa frialdad y ese pasotismo decía muy poco de sus valores como persona. Y él a ese tipo de gente la quería lejos. Se sentía utilizado, se sentía humillado y, lo peor, se sentía estúpido por haberse ilusionado con esa mujer. Así que le pareció estupendo saber que Marie sería a partir de ahora la persona con la que tendría que lidiar, porque no pensaba volver a hablar con Ana.

—¿Qué es lo que ha sucedido, subinspector?

—Como le adelanté por teléfono, Rosario fue ingresada en estado de coma. Un compañero la encontró en su celda, en el suelo, sin conocimiento. Intentó quitarse la vida ahorcándose con los cordones de unas botas. Por suerte no aguantaron su peso y, aunque perdió la conciencia por el rato de asfixia y sufrió una pequeña conmoción por el golpe, parece que avanza favorablemente. Creen que no llevaba mucho tiempo ahí tirada. Los médicos dicen que de lo contrario... —Gaona se pasó la mano por la frente—. En fin, que está estable, que no es poco.

Marie permaneció hierática ante la noticia.

—¿Por qué no le quitaron los zapatos? —preguntó con la misma actitud inexpresiva.

—Fue un error. Se los quitaron en un principio, pero tenía frío. El agente que estaba de guardia le dio otros. Es un novato y Rosario lo ha cuidado mucho. Al tratarse de una compañera... Nunca pensó que... Si le llega a pasar algo...

Gaona era incapaz de terminar las frases.

—Algo sí le ha pasado, señor subinspector. Podía haber perdido la vida.

—¿Cree que no lo sé? —dijo afectado—. Si algo grave llega a pasarle... ¡No me lo perdonaría jamás!

Marie permanecía sin mostrar sentimiento alguno. Pensó en decirle que algo grave ya había pasado, pero se calló. Hermética, impasible; parecía que fuese ella la de los interrogatorios.

—¿Se sabe cómo se le ocurrió la idea?

—No.

Marie respiró hondo.

—Pero no es difícil de imaginar. Ella conoce tantos casos, tantos presos... Es policía, ha visto de todo —respondió Gaona, que no tenía muchas dudas al respecto.

—¿Alguien le ayudó a hacerlo?

—No lo sabemos y no hay cámaras allí abajo. Pero no creo que necesitara ayuda. Es una mujer tremendamente inteligente. Y fuerte.

—Ya lo creo.

—Ha peleado y ha salido de un coma. Es admirable, una auténtica jabata. Pero podía haberse quedado en esa celda.

—¿Por el traumatismo provocado por la caída?

—No, por la asfixia. Unos minutos más y no lo cuenta. Benditos cordones viejos...

—¿Cómo se encuentra ahora?

—Todavía tienen que hacerle pruebas para comprobar que no ha habido daños mayores, así que estará aquí unos días. Pero dicen que mejora favorablemente.

—Disculpe, ¿ha dicho usted que ha despertado del coma?

—Sí. Por eso la he llamado, he pensado que lo mejor sería que hablase con ustedes antes de que ningún compañero empiece a interrogarla.

—Comprendo. Entonces, no perdamos tiempo.

—Venga conmigo.

Accedieron a la unidad de custodiados, en la séptima planta. Allí había varios agentes ante las puertas de tres habitaciones diferentes. Llegaron a la 717.

—Es aquí.

Junto a los policías, un hombre con bata blanca y una carpeta les esperaba revisando informes.

—Doctor Medina, le presento a la terapeuta de Rosario Jiménez.

Se estrecharon la mano.

—Soy Marie Bauvin, encantada. ¿Puedo entrar ya?

—Creo que sí. Pero se acaba de despertar. Estaré con usted por si surge cualquier inconveniente —se ofreció el doctor Medina.

—Me gustaría entrar sola. ¿Sería posible? —preguntó Marie—. Creo que, en su estado, va a necesitar una primera toma de contacto suave, para ponerla en situación. Una cara amiga, alguien que le haga sentir seguridad.

—Me parece correcto —accedió el doctor—. Pero le ruego que no la altere. Ahora mismo su situación es de extrema vulnerabilidad. Ya le he dicho a los agentes que va a necesitar unos días de recuperación antes de exponerse a interrogatorios, declaraciones judiciales y cualquier otro procedimiento estresante. Ha salido de un coma, pero podría volver a él si forzamos su sistema nervioso.

—Estoy de acuerdo —respondió Marie.

—No dispondremos de tanto tiempo —lamentó Gaona—. Está acusada de homicidio. Debe comparecer ante el juez.

—Déjenme evaluarla. Veré en qué punto está y cuándo podrán ustedes abordar el tema.

El doctor Medina sintió alivio al ver que una colega le apoyaba en su decisión de que Rosario mantuviera reposo. Le parecía una imprudencia forzarla a cualquier proceso judicial, por muy culpable que fuera, y su prioridad era la salud de la paciente. Gaona, por su parte, pensaba que de esa manera le daba una tregua a su compañera. Sobre todo porque estaba convencido de que el marido no tardaría en volver a aparecer y, si estaba despierta, sería complicado impedir que la visitara. Así que ambos accedieron.

Marie entró en la modesta habitación de hospital, aunque le pareció bastante amplia. Las persianas estaban prácticamente echadas, pero dejaban entrar la suficiente luz como para verse. Había dos camas, una de ellas estaba vacía. En la otra, Rosario se encontraba tumbada. La habían tapado con una manta de lana marrón llena de pelotillas, pero que parecía abrigar mucho. Sus manos estaban esposadas a la cama. Estaba medio adormilada, pero enseguida notó una presencia en la habitación.

—Hola, Rosario, ¿cómo te encuentras?

Escuchó esa voz y fue como si le hubieran inyectado adrenalina. El monitor de sus constantes vitales se aceleró. Marie temió que alguna alarma avisase al personal médico.

—¿Qué demonios haces tú aquí? —respondió con un hilo de voz. Después trató de incorporarse, pero fue en vano; además de esposada, estaba exhausta y sin fuerzas. Marie le ayudó a hacerlo con el interruptor eléctrico de la cama. Le acercó un vaso de agua que tenía sobre la mesilla. Rosario apartó la cara, no quería nada de ella.

—Vengo a ayudarte.

—Eso dijiste la primera vez que te vi. Pero está claro que me metiste la *bacalá* —dijo dejando caer todo su rencor y con la *miajilla* de fuerza que le quedaba para pellizcar su cordobés.

—Lo decía en serio. Tan en serio como lo digo ahora.

—No puedes ayudarme. Lo he perdido todo, ya nada me importa.

—Todavía hay cosas importantes.

—Te equivocas. Ya no tengo ningún motivo para vivir. El que tenía ha muerto a manos de un monstruo.

—Ese monstruo debe pagar por lo que ha hecho, ¿no crees?

—Eso no me va a traer de vuelta a mi Amador.

—Eso es cierto, pero si no hacemos algo, serás tú la que acabe entre rejas y no ese desgraciado. ¡Tiene que pagar por lo que ha hecho!

—Yo ya no puedo hacer *ná* más. Quise cambiar las cosas y mira dónde estoy.

—¡Todavía pueden cambiar las cosas! Todavía podemos conseguir que se haga justicia por la vida de tu niño.

—Por la muerte —dijo Rosario, que deseaba llorar con todo su ser pero no le quedaba energía ni para eso—. No me quedan fuerzas, no puedo más.

—Precisamente por eso, Rosario. Esto no es solo por tu hijo. También es por ti. Por todo el daño que te ha hecho ese cabrón, por todos esos años de golpes y de los otros golpes que no dejan cicatriz.

—Yo solo quiero que todo termine, que todo se apague, que todo pare. Solo quiero dormir y no despertar nunca más. Solo quiero reunirme con mi chiquitín. Por eso hice lo que hice...

—Hiciste lo que tenías que hacer —dijo Marie mientras le daba un dulce beso en la mano que estaba esposada, como la otra, a un pequeño soporte que sobresalía del lateral de la cama. Hizo un pequeño gesto seco, comprobando su firmeza y que estaban correctamente ancladas. Después se la estrechó con fuerza y sonrió satisfecha.

—¿Cómo dices?

—Que no debes culparte. Hiciste lo que debías.

Rosario aguardó callada durante un instante, con la boca abierta.

—¡Espera un momento!

Sus ojos se encendieron, su mirada se había teñido de una rabia profunda.

—¿Tú querías que lo hiciera? Tú me contaste el caso de aquella niña. ¡Me metiste esos *pajarasos* en la cabeza! ¡Embustera! La que quería ayudarme... *¡Malaje!*

—Oh, soy buena inoculando ideas, pero tú hiciste el resto. No te quites mérito...

—¡Querías matarme!

Marie se dio cuenta de que estaba abusando de su habitual sarcasmo y redujo una marcha.

—En absoluto, créeme. Quería que llegases exactamente hasta aquí.

—¡Maldita la hora en la que me hablaste de lo que hizo la pobre chiquilla con los *cabetes*[29]! ¡Que casi me voy *pa'l* otro barrio!

—Rosario, aquella niña murió porque pesaba veinticinco kilos y los cordones aguantaron su peso hasta que se asfixió. Jamás hubieras podido ahorcarte pesando tres veces más.

—¡Podías haberme avisado! Hubiera fingido y no me habría llevado este arreón.

—Eso no era posible. Tenía que ser creíble, factible, real. Tenías que tratar de ahorcarte y que ellos pensaran que tu intento de suicidio era verdadero.

—¿Por qué?

—Porque desde el calabozo no puedo ayudarte. Sin embargo desde aquí...

Miró a la puerta, un policía las miraba atento a través del cristal. Marie volvió a tomar la mano esposada de Rosario y, con disimulo, deslizó algo en su mano. Después, la volvió a apretar con fuerza cerrándole el puño y la besó de nuevo. Se levantó de la silla, se acercó a besarle la frente y,

---

[29] En Córdoba, cordones.

mientras lo hacía, comprobó satisfecha que el policía, despreocupado, miraba hacia otro lado.

—¿Sabrás cómo usarlo, *ma chérie*?

***

De: Marta García de la Serna <mgdlserna@animae.es>

Para: Ana García de la Serna <agdlserna@outlook.es>

Fecha: 5 de febrero de 2018

Querida hija:

Sé que no hablamos tanto como corresponde a nuestro amor. Pero quiero que sepas que he encontrado cierta paz aquí y mi corazón, mi alma y mi conciencia me dicen que todavía no es momento de volver.

Necesito que sepas, también, que eso cambiaría con una señal tuya. Con un grito de auxilio, de socorro. Debes saber que, en ese caso, no habría nada que me retuviera aquí: dejaría todo para estar a tu lado. Siempre. Como siempre.

¿Es este el momento de volver?

Mamá

***

Leí el correo de camino a Macera. Sentí una rabia indescriptible. ¡Aquello tenía la clara firma de Marie! ¿Por qué no podía mantener la boca cerrada y le iba con el cuento a mi madre? Era evidente que se había quedado preocupada.

Lo cierto era que la echaba mucho de menos. Apenas habíamos hablado un par de veces desde que se marchó y siempre había sido de cosas generales, sin profundizar en nada, y mucho menos en todo lo que había acontecido con Rosario. Yo no me atrevía a plantearle mis dudas, mis miedos... y odiaba que Marie se hubiera tomado la licencia de hacerlo por mí.

Viendo la parte positiva, pensé que si mi madre ya sabía lo que estaba pasando, podía pedirle consejo. Era una mujer sabia y con mucha experiencia. Así no solo contaría con el apoyo de Casilda y su abogado.

Cogí el teléfono y marqué su número. Colgué enseguida, antes de que diera señal.

No podía hacerlo. No de nuevo. No como siempre. Esta vez no.

No iba a acudir a ella para que, una vez más, me sacase las castañas del fuego. Llamaría a los bomberos si era necesario para apagar esas llamas, pero esta vez no acudiría corriendo a los brazos de mamá. ¡Te jodes, Marie!

***

De: Ana García de la Serna <agdlserna@outlook.es>
Para: Marta García de la Serna <mgdlserna@animae.es>
Fecha: 5 de febrero de 2018

Querida Mamá:

¡No puedo estar mejor! Por fin soy capaz de llevar a cabo la labor para la que nací. Gracias por confiar en mí para ocupar tu puesto en la consulta. Creo que a tu vuelta vas a sentirte muy orgullosa.

Respecto a eso, no creo que recibas ningún SOS por mi parte, salvo que llegue el domingo, me ponga *Vértigo* por enésima vez (¿cuántas la habremos visto juntas? He perdido la cuenta...), prepare nuestras palomitas y me tape con nuestra manta de siempre, te busque en el sofá y no estés. Solo entonces me faltarías tanto como para necesitar tu regreso urgente. Pero, créeme, Alfred y yo sabremos esperarte.

Cuídate, madre querida, y confía en que aquí todo está bien.

Te quiero mucho y fuerte.

Ana

40
La verdadera mosquita muerta

Jueves, 8 de febrero de 2018
Comisaría Madrid-Centro (Leganitos, 19)

El día no había sido nada productivo, de la cama al sofá y viceversa, después de que una de mis consultas se cancelase y yo hiciera lo propio con la otra que tenía agendada. Luego había apagado el teléfono, el ordenador y también el resto del mundo. Lo necesitaba. Me encontraba destemplada y con algo de febrícula. No estaba segura de cuánto había de somatización, cuánto de agotamiento físico y psicológico o cuánto de gripazo en ciernes. En cualquier caso, me autoprescribí una ducha hirviendo, de esas que me dejaban pequeñas manchas rojas en la piel, y conseguí entrar en calor. Pero no era suficiente, el mal cuerpo seguía ahí. Así que me abrigué hasta las cejas y salí a la calle.

Me acerqué hasta el Maricastaña, uno de los clásicos del barrio cuando necesitaba, además de cafeína hirviendo —como mi ducha—, altas dosis de glucosa recorriéndome las venas. Allí tenían algunas de las mejores tartas del barrio y, una vez me sentaba en aquella mesa corrida de madera noble, me olvidaba del mundo; el único dilema era si elegía entre el pastel de queso, el de zanahoria o hacía un combo de ambos.

La mesa grande estaba ocupada, así que me senté en la que daba a la Corredera Baja de San Pablo y le pedí al camarero el periódico. Uno de mis grandes placeres había sido siempre leer la prensa en cualquier bar o cafetería; sentía que tenía cierta magia que aquellas hojas entintadas fueran pasando de unos a otros, como una especie de hermandad de las noticias. El chaval me acercó un ejemplar del *Diario Capital*. Del susto, me tiré el café hirviendo encima.

Rosario aparecía en portada. De nuevo. Pero esta vez la noticia no era la muerte de su hijo, sino su propia muerte. A decir verdad, de su intento de muerte, ya que había tratado de suicidarse en el calabozo de Leganitos. Aquello me congeló la sangre: «Rosario Jiménez ha sido hospitalizada en estado inconsciente tras intentar quitarse la vida...».

¡No podía creerlo! Finalmente, Rosario sí había seguido con su plan, aquel plan lleno de odio: primero su hijo y ahora ella, tal y como me había confesado. Tal y como me había anunciado. Me lo había dicho a la cara, sin dudas, sin reparos, y yo no había hecho nada.

—¿Necesitas una bayeta? —me preguntó el camarero al ver el desastre.

Me di cuenta de que yo había estado encubriendo a una asesina. Y lo peor de todo, Gaona también. Quizá Manoli tenía razón y aquel *affaire* era un secreto a voces... ¿Se había convertido, entonces, el pequeño en un estorbo? ¿Podría estar implicado el gallego también en su muerte? ¿Por eso me había pedido que dejásemos de hablar definitivamente? Todo eran preguntas.

—Que si necesitas una bayeta —repitió.

—Necesito respuestas —respondí.

—¿Perdona?

—La cuenta, por favor.

Tenía que irme corriendo a la comisaría de Leganitos. Si Gaona estaba encubriendo a esa mujer, no pensaba callarme. No una segunda vez.

Bajaba ya por la Gran Vía cuando sentí estar delirando. Era una mezcla de fiebre, adrenalina y subidón por lo que estaba a punto de hacer: iba a colarme en su despacho. Con suerte (y para desgracia de Rosario...), Gaona estaría en el hospital y podría husmear entre sus cosas. Al fin y al cabo, no era la primera vez.

En la comisaría todos andaban algo revueltos. El intento de suicidio de una compañera querida había hecho mella en el resto de los agentes. Además, se había abierto una investigación para buscar responsabilidades por el cúmulo de negligencias que habían permitido que sucediera, por lo que pasé el control sin que apenas me mirasen.

La suerte, por fin, se puso de mi parte. En ese momento vi a la secretaria de Gaona, que volvía con un café y un cruasán en las manos. Siempre fui muy buena para las caras y para los nombres, tantos años en recursos humanos era lo que tenía.

—Nuria, ¿verdad? —dije en cuanto la tuve a tiro.

—¡Sí! —Pareció gustarle que la recordase, no mucha gente la tomaba en cuenta.

—Y usted era...

—Ana García de la Serna.

—Sí, sí, la recuerdo. Por supuesto.

—¿La ayudo?

—No se preocupe... Es que el café de aquí es terrible.
—Probablemente había excedido su descanso y necesitaba
justificarse—. ¿Viene a ver al subinspector? Porque no ha
vuelto todavía. Supongo que está usted al corriente de lo que
ha sucedido con nuestra compañera, estamos todos conster-
nados...

—Sí, he venido precisamente por eso. Como sabe, soy
la terapeuta de Jiménez y quiero ofrecer toda la ayuda que
esté en mi mano —me inventé.

—Por supuesto que sí, ha hecho bien en venir. Acom-
páñeme, podrá esperarle dentro. Aquí hace un frío de perros
—dijo poniendo las manos alrededor del café para calen-
tarse.

Recorrí de nuevo aquella comisaría. Me sentía obser-
vada, cuestionada, analizada; parecía que todos supieran que
el gran subinspector y yo nos habíamos acostado. Sus miradas me decían que era «la señorita del jefe». Pero aquello
estaba solo en mi cabeza. La realidad era que todos me miraban con necesidad de respuestas; sabían que era la psicóloga de Rosario y el mazazo de su intento de suicidio los
tenía conmocionados.

Cuando llegamos al despacho de Gaona, Nuria me ofreció un café pero no quise abusar. Además, todavía me
quemaban las piernas del que me había echado por encima.
Lamenté no haber podido acabarme la tarta.

—Avisaré al subinspector de que está usted aquí —anunció, diligente, la secretaria.

—¡No, por favor! —la detuve. Ella me miró con suspicacia—. Quiero decir que no es necesario que le moleste. Las cosas en el hospital no deben de ser fáciles ahora mismo. No quisiera importunarle. Puedo esperar todo lo que haga falta.

La secretaria pareció satisfecha, porque cerró la puerta y me dejó allí a mis anchas. Se fiaba de mí. Yo también de ella.

Eché un rápido vistazo a aquella oficina, que no era nueva para mí pero que me pareció más cutre, si cabe, que la primera vez. Realmente no sabía qué había ido a buscar, pero pensaba remover hasta la última carpeta para encontrarlo.

Abrí unos archivadores (los únicos que requerían de llave) y encontré un montón de documentos de diferentes casos. Todos de poca monta: hurtos menores, carteristas habituales y alguna reyerta sin grandes heridos. Me acerqué a las estanterías, clavadas en una desconchada pared de gotelé, y vi una copia del Código Penal, de la Constitución y un montón de libros sobre jurisdicción y competencia de los juzgados y tribunales civiles. Y una Biblia, por supuesto. Gaona era demasiado previsible... De esta última sobresalía una fotografía a modo de marcapáginas. Iba a cogerla cuando la puerta se abrió de golpe.

—¡Se puede saber qué está haciendo usted aquí!

—Vaya, veo que hemos vuelto a tratarnos de usted... —intenté disimular, como si nada hubiera pasado, como si fuera de lo más natural encontrarme allí.

Me acerqué a él.

—Señora García de la Serna, no tiene usted derecho a estar aquí —me reprochó enfadado.

—Venga, Liño, no me seas así. ¿Esto es porque no te he cogido el teléfono un par de veces?

—Me has utilizado.

Estaba muy serio, muy distante, muy severo. Y muy guapo, para qué engañarnos.

—Eso no es cierto, es solo que creo que queremos cosas diferentes...

—Tú no sabes lo que quieres —dijo, casi sin dejarme terminar la frase.

—¿Cómo que no?

—Corrijo. Sí sabes lo que quieres. Tú lo que quieres es mi información.

—¿De qué estás hablando? —pregunté indignada.

—¿Crees que no sé que estuviste hurgando en mi ordenador el otro día?

—Yo no...

—¿Que me usurpaste el contacto de la cuñada de Rosario? ¿Y que has estado interrogándola y molestando a su familia?

—No sé de qué me hablas, Gaona.

—Vaya, ahora soy Gaona —dijo con sorna—. ¿Sabes? No hay que ser terapeuta para comprender que el secreto profesional no justifica el encubrimiento.

—Pero ¡qué coño dices!

—Cuando detuvimos a Rosario, estaba preocupada por algo que había pasado contigo en la consulta.

—¿Ah, sí? A ver, sorpréndeme. ¡Oh, gran subinspector que estás en los cielos! —dije clamando al cielo—. ¿O quizá para eso te falten pelotas?

—Me contó que te había confesado que pensaba matar al niño —aseveró—. Y cuide sus formas, señorita, no olvide dónde está y con quién está hablando. —Como por instinto y casi sin querer, Gaona acarició el arma que tenía enfundada en su cadera. Lo percibí, pero traté de mostrar absoluta indiferencia. Lo cierto era que la información que tenía sobre mí podría hacerme mucho más daño que cualquier pistola.

—Vaya, entonces veo que no solo me has encubierto a mí, también a ella.

—¿De qué estás hablando?

—¡Sabes perfectamente de qué hablo! —exclamé.

—Señorita García de la Serna, si no se calma va a tener que marcharse de aquí. Bueno, ¿qué digo? ¡Tiene que irse de aquí! —Su indignación iba en aumento—. No está citada en este despacho y no creo que quiera que la detenga por allanamiento.

Ignoré su amenaza. Era su orgullo el que hablaba. Estaba muy nervioso.

—Ya que estamos con cosas que no nos dijimos, ¿por qué me ocultaste que el marido de Rosario la maltrataba? Vi la denuncia que habíais preparado y que nunca llegó a presentar.

—Veo que hurgaste a conciencia en mis cosas. —La irritación le permitió tutearme—. ¿Sabes que eso es un delito? Pero, oye, perfecto. ¡Más motivos para que visites el calabozo esta noche! Sigue así y a lo mejor hasta visitas esa cárcel que tanto te fascina.

Volví a ignorar su amenaza (igual que él ignoró mi pregunta), sobre todo porque sabía que él tenía razón.

—¿Y tú sabes que tu deber como policía es informar de todos los delitos de los que tengas conocimiento? Por más que lo pienso, no lo entiendo, ¿por qué no convenciste a Rosario para que presentara la denuncia?

—¿Crees que no era lo que quería? Llevaba meses tratando de ayudarla a dar el paso. Íbamos a interponer la denuncia al día siguiente, pero desapareció —se lamentó.

—O tal vez teníais algo más que ocultar... —insistí en mi teoría.

—¡No vuelvas con eso, por favor! Esos celos son absurdos y, créeme, no te dejan en buen lugar.

—¡Ni a ella que se callase todos estos años! ¡Una policía, para más inri!

Gaona me miró con cara de reprobación.

—Muy bien, Ana, haz lo que hacen los cavernícolas que culpan a las víctimas. Bra-vo —dijo regalándome un irónico aplauso lento.

De nuevo, tenía razón. No podía culparla por no haberse atrevido a denunciar antes; a menudo, el miedo es tan fuerte y el control sobre las víctimas del terrorismo machista tan atroz, que les impide denunciar. Además, ¿a quién quería engañar? Estaba siendo una hipócrita: por esa misma vergüenza y ese mismo miedo, yo tampoco había sido capaz de denunciar al cabrón de Maldonado tras el episodio en los baños del Josealfredo. Un solo episodio, uno breve, de una sola noche; un capítulo terrible, sin duda, pero efímero. ¡Quién era yo para cuestionar a una mujer que no se atrevía a denunciar cuando llevaba años de infierno!

—Entonces ¿por qué no me dijiste que sabías lo que sucedía entre Rosario y su marido?

—Tú tienes tu secreto profesional y yo tengo el mío. ¿O crees que no me he dado cuenta de que todo este tiempo has tratado de proteger tu pellejo?

—Ahora soy yo la que no sabe de qué estás hablando...

—Pues que ese famoso secreto profesional te ha venido genial para evitar posibles problemas con la justicia. Te has convencido de que la deontología te podría proteger. Y tenerme cerca también.

—Deja de insinuar que te he utilizado —me quejé.

—No lo insinúo, lo afirmo rotundamente.

—Pues te equivocas.

—No lo creo.

—¿Te das cuenta de que tú siempre eres el bueno de la película?

—Es que yo, a diferencia de ti, en todo momento me he basado en el reglamento y en la moral. Y en el respeto, ya que estamos.

—Tendrás valor... —Me estaba empezando a cabrear.

—¡Por supuesto que lo tengo! Y también tengo unos principios, tengo un código, ¿sabes? Aunque esto te sonará a chino, porque tú no estás familiarizada con esos valores.

—Venga, Gaona, ¡no me jodas! Que no estamos en *The Wire*. «*A man must have a code*» —mascullé imitando a Omar Little, el principal narco de la serie. Era una de mis preferidas y me sabía los diálogos como Gaona el padrenuestro—. Aquí está claro lo que pasa y no tienes cojones de decírmelo —añadí.

—Señorita, le recomiendo encarecidamente que controle sus formas y que no olvide dónde se encuentra. Último aviso.

Odiaba ese puto «señorita» y él no dejaba de utilizarlo.

—Por supuesto que no lo olvido, ¡estoy en el despacho del subinspector que se follaba a la mujer que ha matado a su hijo y que casi va detrás también!

—¡Basta! —gritó Gaona—. ¡Basta ya, joder!

Sus ojos me miraron con furia, nunca le había visto esa mirada. De hecho, no imaginé que fuera capaz de desprender tanta inquina.

—No, si la culpa es mía —continuó, como hablando para sí mismo—. ¿Quién me manda a mis cuarenta y seis años...? Está claro que quien con niños se acuesta...

—¿Ahora me vas a venir con paternalismos?

—Se acabó, Ana.

—¿Cómo que se acabó?

—Lo nuestro, nosotros, se acabó de verdad. Siento mucho haber permitido que pasara. No ha sido nada profesional por mi parte y te pido disculpas. Pero te aseguro que no volverá a suceder. Ha sido un terrible error.

Me dolió que catalogase el «nosotros» como un error. A pesar de que eso era lo que le estaba pidiendo desde hacía días y lo que, *a priori* parecía dictarme la cabeza, ahora que era él quien lo proponía, no me sonaba tan bien. Sentí un incontrolable impulso de salvar lo nuestro, como si estuviera perdiendo mi bien más preciado. Como si tuviera que pelear por mantener aquello a flote.

—No tiene por qué acabar así —dije suavemente, cogiéndole la mano.

Él la soltó como un resorte.

—¿En serio, Ana? ¿¡En serio!? —exclamó.

Mi reacción era tan incoherente y él estaba tan enfadado, dolido y cansado que ni siquiera me dijo cuánto le molestaba lo que acababa de hacer. Pero no me daba por vencida. Y mis celos parecían estar al nivel de los de Amador.

—Perdóname, pero es que necesito entenderlo... ¿Por qué no me contaste que habías tenido una aventura con Rosario? Y te pido por favor que no lo niegues, porque sé que es cierto.

—Ah, que sabes que es cierto. Ya. Y dígame, señorita, ¿cómo puede estar tan segura?

—Porque me lo confirmó su cuñada. Y sí, fui a interrogarla y te pido disculpas por ello. No estuvo bien. Pero tampoco lo está que sigas protegiendo a una asesina para enmascarar vuestra aventura.

—Ana, basta ya.

—Pero...

—Pero ¡nada! —trató de pararme.

—Pero Manoli...

—¡Ana, basta! —dijo cogiéndome por los hombros—. ¡Es que todavía no has entendido que es Manoli la que tiene una aventura con Amador!

—¿Cómo dices?

—Amador Pizarro y su cuñada llevan años acostándose. Finalmente, Rosario lo descubrió y había decidido dejarle.

—Pero Amador no es el único que compartió cama con alguien de fuera del matrimonio. ¿Verdad que Rosario durmió en tu casa?

Gaona miró para otro lado, evitando contestarme.

—¡Joder, Liño! ¿Lo ves? ¡Ocultas cosas!

—Sí, sí... Es cierto, Rosario durmió en mi casa.

—¡Lo sabía! —Hice ademán de coger mis cosas—. ¡No me vas a seguir vacilando! Cómo has podido... Me voy de aquí. —Otro latigazo de celos me azotó el estómago y la sensación de traición me recorrió el cuerpo.

—¡Espera, Ana! Deja que te lo explique —dijo parando mi huida—. Aunque te lo voy a aclarar porque quiero, no porque te deba nada. Te recuerdo que fuiste tú la que dejaste de hablar conmigo... Pero no quiero ni media duda en esto. Después te pido que lo entierres de una vez por todas.

—Te escucho —acepté.

—Rosario sospechaba que Amador le era infiel con su cuñada. Con el pretexto de cuidar al niño cuando ella no estaba y echarles un cable con la casa, Manoli pasaba mucho tiempo en su casa, y la mayor parte en su cama.

—¿Le pagaban por ello?

—Tengo entendido que no.

—¿Y no le escamaba tanta amabilidad? —pregunté—. Manoli no me pareció Teresa de Calcuta, la verdad.

—Al principio, Rosario accedió porque le daba pena que ella no hubiera podido tener hijos. También se sentía culpable por no estar en casa cuando su hijo llegaba del colegio. Su marido la taladraba con eso a menudo y, para qué engañarnos, le venía bien la ayuda; los horarios en comisaría no favorecen, precisamente, la conciliación familiar.

—Entiendo.

—Pero, poco a poco, se dio cuenta de que allí había algo más que una cuñada echando una mano. La echaba, pero sobre su marido... ¡Y viceversa! Que no olvidemos que el que tenía un compromiso con Rosario era él.

—Pero ¿todo esto se lo olía o lo sabía a ciencia cierta?

Me sentí identificada con lo de las sospechas y las conjeturas, y pensé que, quizá, Rosario era de mi pequeño gran club de celosas.

—Había un sinfín de señales inequívocas y otras cuantas más, dudosas... Pero hace unos días todo cambió. Fue el punto de inflexión.

—¿Los pilló? —pregunté.

—Efectivamente. En su propia cama. Y esa fue la última gota para que Rosario decidiera dejarle definitivamente.

—Ajá.

—Yo me alegré, pero también me dio pena. Rosario hacía años que soportaba palizas y malos tratos y un machaque psicológico terrorífico. En silencio, sola. Y fue incapaz de pararlo y salir de ahí. Sin embargo, no soportó la idea de verlo con otra y ahí sí que decidió ponerle fin. Eso te demuestra lo enganchada que estaba a esa relación tóxica.

—¿Te había contado lo que pasaba en casa, antes de ese episodio?

—Llevamos años trabajando juntos. Al final, compartes unas cosas, otras las ves y, bueno, te das cuenta. Siempre me esforcé en que ella sintiera que podía contar conmigo, que tenía un apoyo, un salvavidas. Y, de hecho, recurrió a mí cuando se los encontró... ya sabes cómo. Me llamó y me lo contó todo, y me aseguró que se iba a acabar para siempre. Pensé que, por fin, había encontrado un detonante, el motor para salir de ahí, la fuerza necesaria. Así que lo recibí como una buena noticia. Y sí, durmió en mi casa. Y lo hizo porque cuando le anunció que lo iba a dejar, Amador se puso como una fiera y...

Gaona hizo una pausa muy larga.

—¿Y qué? ¿Qué pasó entonces? —pregunté ansiosa.

Cogió aire. Y como si le doliese decir aquellas palabras, cerró los ojos antes de decir:

—Trató de estrangularla con sus propias manos.

—Hijo de puta...

—¡Decía que se lo merecía porque ella le hacía lo mismo!

—¿Lo mismo?

—Amador Pizarro está obsesionado con que su mujer le engaña. Al parecer, nunca llevó bien que trabajase en un mundo de hombres. Decía que tenía «la tentación» muy a mano. Se cree el ladrón...

—¿Y es verdad?

—No, Ana, no es verdad. Cuando se tiene una pareja maltratadora a estos niveles, la víctima se convierte en una especie de yonqui, está enganchada como a una droga. Pero a esa única droga, ¿entiendes? Y no solo le es difícil separarse, desengancharse o despegarse de ese compañero que ha elegido como pareja y que la ha llevado hasta lo más bajo, sino que tampoco es capaz de ver que otras realidades, otros tipos de amor y de relaciones son posibles.

Así era. Como profesional sabía que, en la mayoría de estos casos, cuando la mujer decide separarse es fundamental ayudarla a recuperar la autoestima deteriorada por el agresor, porque se ha entregado tanto que, a menudo, se ha quedado vacía.

—¿Y Manoli?

—Todo esto sucedía ante la atenta mirada de Manoli, cómplice, que no hizo nada por evitarlo. Al contrario... Creo que siempre quiso su vida y esperaba que algún día Rosario dejase de ser un estorbo.

—¿A cualquier precio?

—No sé qué te contó cuando la interrogaste, pero a mí me demostró ser una mujer fría, calculadora y con un nulo conocimiento de lo que es la sororidad.

No me atreví a decir nada. Pasamos unos minutos en silencio. Me sentía fatal por haber dudado de él y un poco avergonzada por esa pequeña obsesión que había tenido. Además de por haber creído antes a Manoli que a aquel hombre bueno.

—¿Le hizo daño? —pregunté finalmente—. Me refiero a cuando les pilló juntos y la cogió por el cuello. ¿Hizo daño a Rosario?

—Por lo visto, Amador resbaló y Rosario consiguió zafarse y huir. Fue cuando me llamó. Vino a mi casa, estaba segura de que él la había seguido, pero consiguió llegar sana y salva. Yo le dije que podía quedarse, con dos condiciones: la primera, debía pedir ayuda psicológica, para afrontar la dependencia emocional que tenía de Amador; la segunda, debía pedir ayuda legal, para denunciar a su marido por esa agresión y por todas las anteriores y para divorciarse de una vez por todas.

—Un buen trato —dije. Sin duda, me lo parecía.

—Un trato que aceptó. De hecho, me dijo que ya había acudido a una terapeuta. Me habló de ti y, aunque no entró en detalles, parecía satisfecha con la primera sesión. Me aseguró que iba a continuar con la terapia para afrontar lo que estaba por venir.

Me gustó saber eso. Sentía que le había dado a Rosario una primera atención psicológica fallida. Me dije que si pensaba repetir es que la cosa no había ido tan mal.

—La cobijé en mi casa —continuó Gaona—, hicimos la cena, aunque ella apenas probó bocado, y le di un diazepam porque le entró una crisis de ansiedad.

Me pregunté por qué Gaona tendría en casa ese fuerte ansiolítico, pero no quise interrumpirle con pormenores.

—Antes de que se durmiera, escribimos la denuncia que encontraste en mi ordenador. Íbamos a interponerla al día siguiente, pero no tuvimos tiempo. Por la mañana la dejé durmiendo, pues mi turno aquel día comenzaba antes. Ella podría descansar hasta la tarde. Quedamos en vernos entonces, en comisaría. Después fue cuando Rosario desapareció.

—Entonces, todo este tiempo has sabido que Rosario era víctima de malos tratos...

—Desde aquella noche, sí.

—¡Y nunca me lo dijiste!

—Era confidencial, Ana...

Por fin me llamaba por mi nombre.

—Pero cuando lo insinué en mi consulta, el día que vinisteis a interrogarme Suárez y tú tras la muerte del niño, te quedaste realmente compungido...

—No. No estaba compungido, ¡estaba jodido! —exclamó Gaona. Me sorprendió porque no solía hablar en esos términos ni perder las formas. Se levantó para que no le viera llorar y continuó hablando mirando a la pared—. Estaba destrozado. No dejaba de pensar que si hubiéramos puesto aquella denuncia, seguramente nada de esto habría pasado. Y ese pobre niño seguiría vivo. Qué culpa tendrá él...

—No puedes culparte. Sabes que no puedes.

Me acerqué para darle un abrazo. Cuando estaba a medio palmo de su espalda, Gaona notó mi calor. Giró ligeramente la cabeza para comprobar si, en efecto, era yo esa presencia que percibía. Pensé que rechazaría mi abrazo pero, agotado, triste y abatido, se dejó rodear. En silencio, nos quedamos envueltos en aquel calor, hasta que llamaron a la puerta.

—Señor subinspector, le reclama el inspector Suárez. Está aquí la madre de Roberto Carbajal —anunció Nuria.

—Voy enseguida.

—¿Quién es ese Carbajal? —pregunté.

—Todavía no lo sé.

—Si está involucrado en el caso es justo que me lo digas. Además, quizá pueda ayudar... Para eso he venido.

Pareció sacudirse aquel abrazo de encima y reconectar con la realidad de su cabeza y con el planteamiento que había hecho respecto a mí, porque me miró y dijo:

—No habías venido para eso y lo sabes.

—Liño... —dije tratando de recuperar el calor de un instante antes.

—¿Sabes una cosa, Ana? Creo que hiciste muy bien quedándote en silencio. —Corrigió sus maneras—. Lo mejor será que usted y yo no volvamos a hablar.

—Pero ¿y Rosario?

—Cualquier cosa que surja, la valoraré con la señorita Bauvin, que es quien se ha hecho cargo de Jiménez en los momentos decisivos.

—Gaona, no seas así.

—Ahora, si me disculpa, me están esperando —dijo antes de salir—. Que tenga usted un buen día «señorita».

41
Nuevo futuro

Lunes, 13 de agosto de 2007
Centro Penitenciario Madrid VI, Aranjuez (Madrid)

Hacía días que estaba un poco preocupada porque me daba la sensación de que Casilda no terminaba de estar satisfecha con mi trabajo. O, todavía peor, conmigo.

Resultaba muy frustrante estar trabajando en el sitio de mis sueños con la mejor del sector y no estar a la altura.

Ese día me había propuesto que explorásemos otros ámbitos de la prisión y temía que me pusiera a pasar a limpio expedientes o cualquier tarea menor de las que tradicionalmente se asignan a los novatos. Yo quería que me viese como una igual, como alguien en quien confiar. Su segunda de a bordo.

Pero cada vez percibía más su recelo en nuestras sesiones, como si no terminase de sacudirse todo lo que sabía de mí, de dónde venía, quién era mi familia y, sobre todo, ese sentimiento de responsabilidad hacia mí.

En cualquier caso, íbamos a cambiar nuestra terapia habitual de los lunes, y todo lo que no fuese sentarnos para que me diera la tabarra explorando mi interior me parecía una buena idea.

—Buenos días, Ana —dijo sonriente—. Como te comenté, hoy vamos a probar algo nuevo. Quiero que conozcas a los compañeros de la asociación Nuevo Futuro, que hacen una importante labor de voluntariado penitenciario en toda España. Tenemos suerte porque a nuestra prisión ¡vienen algunos de los mejores! Y hoy vas a poder conocerlos. Son fantásticos.

Algo no me olía bien. No entendía por qué Casilda estaba interesada en que yo tuviese contacto con ellos. Al final, por muy voluntarios que fueran, no se habían preparado para este oficio como nosotras. Sentía que, de alguna forma, era bajar en el escalafón y eso no me gustaba en absoluto.

—Sobre todo llevan a cabo tareas de formación —continuó explicando—. Pero también organizan con los internos pequeños grupos de terapia, de apoyo, de acompañamiento y de crecimiento emocional. Su trabajo es muy interesante y muy parecido al nuestro, porque dejan lugar para la reflexión y el diálogo. Aunque, por suerte para ellos, lo pueden hacer desde un prisma más amable que el nuestro, que somos las que influimos directamente en su futuro. ¡Te va a encantar!

No podía sentirme más escéptica al respecto.

Llegamos a la sala en la que pasábamos consulta de grupo y, de hecho, allí estaba el de los jóvenes recién llegados a prisión, los que acababan de cumplir la mayoría de edad. Nuestra terapia con ellos estaba enfocada a cumplir con dos objetivos: por un lado, se trataba de perfiles muy jóvenes, muy niños, y, por consiguiente, se sentían inseguros y perdidos; nuestra labor consistía en darles apoyo, amparo y orientación. Por otro lado, al juntarlos con los veteranos más a la deriva de la prisión, eran carne de cañón. Nos esforzábamos mucho para evitar que eso sucediera.

Ese día había habido dos nuevos ingresos y para ellos aquella sesión era su primera toma de contacto con la cárcel. No me pareció de recibo que fuesen los voluntarios los que les dieran la bienvenida (si Casilda no me dejaba recibir a los peces gordos, qué menos que quedarme con los «pezqueñines»...), pero a la jefa se la veía tan entregada a la causa que no iba a ser yo quien le llegase con los peros.

—Ana, te presento a Julián, profesor de instituto, voluntario.

Se acercó a mí y me ofreció su mano. Se la estreché con cierta desgana. Desgarbado, con calvicie incipiente, el profesor no había renovado sus gafas desde sus tiempos en la facultad, por no hablar del jersey de lana verde salpicado de pelotillas, que debía de ser de la misma época. Era serio, pero paciente y cercano; de mirada profunda, transmitía una sosegada sensación de concordia y paz.

—Y esta es Sofía, una estudiante de Psicología que sueña con trabajar aquí algún día, como tú.

Sofía sonrió y se acercó para estrechar mi mano. Cuando me quise dar cuenta, me había plantado, de regalo, un par de besos. Yo los recibí como un zarpazo, sentía una rabia tremenda. No por los besos —aunque no me pareció muy profesional, dado el contexto—, sino por escuchar aquella comparación.

Sofía no era como yo. No lo era en absoluto. Yo había nacido para trabajar en prisión, para bregar con los presos, para meterme de lleno en sus historias. Sin embargo ella, con esa cara angelical y esos perfectos rizos dorados, con esa cándida pose de no haber roto un plato y esa molesta complacencia, parecía una niñita de porcelana que no iba a durar ni medio asalto en prisión. «¡Se la van a comer con patatas!», pensé.

Pero volví a callarme mis pensamientos. No quería sumar decepción en Casilda.

—Y esta de aquí es la hermana Clara, de la iglesia del convento de San Clemente, en Toledo, que también colabora con Nuevo Futuro. Y no solo con sus deliciosos mazapanes —dijo Casilda entre risas.

El resto la acompañó con alguna tímida carcajada. Sor Clara asintió con la cabeza, cerrando los ojos, sonriendo y juntando las palmas de las manos en posición de plegaria.

Aquella era la gota que colmaba el vaso. ¡Una monja! Le pregunté a Casilda si podíamos salir un momento y ella aceptó, aunque noté en su cara que la propuesta la había contrariado.

—¿De qué va esto, Casilda?

—No sé a qué te refieres.

—¿Una monja? ¿En serio?

—Ana, te aseguro que estas personas llevan a cabo una labor fundamental aquí dentro.

—¡Venga, no me jodas, Casilda! Ricitos de Oro, que resulta ser una estudiante novata, un profe de instituto que parece salido de la posguerra y que habrá visto más *CSI* que el propio Grissom y, por si fuera poco, una hermanita de la caridad que además es pastelera. Solo falta que...

—¡Basta! —me detuvo, muy enfadada, Casilda—. No te permito que hables así de estas personas. Pero ¿quién te has creído tú que eres para despreciar el trabajo de los demás? Esos tres voluntarios han hecho más por esta institución que lo que muchas personas, con másteres y doctorados como tú, harán en toda su vida. Te pido no solo que muestres más respeto, sino que no seas tan corta de miras. Qué decepción. No te hacía así de simple, Ana.

Me sentí abatida. Si ya tenía miedo de no estar haciendo lo que se esperaba de mí, esto solo echaba más leña al fuego. Reculé enseguida; siempre había sido de mecha corta, pero de las que pide perdón *ipso facto*.

—Perdóname, por favor. Lo siento mucho. Solo quiero estar a tu altura, Casilda.

—Pues entonces demuéstralo. Y esfuérzate por vencer esas resistencias que te impiden avanzar, querida. Entre ellas, ese ego que hace que te creas superior a los demás por la excelente formación que has recibido. Lo que de verdad cuenta ahí dentro, más que esto —señaló mi cabeza—, es esto —señaló mi corazón.

—Entiendo.

—Te dije que no somos carceleros. Nuestra labor se basa en reconducir a los que un día perdieron el rumbo de la sociedad; para ello, lo primero es creer no solo que es posible, sino que es necesario que eso se produzca. Esas tres personas que ves ahí no solo vienen aquí sin cobrar, invirtiendo su dinero, su tiempo, su esfuerzo y su sabiduría por amor al arte. Además saben que todo ser humano necesita herramientas para llevarlo a la práctica en la vida y se esfuerzan en dárselas, sin recibir nada a cambio.

—Déjame volver a intentarlo. Por favor —imploré—. No te voy a defraudar.

Casilda abrió la puerta. Volvimos a entrar y traté de disimular, aunque todos habían escuchado nuestra discusión. Estaba avergonzada, pero nadie hizo comentario alguno al respecto. Lo agradecí.

Me senté en una de las sillas vacías de la media luna que habían formado; eso me situaba en el «lado» de los presos. Los tres voluntarios estaban sentados de cara a ellos. Julián estaba hablando y continuó con un tono dulce, amable, sin reparar —o sin hacerlo notorio— en mi incorporación al grupo.

—Todas las personas que estáis aquí, qué digo, todos en general, podemos identificar en la vida un momento, uno concreto, que hizo que cambiaran muchas cosas. Lo que podríamos llamar un «punto de inflexión vital».

Algunos de los presos asintieron con la cabeza. Ricitos de Oro, también. No se le quitaba esa estúpida sonrisa de la boca. Miré hacia otro lado para que mi vena de la frente se relajase.

—Probablemente —continuó el profesor— algunos de vosotros podéis identificar el día que cambiasteis el rumbo, que tomasteis una decisión que no tuvo marcha atrás, una de no retorno. Había dos caminos y, por algún motivo, elegisteis el peligroso, el arriesgado; también el más dañino para vosotros y los vuestros.

Los presos continuaban asintiendo. Me sorprendió la atención que le prestaban; sin duda, había conseguido captar su interés.

—Os pido que penséis en ese momento. ¿Lo tenéis? —Uno de los presos levantó la mano, solicitando su turno para hablar—. No hace falta que contestéis enseguida, probablemente os lleve un tiempo llegar hasta ese lugar, porque también es probable que sea un recuerdo antiguo. Puede que tengáis que remontaros a vuestra infancia, a vuestra adolescencia. Cuando lo tengáis, me gustaría que pensarais en quién estaba con vosotros cuando todo eso pasó. Puede ser un amigo, el amigo de un amigo, un padre o una madre, un hermano mayor, un tío, una alumna de clase o incluso un desconocido.

—Tomaos vuestro tiempo. Pensad qué es lo que pasó y quién estaba a vuestro lado cuando sucedió —dijo Sofía, cerrando el enunciado del ejercicio.

Me fijé en el grupo de presos. Algunos tomaban notas en unos cuadernos que había repartido la hermana Clara; otros miraban al suelo o al techo mientras intentaban recordar. Pero todos estaban muy participativos. De nuevo me sorprendió, ya que eran recién llegados y lo normal era que estuviesen cabreados con el mundo y con pocas ganas de colaborar.

Me di cuenta de que había un chico que me sonaba mucho. Lo había visto antes. De hecho, hubiera jurado que estaba en el primer grupo con el que tuve sesión al llegar a la prisión a principios de julio. ¡Claro que lo conocía! Era de Aranjuez, el hermano pequeño de Rafa, un compañero mío del instituto bastante problemático que acabó siendo expulsado tras una larga lista de líos de todos los calibres. Me llamó la atención cómo se le parecía su hermano pequeño. Aunque este estaba mucho más en forma; Rafa, con los años, se había ido dejando y se había convertido en una bola de grasa. Además de en un neonazi peligroso que había pasado ya largas temporadas «de vacaciones» en algunos de los centros penitenciarios de Madrid. En eso, su hermano le había tomado el relevo, porque después de visitar varios centros de menores, hacía un par de meses que había dado el salto a la Primera División ingresando en nuestro centro penitenciario.

Samuel era un chico alto y atlético. Con el pelo rapado al dos, se había hecho rasurar un símbolo en un lateral de la cabeza pero, desde mi asiento, no podía identificar qué era. Vestía un chándal de táctel, pero no de los cutres que se llevaban antes. O quizá sí. Daba igual, le quedaba divinamente. Tenía cara de niño (un poco niño era, no habían pasado ni cuatro meses desde que había cumplido los dieciocho) y llevaba un *piercing* en la ceja izquierda, que debía de ser reciente porque estaba infectado y con pus. Me fijé especialmente en sus ojos; además de por los treinta kilos menos, era lo que más le diferenciaba de su hermano, ya que Samuel podía presumir de tener unos preciosos ojos azules. Estaba sumergida en esa profunda mirada azul Klein cuando su pupila enfocó la mía y ambas colisionaron frontalmente, como dos coches que circulan en sentido contrario. Me puse rojísima, noté el calor ardiéndome las mejillas y no era para menos, me había pillado en plena radiografía. Él, jugón, me lanzó un beso; pero con una especie de chasquido, mezcla de cariño y de desprecio.

Samuel era digno hermano de Rafa y basaba su autoestima en la fuerza. Las reyertas abundaban en su expediente y las palizas, incontables, se las había propinado hasta a su madre. Su conducta antisocial y delictiva tenía una gasolina indispensable: la droga. El consumo de todo tipo de sustancias le había acompañado desde bien pequeño y había entrado en la cárcel con un fuerte síndrome de abstinencia a la coca. Estaba ya metido en el programa de desintoxicación que ofrecíamos y ese día iba hasta arriba de metadona. Algo que sabíamos que debíamos combinar con terapia conductual. Bueno, y con aquella, para mí, pseudoterapia que tanto fascinaba a Casilda (y que, para ser sincera, conducía de una forma impecable).

Los presos fueron exponiendo sus recuerdos. Hablaban sin tapujos. Por supuesto, unos más que otros. La mayoría acudía a episodios de su infancia como punto de inflexión, como el antes y el después de complicarse su vida.

Sofía también se percató de ello.

—Por lo general, todos habéis llegado a vuestra etapa de la infancia. Una etapa muy vulnerable, en la que los pilares y los apoyos son fundamentales. Por un lado los amigos y por otro los profesores en la escuela. —Le hizo un guiño a Julián y este sonrió—. Y el más importante de todos, la familia. Os propongo que empecemos hablando de vuestros padres.

Me reí por dentro. Aquella niña pija había sido tan directa que estaba segura de que ninguno de aquellos malotes se iba a abrir en canal para hablar de sus padres. No ahora que acababan de llegar, y menos con ella, que había sido demasiado evidente formulando que la solución a la ecuación de sus vidas rotas estaba en sus terribles familias desestruc-turadas. ¡Demasiado fácil, Ricitos!

Me equivoqué.

—Yo de mi viejo no hablo, que no quiero que tengáis pesadillas —dijo Samuel.

—A lo mejor, si nos lo cuentas, dejas de tenerlas tú —le respondió Julián, que no se dejaba intimidar fácilmente.

—¡Uy, Juli, Juli! Yo hace años que no tengo pesadillas con nada, soy yo el que provoca malos sueños en los demás.

—Creo que todos estamos dispuestos a correr el riesgo, si eso puede ayudarte.

—Si insistes...

Samuel no mentía. Se remontó a su primerísima prime-ra infancia, donde comenzaban sus primeros recuerdos y, ya desde entonces, los episodios que narraba eran dignos de una película de terror. Pero lo hacía sin inmutarse, sin pestañear siquiera. Incluso parecía que alardeaba de las hostias que ha-bía recibido de pequeño. Y de mayor.

Tras cada episodio hacía una pequeña pausa para com-probar que provocaba el efecto deseado: una honda congoja y un estremecimiento en sus oyentes. Y, quizá, algo de pena y compasión. No era así en mí, ni en lo uno ni en lo otro. Yo lo miraba fascinada. Admiraba su fuerza, su bravura, su va-lor, y cómo se había enfrentado a ese cabrón que tenía por padre. Noté que él también me miraba. Acabó su relato y los otros internos tomaron la palabra para hablar de sus viejos. Los minutos pasaban, los otros iban hablando y nosotros, como apartados del mundo, nos mirábamos muy fijamente. Con intención. Con fuerza. Con deseo.

—Ana, ¿qué te parece? ¿Te animas? —me preguntó Casilda.

—Perdona, ¿qué dices? —Estaba tan excitada que no había escuchado su pregunta.

—Te decía que por qué no compartes tú también algo con el resto del grupo. Al final, todos tenemos un punto de inflexión en el que la vida nos cambió. ¿No crees?

—Lo que creo es que a nadie le importa lo que me pasara a mí en mi infancia.

—Seguro que tu padre no era tan diferente al resto de padres, al fin y al cabo todos...

—No pienso hablar de mi padre —la interrumpí, muy severa.

—Ana, no pasa nada —dijo Sofía—. Todos hemos pasado momentos duros. Si tu primer impulso es no hablar de tu padre, probablemente sea porque necesitas hablar de él más de lo que crees.

—¿Qué sabrás tú lo que yo necesito? —dije todo lo borde que pude.

—¡Ana!

—Lo siento, Sofía. No he debido decirte eso. Pero es un tema del que no quiero hablar.

—Ana, el trato era que haríamos terapia —dijo Casilda—. Hoy acordamos que sería aquí. Y este es el tema a tratar. Comparte lo que consideres, pero no te cierres en banda. Sabes que esto puede hacerte mucho bien.

—Se acabó. ¡Me voy! —dije levantándome de la silla y dirigiéndome hacia la puerta.

—Pero ¡Ana! —gritó Casilda, que veía que yo ya estaba a punto de abandonar la sala.

—No, Casilda. Pero nada. Basta ya. Te he seguido el juego todas estas semanas porque mi prioridad era continuar aquí, pero esa es mi línea roja. Y si por no cruzarla tengo que irme, me iré.

Casilda aguardó en silencio un instante.

—¡Tienes cojones, morena! —gritó Samuel desde su silla.

La jefa se levantó y se acercó a mí. Puso su mano en mi hombro y, en voz baja pero muy seria, me dijo:

—Hoy puedes marcharte. Pero volveremos el miércoles. Y así todos los lunes y todos los miércoles, que es cuando se reúne este grupo. El de los nuevos, el de los novatos, el de los que tienen todo por aprender aquí. Exactamente igual que tú.

42
Muestra a) y Muestra b)

Jueves, 8 de febrero de 2018
Comisaría Madrid-Centro (Leganitos, 19)

Gaona salió de su despacho dejando a Ana allí sola. Le dolía, pero después de sus desplantes se había prometido no dar un paso atrás. La veía como una mujer inestable y, aunque a veces se sentía solo, apreciaba demasiado la tranquilidad de su vida.

Tal y como le había indicado su secretaria Nuria, Suárez le estaba esperando en una de las salas que utilizaban para interrogar a testigos y sospechosos y, como el resto de la comisaría, era bastante cutre: un par de sillas viejas, una mesa carcomida y un fluorescente que chisporroteaba insistente.

—¿Todo bien con la loquera? —le preguntó Suárez.

—Todo bien. Estaba cerrando un asunto... definitivamente.

—Mejor, mejor... Que las mujeres son como la droga dura: no puedes vivir sin ellas, pero con ellas tampoco.

Gaona se preguntó si su compañero sería consciente de que estaba citando a Mecano, pero le dejó que pensara que era una ocurrencia suya. Además, no quería hablar de Ana; le había dado carpetazo.

—¿A quién esperamos?

—A la madre de Roberto Carbajal —respondió Suárez—. Está un poco nerviosa, así que le he sugerido que se refrescase en el baño mientras llegabas.

—¿Y se puede saber quién es ese tipo?

—Ese tipín, diría yo. Es Rober, un compañero de clase del pequeño Amador. Toma. —Suárez dejó encima de la mesa un sobre con los resultados del análisis de la Científica.

—¿Son los definitivos? —preguntó, con ansia, Gaona.

Suárez asintió con la cabeza y todo su cuerpo le acompañó rebotando, sobre todo las tetillas rechonchas que se le habían ido formando con los años. En aquel sobre se hallaban los resultados de las otras dos huellas dactilares encontradas en la escena del crimen del pequeño Amador y que todavía no habían conseguido descartar. Por fin habían encontrado dos coincidencias y, para mayor satisfacción, estas tenían un acierto del cien por cien.

—¿Puedo? —preguntó Gaona. No sabía si su superior había visto ya aquellos informes y quería respetar la jerarquía.

Suárez, sin embargo, no había respetado nada de nada y los había leído sin esperar a su compañero de investigación.

—*Avanti, avanti* —respondió, copiando la expresión que solía usar Gaona. Llevaban solo unos días trabajando juntos, pero ya le había cogido cariño a ese gallego, un poco sabelotodo y un poco estirado, pero un buen hombre, a fin de cuentas.

A Gaona el corazón le iba a mil. Albergaba la esperanza de que exculparan a su compañera de una vez por todas. Abrió el sobre y comenzó a leer, con cierta zozobra.

La «Muestra a)» correspondía a María Manuela Pérez Trujillo. Dudó un instante pero enseguida cayó en la cuenta: ¡Manoli! Y recordó que esa muestra se la había tomado él mismo a la cuñada de Rosario en su casa, tan solo unos días antes, tras su interrogatorio. Ella dijo que sería lógico y normal que aparecieran huellas suyas en la casa de los Pizarro, puesto que iba a limpiar y a cuidar al niño cuando los padres estaban trabajando. A Gaona no le sorprendió que sus huellas estuviesen por toda la habitación del matrimonio, especialmente en la cama, puesto que era conocedor de la aventura que doña María Manuela mantenía con el padre. Tampoco se extrañó cuando Suárez le dijo que había contrastado ya su coartada y comprobado que estuvo en la parroquia de sol a sol el día que el niño murió. Varios feligreses, vecinos e incluso el párroco lo habían corroborado. Sí sintió, sin embargo, cierta decepción; Manoli no solo era la perfecta sospechosa (se le ocurrían diferentes móviles que la habrían llevado a matar al niño), sino que era la perfecta asesina, con lo que exculparía a Rosario y quedaría libre de una vez por todas.

—De esa no solo había huellas dactilares, también restos biológicos. Ya sabes cómo de «biológicos». —Suárez le guiñó un ojo—. Y parece ser que los tortolitos eran bastante creativos, eh, porque los encontramos en los sitios más insospechados.

Gaona siguió leyendo. La «Muestra b)» no coincidía con ninguna de las tomadas en el entorno directo de la familia.

—Pero entonces, ¡no hemos avanzado nada! Si no sabemos de quién son esas huellas, no sabemos quién es el asesino.

—Te equivocas —dijo Suárez.

Gaona imaginaba que le iba a decir que sí sabían que la asesina era Rosario. Estaba cansado de escucharle decir eso, además de que le producía un intenso dolor.

—Estás a punto de saber quién lo mató. —Suárez sonrió con cierta malicia.

La puerta se abrió.

—Hola, soy la madre de Roberto Carbajal. Sé quién mató a Amador Pizarro.

***

8/2/2018
M. A. Gaona

Sintoniza el canal 24h de TVE.   23:01 //

Me había quedado claro que no quería volver a hablar conmigo, así que tenía que tratarse de algo importante. Puse el canal 24h, como me indicaba, y vi que estaban en directo a las puertas del colegio del pequeño Amador. Era una noticia de última hora.

¡Estaba eufórica con la primicia! No podía creerlo. Seguía escuchando con atención a aquella reportera, que explicaba con detalle quién había dado muerte al pequeño y cómo lo había hecho, cuando sonó mi teléfono. Ni siquiera miré quién era:

—¡Gaona, lo sabíamos! ¡Lo sabíamos!

—Anita, soy Casilda —dijo una voz al otro lado—. Estoy con tu abogado y quiere contarte algo.

El abogado que nos estaba asesorando en esto había movido sus hilos y uno de sus contactos en la policía le había informado en cuanto el atestado se registró en el sistema, y me llamaba para darme la gran noticia y para aportarme algunos datos que todavía no sabían los periodistas.

¡Por fin podía respirar! No solo me liberaba de la culpa, de la sensación de no haber hecho nada para evitar una desgracia ante la confesión que me había hecho Rosario, sino que no habría consecuencias legales para mí como profesional. Y fue un gusto sentir que, en ese sentido, mi instinto no fallaba: nunca había considerado a Rosario capaz de matar a nadie, y mucho menos a su hijo.

Ahora que se había descubierto que al niño no lo mató su madre, se cerraría el caso y yo podría olvidarme de todo aquello.

Por supuesto, no pensaba volver a tratar a Rosario; de hecho, había planeado ya derivar su expediente a Marie. En cualquier caso, ella había estado muy interesada desde el primer momento. Yo quería dar carpetazo a todo ese asunto y Gaona era un hilo que me ataba irremediablemente con todo aquello. Así que agradecí que hubiera sido el abogado y no él quien llamase y, de nuevo, no contesté a su mensaje. Además se trataba de una orden, ¿qué respuesta requería aquello?

43
Rober Carbajal

Jueves, 8 de febrero de 2018
Comisaría Madrid-Centro (Leganitos, 19)

Señora, ¿está usted segura de lo que dice? Se trata de una acusación muy grave.

—No tengo dudas: sé quién mató al pequeño Amador Pizarro —afirmó. Sus palabras resonaron en aquel cuartucho—. Pero, antes de nada, necesito que aclaremos unas condiciones. He hablado con un abogado y me ha dicho que si esa persona confiesa, pueden protegerla. ¿Es eso cierto?

— Verá, señora, aquí no somos hermanitas de la caridad. Si el asesino...

—Sí, sí podemos —interrumpió Gaona, que sabía que tendría que usar su mano izquierda en aquel cuerpo a cuerpo. La mujer estaba muy asustada y, si forzaban la máquina, quizá se pensara mejor lo de confesar y Rosario seguiría siendo la principal sospechosa—. Podemos hacerle las cosas más fáciles, tratar de rebajar su condena...

Cuando usó la palabra «condena», la mujer creyó desmayarse. Bebió un poco de agua de un botellín que le había llevado Nuria y encontró fuerzas para lanzar el pequeño chantaje que tenía preparado.

—Mi abogado también ha hablado con un periodista y tienen que saber que, si no cumplen su palabra, publicará todo lo que sabemos. ¡Y les aseguro que eso les dejará en muy mal lugar!

La realidad era que no había hablado con ningún abogado. Había buscado en Google todo tipo de información: desde posibles condenas por homicidio hasta tratos por colaborar con la justicia. En lo de la prensa no mentía; estaba dispuesta a contarlo todo si la cosa se ponía fea, ir de tele en tele y de tertulia en tertulia hasta conseguir que la presión mediática les salvase el pellejo o el dinero ganado pagase una posible fianza.

—¡Tendrá cojones! Pero ¿es que nos está amenazando, señora? ¿Ha olvidado usted dónde está?

De nuevo, Gaona dio un volantazo.

—La prensa solo complicaría las cosas para ese presunto «culpable». —Entrecomilló con las manos. Lo cierto era que no sabía por dónde iba a salir esa mujer—. ¿Ha hablado ya con ellos?

La mujer negó con la cabeza.

—Bien, entonces, ¿qué le parece si nos cuenta lo que sabe?

La mujer empezó a relatar el suceso acontecido en la colonia Tercio y Terol, su barrio, en la casa de los Pizarro. Al parecer, Rober Carbajal era amigo del pequeño Amador. Y la famosa «Muestra b)» contenía sus huellas.

Todo empezó aquel mismo lunes, 5 de febrero, a las ocho menos cinco de la mañana, unos minutos antes de que sonase el timbre para entrar en clase. Amador llegó al colegio y le propuso a Rober que se saltasen la clase y se fueran a jugar a su casa. Su madre no estaba —llevaba desde el viernes desaparecida, pero a él le habían dicho que estaba en un viaje de trabajo— y su padre estaba con el taxi, así que estarían a sus anchas.

Estar de Rodríguez no fue el único aliciente para convencer a Rober de ir a su casa, Amador le dijo que allí había un fascinante juguete: el arma reglamentaria de su madre Rosario. No solo sabía dónde la guardaba, sino que había comprobado previamente que no se la había llevado a aquella misteriosa y repentina escapada laboral.

Cuando todos los alumnos del centro entraron en clase, los dos chavales se escaparon. Con la llave de Amador (cuando cumplió diez años su madre le había dado una copia) entraron en la casa y fueron corriendo a la habitación de los padres. En lo alto de un armario, bajo unas mantas, se encontraba la ansiada pistola.

Como antesala de lo que estaba por venir, y ya que iban a por todas, Amador sacó un par de cervezas de la nevera. Abrió una y le dio un sorbo, con los ojos cerrados. Le supo a rayos y le picó la garganta, pero disimuló ante su amigo, que hizo lo propio. Abrieron la caja y miraron el arma, inmóviles, durante unos segundos. Primero la observaron temerosos, pero enseguida la valentía fue creciendo —igual que los sorbos y el amargor de la cerveza— y se atrevieron a cogerla, a apuntar... Hasta que Amador dijo que también sabía dónde guardaba su madre las balas. Sin duda, la irresistible fruta prohibida.

Pero cuando Rober vio las balas, sintió que el miedo se apoderaba de él. Ya no era un simple juego de niños, aquello era peligroso y no quería seguir. Le propuso a su amigo parar y volver al colegio, pero este estaba envalentonado por la cerveza, así que le prohibió irse.

Amador parecía un experto en el tema; sabía cómo coger el arma, en qué posición colocar las manos, cargarla e incluso disparar. Al parecer, tenía una escopeta de balines, con la que practicaba los fines de semana. Rober se sintió inferior, arrinconado ante la maestría de Amador y abrumado por el valor que demostraba.

—¡Ya sabía que eras un cagón! —dijo Amador—. ¡Maricón!

—No soy maricón —se quejó, como si aquello fuese un insulto. Y lo cierto es que Amador lo había lanzado con esa intención.

—Una, dos, tres... y cuatro. Ya está —dijo cargando las balas—. Venga, cagón, aquí te dejo la pipa cargada. No te vayas a hacer daño, que vuelvo enseguida.

Rober se preguntó por qué seguía juntándose con Amador, que realmente no era su amigo; además se había convertido en el abusón de la clase y él, en el primero al que maltrataba. Amador Pizarro era digno hijo de su padre.

Ante la enésima burla, Rober se terminó su cerveza de un trago. Y cuando Amador se levantó para coger otra de la nevera, se hizo con la pistola y le apuntó por la espalda. Quería darle un susto y comprobar si era tan valiente o solo un fanfarrón. Lo que Rober no sabía era que su compinche le había quitado el seguro al arma y, por inercia, apretó el gatillo. Así fue como le metió una bala en el centro de la nuca que llevaba rapada. Una diana perfecta. Una diana mortal.

Amador Pizarro acababa de morir en la habitación de sus padres, a manos de su compañero de sexto de primaria Roberto Carbajal, que temblaba como los vagones de un tren. Eran las nueve menos cuarto de la mañana.

Lo primero que hizo Rober fue echarse a llorar. Esto le llevó un buen rato. Lloró y pataleó y volvió a llorar. Cuando se hubo ahogado en su propio llanto, pensó que debía llamar a la policía, pero después imaginó que lo encerrarían y decidió que tenía que esconderlo todo, salir de ahí y no contárselo jamás a nadie.

Ni siquiera comprobó si Amador respiraba o tenía pulso —no hubiera servido de nada porque murió en el acto—, pero no se atrevía a acercarse a él.

Así que cogió una bolsa de basura y metió las latas de cerveza vacías. Fue a la habitación de Amador y cogió la primera camiseta que encontró en su armario y envolvió la pistola y las balas. Lo guardó todo en su mochila y cerró la cremallera. Después apagó la luz de la habitación y se fue por la misma puerta por la que había entrado, que cerró suavemente, suplicándole a Dios que no se cruzase con nadie en el portal. Dios debió de escucharle porque nadie lo vio ni supo que había estado allí. Al Todopoderoso se le olvidó, eso sí, borrar sus huellas de aquella casa.

Rober, de once años, estaba terriblemente asustado. Pensó ir a su casa, pero sus padres harían preguntas, así que de-

cidió que lo mejor era volver al colegio y actuar con normalidad. Con un poco de suerte, nadie se daría cuenta de que se
había saltado las dos primeras clases; no faltaba mucho para
las diez, la hora del recreo. Aguardó hasta esa hora y, cuando
sonó el timbre, se mezcló entre sus compañeros, que salieron
al patio a disfrutar del descanso. Y Rober fue uno más.

Suárez y Gaona no daban crédito. De todas las hipótesis posibles, esa jamás había estado encima de la mesa. No
era solo inimaginable e improbable, sino tan simple que parecía mentira.

Suárez, que parecía algo molesto por que ese fuera el
desenlace de su caso —un puto crío como el sanguinario asesino no le parecía serio—, tomó la palabra.

—A ver, señora mía, ¿está usted segura de todo esto que
nos acaba de contar?

—Y tan segura.

La mujer, que empezaba a hartarse de que aquel policía
rechoncho la tratase de idiota, puso el arma reglamentaria de
Rosario Jiménez encima de la mesa, envuelta en la camiseta
del pequeño Amador. También la caja con las balas.

Se hizo un silencio que duró unos segundos.

—La encontré por casualidad, ordenando el cajón de
los calcetines de mi hijo.

—Pero ¡esto es maravilloso! —exclamó Gaona.

—¿Cómo dice? —preguntó extrañada la madre, que
estaba visiblemente afectada por lo sucedido y asustada por
las consecuencias que podría tener para su hijo.

—¡Es maravilloso! —repitió Gaona, al que aquella torpeza de niños ya le daba igual—. ¡Esto significa que Rosario

es inocente! —A Gaona le costaba contener su alegría. Se sentía aliviado—. ¡Es maravilloso!

—No me parece de recibo esta actitud, la verdad —se quejó la madre, al ser consciente de que ahora su hijo era el autor del homicidio.

—Por supuesto, señora mía. Perdónelo —le excusó Suárez—. Y usted, subinspector, le ruego que se comporte, que parece que tiene la edad del crío.

Pero Gaona no atendía a razones.

—¡Rosario es inocente! ¡Lo primero que debemos hacer es llamarla!

—No se equivoque, lo primero que haremos es traer al pequeño Rober para corroborar la historia. Y luego llamaremos a los medios antes de que esto se filtre o lo filtren —dijo clavándole una mirada reprobatoria a la madre—. Daremos una versión oficial y así...

Pero Gaona ya no escuchaba. Estaba llamando al doctor Medina para saber en qué estado se encontraba Rosario y darle la gran noticia.

***

De: Marie Boix Bauvin <mbbauvin@animae.es>
Para: Marta García de la Serna <mgdlserna@animae.es>
Fecha: 6 de febrero de 2018

Hola, Marta:

¿Dónde te metes? No he recibido respuesta a ninguno de mis correos y no creo que sea de recibo. No sé si es pasotismo o es que con la India no bastaba y has decidido desaparecer definitivamente del mundo, pero sean los que sean los motivos, debes olvidarlos y cumplir con tu responsabilidad como madre y como colega.

Como madre, de hacer entrar en razón a tu hija de una vez por todas. Te pido, te ruego, que le digas que se mantenga al margen de todo. Lo ideal, de hecho, sería que abandonase la consulta para siempre. No está preparada, ni capacitada, ni siquiera ha enmendado errores. Me temo que ha vuelto a enredarse con quien no debe... Si los malos eran malos, quizá los buenos también terminen por serlo. Y sabes tan bien como yo que solo podré ayudarla si mantiene la distancia y un perfil bajo.

Como colega, he de hacer lo que es lo mejor para la consulta. He estado poniendo orden estos días, ¿recuerdas que acordamos que destruirías los documentos de las pacientes que me habías derivado, por aquello de no solapar los historiales? Quiero asegurarme de que la consulta está en orden, por si las autoridades deciden meter las narices en nuestros documentos. No podemos dar ningún paso en falso. Yo tengo todo lo mío en orden, ¿puedo estar tranquila de que tú también?

Por favor, respóndeme aunque solo sea a esto. Nos jugamos mucho.

Cuídate. Y no olvides por qué estás allí; ambas lo sabemos bien.
Marie

44
Matando bajo la lluvia

Viernes, 9 de febrero de 2018
Mi casa (Barco, 24)

Eran días en los que leía la prensa de forma compulsiva. Parecían saber más que nadie sobre el caso; incluso más que la propia policía. Sin duda, más que yo, ahora que Gaona me había cortado el grifo. Pero si era sincera conmigo misma, le comprendía; no me había portado bien con él y lo nuestro —y su confianza— se había ido al garete.

Aunque el *Diario Capital* se había decantado por un estilo sensacionalista, daba una cobertura diaria y en profundidad del caso «Pizarrín». Habían puesto a dos reporteros a trabajar exclusivamente en el tema, y sus informaciones estaban plagadas de testimonios de primera mano, datos muy concretos y exclusivas que ningún otro medio conseguía. Por eso, a pesar de su amarillismo, me había ganado como lectora. Tuve que frotarme los ojos para comprobar que no seguía dormida, no podía creer lo que habían publicado esa mañana.

El cartero siempre llama dos veces, ¿la muerte también?

MADRID, 9 Feb. (DIARIO CAPITAL).— Cuando parecía que la sombra del crimen abandonaba por fin a la familia, salta de nuevo la tragedia.

Amador Pizarro ha muerto. Y no, no están teniendo un *déjà vu*: tras el pequeño Pizarro, ahora es el padre el que ha fallecido. O lo han matado. Eso es lo que tendrá que averiguar la policía, que se ha personado en la colonia Tercio y Terol, en Carabanchel, después de que una vecina llamase de urgencia a la Guardia Civil tras toparse con el cadáver.

Al parecer, a eso de las cinco y media de la mañana, como cada día, salió a pasear a su perro, un pastor alemán. En mitad de su paseo se puso a llover con fuerza, por lo que tuvo que dar marcha atrás y tomar un atajo para llegar a casa y ponerse a resguardo.

En su camino de vuelta se encontró con una escena dantesca...

Dejé de leer y llamé al subinspector sin perder un instante. Él también contestó enseguida.

—Ya sé que habíamos acordado mantener la distancia, pero acabo de leer que...

—Lo sé —respondió Gaona—. Vamos de camino a comisaría, la acaban de trasladar allí.

—¿Cómo ha podido pasar?

—No hemos tenido tiempo de comunicarle lo de Rober Carbajal. Traté de hacerlo ayer, cuando ya estaba en todos los medios, no quería que se enterase de esa manera. Pero el doctor Medina...

—¿Quién? —interrumpí.

A Gaona le molestó tener que explicarme quién era. Si yo hubiera acudido al hospital el día que Rosario intentó suicidarse, no solo sabría quién era, sino que habría podido trabajar con él mano a mano y quizá nada de esto habría pasado. Él pensaba que yo había pasado de todo y no entendía este repentino interés, como si ahora el caso fuese crucial para mí.

—El doctor de Rosario —me explicó—. Cuando confirmamos con el pequeño Rober la versión que su madre nos había contado, quise informarla enseguida, pero su médico me recomendó que la dejásemos descansar unas horas. Al parecer la habían vuelto a sedar por una fuerte crisis de ansiedad y estaba guardando reposo.

La crisis de ansiedad había aparecido tras la visita de Marie.

—Entonces ¿no sabía que su marido no era el asesino de su hijo?

—Me temo que no. Se escapó del hospital de madrugada y...

—Pero ¿cómo una mujer convaleciente se va a escapar del hospital? —le interrumpí—. ¿A qué coño estáis jugando? —le recriminé.

Entonces le recordé el episodio de las botas y el calabozo. Pero no hacía falta, lo recordaba perfectamente.

—¿Qué pasó con la custodia policial? —pregunté.

—Todavía no sé cómo, pero es evidente que consiguió burlarla. De nuevo, un error más para la lista, no te lo niego.

Gaona era incapaz de comprender cómo Rosario no solo había conseguido soltarse las esposas, sino que había escapado de aquella habitación de hospital sin que nadie se diera cuenta. Lo único que sabían hasta el momento era que se había descolgado por la ventana de su habitación. No era la primera vez que un preso lo hacía, ni tampoco la primera en el Gregorio Marañón, pero sí la primera en la que él estaba a cargo del caso y eso le quemaba por dentro.

Otra investigación estaba ya en curso para exigir responsabilidades y determinar cómo había sido posible un fallo de ese calibre. Quizá por ese profundo sentimiento de culpa —y otro tanto de vergüenza—, Gaona no se defendió de mi ataque.

—¿Quieres que vaya? —le pregunté directamente.

—Ana...

Agradecí que me llamase por mi nombre.

—Rosario podría necesitar ayuda profesional... y, bueno, tú mismo dijiste que era importante que tuviera apoyo psicológico en los momentos críticos, ¿no?

—Sí, eso te dije, pero no apareciste...

—Sí, ya sé que Marie te ha estado ayudando, pero no creo que ahora mismo estés en disposición de rechazar un par de manos más.

Se hizo un silencio, aunque en el coche se oían la sirena y la radio de la centralita de policía. Yo seguía pasmada frente al artículo en el que se relataba lo sucedido aquella mañana, confirmando que aquella cordobesa tenía verdadero odio en las manos. Y si en realidad su objetivo siempre había sido el marido. Gaona no reaccionaba, parecía que mi proposición fuera una cuestión de vida o muerte.

—¿Se sabe ya de qué ha muerto? —corté por lo sano aquel silencio.

—Todavía no. El forense se pondrá a examinarlo enseguida y conoceremos los detalles en las próximas horas. Todo va a ir más rápido esta vez, la jueza provisional asignada al caso está muy enfadada con todo esto. Además, los de arriba quieren zanjar este caso cuanto antes, no nos hace ningún bien como ente —dijo refiriéndose a la Jefatura Superior de Policía y al Ministerio del Interior. El caso llevaba días apareciendo en la primera plana de los medios nacionales e internacionales y la actuación de las autoridades españolas estaba quedando en entredicho.

—¿Crees que ha podido ser ella? —pregunté.

—Mi corazón quiere creer que no, pero los hechos hablan por sí solos...

—Pero ¡siempre dijiste que era imposible que Rosario fuese una asesina!

—Eso no es lo que dije. Lo que siempre he dicho es que Rosario sería incapaz de matar a su hijo. Pero, muerto el niño, lo que ella más quería, su vida... Ahí ya no pongo la mano en el fuego. Ni por ella ni por nadie.

—Eso es porque crees que ha sido ella.

—Ana, el sometimiento anula a una persona, pero cuando se trata de un hijo...

—¡Eso no significa nada! ¡Son solo teorías, estadísticas!

—Ana, una vecina nos ha llamado esta mañana...

—Lo sé —le interrumpí, con tono de marisabidilla—. Se ha encontrado a Pizarro muerto, bajo la lluvia, a las puertas de su taxi. Lo he leído en el periódico.

—Lo que no dice ese periódico es que, bajo esa misma lluvia, la vecina también ha encontrado a Rosario Jiménez arrastrando el cadáver de su marido.

45
Dolors Armengol

No me suena de nada —insistió Marie, después de volver a echar un ojo a aquel carnet de identidad antiguo.

En la fotografía aparecía una mujer que aparentaba más joven que lo que indicaba su fecha de nacimiento, 1947. De una tersa e impecable piel blanca, tan solo jaspeada con un ligero rubor en cada mejilla. Solo con aquel busto se podía percibir a una mujer distinguida, cuyo cabello iba recogido en un elegante moño italiano, mientras las enormes perlas de su collar brillaban chocando con la luz del flash. A pesar de la mala calidad de la fotocopia, del blanco y negro y de que la instantánea parecía haber sido tomada con una cámara antigua, era posible percibir la belleza de aquella mujer; no solo su hermosura y su estilo, también el esmero que ponía en cada detalle de su rostro.

—Pero aquí dice que esta mujer vive en el número 51 de la calle Muntaner, de Mallorca. No sé cómo podría conocerla Rosario —añadió ella.

—Allí vivió unos años. Pero luego se trasladó a Madrid con su marido y su hijo, al número 7 de Velázquez, donde encontramos a Jiménez.

—¿Y dónde está ahora esa mujer? —preguntó Marie—. Quizá ella pueda explicarnos qué está sucediendo.

—No tenemos ni idea. Es como si se la hubiera tragado la tierra —dijo Suárez.

Gaona volvió a entrar en la habitación. Tenía mala cara, parecía que aquel teléfono suyo solo le daba disgustos. Marie agradeció que se incorporase.

—Perdonad, ¿qué me he perdido?

—Nada, la señorita asegura que no conoce a Armengol. Así que seguimos como estábamos.

—Me lo imaginaba —suspiró Gaona, decepcionado—. Esta señora hace unos años que parece haberse bajado de la vida.

—Pero algo habrán conseguido averiguar sobre ella, ¿no?

—Por supuesto, ¿por quién nos toma? —se quejó Suárez—. Al parecer, la tal Armengol no era un angelito.

—¿A qué se refiere? —preguntó Marie.

—Bueno, creemos que estaba enferma —dijo Gaona—. Y quizá usted sepa más de eso que nosotros.

—¿Yo? Ya les he dicho que no he visto jamás a esa mujer. No sé por qué iba a saber yo algo —respondió con cierta vehemencia.

—Mi compañero se refiere a que quizá sepa más de su problema —apuntó Suárez.

—¿Qué problema? ¿Económico?

—No, el dinero no parece que fuera uno de ellos. Es de una familia acaudalada. Los dueños de Cárnicas Riu, una empresa con más de sesenta años de historia dedicada a la elaboración de productos cárnicos.

—Vamos, de embutidos y carne de toda la vida. Siendo Mallorca, mucha sobrasada —apuntó, entre risas, Suárez.

Marie sintió una pequeña náusea. No había vuelto a comer carne desde que cumplió la mayoría de edad. Pensó en la sobrasada y notó cómo una arcada profunda le subía por la garganta. Cogió aire y la dejó pasar. Gaona continuó con la explicación.

—Pero hasta en las mejores familias se cuecen habas y parece que esta mujer tenía varios problemas, de esos que el dinero no puede curar. El primero lo tenía con su marido, el dueño de la empresa.

—Trabajar con tu familia no siempre es fácil, lo sé por experiencia.

—Quizá, pero no, el problema aquí no era de esa índole, o no solamente. Todo apunta a que Dolors Armengol sufría malos tratos por parte de su esposo. Pero nunca se atrevió a denunciarlo.

—¿Cómo lo saben entonces?

—Porque lo hicieron algunos de sus vecinos, en diferentes ocasiones y circunstancias, tanto en Mallorca como en Madrid. Pero ella nunca ratificó las denuncias y no se pudo hacer nada al respecto.

—También eran otros tiempos —justificó Suárez, que no era capaz de tolerar que ni media duda pusiera en cuestión la intachable labor del cuerpo.

—Y puede que a causa de ello, o quizá por una patología previa, eso es lo que nos sabrá decir mejor usted, esta mujer desarrolló unas tendencias psicóticas de terribles consecuencias. O eso es lo que creemos —aclaró Gaona—. Como le digo, la experta en este tipo de problemas es usted.

—¿Terribles consecuencias? ¿Tendencia psicótica? Me van a perdonar, pero no les sigo, si no me explican un poco más...

—Hay quien cree que Dolors Armengol padecía el síndrome de Münchhausen por poderes. ¿Sabe de qué se trata?

—Sí, claro —confirmó Marie—. Es una enfermedad mental que sufren algunos padres. El progenitor inventa síntomas falsos o provoca síntomas reales para que parezca que su hijo está enfermo y así poder seguir cuidando de él. Pero ¿qué les hace pensar eso?

—¿Sabe que, con frecuencia, el progenitor del que usted habla suele ser la madre? —preguntó Suárez.

—Sí.

—¿Y sabe que es una forma de maltrato infantil?

—Por supuesto que lo sé. Y también sé que es un trastorno muy poco frecuente. Se calcula que tan solo afecta a 0,4 menores de dieciséis años de cada cien mil.

A Suárez le molestó que aquella rubia pija fuera tan lista.

—Pues está de suerte, porque nosotros hemos dado con la aguja en el pajar.

—Yo no diría que estamos de suerte —corrigió Gaona—, sin embargo sí creo que estamos ante un caso de este síndrome. Hemos investigado el historial médico del hijo de Armengol. En solo seis años tuvo catorce ingresos hospitalarios, tres operaciones, veinticinco ingresos en urgencias, más de cien pruebas médicas innecesarias —muchas de ellas, por cierto, tremendamente dolorosas y no exentas de riesgos—, y un interminable y tedioso historial de dolencias, achaques y problemas médicos de todo tipo.

—¿Qué decían los informes médicos?

—Son diversos y no demasiado clarificadores, no le voy a mentir.

—Quizá ahí el dinero sí que pudo remar a favor —dijo Suárez—. Porque la mayoría de esos informes han sido destruidos y otros son de dudoso diagnóstico.

—Afortunadamente siempre hay profesionales a los que la deontología les acompaña de manera intachable. Aquí tienen a uno de ellos —dijo Gaona dejando encima de la mesa la documentación.

El informe médico, firmado por uno de los pediatras que había tratado al hijo de Armengol, apuntaba que las diferentes enfermedades y dolencias del niño no seguían ningún patrón reconocible, lógico, ni dentro de la estadística y los parámetros médicos conocidos, a excepción de que, de forma sistemática, cada vez que el menor presentaba cierta mejoría en sus síntomas volvía a recaer. El pediatra acusaba de forma específica a la madre de ser el origen no solo de la invención de diferentes afecciones y malestares, sino de la inoculación expresa de algún tipo de sustancia (no identificada por él) que provocaba otros tantos.

Marie lo leyó con detenimiento.

—¿El pediatra creía que Armengol envenenaba a su hijo?

—Bingo —respondió Suárez.

—¿Y no hizo nada?

—Estaba convencido de que la madre tenía algún tipo de trastorno grave. Avisó a sus superiores, pero no se hizo nada. Hemos comprobado que se puso en contacto con servicios sociales.

—¿Y?

—De nuevo, nada. No sabemos si don Dinero hizo su magia. Lo único que sabemos es que el mes en el que se tramitaron las denuncias coincide con la fecha de compra de la casa de Velázquez. Y que poco después la familia se trasladó a vivir a Madrid.

—Un año después moría el niño —sentenció Gaona.

—¿De qué?

—En Madrid los síntomas se agravaron. Al principio el cuadro habitual, presentaba dolores lumbares, temblores, fiebre, descoordinación en los movimientos y constantes dolores de cabeza. Poco a poco llegaron las insuficiencias renales regulares, los vómitos y las convulsiones. Finalmente —dijo Gaona, leyendo del historial—, una nefritis tubulointersticial grave con daño del epitelio tubular.

Marie no sabía qué era exactamente aquel cuadro clínico, pero no quiso preguntar. Su orgullo no se lo permitía y, aunque tenía sentido, puesto que ella era psicóloga y no nefróloga, eligió quedarse con la duda. Suárez, sin saberlo, le echó un cable.

—En resumen: un terrible fallo hepático, imposible de superar.

—¿Y creen que...?

—Se llevó a cabo una investigación. Pero nunca se pudo demostrar que se tratase de la madre.

—¿Y el marido?

—Murió unas semanas después.

—¿Creen que ella también...? —preguntó, con miedo, Marie.

—No, no. Aquí la biología y la genética hicieron su trabajo. Cáncer de pulmón. No pudieron siquiera interrogarlo en el juicio.

—Se celebró tres meses después, por una denuncia de servicios sociales, aquí en Madrid. Armengol fue declarada inocente, nunca pudo demostrarse que fuese la causante de la muerte de su hijo.

—Después de eso, no se ha sabido nada más de ella. Como si hubiesen dado al botón de borrar y nunca hubiera existido.

—¿Creen que ella ha tenido algo que ver con la muerte del hijo de Rosario? ¿Que hubiera encontrado una nueva víctima? —dijo Marie.

—Señora, después de tantos años de profesión, ya me parece que todo es posible.

—Yo no lo creo —opinó, sin embargo, Gaona.

—¿Por qué está tan seguro?

—¿Un tiro en la nuca? No es su *modus operandi*. Si Rosario hubiese huido con el niño, si lo hubiese llevado a la casa y allí lo hubieran cuidado juntas..., quizá. Lo que no me cuadra es qué relación la une con Jiménez. ¿Por qué cobijarla en su casa?

—¿Qué opina usted, señorita Bauvin? —preguntó Suárez.

—Pues no tengo ni idea. Pero si me dejan hablar con mi paciente, quizá pueda descubrirlo.

***

De: Marie Boix Bauvin <mbbauvin@animae.es>
Para: Marta García de la Serna <mgdlserna@animae.es>
Fecha: 8 de febrero de 2018

Hola, Marta:

Por fin las cosas empiezan a colocarse en su sitio. Debo decir que no será por lo que tú hayas puesto de tu parte; es decir, nada. No te negaré que me he sentido un poco desamparada en lo que a ti respecta, pero supongo que no es momento de reproches y habrá tiempo para que nosotras también nos reubiquemos. En cualquier caso, la vida es sabia y el karma también y, por eso, al final todo se coloca en el lugar en el que debe. Como sabía que sucedería.

Quería que supieras que por fin tengo todo bajo control. Ya no hay nada de lo que preocuparse, ni siquiera de tu hija. Así que continúa con tu retiro, con el reencuentro contigo misma y con tu búsqueda. Y recuerda que el verdadero héroe es aquel que conquista su propia ira y su odio.

Cuídate mucho, *ma chérie*.

Marie

46
Acaraperro

Viernes, 9 de febrero de 2018
Comisaría Madrid-Centro (Leganitos, 19)

Yo no he hecho *ná*! —gritaba ella, revolviéndose.

—Lo primero que has hecho ha sido fugarte de un hospital en el que estabas bajo custodia policial.

—Pero ahora ya saben que no he sido yo. ¡Yo no maté a mi hijo! Así que no tenían derecho a retenerme allí.

—Tenemos derecho a encerrarte para siempre ¡por la muerte de tu marido! Así que te recomiendo que empieces a colaborar, porque las cosas se van a poner muy feas para ti —gritó Suárez.

—No lo empeores más, Rosario, por favor —le dijo Gaona con toda la dulzura que pudo.

Estaba abatido por lo que había pasado. Había tratado de apoyar a su compañera desde el principio, pero todo había llegado demasiado lejos. Ante la contundencia de los últimos acontecimientos, no iba a poder hacer nada por ella.

—¡Yo no he *sío*! ¡Tenéis que creerme! —se defendía Rosario—. ¡Os juro que yo no he *sío*!

Después cayó derrotada encima de la mesa, puso los brazos sobre su cabeza y comenzó a llorar desconsoladamente. Al inspector le chocó escucharla con ese marcado acento cordobés; desde que vivía en Madrid, intentaba disimularlo (sobre todo en comisaría, donde sentía que a veces la trataban como si fuera un poco lerda, un poco paleta), pero volvía a ella inconscientemente cuando estaba nerviosa y ya no era capaz de controlar su dicción.

Llamé a la puerta en la que me habían indicado que la estaban interrogando, aunque sabía que era allí, los gritos se escuchaban desde la entrada.

—Ya estoy aquí —dije. No se me ocurrió una forma mejor de presentarme.

—¡La que faltaba! —exclamó Suárez—. Pero ¿esta no se había quedado fuera del caso ya? —preguntó mirando a Gaona—. ¿No estaba la otra? ¿La guapa?

Sentí ganas de darle una bofetada al insolente gordo gilipollas, pero aquella era la realidad de mi vida: Marie siempre había sido la guapa y yo... la que iba con la guapa. Gaona, que tampoco tenía muy claro cómo nos habíamos repartido la terapia de Rosario pero que, a su vez, desconocía cuál era el procedimiento en esos casos, me excusó vagamente.

—No, bueno, sí. Es decir, la señorita Bauvin forma parte del equipo de tratamiento psicológico de Jiménez. Pero la señorita García de la Serna, también.

Rosario, que permanecía escondida en el ovillo que había creado con sus brazos, escuchó mi nombre y, como un resorte, se levantó y se lanzó a mis brazos. Suárez trató de pararla, pero Gaona le hizo un gesto para que le concediera, al menos, eso.

—¡Menos mal que has *venío*! ¡Tienes que ayudarme! ¡Soy inocente!

Temí que estuviera viviendo un episodio de *shock* postraumático, de negación o incluso de paranoia, en el que fuese incapaz de recordar lo que había hecho. Quizá su mente se había reseteado y había borrado aquel suceso, incluso todo lo sucedido en las últimas semanas. La comprendía, yo también tenía ganas de borrar todo aquello y olvidar.

La abracé fuerte. Ella hizo lo mismo, como pudo, ya que estaba esposada. Pensé que eso sí podía dárselo. Tampoco podía ofrecerle mucho más, dadas las circunstancias. Aproveché el abrazo para acercarme a su oído.

—Recuerda lo que me dijiste —le susurré—. Tenías odio en las manos.

Rosario se soltó de mis brazos de un brinco, decepcionada y enfurecida.

—¿Es que tú tampoco vas a creerme? —me preguntó, directa. Su deje cordobés iba y venía, como lo hacían sus nervios, en una especie de desdoblamiento frenético de personalidad.

—Tu vecina te encontró arrastrando el cadáver de tu marido. ¿Qué es lo que debemos creer? —intervino Suárez.

—Le estaba resguardando de la lluvia. ¡Iba a llamar a una ambulancia!

—¡Otra vez con lo mismo! ¡Qué cojones tienes, Jiménez! Pero ¿es que te crees que hemos nacido ayer? Dinos de una vez cómo coño le mataste y no nos hagas perder el tiempo. No me hice policía para esto.

—Yo también soy policía —musitó Rosario.

—¡Precisamente por eso sabes que podemos hacerte cantar!

—Y usted sabe que como se pase, igual el que acaba encerrado es usted.

—¡No me toques los cojones, Jiménez, que como sigas así cantas hasta la Traviata! ¡No me pongas a prueba!

Gaona sabía que hablaba en serio. Suárez tenía algún que otro expediente abierto por abuso, maltrato e incluso tortura en interrogatorios. Todos archivados, eso sí. El gallego quiso calmar las aguas.

—Compañera —le dijo a Rosario. Yo detecté, al instante, el famoso término que tanto utilizaba—. ¿Por qué no nos cuentas qué es lo que ha pasado? El cuerpo de Amador no presentaba violencia aparente...

—Pero es que no puedo contaros todo...

—No te preocupes, ¡tendremos la autopsia enseguida y ella hablará por ti! —exclamó Suárez, que trataba de apretarla al máximo y que se desmoronara.

—Cuéntanos lo que puedas, por favor —le pidió su compañero, que continuaba abogando por el tacto como método para interrogarla.

Después me ofreció la otra silla que había en la habitación. La acepté. Seguía con mal cuerpo y no hubiera aguantado mucho de pie. Rosario pidió un café solo. Cuando Nuria se lo llevó y tras añadirle dos sobres de azúcar, comenzó su relato.

—La medicación me había dejado un *bajío* muy grande, pero había conseguido dormir un poco, por fin. Estaba en duermevela, escuchando a lo lejos la televisión. Eran las noticias del canal 24 Horas; no le prestaba atención, era un ruido monótono en mis oídos. De hecho, un ruido molesto. Estaba aturdida, descolocada. Serían las cuatro de la mañana cuando me desperté al escuchar el nombre de mi niño.

Me pareció raro que no se despertase antes, ya que llevaban con la misma noticia, pero con diferente enunciado, desde las once de la noche. Todos los digitales, radios y cadenas de televisión abrían con lo mismo: por fin se resolvía el caso «Pizarrín»; la muerte del pequeño Amador Pizarro había sido un terrible accidente, a manos de su compañero de clase. Después de tanta odisea, especulaciones, de dar la vuelta alrededor del mundo, la trágica muerte se reducía a un fatídico juego de niños.

—¡Fue entonces cuando descubrí que no había sido él! ¡Que mi marido no le había arrebatado la vida a mi niño!

—¿Siempre pensaste que había sido él? —preguntó Gaona.

—Siempre. ¿Y tú? —le preguntó, mirándole a los ojos fijamente. Rosario se sentía un poco decepcionada con su compañero, creía que no había hecho todo lo que estaba en su mano por ayudarla.

Gaona no contestó.

—Y de eso sí que soy culpable.

A Suárez se le iluminaron los ojos.

—¿De qué, señora mía? —preguntó salivando.

—De haber abandonado a mi chiquitín. Si hubiera estado allí, podría haberlo evitado... ¿Cómo pude? ¿Cómo fui tan idiota de hacerle caso? —Me miró fijamente.

—¿Hacerle caso a quién? —preguntó Gaona, que también dirigió la mirada hacia mí.

—Eso ya no importa —respondió ella, cargada de culpa y decepción.

—¡Claro que importa! ¿A quién le hiciste caso?

—Lo que importa es que ahí fue cuando me di cuenta de que estaba a tiempo de evitar otra desgracia. Por eso me escapé.

Rosario explicó cómo se zafó de las esposas, cómo se vistió y y cómo escapó por la ventana del cuarto de baño de su habitación, descendiendo los siete pisos por la bajante hasta llegar al suelo. Podían verse algunos rasguños en su cara y en sus manos. En aquel momento, y delitos aparte, Rosario me pareció una puta heroína; no sé si yo me hubiera atrevido a lanzarme así al vacío.

—Eso ya lo hemos visto en las cámaras de seguridad del hospital. Anda, cuéntanos algo que no sepamos, Tarzán —seguía presionando Suárez.

Rosario quiso decirle que era mejor ser Tarzán que Chita, que era lo que demostraba ser él. No soportaba ni el tono ni las formas de Suárez pero, como mujer policía, ya se había encontrado otras veces con esas actitudes y tenía el culo pelado de pasar de los machirulos. Así que se mordió la lengua.

—Sabía que mi marido estaba en peligro e hice lo que pude para salvarle —afirmó, con dignidad.

—¿Cómo sabías que estaba en peligro? —preguntó Gaona—. Su cuerpo no presenta signos de violencia —volvió a recordar.

—No puedo decirlo. Vais a tener que confiar en mí.

—Pero, a ver si lo he entendido bien. ¿Estás diciendo que sabías que había alguien que quería matar a tu marido? —preguntó, incrédulo, Suárez.

—Sí —afirmó Rosario.

—¿Quién y por qué querría deshacerse de Amador Pizarro? —preguntó Gaona.

—No puede decirlo.

—¡Pues yo sí que puedo! —exclamó el inspector de Homicidios—. ¡Rosario Jiménez! ¡Rosario Jiménez querría! —gritó dando golpes en la mesa. Esta, que era muy endeble, se movía como si un terremoto sacudiera la comisaría—. ¡Tú lo mataste! ¡Así que deja de jugar con nosotros y confiesa la verdad!

—¡No sé cómo os tengo que decir que no he sido yo!

—¡Que nos digas qué coño le hiciste y no nos hagas perder más tiempo!

Suárez empezó a sudar de tal forma que los chorretones le recorrían la frente y el cuello, como si le hubiesen escurrido una esponja en la cara. La tensión nos tenía a todos atenazados. Yo sentía que aquel toma y daca a tres era trepidante.

—Señores, ¿por qué no dejamos que Rosario nos explique todo lo que ha sucedido esta noche? —intervine, tratando de poner algo de paz. Además, llevaba un rato callada y quería participar de alguna forma—. Quizá cuando hayas acabado te sientas más cómoda para compartir algunos detalles más peliagudos. Continúa, por favor.

Rosario cogió aire y lo echó todo en un sonoro suspiro. Pareció agradecer mi intervención.

—Llegué a casa y vi que Amador ya no estaba. A esa hora comenzaba su jornada, así que me acerqué corriendo a la parada de taxis. El suyo estaba aparcado donde siempre. Fui hasta él y, al llegar, vi que Amador estaba dentro del coche. Al principio me pareció que estaba dormido y no era raro; alguna vez, si estaba muy cansado, echaba una cabezada antes de empezar. Pero le llamé y no se movía. Traté de abrir, pero el coche estaba cerrado y golpeé el cristal con todas mis fuerzas. Nada, no se inmutaba.

—¿Te pareció que estaba muerto?

—Estaba todavía oscuro y había empezado a llover, así que no podía verle bien la cara, pero sabía que algo no iba bien.

Suárez chistó con la boca, un ruido que era sinónimo de no creerse nada de nada.

—Pero aquella señora te encontró... con él —le recordó Gaona.

—Lo sé. Me fui a casa y cogí la copia de la llave del taxi que guardamos en el recibidor. Volví, abrí el coche y traté de despertarlo. Le di unos golpes en la cara, le moví con fuerza, pero no se inmutaba. Olía mal, me parecía que se había *cagao* encima. Le tomé el pulso y no conseguí encontrarlo, pero estaba nerviosa; acerqué mi cara a su nariz y a su boca para comprobar si respiraba y me pareció que no. Así que no me quedó más remedio que sacarlo, tumbarlo en el suelo y tratar de reanimarlo.

—¿Por qué no llamaste a una ambulancia? —preguntó Suárez.

—¡Porque no sabía cuánto llevaba así! Quizá podía ayudarle, salvarle... Le practiqué la reanimación cardiopulmonar, pero no sirvió de nada. Seguía sin pulso. Agotada, empapada y desesperada, decidí que era el momento de pedir ayuda. Y fue cuando traté de ponerle a resguardo de la lluvia y me encontré con Simona.

—¿Simona? —pregunté.

—Mi vecina.

—¿Y ya? —preguntó Suárez.

—Y ya —respondió ella.

—¡Y ya, dice! ¡Manda cojones! —se quejó Suárez.

—Eso es lo que pasó —confirmó Rosario.

—Tu vecina —dijo Gaona— nos ha contado que estabas muy alterada cuando te encontró. Y que se percató de que arrastrabas a tu marido con rabia, con rencor. Como, y leo literalmente, «si le estuviese castigando y dándole su merecido».

—Esa mujer ha sido siempre una chismosa y una *carrera*[30].

—Sí, pero esa mujer no ha visitado nunca esta comisaría, ¡sin embargo, a ti pronto te vamos a tener que dar la tarjeta platino! —Suárez estaba perdiendo la paciencia por completo.

—¿Tú habías pensado alguna vez en la idea de que tu marido muriese? —le preguntó Gaona, que había estado escuchando muy atento, marcando la distancia con ella.

---

[30] En Córdoba, término utilizado para denominar a los trabajadores que recogen basura.

—Quizá en algún momento quise que desapareciera, pero por la mala vida que me daba.

—¡Vaya, qué casualidad! Eso es precisamente lo que cree Simona que estabas haciendo de madrugada cuando te encontró... —sugirió Suárez.

—¿El qué?

—¡Haciendo desaparecer a tu marido, después de haberlo matado!

—¡Eso es una *chominá*! —gritó entre la furia y el llanto.

—¡Jiménez, contrólate! —la recriminó Gaona.

—Es que eso que dice no tiene sentido. Si mi niño ya no estaba en este mundo, ¿*pa'qué* iba yo a matar a su padre? Si yo lo que quería era una mejor vida *pa'mi* pequeño.

Ahora sí, el llanto la dominó. Daba mucha pena verla y amargura escucharla; era una madre rota por el dolor. O lo parecía.

—¡Pues precisamente por eso! ¡Porque creías que había sido él! —acusó Suárez.

—Claro que lo creía, pero cuando supe que no había sido él, escapé corriendo para salvarlo.

—¿Escapaste para salvarlo? Pero ¿es que nos has visto cara de gilipollas? Mira, te voy a ir preparando ese calabozo que tan bien conoces y a ver si allí te inventas una versión menos absurda.

—Fui a salvarlo, ¡tenéis que creerme! —dijo buscando mi mirada—. Pero no llegué a tiempo.

—Jiménez, ¿de verdad piensas que vamos a creernos eso? Te has escapado del hospital, tu hijo ha muerto y ahora tu marido. Y nos dices que fuiste a salvarlo. ¡Déjate de hostias y cuéntanos de una vez por todas cómo le mataste!

—¡Yo no lo he matado!

—¡No te pregunto si fuiste tú! Eso ya lo sé. ¡Lo que quiero saber es cómo! El cuerpo estaba intacto, ni una herida, ni un rasguño, ni un pequeño signo de forcejeo... ¿Qué coño le hiciste antes de arrastrarlo por la calle? —preguntó Suárez—. ¡Qué coño le hiciste al padre de tu hijo, Jiménez!

Rosario aguardó un instante callada. Entonces, con voz pausada, dijo:

—Nadie ve nunca todo lo que aguantaste, solo ven la locura que te agarra cuando explotas.

—¿Estás confesando?

—Pero ¿es que no ha entendido nada? —Rosario se levantó de la silla, tirando el vaso de café con todas sus fuerzas y perdiendo toda la calma que había reunido hacía un instante—. ¡Liño! ¡Dime que tú sí me crees! ¡Dime que tú sí, por favor! —suplicó entre gritos y sollozos.

Un pequeño latigazo me recorrió el estómago.

—Rosario, por favor, cuéntanoslo todo. De lo contrario, sabes que no podré ayudarte. Si no fuiste tú, entonces ¿quién lo hizo? ¿Y cómo lo hizo? ¿Quién te convenció para que huyeras?

—No puedo decir nada más de lo que ya he dicho.

—¡Venga ya! —se quejó Suárez—. ¡Se está riendo de ti, gallego! ¡Joder!

—¡De verdad que no puedo! —gritó Rosario, mirando a su compañero con toda la verdad que sabían transmitir sus ojos.

—¿Igual que no puedes contarnos por qué te escondiste en una casa a nombre de Dolors Armengol? —preguntó Suárez.

—No.

—¿Igual que no puedes contarnos qué relación tienes con esa mujer?

—No tengo ninguna relación con esa mujer, no la he visto jamás. ¡Tienen que creerme!

—Y entonces ¿cómo llegaste hasta su casa?

—No puedo contárselo —repitió por enésima vez.

—Creo que no lo estás poniendo fácil, Rosario —dijo Gaona, que también empezaba a desesperarse ante la actitud de su compañera.

—La muerte de tu hijo ha sido como la del César, inesperada... Pero ¿sabes lo que yo creo? ¡Lo que yo creo es que a ti te ha venido de perlas!

Rosario, hecha una furia, se lanzó encima de Suárez. Le golpeó en el pecho con todas sus fuerzas pero, después de todo lo sucedido los últimos días, parecía un *gatete* arañando una pared; en este caso, los michelines de Suárez, al que la estampa le parecía hasta graciosa. Y, cual felina, le propinó un zarpazo en la cara del que sí se quejó.

—¡Quita de aquí, hija de perra! Al final, te llevas una hostia —dijo Suárez, cabreado por el ataque de Rosario. Se dio cuenta de que le salía un poco de sangre.

—¡Cómo te atreves! ¡Cómo te atreves a decir eso, *malnació*! Mi hijo era lo más importante de mi vida.

—¡Claro! Y por eso lo abandonaste.

De pronto, Rosario pareció abatida de herida mortal. Se desplomó sobre la mesa y el llanto la ahogó por completo.

Suárez le había dado donde más le dolía, ya que eso era exactamente lo que ella se repetía y se reprochaba una y otra vez, castigándose.

—¡Llora, llora como seguro que lloró tu niño al ver que su madre no volvía! —la pinchó Suárez.

—¡Basta ya! —dijo Gaona—. Eso no es necesario.

—¿Es que no te das cuenta? —replicó su compañero—. Todo esto le ha venido fenomenal. La muerte del niño por sorpresa, por ese maldito accidente, ha sido la bomba de humo perfecta. Mientras estábamos como locos tratando de entender quién le había matado, buscando una aguja en un pajar, tuvo vía libre para cometer el asesinato que sí tenía planeado, el de su marido.

Rosario continuaba llorando, aunque ahora un poco más sosegada. Sus sollozos me daban mucha pena. Me acerqué y le acaricié el pelo. Estaba escondida entre sus brazos. A Gaona le pareció que lo que decía Suárez tenía cierto sentido. A mí también.

—¿Cómo íbamos a saber que el otro niño era el que había disparado? ¡Era imposible! Así que mientras nos exprimíamos los sesos intentando armar este rompecabezas, esta llorona consiguió llevar a cabo su plan y deshacerse de su marido.

—Te digo que yo no he sido —afirmó secándose los mocos con la mano.

—¿Y esperas que te creamos? ¿Sin coartada, sin pruebas, sin más datos que ese cuento de hadas que nos acabas de soltar?

—Yo ya no sé cómo decir que a mi marido, como a mi niño, me lo han *matao*. Y solo espero que encuentren al culpable.

—Si nos dieras algo más de información, no solo podríamos encontrarlo, sino ayudarte —dijo Gaona.

—Aunque os cuente todo lo que sé, no podríais ayudarme. Así que no hablaré más de la cuenta y así, solo así, quizá pueda salvarme, ¿o crees que no sé que estoy de mierda hasta el cuello? Yo también soy poli, no lo olvides.

—Una poli ejemplar —ironizó Suárez.

Rosario lo ignoró.

—Por eso me callo, porque sé lo que me puede pasar si hablo.

—¿Te están amenazando? —preguntó Gaona.

—¿Tienes miedo? —pregunté yo.

—Esto irá conmigo a la tumba —dijo Rosario.

Suárez, al ver que Rosario se cerraba en banda, cansado del juego y de su altanería, concluyó con el interrogatorio:

—Pues no dudes que tu tumba estará entre barrotes.

47
Tienes un problema

Lunes, 27 de agosto de 2007
Jardín de la Isla, Aranjuez (Madrid)

¿Por qué volvemos a los jardines? —pregunté.

De nuevo nos encontrábamos rodeadas de verde. Esta vez habíamos ido al Jardín de la Isla. A unos pasos del palacio, este era más señorial que el del Príncipe, aunque también más pequeño. Pensé que, con suerte, ese día la cosa sería breve.

En cualquier caso, no estábamos en su despacho y eso no podía significar nada bueno. Cuando Casilda alteraba el orden natural de nuestras terapias solía ser sinónimo de que había estado pensando demasiado. Ese día iba cargada con un maletín y algunos materiales de los que usábamos con los internos. Vi que, entre ellos, llevaba el test de Rorschach[31],

---

[31] Técnica utilizada en psicología para evaluar la personalidad. Consiste en diez láminas que presentan manchas de tinta, las cuales se caracterizan por su ambigüedad y falta de estructuración.

¡lo que me faltaba! Esperaba que no pretendiera hacerme pasar por eso también, me parecía humillante. Sentí una pereza atroz, que me esforcé en no compartir con ella.

—Llevamos casi dos meses trabajando juntas en prisión. Ha sido intenso y...

—Ha sido maravilloso —la interrumpí—. No puedo sentirme más afortunada y más agradecida, Casilda. He luchado mucho para llegar hasta aquí y, por fin, he podido comprobar que no me equivocaba cuando sentía que había nacido para esto. Es el lugar al que pertenezco.

—No estoy tan segura de eso —dijo. Me detuve en seco. Sentí que una puñalada me atravesaba el pecho—. Ya lo siento.

—¿Por qué lo dices? —pregunté con tremenda pena. Mis sospechas se confirmaban.

—No me malinterpretes, por favor, sé que te has formado a conciencia para este puesto y que eres la mejor de tu promoción. No es por falta de aptitud.

—¿Y de actitud?

—Bueno, eres una persona que se implica en lo que hace, que siente pasión y sabe transmitirla, y si algo has sentido tú es entusiasmo. Soy consciente de que te fascina el mundo carcelario y todo lo que lo rodea, y quizá ese sea el problema.

—No te entiendo...

—Ya, es que no es algo sencillo. Por eso he tratado de que las cosas fuesen por otro camino en las sesiones con los compañeros de Nuevo Futuro. Pensé que no tenían que ser solo para internos, que también podrían servirte a ti...

—De nuevo terapia encubierta, Casilda. ¿No te cansas?

—¿Y tú no te cansas de acabar siempre en el mismo lugar?

No entendí a qué se refería, pero no me apetecía preguntárselo. Dejé que continuase con su terapia de mierda. Ella también se permitió saltar ese bache.

—¿Te has planteado alguna vez cómo debería ser o cómo debería haber sido nuestra relación con los internos? —me preguntó.

—Me he planteado cómo no debería ser.

Casilda me miró esperando una respuesta clara y concisa. Estaba más seria que nunca. Su distancia me producía frío, tensión y cierto dolor. Sentía que había fallado a una madre y eso me partía el alma y me nublaba de culpa.

—Sé que no deberíamos hacerlo desde el paternalismo —añadí.

—En su representación, nosotras somos cuidadoras; somos su apoyo, su muleta... Pero no podemos permitirnos más sostén emocional que ese. O no debemos hacerlo, porque ellos saben que podemos llegar a sentir esa pena o esa necesidad de ser no solo cuidadoras, sino salvadoras. Por su parte, existe un anhelo de dominar y eso puede significar intelectualmente o físicamente. De hecho, puede que tengan la fantasía de seducirnos, de enamorarnos.

No entendía por dónde iba Casilda y aquella conversación empezaba a incomodarme. Traté de demostrarle con mi cara que no la seguía.

—Iré al grano. ¿Has tenido la sensación, en este par de meses, de que alguno de los presos, durante alguna sesión o fuera de ella, intentase ligar contigo?

—Por supuesto que no —respondí rápidamente—. Menuda tontería.

—No es ninguna tontería. En mis años como profesional, me he encontrado con diferentes muestras de afecto, de cortejo e incluso de seducción. Con notas, con regalos, hasta hubo uno que una vez me pintó un cuadro.

—Bueno, Paco Chacón me dio la foto de su hijo, con su teléfono escrito a boli, para que le conociera y me casase con él. ¿Eso cuenta?

—¿Ni siquiera hoy te vas a tomar la sesión en serio? —preguntó indignada.

No sabía qué quería decir con ese «hoy».

—Perdona, es que no entiendo bien adónde quieres llegar.

—Hablo de la necesidad humana de gustar, incluso cuando eres un psicópata. Me valen también los «psicopatillas». En esos casos existe una lucha interna, una necesidad de ganar, de poseer a toda costa. Ganar tu premio, porque te crees digno merecedor de él. Y eso es algo contradictorio en ese tipo de individuos, que, como sabes, abunda entre rejas.

—¿Contradictorio? Esa necesidad parece más bien animal, ¿no? Que te enchironen no creo que la inhiba como un sedante.

—Es contradictorio porque tú, dentro, tienes el poder. Respecto a ellos, te conviertes en una persona con un gran poder, pero a la vez, para muchos, sigues siendo una mujer.

—¡Claro! No dejo de ser una mujer por trabajar en la cárcel.

—Sigues siendo «solo» una mujer. Alguien inferior, alguien débil, alguien a quien desprecian. Por su educación, por la de la sociedad. ¿Es que no te has dado cuenta después de todas las sesiones con ellos? Es más, en tu caso no te ven como una mujer. Sino como una mujercita. ¿Me sigues ahora?

—Te sigo, pero no sé si estoy de acuerdo del todo. Es cierto que algunos han tratado de impresionarme de una u otra forma. A veces a lo pavo real, a veces más a lo gallito. Y sí, te reconozco que una de las formas habituales es a través de sus delitos.

—Y precisamente ahí es donde vemos quién tiene un mayor margen y capacidad para la reinserción y quién no.

—¿Ser un fanfarrón no te permite volver a vivir en sociedad?

A Casilda le molestó mi pregunta. A mí me molestó sentir que le molestaba todo.

—No seas simple, por favor. Hay presos que son conscientes de que han cometido delitos que para nosotras, en nuestro orden moral, no son aceptables. Se sienten poderosos al contarnos sus barbaridades y ver en nuestros ojos el miedo.

Pensé que Casilda en eso se equivocaba. Yo no había sentido miedo desde que había pisado aquella prisión.

—El peligro de esos cara a cara constantes, de ese dar la vuelta a nuestro orden moral, a nuestras convicciones y a todo lo que conocíamos antes de la cárcel está en que los humanizamos.

—Siempre dijiste que debíamos actuar con empatía, tratándoles como personas, ¿no? Sin eso de buenos y malos...

—Pero sin humanizar los delitos. Cuando trabajas con un preso, le pones nombre, cara, voz, conoces su vida, su historia, hay cariños, abrazos... Te abraza o te felicita por tu cumpleaños alguien que ha matado a su madre a puñaladas, alguien que ha violado a niños. Y te pregunta qué tal estás porque ese día tienes mala cara. Y, a la vez, te cuenta por qué eligió un cuchillo de verduras y no uno santoku, porque es más pequeño pero también más preciso. Y hablas tanto con él y le conoces tanto que, de golpe, lo humanizas. Y parece que es como cualquier otro hombre de la calle, pero no puedes olvidar que no lo es en absoluto. Son muy parecidos, pero también muy distintos.

—Yo nunca olvido a quién tengo delante. Si es eso lo que te preocupa, puedes estar tranquila.

Casilda no pareció satisfecha con mi respuesta.

Habíamos llegado a la fuente del Niño de la Espina. Unos bancos de piedra la rodeaban y nos sentamos en el que nos quedaba más cerca. Hacía calor y, aunque el verano en Aranjuez solía ser soportable, agradecimos el frescor de la piedra en las piernas y la sombra que nos cobijaba bajo unas grandes moreras. Recordaba haber ido alguna vez de pequeña a coger hojas de esos árboles para alimentar a mis gusanos de seda. Me abstraje en aquel recuerdo. Casilda parecía abstraída en otro más lejano.

—¿Conoces la historia de este niño?

—La verdad es que no.

—Algunos historiadores creen que esta escultura representa a un pastor llamado Martius. Le encomendaron la tarea de llevar un mensaje muy importante. Él se sintió honrado y dichoso por la misión. Así que caminó y caminó, a pesar de que se encontró con un camino lleno de espinas. Sentía dolor, sangraba incluso, pero se había propuesto cumplir con su encargo con tal diligencia que solo se detuvo a sacarse la gran espina que llevaba clavada en el pie cuando hubo terminado su misión.

Me quedé en silencio mirando aquel conjunto precioso. No era la única escultura, había también un pilón cuadrado de mármol y de trazo sencillo y cuatro columnas. Nunca me había apasionado la historia del arte, pero identifiqué los capiteles corintios. Luego otras tantas figuras, cuyos rostros no supe reconocer. De cada uno de ellos salían tres surtidores de agua de la boca y los pechos. La imagen era realmente bonita, coronada por aquel Espinario elegantemente esculpido en bronce. Me percaté de que Casilda, sin embargo, llevaba todo el rato observándome muy fijamente.

—¿Qué crees que tenéis en común Martius y tú? —se decidió a preguntar.

Pasmada, me giré hacia ella.

—Casilda, ¿se puede saber a qué viene todo esto?

—Estoy preocupada por ti, Ana. Creo que no eres capaz de cuidar de ti misma.

—Tienes que dejar de sobreprotegerme. Ya no soy una niña, Casilda.

—Es cierto, ya no lo eres. Pero me temo que tienes un problema.

48
Algo parecido a la libertad

Sábado, 10 de febrero de 2018
Comisaría Madrid-Centro (Leganitos, 19)

Señorita García de la Serna, soy Nuria Esteban, la...

—Sí, la secretaria de Gaona. ¿Qué sucede?

Mi voz era de ultratumba. Pero esta vez no había resaca alguna tras mi mal cuerpo, sino un trancazo de dos pares de narices. Estaba helada, tiritando y con flemas en la garganta. Me fui directa al baño, cogí dos paracetamoles y me los tomé del tirón. Me senté en la taza del váter.

—Sé que es temprano y siento molestarla en fin de semana... —Lo que me molestaba era que me llamase ella—. Pero el subinspector me pide que la cite en comisaría para dar apoyo a la señora Jiménez. Parece que ya se ha podido confirmar quién es el autor del asesinato de su marido.

Como si la fiebre me bajase con la buena nueva, me puse en pie de un brinco.

—Ahora mismo voy.

Cuando llegué a la comisaría, que ya parecía mi segunda casa, comprobé que entre algunos de los agentes se respiraba cierto ambiente de celebración. Incluso Nuria parecía contenta. Me sorprendió que me acompañase hasta el despacho de Gaona y no al cuartucho de interrogatorios, donde horas antes habían despellejado a Rosario.

—Disfrute de las buenas noticias —me dijo la secretaria antes de abrir la puerta y anunciar mi llegada—. Subinspector Gaona, aquí está la señorita García de la Serna.

—¡Ana! —me saludó entusiasmado—. ¡Tenemos estupendas noticias!

—¿Es que no piensa usted comportarse ni siquiera ahora que vamos a cerrar el caso? —le recriminó Suárez.

—¿Cerrar el caso? ¿Tan pronto? —pregunté.

—¡Así es, Ana! Nos han llegado los resultados de la autopsia de Amador Pizarro.

—¿Ya?

—Ha sido una autopsia de urgencia. Como sabes, los de arriba están presionando fuerte —me explicó.

—Esto ha movido mucha mierda aquí dentro, de eso no cabe duda —dijo Suárez—. Quieren dar carpetazo a todo esto cuanto antes. —Señaló una gran montaña de carpetas e informes, correspondientes al caso Jiménez. Incluido el informe del forense—. No, si cuando quieren, saben cómo mover el culo...

—Bueno, bueno, no me tengáis así. ¡Por favor, contadme qué ha determinado la autopsia!

—Creo que debemos esperar a la interesada, ¿no? —Gaona me sonrió—. Están subiendo a Rosario del calabozo.

—Esta vez ha habido que tenerla bien vigilada, ¿eh? Que la señora es un poco traviesa y, como nos descuidemos, ya se sabe —dijo Suárez simulando una horca con sus manos.

Aquel hombre era realmente detestable.

No pasaron más de dos minutos cuando entró por la puerta. Estaba demacrada. Desde que la conocí, un par de semanas antes, había perdido peso. Su piel había palidecido por la falta de sueño y de vitaminas. Su pelo estaba grasiento y las ojeras, tan negras como su ánimo. Apenas se tenía en pie.

—¡Compañera, alegra esa cara! ¡Tenemos grandes noticias para ti! —le anunció Gaona.

Ella levantó ligeramente la cabeza para mirar a su interlocutor. Su mirada, sin un ápice de entusiasmo, se abría paso por los párpados a medio abrir. Los fluorescentes de aquel despacho le molestaban sobremanera.

—¿Cómo te gusta un espectáculo, eh? —se quejó Suárez—. Venga, suéltalo.

—¡Eso! ¡Suéltalo! —repetí yo, que estaba muerta de impaciencia.

—¡Eres inocente! —dijo finalmente Gaona—. ¡Compañera, eres inocente!

—¿Cómo dices? —preguntó Rosario, incrédula.

—¡Que por fin se ha acabado todo, Rosario! —Gaona no aguantó más la emoción y le dio el abrazo que llevaba días conteniendo.

—Pero ¿es seguro? —pregunté.

—Segurísimo —confirmó Gaona, que permanecía enganchado a Rosario cual koala.

Suárez volvió a llamarle la atención por la confianza que se estaba tomando. Gaona le hizo caso, se estiró el uniforme y volvió a su lugar.

—El informe del forense confirma que Amador Jiménez murió de forma natural.

—¿Cómo dices? —preguntó Rosario de nuevo, que parecía incapaz de formar otra frase que no fuese esa.

—¡Lo que oyes! Tu marido murió de forma natural. Según el informe del forense sufrió un FHF que provocó su muerte.

—¿Un qué? —preguntó Rosario.

—Un FHF, fallo hepático fulminante, un síndrome clínico caracterizado por un deterioro severo y agudo de la función hepática en pacientes sin evidencia previa de enfermedad hepática —leyó Gaona directamente del informe.

—¿Y no han encontrado nada más? —preguntó ella.

—Los restos de la cena que había comido. Todo normal. Vómito en el baño de su casa, en la cocina y en el taxi. Parece que lo pasó mal durante horas. Puede que llevase así días, sin saber qué le sucedía. También diarrea, en eso no te equivocabas. Y una deshidratación severa.

—¿Eso es todo? —preguntó Rosario.

—¿Te parece poco? —contestó Suárez.

—Eso y que eres una mujer libre —dijo Gaona, haciéndole un gesto al agente que la había acompañado para que le quitase las esposas—. *Avanti, avanti.*

—Pero eso no es posible. No ha podido morir de muerte natural.

—¿Cómo dices? —pregunté.

—Lo han matado —afirmó ella.

—Pero ¿vas a volver con esas? —preguntó Suárez, cabreado—. ¿Hay algo que quieras decirnos?

Rosario negó con la cabeza.

—No puedes, ¿verdad?

Rosario negó de nuevo. Sabía que no podía contar nada porque ella no estaba limpia. No quería vivir una vida sin su hijo, y eso ya era inevitable, pero tampoco quería vivir entre rejas.

—Me lo temía. Mira, da gracias a que has tenido aquí a un fan incondicional dentro de la investigación. Si por mí fuera, te quedabas en el calabozo hasta que nos contases qué coño es eso de que han matado a tu marido. Pero no puedo hacer nada, el informe del forense es claro y la ley también.

—¿Es que no estás contenta, Rosario? —intervine—. Ya no eres sospechosa de asesinato. ¡Eres una mujer libre!

—¿No van a seguir investigando? —preguntó ella.

—¿Investigando el qué? —dijo Gaona, que no terminaba de entenderla. Se sentía decepcionado al ver que su compañera no estaba tan contenta como él por su libertad.

—El hígado de tu marido dijo hasta aquí, fin de la historia. Y ahora vete antes de que me piense lo de volver a bajarte a la pocilga.

El agente le hizo un gesto para que se levantara. Rosario obedeció. Yo la seguí.

—¿Quieres que te acompañe a casa? —preguntó Gaona.

—No hace falta, gracias —respondí.

—Se lo decía a ella —dijo Gaona. Casi me muero de la vergüenza—. ¿Te acompaño a casa, Rosario?

—No. Sé llegar hasta mi casa. Ojalá tú supieras hacer tu trabajo.

A Gaona eso le dolió. Entendía que estuviera nerviosa y agotada, pero no ese desprecio. La dejó marchar. Y a mí también.

Cuando llegamos a la puerta, Rosario me pidió un cigarro.

—Lo siento, no fumo. Pero, si quieres, te consigo uno —dije señalando al interior de la comisaría.

—No. Déjalo. Es igual —dijo telegráficamente—. Bueno, me voy, adiós.

—¡Enhorabuena! —le grité mientras se alejaba.

—¿Qué? —preguntó ella.

—Digo que enhorabuena, Rosario Jiménez. Eres una mujer libre.

—Yo no voy a ser nunca una mujer libre.

—¿Por qué dices eso?

—Mi hijo ha muerto, esa será mi prisión de por vida —sentenció ella.

—Pero al menos no tendrás que pasarla ahí dentro.

—Por poco.

—Sí, pero eres inocente. Ahora todos sabrán que tanto tu marido como tu hijo murieron por causas ajenas a ti. Que tu nombre está limpio. Que no eres una asesina.

—Niña, escúchame lo que te digo: no fui yo, pero no ha sido una muerte natural.

—Pero la autopsia...

—¡No ha sido una muerte natural, cojones! —dijo levantando la mano para parar un taxi—. A Amador lo han *matao*.

—¡Espera! ¡Espera, Rosario, por favor! ¿Qué quieres decir?

—Mira en casa.

—¿Cómo dices?

—Mira en casa.

Rosario cerró la puerta del taxi y se fue.

49
Marinero de agua dulce

Lunes, 20 de agosto de 2007
Centro Penitenciario Madrid VI, Aranjuez (Madrid)

L a sesión fue intensa. Habíamos hablado de los motivos que les habían llevado a prisión. Ese día no estaban Sofía ni la hermana Clara, ya que se encontraban en el módulo de familias preparando a tres reclusas que estaban a punto de dar a luz. Agradecí no tener por allí a aquellas dos puritanas de sonrisa perenne; me ponían de los nervios.

—«No todas las cosas hacen ruido cuando se rompen. Hay algunas que se derrumban por completo en el más absoluto de los silencios», Mario Benedetti —recitó Julián, leyendo de su cuaderno, cuando todos los internos terminaron su exposición—. Gracias a todos por la sesión de hoy —concluyó. Cerró su libreta y, como era habitual, inició un aplauso que fue seguido por todos.

—Jefa, ¿puedo salir a echar un piti? —preguntó Samuel, mi macarra preferido.

Casilda miró su reloj y vio que era casi la hora de comer.

—Uno rápido. En quince minutos tenéis que estar en el comedor.

Samuel aceptó la directriz respondiendo con un saludo militar digno del mejor de los pelotones y salió al patio que estaba frente a la sala. El resto de los internos le siguieron. Yo también.

—Toma, morena —me dijo Samuel alargándome un pitillo.

Yo no fumaba, solo algún que otro porro cuando no conseguía dormir, pero no quería parecer pardilla. En la cárcel se consumía de todo; los cigarrillos eran lo más suave. Quería integrarme con él. Me fijé en que estaba recién rapado y que había vuelto a dibujarse algo en el lateral.

—¿Y eso? —pregunté.

—Eso es que tengo estilo.

—¿Qué simboliza?

—Joder, ¿es que no se nota? —dijo acercando su cabeza a mis ojos para que pudiera verlo de cerca. Pero era imposible descifrar qué representaban aquellos trazos mal rasurados—. ¡Es un puto ancla! ¡Un ancla, joder, morena! —repitió—. ¡Si se ve clarísimo!

—Ah, sí, un ancla —mentí—. Ahora la veo perfectamente. ¿Y por qué es?

Dio una buena calada y soltó el humo haciendo pequeños y grandes círculos.

—Yo quería ser marinero.

—¿Marinero?

Samuel no era exactamente un psicópata, pero tenía fuertes rasgos antisociales que compartía con ellos: la falta de culpa o la incapacidad de asumir la responsabilidad de sus acciones, la falta de remordimiento o la nula empatía por los demás y, sobre todo, el desprecio por las leyes y las convenciones sociales. Ah, y cómo olvidarlo: una persistente inclinación a la violencia. Su naturaleza engañosa y manipuladora lo convertía en el mejor de los sociópatas. Eso sí, uno tremendamente encantador y atractivo. Y con un morbazo irresistible.

—Sí, joder, marinero. ¡Qué pasa! ¿Por qué no puedo ser marinero?

—Bueno, no sé yo si el Tajo da para mucho... —dije pensando en el río que bordeaba Aranjuez, que daba como mucho para ir en piragua.

—¡En este pueblo de mierda no, gilipollas! —exclamó. No me molestó el insulto. Me habían bastado un par de sesiones para darme cuenta de que era su forma de relacionarse con las personas. La única que conocía—. En alta mar.

Sentía que conmigo estaba cómodo. Y que yo era capaz de hacerle terapia mucho mejor que los voluntarios, ¡vaya que sí! Continué indagando, pensé que después compartiría con Casilda mis avances.

—¿En alta mar?

—Como mi abuelo —añadió.

Aquello era lo más cercano a un sentimiento o a un indicio de que por dentro todavía había algo vivo que no había mostrado desde que le conocía.

—¿Tu abuelo era marinero?

—¡Ya te digo! Y de los mejores. Se lo llevaron los noruegos en los años cuarenta y no volvió hasta finales de los noventa. Él y doce mil españoles más; pero él era el mejor. Y ahora esos cabrones no les quieren pagar la puta pensión, después de que les sacaron hasta los ojos.

Tenía razón puesto que esos marineros trabajaron durante años en la marina mercante noruega, reclamaban su pensión, después de que el país les hubiera hecho pagar entre el veinte y el treinta por ciento de su salario bruto. Pero no íbamos a desviarnos por esos derroteros, habíamos llegado a un punto interesante con el abuelo. Los ojos de Samuel se habían llenado de ilusión. De nuevo reparé en el bonito azul de sus ojos e imaginé que así debía de ser el color de las aguas de los mares noruegos.

—¿Y tú querías ser como tu abuelo?

—Claro, morena guapa. ¡Yo siempre quiero ser el mejor! El puto mejor.

—Podrás serlo algún día, si quieres. Si te lo propones.

—Qué va, tía, yo no puedo ser marinero.

—Cuando salgas de aquí, podrás ser lo que quieras. Y aquí te puedes ir preparando para ello.

—Cuando salga de aquí, con suerte tendré cuarenta palos. Con mala suerte, más.

—¿Y qué? ¿No sabes que los cuarenta son los nuevos veinte? —dije entre risas.

—Los cuarenta es un poco tarde para aprender —se lamentó. Parecía decirlo en serio.

—¿A qué?

—Nada, da igual.

—Dímelo.

—Que no, joder, ¡que me da vergüenza!

—Te prometo que no me reiré. Dímelo. Confía en mí.

Me miró fijamente, como si con su mirada me estuviese avisando de que cualquier tipo de burla sobre lo que estaba a punto de confesarme significaría mi final. Cerré los ojos con fuerza, tratando de transmitirle que era de fiar.

—A nadar.

—¿No sabes nadar?

—No. Y nunca he visto el mar —confesó con la boca pequeña.

—Cuando salgas de aquí, ¡yo te llevaré a verlo! —dije rápidamente. No me paré a pensar lo que decía, pero había sentido mucha ternura al ver que aquel chaval no conocía el origen del color de sus ojos.

—Pero ¡qué dices! ¡Si salgo de aquí, soy yo el que te va a llevar!

—¿Adónde?

—¡Al huerto, morena! Como te pille fuera de aquí, ten cuidado, porque nadar no sabré, pero ¡bombeando soy el rey! Y llevo dos meses sin meterla en caliente. Cuando lleve veinticinco años, ¡andaos con *cuidaíto*, porque os voy a reventar a todas!

50
Las huidas nunca son hacia delante

Sábado, 10 de febrero de 2018
Mi casa (Barco, 24)

e fui directa a casa. Aquel interrogatorio había sido intenso y estaba agotada, aunque muy feliz por Rosario, su inocencia y su libertad. Aunque ella todavía no era capaz de verlo así, con el tiempo —y probablemente con terapia— acabaría sintiéndose mejor. Entonces volvió a mí su sentencia: «Mira en casa». ¿Qué habría querido decir con eso? ¿Me habría dejado algún recado o encargo secreto? Había algo que me inquietaba, aunque no era capaz de identificar de qué se trataba.

Miré en el buzón por si había alguna nota. Pregunté al portero si había algún recado. Nada. Al entrar, tampoco vi nada bajo la puerta. Eché un vistazo rápido por la casa... Nada. Pensé que aquello de que mirase en casa había sido una salida de tiesto sin ningún sentido. Estaba demasiado agotada como para exprimirme la cabeza con eso.

Me desplomé sobre el sofá. Por fin, en paz. Por fin, todo había terminado.

No entendía cómo podía haber vivido tantas cosas en tan poco tiempo. Estaba exhausta. Me puse la mano en la frente y comprobé que tenía fiebre. Además, se había hecho tan tarde en la comisaría que ni siquiera había comido. Me acerqué a la cocina, me preparé un sándwich con dos lonchas de queso resecas que quedaban en el paquete y la última rebanada, la que nadie quiere, de pan de molde. Vi que tenía un poco de moho en el lateral; lo raspé y empecé a masticar, por inercia, sin muchas ganas. De pronto, un estornudo incontrolable se apoderó de mí y brotó con tanta fuerza que el engrudo de pan y queso que había formado en la boca salió disparado como si fuesen misiles Tomahawk cayendo sobre Irak. Mi cocina parecía un campo de batalla. No estaba para limpiar, así que cogí otro paracetamol —ya se me había pasado el efecto de los dos anteriores—, me lo tragué con un poco de agua y me metí en la cama. Necesitaba dormir; después ya encargaría algo para una merienda-cena tardía. ¡Benditos repartidores a domicilio!

Disfrutaba de un sueño profundo cuando sonó el teléfono de casa. Me costó reconocer el tono porque ya nadie llamaba a ese número a no ser que fuera para ofrecerme, curiosamente, cambiar de compañía de esa misma línea. Así que tuvo que sonar varias veces hasta que me levanté a cogerlo.

—Te he llamado mil veces al móvil. Pensaba que tú también habías decidido desaparecer.

Gaona, al otro lado, estaba tan irritado como apurado.

—¿Hola? —pregunté. Me extrañaba tanto que me llamase que daba por sentado que se trataba de un error.

—No puedo dejar de pensar en las últimas palabras de Rosario.

—Hola, Miguel Ángel —dije muy digna—. No esperaba que llamases, la verdad.

—Es que no dejo de darle vueltas a eso que me ha dicho. Que «haga mi trabajo».

—Tú ya haces tu trabajo.

—Pues ella piensa que no lo suficiente —lamentó él.

—No le hagas caso. Estaba muy alterada, puede que en estado de *shock*. Y es normal, todo lo que ha pasado ha sido muy fuerte y terriblemente traumático.

—Para todos... —suspiró Gaona.

—Lo sé, pero sobre todo para ella. Tardará en superar todo esto, así que no se lo tengas en cuenta. Estoy convencida de que no lo decía en serio.

—Yo estoy convencido de que sí.

—Bien, veo que has decidido torturarte. Te aviso, no cuentes conmigo para eso.

—¿No te das cuenta? Se refiere a que investigue.

—Llevas quince días investigando y...

—¡Se refiere a que no deje de buscar! —me interrumpió—. Ese es mi trabajo, Ana, ¡encontrar la verdad!

—La verdad es que en esa familia han tenido mala suerte; una suerte terrible. Primero el niño y luego Amador.

—¿Estás segura de que lo de su marido ha sido mala suerte? —me preguntó con ansiedad.

—Estoy segura de que la autopsia dice que Amador Pizarro murió por un fallo hepático fulminante. Eso del FHF que no había oído jamás...

—Sé lo que dice la autopsia, la he leído tantas veces que podría recitarla. Pero en todo esto hay algo que no cuadra. No dejo de darle vueltas desde que empezó todo y ahora me bombardea el cerebro. ¡Me va a estallar la cabeza!

—A ver, dispara —accedí.

—Si Rosario es inocente, si no pensaba matar a su marido, ¿por qué huyó?

—¿Si es inocente? —pregunté alucinada—. ¿Es que ahora crees que es culpable? ¿Piensas que ha tenido algo que ver en la muerte de Amador?

—Lo que no entiendo es por qué desapareció. Yo iba a ayudarla, íbamos a denunciar a ese cabrón y todo hubiera acabado ahí. Se habrían divorciado, ella se hubiera quedado con la custodia del pequeño y él, posiblemente, hubiera pasado un tiempo entre rejas y otro tanto sin poder acercarse a ellos.

—Eso hubiera sido lo más lógico, sí.

—No dejo de pensar en por qué se escondió —seguía barruntando Gaona en voz alta.

—Quizá tenía miedo...

—O quizá alguien la estaba ayudando a deshacerse de su marido.

Aguardé en silencio. Aquella aseveración era muy grave e impropia de él.

—Lo que me lleva de nuevo a Dolors Armengol.

—¿Qué pasa con ella?

—¡Todo pasa con ella, Ana! —exclamó—. Todo y nada, porque es como si nunca hubiera existido. Pero existió, ¡ya lo creo que existió! Y Rosario tiene alguna conexión con ella que no hemos sido capaces de descubrir.

—Pero eso no cambia los motivos que hicieron que Amador muriera...

—¿Me estás diciendo que cerremos el caso sin averiguar qué hacía Rosario en casa de esta mujer? ¿Tu conciencia dormiría tranquila? Porque te aseguro que la mía no...

Gaona tenía razón, algo no cuadraba. Y quizá ese era el runrún que me tenía inquieta... Empezó a contagiarme sus dudas.

—O más bien, ¿por qué esta mujer le dio cobijo? ¿Quién era? —pregunté yo.

—Me he puesto a investigarla a fondo.

—Pensaba que eso ya lo habíais hecho —dije, volviendo a reprocharle que no parecía que la policía trabajase como era debido.

—Pero esta vez lo he hecho a mi manera. Por otras vías.

Gaona empezó a preocuparme. Realmente sentía estar hablando con otra persona. Si no hubiera sido por su inconfundible voz, habría jurado que estaba hablando con Harry el Sucio en vez de con el gallego.

—He movido mis hilos y he descubierto algo que no puede ser casualidad. Un dato que lo cambia todo y que demuestra que he estado rodeado de hijas de puta mentirosas.

—Gaona, me estás asustando.

—¿Y sabes lo más curioso? —continuó, ignorando lo que yo le decía—. Que ese pequeño pero relevante dato apunta directamente a ti, Ana García de la Serna.

—¿A mí? ¿De qué estás hablando?

—Dolors Armengol fue paciente en tu gabinete —sentenció.

—¡Eso es imposible!

—No solo es posible, sino que, según mis informes, lo fue durante años. Pero eso tú ya lo sabías, ¿verdad?

—¿Yo? ¿Cómo voy a saberlo yo? —me quejé—. Miguel Ángel, hace tan solo quince días que trabajo ahí. El gabinete es de mi madre y de Marie, yo solo estoy haciendo una sustitución temporal —confesé con cierta vergüenza, temía que dejase de respetarme.

—Entiendo. Pero eso no cambia nada. Esa mujer está relacionada con vosotras y tenemos que averiguar de qué manera.

—¿Se sabe con quién? —pregunté.

—¿Con quién qué?

—¿Con quién hizo terapia? ¿Quién era su terapeuta?

—Yo no puedo saberlo, pero tú sí.

—¿Cómo?

—Solo tienes que revisar los archivos.

—Pero ¿estás seguro de que fue allí? Puede que tus informes se equivoquen, ¿no? Hay muchísimas consultas de tratamiento terapéutico en Madrid y lo de poner nombres en latín es un clásico de los psicólogos, no siempre somos originales... —traté de excusarme, sin terminar de creer lo que yo misma decía.

—Estoy completamente seguro. Igual que lo estoy de que Rosario no fue a tu consulta por casualidad.

Según pronunció el nombre de Rosario, lo volví a recordar: «Mira en casa».

Mira en casa. ¿En casa? ¡En la consulta! Claro, esa era «mi casa», la que conocía ella. ¿Podría Rosario estar siendo extorsionada por la tal Dolors Armengol? Pero ¿por qué? ¿Qué relación las unía? Y, lo más importante, ¿por qué había acabado en nuestra consulta?

—Ana, tienes que averiguar quién demonios es esa misteriosa mujer y si está relacionada con la muerte de Amador Pizarro.

—Gaona, creo que te estás adelantando mucho y todavía no sabemos si...

—Esa mujer desapareció y nadie volvió a saber nada de ella —me interrumpió—. Igual que desapareció Rosario. Nadie desaparece si no tiene algo que ocultar. Las huidas nunca son hacia delante.

Un sudor frío me recorrió todo el cuerpo y la fiebre no tuvo nada que ver.

—Le pregunté a tu compañera Marie por ella en comisaría, el día que nos conocimos. Me aseguró que no sabía quién era. Si tú tampoco la conoces..., ¿con quién ha pasado consulta durante todos esos años?

¡Mamá! Se me heló el corazón. También ella había desaparecido, pero antes me envió a Rosario. Además, había insistido en que me encargara personalmente, como si yo pudiera protegerla. ¿Protegerla? ¡No podía ser! ¿Sería ella la que había pasado consulta a esa señora? ¿De ahí su huida? Mi cabeza no era capaz de razonar con claridad, las ideas me asaltaban como calambrazos. No podía entender por qué mi madre se habría involucrado en este lío.

Empecé a temblar, el teléfono me pesaba como una losa gigante. La fiebre me estaba matando. Una arcada me subió, incontrolable, y vomité lo poco que me quedaba del medio sándwich sobre la cama. Me limpié la boca con la manga. Abrí la ventana. Recuperé el aliento.

—Alguien está mintiendo, Ana. Y no voy a parar hasta descubrir quién y por qué.

—Gaona, ¿tienes una foto de esa mujer?

—Por supuesto. Aunque si hubieras venido a comisaría como te pedí y no te hubieras puesto a hacer de investigadora secreta por Carabanchel, ya la habrías visto...

—No es momento para reproches. ¿Puedes enviármela?

—Mira el WhatsApp, ya la tienes.

Corrí al salón y abrí mi bolso. Mientras, Gaona hablaba y seguía elucubrando teorías. Encendí el teléfono. Vi la foto de la mujer. La había visto antes, me sonaba muchísimo. Entonces me di cuenta: sí, había sido paciente de mi madre años atrás. El mundo se me vino abajo.

—Ana, ¿sigues ahí?

—Eh, sí. Perdona.

—¿Conoces a esa mujer? ¿La habías visto antes?

—No. Nunca. No sé quién es.

—¿Estás segura?

—Completamente segura —mentí—. Pero voy a averiguar qué relación tiene con mi casa.

—¿Tu casa? —preguntó Gaona.

—Con mi gabinete —dije a duras penas. Me costaba hablar, estaba conmocionada por aquella nueva sacudida.

—Ya, entiendo. Oye, ¿te encuentras bien? ¿Pasa algo que no me estés contando?

—Nada, todo bien, es solo que estoy acatarrada. Pero salgo ya para la consulta.

—De acuerdo, nos vemos allí.

—¡No! —dije contundente—. Déjame que revise todo lo que tenemos, la mayoría de los documentos son confidenciales y no vas a serme de mucha ayuda. Cuando encuentre lo que buscamos, te llamo. Esto puede llevarme un buen rato y quiero hacerlo bien.

Necesitaba averiguar qué estaba pasando. Esa misteriosa mujer acababa de romper todos mis esquemas. Pero estaba convencida de que había algo más que no era capaz de ver.

—De acuerdo —accedió Gaona—. Pero no lo olvides: hay alguien que trabaja contigo que no te ha contado toda la verdad. Y si tú no descubres quién es, lo haré yo. Caiga quien caiga.

51
No puedes ejercer

Lunes, 27 de agosto de 2007
Jardín de la Isla, Aranjuez (Madrid)

A qué viene todo esto, Casilda? ¿Qué es eso de que tengo un problema?

—Me temo que así es, mi querida Ana. Siempre pensé que había algo que no iba bien en esa cabecita tuya, pero nunca pensé que iría a más.

—¿Algo? ¿De qué coño hablas? —respondí, ya sin guardar las formas. Aquella conversación había tomado una dirección que no me gustaba nada.

Casilda pasó por alto mis maneras.

—Tu madre estaba preocupada por tus gustos.

—¿Mis gustos?

—Sí, tus gustos, tus filias y tus intereses... Siempre demasiado macabros para una niña tan pequeña.

—Estás de coña, ¿verdad? Dime que estás de coña, por favor.

Pero Casilda no parecía bromear.

—¿Todo esto es porque me gustaban las novelas negras, las películas de terror y vi cuatro documentales? —pregunté tratando de encontrar una explicación a la teoría absurda que me estaba planteando—. Porque ese no me parece fundamento alguno, la verdad.

Ella hacía oídos sordos a mis quejas.

—Las terapias no concluyeron nada significativo, y los profesionales consultados y tu madre, ¡y yo misma!, decidimos que lo mejor era llevar a cabo un control activado.

—¿Me controlabais?

—Algo así... —afirmó—. A tu madre le preocupaba cómo podían desarrollarse esas relaciones a medida que te fueras haciendo mayor.

—¿Las relaciones con quién? ¿Con los libros? ¿Con los personajes de ficción?

Casilda hizo una pausa. Me cogió de la mano y luego me miró a los ojos:

—Con los hombres.

Solté su mano de un revés.

—Estoy flipando. ¡Estoy flipando! Sabes que esto es de locos, ¿verdad? ¡Esto no tiene sentido!

—Ana, cálmate...

—Ahora solo falta que me digas que me habéis pinchado el teléfono o espiado los correos o algo parecido. Dime que no. Dime que no, porque os veo capaces de todo... ¡Esto es la hostia!

—Ni mucho menos —continuó ella, que permanecía muy tranquila—. El control siempre fue algo sutil. Algo que, en la práctica, se traducía en apoyo, en reflexión.

—Entiendo. Igualito que tus terapias en prisión, ¿verdad? —dije lo más sarcástica que pude.

—No te lo negaré. Sabía que la relación con los presos, con sus crímenes, podía activar algo en ti. Y creo que lo activó. Te noté muy desajustada.

—Pero, Casilda, ¡no me jodas! ¿Desajustada? Parece que estés hablando de cualquiera de nuestros pacientes. ¿No me habréis estado medicando en secreto todos estos años? Sería lo que me faltaba...

—Como te digo, te noté desajustada. Enseguida sentí que algo no iba bien dentro de ti y traté de protegerte, Ana. Solo eso. Todos hemos intentado ayudarte.

—Pero ¡es que yo no necesito ayuda!

—Puede que no lo hayas sabido hasta ahora.

—Estás equivocada —afirmé—. Y no entiendo por qué no hablaste directamente conmigo y me dijiste lo que te preocupaba. Te hubiese hecho comprender que todo iba bien y que las cosas no son como os las habéis imaginado.

—No son imaginaciones, Ana.

—Te aseguro que sí. Yo estoy perfectamente, ¡no tengo ningún problema! —reiteré. Como por instinto, abrí los brazos mostrándome ante ella, tratando de que me viera como yo me veía: en perfecto estado de revista.

—Ana, esa fascinación tuya por los delitos, los crímenes, la sangre, la muerte, el miedo...

—Pero ¡Casilda!

—Por lo malo...

—Nada de esto tiene sentido. ¡Es de locos! —seguía quejándome en voz alta. Agradecí que estuviéramos solas en aquel rincón. Solo el Espinario nos acompañaba, pero estaba demasiado ocupado curándose el pie como para prestarnos atención.

—Por los malos —sentenció finalmente Casilda, como si hubiera estado dando rodeos para evitar decir aquello. Pero era lo que pensaba.

—¡Vaya! ¿No eras tú la que decías que no había buenos y malos?

—Por lo prohibido —dijo buscando un sinónimo.

—¿Lo prohibido? ¿Lo prohibido también me pone?

—Sé que has mantenido relaciones sexuales con Samuel Vicente.

Enmudecí. Fue como si me hubiesen cortado las cuerdas vocales con un hacha. Bajé la mirada. La vergüenza me aplastaba la cabeza, la dignidad, el alma.

—He tratado de que tú misma me lo contases, que me dijeras que te estabas enamorando o lo que sea que has sentido por ese chico. Que fueras capaz de reconocer que te estabas olvidando de que tenías delante a una persona violenta. Que pudieras darte cuenta de que te habías olvidado también de dónde estabas. Que aceptaras que no solo habías olvidado qué haces en prisión, sino qué es lo que le trajo a ella.

Mi silencio continuaba golpeando cada centímetro de aquel lugar.

—He intentado que me dijeras, Ana, que el deseo era lo que hacía que quisieras volver a esas sesiones con los voluntarios. Eso que disfrazabas de aprendizaje, profesionalidad, crecimiento y terapia era en realidad una excusa para alimentar tu apetito enfermizo. Te he tendido la mano para que me hablaras, pero ya ni siquiera eres sincera conmigo y ahora sé que...

—¡Solo follamos, joder, Casilda! —la interrumpí, gritando con vehemencia—. ¡Solo follamos!

Casilda se calló. Me miró expectante.

—Solo follamos —repetí, ahora en voz baja—. No es para tanto.

—No es solo eso. No es la primera vez que me mientes —aseguró ella.

—¿Y ahora de qué hablas?

—Vi las grabaciones de seguridad del módulo de respeto. Vi que pasaste unos minutos observando cómo Benito Camacho apuñalaba a Kevin Díaz. Ana, vi que mientras observabas, inmóvil, sin pedir ayuda, sin tratar de evitarlo... sonreías.

De nuevo, el habla se me quedó congelada.

—En tu boca había una sonrisa de lado a lado. Una sonrisa de satisfacción, de fascinación. Diría que, incluso, sonreías de alegría.

No había pasado tanto tiempo desde aquel episodio pero, de pronto, apenas lo recordaba. Tenía ciertas lagunas y no estaba segura de que hubiese sido como ella decía. Pero sí recordaba haber presenciado aquella escena y no haber hecho nada por evitarlo. Ahora solo quería huir; no podía dejar de mirar el pequeño arco de pinos, coquetamente podado, que se presentaba ante mí, como ofreciéndome una salida.

—¿Recuerdas aquella charla que tuvimos tras el incidente? —me preguntó.

—Sí, en una de nuestras sesiones rutinarias de control.

—Pues no fue una de nuestras sesiones rutinarias de control —repitió ella—. Se trataba de un interrogatorio, enmarcado dentro de la investigación que abrió la Secretaría General de Instituciones Penitenciarias tras el asesinato de Díaz. Y créeme cuando te digo que tuviste suerte de que la persona a cargo de esa investigación se apellidase Yagüe y se llamase Casilda.

No tenía ni idea de todo aquello. Aun así, me molestó la ironía.

—¿Suerte? —pregunté.

—Mucha suerte. El funcionario de prisiones que se encargó de hacer el registro y el traslado de Kevin al módulo de respeto ha sido expedientado por negligencia y ahora está en las oficinas. Le han relegado a trabajos burocráticos por no haber detectado aquellas tijeras caseras entre sus pertenencias, el arma homicida. Pero no es el único, los guardias de aquel turno también han sido expedientados y están a la espera de un nuevo destino. De lo tuyo, sin embargo, no se sabe nada, porque yo no dije nada.

Casilda me había cubierto. A sabiendas de que no moví un dedo por evitar aquella muerte, de que me regocijé viendo cómo se producía, me tapó. Abrí la boca para darle las gracias, pero ella levantó una mano, parándome antes de que pudiera hacerlo. Ya le pesaba haber hecho aquello como para encima recibir una palmadita en la espalda. Continuó con su relato, tratando de obviar aquel episodio que la azotaba de culpa.

—Lo que intento decirte es que existen muchos sentimientos ajenos a nuestra elección de cuya aparición no somos responsables. Esa satisfacción que sentiste probablemente sea incontrolable. Pero sí eras responsable de actuar en consecuencia.

—Ya, ¿y por qué no dijiste nada? ¿Por qué no añadiste eso en tu informe? —exclamé enfadada—. Era mi responsabilidad, y tendría que haber pagado por ello. Negación de auxilio, como mínimo... Y se me ocurren otros tantos cargos. ¿Te das cuenta de que al callarte también te convertiste en cómplice? ¡Por qué coño te callaste! Ahora sí que acabo de perder toda la fe que tenía en esta institución.

—Pues eso te ayudará —dijo ella.

—¿A qué?

—A superar que ya no puedes seguir trabajando aquí.

—¿Ah, sí? ¿Y eso por qué?

—Porque tienes un problema, Ana. Y porque, lo siento, pero no vas a poder ejercer. Hoy es tu último día como psicóloga.

52
Repostería fina

Martes, 6 de febrero de 2018
Colonia Tercio y Terol, Carabanchel

Tenía que actuar deprisa, no pasaría mucho hasta que todo saltase por los aires y el tiempo jugaba en su contra. Necesitaba, como mínimo, doce horas para solucionarlo todo de una vez.

Comprobó que la dirección era la correcta. Lo era.

A Marie le sorprendió encontrarse con aquella casa, en aquel barrio. Ella que vivía en el ático de sus padres, en el centrísimo centro de Madrid, no acostumbraba a pisar el extrarradio. El concepto que tenía de las casas que había en Carabanchel se acercaba a las favelas de São Paulo, así que pensó que podría acostumbrarse a ese tipo de periferia.

Llamó a la puerta. Un hombre corpulento, alto y robusto le abrió. Parecía que se hubiese echado toda la colonia del frasco pero, aunque reconocía el exceso, a Marie le resultó un aroma agradable y elegante; habría dicho, incluso, que se trataba de una fragancia un tanto embriagadora. Le gustó que oliese así; curiosamente era una de las cosas que Marie valoraba en un hombre: la pulcritud, la limpieza, el aseo, el buen olor. Una de las tantas, sin duda, ya que era una mujer tremendamente exigente y, consciente de ello, achacaba a eso que casi siempre hubiese estado sola. Pero prefería estar sola, no sentía necesidad de compartir su vida con un hombre. Tampoco con una mujer. Lo había intentado, de hecho; estuvo saliendo unos meses con una psiquiatra que conoció en un congreso, pero cuando la cosa se puso seria y Marie sintió que aquello se acercaba demasiado a las cadenas, lo cortó. Así que no sentía necesidad de compartir su vida con nadie, ni especialmente con un hombre.

Sea como fuere, lo que tenía claro era que Amador no era su prototipo, por muy aseado y repeinado que estuviera. Porque también se había esmerado con el pelo; si el frasco de colonia se había quedado vacío, el de gomina debía de estar bajo mínimos.

—Hola, señor Pizarro. Soy Marie Bauvin, la terapeuta de su mujer.

—Eh, hola, sí, claro. Es un placer. —Amador le propinó dos besos. Marie los recibió cordialmente, devolviéndolos con la mejilla—. Pase, por favor.

El anfitrión se sintió un tanto descolocado. Se sorprendió al encontrar a una mujer tan atractiva y estilosa. Y es que Marie, incluso sin proponérselo, resultaba despampanante. Era difícil no quedarse embobado mirando sus ojos, su pelo ondulado con elegancia sobre sus hombros y esa manera sensual de caminar, con fuerza y confianza. Amador se había imaginado a la psicóloga de su mujer como a una señora mayor, sosa y sin gracia. Se arrepintió de no haberse puesto un poco más de colonia. Pensó que, en un descuido, iría al baño a arreglarlo.

—Siéntese, por favor. ¿Qué puedo ofrecerle de beber? Una cerveza, un vino...

—¿Tiene té? —preguntó ella.

—... un té. ¡Fíjese! Lo hemos dicho a la vez, era lo que pensaba ofrecerle porque es lo que me apetecía a mí. ¡Un té marchando!

—Es que le he traído un detalle y lo ideal es acompañarlo con té. No me gusta ir a casa ajena con las manos vacías y, dadas las circunstancias, pensé que le vendría bien algo de comer.

—¡No tenía que haberse molestado! —dijo Amador desde la cocina, mientras ponía el agua en la tetera.

Marie aprovechó el trasiego de cacharros y cajones que se oía en la cocina para mirarse en un pequeño espejo que llevaba en el neceser, de donde también sacó una barra de labios. Rápidamente se coloreó la boca de un tono melocotón maduro.

—No es molestia —respondió mientras se acicalaba—. Además, los he hecho yo.

Amador apareció con un par de tazas de té en la mano, con sus platillos a juego. Era la primera vez que buscaba la vajilla y la conjuntaba con esmero para otra persona. Pero quería estar a la altura de la delicadeza de su visitante. De hecho, se había dado mucha prisa, como si no quisiera perder un minuto de estar con aquella mujer. Al sentarse, la vio todavía más bella, como si algo brillase en ella y, aunque no supo identificar qué era, le gustó. Le gustaba esa rubia imponente.

—Pues se lo agradezco mucho. Aunque me va a perdonar, pero no sé qué es esto...

Marie había dejado un recipiente de cristal bastante grande encima de la mesa lleno de pequeñas galletas redondas, con una especie de caparazón arriba y abajo y una crema en medio. A Amador le parecieron tan delicadas como su cocinera.

—Son *macarons*, es un dulce típico de Francia. Hacía mucho que no los preparaba, así que no sé cómo estarán.

—De verdad que no hacía falta. Seguro que están buenísimos, aunque parecen muy complicados de preparar...

—En realidad es más sencillo de lo que parece, ¡es un postre resultón! —dijo Marie, sonriendo—. Además, ayer no podía dormir y me puse a cocinar. Solía hacerlos con mi madre, ella era francesa, nos encantaba cocinar juntas.

Marie se fijó en el cuadro que coronaba la sala de estar. Una foto de Amador, Rosario y el que dedujo que era su hijo, ampliada casi a escala real. Iban vestidos iguales, con camisa blanca y pantalones vaqueros. Era tan hortera como tierna. Pero más hortera.

—Como dos buenas mujeres, claro que sí —dijo Amador, y se comió el segundo dulce. El primero prácticamente lo había engullido sin masticar—. Pues se lo agradezco mucho, están de vicio. Casi no había comido nada desde ayer... Ya sabe. Yo tampoco he pegado ojo.

—Imagino. Tiene que ser difícil...

—¡Cojones, qué buenos están! —la interrumpió, y se comió el tercero de un bocado—. ¿Usted no quiere?

—Por mí no se preocupe, he traído para un regimiento.

—¡Coma uno, mujer! —insistió él, acercándole uno de los pastelitos a Marie.

—Gracias, pero no...

—He dicho que coma —dijo Amador, severo, metiéndoselo en la boca y poniéndole la otra mano en el cogote. Le molestaba que no se hiciera lo que él quería. Fuese lo que fuese. Incluso comerse una galleta. Comprobó satisfecho que Marie masticaba y tragaba.

—Muy bien, claro que sí. Lo estamos pasando fenomenal. Coja otro —dijo poniéndola a prueba, a ver si ahora obedecía.

Marie, que había sentido algo parecido al miedo, accedió sin rechistar.

—Cogeré otro. —Le dio un pequeñísimo bocado—. Pero no puedo pasarme. No creerá que esta figura se mantiene sola.

Marie sonrió nerviosa. Y se dejó ver, coqueta.

—Ya lo creo que no.

A Amador le pareció buena excusa. Le gustaban las mujeres que se cuidaban. Le parecía casi una obligación que lo hicieran, sobre todo si se trataba de alguien como ella, que había sido dotada de esos atributos. Aun así, su mirada insistente coaccionó a Marie a terminárselo.

—Pues qué bien que haya venido, porque desde que no está mi mujer paso más hambre que un perro. Otra cosa no, pero cocinaba de lujo, mi Rosario.

—¿Sabe por qué se ha ido?

—Claro que lo sé. Bueno, lo que sé es por quién se ha ido.

—¿Ah, sí? ¿Y de quién se trata?

—Prefiero no hablar de eso, que me enciende. ¿Por qué no me hablas de ti? —Pasó al tuteo y se acercó muy poco sutilmente a su lado del sofá.

Amador parecía estar de buen humor. Marie no podía creerse que ese fuese su *mood*, cuando no hacía ni veinticuatro horas que había encontrado a su hijo muerto y su mujer seguía desaparecida.

—Pues bien, yo soy la terapeuta de Rosario. Su mujer vino a mi consulta porque necesitaba ayuda y yo...

—Y tú le dijiste que la podías ayudar.

—¿Cómo sabe eso?

Marie se quedó pálida. No entendía cómo aquel hombre sabía que ella se había hecho pasar por Ana para conseguir que Rosario volviese a la consulta y pudieran reunirse. Ana no cedía en traspasarle aquella paciente y ella estaba convencida de que podía ayudarla mucho más. Y tuvo que elegir entre los medios o el fin. Ella era experta en ese tipo de pacientes y decidió que en ese caso los medios estaban más que justificados. Así que entró en el correo de Ana y se hizo pasar por ella.

—Vi tu correo electrónico —confirmó él.

—¿Mi correo?

—Sí, en el que le decías «puedo ayudarte» y la citabas en su consulta.

—¿Y por qué vio usted ese correo privado? —preguntó Marie, algo más tranquila al ver que Amador no sabía que había sido desde un correo que no era el suyo.

—Porque me dijo que iba a ir a ver a una psicóloga y no la creí.

—¿Por qué no?

—Porque no es la primera trola que le pillo a mi mujer. Está con otro, ¿sabes? Bueno, claro que lo sabes, te lo habrá contado en su terapia. Por eso se ha ido, para estar con él. ¿Es para eso para lo que has venido? ¡Para decirme que no piensa volver! —gritó.

Pero lo hizo sin inmutarse, sin esfuerzo. Amador estaba muy acelerado. La agresividad iba y venía en sus palabras, en sus formas. Marie pensó que no era seguro quedarse mucho más tiempo allí, pero tenía que comprobar que todo salía bien.

—No. No he venido por eso —le confirmó.

—Venga, dime entonces por qué has venido, rubia. —Lo dijo con una sonrisa que inquietó a Marie más que los gritos de un instante antes.

—He venido porque estoy muy preocupada por la desaparición de su mujer.

—¡Ya, claro!

Amador seguía sonriendo, como si tramara algo que ella no era capaz de percibir.

—Le digo que he venido por eso.

—¿Y los pasteles? —dijo comiéndose uno de los pocos que quedaban—. ¿Y el carmín? ¿O te crees que no me he dado cuenta de que te acabas de pintarrajear los labios?

Marie se sintió avergonzada. Sin darse cuenta, agachó la cabeza.

—No te preocupes, sé muy bien lo que queréis las mujeres como tú.

Amador se acercó un poco más. No quedaba apenas espacio entre ellos.

—Me parece que usted se está confundiendo —dijo ella, tratando de marcar distancia aunque fuese con los modales.

—Pues a mí me parece que no. Sé exactamente lo que quieres. ¡Es lo mismo que queréis todas!

El poco espacio que los separaba fue invadido por un intento de beso que Marie a duras penas pudo esquivar.

—¡Te estás equivocando! —gritó ella—. Venir aquí ha sido un error.

Pero él, que siempre conseguía lo que quería, y más si podía hacerlo a la fuerza, la agarró para repetir aquel beso, ahora sí, como lo había imaginado.

—Anda, rubia, cállate ya, ¡que los dos sabemos a lo que has venido!

Marie, como poseída por un instinto superior, le dio un mordisco con todas sus fuerzas. Él se levantó sobresaltado por el susto y por el dolor y golpeó la mesa. Los *macarons* que quedaban rodaron por el suelo y el recipiente se rompió en mil pedazos. Marie aprovechó el pequeño caos para huir.

—¡Serás zorra! ¡Te vas a arrepentir!

Marie cogió sus cosas y cerró la puerta de un golpe. Ya fuera, todavía temblando, se borró el pintalabios arrastrándolo con el puño. Sintió que también se quitaba las babas que le había plantado aquel gañán. Sintió, asimismo, que también dejaba en ese rastro algo de su dignidad.

—Tú sí que te vas a arrepentir, cabronazo.

53
Delirium tremens

Miércoles, 22 de agosto de 2007
Centro Penitenciario Madrid VI, Aranjuez (Madrid)

Se fueron sucediendo los días en los que me sumaba al grupo de trabajo con los voluntarios de Nuevo Futuro. Me había dado cuenta de la increíble labor que realizaban. Me habían contagiado su pasión, sus ganas, su energía y, lo más importante, su generosidad. En concreto, la hermana Clara, que venía a las sesiones en un autobús de línea desde Toledo que paraba en todos y cada uno de los pueblos hasta llegar a Aranjuez. Luego Sofía y Julián la recogían. Ese día había traído buñuelos.

Yo llevaba compartiendo con ellos el tiempo preciso no solo para apreciar su trabajo, sino para cogerles cariño. El suficiente, por otro lado, para darme cuenta de la encerrona que me había tendido Casilda. El necesario como para no dejar de pensar en Samuel. El adecuado, para ver que era un tío peligroso. Quizá, eso sí, no había pasado el tiempo conveniente para alejarme de él.

Acabamos la sesión y salimos al pequeño patio interior que quedaba detrás de la clase en la que solíamos hacer las sesiones. Me ofreció un pitillo. Lo acepté. Por su culpa había empezado a fumar... O eso me decía yo.

—Oye, marinero, hoy no has hablado nada.

En general, Samuel era de los internos participativos. No siempre sus formas eran las mejores, pero dinamizaba el grupo y provocaba que otros se atrevieran a hablar. Echó un par de caladas profundas al cigarrillo. Parecía preocupado; si no fuera porque era incapaz de mostrar emociones, quizá incluso de sentirlas, habría dicho que estaba triste.

—Ahora sí que estoy solo en el mundo —dijo con cierto pesar en su tono.

—No digas eso, hombre. ¿Qué ha pasado?

—Se ha muerto mi viejo. Era la única familia que me quedaba.

—Vaya, lo siento, Samu —dije escueta.

—No lo sientas. Era un hijo de puta.

Aunque nunca vi a su padre cuando iba a clase con su hermano, sí que recordaba la mala vida que les daba. Los servicios sociales tuvieron que intervenir varias veces; recordaba perfectamente cómo el conserje iba a buscarle a clase cada dos por tres. Yo temía aquellas visitas del conserje porque siempre era porque había pasado algo malo; en general, algún familiar de un alumno había muerto o estaba herido o cualquier situación similar. Pero, en el caso de los Vicente, que el conserje fuera a buscarlos se convirtió en habitual.

En aquella casa —de la que la madre había salido huyendo cuando Samuel no tenía ni dos años—, las hostias eran el pan nuestro de cada día. El padre, que trabajaba en un taller de reparaciones a las afueras de Aranjuez, solía aparecer tarde y mal. Muy mal. Borracho, casi siempre. Cabreado, invariablemente. Agresivo, por naturaleza. Pensé que lo raro era que aquellos niños hubieran conseguido salir adelante, sin sus padres, sin apenas ingresos, sin apoyo, sin tutela... Salieron adelante, sí, pero de qué manera.

—Igualmente, lo siento —dije.

—Era un hijo de puta como el tuyo, supongo.

—¿Por qué coño dices eso? —me quejé, molesta.

—Bueno, por lo que has contado en algunas sesiones. O más bien por lo que no has querido contar. Supongo que nunca le dieron el premio al padre del año, ¿no? —dijo apagando el piti en la pared y, automáticamente, encendiéndose otro.

—Si me escuchaste en las sesiones, sabrás que prefiero no hablar de él.

—Perdona, morena guapa, no he querido molestarte.

—No me molestas, ya sé que siempre estás de vacile.

—Casi siempre. Lo de que estás muy buena lo digo en serio.

Lo miré. Sonreí. No pude evitar el rubor. Sin querer, me mordí un labio. Todos esos días habíamos hablado manteniendo una cierta distancia. Yo procuraba que nuestra relación se limitara a la de psicóloga-paciente, algo estrictamente profesional. Pero cuando se refería a mí en esos términos me resultaba difícil contener mis impulsos. Sentí que el deseo me azotaba. Imaginé que él también lo hacía. Me puse muy nerviosa, así que volví a la conversación.

—Tampoco creas que recuerdo muchas cosas de él, todo es muy borroso en mi mente.

—El coco nos la juega como quiere, ¿verdad? No soy loquero, pero sé que esta de aquí —señaló su cabeza— es una hija de puta de la que no hay que fiarse.

—Cierto. Esta de aquí es muy selectiva a la hora de guardar o eliminar lo agradable o lo traumático —dije señalando también mi cabeza. Me di cuenta de que él se rascaba la suya con fuerza y nervio, con ansiedad—. Aunque yo soy buena recordando frases. Es como si se grabasen en algún lugar de mi disco duro... Recuerdo, por ejemplo, que una vez me dijo «los mejores amigos uno los hace en la mili y en la facultad».

—Lo que te decía, estoy solo en el mundo. Yo no he ido a ninguno de los dos sitios, así que supongo que me quedaré sin amigos para siempre. Además, dicen que no soy una buena compañía.

—Nunca me gustó la excusa de las malas compañías. Creo que es lo que dicen algunos para justificar lo que hacen otros. Además, esas compañías también tuvieron que juntarse con alguien en un momento y así sucesivamente... ¿Quién fue la primera mala compañía? ¿Huevo o gallina?

Sonreí. Samuel me miró con cara de no saber de qué le estaba hablando.

—Yo qué sé... Si yo por no ir, no fui casi ni al instituto.

—Bueno, dicen que la calle es la escuela de la vida, esa te la conoces bien, ¿no?

—Demasiado bien. Pero yo le diría a tu viejo que los mejores colegas se hacen en el talego. Por lo menos, las mejores amigas.

Me quedé callada. Le di un par de caladas a mi cigarro, que se había consumido casi por completo.

—¿Tú quieres ser mi amiguita, morena? —me preguntó, rascándose compulsivamente la nariz.

—Te noto un poco más nervioso de lo normal, Samu. ¿Es por la coca? —dije directa y obviando su pregunta. Tampoco pensé que esperase una respuesta.

—No, es por la priva. Eso me tiene más jodido todavía. No me queda un pavo esta semana para comprarme unos litros y ando loco. Creo que podría morder a alguien.

No volví a hablar, las palabras ya no me bastaban.

Mordí el labio superior de esa boca que tiritaba de frío y de ganas. Y luego le mordí la boca entera. Cuando me quise dar cuenta, nos estábamos enfrentando a un duelo frenético de mordiscos. Parecíamos dos luchadores de esgrima tratando de tocar al oponente para registrar un punto, pero en este caso todas las zonas del cuerpo estaban permitidas.

Miré a un lado y a otro, me agarró del cuello y me empujó contra la pared de un pasillo que nacía en la esquina en la que nos encontrábamos. Parecía que él lo tuviera planeado o que no fuera la primera vez que lo hacía, porque tenía claro que aquel punto muerto era seguro. O eso le dije a mi cabeza en el único momento de cordura en el que mi mente me alertó del peligro que aquello conllevaba; yo también miré y me pareció que en aquel punto, en aquel preciso lugar de la cárcel, era imposible que las cámaras nos captasen. Podía, eso sí, aparecer alguien, pero el éxtasis de mi cuerpo era mayor que cualquier advertencia de mi cabeza. Ninguna señal de alerta volvió a aparecer en mí.

531

Le agarré con fuerza del pelo, que ya le había crecido lo suficiente como para que el ancla mal trazada perdiese por completo su figura y como para que notase mi sacudida. Le gustó, pero quiso demostrar quién estaba al mando. Lo necesitaba; su cuerpo, su mente, le exigían dominar y hacerlo con violencia.

Cuatro minutos. Uno, dos, tres y cuatro. Y parecieron tres.

Si los polvos fuesen matemáticas, este tendría demasiados elementos para tan poco resultado. Doscientos cuarenta segundos de sexo rápido, malo, duro e irrespetuoso. Un escupitajo en la mano. Cien, a lo sumo ciento veinte, penetraciones arrítmicas y descoordinadas. Veinte segundos de asfixia intencionada y otros veinte simulada. Trece segundos de besos mordidos, pintados con unos cincuenta lametazos por boca, cuello y mejillas. Ocho tirones de pelo. Un arañazo en la espalda. Una bofetada en la cara y cuatro en el culo. Una eyaculación abundante y precoz en el suelo, provocada por tres meses sin sexo. Y lo más cercano a un mimo, resumido en cuatro palabras:

—Me corro, morena guapa.

54
Puedo ayudarte

Viernes, 2 de febrero de 2018
Gabinete de asistencia psicológica Animae (Quintana, 27)

Hola, me llamo Rosario Jiménez. Tengo consulta con Ana García de la Serna.

Marie la había citado a primera hora de la mañana. Sabía, y lo sabía tanto como le molestaba, que Ana nunca ponía citas antes de las diez. Decía que madrugar no era lo suyo y que necesitaba un buen rato para despejarse y estar al cien por cien con sus pacientes. Eran tan diferentes... Marie se comía la vida a bocados, Ana era de las que se pasaba la vida curándose las dentelladas.

—Hola, Rosario, soy Marie Bauvin, es un placer —dijo estrechándole la mano—. Puedes pasar por aquí —le indicó con cierta prisa. Temía, a pesar de las horas, que su compañera se presentase por sorpresa.

Marie no era la única que parecía inquieta, Rosario estaba visiblemente nerviosa. Aunque era una mujer presumida, aquel día iba especialmente desaliñada, descuidada. Como si no hubiese dormido nada. Iba vestida, pero se mostraba desnuda, dejando al descubierto un insoportable agotamiento vital y algo imposible de ocultar: el miedo.

—Pero... ¿y la señorita De la Serna? —preguntó confusa. Era la segunda vez que acudía a la consulta y se sentía un poco perdida. No sabía si era el proceder habitual.

—Mi compañera no te va a poder atender, pero me ha pedido que lo haga yo.

Rosario la miraba con recelo, no terminaba de sentirse cómoda.

—No pasa nada, estate tranquila. Somos colegas y trabajamos en equipo. Puedo ayudarte.

—Es curioso. Eso es justo lo que ella decía en el correo en el que me citó.

Marie sonrió.

—Entonces, ¿pasas y empezamos?

Rosario entró en el despacho que se abría ante ella con cierta desconfianza. Le pareció más luminoso que el de Ana, pero menos acogedor y, aunque no hubiera sabido decir por qué, también le pareció más profesional; más como se había imaginado que debía ser la consulta de un psicólogo. Tomaron asiento.

—Cuéntame, Rosario, ¿por qué estás aquí?

Marie no se andaba con rodeos. Con las mujeres víctimas de malos tratos siempre era directa. Conocía bien la terapia de choque y sabía que, contra lo que pudiera pensarse, era efectivo ser clara, incluso dura, en vez de envolverlas en algodón. Porque eran mujeres que en muchos casos habían perdido su fuerza, su autoestima, su confianza e incluso su capacidad crítica sobre su realidad.

Ese era, sin duda, el caso de Rosario, a la que le costaba horrores poner en palabras el infierno que vivía en su casa. Además, tenía tendencia a quitarle importancia. Trataba de justificarse pensando que de ese modo conseguía olvidarse por un rato de que aquello era real.

—Bueno, podría decirse que tengo algunos problemas con mi marido, Amador.

Marie lo captó enseguida y quiso allanarle el camino.

—¿Puede ser que lo que ocurre en tu casa es que tu marido no hace justicia a su nombre?

Rosario sonrió tímidamente, como si Marie hubiese comprendido a la perfección su situación, sin tener que pasar por el trance de describirla.

—Sí, podríamos decir que es algo así.

—De acuerdo. Pues lo primero, quiero darte la enhorabuena.

—¿Disculpa? —preguntó Rosario, contrariada.

—Sí, de hecho, es una doble enhorabuena. En primer lugar, por ser consciente de que tienes un problema. Créeme cuando te digo que hay muchas mujeres que tardan una vida en darse cuenta, y otras desgraciadamente la pierden. Y tú no solo lo has reconocido, sino que has pedido ayuda. Así que enhorabuena por ello, lo que haces es muy difícil, querida.

Marie no solía ser tan cariñosa. No solía serlo nunca, con nadie de su entorno conocido ni desconocido. Pero le salía espontáneo, casi como una necesidad, cuando hablaba con aquellas mujeres. Sentía un instinto incontrolable de protección, de cuidarlas, mimarlas y devolverles todo el amor que les había sido arrebatado.

Rosario lo agradeció. No solo el tono, sino la palmadita en la espalda. Se sentía muy culpable por estar diciendo todo aquello del que era todavía su marido. Casi tanto como avergonzada por darse cuenta de lo que había soportado durante años. Y más ella, siendo policía. Pero ya no había marcha atrás, estaba decidida, tenía que acabar con aquello.

—Has dicho que era una doble enhorabuena —dijo Rosario, que agradeció tanto la palmadita que no le importaba recibir una segunda.

Marie sonrió de nuevo, como si tuviera delante a una niña traviesa.

—Efectivamente. Lo segundo por lo que te felicito es porque estás en el lugar adecuado. Soy experta en este tipo de problemas. Como te he dicho, puedo ayudarte y voy a hacerlo.

La sonrisa de Rosario perdió su timidez y se desnudó ante Marie, mostrando por primera vez todos sus dientes. Escuchar que aquella situación tenía solución la había calmado, como si hubiera recibido un chute de morfina.

—Eso sí —añadió—, me preocupa tu hijo. Los niños son los grandes olvidados en estas situaciones. Y las mayores víctimas. Yo fui como tu pequeño Amador en su día, ¿sabes?

—Eso es lo único que me sigue atando a él. Todo lo hago por mi niño.

—Te equivocas, *ma chérie*. Quedándote a su lado, al primero que perjudicas es a tu hijo. Por eso creo que lo mejor que puedes hacer ahora mismo es desaparecer unos días.

La sonrisa de Rosario se borró de un plumazo.

—¿Y dejar a mi chiquitín a solas con esa bestia? ¡No puedo hacer eso!

—Serán solo unos días... —insistió Marie, tratando de calmarla.

—No puedo hacer eso...

—Claro que puedes, te vamos a ayudar.

—¡Me lo va a matar! —gritó Rosario, a la que el llanto empezaba a abordar—. Le dará un *avenate*[32] y se lo llevará por delante.

—No lo hará.

—¡Tú no conoces al *cerote*[33] de mi marido! —volvió a gritar.

—Es cierto, no le conozco. Pero he conocido a muchos «Amadores que no aman». Créeme cuando te digo que la que le importa eres tú. Él sabe que no vas a abandonar a tu hijo, que volverás a por él. Y eso es todo cuanto quiere, que vuelvas.

Rosario la miraba con los ojos muy abiertos, parecía que se iban a salir de sus cuencas. Eran unos ojos que en algún momento fueron bonitos y le habían dado una mirada intensa y profunda, acentuando sus raíces cordobesas. Una mirada consumida golpe a golpe. Sus ojos ahora solo denotaban cansancio, un terrible y largo cansancio vital; enrojecidos, rodeados por unas profundas ojeras y unas bolsas que confesaban que hacía tiempo que el llanto no cesaba en su

---

[32] En Córdoba, un ataque de locura.
[33] En Córdoba, tosco o rudo.

dueña. Unos ojos tan exhaustos que aquel día ya no tenían fuerzas ni para soltar la enésima lágrima.

Tenía una necesidad tan imperiosa de que todo aquello terminase que accedió por lo menos a escuchar lo que Marie le proponía. Tardó un buen rato en explicarle su plan.

—Pero ¿acaso *t'has* vuelto loca? —le recriminó Rosario, que no daba crédito.

—Todos estamos un poco locos, si quieres que te diga la verdad...

—¿Has olvidado que soy policía nacional? —dijo con pundonor.

—En absoluto, eso facilita las cosas. Eres una mujer de bien.

—¡No puedo perder mi trabajo! No, si quiero huir de mi casa con mi niño.

Lo dijo mientras se tocaba el cuello. Marie advirtió unas marcas provocadas por golpes recientes.

—¿Te duele?

—Ya casi no. Es de ayer, cuando le dije que se había acabado para siempre. —Rosario se echó las manos a la boca. Como si hubiera contado un secreto cuya revelación está prohibida. Marie no dijo nada—. Lo encontré con otra, ¿sabe?

Rosario pensó en todas las cosas que quería decir sobre Manoli, pero sentía tanta rabia y tanta vergüenza por no haberse dado cuenta de que aquello sucedía delante de sus narices, que prefirió no dar detalles.

—¿Y es verdad? —preguntó Marie.

—¿Que me puso los cuernos?

—No, que vas a dejarlo.

—Sí. No hay marcha atrás. Se ha acabado para siempre.

—Es exactamente lo que trato de conseguir, que se acabe para siempre. Y para eso, como te he explicado, lo único que tienes que hacer es desaparecer unos días.

—¿Y dónde me voy? No puedo irme a un hotel, es el primer lugar en el que me buscarán. Y no tengo familia en Madrid; aquí tan solo tengo a una cuñada que es una rata.

—Pero tu marido va a desaparecer de tu vida muy pronto...

—Tienes razón. ¡Tengo a dos ratas de alcantarilla! A mi marido y a mi cuñada Manoli; esa me colgaría del primer olivo que encontrase, como a un pobre galgo. Así que no tengo a nadie que pueda esconderme.

—Pero yo sí puedo. Nosotras podemos.

—La policía va a contactar con vosotras enseguida, si de algo sé es de investigaciones. —De pronto, Rosario sonó empoderada—. Van a comprobar mis correos, mis contactos y, cuando vean que he estado en esta consulta, vendrán a interrogaros.

—A mí no. Interrogarán a Ana, porque oficialmente ella es tu terapeuta. Y el correo está enviado desde su cuenta.

Rosario se preguntó por qué Marie sabía que Ana y ella se habían intercambiado correos. Le generaba desconfianza comprobar que Marie lo tenía todo bien atado y que mostrase tanto interés. ¿Por qué aquella chica tenía tantas ganas de ayudarla? Estaba tan poco acostumbrada a recibir ayuda en la vida que aquello era completamente nuevo. Pero que necesitaba ayuda era una realidad. La sensación de sentirse amparada era muy reconfortante y Marie parecía tan segura de poder solucionar sus problemas que decidió aparcar las sospechas.

—Tengo una amiga que puede cobijarte estos días. Es una señora encantadora que va a prestarte su casa.

—No sé, no me fío... Cuanta más gente esté metida, más peligroso puede ser todo...

Rosario no se fiaba ni siquiera de aquella rubia tan segura de sí misma, como para meter a otra señora en el ajo.

—No tendrás que verla. Ella solo pone la logística, tendrás el piso para ti sola. Además, está de nuestra parte. —Marie le guiñó un ojo a Rosario. Esta no acabó de entender bien a qué se refería; estaba abrumada por todo aquello, se sentía realmente extenuada. Y los temores sobre su hijo continuaban martilleándole con fuerza.

—¿Estás segura de que no le hará daño? —preguntó Rosario, que seguía temiendo las represalias de Amador sobre su hijo.

Marie escuchó unos ruidos al otro lado del gabinete. La cita se había alargado más de lo previsto y Ana ya estaba por allí con alguno de sus pacientes. Tenía que despachar a Rosario y debía hacerlo rápido si no quería que se encontrasen.

—Por favor, confía en mí. —Marie cogió a Rosario de las manos—. Como te he dicho, yo también fui una niña como tu pequeño Amador. Y aquí sigo, ¿no?

Rosario sabía que todo aquello era arriesgado, pero también sabía que su marido no la dejaría marchar por las buenas. Una simple denuncia no iba a cambiar nada. Cerró los ojos y sintió el peso de todos los años que llevaba a sus espaldas soportando, aguantando. Sintió que era hora de ponerle fin de una vez por todas.

—De acuerdo. Haré todo lo que me digas.

Lo que Marie no le había dicho era que, en efecto, ella seguía viva. Pero sus padres no.

55
Causas naturales

Presión arterial baja. Pulso rápido pero débil. Vértigo. Cianosis o labios azulados. Temblores, agitación, ansiedad. Escalofríos. Colgué el teléfono después de hablar con Gaona en estado de *shock:* mi madre podía ser la culpable de lo sucedido, el origen de todo.

La idea se me presentaba tan marciana como plausible. Pero había tantas dudas que resolver... ¿Qué relación tenía con Rosario? ¿Por qué Dolors Armengol? ¿Era de todo eso de lo que había huido? Y la que más me dolía: ¿por qué había decidido involucrarme?

Lo único que parecía tener sentido hasta el momento era la premisa que me había lanzado Rosario: «Mira en casa». Estaba segura de que en el gabinete encontraría las respuestas que tanto necesitaba, las armas necesarias para librar la batalla. O, por lo menos, el germen que había desencadenado la contienda.

Cuando salí a la calle, había empezado a oscurecer y faltaba poco más de una hora para que, a pesar de ser la hora del té, fuera noche cerrada. El frío se colaba en cada poro de mi piel. Tenía que darme prisa, mi cuerpo estaba a punto de desfallecer.

La consulta parecía un lugar diferente a esas horas. Invadida por la calma, se presentaba como un pequeño templo de paz, aislado y ajeno a la guerra que se estaba librando fuera.

Mi madre siempre había sido una mujer ordenada y rigurosa, así que estaba convencida de que conservaría todas sus observaciones y apuntes, por irrelevantes que fuesen. Lo revisé todo; libros, archivos, cuadernos, notas, carpetas, documentos, incluso recibos. Y entonces se confirmaron mis peores presagios: di con el historial de visitas de Dolors Armengol Ferrer. Sí, mi madre era la terapeuta que le había pasado consulta todos aquellos años.

Comencé a leer los resúmenes de las sesiones que había pasado con mi madre desde que la familia se había instalado en Madrid. No aprecié nada extraño o significativo. En una primera etapa, el tratamiento se centró en su infancia, en sus orígenes y en sus padres. Concretamente en su madre, Catalina, con la que mantuvo un vínculo altamente tóxico. Y con la que parecía haberse producido una reversión de papeles donde Dolors, incluso de pequeña, era la cuidadora, la vigilante, la protectora de una madre con adicciones. Dolors había sido madre de su propia madre. Trabajaron también el sentimiento de culpa que albergaba Dolors desde que aquella murió de sobredosis y su autocondena por no haber sido capaz de evitarlo.

La segunda etapa de su terapia se centró más en los problemas concretos de la vida presente de Dolors. Y en ella, claramente, la clave de todo era el daño; el que ejercía sobre ella su marido y el que ella ejercía sobre su hijo. Parecía claro que mi madre había centrado sus esfuerzos en liberarla de ambos.

La terapia avanzaba bien respecto a su vida conyugal —Dolors se separó de su marido después de veintiséis años de dolorosa convivencia—, no así en lo que se refería a su trastorno para con el hijo. Según las notas, mi madre tenía serias dificultades para discernir entre lo que eran invenciones y síntomas falsos o provocados para que el niño estuviera enfermo y lo que era la evolución física real del mismo. Un crío que parecía, en cualquier caso, empeorar a un ritmo preocupante. El diagnóstico de síndrome de Münchhausen por poderes se manifestaba evidente para mi madre.

Continué leyendo los diarios de sus sesiones, hasta que estos acabaron de forma abrupta. No parecía que mi madre le hubiera dado el alta, sino, más bien, que Dolors no volvió a acudir a las citas. Lo último que aparecía era un esquema de lo que pretendía ser la siguiente sesión (esa que nunca llegó y que tanto bien hubiera hecho) y el siguiente apunte: «Centro de salud mental La Milagrosa».

Después de eso, nada más. Nada de nada.

Me sentí terriblemente decepcionada, esperaba encontrar algún dato incontestable y definitivo que diera respuesta a todas mis dudas, pero no había sido así. ¿Era posible que mi madre hubiese ocultado cualquier detalle o prueba que pudiera implicarla?

Me fijé de nuevo en la ficha de Armengol y reparé en su foto. No es habitual que los terapeutas pidan fotografías a sus pacientes, pero las terapias de mi madre tampoco eran convencionales; ella daba un paso más y tenía por costumbre fotografiar a sus pacientes con su vieja polaroid el primer día que acudían a verla. Concluida la sesión, pasaba horas observando la foto, junto a sus notas, y aseguraba que extraía muchos datos relevantes de ella. A medida que la terapia avanzaba, los retrataba de nuevo y analizaba su evolución. Las charlas en consulta eran fundamentales, pero el paralenguaje de aquellas instantáneas también.

Observé la de Armengol con minuciosidad y detalle. Traté de leer en ella, como lo hacía mi madre, todas las microexpresiones. Me fijé en sus incipientes arrugas, en su maquillaje, en su peinado. La versión con la que se mostraba al mundo estaba muy producida. ¡Y entonces me di cuenta! Por fin entendía qué era lo que ensordecía mi cabeza. Aquella era la señora de las perlas; la mujer cargada de urgencia con la que me había topado en la consulta días antes. Lo recordé porque yo también iba con prisa, llegaba tarde a Aranjuez; era mi segundo día en la consulta y había discutido con Marie. Entonces aquella elegante señora salía de visitar a Marie, pero... ¿por qué?

La culpa me azotó sin remedio, ¡cómo no me di cuenta antes! Me fastidiaba comprobar que Gaona tenía razón y que si hubiera acudido a la comisaría cuando me llamó la habría reconocido y quizá hubiéramos podido evitar la muerte de Amador.

Pero a Marie sí que le habían mostrado su foto y le preguntaron por ella. Y afirmó no conocerla de nada... ¿Por qué mintió a la policía?

De un salto me planté en el despacho de Marie. La habitación estaba embriagada de su perfume y me pareció sentir su presencia, como si su aliento se clavase en mi nuca. Era poco probable que ella apareciera por allí en sábado, pero estaba alerta. Tenía miedo.

Comencé a escudriñar su despacho con la misma minuciosidad que el de mi madre: examinando hasta el último rincón. Lo primero fueron las estanterías, allí los libros estaban ordenados por colores, editoriales, series... Había tantas formas de clasificación que eran dignas de un genio o de un preocupante trastorno obsesivo compulsivo.

Después vinieron los cajones del escritorio. Rebusqué entre el material de oficina y algunos enseres personales carentes de interés; un neceser, una funda de gafas, una pinza para el pelo, algo de maquillaje. Iba a cerrar el último cajón cuando, al fondo, encontré algo que sí llamó mi atención. Eran unos saquitos de lo que me parecieron distintas variedades de té, dosificadas y clasificadas en pequeños paquetes. Olían mal. Las hojas secas estaban mucho más molidas que de costumbre, eran casi polvo. No conocía aquellas hierbas: *Cortinarius orellanus, Gyromitra esculenta, Galerina marginata*. Pero, a decir verdad, no conocía prácticamente nada de lo que consumía Marie en su día a día; con los años, se había convertido en una talibana de la comida vegana y tomaba hierbajos de todo tipo. Pensé en hacerme una infusión, tenía frío y mi cuerpo protestaba pidiendo descanso, pero no había tiempo para brebajes. Continué con mi registro.

El ordenador estaba apagado y no podía pararme a adivinar contraseñas, así que solo me quedaba el archivador. La búsqueda analógica y rudimentaria se ralentizaba tratando de filtrar entre cientos de papeles y carpetas. Busqué y rebusqué cuanto pude, pero no había rastro de Dolors Armengol. Si esa mujer había estado alguna vez en aquella consulta, no había registro alguno de sus visitas.

Pero entre los pacientes de Marie me sorprendió comprobar que en uno de los cajones todos los casos seguían un mismo patrón. Mejor dicho, todas: se trataba de mujeres víctimas de violencia a manos de sus parejas. Algunas habían sido pacientes de mi madre previamente y transferidas luego a Marie. Continué leyendo y observé otro denominador común: la terapia finalizaba cuando el marido de estas fallecía. Al menos en veintiséis casos. ¿Era posible tan siniestra casualidad?

Apunté en una hoja los nombres de aquellas mujeres. Luego, en el móvil, las busqué en internet. No todas aparecían, pero sí encontré las suficientes en las noticias de sucesos locales y en esquelas de algunos digitales como para confirmar que, aunque los detalles de cada caso eran diversos, siempre había uno que se repetía: el marido había fallecido por causas naturales, y la mayoría no tenía patologías previas.

Jesús Montoya, marido de Almudena Llanos, hallado muerto en su puesto de trabajo, una garita de un aparcamiento, por un fallo hepático fulminante. Iván Mansilla, marido de Patricia Linares, fallecido a causa de una insuficiencia renal aguda tras dos semanas hospitalizado. Eduardo Cardozo, muerto por síndrome hepatorrenal. Ignacio Godoy, fallo multiorgánico severo. Y así todos.

Traté de buscar alguna conexión en los nombres de aquellas pacientes, pero no me sonaban de nada, ni tampoco los de sus maridos, hasta que llegué a ella: Rosario Jiménez. Según aquel informe, había pasado consulta con Marie el viernes 2 de febrero. Ese era el día que había desaparecido. ¡Y yo creí haberla visto salir de su despacho! Al menos, aquello no había sido una alucinación. Pero ¿por qué había acudido a ella y no a mí?

Y cuando pensaba que no podían existir más coincidencias, otro nombre me dejó bloqueada. Catalina Ferrer. ¿Conocía a Catalina Ferrer? Estaba casi convencida de que no, pero aquel nombre me martilleaba con fuerza, como si quisiera decirme algo. Su marido había muerto también, pero de un cáncer de pulmón y cuando llevaban años separados. Se trataba de una mujer con tendencias tóxicas dañinas, aparentemente heredadas de su madre y con una peligrosa relación con su hijo. Parecía verle siempre enfermo, o más bien necesitaba verlo así. Las alarmas comenzaron a encenderse hasta que se activaron por completo al leer, en una de sus sesiones, que confesaba haberle proporcionado unas pequeñas dosis de cortinario de montaña. ¡Era Dolors Armengol!

Leí todas sus sesiones y, efectivamente, no había duda de que era ella. Ahora se hacía llamar Catalina. Recordé el diario de las sesiones con mi madre de Dolors Armengol Ferrer en el que hablaba de su madre, Catalina. No es que Dolors Armengol hubiese desaparecido de la faz de la tierra, es que había adoptado la identidad de su madre.

Mi corazón iba sobrerrevolucionado, todo aquello era demasiado, pensé que la cabeza me iba a explotar. No podía creer que tras la perfecta Marie se escondiese una mujer macabra, despiadada y sanguinaria, que parecía haberse tomado la justicia por su mano.

No, no tenía sentido, esa idea era tan absurda que necesitaba confirmar que se trataba de un error. Pero seguí buscando los nombres de aquellas mujeres, junto con los nombres de sus maridos, y el patrón no dejaba de repetirse: muerte por causas naturales en extrañas circunstancias; hombres de todas las edades —en algunos casos jóvenes—, sin patologías previas, sin problemas de salud, sin antecedentes médicos complicados... Hombres cuyos sistemas, *a priori*, no debían fallar.

Proseguí con la lista hasta que llegué a Rosalinda Ochoa. Nada me llamó la atención en ella, hasta que leí el nombre de su marido: Fausto Mendoza. De nuevo, ¿de qué me sonaba? Mis nervios ya no podían soportar más incertidumbre, así que lo busqué en internet. Esta vez una avalancha de artículos e información cayó sobre mí. Aquel hombre era conocido a nivel internacional, y no precisamente por sus obras de caridad. Y yo sabía de quién se trataba. Lo que ignoraba era que, al parecer, había fallecido no hacía mucho en prisión, y se desconocían las causas.

Cogí el teléfono. Sonó un tono, dos y, por fin, alguien contestó al otro lado:

—Imaginaba que no tardarías mucho en contactar conmigo —respondió.

—João, necesito tu ayuda.

56
Agripina y Locusta

Lunes, 5 de febrero de 2018
Residencia de lujo para mayores Schmidt (Serrano, 187)

Dijiste que sucedería pronto, pero no pensé que sería tan precipitado.

—Yo tampoco lo pensé. De hecho, en mis planes no estaba que el niño muriese. Ahora existen más razones que nunca y no hay marcha atrás. Por eso debemos darnos prisa —afirmó Marie.

—Entiendo.

—¿Lo tienes preparado?

—Por supuesto. Aquí lo tienes.

La mujer puso sobre la mesa tres sobrasadas de bufeta redondas y enormes, cuatro longanizas, cinco butifarrones y otros tantos *camallots*[34]. Al oler las primeras notas de aque-

---

[34] Embutido tradicional de Baleares. Se elabora con carne sanguinosa (carne magra picada de cerdo negro de Mallorca) aderezada con sal, pimienta negra, anís y pimiento.

llos embutidos apretados, Marie quiso potar. Aquel tufo a fiambre le recordaba las matanzas a las que la había llevado su padre, de pequeña, en Mallorca y las náuseas volvían a ella como entonces. Quizá aquel había sido el germen de su aversión a la carne. Quizá fue también el origen de su desprecio a tantas otras cosas.

Dolors, sin embargo, guardaba preciosos recuerdos de su padre, micólogo de formación y guarda forestal de profesión, con el que había recorrido las sierras y los parajes naturales de toda la isla desde que era una niña. Una isla con abundancia y diversidad de especies de setas, con ciento ochenta variedades tóxicas y mortales. Fue su padre quien le enseñó que con las setas el mayor peligro es la ignorancia. Pero Dolors las conocía tan bien, que había traspasado ese conocimiento a su pequeño hijo. Solo que de otra manera: en el plato.

—Es repugnante —espetó Marie—. ¿De verdad era necesario?

—Absolutamente necesario —afirmó acariciando su collar de perlas—. Y ya puedes darle las gracias a Industrias Cárnicas Armengol, que siguen haciendo el mejor producto de las islas... aunque yo ya no vea ni un duro del imperio que levanté con tanto sudor. Gracias a este género divino, una anciana de bien, como *moi*, puede hacer un puente aéreo Palma-Madrid sin preguntas, sin registros y sin sospechas.

—Ya, pero ¿servirán igual así? —preguntó Marie mirando el género divino.

—Por supuesto que sí. Su toxicidad no se reduce por la cocción, la refrigeración o el secado. Así que estos polvos mágicos son, simplemente, perfectos —dijo Armengol, que desmenuzó un trozo de sobrasada y sacó una pequeña bolita—. Es indetectable para cualquier escáner y para los perros. Parece parte del embutido. Está mal que yo lo diga, pero... ¡es una genialidad!

—Sí, pero ahora tendré que deshacerlas una a una.

—¿Preferirías haberlas cogido en la sierra de Madrid?

Marie negó con la cabeza.

—¡Ya te digo que hubieras tardado meses! Tienes suerte de que la de Tramuntana me la conozco como la palma de mi mano. ¡Aunque me he tenido que pasear por media isla! Artá, Sóller, Sineu, Pina y Felanitx. —Sacó todo lo que llevaba en el bolso—. Pero aquí la tienes: te presento a mi buena amiga, la *Amanita phalloides* —dijo haciendo una pequeña reverencia.

—No me gustan los cambios.

—A veces hay que salir de la zona de confort.

—No es confort, es eficacia. Siempre hemos trabajado con el cortinario, ya que la orellanina es la más eficaz de las micotoxinas. Su nefrotoxicidad, sin rastro pero letal, es nuestra mejor aliada. No podemos correr riesgos con sucedáneos...

—Escucha lo que te digo, niña, a esta la llaman la «cicuta verde» —dijo Armengol cogiendo uno de los paquetitos que había extraído Marie—. Aunque a mí me gusta llamarla la «justiciera de los emperadores». Entre sus víctimas más ilustres están Carlos VI de Habsburgo, emperador de Alemania, y el gran Claudio, cuarto emperador romano. Confía en mí, tienes entre tus manos un enorme y peligroso poder.

Marie miraba aquel montón de carne cruda sin terminar de convencerse de que dentro se encontraba la solución a sus problemas, escondida en pequeñas dosis cuidadosamente empaquetadas. El proceso antes era más sencillo, y todas esas nuevas complicaciones le producían una incipiente ansiedad que tampoco estaba en los planes.

—Dije que sería la última vez, que no puedo correr más riesgos, pero reconozco que me alegra que volvamos a ser Agripina y Locusta.

—¿Quiénes? —preguntó Marie.

—¡Hay que leer, niña! —se quejó la mujer, que procedió a la instrucción—. Agripina era la sobrina y, a la vez, la esposa del emperador Claudio. Era una mujer ambiciosa que pretendía manejar a su antojo el destino de la Antigua Roma. Pero no solo eso, ansiaba coronar emperador a su hijo Nerón. Para conseguir su propósito liberó a la esclava Locusta, considerada una de las primeras asesinas en serie de la historia, una asesina silenciosa al servicio de un gobierno, un auténtico instrumento del Estado que mató a más de cuatrocientas personas. ¡Y muchas de ellas por placer! Su primer encargo fue sencillo y consiguió matar al emperador Claudio, devoto de las setas, que murió sin saber que le habían servido un delicioso plato de *Amanita phalloides*. Cuando quiso pedir una jarra de vino ya había comenzado a asfixiarse, y le siguió una larga y lenta agonía de vómitos, diarrea y otros males que acabaron con él.

Dolors parecía tan orgullosa de conocer esa historia como lo estaba de la protagonista de la misma. Marie, sin embargo, detestaba lo dada que era aquella señora de enormes perlas a las anécdotas y la cháchara. Estaba nerviosa, inquieta, y sabía que no había tiempo para batallitas. Además, temía que alguien la viese allí y pudiera relacionarla después.

—¿Y será suficiente? —preguntó cortando el relato.

A Dolors no le gustó la interrupción.

—A ver si lo comprendes de una vez. Con esta de aquí —dijo señalando los embutidos—, le va a pegar un arreón al sistema hepático tremendo; que se preparen sus riñones y su hígado porque se van a quedar fuera de juego. Y si no, que se lo pregunten a Claudio...

—Ya, pero ¿será suficiente? —insistió Marie.

—Eso dependerá de lo bien que prepares el postre, porque no tendrás a tu Locusta cerca.

La mirada reprobatoria de Marie hizo entender a la mujer que ya no había lugar para más fábulas. No así para las bromas. Dolors parecía estar desenfrenada.

—Pero en caso de que el tipo sea más de salado, estoy segura de que a esto sí que no podrá resistirse —dijo tocándole la cacha a Marie—. ¡Seguro que él no es *vegetabobo* como tú y no podrá decir que no a estos jamones! Si eso sucede, ya sabes cuál es el plan B. Llévalo en el bolsillo, siempre a mano, y mejor mezclarlo con líquidos grasos. La leche es perfecta.

—Me refiero a las dosis —preguntó Marie, que seguía con el objetivo claro—. ¿Será suficiente?

—Para que resulte efectiva te recomiendo de diez a doce miligramos por kilo de masa corporal. Para que sea contundente pon quince. Si quieres un tiro certero, treinta miligramos de esta seta fresca son mortales para cualquier adulto. Y estas no pueden estar más frescas. ¿Conoces al objetivo?

—Tengo entendido que es grande.

—Pues entonces ve con toda la munición. Y tendrás que esperar. Puede que tarde.

—No termino de estar segura, siempre hemos trabajado con la otra... No me gustan los cambios —dijo Marie, volviendo a poner sobre la mesa sus dudas.

—Me estás tocando las narices. ¿Sabes lo que he arriesgado por ti?

—Lo sé, lo sé. Es solo que estoy nerviosa.

—Te dije que cada vez cuesta más encontrar el cortinario en Madrid, y más en invierno. Confía en mí. Esta princesita balear es la seta más peligrosa, es la causante de más del noventa por ciento de los envenenamientos mortales.

—¿De cuánto tiempo estamos hablando? Tengo entendido que es a partir de las seis horas.

—Eso en el mejor de los casos —afirmó Dolors—. Para obtener el resultado deseado, a veces son necesarias cuarenta horas.

—¿Cuarenta horas? —exclamó Marie, preocupada.

—No suelen ser más de treinta y seis. Pero, de nuevo, depende del peso del individuo y de la ingesta.

—Sabes que no dispongo de mucho tiempo.

—Lo sé. Y por eso no nos valía cualquiera. *I per això t'he duit es millor producte de sa terra*[35] —dijo con una sonrisa cómplice. Marie sintió unas espantosas y asfixiantes náu-

---

[35] «Y por eso te he traído el mejor producto de la tierra».

seas al escuchar el mallorquín; le devolvía a la infancia que tanto se había esforzado en olvidar—. Confía.

—De acuerdo, confiaré.

—Gracias —dijo Dolors, orgullosa de haber conseguido convencerla.

—Gracias a ti. He de irme, hace mucho que no preparo *macarons* y tengo que buscar la receta de mi madre.

Marie cogió sus cosas para irse, absorta en todo lo que tenía que hacer. Sabía que sería un movimiento peligroso, pero también que ya no había marcha atrás.

—Nena, nena —dijo Dolors cogiéndola por el brazo—. ¡Una última cosa! Antes de que te vayas, hay algo importante que debes recordar.

—Sí, sí, ya lo sé —se adelantó Marie—. Que hicimos un trato y que esta es la última vez que me ayudas.

—No, no es eso. Por muy ricos que te salgan esos dulces franceses que vas a preparar, es importante que, pase lo que pase, no los pruebes. No quisiera que te convirtieses en otra emperatriz caída.

57
El verdugo estaba en casa

Mi cuerpo estaba al borde del colapso. Sentía que si moría, dirían que mi muerte había sido como la de aquellos hombres, una muerte natural, provocada por un fallo multiorgánico y por todos los disgustos que me estaba llevando. Bueno, y por la gripe de mierda que me azotaba sin descanso.

—Tú siempre puedes contar con mi ayuda —dijo João al otro lado del teléfono.

—El otro día nos sumergimos tanto en el caso «Pizarrín» que no me contaste de qué conocías a Marie.

—He coincidido con ella en varias ocasiones. Se presentó voluntaria para ayudarnos en el documental.

—¿Para hacer qué?

—Para dar apoyo a las mujeres a las que entrevistamos —aseguró el portugués—. La verdad es que al principio me pareció muy profesional, sabía cómo acercarse a esas mujeres, con un respeto, una empatía y una dignidad que nosotros no éramos capaces. Pero, a medida que el documental avanzaba, tuve la sensación de que algo que parecía altruista y vocacional se había convertido en una oportunidad de negocio.

—¿A qué te refieres? —pregunté.

—Marie siempre le pedía el contacto a esas mujeres. Tiempo después supimos que le hacía terapia a algunas de ellas y a sus hijos. No lo vi mal, porque esas mujeres necesitaban ayuda. —João hizo una pausa, como si no le gustase hacer aquel juicio—. Quizá, solo quizá, me parece un tanto reprobable desde el punto de vista ético. Como esos abogados que van a los hospitales a ofrecer sus servicios cuando alguien ha tenido un accidente laboral.

—¿Y cómo disteis con ella?

—Fue ella la que nos localizó. Se enteró de que hacíamos un documental en el que tratábamos la violencia contra las mujeres y se ofreció a ayudarnos como experta. Como el tema era tan peliagudo y el equipo estaba formado íntegramente por hombres, nos pareció que el asesoramiento profesional era fundamental y que era imprescindible contar con la mirada de una mujer.

—Ojalá solo hubiera sido una oportunidad de negocio...

—¿Por qué dices eso, Ana? ¿Qué es lo que pasa?

Estornudé muy fuerte, tanto que creí desmayarme del esfuerzo.

—Que lo que tenía que buscar «en casa» era al verdugo. ¡Y lo he tenido delante de mis narices todo este tiempo!

—Ana, no entiendo nada, ¡me estás asustando! Cuéntame qué sucede.

—Ahora no tengo tiempo para explicártelo todo, pero creo que voy a resolver algo muy gordo. Aunque antes necesito que me respondas a una cosa: ¿cómo murió Mendoza?

—¿Quién?

—Fausto Mendoza, «la Bestia». He leído que murió en la cárcel. ¿Cómo murió?

—Pero, Ana, ¿a qué viene todo esto?

—Has dicho que querías ayudarme, ¿no? ¡Por favor! —supliqué apurada.

—Pues, no sé, por lo visto tenía muchos achaques. La verdad, no creo que eso sea lo relevante de ese tipo...

—¿De cuál de esos achaques murió?

—Del de viejo, supongo —dijo con sorna.

—¡João!

—Vale, vale. Espera, el médico de prisión me mandó un informe con las causas de la muerte... Creo que lo tengo guardado en algún lugar. —Se oía cómo removía papeles y había cajones que se abrían y se cerraban con prisa—. Sí, aquí lo tengo: muerte súbita por enfermedad renal crónica avanzada.

De pronto escuché la cerradura de la puerta de la calle, alguien estaba entrando en el gabinete.

—João, tengo que dejarte, está aquí —susurré.

—¿Cómo que «está aquí»? ¿Quién? —preguntó él, alarmado.

—No hay tiempo. João, tienes que hacerme un favor. Llama a la comisaría de Leganitos, localiza al subinspector

Gaona. Dile que sé cómo encontrar a Armengol, que busque a Catalina Ferrer.

—¿Armengol? ¿Ferrer? Ana...

—Dile que es el nombre que utiliza ahora Dolors Armengol, él lo entenderá.

—Pero Ana...

Los pasos estaban cada vez más cerca.

—Hazlo, por favor. Él sabrá qué hacer —musité lo más bajo que pude.

Colgué el teléfono, apagué la luz y me escondí bajo la mesa. Al otro lado, alguien giraba el picaporte de la puerta.

58
Hibristofilia

Lunes, 27 de agosto de 2007
Jardín de la Isla, Aranjuez (Madrid)

No puedes hacerme esto, Casilda. ¡La cárcel es mi vida!

—Ana, lo siento de corazón, pero no puedes ejercer. Tu problema es serio y...

Casilda vio que las lágrimas brotaban de mis ojos sin control, sin consuelo. Trató de no ser dura, pero sabía que debía ser asertiva y tajante porque, de lo contrario, yo conseguiría persuadirla. De hecho, había llegado a confesarme que a veces le asustaba mi capacidad para convencer a la gente. Que temía que pudiera convencerla incluso a ella de cualquier cosa y que por eso evitaba debatir conmigo algunos temas, puesto que sabía que jugaba en desventaja. Aunque también me dijo que lo veía como un don, como algo bueno; yo persuadía desde el cariño, desde la empatía (alguna vez también desde una insistencia que noqueaba al rival por agotamiento). Pero, en general, lo percibía como una virtud. Por eso en esta ocasión se aseguró de no dudar en lo que me decía y mantenerse firme.

—Tu problema es incompatible con nuestro trabajo.

Yo no podía creer lo que escuchaba. Era consciente de que algunas de mis aficiones no eran precisamente comunes, pero me gustaba no ser como la mayoría. Y sí, lo de Samuel había sido una locura y era cierto que perdí el control ante el apuñalamiento de Kevin, pero no me parecía tan grave como para tener que abandonar.

—Puedo cambiar. ¡Puedo cambiar, Casilda! —dije entre llantos.

—No puedes.

—¡Claro que puedo! Si ellos se reforman, ¿por qué no iba a lograrlo yo, que no he matado a nadie? ¿Qué pasa, que de repente me he convertido en una mierda de persona? ¿En un despojo de la sociedad, cuyo camino se ha desviado tanto que ya es imposible...?

—¡Claro que podrás, Ana! —me interrumpió—. No he querido decir eso.

—Has querido decir exactamente lo que has dicho.

—Entiéndeme. Podrás plantar cara a los problemas a los que te enfrentas y estoy convencida de que los superarás.

—¿Entonces?

—Pero deberás hacerlo fuera. —Sus brazos se abrieron para acogerme—. Lo siento, Ana, no puedes seguir ejerciendo como psicóloga.

Lloré, lloré y lloré. Lloré a gritos. Lloré a patadas. Lloré por tantas cosas, tantos momentos, tantas personas y tanto dolor que las palabras eran incapaces de brotar y tan solo había cabida para el desconsuelo. Pasaron los minutos. No sabría decir cuántos, pero es posible que estuviera más de media hora llorando desconsoladamente. Después, el llanto se volvió más sereno, más soportable. Aunque el dolor resultaba asfixiante.

Casilda permitió que desenterrase todos aquellos fantasmas, todo aquel sufrimiento que arrastraba desde hacía tiempo; permitió que me vaciase porque sabía que aquella pequeña tortura iba a ser tremendamente terapéutica. Y me respondió, en silencio, con su envoltura robusta. Pero yo me encontraba huérfana ante mi pesar, como si solo aquel niño de la fuente, herido en el pie por una espina, pudiera comprender mi angustia.

Sentía que llovía dentro de mí, que una tempestad sacudía mi interior, dejándome al descubierto en mitad del temporal. Pero la realidad era bien distinta; el sol se reflejaba en el agua que brotaba de aquella bucólica fuente. Un joven con un violín se había instalado en un banco vecino al nuestro y había comenzado a tocar el «Canon en Re mayor» de Johann Pachelbel. Parecía que el alemán hubiera compuesto la melodía para tres violines, un bajo continuo y mi llanto, que, de pronto, estaba perfectamente acompasado con aquella música de cámara.

El violinista nos acompañó con algunas melodías más, como si supiera que cualquier aliento sería bien recibido. Sentí que volvía a ser un bebé, cuya aflicción se va calmando poco a poco entre abrazos, mimos y nanas. Los sollozos se fueron convirtiendo en gimoteos hasta que me di cuenta de que ya no me quedaban lágrimas. Había agotado mi lamento.

Respiré hondo. Me aterrorizaba la pregunta que estaba a punto de formular.

—Casilda, ¿qué es lo que me pasa?

Ella también parecía estar temiendo aquel momento, porque cogió aire antes de contestar.

—Ya sabes que las parafilias son patrones del comportamiento de algunas personas, en las que la fuente predominante del placer sexual no se encuentra en la relación sexual como tal, sino en alguna otra actividad u objeto que...

—Casilda, no —la corté—. No. Soy yo, conozco la teoría. No quiero paños calientes ni que me adornes las cosas. Concédeme por lo menos eso.

—De acuerdo. —Volvió a coger aire antes de soltar su dictamen—. Sufres hibristofilia.

Cada una de las letras de aquella palabra resonaron en el violín que oía a nuestro lado. Conocía bien aquel trastorno; sabía perfectamente de qué se trataba y el perfil de personas que acostumbran a padecerlo, pero aun así la dejé que hablase. Mis ganas de réplica se habían desvanecido.

—Siempre percibimos en ti, desde pequeña, cierta tendencia al sadismo. Nos preocupaba que permanecieras impasible ante el conocimiento de crímenes o sucesos terribles y macabros. Algo que empezó siendo una anécdota pero que, cuando creciste y apareció en ti el deseo sexual, se convirtió en una especie de fetiche. Un fetiche que fuiste alimentando no solo a través de las películas o la ficción, Ana, sino a través del estudio cercano de determinados perfiles de personas. De hombres. De criminales. Algo que la psicología te puso en bandeja y yo también al aceptarte en prisión.

—¿El qué?

—Desarrollar por completo tu hibristofilia.

—¿Ese es tu diagnóstico? —dije indignada—. ¿Me vas a endosar el síndrome de Bonnie y Clyde[36] solo porque me gustan los tipos duros?

—La hibristofilia es una parafilia que provoca, en las personas que la padecen, que la excitación sexual y la obtención del orgasmo solo se consigan manteniendo una relación con criminales o individuos que han cometido algún tipo de delito como robos, violaciones, asesinatos o cualquier atrocidad, preferiblemente con violencia.

Aparté la mirada, indignada no solo por la clase de psicología barata sino por la acusación.

—¿De verdad no te sientes identificada? —preguntó Casilda—. Esa necesidad de relacionarse con hombres peligrosos o propensos a dañar a los demás. Verlos de un modo incluso romántico, a pesar de sus actos. Esa incontenible atracción hacia las personas peligrosas y cuanto más peligrosas, mejor. La peligrosidad como un rasgo de la personalidad imprescindible. Sabiendo que eso aumenta las posibilidades de que la cosa salga mal; es más, casi eligiendo que la cosa salga mal, que llegue incluso al maltrato psicológico y físico.

Estaba haciendo un retrato de mi vida amorosa y sexual desde que tenía conciencia. Incluidas mis fantasías. La vergüenza se sentó con nosotras a disfrutar también de la melodía del violín.

---

[36] En la cultura popular, otra forma de nombrar la hibristofilia, como guiño a la mítica pareja de ladrones americanos.

—¿Y por qué me pasa esto? —pregunté cabizbaja.

—Como sabes, sobre la causa hay muchas teorías... Hay quien considera que algunas mujeres se vuelven fans o *groupies* de los criminales. Otras desarrollan el deseo de cambiar a esos hombres «malos». Las hay que son capaces de ver en esos hombres perversos al niño que un día fueron y sienten la necesidad de cuidarlos. También están las mujeres que se sienten atraídas por el perfil de macho alfa porque supuestamente son buenos protegiendo a las mujeres y sus descendientes, como se ha visto en nuestra historia evolutiva. Hay teorías que apuntan a la ausencia de una figura fuerte y de autoridad durante la juventud, y una relación de este tipo se percibe como una oportunidad de organizar bien la propia vida. Finalmente, están las que sufren celos compulsivos y piensan que, al estar en prisión, el control de esas parejas será total y crean la fantasía de una relación ideal. Las teorías son muchas, pero el patrón coincide: machos viriles y atractivos, con capacidad para someter a los demás por medio de la fuerza, a los que ellas creen que serán capaces de cambiar y redimir con su amor. Y no creas, que entiendo el origen, ¿eh? —afirmó Casilda—. Vivimos en un sistema de autoridad y poder donde los hombres siempre se encuentran en la cima. Y donde el mito del hombre fuerte, machote, que no llora, que nos protege, caballeroso y todas esas características masculinas son vistas como algo deseable. Por desgracia para nosotras, parece que la violencia y el sometimiento de las mujeres tienen cabida en ese modelo.

Casilda se quedó satisfecha con su discurso. Agradecí que en él no hubiese hecho referencia a mi peculiar relación con el alcohol. Aun así, yo no había quedado satisfecha, no me había respondido a mi pregunta.

—No digo por qué lo hago, digo de dónde me viene a mí.

—Bueno, eso habrá que verlo con el tiempo, con terapia, con trabajo...

—¿Más terapia? —Me sentía terriblemente agotada. No quería más terapia.

—Será necesaria, sin duda.

—¿Para volver a la cárcel?

—No, para convivir con este problema de una forma sana. Sabes que no es una enfermedad, sino un trastorno y que es controlable. Pero precisamente por eso no hay un tratamiento específico. Y también es la razón por la que no podrás volver a trabajar en la prisión.

Sentí que un puñal me atravesaba el corazón.

—Lo siento mucho, Ana.

—Yo también lo siento —dije echándome las manos a la cara—. He vuelto a fallarle. Y a ti también.

—¡A mí no me has fallado! No digas eso, no has fallado a nadie.

—A mi madre sí. ¿Cómo voy a decirle que no valgo para esto? ¿Tú sabes lo que significa eso en mi familia?

—Precisamente tu familia, más que ninguna otra, entenderá que lo que te ocurre está fuera de tu control.

—¿Y qué voy a hacer ahora? —me pregunté—. ¡Tantos años formándome para nada!

—Hay muchas salidas dentro de la psicología, Ana, no todo tiene que ser la terapia con presos. Ni tampoco el tratamiento directo con pacientes...

—Otra vez a pedirles dinero, ahora que parecía que por fin iba a ser independiente... —No paraba de lamentarme en voz alta. Había entrado en bucle.

—Se me acaba de ocurrir una idea. ¿Confías en mí?

—Creo que ahora mismo solo puedo confiar en ti.

Casilda levantó el teléfono. Alguien respondió enseguida.

—¡Hola, Jacqueline! ¿Cómo estás, querida? Bien, bien, aquí con Anita, que hoy termina sus prácticas con nosotros. —Me miró y me guiñó un ojo. La palabra «termina» fue otro puñal—. Ya sabes que es una chica fantástica, la mejor de su promoción y tremendamente preparada. Y bueno, resulta que ha descubierto que esto no es lo suyo... ¿Tú crees que podrías conseguirle una entrevista en GlobalMedia?

Y ahí comenzó el principio del fin de mi sueño como psicóloga de prisiones y mi paso a los recursos humanos. Y ahí fue cuando se rompió algo dentro de mí que tardaría años en repararse. Aunque ahí fue, también, cuando me di cuenta de que tenía algo que estaba roto desde siempre.

El violinista guardó su violín con esmero y, con la misma delicadeza, cogió una rosa de la entrada a la pequeña plazoleta de tierra en la que se encontraba la fuente. Se acercó a nosotras, hizo una pequeña reverencia y me la ofreció.

—El dolor no hay que regarlo demasiado porque, como la rosa, crece —dijo—. A las penas, música y flores.

Casilda me miró. Sonreímos. Hice el amago de coger mi bolso para darle unas monedas por aquel concierto improvisado. Pero él me paró rápido.

—De ninguna manera. Me siento pagado con haberte dibujado una sonrisa.

El violinista se fue silbando la última melodía que nos había ofrecido.

Casilda cogió la flor, me la puso tras la oreja y me dijo:

—Este es un intenso. De toda la vida, ¡a las penas, alcohol! Venga, levanta, que nos vamos a brindar por tu nueva vida. Y a esta ronda invitas tú, que vas a tener un sueldazo.

59
No soy una asesina

Sábado, 10 de febrero de 2018
Gabinete de asistencia psicológica Animae (Quintana, 27)

No tengo mucho tiempo, aparecerán en cualquier momento. Va a contarlo todo, estoy segura —dijo Marie, que acababa de entrar en su despacho a toda prisa.

No esperaba que estuviese acompañada; ella sola era peligrosa, pero en un dos contra una, yo no tenía ninguna posibilidad. Yo permanecía escondida bajo aquella mesa, sintiéndome un tanto estúpida y comprobando que había visto demasiadas películas. Tiritaba de fiebre y de miedo. Fuera, ya había oscurecido por completo, pero entraba la luz de las farolas y podía ver el despacho con bastante claridad.

—Sé que no se deshizo de esos documentos —seguía diciéndole Marie a su acompañante—. Siempre fue un estorbo en mi camino, con ese concepto de la justicia y del bien. Aunque ya no será más un problema, ¡no! Claro que no lo será. Ni la otra tampoco. Pronto pasarán a mejor vida. Pero necesitaré más cortinario.

¿... Cortinarius? ¡Era una de aquellas hierbas que acababa de ver! ¡Dios mío! De repente, todo cobró sentido. Tanto como el frío que me tenía totalmente atenazada. Sentía unas ganas terribles de toser, la garganta me ardía. Me retiré los mocos que me caían por la cara como las gotas de vino por una copa de cristal, lentos pero fuertes y abundantes. Finalmente, el gripazo contra el que llevaba días batallando consiguió derrotarme y el estornudo que llamaba insistente a mi nariz vino a mí, incontrolable.

—¿Quién anda ahí? —preguntó Marie, poniéndose instintivamente en guardia—. ¡Te lo dije! ¡Nos siguen!

Pensé que era absurdo continuar escondida, iba a pillarme de todas formas y lo mejor era afrontar la situación.

—Soy yo, Ana.

Marie encendió la luz. Se acercó a mí. Aguardé, con miedo, a que entrase su acompañante.

—¿Se puede saber qué haces tú aquí? —me preguntó, muy enfadada.

Respiré al ver que estaba sola, pero me asustó pensar que llevaba un buen rato hablando con alguien. ¿Podía estar sufriendo un brote psicótico?

—Eso no importa ahora, Marie. Eres tú la que tiene que contestar a muchas preguntas. Lo sé todo.

—¿Tú qué vas a saber? ¡Tú no sabes nada! Y te aconsejo que salgas ahora mismo de aquí. Ya lo has jodido todo bastante, deja a los mayores que arreglemos las cosas. ¡Y tú deja de presionarme!

Marie estaba muy nerviosa, le temblaban las manos. Los pensamientos le asaltaban de forma caótica. Parecía ver, escuchar o sentir algo o a alguien que, claramente, no estaba allí.

—Marie, ¿qué hacía Rosario escondida en casa de Armengol?

—Necesitaba tomarse un tiempo, pensar.

—¿Mientras vosotras hacíais el trabajo sucio? —pregunté.

—No sé de qué me hablas...

—Mientras os encargabais de matar a su marido.

—Su marido murió porque su sistema estaba podrido. ¡Y ten cuidadito con lo que insinúas! —me avisó, señalándome con el dedo y con tono amenazador.

—No sé cómo ni cuándo viste a Amador Pizarro, pero demostrarán que estuviste ahí, es cuestión de horas que lo comprueben. Sabes que estás atrapada.

—Sé que yo no he hecho nada. Y que no hay nada que puedan demostrar.

—Entonces ¿mandaste a Armengol a hacerlo?

—Yo no he mandado a nadie a nada.

—Marie, ¡deja de mentir! —grité.

—Yo no tengo nada que ocultar. Es más, claro que vi a Amador Pizarro. Pero solo fui a dar apoyo psicológico a un marido afligido. Y a intentar ayudar a su mujer, a la que, por cierto, abandonaste en su peor momento. Menos mal que estaba yo allí para arreglar sus problemas.

—¿Arreglar sus problemas quitándolos de en medio?

—Mira, Ana, sé que puedo parecer Dios, yo a veces me sorprendo con mis capacidades divinas, pero ese hombre ha muerto por causas naturales. Todavía no tengo poderes ni

polvos mágicos para echarlos en una cazuela y ¡abracadabra!
—dijo emulando a una hechicera.

—El que sí tiene poderes y es mágico es el *Cortinarius
orellanus,* ¿verdad?

Marie se quedó de piedra, como si le hubiera clavado
un cuchillo por la espalda. Saqué los pequeños paquetes del
cajón.

—¡Qué coño haces con eso! ¡Dámelo ahora mismo!
—gritó furiosa.

—¡Esta es la respuesta a todo! ¡Veneno! —dije poniendo en alto los paquetes.

—¡Te he dicho que me los des! —Me los quitó de
un manotazo—. No hay nada contra mí, ¡y no lo va a haber! Así que olvida esto, si no quieres que la cosa se ponga fea.

Sus amenazas sonaban cada vez más convincentes. Aun
así, no me achanté, tenía que ir con todo y creía tener lo suficiente.

—Claro, ¿y todas estas muertes también fueron naturales? —dije lanzando sobre la mesa un montón de carpetas
con los historiales que había encontrado en el despacho de
mi madre.

—¡Aquí están! Pienso deshacerme de todos estos expedientes, que es lo que tenía que haber hecho tu madre en
su día, y de los míos también. Siempre intenté que fuésemos
poco tecnológicas aquí, solo debo hacerlos desaparecer y no
habrá prueba alguna de nada. —Su mirada resultó más ame-
nazadora que sus palabras—. Y tú vete de aquí antes de que
pierda la paciencia.

—¿O si no qué? ¿Qué vais a hacerme tú y Catalina Ferrer?

Marie dio un pequeño respingo al darse cuenta de que había averiguado la nueva identidad de Dolors Armengol, pero lo disimuló con maestría.

—No sé de quién me hablas.

—¿Vais a asesinarme también?

Había dado en la clave. Con la furia de un toro salvaje, Marie vino hacia mí y me agarró por la cara con todas sus fuerzas.

—¡Yo no soy ninguna asesina! —gritó—. ¿Me oyes?

—Marie, me haces daño.

—¡Los criminales son ellos! ¡No soy una asesina! —repitió—. Yo solo he hecho justicia.

Marie cedió por un momento y aproveché el descuido.

—Sé que eres una mujer honrada, Marie.

Me soltó la cara de un manotazo. Me dolía y me la acaricié tratando de recolocarme la mandíbula.

—Cuéntamelo, por favor, solo quiero ayudarte —le dije con dulzura—. ¿Para quién buscabas justicia?

Ella rebajó el tono y agachó la cabeza.

—Para ellas. Para todas esas mujeres desamparadas por las instituciones, por las autoridades, por la justicia, por la sociedad. Y para sus hijos. —Alzó la vista hacia mí—. Cuando nadie hizo nada, tuve que hacerlo yo.

—¿También con Rosario?

Marie me miró fijamente sin decir nada.

—¿Fue una venganza, porque pensaste que Amador había matado a su hijo?

—La venganza es dulce y no engorda, deberías saberlo porque lo decía uno de tus ídolos. Pero no, todo empezó antes. Ese fue un daño colateral imperdonable del que me siento responsable y que me acompañará de por vida como una losa. Pero no fue el detonante. El único responsable de que Amador Pizarro padre esté muerto es él.

—Era un cabrón, seguro, y cualquier persona que ejerce esa violencia sobre alguien merece un castigo terrible, pero no morir. Nadie tiene derecho a arrebatar una vida. Merecía pudrirse en la cárcel, pero no que lo matarais.

—Merecía exactamente lo que recibió. Tú desde tu pedestal no puedes entender nada, pero las que hemos sufrido sabemos que, a veces, no queda otra.

Me sorprendió que dijera eso. Siempre la había envidiado pero resultaba que se sentía tan desgraciada y decepcionada con la vida como yo.

—Rosario vino a pedirme la ayuda que tú no supiste darle. No me quedó otra.

—Lo que no entiendo es por qué desapareció. ¿No la convertía eso en sospechosa? —pregunté.

—Se nota que no has vivido con un hijo de puta maltratador. La situación era insostenible, Ana, tremendamente asfixiante para ella. Por eso actuamos rápido. El veneno haría efecto en un par de días y luego ella podría volver, cuando le informasen de que había muerto.

—Y entonces ¿para qué se escapó del hospital?

—Yo le di la llave de su libertad, pero ella eligió salvar al monstruo. Lo que no sabía era que su sentencia de muerte ya estaba escrita.

—¿Y qué pinta en esto Dolors Armengol?

—Es una experta en sustancias tóxicas.

—¿Y mi madre?

—Dolors era amiga de mis padres, de Mallorca. Mi madre conocía sus problemas y quiso ayudarla, pero no podía hacerle terapia porque, al ser amigas, había un conflicto ético. Así que le pidió a tu madre que la tratara ella. La ayudó mucho.

—¿Y por qué lo dejó?

—Porque Dolors descubrió que tu madre pensaba encerrarla en una institución para enfermos mentales.

—Eso tiene sentido, esa mujer estaba enferma.

—Cuando se tiene dinero, uno puede conseguirlo todo. Acabó en la residencia para personas mayores más lujosa de Madrid. Aunque aquello es otro tipo de cárcel. Yo volví a verla cuando ya era Catalina. Al principio, para prestarle ayuda, luego fue ella la que me ayudó a mí, en veintiséis ocasiones —dijo Marie—. Quiso ayudarme a hacer posible mi obra.

—Pero ¿el envenenamiento no es arriesgado? ¿Qué hay de las autopsias?

—Actuamos con sustancias que no dejan rastro. ¿Has oído hablar del síndrome faloidiano? —Negué con la cabeza—. Las setas atacan directamente al hígado, produciendo todo tipo de fallos hepáticos. Pero a veces también provocan insuficiencias renales, trastornos cardíacos, bronquiales, pulmonares o pancreatitis. Sus toxinas actúan de forma lenta y su rastro es invisible. Cuando las personas mueren, ya no quedan residuos en su organismo, así que las autopsias nunca nos delatan. Yo conocía el cortinario, es con el que trabajaba habitualmente con mis mujeres.

—¿Cómo?

—Se lo proporcionaba cuando la situación ya era desesperada, insoportable, límite. Yo les daba la llave de su libertad, pero eran ellas las que decidían si querían abrir la puerta a su salvación.

La megalomanía de Marie parecía no tener límites. Se creía una salvadora, una especie de mesías de las mujeres, obviando el pequeño detalle de que, para conseguirlo, mataba a sus maridos. En la facultad nos hablaron del complejo de Mesías, un estado psicológico en el que el individuo considera que su destino es ser un salvador espiritual en torno a una determinada situación o colectivo, con absoluta confianza en sus capacidades y en su propio destino. También que en muchos casos este trastorno estaba ligado a la esquizofrenia; el individuo puede escuchar voces y sufrir alucinaciones en las que habla con espíritus, ángeles, diablos, con el mismo Dios o con otras personas ya fallecidas. ¿Sus padres?

De pronto yo veía síndromes y trastornos por todas partes.

—Ellas se lo administraban a sus maridos a su manera: en las comidas, en la bebida; algunas lo mezclaban con la medicación. Pero hace poco descubrí esta maravilla invisible.

—Marie cogió uno de los pequeños paquetes que yo había dejado encima de la mesa y en cuya etiqueta no había reparado al revisar el cajón—. El nombre de la seta es *Amanita phalloides*, viene del griego *phallos*, que significa «pene», y de *eidos*, «forma». Es decir, «con forma de falo» —dijo entrecomillando con las manos—. ¿No te parece una genialidad? Es el arma perfecta para matar a los hijos de puta con falo que se creen que por tenerlo nos pueden joder la vida.

—Marie, tienes que entregarte.

Parecía realmente agotada. Me fijé en su boca, estaba seca, sobre todo sus labios, como si estuviera deshidratándose poco a poco.

—No tienen nada contra mí, recuerda que era tu madre quien le pasaba consulta a Armengol. Y tú a Rosario.

—Lo descubrirán —dije—. Tienes que confesar.

—¿Estás loca? Yo lo que tengo que hacer es destruir todos estos historiales, que son lo único que me relaciona con esas mujeres. Y esperar a que pase la tormenta. Y luego a seguir con mi obra.

—No puedes hacer eso. Y yo tampoco —afirmé con rotundidad—. No me voy a callar.

—¡Tú te vas a callar! ¿O quieres probar a qué sabe la *Amanita*?

—¡No, Marie! Eres una asesina y vas a ir a la cárcel.

—¡Te he dicho que no soy una asesina! —gritó con toda su energía.

Me agarró del cuello con fuerza y me arrastró contra la pared. No podía respirar. Pataleé tratando de que me soltara, pero apenas me quedaba aire ya. Empecé a verlo todo negro. Sentí que se me iba la vida.

—¡Suéltala! —dijo una voz desde la puerta—. ¡Te he dicho que la sueltes! ¡Policía! Levanta las manos despacio.

João corrió hacia mí y consiguió cogerme en sus brazos antes de que me desvaneciera. Gaona, que parecía recién sacado de la cama, apuntaba con su pistola a Marie.

—No te muevas —dijo acercándose a ella—. No bromeo, no se te ocurra moverte.

La agarró con fuerza. Ella se revolvió pero Gaona no tardó en esposarla.

—¡No tienes nada contra mí! —gritó ella.

Gaona ni siquiera contestó. Una vez la tuvo inmovilizada, vino a mí corriendo. Yo había recobrado el conocimiento, pero permanecía en el suelo, fulminada por lo sucedido. Él me abrazó durante unos segundos. Su respiración iba muy acelerada. Me apartó el pelo de la cara y me besó la frente con dulzura.

—¿Estás bien, Ana? —dijo muy preocupado.

—¿Qué... qué haces tú aquí? —pregunté, esforzándome por mantener los ojos abiertos.

—Me avisó tu amigo —dijo señalando a João, que volvía con la manta de mi despacho para abrigarme—. Fuimos a por Armengol...

—¿Y la habéis encontrado? —pregunté con un hilo de voz—. Era Cata...

—Shhh —dijo Gaona—. Tranquila, Ana. No hagas esfuerzos.

—Dudo que la hayáis encontrado —dijo Marie desde su rincón.

—No, no hemos encontrado a Dolors Armengol. Pero sí a Catalina Ferrer.

Sonreí todo lo que mis fuerzas me permitieron.

—Enhorabuena, Ana, ¡lo descubriste! —dijo João mientras me tapaba con la manta—. Eso sí que es periodismo de investigación.

—Exacto, lo descubriste —dijo Gaona, mirando a Marie.

—Esa mujer era una enferma y una asesina. Mató a un pobre niño... ¡No tengo nada que ver con ella! —se defendió Marie.

—¡Igual que ella mató a su hijo, tú mataste a esos hombres! —dije con el brío que me restaba aún.

—¡Esa hija de puta mató a un pobre niño indefenso! Yo lo único que he hecho toda mi vida es ayudar a mujeres sometidas, víctimas, a ser libres. ¡Solo eso!

—Marie, has jugado a ser Dios. Pero vas a caer como el resto de los mortales. Porque Catalina Ferrer lo confesará todo —le dije.

—¿Estás segura de eso? —preguntó Marie con una sonrisa.

—¡Por supuesto que sí! Díselo, Gaona. Dile que todo ha acabado.

Él me miró compungido y me estrechó entre sus brazos con pesar.

—Ana, hemos encontrado a Catalina Ferrer muerta en el apartamento de la residencia en la que vivía.

60
Silencios

Jamás pensé que descubriría aquella joya del Barroco escondida en ese barrio de modernos. Inadvertida en el exterior y pequeña en el interior —puedes verla en su totalidad dando una vuelta completa sobre tus pies—, la iglesia de San Antonio de los Alemanes, en pleno centro de Malasaña, está repleta de lienzos de un valor incalculable. Y la sensación que te recorre al ver por primera vez aquel tesoro en forma de murales es indescriptible.

Me culpé por mi ignorancia, porque llevaba años viviendo en aquel barrio y era la primera vez que la visitaba. Recorrí el templo sin prisa, abrumada por su belleza. El altar mayor, los retablos, las pinturas de las paredes... un conjunto maravilloso que casi superaba a la joya de la corona, la enorme cúpula de 1662, pintada por Francisco Rizi, representando la Gloria de San Antonio. Me dio calor ver al santo recibiendo al Niño Jesús de manos de la Virgen. Lo agradecí; el frío ya no solo me azotaba el cuerpo, también el corazón. Todavía no podía creer lo que había pasado. Todas las caretas se habían caído finalmente y algunas se me habían clavado en el alma, atravesándola.

Comprobé la hora. Las doce y media pasadas. Supuse que la misa había terminado hacía muy poco porque todavía algunos devotos se despedían y se ponían sus abrigos. Eché un vistazo más. No estaba allí. Volví a recorrer cada rincón desde donde estaba, ahora con la mirada, pero ni rastro de él. Me había contado que iba allí cada domingo, puntual, y era extraño que no hubiera acudido. Pero quizá aquel era un domingo de penitencia para todos.

Estaba a punto de irme cuando reparé en unas pequeñas escaleras que nacían en un rincón poco iluminado del templo. Me condujeron a una cripta, donde apenas encontré un altar, la escultura de san Pedro Poveda, algunas sepulturas y, en la parte central, unas filas de bancos. Solo uno estaba ocupado. Por él.

—Que la paz sea contigo —dije extendiendo la mano, como el resto de los devotos.

Él se encontraba con los ojos cerrados y con las manos sobre el regazo, en posición de oración.

—Y contigo... —contestó por inercia, sin darse cuenta de a quién se la ofrecía. Abrió finalmente los ojos—. Vaya, no te hacía de misa de doce —dijo salpicándome con su ironía.

—Ni yo —respondí—. Pero supongo que todos necesitamos expiar culpas alguna vez. Se me ocurrió que este era un buen lugar para empezar.

—Me parece una buena idea. Yo creo mucho en el perdón —aseguró.

—Yo todavía no he pedido el tuyo...

—Fíjate qué suerte, que te lo concedo de antemano.

—¿Por qué debería pedirte perdón? —pregunté molesta.

—Si no es por eso, ¿por qué has venido?

—Esperaba encontrarte aquí.

No pareció convencerle mi respuesta. Volvió a cerrar los ojos y a entrelazar sus manos, como si sus plegarias fuesen más urgentes que cualquier cosa que pudiera decirle.

—¿Puedo? —pregunté mirando el banco en el que estaba sentado.

—Esta es la casa de todos —respondió, y se hizo a un lado.

Agradecí sentarme. Suspiré con fuerza. Y embriagada de valor, al sentirme protegida rodeada por aquellos muros, y como si aquel rincón se hubiese convertido en mi confesionario, comencé a sacar todo lo que llevaba dentro. No era poco.

—Hace dos semanas trabajaba en una multinacional, con un sueldo fijo y catorce pagas. Hace dos semanas mi madre era la persona a la que más respetaba en el mundo, y Marie, el espejo en el que siempre me había mirado. Hace dos semanas pensaba que era incapaz de llevar una consulta de terapia, y dos semanas después esa sensación se ha corroborado y de la peor manera posible. Mi vida se ha puesto del revés en solo dos semanas, dos semanas terroríficas. Las peores de mi vida.

—O quizá hayan sido las mejores —dijo él.

—¿Las mejores? Estás de broma, ¿verdad? Lo único que he hecho ha sido esquivar los golpes.

—Quizá era lo que necesitabas.

—No sé de qué hablas, Liño...

Él abrió los ojos, como si le hubiera pinchado con un aguijón.

—Quiero decir Gaona, o subinspector... yo ya no sé cómo llamarte —me quejé.

—Mi nombre es Miguel Ángel —dijo como si fuese Sean Connery presentando a su 007.

Me resultaba graciosa la grandilocuencia que le ponía a todo. Media sonrisa se me esbozó, incontrolable, en la boca. Pero vi que su cara permanecía inerte y se me contagió su hieratismo. Aguardamos callados unos minutos.

—Pero no te engañes, Ana. Todo viene de mucho antes que dos semanas. Aquí todo el mundo tenía una imperiosa necesidad de callar. Y en eso se convirtió todo: en un terrible y mortal juego de silencios.

Iba a preguntarle a qué se refería, pero enseguida me di cuenta de que no era necesario; claramente Gaona, o Miguel Ángel, también tenía necesidad de confesarse, de sacarlo todo, de redimirse e, incluso, de conseguir el perdón.

—La primera de todas, Rosario —comenzó a explicar—. Llevaba años viviendo un infierno, sin ser capaz de abandonar al monstruo que le destrozaba la vida. Ese fue el primero de sus silencios. Se lo ocultó a su familia, a sus amigos, a todos los que la conocían y a los que trataba de engañar con una sonrisa amarga, fingiendo que todo iba bien. El mismo silencio con el que le pagábamos todos los que apartábamos la vista.

—Pero ese no fue el único de los silencios de Rosario... —dije.

—No, no lo fue. Rosario estaba desesperada y convencida de que si se separaba de su marido, este mataría a su hijo. Lo peor que le pudo pasar fue dar con Marie, que le hizo creer que la única forma de acabar con todo era acabar con él y, de nuevo, calló. Pero ese no fue su peor silencio... El peor llegó después.

—¿Cuando descubrió a su marido muerto?

—Exacto. Porque una vida sin su hijo era una tortura, pero esa tortura, entre rejas, sería insoportable.

Gaona parecía no hablar conmigo, era como si hablase con Dios. Como si entre aquel ente divino y él existiese una conexión superior, invisible a los demás, pero consistente y necesaria para él.

—El juego de silencios continúa y llega a la bella Marie. Alguien que también lleva atesorando su silencio muchos años.

—La clave está en cuándo se calló por primera vez, la que lo desencadenó todo —me adelanté.

—No, la clave está en su padre: el primer hombre que la empujó a la acción, que la levantó en armas y por el que creyó que si la justicia no hacía su trabajo, debía hacerlo ella.

—La semilla del diablo —dije tratando de sonar épica. Dado el lugar resulté poco acertada y él ignoró mi absurda aportación.

—Desde pequeña había palpado el sufrimiento de su madre como si fuese el suyo propio. Había habido días malos, muy malos y terroríficos. Y aquel día, en la terraza de su ático, quizá no fuese el peor de todos, pero sí decidió que iba a ser el último.

Temía que llegase el momento en el que hablase de mi madre, pero puede que por el agotamiento, por el peso que todavía llevaba sobre los hombros o porque se me había contagiado algo de aquel ambiente místico y devoto, seguí escuchando.

—Tu madre, sintiéndose madre de todas vosotras, también de Marie y de Jacqueline, no solo jugó al silencio, sino al escondite. «Por mí y por todos mis compañeros, pero por mí primero».

Me dolió la ironía; más que otra cosa, me reventaba por dentro. Él, consciente de ello, no quiso ahondar en mi herida y continuó con el sermón dominical.

—Por supuesto, Armengol guardó silencio. Uno de los peores: el de haber matado a su hijo creyendo que le salvaba la vida. Y después adoptó la identidad de su madre, Catalina Ferrer, haciendo que Dolors Armengol también callase para siempre. El más reprobable de sus silencios fue el que guardó cuando la que se había convertido en su socia le solicitaba aquellas setas letales una y otra vez. Nunca hizo nada por evitarlo. Eligió callar.

Gaona pareció reverenciar aquella ristra de secretos quedándose en silencio unos minutos. Entonces agachó la cabeza, volvió a poner las manos en posición de oración y cerró los ojos, preparado para su confesión.

—Incluso nosotros durante la investigación guardamos silencio —dijo finalmente.

—¿Vosotros? —pregunté extrañada.

—Nosotros, sí, nosotros. Suárez tenía razón. Estábamos tan centrados en la muerte del niño que no nos dimos cuenta de lo que se estaba cociendo y qué era lo que había que investigar. Investigar para descubrir que el pequeño Rober también había decidido saltar en esta comba de silencios cuando, sin querer, le quitó la vida a su compañero del colegio. Pero no supe verlo. Solo pensaba en que mi compañera era inocente y aquel terrible y trágico accidente me nubló y me impidió ver el verdadero asesinato que se estaba planeando. Y ahí también callé. —Gaona se santiguó con fuerza. Después continuó—: Lo más gracioso de todo es que hasta las setas jugaron al silencio.

—¿Las setas?

—Por supuesto. Sin número de serie, sin coste alguno, sin rastro en el organismo y al alcance de cualquiera en el monte: el arma más silenciosa posible.

Me reconfortó ver que al final de aquella narración asfixiante había lugar para la ironía. En ese momento se giró hacia mí. Separó las manos, despacio, y se recompuso en su trocito de banco, abriendo los ojos lentamente.

Y me observó, como si estuviera descubriendo por primera vez cada rasgo de mi cara. Y me contempló, como si fuese la última vez que fuésemos a vernos.

—Pero existe un silencio que no logro descifrar. Por más vueltas que le he dado, y han sido muchas, lo que no comprendo es por qué tú guardaste silencio.

—¿Yo? Yo no sabía nada de esto, ¡lo juro! No tenía ni idea de que Marie...

—No me refiero a eso —interrumpió mis excusas—. Tú elegiste otro tipo de silencio, Ana. Uno que a mí me resultó muy doloroso.

No podía soportar la decepción en su mirada.

—¿Por qué nunca me volviste a llamar, a responder o a escribir? Porque decidiste que la mejor decisión era...

—¿Sabes, Miguel Ángel? —le interrumpí yo—. Creo que ahora eres tú el que debe guardar silencio.

Y le besé.

Y aunque no era el lugar más adecuado para ello (nada había sido adecuado en aquella historia...), igualmente le besé.

Le besé con todas mis ganas contenidas. Le besé echando abajo todas las barreras creadas, soltando todo el peso de mis hombros. Le besé como hubiera deseado besar a todos los hombres malos de mi vida pero nunca supe. Le besé y rompí todos y cada uno de aquellos malditos silencios.

61
De entre los muertos

Sábado, 10 de febrero de 2018
Gabinete de asistencia psicológica Animae (Quintana, 27)

Cómo que Catalina Ferrer está muerta? —pregunté.
—Insuficiencia renal aguda —contestó Gaona—. La encontraron esta mañana muerta en su habitación de la residencia en la que vivía desde hacía años.

—¡No puede ser! —exclamé—. ¿Por qué ella, Marie? —Las palabras se me caían, una tras otra, inundadas por la desesperación. Jamás pensé que la muerte pudiera inundar mis días con tanta fuerza—. ¿Por qué acabar con ella también?

—¿Tenías miedo de que te delatase? —preguntó Gaona.

—No, ese nunca fue mi miedo. Debía hacerse justicia y eso también le afectaba a ella. Todos estos años traté de ayudarla, sabía que estaba enferma, además conocía al hijo de puta de su marido y lo mal que la trataba... Después fue ella la que me ayudó, con sus conocimientos micológicos y de sustancias, a llevar a cabo mi obra. Y lo hizo muy bien.

Lo hicimos bien. Éramos un buen equipo y nadie puede negarnos la profesionalidad —dijo Marie con una sonrisa que inundó la sala de mordacidad—. Pero hace unos días, mientras ultimábamos algunos detalles, me volvió a narrar todo lo que le había hecho al niño, a ese pobre niño...

—¿A su hijo? —preguntó Gaona.

Marie asintió con la cabeza.

—Lo contaba como si el pequeño necesitase aquel sufrimiento, como si fuese su deber, como madre, proporcionárselo. No pude soportarlo más. Merecía morir, como otros padres que no supieron ejercer su papel. Pero que quede claro que esto no es una confesión. Muerta mi cómplice, os será aún más difícil probarlo todo. Solo podéis acusarme de una agresión a mi querida socia, discusiones entre amigas y colegas que se van de las manos.

Marie hizo una pausa para secarse el sudor que le recorría la mente y las mejillas. Parecía desorientada, como si el aire no alcanzase a colmar sus pulmones. Su boca, cada vez más seca, se movía lenta y con dificultad. Aun así, alcanzó a sentenciar:

—Los niños siempre somos las grandes víctimas.

Me estremeció escuchar esa primera persona del plural.

—Durante años, ni el Estado, ni las instituciones, ni nadie nos ha amparado.

—Eso no es cierto —dijo Gaona, que se dio por aludido.

—Nadie vela por esos hijos —insistió ella, con más contundencia—. Y ante su indefensión, tuve que tomarme la justicia por mi cuenta y defenderlos con lo que tenía a mi alcance. Por eso, Armengol también debía pagar.

—Pero ella estaba enferma —dije.

—¡Igual que lo estás tú, Marie! —gritó Gaona, al que se le estaba acabando la paciencia ante aquella megalómana rebosante de vanidad—. Y por eso te vamos a encerrar.

—No tenéis nada contra mí. Un puñado de coincidencias y trágicas circunstancias y otro puñado de gente que no ha cuidado su sistema digestivo. Y ya.

—Yo tengo mucho más que eso —dije—. Y voy a contarlo todo.

—No lo harás.

Volvió a advertirme con la mano, aunque ahora, esposada, la amenaza perdía fuerza. Gaona le mostró el arma, aconsejándole sutilmente que no diera un paso en falso. Marie parecía no temer nada ni a nadie.

—Y tu querido subinspector tampoco hablará —añadió Marie—. Aquí todos nos vamos a olvidar de lo que ha pasado y a seguir con nuestras vidas.

—No pienso olvidarme de que eres una asesina y debes pagar por ello. ¡Voy a contarlo todo, Marie!

—Te recomiendo que no lo hagas, *ma chérie*. Créeme, es por tu bien.

—¿Por mi bien? ¡Lo que me faltaba por oír! Se te ha ido la cabeza —dije sacudiéndome la manta de encima.

João permanecía atento, en silencio, pero en guardia por si era necesaria su intervención. Tras colgar con Gaona, había pensado en entrar solo en la consulta, pero ahora estaba contento de haberle esperado en la calle.

—Por tu bien y por el de tu familia —dijo Marie mirándome fijamente. De pronto se giró y empezó a vomitar. Lo hizo con toda la dignidad que pudo, abriendo la boca discretamente y agachando la cabeza. Sus sudores eran ya desmedidos, temblores y calambres le asaltaban el cuerpo. Aun así, tras las arcadas, se recompuso. Decidió que tenía fuerzas para una última vomitona —: Por tu bien, pero sobre todo por el de tu madre, nadie dirá nada.

—¿Mi madre?

—Si cuentas mi verdad, contarás también la suya.

—Marie, ¿de qué estás hablando?

—Y si yo caigo, caeremos todas.

La rotundidad de aquella condena resonó en mi cabeza como el mazo de un juez tras emitir su veredicto. La angustia resultaba tan ensordecedora que me impidió escuchar el sonido de unas llaves que trataban de abrirse paso al otro lado de la puerta, y luego unos pasos pequeños y rápidos.

—Pues es hora de caer de una vez —dijo una voz que entró de golpe en la habitación—. Ya no le temo a la caída.

—¿Mamá?

—Solo así podremos empezar de cero —aseguró mi madre.

Me levanté corriendo a sus brazos. Habían pasado solo dos semanas, pero se me habían hecho eternas. Nunca la había necesitado tanto. No podía creer que fuese ella.

—¡Mamá! ¿Qué haces aquí? ¿Cuándo has vuelto?

—¿Qué coño haces tú aquí? —preguntó Marie.

Mi madre me devolvió el abrazo sin mucho apego, con prisa. Había vuelto con un objetivo claro y temía detenerse y perder el valor que había reunido para llevarlo a cabo.

—Marie, lo sé todo —dijo mi madre—. Lo he sabido siempre y ya no voy a callarme más.

—¡Tú no sabes nada! Vuelve a la India, que aquí no se te ha perdido nada —contestó ella con desprecio.

—Cuando me enteré por la prensa del caso de Rosario Jiménez, supe que algo iba mal. Primero su desaparición, después el niño muere...

—Para —exigió Marie.

—Y cuando su marido apareció muerto, se confirmaron todas mis sospechas. Todo volvía a repetirse.

—Marta, para —repitió.

—Tus correos no hicieron más que encender mis alertas —continuó mi madre—. Me di cuenta de que estabas muy activada. Como si de nuevo se hubiera producido un desajuste en...

—¡Basta! —gritó Marie, revolviéndose para levantarse a pesar de las esposas—. No voy a permitir que vayas por ahí. ¡Sigues empeñada en creer que sufro algún tipo de problema y no es así! —Marie, sin poder controlarlo, volvió a escupir restos de vómito a un lado de sus pies.

Me quedé atónita. Siempre había percibido en Marie una personalidad un tanto obsesiva, pero nunca pensé que podía tratarse de algo más, como insinuaba mi madre. Pero en ese momento, lo que le estaba sucediendo a su cuerpo superaba los síntomas del brote psicótico.

—Cuanto más sabía del caso «Pizarrín», más veía que tenía las mismas características que el resto de tus casos. O lo que convertiste en tus casos.

—Mamá, ¿por qué me dejaste a cargo de Rosario? —le pregunté—. ¿Por qué me metiste en esto?

—Lo siento mucho, Ana, mi Anita. Pero ¡no podía dejar que volviese a ocurrir! Pensé que si tú te hacías cargo de su terapia, podrías evitar que la historia se repitiese. Pero fui una ingenua, porque solo saldremos de este bucle nauseabundo cuando contemos toda la verdad.

—¡Aquí no hay nada que contar! —gritaba Marie, que, desesperada, trataba de soltarse las manos—. ¡Soltadme de una vez!

—Sigues viviendo en tu delirio de hacer justicia a tu manera y esto tiene que parar. Todo debe parar de una vez por todas, y asumo las consecuencias que vengan tras la verdad.

—¿Consecuencias? ¿A qué te refieres, mamá?

—Eso, ¿a qué te refieres «mamá»? —imitó Marie, parodiándome cual títere de ventrílocuo—. ¿Vas a contarlo todo?

—Por supuesto que sí —dijo mirando a Gaona—. Voy a confesar.

Me asusté. Me asusté muchísimo.

—Tú conocías a Armengol... ¿Sabías lo que estaba llevando a cabo con Marie? —pregunté, con miedo a la respuesta.

—¡Armengol! ¡Claro, Armengol! —exclamó mi madre como si acabase de inventar la rueda—. ¡Era Armengol la que le facilitaba todo! ¿Cómo no lo vi?

—¿Entonces no lo sabías? —pregunté con los ojos vidriosos. No podía creer que mi madre estuviese involucrada en todas aquellas muertes.

—No —respondió tajante—. Jamás pensé que ella estuviese involucrada. Aunque tampoco sabía exactamente lo que sucedía. —Yo respiré tranquila. Ella, sin embargo, hizo una pausa nada tranquilizadora y añadió—: Pero sabía que algo sucedía. Las mujeres de aquellos hombres que morían en extrañas circunstancias venían a nuestra consulta.

Mi llanto no pudo aguantar más y levantó el pie del freno.

—¿Cómo no hiciste nada? —pregunté entre gimoteos.

—Al principio no me di cuenta, después no supe cómo hacerlo y por último tuve miedo. Llegó un punto en el que cada vez pasaba más tiempo entre una muerte y otra y pensé que la cosa había mejorado. Me quise engañar. Me tapé los ojos y miré para otro lado.

—Señora, ¿sabe que tendrá que contar esto delante de un juez? —dijo Gaona.

—Ese es exactamente el motivo de mi vuelta. Necesito vaciar esta mochila de una vez y asumir mi culpa.

—¡No lo harás! Porque entonces tendrás que hablar de mi padre. —dijo Marie. Y sus ojos, que habían tomado un color preocupantemente amarillo, se llenaron de rabia.

—¿De su padre? —pregunté incrédula. No podía soportar más giros en el guion.

—La muerte de Francesc Boix no fue un accidente —afirmó mi madre, evitando encontrarse con mi mirada.

—¡Exacto! —dijo Marie casi sin aliento—. Yo maté a mi padre, pero fue tu madre la que me ayudó a encubrirlo.

—¡Eso es imposible!

—Pregúntaselo a tu mamaíta —dijo Marie, cuyos calambres ya le provocaban espasmos cercanos a las convulsiones.

Mi madre aguardaba en silencio, con la cabeza baja.

—Cuando llegué a la casa, Francesc ya estaba muerto. Marie acababa de golpearle en la cabeza con uno de sus palos de golf.

—Pero ¿de qué estás hablando, mamá?

—Tras una fuerte discusión, la enésima del matrimonio, él había arrojado a Jacqueline desde la terraza del ático. En aquel momento pensamos que había muerto en el acto al impactar contra el suelo. Así que, ya muerto, lo lanzamos también a él para que pareciera que ambos habían sufrido un terrible tropiezo. Un accidente doloroso pero fortuito.

—No es posible, nada de esto es posible... —me repetía una y otra vez.

—Y lo pareció —aseguró mi madre—. Y es que lo fue, fue un doloroso accidente. Jac había sufrido tanto... Llevaba tantos años de infierno a sus espaldas, que pensé que se lo debía.

—¿Que se lo debías? ¿Es que has perdido la cabeza? —exclamé.

—Me dedico a ayudar a las personas con problemas, Ana, pero a ella jamás pude ayudarla. Así que cuando su hija me llamó pidiéndome auxilio, no dudé en acudir. Sí, es cierto, la ayudé a encubrirlo. Pensé que, ya que no podía salvar la vida de su madre, al menos podía salvarla a ella de una vida entre rejas.

—No, mamá, no me lo puedo creer...

—Marie ha sido siempre como una hija para mí.

—Esto no puede estar pasando, es una pesadilla... —me repetía, estupefacta, sacudida por esa asquerosa realidad.

—Pensé que sería como en *Vértigo*, ¿recuerdas? —dijo mi madre con una sonrisa nerviosa, tratando de buscar mi complicidad—. Como Madeleine en el campanario.

—¡Mamá, cállate! ¡Es mejor que te calles! —grité desconsolada—. ¡Definitivamente te has vuelto loca! ¡Tan loca como esa!

—Probablemente estábamos locas al pensar que todo esto podría permanecer oculto, que no traería consecuencias. Pero las trajo, ¡ya lo creo que las trajo! Llevo cargando con un terrible peso desde entonces, porque ese día yo también morí en aquella terraza.

—¡Rápido, João! Dame tu teléfono —le dijo Gaona.

—¡No! —grité—. Por favor, no lo hagas. ¡No detengas a mi madre!

João me miró con pena, tratando de decirme sin palabras que ya no podía ayudarme más. En eso no.

—¡Estoy segura de que ella es inocente! ¡Tiene que haber una explicación lógica para todo esto!

—Por favor, João, déjame tu teléfono —insistió Gaona.

João permanecía quieto.

—¡Te lo suplico! —dije arrodillándome ante él—. ¡La van a encerrar!

João reaccionó y finalmente le acercó el teléfono al subinspector. Mis lágrimas inundaban ya cada rincón de aquel despacho.

—¡Te lo suplico! —repetí—. ¡No pidas refuerzos! Podemos arreglarlo aquí, entre nosotros.

—¡Ana, basta! —gritó Gaona—. Voy a llamar a una ambulancia antes de que se produzca el enésimo fallo hepático.

Marie había perdido el conocimiento.

62
Reditus

Domingo, 6 de enero de 2019
Centro Penitenciario Madrid VI, Aranjuez (Madrid)

Regresaba al sanctasanctórum de mi vida profesional, en un momento en el que mi vida personal parecía un encefalograma plano. Volvían a abrirse las puertas de la cárcel para mí, tras años cerradas por mis problemas. Y aunque lo había deseado con todas mis fuerzas, el sabor amargo era inevitable.

Por suerte, y como no podía ser de otra manera, para coger mi mano estaba ella. La que siempre estuvo, la que nunca falló, la muralla infranqueable.

—Hola, Casilda —la saludé desde la distancia. Estaba tan bloqueada por encontrarme allí de nuevo que no acertaba a reaccionar.

—¡Ven a mis brazos! —dijo ella, conduciendo la situación—. No sabes lo que me alegra tenerte de vuelta. ¿Cómo estás, mi niña?

—Estoy, que no es poco —contesté—. Sabes lo que significa para mí volver aquí, lo importante que es. Pero si regresar resulta complicado en general, esta vez, mucho más.

Aunque estar entre aquellos muros me proporcionaba una placentera sensación de paz. Era como volver a estar en casa después de muchos meses de sentirme desamparada. Decidimos caminar, yo quería saborear mi vuelta sin prisa, empapándome al máximo de cada detalle. Sabía que el retorno no iba a ser un camino de rosas.

Pasamos por el módulo de familias. Era uno de esos días en los que la cárcel parece menos cárcel, se aleja un poquito de la cautividad y se acerca un poco más a la vida. Los Reyes Magos habían ido a visitar a los niños, que se sentían felices, ajenos a los motivos por los que estaban allí. Nos quedamos un buen rato observándolos en silencio. Casilda sonreía. Ella también parecía ajena a todo. Mis pensamientos, en cambio, llevaban meses atascados en el mismo punto negro de la carretera.

—¿Por qué lo hizo, Casilda? —pregunté—. ¿Por qué hizo todo eso?

Casilda continuaba mirando embobada el reparto de Sus Majestades, como si se hubiera convertido en uno más de esos chiquillos.

—No consigo pensar en otra cosa. ¿Por qué? ¿Cómo fue capaz?

—Ana, mira esas familias —me dijo Casilda—. Esta es su casa. Viven aquí, encerradas, privadas de libertad. Pagando el precio de sus errores, de sus malas decisiones. Pero fíjate bien, trata de mirar más allá.

Puse toda mi atención en aquella imagen. Unos cuantos niños daban saltos con los regalos y gritaban de alegría. Cogían sus paquetes, envueltos en un papel que tardaban fracciones de segundo en romper. Sus pequeños cuerpecitos se encontraban al límite de la explosión, incapaces de soportar tanto regocijo. Sus padres les acompañaban; algunos desde la distancia, otros involucrándose en la fiesta improvisada.

—Da igual los regalos que reciban, que quitemos los barrotes o pintemos arcoíris en sus paredes... Ahí lo que abunda es el dolor. Un dolor severo y profundo, que arraiga y que es muy difícil sacudirse. ¿Y quién crees que sufre más ahí? ¿Quiénes son las verdaderas víctimas de todo esto?

—Los niños —respondí.

—En efecto. Los niños siempre son los peor parados, pagando las consecuencias de los fallos de sus padres, asumiendo el destino que estos eligieron para ellos. Un rumbo que quizá podrán cambiar, pero les será tremendamente difícil.

—No entiendo qué tiene que ver todo esto con Marie.

—En los casos de violencia de género sucede lo mismo: los hijos son las grandes víctimas, las invisibles, los eternos olvidados.

—¿Es que Francesc también maltrataba a Marie? —pregunté. Siempre supe que era un tipo violento, pero me dolía comprobar lo ciega que había estado al no ver lo que sucedía en aquella casa.

—A veces no es necesario recibir agresiones físicas, basta con ser testigo directo de la violencia y vivir en el entorno donde esta tiene lugar. ¿Recuerdas cuando jugabas al escondite? «Casa» era el lugar seguro, resguardado, protegido; el hogar de un niño no puede ser el origen del miedo y el lugar donde se produce el daño.

Me sentí mal al pensar que Jacqueline y Marie habían sufrido tanto. Yo había permanecido toda mi vida ajena a ese dolor.

—Pero ¿sabes lo único positivo de este tipo de sometimiento?

—Me cuesta creer que tenga algo positivo —dije.

—Aunque es capaz de anular a las madres, no lo consigue con los hijos. Y a menudo son capaces de poner en marcha, de forma involuntaria o por instinto, estrategias que les permiten no solo sobrevivir, sino salir fortalecidos.

—Casilda, una cosa es la resiliencia y otra convertirte en una justiciera.

—Tienes razón, y por eso la manera en que la persona afronta la situación puede propiciar la adaptación o, por el contrario, potenciar su sufrimiento, vulnerabilidad y peligrosidad. En cualquier caso, son las grandes víctimas. Y Marie lo fue siempre.

Me giré bruscamente para mirarla.

—¡Espera! ¿Tú también lo sabías?

—Por supuesto que lo sabía. Todas éramos amigas, ¿recuerdas? Y, además, tu madre y yo nunca tuvimos secretos.

—Veo que es conmigo con la única que los tenía...

—Tu madre siempre ha sentido que debía cuidar de todo el mundo. De su familia, de sus amigos, de sus pacientes... Siempre tuve claro su eneatipo[37]: el dos, el cuidador. Tu madre encontró sentido a su vida ayudando a los demás. Solo quiso protegerte. Del mismo modo que hizo con Marie.

—Con la pequeña diferencia de que con ella se convirtió en cómplice de asesinato.

Casilda se revolvió sobre sí misma al escuchar esa sentencia.

—¿También sabías de la muerte de Boix? —pregunté temerosa. No podía soportar una nueva decepción.

—Lo supe tiempo después, cuando tu madre no pudo más con esa carga y acudió a mí. Y cuando el secreto se hizo tan pesado que la asfixiaba, le recomendé que se marchara.

—¿Así que lo de la India fue idea tuya?

Si Casilda también había decidido guardar silencio en vez de acudir a la justicia, entonces sí que no me quedaba nada en lo que creer.

—Sí, yo se lo recomendé —aseguró—. Allí vive una mujer formidable que sabía que sería de gran ayuda espiritual para tu madre. Se trata de Kiran Bedi, la primera mujer en graduarse como policía en la historia de India. Todo un referente para mí, ya que también fue la primera en convertirse en inspectora general de Prisiones de la cárcel de Tíhar, en Delhi. Vino a España para un congreso y tuve la oportunidad de conocer a esta fascinante mujer de setenta años, que ahora es activista social. Nos explicó su trabajo de reinserción

---

[37] El eneagrama de la personalidad tiene nueve eneatipos. Es un sistema de clasificación concebido como un método para el autoconocimiento y el desarrollo personal. Fue elaborado por autores occidentales y basado en ideas de origen místico y oriental.

con los presos, incluso con los más complicados, a través de la meditación.

Pensé que Casilda también había perdido la cabeza. Yo no estaba para misticismos, pero me quedaban muchos días por delante y no quería meter la pata. Escuché.

—Utiliza una técnica de meditación ancestral hindú, el *Vipassana*, que significa «ver las cosas como realmente son». Tu madre ha hecho un trabajo formidable allí, usando la meditación para corregir el daño, su daño. Sentí mucho tener que interrumpir ese proceso.

—Espera, ¡por fin lo entiendo! ¡Fuiste tú la que le contó todo a mi madre! —exclamé—. Tú le pediste que volviera.

—La situación se había descontrolado y todo tenía que parar. También ella.

—¿Ella?

—Tenía que dejar de huir. Es la única forma de encontrar la paz. Sabía que sería capaz de hacerlo en el momento adecuado. Necesitaba irse para volver y arreglarlo todo.

—Entonces, ¿también fue idea tuya que me quedase a cargo del gabinete?

—Así es.

—¿Porque pensaste que yo podía ser una buena psicóloga?

—No —respondió tajante. La miré con furia. Me dolía que siguiera desconfiando de mis capacidades—. Desde que te conocí, supe que eras una de las mejores.

Sonreí como hacía tiempo que no lo hacía. Sentí el corazón pleno. Por fin conseguía liberarme de una parte de la tristeza que me había acompañado todos esos meses.

—Y ahora, ¿estás preparada? —me preguntó Casilda.

Me recordó a aquel otro primer día, doce años atrás, cuando comenzaba mi andadura allí. Me hizo exactamente la misma pregunta.

—Nunca se está preparado —respondí.

Casilda sonrió. Avisó al compañero funcionario con un gesto y le dijo:

—Avise a la interna Marta García de la Serna. Tiene visita.

Agradecimientos

Todavía me parece un sueño haber llegado hasta aquí! La ilusión me invade al imaginar que mi trabajo pueda llegar a vuestras manos. Ha sido un proceso duro, largo e intenso, con dudas, con miedos y con baches. Pero ha valido mucho la pena y me siento muy satisfecha y tremendamente orgullosa. Y, lo más importante, FELIZ.

Pero, por supuesto, este camino no lo he recorrido sola. Por eso me gustaría dar las gracias a todas aquellas personas que, en mayor o menor medida, me han ayudado a desarrollar esta novela, hacerla crecer y terminarla. Así que aquí viene una pequeña lista de gracias.

Gracias a Gonzalo; mi escudero, mi compañero, mi amigo. Por creer en mí. Por meterme en este maravilloso lío, con el que siempre había soñado y para el que nunca acababa de reunir el valor. Ojalá todo el mundo que algún día se vea sumergido en esta complicada tarea como es escribir ficción cuente con el apoyo de un editor tan genial como el mío. Sin duda, uno de los regalos que me ha hecho este proyecto.

A mi padre le debo un aplauso fuerte y cerrado. Y un abrazo todavía más fuerte. Primero, por transmitirme su pasión por el periodismo, por la escritura y la lectura. Por compartir conmigo sus libros y regalarme tantos otros. Pero, en este proyecto concreto, mis gracias son mayúsculas porque, sin su apoyo, probablemente no hubiera llegado a la meta nunca. Ha sido un segundo editor, el único, junto con Gonzalo, que fue leyendo cada capítulo. Más allá de sugerencias y opiniones, saber que estaba al «otro lado» ha sido fundamental para mí. Y nos ha unido todavía más. Así que, solo por eso, este libro ya ha valido muchísimo la pena.

A mi madre, por hacerme creer que puedo conseguir todo lo que me proponga con trabajo y esfuerzo. Su confianza en mí y su amor son siempre determinantes. En este caso, el agua que lo regaba todo, para que pudiera florecer. El espejo en el que mirarme, siempre.

A mi *Sister* del alma, que, desde París, también ha sido un soporte fundamental, mandándome sus ánimos y su calor.

A Mike, por su cariño y su confianza. Y al resto de mi familia, que me apoya en la distancia, pero cuyo empuje también es importante.

A Pablo, el mejor compañero de vida. Por su apoyo y amor incondicionales. Por quererme bonito. Por creer en mí. Sin duda, mi gasolina en esta carrera de fondo.

En esta novela hay una figura que ha sido indispensable como fuente de inspiración y como guía: las psicólogas. María y Sara habéis sido mi apoyo imprescindible y una de mis mejores fuentes de documentación. Tenéis mi admiración más profunda por vuestro trabajo y vuestros conocimientos. Gracias por vuestra generosidad. Sois familia.

Pero hay otras psicólogas importantes para mí y que han sido inspiración y apoyo, no solo ahora: Luisa y Mónica. Gracias por lo que cada una aportasteis a mi vida. Y ya que estamos, también todas esas psicólogas (y psicólogos) que nos escuchan, nos guían y nos alumbran cuando todo nos parece oscuro.

A mi familia canaria. A Ana, ser fuente de mimos y de energía positiva. A Pedro, por compartir conmigo su pasión por la lectura. A Carmen, por su cariño.

A Fernando Bonelli, porque hacemos un equipazo. Velas por mí y siempre sabes lo que necesito y lo que me conviene. Pero, sobre todo, confías en mí y eso me da mucha fuerza. Por muchos más proyectos de tu mano.

A Ana Lozano, por su dedicación, su talento y su cariño. Y a todos los eslabones del equipo maravilloso de Penguin Random House que han aportado su granito de arena y con los que es un gusto trabajar.

A mis amigos, por ser puesto de avituallamiento en esta carrera, recargando mis pilas de una manera increíble. También por aguantar mi ausencia durante este proceso.

A mis profesores del colegio, el instituto y la facultad que me impulsaron a escribir, a aprender literatura, a presentarme a certámenes o, simplemente, que me hicieron amar la lectura y creer en mí. Gracias. Sois muchos, pero os recuerdo a todos.

A los autores de los libros que he devorado, a quienes admiro profundamente y me hicieron soñar con escribir algún día una de esas novelas con las que tanto he disfrutado. Ojalá consiga hacer sentir lo que me hicisteis sentir vosotros.

Y, por último, a ti, lectora o lector que has llegado hasta aquí. Mis más sinceras, enormes y cariñosas gracias. Gracias por acompañarme en este primer viaje tan emocionante. ¡Espero que lo hayas disfrutado tanto como yo! Ojalá volvamos a encontrarnos en otras páginas. Y ojalá que sea pronto.

María
Madrid, 18 de enero de 2020

Este libro se publicó
en el mes de mayo de 2021

«Para viajar lejos no hay mejor nave que un libro.»

EMILY DICKINSON

Gracias por tu lectura de este libro.

En **penguinlibros.club** encontrarás las mejores
recomendaciones de lectura.

Únete a nuestra comunidad y viaja con nosotros.

penguinlibros.club